U0488861

孟宪明 著

第一个十月

上

中原出版传媒集团
中原传媒股份公司

大象出版社
·郑州·

图书在版编目（CIP）数据

第一个十月 / 孟宪明著. —— 郑州：大象出版社，2022.1（2022.3重印）
　ISBN 978-7-5711-1195-3

Ⅰ.①第… Ⅱ.①孟… Ⅲ.①长篇小说-中国-当代 Ⅳ.①I247.5

中国版本图书馆 CIP 数据核字（2021）第 226235 号

第一个十月
DIYIGE SHIYUE

孟宪明　著

出 版 人	汪林中
策　　划	汪林中　张桂枝
项目统筹	李　昌　张　敏
责任编辑	张桂枝　李亚楠
	孟建华　张韶闻
责任校对	毛　路　张迎娟
	李婧慧　张英方
	倪玉秀　陶媛媛
装帧设计	王莉娟

出版发行　大象出版社（郑州市郑东新区祥盛街27号　邮政编码450016）
　　　　　发行科　0371-63863551　总编室　0371-65597936
网　　址　www.daxiang.cn
印　　刷　北京汇林印务有限公司
经　　销　各地新华书店经销
开　　本　720 mm×1020 mm　1/16
印　　张　59
字　　数　866千字
版　　次　2022年1月第1版　2022年3月第3次印刷
定　　价　128.00元
若发现印、装质量问题，影响阅读，请与承印厂联系调换。
印厂地址　北京市大兴区黄村镇南六环磁各庄立交桥南200米（中轴路东侧）
邮政编码　102600　　　　电话　010-61264834

目 录

第一回 / 001
天安门金笔被窃
北平市特务现形

第二回 / 030
开办小偷学习班
确定破敌新方案

第三回 / 058
田快手重获尊严
王富团失去自由

第四回 / 084
吴邑设计王府井
廖响脱逃冥衣铺

第五回 / 112
特务扮演假夫妻
饭店加强捍卫力

第六回 / 137
"云中飞"首进中南海
金小荷初诱梅东岭

第七回 / 164
开北方为仇设炸弹
窦十四巧遇老相识

第八回 / 191
"云中飞"再进中南海
侦察员英勇建奇勋

第九回 / 218
窦志云深藏牙科诊所
开北方送礼隔壁邻居

第十回 / 239
"金钱豹"求医毕应冬
开北方侥幸逃惩罚

第十一回 / 266
廖响问计褚一魁
紫姐求情张广才

第十二回 / 289
马斯利"金口"医牙
侦察员敌巢运智

第十三回 / 312
"云中飞"偷盗试运气
开北方送礼买人心

第十四回 / 339
田一垄请爹喝酒
葛奇才供出师弟

第十五回 / 365
陶然亭中藏凶手
窃听器里有乾坤

第十六回 / 394
"云中飞"三进中南海
梅东岭热拥金小荷

第十七回 / 418
窦志云罪有应得
马斯利分享情报

第十八回 / 447
马海朋畏罪自杀
褚一魁施毒部下

第十九回 / 473
金小荷得到真情报
张广才暴死天津城

第二十回 / 500
所长配合抢情报
特务找到新对策

第二十一回 / 526
侦察员巧施连环计
开北方初上天安门

第二十二回 / 549
马斯利放心约会
梅东岭调查"金口"

第二十三回 / 574
特务组制订恶毒计划
美食家进驻亚洲饭店

第二十四回 / 600
美食家把关饭菜
金葵花发誓报仇

第二十五回 / 629
美食家妙论品佳肴
马斯利运弹地道口

第二十六回 / 657
郭闹闹吓病魏太太
褚一魁再施窃听器

第二十七回 / 686
罗山智擒活电台
廖响阴谋备节礼

第二十八回 / 709
美女英雄热相恋
恶男寡女死相拼

第二十九回 / 728
这电报并非那电报
毕应冬就是褚一魁

第三十回 / 757
金大夫中毒不住院
中情局特务被抓捕

第三十一回 / 788
女教师越陷越深
金葵花越病越重

第三十二回 / 807
炸弹带上天安门
特务藏进地下道

第三十三回 / 833
廖专家潜逃前门站
开北方被逮天安门

第三十四回 / 858
杜津卫拒不认罪
梅东岭故意泄密

第三十五回 / 883
贼人贼智用奇策
奇人奇智搜贼情

第三十六回 / 903
五路特务落网天网恢恢
建国礼炮齐鸣万众欢腾

第一回　天安门金笔被窃　北平市特务现形

> 上不在上
> 下不在下
> 天没它大
> 人有它大
> ——打一字

1　食肉动物和食草动物的最大差别全在于它们的目光。食草动物的目光柔软，温和，胆怯，躲闪。食肉动物的则刚硬，凶猛，贪婪，直视。如果我们把食草动物的目光叫水，那么食肉动物的就是冰；如果我们把食草动物的目光叫目光，那么食肉动物的就是锥尖，穿透目标，直击灵魂。

人性更多地偏重于食草动物，如果有一天突然变成了锥子似的凶残与暴戾，必与食肉动物的杀生有关。国民党少校级特务窦志云一走出前门火车站便被盯上了，政治保卫处的侦察员罗山只瞅一眼，再不放过，皆因为窦少校那豺狼般贪婪凶猛的目光。

　　这是一九四九年的六月中旬，正值夏历己丑年的五月。俗话说，五黄六月热死人。可这年北平的夏天不是很热，大街上赤胸露背的人并没有很多。是年一月，北平和平解放。六月十五日，新政协筹备会在中南海勤政殿如期召开，共产党的优秀代表和民主党派的各路精英齐聚一堂，共商民族前途和国家大事。中央为加强力量，除正常的安保人员外，还专门增派了政治保卫处干部，负责恶性案件和突发事件的侦审处理。前门火车站是北平的门户，自然就成了侦察保卫的前沿阵地。

　　上午九时，随着几声汽笛的长鸣，二十五岁的侦察员罗山一身便装走上前去，驻足引领，像是等待客人的样子。

　　前门火车站是一座欧式建筑，圆圆的穹顶，高高的钟楼，在北平城重檐叠脊、辉煌庄严的宫廷建筑群面前，它是个另类。一九○一年，英国人为了方便军事物资的运输和对北京全城的控制，强行将铁路从永定门延伸到位于清廷鼻子尖下的正阳门。这一站正式的名字叫京奉铁路正阳门东车站，只不过老百姓图省事，直呼成了"前门火车站"或者"前门站"。它是西方列强入侵中国的产物，也是中国近代屈辱历史的一个见证。只不过，此时的北平已经解放，前门站竖起的两排红旗猎猎作响，肆意地挥洒着碧蓝高天上的朵朵白云。

　　背着大包的小贩，提着皮箱的雅士，抱着小孩儿扯着大孩儿的妇女……潮水似的人流冲泻而出，拉客的人力车夫排成一队，喊着揽客。

　　罗山后退几步，拉宽视野。

　　一个戴着草编礼帽、宽边墨镜的中年男人走了出来。他上穿古铜色的湖绸短袖，下着浅灰色的西装长裤，脚上的不是皮鞋，而是一双长脸圆口黑布鞋。引起罗山注意的不是别的，而是他那一脸的汗水：只提一只小皮箱，岂会如此狼狈！又近两步，罗山忍不住笑了，原来这是个麻脸男人。他脸上的麻坑太大，储满了夏日上午的阳光，看上去像是大汗淋漓的样子。恰在这时，麻脸男人停住了脚步，他摘下墨镜，伸出目光，寻人似的转动了两下脑袋，随着脑袋转动的是他"轮"起的那凶猛攫取的目光。就是这伸出的目光,就是这带着棱角的两"轮",罗山知道,此人看完了前门火车站外的全部环境。

罗山又往后退了两步。

拉客的中年车夫大声招呼麻脸男人:"先生,请上车吧!又轻快,又平稳,舒服享受时间准!"

麻脸男人没说话,走上前,盯了一眼车夫。

中年车夫连忙笑着又唱一遍。

麻脸男人审视着车子,轻拂了一下车座上草编的靠垫,说了声:"东安市场!"

中年车夫一声高应:"好咧您哪!东安市场啦——"驾起车子就走。

罗山快步上前,走到一个年轻车夫身边,轻跳上车座,说了声:"走!"

年轻车夫大声问:"先生去哪儿?"

罗山伸手一指:"前边那辆车,看见了吗?"

"嗯。"车夫点头,"你们一起的?"

罗山低声说:"跟上他!"

小伙子忽有所悟,抬头看一眼罗山。

"嗯!"罗山重重地点一下头。

小伙子连说:"明白,明白明白!"

"辛苦啊!"

"他,跑不过我!"小伙子很自信,驾起车把转身就跑。他有些兴奋,脚步又轻又快。

麻脸男人或许会有些后悔。中年人毕竟跑不过年轻人,转过两条街,麻脸男人警惕地往后看一眼,就发现了后边跟着的人力车。本来,人力车有的是,同路人有的是,他并不用刻意警惕,只是这辆拉车的不会跟,老是快快慢慢,既不超过去,又不追上来。车上的年轻人他似乎在哪儿见过,仔细想想又没有见过。一条小巷扑面而来,麻脸男人一声轻喊:"进去!"

人力车夫慢下来,扭脸说:"先生,拐弯儿就远了!"

麻脸男人用命令的口气说:"拐!"

车夫应着："好咧您哪！里边的景色好着呢！"一扭身扎进小巷。

就是在这时候，麻脸男人忽然想起来了：后边的男人是刚刚在出站时见的。当时他"轮"到了这个接站的年轻人，因为他分明"碰"到了此人犀利的目光。

年轻车夫扭脸问罗山："先生，拐吗？"

"拐！"罗山的声音很轻。

年轻的人力车夫职业化地应了一声："好咧您哪！"

又穿过两条小街，钻过一条热闹的巷子，一街两行的生意陡然增添了夏天的炎热。

中年车夫高喊一声："先生，东安市场到了。还往哪儿走？"

麻脸男人说："进去！"

人力车夫擦一把头上的汗："好咧您哪！"

罗山的车子追到了巷口，车夫脚下一慢。

罗山说："进！"

"好咧！"年轻的车夫又应一声，驾着车子跟了进去。

麻脸男人在一家商店门前停住，掏出钱来，买了支冰糕，吮了一口。

中年车夫停下来，从脖子里抽下毛巾，擦着脸上的汗。

"麻脸"是想落实一下他的判断，后边的小伙儿究竟是不是他在车站前看到的人，此人是不是真的在跟踪他。没想到，后边的人力车也停了。车停在了另一个冰糕摊儿前。卖冰糕的是一个十来岁的小姑娘，看见客人，大声地唱着卖唱歌："冰糕冰糕，凉甜冰糕！"

罗山跳下车，掏钱。

小姑娘大声问："叔叔，您要几支？"

麻脸男人给车夫付了钱，又在冰糕上吮了一下，忽然扔掉冰糕，扭脸进了旁边的商店。

年轻的车夫紧盯着前边的行踪。他看麻脸男人进了商店，悄声对罗山说："进去了！"

"嗯！"罗山点一下头，自己要一支冰糕，递给年轻车夫一支，说了声

"稍等！"紧跟着追进了商店。

这是一个敞开式商店，墙壁是用木板隔成的，营业时抽掉木板。麻脸男人显然对商店非常熟悉。罗山进去时，已经找不到他的身影。

罗山在店内紧张地寻找着。

麻脸男人只是从店里经过，靠着熟悉，他折个弯子走出来，重又钻进了小巷里。

罗山此时也从七扭八拐的店里钻了出来，四下里不见麻脸男人，紧走了几步，扬起脸张望，判断他是进了小巷还是又钻进了店铺。

轰！

一声爆炸骤然轰响，地动屋晃，似乎就在身边。

人们"啊啊"地惊叫着。有人急跑，却不知躲向何处，钻进屋子，怕不安全又钻出来。有人吓傻了，站在当街一动不动。有人在街上跑着，撞了人家的摊子，东西撒了满地。

紧跟着，又有几声连续的爆炸。

连续的爆炸声让人清醒。似乎明白了爆炸并不在身边，奔跑的人忽然都停住了脚步。

有人指着不远处喊："炸药厂！是炸药厂爆炸的！"

"啊！怪不得听着这么近！"有人应着停住脚步。

爆炸的声音让罗山吓了一跳，但他很快判明不是身边。他不敢怠慢，在嘈杂不堪的巷子里寻找着麻脸男人。

2

政治保卫处共有六个人。他们是处长吴邑、侦察员罗山、梅东岭、于兵、鲁战凯和内勤孙觅。罗山去了前门火车站，此时的于兵正在天安门广场。于兵才二十二岁，猛一看像个大男孩，他穿的也是便装，游客似的东游西看。

天安门广场刚刚修葺完毕，青砖地板、朱红栏杆，清新明亮，像个新郎官。一位五十多岁的老北京陪着两位外地客人，挥手四下里指点着："以前这儿都是垃圾。从溥仪到袁世凯,再到老蒋、老日,都没有干净过。新中国,新中国,不把这天地都擦擦洗洗,那哪儿叫新呢!你看,你们看看!"

于兵知道,前几天,他们还参加了清理垃圾的活动,叫"星期六义务劳动",所有人都积极踊跃,工具都不够用了。于兵给至少二十辆出城的车装过垃圾,因为北平市政府有规定,所有出城的空车都必须捎带垃圾。

一个三十多岁的男人迎面走来,戴了一顶普通的宽边草帽,上半个脸被遮了个严实。此人拿一个硬壳大本,边走边在本子上作画。

于兵迎头走上去,扭脸盯一眼男人的手,他画的是天安门广场的素描图,远处的天安门赫然而立,空白处写着一组数字:200米,250米,300米……

男人警惕地合上本子,瞅一眼身边的人,转身就往外走。

把天安门广场当静物来写生的学生不少,但在静物上写出距离数字的没见过。于兵不能问,他是侦察员,他的任务是侦察。盯着离去人的背影,于兵忽然感觉应该审查他一下。于是,他连忙跟着就往外走。

戴草帽的画者步履轻捷,走得很快,并不太像写生的人。于兵是军人,当然不会被他甩掉。

男人一拐,进了旁边的一条小巷。老北京的街道太复杂,曲折拧劲儿,像扔在地上的一团草绳。于兵迅捷地跟上去。

戴草帽的男人把草帽摘掉,紧贴墙角站着。这是一个墙垛,刚好可以藏一个人。

于兵走过来,往深深的巷子里瞅着。他有些奇怪,抬头看着两边的高墙。墙很高,不太像能轻易翻过的样子。他边思考边扭脸四顾,忽然被人勒住了脖颈,一声不响地就被放倒了,紧接着,太阳穴上又挨了两拳。

这是白天。这是在天安门广场附近。这男人岂敢懈怠,他飞快地掏了掏于兵的衣兜,摸走了兜里所有纸币,然后抓起草帽,飞快逃窜。

3 和罗山、于兵不同,梅东岭的任务是侦破一桩失踪案。保卫处的侦察员崔西海回家探亲,不明不白地失踪了。崔西海是北京西郊人,这又属突发事件,这就成了一桩必破的案件。昨天西郊派出所所长刘征西打来电话,说有小孩儿发现了线索,想请领导机关派人处理。

梅东岭走到时,报案的两个孩子已经被刘征西所长喊到了派出所。刘征西四十来岁,黑脸,小眼,说话嗡嗡响。俩孩子都很瘦,一问,大的叫崔犊儿,说是十四了,属猪的,看个子,顶多不到十二岁。小的九岁,属龙的,叫石头。梅东岭没敢喝水,急着要上山。刘征西喊了所里的小张,三个大人俩小孩儿,追着小路就往山上走。

崔犊儿个子小,但是口齿伶俐,头脑清楚,边走边对梅东岭学嘴:"羊在山坡上吃草,我们又没事儿干,就点着个火把钻洞里玩儿。我们想看看这洞究竟有多深。"

石头抢着说:"我先看见的。我看见了一只鞋……"

"对对,我一看是只鞋,还想着捡了叫俺爹穿呢。可是一只鞋怎么穿呢?我们就往里边找,这一找,找到了两只脚,一只穿鞋,一只光脚……我们吓坏了!"

崔犊儿说的山洞到了。

五个人燃起火把,由两个孩子举着,拐弯抹角,一直走到山洞的深处。

"就这儿!"崔犊儿一指。

梅东岭忽然闻到了尸体的味道。

俩孩子说的两只脚,其实并不显露,上边还盖着几把干草呢!刘征西所长和随从小张拿去干草,搬掉几块石头,崔西海完整的尸体显露出来。

火把在孩子的手里扑闪着,明明暗暗的光影在洞中游走。

梅东岭掏出小本,打开,记上了这样的话:

　　崔西海,共产党员,保卫处保卫人员,两天前失踪……

梅东岭想了一下,在本子上接着往下写:

　　西郊一山洞内五十余米深处,发现尸体……

"所长,"梅东岭写完了,抬起头来看着刘征西,"有线索吗?"

刘征西所长说:"有啊!如果您批准,我就实施抓捕了!"

"谁?"

"米继槐！"

"啊！有线索就抓！不要等我批准！你说说看？"

"据崔西海的母亲说，米继槐和崔西海是小时候的同学。崔西海一回到家就找米继槐谈话，米继槐这个人当过土匪，崔西海想动员他自首……"

"嗯！"三个大人把崔西海的尸体慢慢地清理出来，挪到光线明亮的洞口，天热，怕尸体有变化，暂时放在洞里，等待验尸的法医。

"这里有印儿！"崔犊儿毕竟年龄大些，他看出了洞外的痕迹。

梅东岭和刘所长等人沿着崔西海被拖进山洞的路线寻找印痕。

"瞧，这是拖的印儿。两天了，这印痕都快没有了。"刘征西所长蹲下来，逆着光指着地上。

梅东岭弯下腰仔细看了，说："这被压倒的草都长起来了。再有几天不发现，什么痕迹都没有了！"

刘所长又指一处："这是被踩坏的蒲公英。你看，这是脚印，像是皮鞋啊！"

几个人从洞内到洞外追踪着印痕，一直找到了崔西海被杀的地方。

崔犊儿眼尖，喊了一声："这儿有血！"

梅东岭看了，忙又在本子上记下。"所长，米继槐家远吗？"

"不远！就在我家旁边！"石头抢着答。

"是的，就在石头家隔壁！"崔犊儿也说。

"现在就去。立即抓捕！"梅东岭说过，转身就往外走。

"好！"刘征西应一声，扭脸对小张说，"你先在这儿看着，我很快就派人来接你。"

听说要抓米继槐，两个孩子兴奋地跑在前边。

"我先去他家看看吧？看他在家不在！"崔犊儿眼睛明亮地看着所长。

刘征西看一眼梅东岭。

梅东岭说："我们一块儿去，到了再说吧！"

一行四人走到村头。

刘所长说："石头，你往你家走，到门口了指给我们米家！"

"好！"小家伙跑了起来。

米继槐家是一户殷实人家，院落虽然不大，但三间石头房很显结实。院门外，一个六十多岁的老妇人正收柴火。

"那就是他娘！"崔犊儿说。

刘征西所长正要上前，一个矮个子男人忽然从旁边的小道上走过来。

"米继槐吗？"梅东岭小声问。

"不是。"石头说。

"他是谁？"梅东岭又问。

"不认识！"崔犊儿摇头。

既然不是米继槐，刘征西和梅东岭便大步走上前去。

矮个子男人三十来岁，两眼眯着，像是总在笑。他走到老妇人面前的时候，停了一下脚步，似乎想问路。正要向老妇人问话，忽然听见身后有声音，他扭脸看了一眼，连忙退到路边。

刘征西大步上前，故作亲切的口气："老人家，我是继槐的朋友。请问，继槐兄弟今儿个在家吗？"

老妇人抬起头，脱口而出："昨天晚上才回来！你是哪儿的朋友啊？快屋里坐吧！"

梅东岭低声说："快！"

未等老妇人反应过来，两个人便推门而入。

听见有人问话，矮个子退到路边，当他看见梅东岭和刘征西进入米家，男子轻"啊"一声，连忙走开了。

两人冲进屋里，米继槐还在睡觉。

刘所长掏出枪来，一声大喊："米继槐，起来！"

米继槐一惊："啊！"

米继槐母亲跑进屋子："不是说朋友吗？怎么抓起人来了？！"

4 保卫处的办公室是一个套间,里边的一间坐的是处长吴邑,外边的一间坐的是罗山、于兵、梅东岭、鲁战凯四个侦察员。室内有办公的桌椅,靠墙是一排立着的木橱,里面排放着各种文件和档案。门口的小桌上放着一块小黑板,上边写着莫名其妙的两句话:

上不在上

下不在下

年轻的姑娘孙觅一身军装,打扫着卫生。罗山大步走了进来:"人呢?都到哪儿去了?"

孙觅指着自己,故作嗔怪:"这不是人嘛!"

罗山笑了:"啊,处长呢?"

孙觅说:"东郊炸药厂爆炸你不知道吗?处长带着鲁战凯去现场了!"

"咋不知道。爆炸时我就在东安市场。我这不赶回来听任务嘛!"

就在这时,于兵捂着脸走进来,一声不响坐到椅子上。

孙觅围着于兵转了半圈:"于兵,怎么了?病了?"

于兵摇摇头。

罗山上前,看见于兵半边脸都是青的,关切地问:"受伤了?"

于兵"啊"了一声,神情有点儿沮丧。

孙觅大声问:"怎么回事儿,于兵?"

于兵猛地站起来:"师父,你快点儿让我拜师吧!"

罗山说:"究竟怎么回事?"

"师父,你这神算,能不能一下子算出来好人坏人?"于兵捂着脸。罗山号称"小神算",于兵一直想拜师。罗山答应教他,但却不愿意做师父,说那是旧社会的规矩。不拜就不拜,可于兵总喊"师父"。孙觅叫他喊"老师",可于兵说:"师父叫着舒服!"

"哎,说神算呢,罗山,趁处长没回来,给我们神算一回,我来得晚,还没有见过!"孙觅是处里最小的,今年刚刚二十岁,别看年龄小,却是延安时期的"老革命"。她是烈士的后代,在延安的保育院和红军小学长大,开朗乐观,积极上进,爱唱歌,会跳舞,工作本为内勤,却总爱抢着做刑侦。

"孙觅，你别打岔，我得让师父好好教我！怎么样一见面，就知道是好人还是坏人？"

孙觅哈哈笑起来："行礼了？师父叫得这么顺嘴！"

罗山说："别慌，先听于兵说说是怎么受的伤。"

"我不是去广场巡逻了嘛……"于兵刚说了一句，梅东岭大步走进来："都在啊！处长呢？"

孙觅说："处长去东郊炸药厂……你没看于兵受伤了！"

"是吗？"梅东岭连忙上前，趴在于兵脸上看着，"需要进医院吗？"

于兵说声"谢谢！"接着讲述了发生在天安门广场上的事情经过，"等我醒过来，发现钱没了，其他啥都没有丢。你们看，我的枪还在！"

孙觅说："肯定是小偷！"

罗山摇了摇头："小偷不偷东西的时候是不怕人的，用不着打人，更用不着下手这么重，把人打昏。"

"要不是小偷，他怎么光偷钱？"孙觅自语似的说。

于兵说："我敢肯定，不是小偷！可要说是特务吧，既没有抢我的枪，也没有杀我这个人！"

罗山判断："应该是特务。"

"为什么？"孙觅停下手里的活儿，看着罗山。

罗山继续分析："北平和平解放，九路特务两万多人留在这里，而小偷小摸才几个人呢！之所以抢钱，他是想做一个小偷的假象麻痹我们，让我们放松警惕。为什么不抢枪不杀人呢？说明他目标高远，并不以我们这些小兵小卒为目标。"

众人同意地点头："啊！"

"有道理！奖一杯开水！"孙觅倒一杯水递给罗山。

罗山想了想："可能还是一条大鱼呢！北平的水深啊！"

梅东岭说："哎呀，于兵，你错过了一次极好的立功机会！你要是拔枪把他抓住，哼，你看看！"

罗山说："依我看，你这伤受得值。"

"受伤受得值？为什么，罗山？"孙觅的声音尖起来。

罗山一笑："下次再见到这家伙，于兵还会让他跑吗？认住他了！要是我们见了呢，说不定还得让他逃走！"

"你说得对，师父！要是再见了他，看我怎样收拾他！"于兵神情好起来，做了一个擒拿的动作。

几个人都笑了。

"罗山，你还是神算一下吧，让我们都学会。再见到特务时，我们一下子就给他算出来！"孙觅再次要求。

罗山笑了："真想领教？"

孙觅拍着手："真想领教！"

罗山说："好吧！你们各人找点儿东西拿手里。"

梅东岭拉开抽屉，从里边拿出一副扑克牌，一二三四五地点了五张，欲给孙觅。

"我有！"孙觅扭脸跑出屋子。

梅东岭把五张牌又放进去，扭身又点了几张捂在手里。

身边的桌上正好有粉笔，于兵信手拿了四支，攥在手中。

孙觅回来了，手里拿着四颗水果糖。她伸开手，故意让三人看。

罗山说："你们现在报一下手里东西的数量。"

孙觅说："四颗水果糖！算完了每人一颗！"

梅东岭说："五张扑克牌！"

于兵还没报出来，吴邑处长和鲁战凯匆匆走了进来。

吴邑大声问："干啥呢？这么吵闹！"

四个人立即站好。

孙觅嚷嚷着："处长你别急，我们正考试罗山的神算技艺呢！"

"哎哎，刚才还说是领教，怎么这会儿就成考试了？"罗山说过，又问，"情况怎么样，处长？我们都正着急呢！"

吴邑坐下来。

孙觅想给处长倒水，把水果糖放进兜里，忽然发现成了三颗："哎哎，怎么少了一颗？"

"给你给你！"罗山应着，连忙把水果糖放在孙觅面前。

"情况很严重啊！"吴邑用感叹的语气开了头。

大家都不再说话，齐站着听吴邑说。

吴邑又叹一声："工人死二十五人，伤一百多人，房屋损坏四百多间。调查初步认定，是违规操作引起炸药厂的火药库爆炸……"

孙觅问："不是特务破坏？"

吴邑说："应该不是。战凯，你立即写个简报，向上级报告一下初步的调查结果。"

鲁战凯大声应："是！"

吴邑喝了口水，扭脸看着罗山："我们刚才路过广场，我顺便检查了一下便衣队的工作。唉，派克笔被偷走了。"

孙觅禁不住接上："天安门广场？"

吴邑很轻地点一下头："罗山，你去给我找回来吧？"

罗山身子一挺："是！"

没想到处长得寸进尺："两小时之内啊，我急着要用！"

孙觅吐一下舌头。

"是！"罗山敬了礼，转身就往外走，到门口时忽然又被吴邑喊住了："回来！"

罗山转身又走回来："处长！"

"你的笔！"吴邑指一下罗山的胸兜。

"啊啊！"罗山应着，连忙取下笔来，双手递给吴邑。

吴邑接了笔，对着罗山挥一下手。

罗山看看表，转身急走。

吴邑又问："老梅，情况怎么样？"

梅东岭挺胸报告："凶手米继槐已经抓到，可是他死不认账。"

吴邑说："死不认账，就不能证明他是凶手，只能是嫌犯。"

"是！"

"有什么证据？"

"验尸结果表明，崔西海是被手枪子弹从脑后打死的。我们判断，打死他的这个人必和他熟悉，不然不会在这么近的距离开枪。更重要的是，行凶的手枪极有可能就是崔西海自己的手枪，因为弹洞的大小正符合他佩带的勃朗宁手枪的子弹大小。"

吴邑问："枪找到了吗？"

"还没有。"

"有人证吗？"

"有，是崔西海的母亲……"

吴邑一扭脸，正看见于兵淤青的脸："于兵，你这是怎么回事？"

5

两个小时，实在是紧了些。罗山知道处长一刻也离不了笔，之所以借他的用，一是需要，再就是起一个催促作用：我的笔找不到，你也别想用。

为抓紧时间，罗山特意骑了辆自行车，出门上街，正赶上一群青年学生扭秧歌。他们边扭边唱边敲着腰鼓："解放区的天是明朗的天，解放区的人民好喜欢……"

来到天安门广场，这里也有人在跳舞。

观舞的人们大声地议论着："特务再凶，也破坏不了我们的革命大业！"

"那是当然。蒋介石八百万大军都完了，还差这几个蠡贼？"

北平人爱说，似乎天下大事，人人明白。清时的茶馆里常写着"莫论国事"，反证了北平清谈的民风。又骑过两条巷子，罗山来到了前门派出所门外，他把车子上好锁，大步走了进去。

前门派出所的所长叫胡长寿，个子不高，小五十的样子。罗山认识他，他也认识罗山。罗山进去的时候他正在桌上写着什么。罗山不说话，站在了他的面前。

胡所长头也不抬，厉声问："事办得咋样？"

罗山仍然不吭。

"啊？"胡所长又是一声。

罗山依然无话。

胡长寿一抬头，见是罗山，猛地站了起来："哎呀领导，得罪得罪！"

罗山笑了。

"请坐，领导！"胡所长哈腰低头，"请您指示！"

罗山盯了一眼胡长寿手里的笔，竟是处长要找的"派克"！罗山问："所长写的啥？"

罗山坐下来了。

胡所长弯腰站在罗山面前："有个案件记一下……嘿嘿。新中国了，得学习不是？"说着，就掂起竹壳暖水瓶倒了一杯水，"您请！"

罗山接过来放在桌上，看一下腕上的表，抬起头盯着胡所长："你这个所长胆子大，竟敢让你的小偷偷到保卫处领导的头上！"

"哎呀，罗山同志，您借给胡某人三个胆子，我胡某人也不敢啊！"胡所长僵住身子，再也坐不下去了。

"不敢？！一个小时前，吴邑处长在天安门广场检查工作，身上的派克笔被偷走了。你的地盘你知道是谁。现在，我命令你，一个小时内给我找回来！"罗山故意抬腕看表，"现在是下午一点半。"

胡所长皱起眉头："好好，哟——一个小时，太紧了吧！"

罗山喝了一口水："那就，六十分钟！"

胡所长苦笑了一下："六十分钟好！听着比一个小时的时间长。"

胡所长说着，把笔放在本上，抬头一声高喊："郭天，陈四！"像是忽然换了个人似的。

外边一声高应："有！"

一老一小两人应着走过来。

胡所长脸色严峻："领导的派克笔丢了，你们知道是谁。半个小时给我追回来！"

两人齐应："是！"

年长的叫郭天，小五十的样子，眼角的鱼尾纹很深。他小声问："所长您？"

胡所长把笔和本放进抽屉，拿起桌上的小锁锁了，猛地站直身板："我？我和你们一起去。我倒要看看是谁，这么不长眼色！在天安门广场上，敢偷保卫处领导的笔！"

两人应着"好好"。

胡长寿又把腰弯下："罗山同志，您是领导，别跟俺一般见识！您坐啊！"

罗山喝了口水："哎，你抓紧啊，我马上也走。"

所长做一个欲按罗山的样子："哎哎哎，领导，您少安毋躁！一会儿就回来了。保证完璧归赵！"所长又给罗山续了水。

罗山说："快去吧！"

所长又给罗山弯腰点头，这才转身出去。

罗山坐着，喝了一杯茶，掂起暖水瓶又倒一杯。

一个年轻的小伙儿喊着"所长"走进来，看见罗山在，禁不住又问一句："所长呢？"

罗山问："你是所里的？"

年轻人点头，又问："所长呢？"

"出去了，一小时内回来。"

"啊。也等所长？"

罗山站起来，调皮地笑了一下："我先走了！你看会儿门吧！"

罗山说过，大步走出派出所，一跳骑上了自行车，撮起嘴巴吹响了军歌的旋律："向前向前向前！我们的队伍向太阳……"当他回到办公室的时候，梅东岭的汇报已近尾声。吴邑大声地提醒他："这是斗智斗勇的工作，要多动些脑筋，多想些办法！"

"是！"梅东岭和于兵走出里间，罗山正好走进门。

"这么快！"于兵一声喊，"拿回来了？"

罗山轻轻点头，正要进去，里间的电话铃响起来。

"我是吴邑……好，好……中南海……一定按时到会！"吴邑拿着公文包走出来。

"处长！"罗山连忙奉上派克笔。

吴邑接过，逆光看了一眼："这不是我的！"

孙觅禁不住问了一声："不是派克笔？"

"是派克笔，但不是我的。我的派克笔是一个战友的遗物，上边有一个弹痕。你看这个，啥也没有！"吴邑说着，一甩手扔了。

罗山一跃，猛抢住半空中的派克笔。"哎哎，处长，您先用着，您的，马上就到！"罗山说着又递上去。

吴邑接过来："我先用着？"

罗山点头："对！"

"这不在两个小时的时间内啊！"吴邑说过，开门要走。

罗山追上来："哎，处长，我的笔呢？"

吴邑掏出笔，一脸严肃地说："啊，我明白了，你是怕我用你的笔呀！"

众人哄地笑起来。

6 这是北平市东城一处小小的四合院。门外挂着蓝底金字一块牌子：金口牙科诊所。一幅身着旗袍、歪头蹙眉、捂着香腮的漂亮女人图挂在招牌的旁边。

戴着草编礼帽的男人来到门前，抬头看一眼墙上的女人，夸张地模仿着她的样子，歪头蹙眉，敲响了院门。

看门人是一个四十来岁的男人，叫张广才，因腿上有伤，人称瘸腿老张。此时的瘸腿老张正喂百灵鸟，听见敲门声，忙从门房里走出："请问，您——"

戴礼帽的男人捂住嘴："牙疼。想求毕先生医牙——"

瘸腿老张做一个请的样子："请——"

在百灵鸟婉转的叫声中，戴礼帽的男人走进了牙科诊所。

诊所的老板毕应冬听见了前边的说话声，就从屋子里迎了出来。

来医牙的男人取下帽子，停在门外，直视着毕应冬。

望着这个一脸麻子的男人，毕应冬感觉有些面熟，但一时又不能确认，立即说出暗号：

"啥病？"毕应冬问了一句。

麻脸男人答："牙痛。"

毕应冬又说："请张尊口！"

麻脸男人龇牙做出疼状："咝——"

毕应冬略一停顿："看来金口难开！"

麻脸男人笑了："我遇见恩师了！"

毕应冬终于认出来了，他有些惊喜，但又不敢表露，下意识地瞅一下周围：

金葵花正给常来的老翟头儿弄牙；

旁边水池边有一个患者在漱口。

毕应冬轻声说："你跟我来！"

戴草编礼帽的麻脸汉子便是罗山在前门火车站盯上的少校级特务、外号"云中飞"的窦志云。毕应冬当然知道来者是谁。他把"云中飞"引进内室，连忙倒了一杯茶水。

"云中飞"且惊且喜："恩师，吓着您了，学生毁了容。"

"太成功了！如果不是你临时改了暗号词，我还真不敢确认呢！"

"云中飞"一笑："变丑了！"

毕应冬开了个玩笑："猪八戒教导我们，粗柳簸箕细柳斗，世上谁见男儿丑。大丑就是大美。成就了大事业，就一美遮百丑。"

"云中飞"笑了："可是恩师您，是越变越年轻了！"

毕应冬是化名，真名叫褚一魁。此人早先是北大预科的学生，先是追随革命参加了共产党，后背叛信仰，成了凶狠歹毒的国民党特务。听到"云中飞"的话语，毕应冬禁不住笑了，说："我褚一魁身上有一百多条共产党的人命，北平城里该有多少人认识我、恨死我啊，毛人凤局长亲自下令，给我这么一整，连夫人都不敢认我了。"

"恩师您是漂亮了。我老婆一见我满脸是坑,立时就哭起来,说是嫁来嫁去嫁了个大麻子。其实我知道,她是怕我这次来北平凶多吉少。刺杀毛泽东,想想能活吗?只是学生不这样想。不成功便成仁,这是古训!更何况学生我还是有胜算的!""云中飞"很自信地一笑。

褚一魁点头,说:"干我们这行的,除了玩命就是冒险,像在刀刃上跳舞。嫁给我们就是嫁给了无常。我对夫人说,你就算再婚一次,嫁了一个叫毕应冬的英俊男人吧!"

"云中飞"重复着:"'毕、应、冬',恩师,为啥要起这么个名字呢?"

褚一魁说:"你知道,我们这次行动的名字叫'刺天'。口号是'刺杀毛泽东'。我褚一魁生在农历的十月初一……"

"云中飞"脱口而出:"鬼节。"自觉失言,"云中飞"禁不住在自己嘴上打了一掌。

褚一魁一笑:"是鬼节,也是入冬的第一天,叫应冬。很合古礼吧?"

"云中飞"连忙点头:"入冬第一天。'应冬',很合古礼!"

褚一魁说:"'应冬'谐音'赢东'。'毕应冬'就是'必赢毛泽东'!不只是取个吉利,更表明我们的决心嘛!"

"云中飞"禁不住猛一击掌:"恩师英明!太英明了!既合古礼,又合天理!有这两个礼(理)在,我们还不成功吗?恩师,请受徒弟一拜!"

"云中飞"说着站起,对着褚一魁作了一揖。

褚一魁笑了:"请坐,少校!"

"云中飞"有些激动,他坐下,向恩师前倾着身子。

褚一魁端起茶杯:"少校用茶!"

"云中飞"端起杯子啜了一口。

褚一魁说:"老头子下了大本钱。毛局长批示,杀死一个民主人士奖一百两黄金,官升一级;杀死一个共产党中央高官奖五百两黄金,官升两级;杀死五大常委之一奖一千两黄金,官升三级;杀死了毛泽东,你有多重的身体,就奖你和体重一样的黄金,官升五级!"

"云中飞"兴奋起来,他指一下自己的身体:"升官发财,指日可待。

一百四十三斤黄金啊！成功了有恩师一半！"

褚一魁说："论功行赏，这是古理。我自会好好配合！只是毛泽东蛰居深窟，卫兵林立，几大常委各有爪牙。就是那些凑热闹、谋私利的所谓民主人士，也被共产党的卫兵左右环伺，真可谓刺之不易呀！"

"云中飞"说："恩师说得对。只是学生只有刺杀毛泽东一个任务，也就不操心那么多什么常委短委民主委了。"

"少校，你这么一说，倒让我肃然起敬。早年，总裁也是千般用心、万般使力地刺杀毛泽东，光特务就派过二十多拨。最近的一次你知道，成了毛泽东的大厨啊，天天做饭给他吃，可最后还是功亏一篑！今天，鱼已成龙，刺之何易！少校气贯日月，志在必得，不得不令我钦佩！今天咱俩一定要干上几杯！"

"云中飞"说："沐浴着恩师的恩典，学生求之不得啊！"

褚一魁摆下桌子，几碟小菜一壶汾酒。两人立即把盏对饮起来。

"云中飞"说："恩师说毛泽东不好行刺，这是千真万确的现实！但学生有一个判断，早年的毛泽东像一片云，飘来荡去，行踪不定，我们不知道他究竟藏在哪儿，云海茫茫，龙首蛇尾的，真的是不好行刺。今天的毛泽东就住在北平，居所固定人好找，纵然有千军万马，纵然是日防夜守，老天爷也有打盹儿的时候，我就不信他没有破绽。恩师见笑，年轻的时候我想讨师父的好。师父看上了孙作虎将军的一副眼镜，孙将军好看戏，我就趁他看戏的时候去偷。你知道，眼镜正戴着，一偷就失手。我装着从将军身边路过，故意碰掉了将军的眼镜。我一边连连道歉，一边弯腰帮将军找眼镜。等我找着眼镜帮将军戴上，将军竟然没有觉察。"

褚一魁停下酒杯："我怎么听不明白，不是他的眼镜吗？"

"云中飞"说："我事先做了一副，趁机换了。"

"噢！俗话说，下下人有上上智。就是说的你了！"

"云中飞"笑了："这叫贼有贼智！"

两个人都笑了。

"云中飞"说："恩师，您研究过毛泽东的生活起居。您认为，学生怎样才能一下子找到毛泽东、杀死毛泽东？"

褚一魁说："毛泽东来到北平，但一直住在香山不进城。"

"怕不安全。"

"对。我们这么多人都是为了他嘛！"

"云中飞"笑了。

褚一魁说："六月十五日共产党所谓的新政协筹备会开会后，我判断，毛泽东应该搬到了城里。不然来来往往，既不方便，更不安全。"

"云中飞"问："您认为毛泽东会住在哪儿呢？"

褚一魁不回答，站起来拿了一幅地图，说："中南海！"

两人离开酒桌，在旁边的书桌上把地图展开。褚一魁指着地图："毛泽东、周恩来、朱德这些人，他们和一般人的生活规律不同。他们白天睡觉，夜晚工作，可谓昼伏夜出……"

"云中飞"低声："和我相同。"

"对。这是他们不好找的地方，但有一弊必有一利，这也是他们好找的地方。"

"云中飞"说："学生知道了，就奔着有光亮的地方去！"

褚一魁点头："这是第一。第二，中南海地面很大。我和蒋纬国曾去过傅作义在中南海的官邸。你看，金鳌玉𬬮桥之北为北海，蜈蚣桥之南为南海，两桥夹着的叫中海。"

"啊！""云中飞"说，"我还以为中南海是一个地方呢，原来这么复杂！"

褚一魁说："当然也可以看作是一个地方。中海有紫光阁、蕉园、颐年堂、丰泽园；南海有瀛台、涵元殿、勤政殿。勤政殿要注意，它是中南海的主殿，光绪皇帝搞变法都是在这儿开会，民国初年的袁世凯办公、居住也都在这儿。毛泽东接待所谓的民主人士，也多在这儿，所以要重点关注！"

"好，关注勤政殿！"

褚一魁接着往下讲："瀛台虽大，毛泽东不会住。"

"为啥？"

褚一魁的嘴角往下一扯，做一个笑样："从一八九八年到一九〇八年，光绪皇帝被慈禧太后囚禁在这儿十年，死就死在了瀛台的涵元殿里！"

"云中飞"点头："啊，嫌不吉利。"

褚一魁指着地图："我们再看这边。中南海虽然很大，但能让毛泽东居住的地方毕竟有限，也就是说，毛泽东居住的必是最好的地方。"

"恩师判断毛泽东可能住在什么地方？"

褚一魁轻轻摇了摇头："现在还不好判断。"

褚一魁和"云中飞"一直喝到很晚，到后来，就只是说话，很少端杯了。褚一魁怕他喝高了误事，"云中飞"当然也不敢贪杯。

褚一魁不仅研究了"云中飞"的具体任务，还向他讲述了北平的特务部署："我们已经在北平组织了五百人的袭扰队，刺杀、爆炸、偷盗、绑架……队长'金钱豹'，是英雄也是亡命之徒，三教九流，黑白通吃，前几天抢劫解放军的运输物资，就是他们干的。最近，他们盯上了市长的汽车，还准备有大行动。毛人凤局长指示我们，一定要'见缝插针，让北平四面开花'。他们的任务，就是让北平花开遍地。"

"云中飞"听完就笑了："恩师，学生这次来，还有一件事禀报，属于花开遍地的事情吧！"

褚一魁抬头看着他："嗯？少校讲。"

"云中飞"说："炸药厂的大爆炸您该听说了吧？"

褚一魁挺直胸："当然听说了。莫非——"

"云中飞"哈哈笑起来："恩师在上，那是您的学生我干的！"

褚一魁"啊"的一声惊叹，连忙端起酒杯："真的？"

"云中飞"略显自负："真的！"

褚一魁高高地端起酒杯，郑重地说："少校，我替毛人凤局长敬你一杯！"

"云中飞"故作推辞："学生不敢！"

褚一魁坚持："一定要饮！我要为少校请功！"

"谢恩师！""云中飞"仰脸饮尽。

褚一魁问:"少校,你是啥时候到的北平?"

"上午九时。"

褚一魁问:"炸药厂是啥时候炸的?"

"十一时零七分。"

褚一魁说:"这么短的时间,少校是如何完成的?"

褚一魁怕引起"云中飞"的不快,说完又加了一句:"我是想在请功的报告里把少校的神技写上几笔。"

"云中飞"看了恩师一眼,缓缓说起来:"我有一个师弟叫李二一,排行第二十一,改邪归正,成了炸药厂的工人。九点出了车站我要了辆黄包车,十点半就到了厂里,进厂那个麻烦啊,还要登记!我们在会客室说了十几分钟的话,师弟真进步了,会说对不起了!'对不起师兄,我得去上班!'我灵机一动,就提出想看看他上班的地方。他意思了一下,说要给领班儿说说,一会儿就领我进去了。哎呀,满车间都是炸药!自从前年炸过何市长,我就对炸药敏感,以前老喜欢使枪弄刀,没想到炸药那么厉害。我进厂的时候,发现路边有个厕所,离车间大概有三十多步远近……"

褚一魁说:"这个厂不小!几年前路过,没有进去看。"

"云中飞"说:"一看到厕所,我心眼儿立即活了。我说我去解个溲。当我进了厕所顺着阳光往车间这么一看,正好能看清北边车间里成堆的炸药。多亏了我这把无声手枪,真像说书人讲的,说时迟,那时快,我掏出手枪,对着炸药堆打了一枪。接下来的故事,不用讲恩师也明白,一颗子弹,就要了他们几十条人命和几百间民居!美国人,真他娘的牛!你看这枪!加强型的,能射二百多米!""云中飞"掏出来递给褚一魁,"恩师?"

褚一魁接过来,翻来覆去地在手里研究。

"云中飞"说:"李二一,我的好兄弟!可惜了一个改邪归正的好工人!"

褚一魁端起酒杯:"都说我褚一魁心狠手毒,看来少校是后来居上,青出于蓝而胜于蓝啊!来,干!"

"云中飞"端起酒杯,一饮而尽。

"云中飞"说:"傅作义不仁不义,一枪不发把北平交给了共产党,我想发它几枪，就是不能从共产党手里把北平再弄回来，也要让他们心惊肉跳不得安生。"

褚一魁说："少校，我不得不提醒你，不要因小失大，忘掉了自己的使命！"

"谢谢恩师指点！我欲望太高，见不得破坏的机会！以后行动前我一定请示！"

褚一魁说："不是责备，我只是提醒。下车伊始建奇勋，我要为少校请功的！"

"云中飞"说："恩师放心，我一定杀死毛泽东，把欠咱的一百四十三斤黄金要过来。"

褚一魁哈哈笑起来："来，干！"

两人一齐端起酒杯，再一次干完了杯中之酒。

7

军情重大会议短。不到一小时，吴邑处长就回到了办公楼。"孙觅，通知开会！"而此时，鲁战凯的汇报还没写完，看见吴处，禁不住嘟囔了一句："这么快！"

所有人员都在，罗山、于兵、梅东岭、鲁战凯、孙觅迅速集合完毕。

吴邑开始便说主题："刚刚在领导办公室参加完会议。会议很短，但很重要！据可靠消息，蒋介石派来的少校级特务'云中飞'已经潜入北平，专事刺杀毛主席和我党中央高层领导。上级命令严防死守，限期捉拿。"吴邑说着，从公文包里取出"云中飞"的放大相片挂在墙上：

"此人五十岁，本名窦志云，又名窦十四，早年是一个入室行窃的盗贼，据说是惊天飞燕的关门弟子，会轻功，善偷盗，后经美蒋特务的严格训练，成了一个心狠手辣、惯于夜袭的独狼。他的上峰就是隐藏在北平的上校级特务褚一魁。"

罗山小声说："就是破坏过我党在北平的地下电台的那个家伙。"

吴邑说："对。一会儿还要说到这个人。现在还说'云中飞'。此人飞檐走壁如走平路，据说长了一双夜眼，夜里视物如同白昼。这一点儿与科学不符，可以不信。此人独往独来，冷酷狠毒，当年行刺北平市市长的就是他。消息还说，'云中飞'此次潜入，专门做了整容手术，可见是破釜沉舟，决心求死了！"吴邑又在墙上挂了几张"云中飞"整容后可能出现的画像：

一张割眼皮的。

一张瘦脸形的。

一张脸有麻点儿的。

孙觅问："整容后的确切样子不知道吗？"

吴邑点头："大概就这么几种。"

罗山判断："麻脸的敢确定吗？"

吴邑说："只是可能之一。要是能确定，那就不要这几张了！"

罗山说："处长，我今天在前门火车站跟踪的，就是一张麻脸。从前门到南池子，从幽深胡同到东安市场……"

吴邑警惕起来："后来呢？"

罗山说："后来是炸药厂一声爆炸，街上人全乱了，麻脸得以乱中逃脱。"

"啊！"吴邑说，"这么说，还是很有缘分的嘛！说说长什么样子！"

罗山讲了麻脸的模样，并把自己的判断讲给了大家。

吴邑说："罗山讲的很重要，不管他跟踪的是不是'云中飞'，这个麻子脸我们都应该注意。但我判断，既然'云中飞'做了整容，麻子脸不一定是他的最佳选择。因为一麻，以后他就不好再做别的装扮了。"

孙觅说："处长，要是他想着街上的麻子脸太多，他这样装扮更普通、更好混呢！"

吴邑一笑："这也算一种选择。"

罗山说："麻脸成本低，好实施。"

孙觅接上："是啊，我听说整容是这儿割一刀挪那儿，那儿割一刀挪这儿……"

于兵说："要是孙觅，肯定选择麻子脸了？"

孙觅声音高起来："才不呢！既然要整容，为什么不整个漂亮的！你才要麻子脸呢！"

吴邑说："明白了吧？这算是我说的麻子脸概率不大的又一个理由。"

罗山下意识地摇了摇头。

吴邑说着，从包里又拿出一张照片，挂上墙壁。这是一幅十八九岁男生的照片，英俊漂亮，一脸稚气。

孙觅禁不住称赞："这是谁？蛮漂亮的！"

吴邑说："这就是褚一魁，是他入读北大预科时候的照片。"

众人"啊"了一声。

吴邑接着说："褚一魁这个人十分狡猾，多年来一直未留下任何照片。两年前，也就是一九四七年初，他破坏了我党在北平的地下电台，蒙骗了我党在西安、上海等地的地下组织，给革命造成了重大损失，一百多名共产党员惨遭毒手。我们也多方寻人报仇，可是仅找到了这幅照片。严格说来，三十年前的照片，意义不是很大。"

孙觅问："褚一魁不会也整容吧？"

吴邑说："目前还没有这方面消息。"

于兵问："褚一魁现在就在北平吗？"

吴邑点头："肯定的！他是这次破坏活动的总指挥啊！"

吴邑又拿出一幅画像挂上："虽然他没有留下近影，但是在北平很多人认识他，像前门派出所的胡所长、东单派出所的靳所长等都和他来往过。这是我们根据调查情况，画出的褚一魁现在的模样。"

罗山把照片和画像认真看着："褚一魁今年四十九岁，眼角应该有轻微的皱纹了。"

孙觅看看罗山小声咕哝："你二十五。"

孙觅又看看吴邑："处长三十六。再加十三岁，应该有皱纹。"

梅东岭说："肯定有皱纹。我正在审讯的米继槐就是四十九岁，皱纹很明显了。"

吴邑说："大家好好看看，一定要铭记心中。记住，这是生死搏斗啊！"

于兵说："处长，褚一魁四十九岁，'云中飞'五十岁，他俩怎么是师生关系呢?"

孙觅说:"就是啊,我刚才就想问这个了。"

吴邑指着罗山:"罗山,你给他俩讲吧!"吴邑说过,站起来进了里间。

罗山站起身,指着墙上的画像给大家讲说"云中飞"和褚一魁的关系:

"'云中飞'早年是一个飞贼,专在夜晚出手偷盗。他身手敏捷,又会轻功,凭着一条布袋子就可以攀上爬下几层楼。有一次,他偷了蚨源祥位于三楼的绸缎店仓库,上百匹绸缎啊,这是大案。他就被当地派出所所长抓起来了。"

孙觅说:"他这么厉害,为什么还会被抓住?"

罗山说:"你不知道。旧北平的警察和小偷都是一家。警察多为世袭,爷警察爹警察儿还是警察,小偷呢,也是世袭……"

孙觅接:"爷小偷爹小偷儿还是小偷!"

"对。小偷要偷啥,偷谁家,事先都打招呼。不招呼就偷那就是不懂规矩,派出所要修理他们的。这么大个案子,一定不是当地的小偷干的。"

孙觅说:"没人来打招呼!"

"是!派出所所长把管理的小偷统统找来,小偷们说,有一个人可以问问。这就抓来了'云中飞'。现在想来,派出所所长也未必就知道是他干的,可是,有枣没枣打三竿,就审起来了。'云中飞'当然不认账。这所长也狠,当时正是腊月,滴水成冰。不承认可以,扒光衣裳在门外雪地里冻。一会儿工夫,人就冻成腊肉了。就在这时候,褚一魁出现了。他是路过,吸烟找火,一看门外跪了个汉子,冻得浑身乱抖,肉都青了,就问咋回事。所长如此这般讲了一遍。褚一魁知道国民党时期的派出所所长都是啥水平,说:'交我审吧!'所长就卖了个人情。褚一魁为他穿上衣裳。这可不是礼贤下士,而是太冷,'云中飞'冻硬了,自己穿不上衣裳。他又叫人去对面街上买了一盆胡辣汤。'云中飞'狼一样喝完了这盆汤,也不抖了。褚一魁只一句:'这活儿真是你干的?''云中飞'立即就认账了。'这么多匹绸缎就你一个人?''云中飞'再次点头。褚一魁也算伯乐,当场就把'云中飞'领走了。后来破坏我党在北平的地下电台,导致一百多名共产党人牺牲,褚一魁就是利用了这个飞贼。"

于兵问："这就是他俩的师生关系？"

"对。"罗山点头，"可以说，褚一魁是他的恩人。所以，'云中飞'人前人后都称褚一魁为恩师。"

吴邑从里间走出来，拿着一摞材料，对大家说："还有内容啊，也要对大家传达。"

同志们齐看处长，罗山在小本上记录。

"蒋介石反动集团和美帝国主义不甘心自己的失败，文的不行，他们就来武的。武的不行，他们就来阴的。另有消息，他们在北平城里成立了袭扰队，那些放出来的地痞、流氓、恶棍被他们组织起来，金钱刺激，美女拉拢，让他们破坏新北平的秩序。简称 CIA 的美国中央情报局最近也会有行动。我想问问大家，他们为什么这样丧心病狂地对待我们新生的人民政权呢？"

于兵说："他们不服气嘛！"

孙觅说："不服气好，不服气再战！"

吴邑说："自从盘古开天地，三皇五帝到如今，哪一次改朝换代都是一个剥削阶级取代另一个剥削阶级，唯有我们共产党建立的是人民政权，是第一次真正由老百姓当家做主的政权！所以，帝国主义和国民党反动派才会千方百计地要破坏我们，扼杀我们。伟大的新中国成立在即，作为新中国第一代卫士，我们一定要提高警惕，决不能让任何敌人的任何阴谋得逞！"

众人一起站起来："是！"

吴邑想了想，走到立着的小黑板前，拿起粉笔，在"上不在上，下不在下"的后边接上了两句，看起来，就成了这样：

上不在上

下不在下

天没它大

人有它大

——打一字

写完，吴邑小声念了一下："'上不在上，下不在下。天没它大，人有它大。'这是一则谜语，打一个字。这个字和我们今天的使命大有关系。谜语是一个智力活动，和我们的侦破工作有很多相似之处，请同志们好好用心，尽早破解。这算是个脑力保健操吧！"

　　孙觅说："与'云中飞'和褚一魁的长相有关系吗？"

　　就在这时，门外传来一声高喊："报告！"

　　罗山马上应了一声："进来！"

第二回　开办小偷学习班
　　　　　确定破敌新方案

一二三
四五六
七九十
——打一字

1 　　前来报告的是前门派出所所长胡长寿，他一脸谦卑地站在门外，直到罗山又喊了一声"进来！"他才哈腰点头地走了进来："各位领导，正开会呢？"说完，忙又做出要退出去的样子。

"哎哎，老胡！"罗山连忙喊住他。这才向吴邑处长介绍："这是前门派出所的胡所长！"

胡长寿又哈了一下腰："敌人是前门派出所所长胡长寿，特向领导请罪！"

罗山又向胡所长介绍吴邑："这是我们吴处

长！"

胡所长双手捧着派克笔："笔找回来了，请吴处长恕罪！"

孙觅小声对于兵说："怎么好像是他偷的似的！"

于兵笑了，小声说："国民党出身的派出所所长都这样，见了狼是羊，见了羊是狼。"

孙觅说："现在是共产党当家，不得整顿整顿？"

于兵点头："那是肯定的！"

吴邑接过笔来，看了看外边，又拔掉笔帽，看了看笔尖，然后在纸上试写了几个字：

> 胡长寿、胡长寿

胡长寿下意识地掏出怀表看了看，小声对罗山说："差一点儿就耽误了！"

罗山笑了。这胡长寿真是精细，他是卡着点送来的笔，交到吴处长手里的时候刚好过了时间。他怕罗山怪罪，故意说了这么一句，表示完成了任务。

"胡长寿！"吴邑抬起头，喊了一声。

胡长寿立正："到！"

吴邑说："你坐。"

胡长寿又一哈腰："不敢！"

吴邑笑了："哎呀，你坐嘛！新中国了，官兵平等，上下平等，别弄得还像国民党那样，一说'蒋委员长'，大家都得立正。坐！"

胡长寿坐下来，屁股挂在椅子角上。

吴邑又在纸上写了"前门"二字："前门派出所一共几个人？"

胡所长答："五个。"

吴邑又问："小偷一共多少人？"

胡所长自嘲似的一笑："三十七个。"

吴邑抬起头，看一眼胡所长："偷我笔的小偷叫啥？我能见见吗？"

胡所长连忙站起，颔首弯腰："哎呀，处长，那小子形容猥琐，浑身脏臭，已经教训他一顿了，回去我再教训他。"

吴邑说:"胡所长,都说旧北平的警察和小偷是一家,我还不相信,自从进入北平办了几次案,真是不相信都不行!现在是新中国了,你们前门派出所带个头,把这种恶名改改,行不行?"

胡所长站直身子:"怎么不行?行得很,首长!"

吴邑说:"于兵,你给胡所长做个示范,看'行'是怎样表达的!"

于兵一个立正:"是!"

吴邑问:"行不行?"

于兵挺胸高应:"行!"

吴邑问:"胡所长,怎么样?"

胡所长学着于兵的样子,挺胸敬礼:"行!"

胡所长没当过兵,学这个敬礼也不标准。吴邑看着,禁不住笑了:"好!胡所长,我就拿你们前门派出所做表率了啊!你先回去吧!"

胡所长又敬礼:"是!"

罗山站起来,说:"处长,我有个请求。"

"讲!"

"我想跟胡所长去趟派出所,给那三十七个小偷开个会,叫他们改邪归正,好好做人。"

吴邑看一眼梅东岭。

罗山说:"我想请东岭一块儿去!"

梅东岭皱起眉:"罗山,嫌犯米继槐还押着呢!处长刚刚说过,可是让咱俩一块儿办案呢!"

吴邑看一眼罗山:"你说的是你们俩一块儿?"

罗山点头:"是!"

吴邑说:"去吧!任务交下去,你们想法完成就是了!"

两人同时敬礼:"是!"

罗山和梅东岭、胡长寿一起走出院子,罗山骑上自行车,示意梅东岭坐后边。

胡所长小步跟在后边,正要骑自己的自行车,忽然发现胸兜里有一支钢笔，急忙掏出来看了，禁不住连声高喊："哎，哎哎哎！你们看，我的笔！"

梅东岭跳下车子："你的笔怎么了？"

胡所长一脸惊讶地说："我的笔回来了！"

梅东岭让他说糊涂了："你的笔，去哪儿了？"

胡所长说："一个小时前，罗山同志让我给首长找笔，我当时正写案情，临时把笔锁进了抽屉，回来时就没有了。我记得清清楚楚，我没有放兜里，可是、可是现在，它自己又回来了！"

罗山笑了，问："胡所长，你有胸兜怎么不装笔呀？"

胡所长说："我是怕丢了。派克笔，金贵嘛！哎，你说，我在所里丢了笔，咋这会儿在这儿找回来了呢！"

"不会是记错了？"梅东岭问。

"肯定不会！"胡所长拍着胸脯。

罗山看着他笑："那你得问笔！"

胡所长看看罗山，又看看梅东岭，一脸的狐疑。

罗山禁不住哈哈笑起来。

前门派出所很快到了。胡长寿立即让郭天、陈四通知小偷们，三十七人，一个都不能少。

四十分钟不到，三十七人全部到齐。这么大的面积，这么复杂的环境，他是怎么做到的？梅东岭很惊讶。

胡所长坐在中间的椅子上，右边坐着罗山，左边坐着梅东岭。小偷们都很知趣，找个地方，随地坐了。三间房子里坐得满满当当。有三个女人坐在屋角，其中一人还奶着孩子。

胡长寿站起来用指头点着数人："……三十六，三十七。"

所长点过，小声问罗山："都到齐了。开始吧？"问过右边的罗山，又扭头问左边的梅东岭。

两人都点头同意。

"咳咳！"胡所长清了一下嗓子，"诸位勿言！今天请诸位过来，是想和大家商量个事。现在是新政权了，劳动人民当家做主，自食其力，劳动光荣，偷偷摸摸的这个手艺就不兴了。我刚才给中央的领导表了态，我们前门派出所要先走一步，给北平市做个表率。胡某人一个小小的派出所所长咋就能见上中央的领导呢？我是沾了田快手的光！田快手呢，站起来！"

一个五十来岁的男人站起来，脸上有些尴尬。

胡所长说："田快手在天安门广场偷了中央首长的派克笔……"

小偷们悄悄地笑起来。

胡所长伸一下手："诸位少安毋躁！这派克笔放在我手里只是记你们谁个过错，放在中央首长的手里那就是记的天下大事。俗话说，'不打勤，不打懒，就打你那不长眼'。我以前说过要你们长个眼。现在我要说的是，以后这个眼就不要长了，从今天起，诸位要改掉恶习，重新做人！诸位以后想做点儿买卖啥的我胡某人一定帮忙。田快手，你坐下。我的话完了。下边，请中央来的领导罗山同志给我们讲话。大家欢迎！"

小偷们稀稀拉拉地鼓掌。

胡所长说："不欢迎是不？使点儿劲！"

小偷们兴奋着，鼓疼了双手。

罗山站起来，给大家敬了个礼，然后坐下来："我叫罗山，是政治保卫处的侦察员。我以前和你们一样，也是一个手艺人。"

小偷们一愣，齐扬起头。

罗山撮起指头，做了一个"偷"的动作。

小偷们先是一惊，接着就笑了。

田快手大声问："领导也会这手艺？"

罗山点头："现在，我提醒一下，你们在这一刻检查一下自己的东西，看是不是都少了点儿什么。"

小偷们动作起来。

一个喊："我的帽子？"

一个喊："我的香烟？"

小偷们嚷嚷着。

罗山说："一个一个说。"

一个男人站起来，拍着脑袋："帽子没了。我就说刚才眼前一亮，原来挡眼的帽子就不见了。"

另一个男人站起来："香烟没了！"

田快手说："手帕没了。"

一女偷喊："卡子没了。"

又一男偷："我鞋丢了一只！"

…………

罗山站起来，大声说："全在我这儿呢！瞧，这是谁的？"罗山举起一个手帕。

田快手一举胳膊："手帕，我的！"

罗山拿起香烟。

男偷喊："香烟，我的！"

罗山每举起东西，就有人跟着认领。

又一男偷喊："帽子，我的！"

女偷喊："卡子，我的！"

…………

随着小偷们的应答，各自的物品又回到了各自的手里。

田快手禁不住一声高喊："神算！这就是以前听说过没见过的神算啊！"

众小偷欢呼而起："啊！神奇！"

有人竟然脱口而出："我们要拜师！"

"拜师个球？你还不想洗手啊！"胡长寿大声骂着。

有人又笑。

三十七人全都安静下来，一齐伸着脖子看罗山。

罗山双手示意："兄弟们坐下！"

众小偷感叹着，意意思思地坐了下来。

田快手不坐，说："领导，说说您的神奇事呗！咱一个小偷咋就成了共产党的领导干部呢？"

众小偷又一起站起来："说说呗，领导！"

"这个才有意思！"田快手得意地看了看周围。

罗山又做了请人坐下的手势。

众小偷复又坐下。

罗山说："我也是个穷人，苦人！受苦的人！"

罗山说着，眼圈就红了。

众小偷安静下来。

罗山继续说："八岁的时候我们那一带闹霍乱，三天不到我爹我娘全走了，撇下我和六岁的弟弟。两天后，弟弟也走了，剩下我一人，就出来要饭，快要饿死的时候遇见了我的师父'麻三绝'。"

田快手叹一声："啊，听说过！江洋大盗啊！偷过段祺瑞的金库！"

胡所长大声喊："少废话！"

罗山说："我师父会轻功，多么高的城墙如走平地。我师父会技击，多么壮的汉子到不了他跟前。我师父会神算，偷人从不伸手。可是，他老人家有三条规矩：一不偷穷人，二不偷病人，三不偷鳏寡孤独。"

众小偷现出敬佩之色。

一小偷小声叹："义贼！"

罗山说："十五岁那年，师父已教了我八成的技艺，因误食了一桌酒席中毒身亡。他是我的恩人，但更像我的父亲。我非常非常难过，错偷了一个寡妇的钱包。刚刚接班的师兄要树旗立威，不听师娘说情，坚持要砍我半截指头。我一害怕，哭着跑了出来，正遇上了八路军的干部吴邑老师。我就参加了八路军，成了今天保卫处的侦察员。"

众小偷齐叹："啊！"

罗山说："我们都是穷人。"

众小偷禁不住点头："不穷谁干这呀！"

罗山说："我们都是苦人！"

众小偷又点头："不苦谁做这呀！"

"我们房无一间，地无一垄，食不果腹，衣不遮体，我们是穷人中的穷人，苦人中的苦人。"

众小偷不再接话，一个个眼含热泪。

罗山也动了感情："共产党是穷人的政党。新中国是苦人的中国。今天，普天下受苦受难的穷人翻身了，解放了。我们穷苦人成了主人。谁见过主人偷主人的东西啊！"

众小偷点头。

田快手禁不住伸出拇指："兄弟，高论！"

罗山说："胡所长做证，我是主动过来要见大家的。我提议，从今天起，大家都挺起腰杆，收起技艺，认真改造，天天进步，做我们新中国真正的主人！"

田快手说："兄弟，你说得真好！"

"叫同志！"胡所长大声纠正。

"啊啊，同志！"田快手说着，站了起来，"可是干我们这行的，不是太好改！你是有所不知，所长的令祖是所长，所长的令尊也是所长，他家干了三辈的所长。他小时候就这么高，'站住！'一出口就像所长，后来就成了今天的所长。像我爷是个——小偷，我爹门里出身，也走了这路，到我这辈儿，子承父业，弟兄俩小偷。咝——，我也想改，可一见黑阴天手就发痒……"

众小偷心有同感，一片骚动。

胡所长喊："安静！"

众小偷立即不吭了。

罗山说："要当主人，就得痛下决心！"

一小偷站起来："领导啊，您说，我们真能当主人？"

罗山说："那要看你想不想当了！"

梅东岭说："罗山同志都当了主人，你们为啥不能当？不想当嘛！"

田快手说："这位领导，您也是——小偷？"

胡所长斥责："放肆！"

田快手蹲下去。

一女偷看着罗山："大兄弟，你说得对，主人也得争取不是！人家让你当，你偏偏不去当，非得偷人家，老天爷也没有办法不是？大兄弟，我代表俺姐妹几个表个态，从今天起，金盆洗手，不再作案！"

一男偷应道："对对，大妹子说得好，这叫'金盆洗手'！"

田快手说："'金盆洗手'好！"

罗山说："'金盆洗手'是要有个仪式呢！胡所长，您去备个盆！"

胡所长应声："明白！"站起来就往外走。

所长就是所长，办事认真得很！他到门外卖盆的商店借了一个红花大瓷盆，两只喜鹊正在盆壁上的梅花枝头欢叫着。

郭天拿来三根香，在香炉里燃着。

一女偷说："老天爷在上，那我们就跪吧！"

"哎哎哎，别慌。"田快手走到罗山面前，说，"同志，您是先洗过手的，您就做个主持吧！"

罗山说："好！我来给大家主持！"

三十七个小偷分三排站了，面对香炉。

罗山说："各位兄弟姐妹，罗山愿为大家服务，让我们一起努力，共同进步，争取做新中国的主人！争取做新中国合格的主人！"

众人齐应："谢了！"

罗山说："我说一句，大家说一句，算是誓词吧！"

众人齐应："再谢！"

罗山朗声高诵：改掉旧习，争做新人！

众人高声齐应：改掉旧习，争做新人！

罗山：热爱共产党！热爱新中国！

众人：热爱共产党！热爱新中国！

罗山：学做新中国的新主人！

众人：学做新中国的新主人！

罗山喊："跪——"

众人一齐跪下。

罗山喊："叩首——"

三十七个小偷一齐磕下头去。

罗山又喊:"再叩——"

众人再叩。

罗山再喊:"三叩——"

众人三叩。

"神三鬼四",这是民间的风俗。"天灵灵,地灵灵,离地三尺有神明。"这是华夏千年的信仰。伏地长跪,仰天盟誓,对着的可是万能的神明啊!

磕完头,众人起身,依次排队,从左至右,一个一个地舒展开双臂在清澈的盆子里洗净双手,郭天拿了条手巾,洗手的人擦了,分别和罗山、梅东岭、胡所长一个一个地握手。

罗山大声说:"祝贺兄弟姐妹们!"

梅东岭也跟着喊:"祝贺!"

胡所长大声喊:"祝贺啊!以后谁要是再瞧不起咱,人前背后说咱以前咋呀咋的,你们就来找我做证,看我咋收拾他!"

田快手说:"兄弟姐妹们,记住这一天吧,从现在起,咱们就和大街上走着的人一模一样了!"田快手说着,忽然哽咽。

抱着孩子的女人先哭了,她大声说:"孩儿啊,娘总算做了一件对得起你的事!"

众人忽然下泪。想起过去的千般委屈,有人竟哭出了声。

2 亚洲饭店是北平最大的饭店,参加新政协筹备会的代表在此下榻,自然就成了国民党特务关注的对象。当然,它也是保卫处的重点保护对象。除了加强门岗和游动哨,每天的饭菜都是由专人负责、专人递送的。

在美国受过特殊训练的炸弹专家廖响三天前潜来北平,他的任务是专对中央高层和新政协会议实施爆炸,他要的是更有价值的目标。他命令助手王富团侦察新政协会议的安保情况,以便寻找破绽,制造新闻。

王富团是一个三十来岁的胖高男人,看上去有些呆相。他戴上墨镜,装作从亚洲饭店经过的样子，观察如何能够进去破坏，上午十点，恰和挑着青菜的农民走到了一起。菜农是一个中年汉子，走着唱着。王富团听不懂内容，但他知道这是河北的地方戏。菜农把担子放在地上休息的时候，从腰里摘下烟袋，装上烟丝，弯腰从菜筐里拿出一个竹筒，抽出里边的火煤子，迎着风晃了几晃，火煤子着起来。菜农把火煤子放在装了烟丝的烟袋锅儿上，用力一吸，烟丝着了。菜农贪婪地吞一口，香辣的烟味儿呛得他猛烈咳嗽起来。

王富团看见，掏出烟卷，连忙凑了上去："师傅，借个火！"

菜农把火煤子递过来，王富团不会用，迎着风晃了几晃，没想到，火煤子燃起了火苗。

菜农笑了，说："用我的烟锅吧！"

王富团凑上烟袋锅儿，点着了香烟："您这菜是去哪儿卖的？"

菜农说："这菜不卖！是专给新政协会议送的安全菜！"

"啊啊，光荣啊！"王富团露出羡慕的神情。

菜农笑了："那是，经过严格的政审才通过的！"

王富团笑了，又问："您是哪村的呀？"

"郊区的！"菜农挑起担子，说声"再见"，哼着路戏走了。

王富团犹豫了一下，立即悄悄地跟了上去。

亚洲饭店的门口设有岗亭。菜农走上去，路戏停了。

"证件？"哨兵从岗亭里走出来。

菜农放下担子，大声报："郭各庄送菜的！"

哨兵问："谁让送的？"

菜农说："殷股长，大个子殷股长！河南口音！"菜农边说边比画。

小战士做一个手势："请！"

"谢了！"菜农挑起菜筐，轻轻地又唱路戏。

王富团从亚洲饭店门前走过，听清了双方的对话。在街道拐角处，他和一个戴着草帽的男人迎面碰上。

"借个火！"王富团拦住对方。

"草帽"站下来："怎么样？"

"送菜的可以进去。"

"你要跟上他，看是哪儿的人。"

"郊区郭各庄的。"

"郭各庄在哪儿？一定要弄清楚！"

"是！"

王富团还是有能力的，只用了半天时间，就弄清了郭各庄的位置。晚饭时，他和他的上司、戴着草帽的炸弹专家廖响再一次走到了一起。只不过，这次不是在街上，而是在一家叫作小春天的饭店里。两人挑了个靠里的座位，四个小菜，一瓶二锅头，对斟细酌起来。王富团已经不戴眼镜了，廖响却还戴着。

"郭各庄的位置弄清楚了，就在北平城的西北方。据说，送菜的人都是经过共产党挑选的可靠的农民。亚洲饭店忙不过来，才让他们去送。"王富团小声汇报。

廖响问："怎么知道是郭各庄送菜的呢？接收人是谁？"

王富团说："要报是郭各庄送菜的，接收人就是那个殷股长嘛，大个子，河南口音。"

"你见了？"

王富团摇头。

廖响问："他们认识吗？"

王富团说："肯定认识。就是不认识，送两回菜不也就认识了？"

廖响问："如果不认识，是不是也可以把菜送进去呢？"

王富团夹一口菜，又夹一口菜："应该也可以。比方说，他爹有事来不了，他儿替他来一趟不行吗？反正都是郭各庄送菜的嘛！"

廖响使劲地点头："嗯嗯。有道理，有道理！"

王富团说："下边怎么做？"

"你听我的。"

"那是！"

"不该问的不要乱问！"

"是！"

"这是纪律！"

"是！"

廖响举起酒杯，二人一碰而干。

3

前门派出所的电灯很暗。北平市电力不足，电压也不稳。有时候灯正亮着，忽然就暗了。暗，又暗，你想着这灯要灭了，可它忽然一闪，又亮了起来。"鬼火似的！"胡长寿经常这样感慨。现在，前门派出所所长胡长寿正陪着罗山、梅东岭在所里享受时暗时亮的电灯，坐等田快手。

一刻钟不到，郭天带着田快手进来了："所长，人带来了！"

"哎哟，领导们都在呀！"田快手白天刚经过"金盆洗手"，又被罗山"翻身做主人"的道理鼓动，感觉自己忽然就有了底气。晚上，他亲自炒了两个菜，和老爹正喝酒，突然被郭天请来，一时不知道又有何干。

三个人都不应声。

所长说："田快手，你他娘的本事真大，上午你让我见了中央领导，晚上不能睡觉，又让我来接着伺候你！"

田快手连忙弯下腰去："哎哟，所长，您老在上，小的真不知道又干了啥事？"

胡所长说："你干了啥事我哪儿知道？你自己坦白坦白吧！"

田快手想了想："昨天我拿了首饰店的一对玉镯儿？这，算吗？"

胡所长翻一眼："你干的好事我哪儿知道？再坦白！"

田快手想了想，说："您老在上，您不知道那我还得接着说……我说领导，您想让我干啥您就说吧！刚刚金盆洗手，回去还陪着我老爹喝了杯酒庆贺庆贺，哎，我可真是啥都没干啊！下了决心洗心革面，天再黑也不出去了！"

胡所长看一眼罗山。

罗山咳嗽一声："田快手，知道你偷的首长的那支笔是干什么用的吗？"

田快手思忖着："我偷首长那笔？卖钱呢，买米！只是我还没有出手，这不就又给您送回来了嘛！"

罗山说："我问你，知道不知道首长的笔是干啥用的？"

田快手说："啊！这个知道。写字嘛！"

罗山说："我就知道你不知道会说知道。"

田快手皱了一下眉："那——不是写字的？钢笔不写字还会干啥呢！又不挡饥又不挡渴的！"

"告诉你吧，首长那笔是一个重要的仪器。只要它在你身边，你说的话，你干的事，甚至你怎么想的，有什么猫腻，它全知道！"罗山说着，挥了一下手。

田快手惊叫一声："啊啊，怪不得一会儿就找着我了，原来还有这啥都知道的玩意儿！"

罗山说："你不知道它不重要，重要的是它知道很多重要的东西，你给它泄密了你知道不知道？"

田快手又吃一惊："我给它泄密了？我泄的啥密？"

罗山问："你都给谁显摆了？"

"给谁显摆了？"田快手皱眉想着，"让我爹看了。我爹既是我爹，也是我的老师，我每有得意的事就会让我爹知道。他老人家知道了会高兴！"

罗山忍住笑，又问："还让谁看了？"

田快手说："啊！有几个兄弟见了。"

罗山说："这不就是了！"

胡长寿叹了口气："田快手，我看你还是跟着两位领导走一趟吧，这事比小偷小摸不知道大多少倍。我虽然知道你是无意，只是想卖个钱，但我想帮忙也帮不了你啊！"

田快手急了："这这这，这'金盆'可是您老端过来的，这'洗手'也是您看着烧了香的……"

胡所长生气了："田快手，我告诉你，这是洗手前的事，怪不得金盆！怪不得金盆是我端的！更怪不得是我看着烧的香！"

田快手说："所长，我不是那意思！"

罗山说："田快手，劳你跟我们走一趟吧！"

田快手扭脸对着郭天："郭哥，可别给我爹说，他八十四了，今年是损寿年！"

罗山问："你这是啥意思？"

胡所长说："这是咱老北平的话，'七十三，八十四，阎王爷不叫自己去'。孔圣人是七十三岁死的，孟圣人是八十四岁死的，民间就说这一年老人们容易出事。圣人都挡不住不是？"

罗山说："啊，我也听说过，就是不知道为什么这样说。长见识了！"

"见笑！都是老婆言！"胡所长说过，扭脸看着田快手，"你好好配合，有啥说啥，别胡思乱想、乱咬乱攀，增加领导的工作量就行了！"

田快手连忙作揖："好好好，所长放心，我一定好好配合！郭哥，我爹要问，你就说出去一时，很快回来！"

郭天说："好好好，听话啊！去吧！"

罗山说："田快手，看来你还是个孝子啊！"

田快手哭丧着脸："啥孝子啊！'父母在，不远游，游必有方'不是吗？那咱走吧！"

4

"云中飞"在宾馆住了一晚，早晨起来，就决定要去街上转一转。他专门换了衣服，上穿浅黄色短袖，下穿素白色长裤，脚上仍是一双长脸布鞋，只是换成了较淡的古铜颜色，戴了副金框细边眼镜。头上谢顶了，套了一顶白色太阳帽。他雇了一辆人力车，直奔中南海而去。

这次的人力车夫是一个壮硕男人，四十岁上下，高高的身材，两条长腿，一看就是个劲健善跑的人。人力车夫都爱说话，这人也是。"云中飞"一上车，刚说一句"去中南海一带转转"，壮硕车夫马上就接话："先生是第一次来北平？"

"云中飞"一听就有些不高兴，他在北平杀人放火，连当时国民政府的市长都差一点儿被他的定时炸弹要了命，哼！"第一次！"不过，这次他一改过去的跋扈，顺着说了一句："是啊！听说这北平马上要成为新中国的首都了，所以特意出来看看！"

人力车夫一听，立即露出了笑意："听先生您这么一说，我就敢给您导游了。咱刚才走的这条街叫长安大街，拐进来这一条道叫南长街，再往北就是北长街，东边是天安门，西边这就是中南海了。新政协开会您听说了吧？"

"云中飞"扭脸四下看着："这么大的事咋能没听说！"

人力车夫说："会议代表就住在亚洲饭店，那是咱北平最好的饭店。共产党要坐天下了。毛主席、朱老总天天都来见各路代表，听说毛主席都搬进城里来了。"

"云中飞"认真起来，不过他想多打听情况，故意激道："搬进城里？他不是早就搬过来了吗？"

人力车夫说："您外地人是不知道，毛主席是早来北平了，可北平刚刚和平解放，听说九路特务有两万多人，不安全不是！他老人家就住在了香山。"

"云中飞"说："毛主席搬进城住在哪儿知道吗？可是得安全呢！听你这么说，特务有那么多！"

"安全那是必然的！毛主席住哪儿，咱一个老百姓哪会知道？不过呢，大家也都有个猜测，中南海的可能最大！"

"中南海？""云中飞"加重了语气。

"是中南海。"

"云中飞"说："见不了毛主席，那我们就围着毛主席住的地方看看，也算遂了个心愿！"

人力车夫说："先生，一听说话，就知道您是个进步人士！热爱共产党，热爱毛主席。"

"云中飞"咳嗽了一声，说："不敢！"

人力车夫说："古话说得好，国家将兴，必有祯祥；国家将亡，必有妖孽。您看看咱这北平，那可是吉兆连连，连大街都干净明亮起来了。我在北平生活了四十年，辛亥革命啥的那时候小不记事，这军阀混战和闹老日我可是都记得，北平那个脏啊，乱啊……"

路窄，两个外国白人贴着墙边给人力车夫让路。

人力车夫有感而发了："外国人以前走路，个个趾高气扬，他们的车撞死人了都不停下来。东交民巷您知道吧？日本人的车轧死了中国人，三天都没人敢收尸。现在你再看看，外国洋人走路个个贴墙脚，像丧家的走狗似的。国民党反动派，赢不了共产党！听说蒋介石又派来了不少特务，其实没用，动不了毛主席一根毫毛！"

"云中飞"忽然大喊："停，停！"

人力车夫停下来。

"云中飞"掏钱付账。

人力车夫："不转了，先生？"

"云中飞"拍拍胸口："老子这儿不舒服！"

人力车夫说："那您可得小心！您这个年纪，俺院里住了个大叔，跟您的年龄差不多……"

"云中飞"提高声音："哎呀，老子小心着呢！"

"云中飞"下了车，一个人往前走去。

人力车夫用指头捣着"云中飞"的背影："这是四川佬，一说话就是'老子老子'的。"

人力车夫说过，想了想，又跑着追了过去："先生，要不要我送您去医院？"

"云中飞"往旁边吐了口唾沫，扭过脸说："不用！"

"云中飞"说过，又往地上吐了一口。

人力车夫站住脚，望着往地上连吐口水的"云中飞"，禁不住再发感慨："吃住了，胃有毛病！"

5 当晚回到羁押处，罗山和梅东岭立即就跟田快手商量案情。

罗山说："田快手，正名怎样称呼？"

"叫了这么多年，正经的名字就给忘了。"田快手吸了一口气，"我的名字叫田一垄。啥意思呢？我爹原想让我挣块地，谋个正经营生。谁知道，转来转去，又走到他那条路上了！"

梅东岭说："你爹也是想让你学好！"

田快手说："其实，我也是个孤儿，五六岁时被俺爹收养了。真正地说，我姓啥叫啥我真不知道，只记得他们叫我驴驹。今天听罗山同志说他的身世，我的眼泪差点儿掉下来。只是，罗山同志有福，碰见了八路军，我没福，没遇上贵人。"

"田——"梅东岭想叫他的正名，却一时没想起来。

"田快手！"田快手接上。

"田一垄。"罗山说。

"对对。"梅东岭说，"田一垄，你今天就遇见贵人了！"

"是是是！你们都是我的贵人！"田快手感慨着，"田一垄，我叫田一垄！嘿嘿，你们叫我田一垄了！"田快手说着，忽然哭了。

罗山也很感动，说："田一垄同志，你现在有一个立功的机会。你的立功，不是将功折罪的立功，是真的为人民立功！为新中国的建立立功！"

田快手抹一下眼睛，看着罗山说："真有这样的机会？"

罗山和梅东岭一齐点头。

"贵人啊！"田一垄站起来，对着两人鞠了一躬，"我愿意立功！"

"田一垄同志，祝贺你！"罗山站起来，握住田一垄的手，"你现在已经开始学做新中国的主人了！"

田一垄又鞠躬。

罗山拉住田一垄的手，再坐下来，说："这样，我们把你和犯罪嫌疑人米继槐关在一处。你每天的任务就是写检讨，写你都偷过谁家，偷过什么……"

田一垄皱起眉头："这个——我斗大的字不认半布袋……"

"我知道你不认几个字。这个不重要，重要的是，如果米继槐要你帮忙，比如带话呀啥的，你开始要婉言拒绝，之后，他再求你，你才答应……"

田一垄明白了："啊，啊啊，这个我明白，就是套他的话哩！"

梅东岭忍不住说："你要少说啊，田一垄同志。你的缺点就是话太多！"

"好好，明白，少说少说，我一定少说。他不问我就不说！"田一垄感慨着，"立这个功不难！"

罗山想了想，又嘱咐了几句。

田一垄说："我现在就去吧？早点儿立功，我好早点儿回去禀报我爹。老人家一生看重我，说我脑瓜儿灵。他要是知道我立了功，一定会高兴的。他今年八十四岁，是个损寿年！"

"好吧！"罗山一答应，梅东岭立即就把他送进了关押处，和犯罪嫌疑人米继槐关在了一间房内。

天一亮，罗山就去了关押室，把一支削好的铅笔和几页白纸送了过去，大声说："田快手，好好交代你的罪行，争取宽大处理。啊！"

田快手双手接过："是是是，谢谢领导！"

关押室内只有两张床，别无他物。一抹阳光从高而小的窗户射进来，在地上映出一片斜长的亮光。

田快手攥着亮光写，一会儿坐在床上，一会儿坐在地上。

米继槐躺在床上一动不动。

田快手不认识几个字，写几笔就叹口气。

米继槐面向墙壁，表示着对无故羁押他的不满。

田快手不管不顾，只是皱着眉头咬笔杆，唉声叹气。

米继槐慢慢地侧过身："你犯的啥事？"

田快手不理。

米继槐猛地坐起来："你犯的啥事呀？男子汉大丈夫的，看你那愁样！"

"看你那球样！"田快手有点儿恼，"平白无故你咋骂人？"

米继槐笑了，说："愁样愁样，不是球样！"

田快手叹口气："人要是倒霉了，放屁都砸脚后跟！"

"你是啥事？"

田快手又写了几笔："偷东西！"

米继槐扑通又躺下去，闭上眼睛。

田快手继续写，继续叹气。

米继槐睁开眼睛:"你偷了啥东西?"

田快手不吭。

米继槐猛又坐起:"你偷的啥东西?没听见吗,兄弟?"

田快手又胡乱画了几笔:"我也不知道,说是我偷的这个东西啥都知道。"

米继槐一笑,明显带出不屑的神情:"啥都知道它咋不知道你偷了它?"

田快手停住手:"是啊!我偷它的时候它并不知道啊!不过,审我的人说它啥都知道那就啥都知道呗!说我罪行很大,至少要判三年刑呢!"

米继槐说:"你偷的这个东西还给他们了吗?"

田快手说:"不还能中?还不杀了我!"

米继槐问:"你叫啥名字?"

"田快手。"

米继槐坐起来:"嗯,像小偷的名字。快手就是手快。你这是外号还是真名?"

"行不改名,坐不改姓。当然是真名了!我爹说,长江后浪压前浪,就给我起了这么个名字。"

"你爹也是——哎,田快手,我身上的东西你看啥能偷,让我不知道的时候你给我偷走。"

田快手看他一眼,米继槐光着个脊梁,屁股下坐着床单,说:"你身上啥球没有,叫我咋偷?"

"俺村有个人叫千里眼,其实他眼睛有病,看不多远。他看人老是这样。"米继槐做了个眯眼看人的滑稽样儿。

田快手问:"你呢?叫啥名字?"

"米继槐。"

"听你这名,应该识字啊!"

米继槐说:"也没识几个。上过五年学。小时候喜欢打架,就没好好学。"

"上过五年学?那学问大了!你能不能帮我写写?'三件首饰',我只会写个'三'。一辆洋车,是俺二人合伙偷的,我只会写个'一、二'。我不敢乱写,要是万一让他们把二人合偷一辆洋车理解成一人偷二辆洋车,事不就大了！"

米继槐把脸扭向窗户。

田快手看他一眼。

米继槐又瞅起天花板来："你不会写字，他们咋让你写呀？"

田快手说："故意难为我的呗！"

米继槐说："不是我不帮你，供词得自己写。我要替你写了，说不定还加重你的罪行呢！"

田快手问："那为啥？"

米继槐说："认罪态度有问题嘛！"

"好好好，不写，不写算了。"田快手又吭吭哧哧往下写。他忽然灵机一动，开始在纸上画图。他画了镯子、戒指，又开始画洋车。

米继槐看他画洋车，禁不住想笑："你也不用恁认真，要光是小偷小摸，你就不用太担心，顶多关几天就放了。"

田快手惊喜地问："真的？"

米继槐说："看你这年龄，以前没被关过？"

田快手摇头："以前偷的时候都是先给派出所打个招呼，顶多骂几句就完了。哪像这共产党，一来了特认真！"

米继槐说："那是，刚当家嘛，不紧着点能行？"

"照你说这，我也不用太担心了！"

"你还担啥心？"

"我老爹八十四了，我怕他知道了着急。'七十三，八十四，阎王爷不叫自己去。'今年是老人家的损寿年不是，我就说，过两天给老人家买一条红腰带破破灾呢！"

米继槐下意识地"啊"了一声。

田快手问："你是啥事？"

米继槐说："我比你的事大多了，杀人！"

"杀人？"田快手一惊，立即显出害怕的样子。

米继槐说："你看我这样，像个杀人的人吗？"

田快手仔细地端详着，先是点点头，随后又摇了摇头。

米继槐问："咋样？像？"

"你好像——有贵人相呢！我小时候学过几天相面，'天庭饱满，地阁方圆，双目炯炯有火焰'。说是这样的人有福。你站起来，让我细看看！"

米继槐站起来，一伸脚，鞋没了。

米继槐一惊："哎？"

米继槐把头低到床下，仍然没有。

米继槐再一瞅，自己的床单也没有了，床单上的衣裳也没有了。

米继槐忽然醒悟："我服气了，你真是手快！我的东西去哪儿了，田快手？"

田快手说："我哪里知道？你再找找！"

米继槐满屋里找着，再一扭脸，床单回到了床上，上衣回到了床单上，两只鞋子并排站到了床下边。

米继槐伸出拇指："田快手，你这手艺，精到啊！"

"就这还是被抓住了！共产党，贼呀！"田快手感慨着。

米继槐指一下外边。

田快手立即不吭声了。

6 廖响来到了金口牙科诊所。廖响刚过三十岁，背头，西装，一表人才，看上去很斯文。廖响抬起右手，轻敲院门。

瘸腿老张开了门："请问——"

"想请毕大夫医牙！"

瘸腿老张伸手示意："请——"

廖响穿过院子，走进室内。

褚一魁从窗户里看到了廖响，大步迎了出来："啥病？"

廖响说："牙痛。"

"请张尊口！"

廖响很响地吸了一口气:"咝——"

褚一魁点头:"看来金口难开!"

廖响说:"我遇见神医了!"

"你跟我来!"褚一魁扭脸就走,两人穿过外间,进了客厅。

褚一魁要去倒茶,廖响伸手挡住,从包里掏出几张钢笔画,在桌子上铺开。四张一拼,正好是一张大图,天安门周边的环境全都画了进去。

"这是天安门广场,这儿是亚洲饭店。"廖响伸手指着。

褚一魁看着廖响:"您画的?"

廖响点头。

"很有艺术感觉嘛!"

廖响笑了:"读大学的时候,老师很看好我的艺术才能!"

褚一魁也笑了:"等完成了这次'刺天'行动,我向总裁举荐廖先生去读艺术学院。"

"谢谢褚组长!我已经调查好了进入亚洲饭店的途径,准备了两个'锅饼'和六管'牙膏'。两个'锅饼'送给会议室,六管'牙膏'随缘送人。"

褚一魁问:"谁去送?您吗?"

廖响轻轻摇了摇头:"不。助手去。"

褚一魁说:"这我就放心了。您是专家,天降之大任还要您亲为,决不敢失之于一时冲动。"

廖响说:"谢谢关照!毛泽东的行踪可有打探?"

褚一魁说:"目前也有两个渠道,一是党国最高层的指示,一是我们自己的判断。当然,我一直在寻找共产党内可能被我们利用的人。"

廖响说:"这个最直接,也最难办!国共决战,似乎已见分晓,只有我们这些赤胆忠心的人才能冒死相搏。"

褚一魁点头:"总裁知道我们。毛人凤局长最近批示,杀死一个民主人士奖一百两黄金,官升一级;杀死一个共产党中央高官奖五百两黄金,官升两级;杀死五大常委之一奖一千两黄金,官升三级;杀死了毛泽东,你有多重的身体,就奖你和体重一样的黄金,官升五级!像先生您,一颗炸弹下去,说不定就是一群。钱、官，这怎么算呢？随便要吧！"

廖响有些兴奋："托您的吉言！"

褚一魁倒了茶水，一人一杯，他端起来，说："以茶代酒，我们干一杯！"

廖响端起桌边的茶，一碰而干。

褚一魁从书架上拿出一叠报纸，说："我从报纸上分析了新政协会议和毛泽东参加会议的规律。大概每过一周时间，毛泽东会参加一次会议听取代表意见，一般都是下午出席。这符合毛泽东昼伏夜出的作息规律。明、后两天，毛又该出席了，如果能抓住这两天的时间实施爆炸，当会取得最大战绩。"

"您说是明、后两天？"

褚一魁点头："对！"

廖响双手轻击："天助我也！我定的时间也是明、后两天。"

褚一魁兴奋起来："爆炸时间，下午或者晚上。"

廖响伸一下拇指："英雄所见！晚上八时。"

"此为天意！有什么困难需要解决吗？"

"我现在只有一个兵，但又不好多招。首先，人得可靠；其次，还是可靠；第三，才是人不笨，学得会定时布弹。您手下兵多将广，看能否给我介绍介绍？"

"需要几个人？"褚一魁看着廖响。

"两人足够！"

"东单有一家冥衣铺，店主开北方，代号二三七，店员郭闹闹，代号四一二，都是可靠的人手。你直接去找。我把暗号写给你！"褚一魁站起来，要去找纸。

廖响说："哎哎，组长，怎么个可靠法？我了解一二，也好有利于工作。"

褚一魁坐下来："说来话长——"

廖响坐下，前倾着身子，作出洗耳恭听的神情。

"老北平有一种职业叫坐狗，具体说就是偷了狗，卖肉卖皮的，开北方早年就弄这个，因为偷了派出所所长家的狗，差一点儿被打死。我当时在所长家做客，一时恻隐讲了个人情，从此他就铁了心跟着我。不讲理由，不讲条件，不讲情面，号称'三不讲'。只要是我说的，他就坚决照办。"

廖响又一次轻击双手："好！有这样的部下，说明组长极具个人魅力！这是我们'刺天'的精锐之师！"

"过奖！'震惊整个世界，改变历史进程。刺杀匪首毛泽东！留取丹心照汗青！'这是我提出的口号，你看行不行？"褚一魁把这几句话写在纸上，让廖响看。

廖响拿起来，看了一眼，说："'震惊整个世界，改变历史进程。刺杀匪首毛泽东！留取丹心照汗青！'有劲道！如果我们真的成功刺杀了毛泽东，想不'改变历史进程'都难，想不'留取丹心照汗青'更难！我无条件响应老板的口号：刺杀毛泽东！"

"等你胜利的消息！"褚一魁伸出手，和廖响那双手握在了一起。

7

在保卫处办公室里，孙觅和于兵正在研究谜语。孙觅摊开白纸，在上面写着：

上不在上

下不在下

天没 X 大

人有 X 大

于兵看了一眼，问："你这是啥意思？"

孙觅说："我在延安时学过代数，设这个谜底为 X，往里一代，就猜着了。"

"往里一代，就能猜出来？"

"这不正猜嘛！你别干扰行不行？"

鲁战凯正趴在桌上写汇报，看几眼天花板，低头写几句，听见二人说话，就提了意见："你们俩请小声点儿！"

"一间屋子，再怎么小声也干扰你，我走了！"孙觅说完，拿着白纸出去了。

吴邑处长拿了一台真空管收音机走进来，在桌上调整着频率，收音机刺啦着，一片噪声。

罗山和梅东岭一起走了进来："处长！"

"有进展吗？"吴邑继续调频。

罗山说："现在还没有。不过，田快手愿意配合，估计很快会有。"

梅东岭端起水杯喝了一口。

看见处长回来，孙觅又过来了。大家都在看处长调频，于兵小声问她："猜着没有？你的 X！"

收音机调好了，清晰的歌声传了出来。

吴邑处长把收音机放正了，说："大家注意听，炸药厂爆炸的消息，国民党的中央电台和香港的电台第二天就播出来了。快得很啊！马上还会播！"

吴邑的声音刚落，播音员的声音嗲声嗲气地传出来了：

下边播送最新消息。

华北快讯：北平城平地一声雷，"云中飞"落地建奇勋。少校级特务"云中飞"甫到北平，机智沉着，老辣干练，两个钟头时间，一粒手枪子弹，杀死二十五个工人，摧毁四百多间民居。共产党维护北平社会治安，保障市民生命安全之吹嘘，不攻而自破。

吴邑"叭"地关掉收音机："看来北平的敌台一直很活跃呀！这么快国民党的中央电台就播报了，包括伤亡人数和房屋损失，数据大致准确。"

鲁战凯说："炸药厂的门岗还是严格的，我们查了前三天的门卫记录。厂长保证，有武器的人只有保卫人员，不可能开枪致爆。这是造谣！"

吴邑说："造谣是敌人的惯用伎俩。我们的任务就是把造谣的敌特电台挖出来，消灭掉。政治保卫处最近要调来一部电台测向仪。战凯，你负责这方面的工作，注意搜集情报，做好分析！"

鲁战凯大声应："是！"

吴邑说："谁还有什么要说的？"

孙觅举手："处长，这个谜语一直没猜到。"

吴邑看了一圈儿："都没猜到？"

罗山举手。

吴邑说："罗山讲！"

罗山说："是个'一'字吧！"

孙觅皱一下眉："'一'字？怎么能是'一'字？"

罗山说："上，不在上；下，不在下；天没它，大；人有它，大。"

罗山一读，众人恍然，一个个大笑起来。

孙觅说："哎哎，处长，这'一'字怎么就和我们当前的工作大有关系呢？"

吴邑满怀深意地一笑。

于兵说："啊！'一'，是不是说，我们要成立的是人类历史上第一个人民群众当家做主的新中国？"

吴邑笑而不语。

"这么说，我们还是第一代新中国的卫士呢！处长，您出这个谜，是不是这个意思？"孙觅看着吴邑。

吴邑笑着点头："第一多了！第一个人民的新中国，第一届人民的政府，第一支人民的军队，第一代人民的侦察员……之所以出这个谜，就是要增加我们的责任感和自豪感，牢记'第一'的光荣与使命！"

孙觅禁不住拍手叫好："这个好！这个谜也好，简单明了，耐人寻味！处长，您再给出一个，我肯定能猜出来。"

吴邑想了一下，走到黑板前。

孙觅抢过黑板擦，擦净黑板。

吴邑在黑板上写下：

  第二谜

  一二三

  四五六

  七九十

    ——打一字

"我们猜过一个字，从今天起，我要给这些谜语编一个号，看我们究竟能猜多少个！"吴邑看着大家，在黑板的左上角写上编号：

  第一谜 一

  第二谜

  吴邑参加革命前当过两年的中学历史教员，参加革命后，甚至在艰苦至极的长征路上，他也没忘教他的部下——那些穷苦的年轻战士识字。常常是，前边的战士背一块薄薄的木板或者宽大的树叶，他在木板或者树叶上写上字，让走在后边的战士们边走边认。为了激发大家识字的热情，他经常会出一些字谜让大家猜，像"一点一横，俩眼一瞪""半拉小锅炒芝麻，炒了仨，蹦了俩""一点一横长，一撇到南洋"……多年的习惯，让他把所有年轻的部下都当成了学生，面对今天复杂的政治和军事斗争的局面，他想让他的"学生"有更大的进步，所以开始自觉地制作谜语，用来锤炼思维、指导工作。

  "好啊！我们在延安时，每到元宵节老师都带着我们搞猜谜大赛，我老是得奖！"孙觅开心地说。

  "怪不得你老猜着！"于兵念了一遍新谜语，吐一下舌头，"看样子，这个谜也不好惹。"

  吴邑拍打着手上的粉笔末，自己读了一遍：

  "一二三四五六七九十。只少八！"

  孙觅小声读起来："一二三四五六七九十，一二三四五六七九十，一二三四五六……"

  于兵说："孙觅，你还有完没完？"

  "老师说，书读百遍，其义自见。我才读三遍，你可就不愿意了？处长，离啥近？提示一下呗！"孙觅提了要求。

  吴邑说："和我们的工作近。尤其与老梅和罗山的案子近。"

  罗山"噢"了一声，和梅东岭一起念一遍，俩人又各自念了一遍。

  梅东岭以指代笔，在桌子上写着想象中的字。

  罗山说："没有八呀！"

  梅东岭说："我知道，是没有八！"

第三回 田快手重获尊严 王富团失去自由

说人并非人
确与人有关
说粮不是粮
离它人呼天
——打一字

1 田快手又被提审了，室内只剩下米继槐一人。他睡不着，在地上乱走，准确说，应该是转圈儿。屋子太小，走不开！转了一会儿，他又躺到床上，躺床上还睡不着，就在床上乱翻，左翻，右翻，总感觉床板太硬。

杂沓的脚步声从门外传过来。米继槐连忙躺稳，装作睡熟了的样子。

钥匙插进了锁里，大概是锁孔潮，钥匙在半道涩了一下才插进去。"哗啦"又一声，这是门搭掉下来的声音。门开了，田快手走了进来。

田快手看米继槐睡着了，一声不响地坐在床上。

门外的脚步声消失了。这个看守是个阴阳脚，一脚轻，一脚重，夜静的时候，能听见他阴阴阳阳的步伐。

屋后，有猫头鹰的叫声清晰地传来。

田快手面朝里躺下，睁着双眼。

米继槐半睁着一只眼，看着面朝里的田快手，轻喊了一声："老田！"

田快手转过身来。

米继槐问："咋样？"

田快手说："米老弟，你真是学问人！"

米继槐问："你啥意思？"

田快手说："又审了一遍，真的还是老一套。"

米继槐坐了起来："我就说嘛，小偷小摸，没啥大事。从清朝到民国，历朝历代都一样，只要没有新内容了，很快就得放人。"

田快手也坐起来，黑暗中对米继槐拱了拱手："托福托福！"

米继槐说："老田，别看你是个小偷，可我发现你是个孝子。"

"啥孝子呀！古人云，父母在，不远游，游必有方。我不但远游，还远游进了大牢。这叫孝呀？"

"可你马上要出去了。我也有个老娘，今年七十三岁……"

"哎哟！"田快手声音高了，"七十三，八十四，也是个损寿年。买条红腰带破破。据说灵得很！俺门口有个卖油的，他娘七十三岁那年……"

米继槐对着田快手拱一下手："兄弟，我有个事想托你老兄帮忙。"

田快手看着米继槐，不说话。

米继槐欲言又止，摇了摇头："我娘！唉！"

米继槐叹过，扑通一声倒在了床上。他想着田快手会问他，谁知道田快手也躺下了。米继槐想着，被审了半夜，田快手累了！

田快手想起了罗山的嘱咐：不要多说话，要让他反复求你才能答应。

天一亮，米继槐看外边一时无人，再次给田快手说话。米继槐坐着，田快手躺着。

米继槐说："我借了朋友二十块大洋，穷家破院的没处放，我兄弟又是个赌钱的主儿，我怕被他摸走了，就偷偷地放了个地方。这不，要是万一我死了，朋友去家里要账，我娘连上哪儿找钱还账都不知道。"

"老人家会猜。从小到大，谁不是娘带的！儿的小心思，娘没有猜不着的！"田快手安慰他。

"问题是，我借钱的事我娘不知道啊！"

田快手坐起来："啊，你是想让我给老人家说说地方？"

米继槐点头："对对。老田，你真是明白人！"

田快手说："我明白你不明白不是！我是个小偷你不知道？你不怕我知道了偷走老弟你的二十块大洋吗？"

米继槐笑了，说："你是个小偷，也是个孝子。我是孝顺我娘的，你肯定不会！"

田快手说："老米，你将来非出人头地不可！"

米继槐又一笑："死到临头了，还出人头地呢！"

"你看人太准！"

"是吗？"

田快手点头："是！"

"那，要不，我给你说说？"

田快手连忙摇手。

米继槐有点儿急："我说说不行吗？"

田快手又摇手："哎，你识字，还是写写好！你不知道，干我们这行的，虽说人都不坏，但一见钱就把持不住自己了。我怕坏了你的名声！"

米继槐说："你把持不住，咋会坏了我的名声？"

田快手说："你看人准嘛！我要是一失手，不就不准了！"

米继槐说："老田，你是个聪明人呢！"

外边，传来了看守的脚步声，两个人都不说话了。

脚步声渐重，又渐渐地变轻，最后消失了。换看守了，这人的脚步左右平衡。

米继槐从门的细缝处往外看看，又悄悄地走了回来。"老田，你说我还是写写？"

田快手连连点头："写写，写写！你这名声重要！"

米继槐说："算卦的说我有贵人相助。老田，我看，你就是我的贵人！"

田快手一笑，说："放心，只要我能出去，一定亲手送给她老人家！"

2

郭各庄挑选的菜农是村里的支部书记郭六生。郭六生不仅菜种得好，还是村里戏班的台柱子。他演的小二姐活色生香，人见人喜。他一天往城里送一次菜，早饭要早吃早上路，这才能赶上中午领导们的餐桌。太阳刚出山，他就挑着菜担走出村子，一拐走上了通往村边的宽路。

进村的两个年轻人迎面走来。一人给六生打着招呼："大叔，又去送菜了？"

另一人立即接上："光荣啊！毛主席都吃咱种的菜了！"

郭六生笑着："这哪是我的光荣？这是咱郭各庄全村人的光荣！"

"听说毛主席都夸咱种的菜好吃？"

郭六生哈哈地笑着，肩上的担子似乎轻了。

最惦记郭六生的还有个人，那就是特务王富团。那天他向郭六生借火吸烟，搭讪了一会儿，这天早上，他专门骑了自行车为作案踩点，熟悉路线。他躲在暗处，看挑着菜的郭六生过去了，这才跨上车子，慢慢地跟着走。

俗话说：走路的赶不上挑担的。因为挑担的要借着晃悠的担子迈大步，既省力又赶路。还有一句俗话说骑车：快车好骑慢车难。骑自行车越快越省力，慢了不仅费劲还难把握。这两句俗话用在今天的郭六生和王富团身上再恰当不过。因为郭六生是想赶路，所以走得快，而王富团却是要跟踪郭六生，所以骑得慢。走过六七里，王富团"终于"赶了上来。

戴着墨镜的王富团跳下车子以示礼貌，喊了一声："大叔，又去送菜了？"

郭六生扭过脸来："你是——？你看我这拙眼！"

王富团说："大叔，你忘了，昨天见面，想买你的菜。"

郭六生说："啊啊，山里的？"

"大叔好记性！"

"回家看娘了？"郭六生换了肩。

"不！有个老奶奶，九十了，想吃麻糖呢！"

"给老奶奶回去送麻糖了？孝顺孙子！"郭六生又说。

王富团打着哈哈。

"你前边走，前边走吧！"郭六生摆着手。

王富团说一声："我先走了，大叔！"猛一跨上了自行车。

就在王富团为作案踩点的时候，炸弹专家廖响掂着黑色真皮手提包正在东单寻找着二三七的冥衣铺。铺面林立，标牌繁密，廖响扬着头，慢慢地走着。

一队学生结束了街道的卫生扫除，扛着扫帚、铁锹就地扭起秧歌来。"解放区的天是明朗的天，解放区的人民好喜欢……"街上的群众一片欢笑，有年轻人竟然加入进去也跟着跳。也有不跳的路人，站在路边跟着唱。

廖响吐了一口唾沫，忽然就在大大小小的标牌里看见了瘦金体的三个字"冥衣铺"。人家的标牌或黑底红字，或黑底金字，或蓝底红字，唯有这"冥衣铺"三字是黑底白字，醒目是醒目，总让人感觉不够舒服。

扭秧歌的学生过去了。驻足的人们离开了。嘹亮的歌声也停止了。掂着真皮黑包的廖响静悄悄走进了冥衣铺。他看铺子里无人，就大了声音喊一句："老板！"

其时，老板正蹲在柜台底下找东西。廖响这一嗓子，把开北方吓一大跳，以为出了啥事，猛地站了起来。

如果说廖响吓了老板一跳，那么，当老板从柜台底下猛地钻出的时候，也把廖响吓得一惊。廖响后退了两步。

开北方端详着廖响："您——啥事？"

廖响平静了："买衣。"

开北方说："请您挑选。"

"咝——"廖响害疼似的深吸一口气。

开北方说："看来不入法眼？"

廖响说："我遇见行家了！"

开北方看了看外边，伸手把廖响引进来："请——"

开北方把廖响引进内室，泡了茶水，又说一句："请！"

廖响说声"谢谢！"端起茶来啜了一下。

开北方说："上峰指示我们，说是廖先生要来接头，要我服从命令，听从指挥！"

廖响正色道："那就不客气了。"

开北方马上坐直。

廖响说："明天一早，你去见王富团，这是他的电话。你们俩迅速行动。具体任务，王富团会跟你说。"

开北方说："我的身份你给他说了吗？"

"说了。二三七嘛！"

开北方说："没说我名字开北方？"

"这点纪律我还是知道的。"

开北方放松地笑了。

廖响从包里掏出一叠钱来："这是酬劳！"

开北方收下来，立即现出兴奋的样子。

廖响说："组长传达了毛人凤局长的最新指示！"

"啊！您讲。"开北方专注地看着廖响。

"杀死一个民主人士奖一百两黄金，官升一级；杀死一个共产党中央高官奖五百两黄金，官升两级；杀死五大常委之一奖一千两黄金，官升三级；杀死了毛泽东，你有多重的身体，就奖你和体重一样重的黄金，官升五级！如果你俩能够完成这次任务，那前程可就大大的光明啊！"廖响语气很重，不住地点头。

开北方说："廖先生，究竟是啥样的任务啊？这么重要！"

廖响说："我说了，王富团会跟你交代的。"

"那好吧！"开北方有些小小的失意。廖响感觉到了，但他很高兴，因为这是开北方求战心切的表现。

3

其实，梅东岭和罗山心里都很急，每天看一遍米继槐的卷宗，期盼能在其中有新的发现。

"关键是枪。崔西海的枪要找到。杀害崔西海的枪也要找到。这是定案的证据。有证据，有口供，我们才能破案。"罗山敲着卷宗对梅东岭说。

梅东岭刚带着人又去米家搜查一遍，仍然没有找到重要的证据。

罗山再翻一页，继续审查着米继槐的卷宗："直接找，是一方面。这另一方面，就是得让嫌犯自己交代。"

梅东岭点着一支烟："要是米不上钩呢！"

"老梅你别急，才过了两夜，俩人还不熟呢。就是恋爱你也得让人谈嘛！"

梅东岭不笑，禁不住皱起眉头，抽了一口烟。

"老梅，你怎么也学会吸烟了？"

"都因为米继槐这个王八蛋！"

梅东岭话音刚落，看守小武兴奋地走过来："报告！"

罗山呼地站起来："怎么样？"

"我刚才走到关押室门外，听见田快手拼命地咳嗽。这是他给我递的暗号啊！"

"好，再审田快手！"

"是！"

几分钟后，田快手再一次被提到了审讯室。

一见面，田快手立即将米继槐的信掏了出来："领导，给！"

梅东岭抢过信，禁不住读出声来：

娘！儿不孝，让您担惊了！我借人二十块大洋，因怕老二偷花，埋在了咱家的锅底灰下。见信后扒出来，千万放好。别让老二见了乱花！

　　　　　　　　　　　　　不孝男　槐上

梅东岭把信递给罗山："没说枪的事啊！"

罗山接过来，瞄了一眼："哼！既然他说'钱'，我们就立即去米家找'钱'！"

田快手大声说:"领导,我这算不算立功啊?"

罗山笑了,说:"谢谢你,田一垄同志!你为革命立了功,要表扬你呢!"

田快手激动起来:"我不要表扬,我想回家!"

"好,你可以立即回家了!"梅东岭说。

"真的?"

罗山说:"当然是真的!"

田快手忽然流泪:"爹呀,儿这就回去看您了!"

罗山说:"田一垄同志,你先别慌着走!"

田快手一惊:"您……又变了?"

罗山笑了,说:"等我们找到了'钱',你坐我的洋车一起走吧!"

田快手想了想,说:"领导,那就不麻烦了。我还是先走吧!"

罗山说:"也行!免得你怕我们找不到'钱'了再让你配合!"

几个人齐笑起来。

"不是怕配合,我是惦记我爹,他今年八十四!"田快手擦一下眼睛,急往外走,边走边小声地感叹:"领导啊,就是聪明!"

4

罗山和梅东岭很快就到了米继槐的家,在他家灶台前的一堆灰土里扒出了那把和崔西海一起失踪的勃朗宁手枪。

半个小时后,罗山和梅东岭再一次坐在了审判席上,而坐在对面凳子上的是戴着手铐的米继槐。

罗山是主审。

罗山问:"米继槐,知道为什么又审你吗?"

米继槐摇头。

罗山问:"崔西海是谁杀害的你知道吗?"

米继槐摇头。

罗山严厉地说:"说你是一个杀人犯,你承认吗?"

米继槐这次没有摇头,而是直接反抗:"我再说一遍,我不是杀人犯!

我没有杀崔西海!"

罗山哼哼一笑:"杀人犯大都不愿意承认自己是杀人犯,因为他知道承认了杀人的后果是什么。杀人犯都认为他杀人的事情很严密,只要他不承认杀人的事实就可以逃脱惩罚。但是,如果我拿到了杀人犯杀人的证据,并且是杀人犯自己让我去拿到的证据,那么,这个杀人犯是不是就应该承认他是杀人犯呢?"

米继槐看着罗山,他在判断罗山的话意。

罗山再问:"米继槐,如果我们拿到了证据,并且是杀人犯自己让我们去拿的,这个杀人犯是不是应该承认他是个杀人犯?"

米继槐下意识点头:"应该……承认。"

"好!"罗山一声喊,从桌子里拿出一把手枪,啪地拍在桌子上,"这把枪你认识吗?"

米继槐身子一抖:"认……不认识!"

罗山说:"你不认识它。它可是认识你!"

罗山掏出那封米继槐写给母亲的信,当庭朗读:"娘!儿不孝,让您担惊了!我借人二十块大洋,因怕老二偷花,埋在了咱家的锅底灰下。见信后扒出来,千万放好。别让老二见了乱花!不孝男,槐上。"

罗山盯着米继槐:

"按照这封信,我们在你家锅底灰下没找到二十块大洋,却找到了这把十三连发的勃朗宁手枪。手枪编号GM-485,是死者崔西海平时所佩。他离开单位回家时在枪里押满了子弹十三发,现在的子弹却只有十二发了。"

米继槐忽然从凳子上滑了下去,害冷似的浑身哆嗦起来。

罗山一声高喊:"米继槐,交代你的罪行!"

两名看守把米继槐拉起来,扶他坐在凳子上。

米继槐哆嗦着:"我……我说——"

罗山说:"那就快说!"

"我……我和崔西海是同学。那天……那天有风,乌鸦很多。风很大,刮得树林呜呜作响。"

"说实事！"梅东岭一声喊。

"我在说实事！"米继槐咽了一下唾沫，"崔西海说：现在是新政权了，人民当家做主。你一定要好好交代，争取得到人民群众的宽大处理。作为老同学，我要提醒你。我说：我一定听老同学的话，好好交代，争取宽大处理！崔西海对我很好，上学时我们关系就很好。他说：继槐，你是咱班最聪明的同学。有一回，咱们给老师捣蛋，在教室的门框上搁一包细土，老师一推门，砸了一头土。我记得，就是你想出来的。我说：我聪明是有点儿，就是不往正地儿使！你要多帮助我。

"天太热，我们俩走了一阵子，就坐在路边的石头上休息。

"崔西海要解溲，他松了裤带，把挂在裤带上的枪放在脚下。

"我当时正坐在石头上，一看见枪，就顺手抓了起来，那时候正有一群乌鸦侧斜着身子鸣叫着飞过头顶。我打开了机头。大概是乌鸦的叫声太大，崔西海没有听见枪机打开的声音。"

"你当时是不是决定要杀死崔西海？"梅东岭忍不住问。

"当时？崔西海这泡尿很长，当时还没解完。就是在这个时候，我突然想要这把枪。我说：西海呀，小时候咱俩在那儿放羊，西山上老有狼出现。有一次一只老狼带着一只小狼——

"崔西海尿完了，他抖了两下，扭脸向远处望去，丝毫没有警惕。我看是机会，对着他的后脑勺开了一枪。崔西海身子一晃栽倒在地。我瞅瞅四周，一个人也没有。我看崔西海死了，就把他的尸体拖进山洞。这个山洞我们太熟悉了，小时候常在里边玩。我有罪！我罪该万死！"

罗山问："米继槐，崔西海对你这么好，你为什么要杀害你的老同学？"

米继槐低着头："我看见了他的手枪。我以前跟着土匪徐光头干过几年，西海就是想让我说清楚这个事。他不知道我参加了袭扰队。我一看到这把勃朗宁离我这么近，'没有枪，没有炮，敌人给我们造'。我的心就动了！"

罗山问："你以前用过勃朗宁？"

米继槐说："徐光头用的就是勃朗宁，十三连发。我用过！我太想要一把勃朗宁手枪了！"

米继槐无意间说出"袭扰队",让罗山大为高兴。袭扰队是国民党组织的破坏队伍,专门扰乱和祸害人民群众。如果米继槐不说,他们还真没有掌握这方面太多的线索。

罗山决定抓住不放,穷追猛打:"米继槐,你参加袭扰队的情况我们早有掌握!坦白从宽,抗拒从严。我们的政策你应该知道。"

"啊啊!"

"我问你,你们的队长是谁?"

"金钱豹。"

"这是艺名。正名叫什么?"

"正名?正名不知道!"米继槐使劲摇了摇头。

"真的不知道?"

"真的不知道!"米继槐说着又摇头。

"你见过'金钱豹'吗?"

米继槐翻眼想了想:"见过一回。同伴们说,因为他额头上有两块儿金斑,才起的这个名字。"

"你看见他额头上的金斑了?"

"嗯嗯……"米继槐想着,说,"我看见了。他给我们敬酒的时候,我特意留心了。两块儿斑,一块儿大些,有核桃大;一块儿小些,有枣样大。"

"袭扰队在什么地方办公?"

米继槐又摇头:"不知道。"

"你们怎么联络?"

"我们是单线联系,有联络员。我的联络员是二三七号。小个子,三十多岁,开会的时候听人喊他'快腿'。每过三五天,他就会来联络一次。"

梅东岭忽然想起抓米继槐那天,有个小个子走到他家门口往里看,他们还以为他是找人的呢!梅东岭在本子上记下此人的特征:

二三七,小个子,外号"快腿"。

罗山继续问:"你是几号?"

"一二八号。"

"你的任务是什么?"

"我是袭扰队第十二小组的组长,负责西郊一带的袭扰活动。"

"啊!"罗山轻叹一声想,崔西海之所以被杀,是因为我们不了解米继槐的近况。罗山又问:"袭扰都包括哪些内容?"

米继槐说:"搜集各种情报,破坏社会秩序,杀人、放火、绑架、偷盗、炸桥梁……只要对新政权不利的都可以做。"

"你们的武器是从哪儿来的?"

"'金钱豹'要我们向你们学习,'没有枪,没有炮,敌人给我们造',要我们坚持斗争,直到第三次世界大战爆发。"

"你是组长,你的组员有几个?"

"五个。"

"都是谁?"

米继槐犹豫了一下。

梅东岭大喊一声:"快说!"

米继槐说:"我说我说!他们是一二九、一三〇、一五七、一五八,还有四〇〇。"

罗山再问:"他们的真名叫什么?"

"真名——,老喊号,真名,我得想想。"

米继槐闭上眼睛。

从白天审到黑夜,米继槐精神崩溃,滔滔不绝地讲了很多事情,最后才说了实话:"领导,我都坦白了,能不能不枪毙我?"

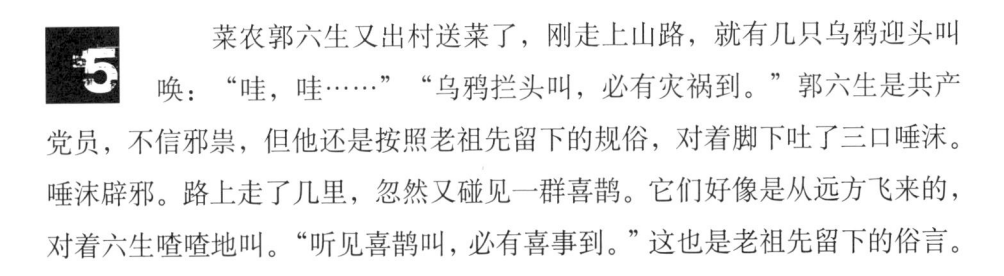

5 菜农郭六生又出村送菜了,刚走上山路,就有几只乌鸦迎头叫唤:"哇,哇……""乌鸦拦头叫,必有灾祸到。"郭六生是共产党员,不信邪祟,但他还是按照老祖先留下的规俗,对着脚下吐了三口唾沫。唾沫辟邪。路上走了几里,忽然又碰见一群喜鹊。它们好像是从远方飞来的,对着六生喳喳地叫。"听见喜鹊叫,必有喜事到。"这也是老祖先留下的俗言。

郭六生高兴了，脱下汗褂往扁担上一搭，放开嗓门唱起了路戏：

  小寡妇直哭得泣涕涟涟，

  想起来奴的身格外可怜。

  白日里奴辛苦做饭纺棉，

  黑夜里独守着无边的孤单……

王富团骑着自行车带着二三七从对面过来，他们是上坡，王富团骑得辛苦。此时的郭六生也是上坡，唱戏就是为了给自己鼓劲。也就是说，他们是从两边同时往岭上爬的，只不过一方是骑车，一方是挑担。双方都不轻松。

坡上有一棵槐树，枝繁叶茂，遮盖出一大片阴凉儿。

"就这儿了！"骑车的王富团先到了，他对坐在后边的二三七说，"下车吧！"

二三七说："你先下！"

这是个岗，如果不下来，车子就往下溜了。王富团一掏腿跳下车子。

二三七看他停稳了，这才从车子上跳下来。

王富团说："二三七，你这胆儿也忒小了，连车子都不敢下！"

二三七说："我不是胆小，我是头晕。"

"那你怎么说会骑车？"

"骑车没问题，它是往前走。坐车就不行了，它是往后走，还歪着走。"

王富团叹了口气："好吧，你只要能把车骑走了就好。"

二三七拍了一下胸脯："这肯定没问题！"

王富团指着四周："我瞅好了。这下边是一条深沟，沟边有树，沟下有沟。"

二三七说："这一带我不生疏，前几天一二八出事的时候我正好来送情报。要不是我机灵，非出大事不可！"

"你看，就是那个家伙！"王富团往下一指。

"嗯，已经闻见了死亡的气息！"

郭六生正唱，一抬头看见有人，立即就停下了。

"哎，这家伙的路戏唱得还不错呢！"二三七小声说。

"听说是有名的旦角呢！"

"真旦角才有意思！"二三七哧哧地笑起来。

王富团说："你别想那么多，二三七，我们现在操练一下啊，我跟他说着话的时候，你——"王富团做一个锁喉动作，"用劲要猛，动作要狠，一招毙命啊！"

"放心吧，你看我个矮力怯是不是？"

王富团说："廖头推荐你，我当然相信啊！只是，我这人，一做事就老是不放心……"

"做咱这事，跟力气大小有关系，也没关系。关键是你能下得去狠手！"

菜农折了一个弯，来到了树下。

王富团满脸堆笑，高声招呼："哎呀，大叔，我们又见面了！"

菜农抽下肩上的手巾擦着汗："回家呢？"

"啊！俺爷想吃蛤蟆酥呢！"王富团指了指车把上挂的东西。

"好孝顺的孩子！"

"歇歇吧，大叔？"王富团说。

郭六生真的也有点累，就放下担子，用手扇着风，感慨似的："是该歇歇了！俗话说，万恶淫为首，百善孝为先。恁爷有福啊！说了几次话，还没顾上问你贵姓呢。"

"免贵，复姓尉迟。"

"嗯，好姓！尉迟敬德那可是门神！瓦岗寨里有名姓！"毕竟会唱戏，郭六生说起了戏文。

王富团故意问："大叔，郭各庄离亚洲饭店不近啊！"

"可不是，十五六里路呢！"郭六生说过，抓起来扁担就想走。

王富团往远处的路上瞄了一眼：

空荡荡的山路上了无一人。

王富团对二三七眨了一下眼睛，自己的左腮禁不住抖了一下。王富团神经质，一紧张总爱颤左腮。

二三七转到菜农后边。

王富团说："大叔，您慢走！"

菜农抓起扁担，正要往下弯腰，二三七一个脖儿拐锁住了菜农的咽喉。

扁担哗啷落地。

郭六生怎么也不会想到大白天被暗算，死命地挣扎着。

王富团猛扑上去，狠劲按住，咬着牙说："别松手！"

二三七死锁住郭六生的脖子，眼看着身子软了下来。

"快！"王富团一声喊，两人一起用力，把郭六生拖到了路边的杂树丛中。

树上的喜鹊被惊动，喳喳喳地叫起来。

"沟里！"王富团轻声喊。

二三七喘着。

"卡死别松！"王富团说着，猛卡住菜农的脖子，换下二三七。

二三七拖住腿，王富团提着头，把郭六生拖进了山沟。

喜鹊们飞着，追着三个人惊叫。

王富团喘着说："二三七，你在这儿卡死，死干净了再走！"

二三七张着嘴："好的！活不了他！"

王富团平静一下，说："我马上进城，你把车子骑回去。别留下啥证据了！"

二三七点头："好的，放心！"

一群喜鹊叫着，贴着三人的头飞。

"娘的！"王富团骂了一句，挥手撵喜鹊。

二三七骂了一句什么，弯腰掐住郭六生的脖子，一屁股坐在他腰上，用屁股一连蹾了几次。

菜农的身子彻底软下去，二三七松了手，又在他身上踢了几脚。郭六生一点儿声息也没有了。

几只喜鹊围着二三七喳喳叫，胆大的竟然冲下来啄他了。"他娘的！"二三七感觉不祥，他捡起地上的石头猛往树上砸。

喜鹊飞走了。只一会儿，更多的喜鹊飞过来，围着他叫。

二三七爬出沟，伸头往路两边看看，除了很远处有一个人影儿，路上安静得很。

二三七使劲甩了甩胳膊,捡起石头对着树上又砸了几下,这才推起自行车,回头走向坡下。这时候,他忽然感觉胳膊有点软,车子也不是太听话。

6

鲁战凯趴在办公室里写汇报。肚里的词少,他有些着急。

"还没有写完啊,老鲁?"孙觅才二十岁,比她大的她都喊"老"。

鲁战凯抬起头:"是写新调查的报告。"

孙觅看了看黑板上的谜语:"老鲁,这谜语猜着了吗?"

鲁战凯停下手,眼睛望望窗外,少情无绪地说:"哪顾上了!"

"有个猜不着的谜放在这儿,你心里能安稳了?我可是猜着了啊!"孙觅很得意地看他一眼。

鲁战凯抬起头:"是吗?说说看!"

于兵走进来。

"于兵,孙觅说,这谜她猜出来了。刚才就我自己,她怕我争她的功,不说。现在两个人了,说吧孙觅!"鲁战凯开着玩笑。

于兵说:"用 X 代的?"

孙觅得意地一扭脖子:"用得着那么高深吗?"

鲁战凯笑了:"真是胸中有根大竹竿啊,你看孙觅自信的!"

孙觅抿嘴一笑,说:"我再给你们读读,啊!一二三四五六七九十,只少八!"

于兵蹙着眉头,两道细小的皱纹爬上去:"是只少八啊!"

孙觅学着于兵的样子,也把眉头蹙起来:"'只'少八是什么?"

于兵挠了挠头:"只少八,是只少八啊!"

"你还侦察员呢!'只',少八啊!"孙觅在黑板上很慢地写"只"。

于兵恍然大悟:"啊,啊啊!这呀!"

鲁战凯还不明白:"这什么呀,于兵?"

于兵喊:"'只',少八。'口'嘛!"

鲁战凯一停，哈哈地笑起来："吴处真会折磨人！"

于兵挠一下头："吴处说，这个谜和我们的工作有关系，尤其是和罗山、老梅他们的工作有关系，看来真的不错。"

孙觅问："哪儿不错，于兵？"

于兵说："口，口供嘛！老梅一直弄不出嫌犯的口供，所以才让罗山帮助。病从口入，是说的口；祸从口出，也是说的口。吴处这个谜，有深意。"

鲁战凯大声说："孙觅，离侦探又近一步啊！"

孙觅说："老鲁，再说侦探的事你可得替我说好话啊，别光让我干内勤！"

"那是当然，放心，小孙！"鲁战凯拍一下胸脯，表示他真的上心了。

吴邑开会回来，看大家热闹，问："有什么新情况没有？"

鲁战凯报告："刚才收听敌台广播，又有几家认领东郊炸药厂的爆炸事件。一说是袭扰队干的，头目叫'金钱豹'；一说是美国中情局的外围组织干的……"

"哼哼！冒领功劳，也是国民党的老传统了！还有吗？"

于兵说："这个谜语我们猜对了。孙觅先猜对的，是一个'口'字。口供的口！"

吴邑笑了："进步了！破案有时候就像猜谜，得透过现象看本质。"

孙觅笑着说："处长，您再给我们出一个吧？"

吴邑想了想，正要再写，电话铃响起来。

吴邑走进里间接电话。

"……啊啊，怎么样啊？……啊，好，太好了！"吴邑放下电话，大步走到外间，"老梅和罗山把案子破了！"

孙觅拍一下手："太好了！"

吴邑说："孙觅，好好学啊！"

孙觅说："让罗山和老梅他们介绍经验！我刚猜破谜语，案子可就破了，吴处，您得再出一则，给我们的工作指引方向。"

"真想猜？"

"真想猜！"

"好吧！"吴邑拿起粉笔。

孙觅连忙跑到黑板前，拿起了黑板擦。

吴邑似乎是想了想，在黑板上写下一则完整的谜语：

  第三谜

  说人并非人

  确与人有关

  说粮不是粮

  离它人呼天

    ——打一字

处长写完了，还没忘在左上角接上谜语的顺序。现在的样子就成了：

  第一谜 一

  第二谜 口

  第三谜

"怎么样，孙觅？"于兵小声读了一遍，轻声问。

"一二三四五六七九十，那样的谜语都猜对了，这个肯定不在话下。是不是，处长？"孙觅面现得意之色。

7

罗山和梅东岭走出审讯室。天气很好，心情也好，可两人都没有轻松的感觉。

"'金钱豹'必须快抓，这个家伙对我们威胁太大。"罗山说过，又加了一句，像是给自己打气，"既然这个人额上有记号，他就不容易跑掉。"

"罗山，你审米继槐的时候，他说到一个二三七号联络员，是个小个子。"

"是，这个人你见过？"

"我们抓米继槐的时候，这个人正好走到米家门口，我当时只关注抓人了，忽略了这个人，我还以为他是村里的人呢！"梅东岭说着，眼前便闪现出那个小个子的样子。

两人来到院子里，罗山和梅东岭推起自行车就往外走。

梅东岭会骑车，只是不够老练。路宽的时候，他敢和罗山并排，路窄的时候，他就只能跟在罗山身后了。二人走的路线正是王富团作案后走的路线，不同的是，王富团已经走远，他们没有碰上。

王富团挑起菜担，就发现自己犯了错误。因为这担菜很沉，而此地离亚洲饭店至少还有八九里路，他虽然早年也挑过东西，但多年不做，已经生疏，况且菜担太重，没走多远，他就累得满头大汗。他往后看看，真希望此时二三七能赶上来帮他一段，可是身后连一个人影儿也没有。想停下又不敢停，王富团只好咬着牙往前赶路。

二三七也没有好到哪儿去，自行车成了他的负担。他说会骑，那是吹牛。二三七出身贫苦，是个靠坐狗谋生的偷狗贼，别说自行车，人力车他也没拉过。他推着走，车拐子连碰了他三次脚踝。二三七恼了，娘的，骑！他试着上了一下，腿太硬，迈不上去，车头一扭，他一头栽倒在路边。"娘的！"他又骂一句，推起车子再走。过了一会儿，他忽然感觉这车子好像听话了，此时的路刚好又宽了起来，二三七借了块石头蹬住，再一次骑了上去。二三七像被耍的猴，左边一栽，右边一栽，双脚找到了脚蹬，不想猛一使劲，车子一扭头下了沟。

好在，沟不深。二三七把车子弄出来，再也不敢骑了。他朝车子踢了两脚，车子没事，他倒是脚疼起来。不能骑的车子那就不是车子，而真的成了负担。

又是一个上坡。罗山和梅东岭使劲地蹬着车子，身子俯得很低。

天上的喜鹊越来越多了，它们紧张地喳喳叫着。

两人骑车过来。

喜鹊拦头叫唤。

罗山的车子慢下来，扭脸向沟里的方向看去。

沟里，飞动着更多的喜鹊，还有喜鹊往这里疾飞。它们像是集会，或者像要对一件生死攸关的事情集体表决，喜鹊们飞着，叫着，不知是兴奋还是害怕。

两人来到树下。

"停一下，老梅，我们歇歇吧！"

梅东岭的车子也停了。

"我师父说，鸟不惊不飞。"罗山说，"这么多喜鹊，我过去看看。你在这儿等着！"罗山扎住车子。

梅东岭扶住车把，开着玩笑："喜鹊喳喳叫，必是喜事到。不是娶媳妇，就是捡元宝！"

罗山循着喜鹊的叫声走下岭去。风吹草低，他忽然看见了躺在地上的男人。罗山仰头大喊："老梅，有情况！"

梅东岭一听，扎住车子，拔出手枪飞跑而来。

罗山蹲在菜农身边，高声喊着："老乡！老乡！"

梅东岭跑过来："怎么样？"

"看来还有救！老乡！老乡！"罗山使劲喊。

郭六生慢慢地睁开眼睛。

"老乡！你怎么了？遇见坏人了？"罗山知道，此时一定要喊，就像乡村里的叫魂。人受了重伤，昏迷不醒，不喊不醒。

菜农艰难地睁开眼睛，无神地翻了一下，忽地又闭上了。

梅东岭说："做几下人工呼吸吧？"

"不用。刚醒过来，他需要休息。这样，我们帮他活动活动肢体。"罗山说完，先动动他的胳膊，又慢慢地动了动他的腿。

"老乡！老乡！老乡醒醒！"梅东岭大声喊着。

郭六生醒过来了。

梅东岭喊："老乡，老乡，你醒了！"

菜农小声问："我，在哪儿？"

梅东岭问他："你是哪里人？"

郭六生瞪着眼睛，想。

罗山又问："大叔，你是哪村的？"

菜农使劲想了一会儿，声音低缓地说："郭……郭各庄。"

"你怎么在这儿？"

"啊啊，我送菜的。"

罗山问："给谁送菜？"

"城里，新政协会议。"

罗山一惊："亚洲饭店吧？"

郭六生忽然兴奋起来："啊啊啊啊，对！"

"你的菜呢？"

"我的菜？我的菜呢？"菜农挣扎着要坐起来，但他显然受了伤，疼得龇牙咧嘴。

两个人把菜农扶起来。

菜农往上边看了看，感觉到自己一定出了什么事，自语似的说："尉迟，尉迟，我遇见了尉迟……"

罗山和梅东岭连搀带架，把菜农弄到路边树下。

郭六生说："就这儿。"

罗山的脑子转得快："肯定是特务干的。他们想杀死大叔，夺走蔬菜，扮成菜农的样子进入新政协会议搞破坏。老梅，你陪着大叔去医院，我立即打电话报告，时间很紧，我这就去！"

罗山说着，推起自行车，一跳，就骑了上去。

梅东岭追了两步："罗山小心！"

罗山走了，梅东岭想用自行车驮着菜农走，可菜农抱着肚子，痛苦不堪的样子。

梅东岭问："大叔，哪儿疼？"

"肋骨，我的肋骨……"郭六生呻吟着，"我咋没看出来是坏人呢？老天爷保佑，可千万别出啥事。对不起人呢！"

8 亚洲饭店的澡堂里，两位大厨正在洗澡。五十三岁的是杜津卫，五十岁的是刘三刀。五黄六月天气，可说是随处可洗，但亚洲饭店是给参加新政协筹备会的领导们做饭供水的地方，安全工作要求，洗澡也必须一起进行。

四五十年代的人们洗澡多在河里、湖里、池塘里，而在饭店专门建造的洗澡堂里，又是打肥皂又是揉搓的，还真不多。刘三刀师傅先叹了一口气，对着杜津卫感慨："哎呀！人这个动物，这条件真是只能好，不能坏。就说这洗澡吧，自从新政协开会，天天要求洗澡。洗的澡比我半年洗的都多。这一习惯，不洗反而睡不好了！"

"洗澡我倒适应，就是这理发我有些——不好接受。"杜津卫平时是背头，来到饭店后要求理光头。他多次表示对此事的不满。

刘三刀说："我也是，我也是。本来这头发就稀了，这一理光，感觉更稀了。"

"我一辈子都是长发，现在你看，像个和尚！毛发肌肤，受之父母……这是古训。再说，这做饭和头发有啥关系呢！"杜津卫摸一下自己光光的脑袋。

"不是怕脏嘛！咱们是做饭的。"

"戴着帽子不是吗？！"

"要说也是！不过这夏天，戴着帽子不热啊！"

杜津卫说："要不，刘师傅，你提提。你不是咱厨师的组长嘛！"

"临时组长！"刘三刀自嘲地笑了笑。

"临时组长那也是组长啊！"

"你说那我提提？"

杜津卫说："你就提提吧！"

刘三刀说："未必就行！"

"行与不行，你只管提！"

就在两个大厨讨论理发问题的时候，吴邑带着于兵走进了亚洲饭店。他们是来检查饭店的安全保卫工作的。每天至少一次。他们检查了院墙的内外，检查了大楼边的柏树墙，甚至还检查了一个一个的垃圾桶，最后去了厨房的操作间，小心地看了大厨们工作的细节。

和吴邑他们同样关心亚洲饭店的，还有廖响和王富团这一群特务们。今天的王富团演的是一场苦肉计，他怎么也没想到挑一担蔬菜比打死郭六生还困难，来到亚洲饭店附近的时候，他全身被汗水打了个精湿，几乎要脱水。

廖响扮成个买菜的主，黄绸短袖，蓝绸肥裤，提一个青色布袋，看见王富团，连忙迎上前："老乡，蔬菜卖不卖？"

王富团放下菜担，停在树下，夸张地大口喘着。他是表功的，但也是真累了。

看见新鲜的蔬菜，路上的行人也有走上来问价的。

王富团擦着汗，回答说："不卖不卖，这是给新政协会上送的。"

人们看着他，亲切地笑着表示理解。

一老人还竖起拇指："辛苦了！大老远的，不容易！"

廖响真会作，连忙去路边的茶摊儿上买了"大碗茶"端给王富团，说是"支持送菜"。

众人散去后，廖响拿出两个用红签扎着的"果盒"交给王富团。王富团把两个"果盒"在前后两个菜筐里各装了一个。

廖响又从布袋里拿出六管"牙膏"。

王富团接过三管放进前边的菜筐。廖响配合着把另三管装进后边的菜筐。

王富团喝了茶，再一次龇牙咧嘴地挑起担子。

廖响对王富团一笑："顺利！"

王富团忽然感到紧张，左腮上肌肉颤了几下，但他还是故意装作放松的样子，说了声"放心！"一晃一摇地往前走去。

王富团在前边走。

廖响在不远处跟着陪他。

王富团挑着菜实在吃力，两手托着肩上的扁担，像是走在崎岖不平的山路上，高一脚低一脚的，很不和谐。

穿长裙的女人掂着菜，一个五六岁的男孩儿跟在旁边，一手拿一支冰糕。他吮了一支，把带着包装纸的一支举给娘。娘不要，说："娘牙疼！"男孩儿的手放下来，和挑着蔬菜的王富团迎面走来。

王富团又倒了一下肩。

男孩儿站住脚，盯着王富团。

刚喝过水，王富团又有了出汗的能力，脸上的汗毫不犹豫地拱出来。王富团抹一把，又咧一下嘴。

男孩儿猛跑上前，大喊一声："叔叔，给你！"忽然把那支冰糕塞进王富团手里。

王富团大惊，禁不住往外一跳。

冰糕掉在地上。

孩子也被王富团吓了一跳，弯腰捡了冰糕，紧张地看着他。

王富团看是个孩子，大声喊："你？你要干啥？"

男孩儿说："叔叔，你累了，我想让你吃个冰糕！"

"啊？什么？"

"我想让你吃个冰糕！"男孩儿像犯了错误，又小声地重复了一遍。

王富团醒过神来："啊，啊啊！"

孩子再一次把冰糕递给他："给，叔叔！"

王富团接了："啊，啊啊，啊，谢谢！叔叔不吃！"

王富团的左腮连颤几下，又把冰糕还给了孩子。

王富团在离亚洲饭店门口二十几米的地方停下来。他要静一静神，歇一歇肩。王富团眯起眼看着大门。他看到有人进去了，向站岗的卫兵亮了亮牌。卫兵回敬了一个军礼。

王富团深吸了一口气，挺身挑起菜担，大步向亚洲饭店的大门迈进。

"哎，同志，我是送菜的！"王富团没等问，自己先说了。

"谁让你们送的？"卫兵走出岗亭。

"殷股长，大高个儿殷股长。俺是郭各庄，送菜的。"王富团努力学着北平郊区的话。

卫兵问："郭各庄？送菜？我咋没见过你呀？"

王富团的左腮颤了一下："常来送菜的那是俺爹。他今天不舒服，我替他送呢！"

卫兵又看王富团一眼："啊！你爹叫啥？"

"哎哎，郭六生。"

卫兵挥一下手。

王富团弯腰挑起菜担走进院子。

吴邑带着于兵检查完操作间，又到代表们住的楼房看了看，这才沿着长廊走出来。

"还去哪儿？"于兵问。

"我们再去中南海一带看看。"吴邑说，"新政协筹备会一开，中央领导机关都搬了进来。加强安全保卫是我们的重中之重！"

"是！"

两人走出楼来。

王富团挑着菜筐往里走，转过弯来，瞅瞅四周无人，他放下菜担子，寻找放置炸弹的地方。他看看花坛，看看垃圾箱，探头探脑地往楼里瞅瞅，正准备往里走，恰与从楼道里出来的吴邑和于兵走了个迎头。

吴邑在楼里，王富团在楼外。吴邑看见了王富团的探头探脑，王富团却不知道有人看他。吴邑站住脚，盯着王富团看了一眼。

王富团明显感到了这目光的压力。

"干什么的？"这声音带着刺刀的锋芒，直直地敲响了王富团的耳鼓。

陡遇两个穿军装的，王富团的神色有些慌张，连忙问吴邑："同志，伙房在哪儿？"

吴邑说："你不是送菜的吗？怎么会不知道伙房？"

"啊啊，我是郭各庄的，我是替我爹送的，他今天不舒服！"

吴邑忽感他说的郊区话有些别扭，又看他一眼，指了一下："往那边去！"

"谢谢！"王富团拉了一下衣袖，弯腰挑起担子。他实在没干过挑担这个活儿，不但动作不熟练，肩膀也真的疼。他的雪白的胳膊，他的挑担的动作，准确地出卖了他的身份。

吴邑给于兵使了个眼色。

于兵走到王富团身后。

王富团明显的警惕心再次露出尾巴，左腮禁不住又一抖。

吴邑走上前，拦住王富团："你真是送菜的？"

王富团一惊，左腮连颤了几下。

"俺爹不舒服呢！"

"你爹叫啥？今年多大了？"

"我爹叫……叫尉迟……啊啊郭六生……"王富团说着，左腮上的肉连连打战。

"抓起来！"吴邑一声喊，于兵扑上去卡了王富团的脖子。

而在此时，饭店保卫科接到了罗山报警的电话：

抓捕特务假菜农。

9

在王富团走进亚洲饭店的时候，作为他顶头上司的炸弹专家廖响正走进饭店对面的好运美食店。他选了一个靠窗的座位坐下来，在这里可以看到亚洲饭店的大门。

服务生走过来："先生，要点儿啥？"

廖响点了杯茶水。

当他看到亚洲饭店的一队士兵飞快跑动的时候，廖响紧张地站了起来。

服务生走过来："先生，要结账吗？"

廖响一下子清醒过来，忙又坐了下来，说："把菜单拿来！"

服务生应了一声，转身离去。

廖响没有等到剧烈的爆炸声，也没有看到王富团从饭店里走出来。在他的面前，摆着荤素四菜，一瓶老酒。他喝了半瓶，留下半瓶。此时，太阳已经过午，他忽然看见王富团挑着满满一担菜从对面的饭店走出来，廖响猛地站了起来。他正惊诧，王富团忽然不见了。

服务生走过来："先生，您——"

廖响愣了一下，小声说："结账！"

服务生审视了一下廖响，猜想他是喝高了，小声问："先生，你碍事吗？"

第四回　吴邑设计王府井
　　　　　廖响脱逃冥衣铺

> 一点一横一大甩
> 拐个弯，甩两甩
> 拐个弯，甩两甩
> 左一甩，右一甩
> 一甩一甩又一甩
> ——打一字

1　傍晚时分，开北方回到了冥衣铺。他不是骑着车子回来的，也不是推着车子回来的，他是扛着车子回来的。本来，借助路边的石头，他已经骑上了车子，可是他不会下，眼看着前边有马车，他想下，可车子不听话，硬对着马车往上冲，情急之中猛一扭，人倒是下来了，只是磕破了鼻子。磕破了鼻子还不碍走，可车把扭歪了，既不能骑，也不能推了。

店里的伙计郭闹闹迎出来："球，阔了！"

开北方擦一把头上的汗："阔球！"扛着车子进了屋子。

"哎，你这鼻子咋球回事？挂彩了？"郭闹闹大喊。

开北方轻描淡写："磕了一下。"

郭闹闹跟着往里走："祝贺老板，我们又要发个小财了！"

开北方放下车子："是吗？"

郭闹闹往旁边一指："魏老头儿的老婆好像不行了，抢救球半天了！"

开北方说："噢，你咋没想着还得花个纸钱呢！"

郭闹闹笑起来："一份烧纸才值几个钱！要让你天天换，你不天天脸上开花才球怪呢！"

开北方说："闹闹，给我倒杯茶！"

郭闹闹倒了杯热水递过来："老板，这车子咋回事？"

"被我摔坏了。"

"哪儿坏了？"

"车头坏了，推着走不成。"

"我看看！"郭闹闹走到车子边，双腿夹住前轮，扶住车把猛一拧，说，"车把摔球歪了，你看这一拧，好了！"

"这就好了？"开北方不相信，他放下水杯，走上前去。

"这不就好了！"郭闹闹试着推了几步。

开北方接过来，也试着推了几步，发现车把真好了，禁不住小声骂了一句："球！"提起后轮，又把车子支了起来。

郭闹闹说："老板，你回来得正球好，我现在得去见头儿！"

"金钱豹？"

"不是是球！"郭闹闹感慨着，"端人家碗，被人家管。他不是给我发钱吗？谁让我给他单线联系呢！"

开北方说："单线联系好！免得惹杂事。"

"那我去了老板？"

开北方点头应许。

"要不，让我骑骑老板的车？"

开北方犹豫了一下，再一次点了头。

郭闹闹推起车子到门外，一迈腿骑上去。

开北方连忙关门歇息。杀人、越货、骑车子，哪一件事不能把人累死！

2

金口牙科诊所是一个小四合院，主房是明三暗五的一座二层小楼。楼下的正屋北平人常做客厅，而他们做了诊室，西边的两间又为诊室匀出来一间，另一间金葵花做卧室。东边的两间，挨着诊室的是客厅，最东头的一间是男主人毕应冬的卧室。整个二楼是金葵花的牙模制作室，他们叫它实验室。

西厢房有三间，南边两间做了厨房，北边的一间住了厨师杜雅。东厢房只有两间，做了金小荷的闺房。位于巽位的东南角有一间门房，住的是伤了腿的特务张广才。

厨房里，大厨已经做好了夜宵，他下的是元宵，本来这么热的天不该做这个，可主人褚一魁爱吃，小姐金小荷也喜欢吃元宵。杜雅不爱说话，外号"哑巴"，也是个特务，不过多管内务。他是这家女主人金葵花最信赖的朋友，也是金小荷的干爹。

金小荷走进厨房，说："干爹，我饿了。"

"哑巴"一笑："元宵好了，饿了先吃！"杜雅不仅不爱说话，笑也不爱，整日阴云密布的样子，只有见到小荷，才会偶开笑颜。

金小荷接过碗来，哆了一句："哎哟，这么多！"

"哑巴"说："老毕和你妈商量事，我多下了点儿。"

褚一魁化名毕应冬，金小荷并不知道，她只知道妈妈再婚，嫁了毕应冬，并不知道后爸的真实身份。

"哑巴"盛好了，把碗放在托盘上。

褚一魁和金葵花正在二楼的实验室研究制毒方案。他们从下午就在研究，现在已经到了深夜，二人还没有决定下来。

褚一魁说:"金,你知道,〇五成功打入亚洲饭店的食堂,可是一直没有机会。如果冒险投毒,〇五就得牺牲。局座指示,能否制出延时毒药,哪怕只有七十二小时,也好让〇五有逃脱的机会。"

金葵花说:"老毕,我早年是学过延时毒药的做法,但是时间长了,叫我临时赶做,我怕做不出来,耽误了党国大事。"

褚一魁和金葵花是假扮夫妻,为了装得像,褚一魁昵称金葵花为"金",一则表示贵重,再则却也找不到更合适的字了:喊"葵",不对;喊"花",又太俗。

金葵花也想昵称一下领导,但"褚一魁"三个字无一可用,"毕应冬"感觉还行。可是,"毕",不好出口;"应",像个女人;"冬"还可以,可它和"东"同音,正是褚一魁要赢的对象。挑来拣去寻不着,最后干脆喊了"老毕"。这"老毕"一喊,倒成了常用名,丝毫没有"昵"的感觉。

毕应冬点了头。

金葵花说:"我认为,既然投身党国,就要准备着随时牺牲,不能因为危险就不作为,更不能成为完不成任务的理由。"毕应冬知道,金葵花说的〇五号特务是指杜津卫。他在屋里走了几步,扭过脸看着金葵花:

"这样吧,金,你负责试验。我努力配合。局座的指示我们不能不听!"

金葵花说:"那好吧,我尽力!"

毕应冬走过来,在金葵花的额上吻了一下。

金葵花一笑。

毕应冬点一下头。

"哑巴"端着托盘走到门口。

小荷跑到前边:"妈,元宵好了!"

"哑巴"端着进屋,把元宵放在一楼东间的桌子上。

金小荷慌着摆放。

毕应冬和金葵花从楼上走下来,木制楼梯年久了,发出轻微的响声。毕应冬坐下来,拿起调羹搅了搅。

金葵花邀请"哑巴":"一块儿吃吧?"

"哑巴"说:"我不饿,你们吃!"

毕应冬说:"小荷坐吧!"

"我去拿碟儿小菜!"小荷说着,扭身就去了厨房。

"哑巴"在外边:"我来,小姐!"

小荷一笑,撒娇地喊:"干爹,我要榨菜丝!"

按照组长毕应冬的指示,金葵花连夜配制了延时毒药。

第二天一早,大厨"哑巴"去街上买来了五只鸡。四只母鸡,一只公鸡。"哑巴"在鸡腿上绑上绳子,把它们放在院子一角,五根绳子全拴在一棵小树上。母鸡们显然有些害怕,一个个缩着脖子。公鸡忽然引颈高歌:咯儿——母鸡们立即活泛起来,一个个在地上走动着找起食儿来。

听见公鸡的叫声,褚一魁走了出来。

"哑巴"站在院子里,等着指示。

"公鸡抓了!"褚一魁小声说。

"哑巴"上前去抓公鸡。

公鸡显然明白了这两个男人的企图,伸着头,做出反抗的样子。

褚一魁从旁边一逗,公鸡警惕地把头扭向这边。"哑巴"从那边猛地一把,公鸡被抓住了。

"这只母鸡!"褚一魁又一指。

"哑巴"伸手又抓一只。

"哑巴"把两只鸡提到厨房。

金葵花手拿个白色硬纸筒从屋里走出来,走过院子,进了厨房。

金葵花铺开硬纸,掏出一个小玻璃瓶儿,从里边倒出两粒小米粒儿大小的药丸,用镊子镊了,对着"哑巴""嗯"了一声。

"哑巴"明白意思,立即抱起公鸡,使劲捏开鸡嘴巴。

公鸡很不情愿地蹬着被捆住的双腿。

金葵花把一粒药丸放进鸡嘴里。

公鸡这次没反抗,很顺利地咽了下去。

褚一魁站在旁边,眯着两只眼睛:"很好吃嘛!那一只。"

"哑巴"又抱起来母鸡。

3 这是一座四合院，门口挂着北平市合和有限公司的牌子，其实它是袭扰队队长"金钱豹"的办公处，外边看是一个公司，各屋门口挂着办公室、会计室等牌子，走进屋里，就是一个军营了，墙壁上挂着军事地图，旁边有卫兵黑脸儿挎枪执勤。

此时的"金钱豹"正给部下布置任务，他坐在加宽的太师椅上："你认准了加长的雪佛兰就是市长的坐骑？"

"是，队长！我两次看见市长坐着这辆车。全北平才几辆这样的车啊，绝不会错的！"鸭挺抹一下平头。

"金钱豹"说声"好！"从椅子上站起来，在地上走了两步，一转身停住脚：

"鸭挺，这个事你要亲自做。我派人配合你！"

鸭挺一挺胸："是！"

"金钱豹"说："你做个计划，立即报我！"

"队长，计划我做了一个！"

"啊，拿来！""金钱豹"一伸手。

鸭挺连忙从兜里掏出计划书，原来只有半页纸。

"金钱豹"看了一眼，把半页纸放在桌上："你说说看！"

鸭挺说："我观察了两天，发现市长的车老在晚上九点的时候从王府井一带路过……"

"金钱豹"没等他说完，就急着表态了："啊，我明白了！就按这个计划做吧！"

"好！"鸭挺转身欲走。

"金钱豹"说："慢！"

鸭挺又站了下来。

"让我占一卦！"

鸭挺、黑脸儿跟着"金钱豹"走到旁边占卜专用的小桌旁。

　　小桌上铺着一块毡，毡上画着阴阳太极图。"金钱豹"从胸兜里摸出三枚锃亮的铜钱，拢在手里摇了摇，猛往桌上一撒，嘴里小声咕囔着。

　　"金钱豹"收了钱，捧手里摇了摇，又撒一卦，这叫"金钱课"。因为都有"金钱"二字，"金钱豹"特别相信"金钱课"，每有大事，必须占卜。"金钱豹"连卜六次，卦象大吉。"金钱豹"大声吟诵：

　　　　困龙得水好运交

　　　　不由喜气上眉梢

　　　　一切谋望皆如意

　　　　向后时运渐渐高

　　"金钱豹"双手一击："好！马到成功！"

4

　　政治保卫处的办公室里又在开会，全处人员都在。

　　吴邑处长说："根据对王富团的突审，我们找到了这样两条线索：一是被称作'炸弹专家'的大特务廖响；一是那个配合杀人的二三七号特务。廖响，三十二岁，身高一米七左右，气质较佳，是一个受训于美国的特工人员，主要任务是爆炸中央首长的车队和天安门广场。这次为什么要爆炸亚洲饭店呢？据说是因为推测到毛主席要参加今天的会议。我们这次缴获的两个饼子式和六枚牙膏式定时炸弹，就是廖响手中的利器。据特务王富团交代，他们是单线联系，廖响是他的唯一上级。他并不知道廖响的住处，也不知道廖响更多的信息。两人约会采用的是，上一次约定下一次的一个或者两个地点。王富团强烈表示，愿意配合我们抓捕廖响以立功自保。王富团还交代一个线索，廖响会画地图，天安门和前门一带，他有详细的地图。"

　　于兵问："是不是喜欢戴着草帽？"

　　吴邑说："据王富团说，他喜欢穿绸料衣服，黄绸衫，深蓝绸裤。草帽，这个细节他没讲。"

　　罗山说："他是想扮成绅士的样子。要是那样，他应该戴薄礼帽。考虑到这是夏天,他应该不戴帽子,只在衣服上讲究。"

于兵说:"在天安门广场时他戴的是大檐草帽。"

"那是便于他隐蔽。"吴邑处长话锋一转,"关于二三七这条线索,王富团也不知道二三七的真实姓名,他是临时被抽来配合的。他只知道二三七可能住在东单一带。二三七留下的尾巴就是小个子和一辆自行车。自行车本来都有编号的,可王富团说,这辆车子是偷来的,所以不知道车子的编号。罗山,把你们搜查王富团住室的情况讲一下。"

罗山掏出本子:"我和于兵、孙觅去搜查了王富团的住室。他是租的房子,据房东说,他刚来不到两个星期,只说是做公司的,来打前站。房东并不熟悉他。从搜查情况看,王富团没有武器,也没有像样的凶器,但是有不少瓶瓶罐罐,可能是毒药啥的。有一部收音机,可听敌台。一个写了很多电话的号码本,从上边的号码看,王富团是从香港过来的。"

吴邑下意识地点了点头。

罗山继续汇报:"但是他对北京很熟悉。这个人喜食甜点,因为搜出了十几种甜食。可能是个恋物癖,因为从他屋里搜出了二十几个女人的胸罩。"

"他有两把瑞士跳刀。"于兵说着,从包里拿了出来。

孙觅说:"这个人趣味低级,似乎唯一的消遣就是看女明星。"孙觅把他屋里的香港和上海出的十几期画报拿出来。

梅东岭说:"二三七的情况我说说。这个人是一二八号,就是西郊的特务小组组长米继槐的联络员。在我们抓捕米继槐的时候,他当时正在米家门外,要是我们再晚半分钟,他就和米继槐一起落网了。在这次杀菜农、炸饭店的罪恶行动中,他再一次出现,说明此人还是个重要角色呢!我的意见,根据小个子、在东单、有一辆自行车的线索,建议在东单一带加强监视,以期早日抓捕。"

吴邑问:"谁还有意见?鲁战凯?"

鲁战凯说:"王富团会不会还有隐瞒?比方,他和廖响的第一次见面是如何联系上的?他们一共见了几次面?他的炸弹技术是廖响教他的,还是他早就会?"

"这些当然还要再审！"吴邑抬腕看了一下表，表针指向十点，"时间不早了，下边说说明天抓捕廖响的安排。"

大家都不说话，看着处长。

罗山在本上记着什么。

"王富团说，按照他和廖响的约定，明天上午十一点，他们要在王府井的大杂货店正门口相会，然后一起吃午饭，确定下边的行动。如果不成，下午两点，他们会在光陆电影院门口再见。"吴邑说过，看了一下笔记本。

罗山说："王富团被抓廖响是不是知道啊？比方说，定时炸弹没有爆炸，这不就是一个明显的信号吗？"

吴邑点头："我也考虑到这个。但据王富团说，炸弹的爆炸时间由王富团相机设定。今天没炸，并不能说明王富团没有成功。"

梅东岭说："既然王富团这样说，我们就设伏抓人吧！"

"我们这样安排。罗山、于兵！"吴邑点将了。

"到！"罗山和于兵站了起来。

"明天上午十点前，你们赶到王府井大杂货店附近，南北各一人，便装设伏。"

"是！"两人又是一个立正。

"梅东岭！"吴邑又喊。

"到！"梅东岭立正。

"明天上午九时，你在对面马路边设一个糖果摊。"

"是！"

"鲁战凯！"处长又喊。

"到！"

"明天上午十一时，你押着王富团准时到王府井大杂货店门前，当然，不要让任何人看出来是在押他。"

"是！"

孙觅看着处长，面现焦急。

吴邑终于喊她了："孙觅！"

孙觅学着众人的样子，挺胸一个立正："到！"

"明天上午十时半，你随我一起逛王府井大杂货店。"

"是！"

"记住，十一时半必须赶回来值班！"

孙觅兴奋地又是一礼："是！"

吴邑轻挥一下手："散会吧！"

孙觅说："处长，您不再给我们出一个新谜吗？"

"哎，这则老谜有谁猜出来了吗？"吴邑处长诡秘地看着大家。

孙觅笑而不语。

"谁要求出新谜谁就应该破老谜嘛！"罗山看着孙觅，笑了一下，说，"孙觅！"

孙觅笑成了一朵花，她得意地看大家一眼，说："我要说错了，大家不能笑话啊？"

鲁战凯说："是不是想让鼓掌啊！"

大家凑趣地鼓了一下。

孙觅说："我感觉应该是个'食'字！处长，对不对？"

吴邑不动声色。

鲁战凯问："为什么'应该'，说说道理呗！"

孙觅说："'说人并非人，确与人有关'，这有两层意思，一是'食'上边有个'人'字。'确与人有关'嘛！关键是下边一句，'说粮不是粮，离它人呼天'。俗话说，民以食为天。如果没有粮食，老百姓就会呼天。'粮''良'同音。上边一个'人'，下边一个'良'，不就是个'食'字吗？"

吴邑处长笑起来："孙觅，看来你真的登堂入室了！表扬啊！"

鲁战凯说："这个'食'和我们当前的工作联系密切吗？"刚说出口，他自己便笑了，自嘲似的说："还是密切的！"

梅东岭说："我们刚刚抓捕的王富团和我们要抓的廖响，都和亚洲饭店的'食'有关嘛！"

孙觅再次要求："处长，再出一个呗！好指引我们前进的方向！"

于兵笑着说:"真是猜上瘾了!"

"怎么说话呢于兵?应该说我强烈地要求进步才对!"孙觅故作嗔怪地瞪于兵一眼。

"孙觅进步很大,刚开了那么难开的'口',又破了这么难猜的'食',大家不该再鼓一次掌?"吴邑高兴地说。

大家再次鼓掌。

"处长写吧!"孙觅跑上前,再次把黑板擦干净。

吴邑神秘地一笑:"那就再出一个?"

众人齐喊:"出一个,再出一个!"

吴邑走到黑板前,拿起粉笔,写了一条谜语,仍然编的有号:

第四谜

一点一横一大甩

拐个弯,甩两甩

拐个弯,甩两甩

左一甩,右一甩

一甩一甩又一甩

——打一字

孙觅边读边伸出指头数着,读完了,禁不住惊呼:"处长,甩十甩呀!"

吴邑得意地笑了:"就是甩十甩嘛!"

梅东岭说:"这个字很捣蛋呢,肯定很稠!"

罗山笑了:"那是肯定的,光甩就是十次嘛!"

孙觅问:"处长,这和明天的任务有关系吗?"

"当然有关系了!"吴邑神秘地一笑,就进了里间。

孙觅一脸憧憬:"看来不是'王府井',就是'杂货店',再不就是抓特务!"

于兵以手蘸水,边念叨边在桌上写:"'一点一横一大甩',这往哪边甩呀?"

罗山收拾好东西,看一眼笑了:"两边都可以甩!"

于兵往右边甩不成字，又往左边甩一下，成了一个"广"字。

鲁战凯伸头看了一眼："这样有门儿，应该甩成个'广'。接着往下甩！"

于兵甩不下去了。

"我看看！"孙觅在桌上比画着。

吴邑收拾了东西，走出里间，对着大家又喊一声："早点儿休息，任务要紧！"

众人收拾了东西，讨论着走出办公室。

5

罗山和于兵走出保卫处的大门。

于兵忽然拉住罗山："哎，师父，我感觉，明天要抓的这个廖响就是打伤我的那个家伙！"

"为什么？"

"谁画天安门会标出距离天安门多少米呢？因为廖响要实施爆炸，所以，他必须知道距离，并且他要亲自踩点，别人标的他未必相信。"

"有道理！为了明天能抓住这家伙，我们去王府井也踩踩点去！"罗山说着，一拐，就往东走。

"哼哼，廖响，我们明天见了！"于兵自语着，跟着罗山往东走。

夜晚的王府井大街灯光昏暗。白天的热闹没有了，只剩下满街的安静。偶有行人经过，也都匆匆忙忙，像被人追着似的。

罗山看看表，已是夜里十点二十多。

前边就是王府井大杂货店。罗山和于兵停下来，找了一个隐蔽的地方。

罗山说："明天，你就在这个地方。"

"嗯。"于兵应着，隐蔽了一下试感觉。

"再去那边看看！"

罗山和于兵走过王府井大杂货店门前，抬头看了看，又一声不响地走过去。

两人在一个暗处站住脚，观察着周围。

于兵说:"你可以隐蔽在这儿!"

罗山点头。

大街上,行人越来越少,跑动的多是人力车夫。

罗山和于兵正要离开,前边不远处驶过来一辆汽车,强烈的灯光照破街道,留下了两个长长的人影。

罗山眯眼细看,轻声说:"市长的车。"

"像!"于兵小声说。

"加长雪佛兰嘛!"

"师父真好眼力!这么远的距离,怎么能看出是加长的呢?"

罗山正要讲,忽然一辆自行车窜到了车前。

"吱哇——"雪佛兰一个急刹车,猛地停住。

罗山和于兵同时"啊"了一声。

骑车人未被撞倒!

两人正为之庆幸。

叭!

叭!

两声枪响骤起。

弹点在车上爆出火星。

骑车人扔下车子,挡住雪佛兰前行的路,自己却扭脸钻进小巷。

罗山一愣,立即醒过神来:"特务!快!"对着开枪的方向连回两枪:

叭!

叭!

"追!"罗山喊一声,跳起来就撵。

于兵紧跟在后,两人欲过街追赶。

雪佛兰往后倒了几米,一声轰响,从旁边冲向前去。

自行车被汽车挂了一下,从罗山和于兵的面前滑过。

两人猛跳躲闪,眼看着汽车飞驶而去。

"追!"

两人跑进巷内。

空荡荡的小巷了无一人。

罗山和于兵正在观察,两个夜巡的保卫人员跑过来。

巡逻人员大喊:"干什么的?"

罗山回答:"保卫处的。看见特务跑哪儿去了?"

巡逻人说:"我们也是听见了枪声才跑来的。"

罗山问:"这是什么地方?"

"啊,这边是王府井,大杂货店就在这附近。那边是东单,东单商场离这儿不远。这是枣核巷。"

罗山说:"特务向市长的车开枪,这是个严重的事件!"

巡逻人问:"您咋知道是市长的车啊?"

罗山看他们一眼:"你们好好巡逻吧!"

两人走回王府井,于兵扶起倒在地上的自行车。

车把歪了,两只车轮并没有问题。于兵抓住车把的立轴,推着要走。

罗山接过来,两腿夹住前轮,使劲正了正车把,推着车子试走几步。

于兵接过车子,迈腿骑了上去:"师父,坐!"

罗山一跳,坐了上去。

自行车飞快地走着,两人的影子被远远近近的街灯撕扯得如同变魔术。

6 早晨的王府井一片热闹。卖吃的一街两行,争相吆喝。虽是临时出摊,皆为传统名馔。卖穿的张施布幔,一片灿烂。虽有西装礼服,更多流行时尚。金银珠宝灿烂,首饰佩戴艳丽,宛若夏花繁星。

梅东岭卖的是糖果,半尺长的麻糖,玻璃般的梨膏糖,鲜亮亮摆满了小摊。

旁边卖东西的都在吆喝。梅东岭看看周围,也跟着学吆喝:

这麻糖,是好糖,

吃着甜,闻着香,

不怕粘牙掉光光……

吴邑和孙觅走来了，在梅东岭的糖果摊前站了站。

孙觅掏钱买了一包麻糖。

吴邑问："老梅，感觉如何？"

梅东岭皱起眉头："就是这吆喝不地道！我在学着说北平话呢！"

吴邑说："不错嘛！再来一段我听听！"

梅东岭转脸向外又唱起来：

梨膏糖，是好糖，

您要不信请先尝。

北平城里独一份，

润肺化痰保安康！

卖老鼠药的把摊子设在街中，亮开了铜锣般的嗓门儿：

老鼠精，老鼠能，

老鼠吃了活不成。

大老鼠吃了不会动，

小老鼠吃了蹦三蹦。

毛主席都夸俺的鼠药好，

他请俺来到这北平城。

罗山和于兵一前一后走进王府井大街。

于兵戴了顶草帽，在昨晚选好的地方停下来。此处正好有一个卖蛐子的，一串子高粱皮编成的笼子里藏着千军万马的蛐子。有孩子兴奋地围着，不住地叫喊。

罗山走过王府井大杂货店，来到了昨晚选好的地方。此处也不安生，正有个卖饭的占着地方。罗山要了一碗面坐下来，眼睛紧盯着大杂货店。

熙熙攘攘的人群像河里的水流，每有人在货摊儿前停下，立即形成了水流的漩涡，使得再经过此处的人必然扭动。吴邑和孙觅也在水流当中。

孙觅买了顶白布红点点的童子军帽，喜气洋洋地戴在头上。

便装的吴邑则戴着墨镜，一副绅士模样。

廖响真来了。昨天他没有见到王富团出来，便感觉凶多吉少，但多年的特工经验告诉他，他必须了解真相，才能做出正确的判断。他知道，他的真实情况共产党的保卫人员知道得并不多。他雇了一辆人力车，装作从王府井穿过的样子。他不准备在此停留，哪怕王富团没事他也不停留。车子沿长安街西行，到了王府井大街口，一拐钻了进去。廖响身着西式便装，一副金丝边眼镜，头上戴了一顶青色圆檐太阳帽。

车夫的脚步慢下来，问："先生，这就是王府井，请问您在哪儿停？"

廖响原来对车夫说是来王府井，但到了这里，他却不想让停了，说："走吧！继续走！"

车夫擦一下头上的汗："先生观光啊？"

廖响说："随便看看。"

"好咧！"车夫应一声，很快就到了王府井大杂货店门口，人多，车夫自然放慢了脚步。

廖响抬腕看了下手表，离约定的十一点还有十分钟。

"停吗？"车夫大声问，"这儿可是个热闹地方！"

廖响催着："走走走，不停！"

人力车夫拉起车子，在人群里又挤又躲，继续前行。

鲁战凯押着王富团沿着廖响走过的路线观光似的走进了王府井大街。

王富团说："领导，你不用跟这么近，我不会跑！廖响警惕得很呢！"

鲁战凯停下脚步，两个人拉开了距离。鲁战凯知道王富团说得有理，但这么多人，万一王富团趁机逃脱，他要负责不说，谁知道这家伙会给革命带来多大损失呢！所以，他既要跟着不让他跑掉，又不能跟得太近。不即不离，恰如其分。这很难拿捏。

鲁战凯和王富团经过罗山身边的时候，罗山正吃面条。

廖响坐在车子上，忽然发现这对自己有利也不利。有利的是，他不用挤人夺路，眼睛看得开。不利的是，位置较高，容易被人发现。廖响充分利用着他的帽子，但又怕这样反而引起人们的警惕。他忽然发现了于兵。别看他和于兵只有一面之交，但他在打伤于兵的时候观察过他的脸。于兵是个方脸，雄性但不秀气，右耳旁边有高粱籽般大小的一个瘊子。廖响的耳边也有个瘊子，只是他的在左耳旁边。他先看到了于兵，若是于兵先看到他，可能这次他就逃不掉了。他发现于兵正站在蛐子笼边看蛐子，眼睛却不时地往外瞟。

廖响侧脸低头，催着车夫："快点儿，师傅！"

"好咧！"车夫加快了脚步。

廖响在王府井大街的北端下了车子，转身进入了一家商店。他有些犹豫，想立即离开此地，但又想见到王富团，他想看看王富团究竟怎么样了。

这家商店有两层。廖响沿楼梯走上二层，在一面窗户前站下。

王富团准时站到了王府井大杂货店的门前。他装作若无其事的样子，抬腕看了一下表。他对自己的表现还算满意。其实，在被抓的那一刻起，他就下定了争取宽大处理的决心，把知道的和想到的，一股脑儿都说了。他此刻想的，就是能抓住廖响，使自己的罪行再减轻一些。

埋伏在大杂货店内里的吴邑和孙觅已经做好了准备。吴邑站在柜台旁边，掏出香烟。孙觅有些紧张，准确说是兴奋，她趴在柜台上装作选挑饰品的样子，眼睛却看着外边。

店外的罗山一脸沉稳，警惕地观察着周围。

于兵瞅了瞅大楼，又瞅了瞅四周，希望能有所发现。

廖响掏出纸笔，就着柜台，写了几行字，叠了，快步走出商店。

"先生，行行好吧！"一只脏兮兮的小手伸过来。

廖响看是个讨饭的男孩儿，忽然有了主意。他弯下腰悄声问："小孩儿，你知道王府井大杂货店吗？"

"当然知道了。不就在那边儿吗？"讨饭男孩儿伸手一指。

廖响掏出五块钱来："小孩儿，我有个朋友在王府井大杂货店门前等我呢！我脚病犯了，这钱给你，你帮忙替我送个信，让他来这儿接我行吗？"

小孩儿接过钱，禁不住说了一句："先生，这么多？"

廖响笑着点了点头。

"先生好心！"小孩儿问，"你的朋友是男的女的？"

"好细心的孩子！是个男的。"

"长得啥样？有特点吗？"

廖响一笑，伸手比画一下："个子这么高！比较胖。"

小孩儿龇牙一笑："好的，先生等着，我领他来接你！"

"好咧！我在这儿等着！"

小孩儿接了信，飞奔而去。

王富团愣愣地站在大杂货店门口，看看手上的表，再看看街上的人。鲁战凯从他身边走进大杂货店，很快，又从大杂货店里走出来。

这碗面已经吃得够长。卖饭的老汉一直观察着罗山，以为是自己做的饭哪儿不对。罗山付了钱，站起来走往大杂货店，到了门口，忽然又想起什么似的，扭脸又回来了。

孙觅也有些着急："是不是有什么变化呀？"

在王富团低头第三次看表的时候，讨饭男孩儿飞奔过来了，他看着王富团。

王富团正引领高望，面现焦急。

讨饭男孩儿走上前来，大声问："您是等人的吗？"

王富团一惊："嗯嗯。"他下意识地点了头。

男孩儿掏出一个燕子形的叠纸："你的朋友脚病犯了，他让我送信，请你去接他呢！"

王富团兴奋起来："在哪儿呢？"

"他在那儿等着呢，我现在领你去！"男孩儿表现积极。

鲁战凯走过来："怎么回事？"

王富团把信交给鲁战凯。

鲁战凯拆开看了。

吴邑和孙觅也过来了。

鲁战凯把信交给吴邑。

吴邑展开细看：

　　明天中午十二时，永乐饭庄。

吴邑问男孩儿："孩子，这位朋友在哪儿等呢？我们一起去接他！"

男孩儿用手一指："就在街口西边，我领你们去！他在那儿专门等着呢！"

罗山和于兵也赶来了。

吴邑立即布置："王府井北抵东四西大街。罗山，你去街西头；于兵，你去街东头。其他人跟着孩子走！"

众人拔腿就走。

男孩儿领着王富团和鲁战凯走在前边。吴邑和孙觅尾随其后。

男孩儿和鲁战凯、王富团来到刚才的地方。"哎，就这儿！"小孩儿扭头四顾，"说好的他在这儿等呢！肯定没有走远。他脚正疼着呢！"孩子真诚地四下里看着，看见一个他认识的讨饭老人过来，他跑上前大声喊："爷，你看见这儿那个人没有？他让我送信的！"

讨饭老人摇了摇头。

男孩儿一脸歉疚，对王富团说："你的朋友说他的脚病犯了。真的，我没有骗你！他还给了我钱。"

吴邑和孙觅走上前来。

鲁战凯说："我带王富团再找找！"

男孩儿说："我带你们找吧，我熟悉地方！"

吴邑四下里观察了一下，忽然指着旁边斜对面的春熙饭庄："快去，搜那里！"

众人立即奔进饭店。

吴邑的直感好极了，此时的廖响，正站在二楼靠窗处观察着这里，他看见吴邑指向了自己，立即下楼，从后门溜走了。

7 廖响看见了王富团，看见王富团被人押着来抓他。他真的感到了紧急与危险。匆匆出了饭店，他不敢再表现出匆匆忙忙的样子。他想雇个人力车，回头四顾，一辆车子也没有。他知道王府井离东单不远，便迈开大步，急往东单走，他想到了二三七的冥衣铺，他要在二三七的冥衣铺里等等魂儿。廖响脚步匆匆，到了冥衣铺门口，倒不急了，他习惯性地后看一眼，没人跟踪，又往四周瞅了瞅，也没有形迹可疑之人，这才咳嗽一声，大步走进店里。

开北方的铺子里挂着男女寿衣，开北方正往衣架上挂新做的寿衣，一上一下两条龙在寿衣上翻腾。

廖响大声说："早啊您！"

开北方笑了："哎哟，老主顾！"

"老主顾！"这在冥衣行可是骂人的话，开北方一急，忘了吉利。此时的廖响更不会想起这些来。

开北方看旁边无人，做一个请进的姿势。

廖响越过柜台，走进铺内。

开北方连忙倒水。

廖响说："王富团出事了！"

开北方闻言，吃了一惊。

"昨天他去亚洲饭店，被抓了。"廖响喝了一口水。

开北方眨巴着眼睛："您咋知道的？"

廖响讲了刚才的经过，他没敢说出被追赶的话，害怕开北方撵他走。讲完了，他问："昨天你们在一起的时候，你给王富团说了真名没有？"

开北方狡猾地一笑："没有。"

"也没说职业？"

开北方摇摇头，又是一笑。

"经常出入的地方呢？"

开北方说："廖先生，这点儿规矩我还是知道的。我什么也没说，他只知道我是二三七。"

"那就好！那就好！"廖响松了口气，端起茶水，一饮而尽。

开北方问："王富团还知道什么？"

廖响说："他刚到北平半个多月，和我是单线联系。"

开北方说："这么说，只有你我是最危险的！"

廖响点头。

两人正说话，郭闹闹走了进来。

廖响下意识地站了起来。

开北方说："廖先生，介绍一下，这个就是四一二号郭闹闹，自己兄弟！"

廖响忙伸出手，郭闹闹也连忙伸手相握。

开北方问："闹闹，我的车子呢？丢了？"

郭闹闹呈现出苦瓜似的脸："球！我昨晚在汽车前挡了一下，再也没机会回去取了！"

开北方说："咋没机会了？"

"不知道从哪儿窜出来俩球保卫，对着我就开枪了。"

"这么说，车子被他们缴走了？"

郭闹闹点头："嗯。"

"笨蛋！"开北方忍不住骂了一句，"多好的一辆车子没了！"

郭闹闹说："哎，我正想问你呢，那车子是从哪球弄来的？"

开北方一脸的不高兴，不再说话了。

廖响问："究竟怎么回事？"

开北方不满地看郭闹闹一眼："咋回事！昨天我把车子骑回来，当晚就让四一二丢在了街上，让共产党的保卫人员弄走了。廖先生，那车子是从哪儿来的？碍不碍事？"

廖响说："本来就是王富团偷的，王富团和车子都进去了，应该没有大碍！"

郭闹闹笑了："廖先生你这一说，我心才球轻松了！"

开北方说："要说，一辆车子再值钱，哪能比得了我们的安全！"

郭闹闹大笑："不是是球！"

郭闹闹的粗话把开北方逗笑了。"球"，是郭闹闹的语病，挂满了他话语中的任何地方。廖响听了，却皱起了眉头。廖响是个读书人，他对郭闹闹的话语忍无可忍。

郭闹闹不以为意，接着往下发挥："老板，我还以为要发笔小财呢，听说老太婆又球好了！"

廖响看开北方一眼。

开北方说："廖先生，您是有所不知。隔壁老魏师傅的老婆病了，昨天还说不行了，今天又抢救过来了。"

廖响漫应一句："啊！"显然他对这个话题没有兴趣。

开北方又解释："魏师傅早年，年年春节的时候进宫给慈禧太后扎灯笼，这些日子又被共产党请去上天安门扎灯了。闹闹讨厌他，老想让他死，让他家里的人一个一个死光光！"

廖响立即警觉起来："你说，这个老魏师傅和你是邻居？"

开北方额头一皱："可不就是邻居嘛！一说共产党请他扎彩灯，他老婆美得不行，说，俺老魏不光慈禧太后得请，共产党厉害不厉害，也得请！恁大的灯，全天下就俺老魏一人能扎！你她娘烦死不烦死！"

"不是这样说的！"郭闹闹学着老太太的样子：

"慈禧太后稀罕俺老头子的手艺，共产党厉害吧，也稀罕俺老头子的手艺。不是俺夸海口，俺跟老头子睡了一辈子俺知道，全天下没一个人能和俺老头子比那扎灯笼的手艺！"

廖响没笑："二三七，你和他熟吗？"

开北方又蹙一下额头："隔壁，想不熟都不行！"

廖响双手连击："太好了！太好了！真是太好了！"

开北方和郭闹闹一时不知道怎么着"太好了"，全都看着廖响。

廖响看一眼开北方，又看一眼郭闹闹，小声说："我有一个想法！"

两人看着廖响，听他说想法。

"我们想办法利用魏老头，把炸弹送上天安门！"

"把炸弹送上天安门？"两人同时重复了一下。两人重复，不是因为这句话重要，而是因为他们感觉这不可能。只不过，廖响正在兴奋中，没有察言观色好二人的心理，因为当时两人的表情都是询问和否定。

廖响接着发挥："你们想想，要是能混上天安门，把我们的'铁饼子'往那儿一放。等到共产党开国的时候——"廖响比了一个爆炸的样子：

"'轰'一家伙！真不知道会出现什么样壮观的局面呢！说不定，中国的历史还真的就改写了呢！"

开北方说："廖先生，您老不是说，毛人凤局长亲自下的指示，杀死一个民主党派，奖多少多少黄金，升多大多大官吗？杀死一个共产党高官，奖多少多少黄金，升多大多大官……您再说一遍，让四一二听听，也让我复习复习。"

廖响看一眼郭闹闹。

郭闹闹连忙给他笑。

廖响的神色立即庄严起来：

"根据我们组长的传达，毛人凤局长最近批示，杀死一个民主人士，奖一百两黄金，官升一级；杀死一个共产党高官，奖五百两黄金，官升两级；杀死中共五大常委之一，奖一千两黄金，官升三级；杀死了毛泽东，你有多重的身体，就奖你和体重一样的黄金，官升五级！"

郭闹闹说："球，奖项虽然高，谁能挨上他们呢！就说往天安门上放炸弹……"

开北方说："咱现在谋划的，不就是要挨上他们的吗？"

郭闹闹说："魏老头儿？他算球什么？民主党派？中共高官？都球不是啊！"

廖响显然不高兴了。

开北方说："他当然不是，可通过他，咱不是可以上天安门吗？上了天安门，不是谁都挨上了吗？廖先生，您是这意思吧？"

郭闹闹说："你说这，当然好了！可，咋球能上去呢？"

开北方看一眼廖响："要说也是。咱跟人家虽然是邻居，可是从没有共过啥事啊！"

郭闹闹往隔壁看了一眼："给他共事？球！恶心！"郭闹闹摇了摇头，一脸不愉快的样子。

廖响说："都是老邻居，共共事有什么难？大丈夫能屈能伸，更何况没什么屈啊！"

"嗨！"郭闹闹大不以为然，把头转向别处。

开北方说:"闹闹,你明白没有,廖先生的意思是让我们想办法与隔壁交好,然后趁机上天安门……"

"放炸弹?"郭闹闹声音很大。

开北方点一下头,又使劲往闹闹腿上拍了一下。

郭闹闹的声音小下来:"跟隔壁交好就能上天安门了?他当家?再说,就是他能让我们上,他会让球我们上吗?"

开北方也急了,说:"你听廖先生说呗!"

廖响说:"我们也要两条腿走路,一条,你俩跟我学技术,如何放置,如何定时,如何爆炸;另一条,你们要想方设法和隔壁攀上关系,不怕花钱!"

廖响说着,从包里拿出来十几块银元。

8

廖响没有抓到,罗山把自行车推过来让王富团认。

王富团看了车把,又看了车轮,说:"是昨天我骑的那辆。"

罗山说:"你敢断定?"

"我敢断定!"王富团指着车子说,"这辆洋车前圈有点儿聋,车条上穿了两个木珠子。后轮断了一根条,我带二三七的时候还说,你要是再重些,这车就撑不住了。"

吴邑处长综合了全面情况,立即又开一次全处会议,讨论了近日的工作情况。

吴邑分析说:"我们抓住了王富团,罗山和于兵又意外地缴获一辆自行车。这是我们两天来的成绩。但是,我们也犯下了麻痹轻敌、虑事不周的错误,致使可能被抓捕的炸弹专家廖响得以逃窜。为什么呢?廖响之所以还敢在王府井和王富团见面,说明他并不确定王富团是不是被抓。但他严重怀疑!他在即将会面的时候,突然改变主意。我分析有两方面原因:一是他的警觉让他止步,他于是利用这个孩子试探一下。再一个就是,他发现了我们的意图,或者甚至说,他看见了我们的埋伏!如果是前者,那是他的警惕和狡猾。

如果是后者,那就是我们的错误!总之,我们轻敌了。这是我的错误!我会向组织检讨的。"

梅东岭说:"我认为,他是第一种情况。临见面的时候害怕了。因为他毕竟没有听到亚洲饭店里炸弹的响声。当天没有响声,基本上就可以确定他们的行动失败了。所以,当要见王富团的时候他害怕。如果他知道了或者说看见了我们的埋伏,他扭脸就跑了,还会再让孩子送封信?"

罗山说:"我感觉第二种可能性很大。廖响发现了我们的蛛丝马迹,但他不确定,于是他藏在一个可以看见我们的地方,让男孩儿去送信。如果没危险,王富团会自己找过去。他也未必见。如果有埋伏,他在暗处会看得很清楚。处长突然决定搜查饭庄,我认为是非常英明的举动,因为在那块地方,只有春熙饭庄有可以俯视我们的角度。"

于兵说:"要说暴露,可能是我。"

吴邑扭脸看他。

"如果我没有猜错的话,打伤我的那个家伙就是这个炸弹专家廖响。他认识我,我也认识他。我去得早,容易暴露。或者说,我们俩可能当时离得很近,只是我当时只关注大杂货店的门口了,而没有发现他。廖响不确定我的出现是抓人呢,还是偶然。"

孙觅说:"这么说,明天十二点的永乐饭店廖响还会去吗?"

大家都摇头。

孙觅说:"万一呢!"

鲁战凯说:"即使有人去,也不会是廖响。"

孙觅问:"为什么?"

鲁战凯说:"他想再做一次确认。"

吴邑说:"根据我们的审讯,王富团属于外来的特务,他的任务是配合廖响,利用定时炸弹威胁毛主席和中央高层领导的安全。他和二三七等只是合作关系,并不知道更多地方上的事情。二三七和那个杀害崔西海的一二八等,都是'金钱豹'的袭扰队队员。王富团说,是廖响让二三七找的他,也就是说,廖响是从'金钱豹'或者褚一魁那里找到的帮手。我估计,廖响和二三七原来就认识的可能性不大。"

罗山说："廖响要实施犯罪，还必须有一个或者两个甚至更多个同伙来给他打掩护。就像小偷要偷东西，总爱让伙伴在旁边'声东'一下，他才可能'击西'得手。接下来，廖响要找的伙伴，很可能就是那个小个子二三七。"

吴邑点头："自行车是在王府井缴获的，说明那个拦车的人可能就是二三七，而开枪袭击的是袭扰队的特务，同属'金钱豹'的队伍。符合他们要让北平四处开花的阴谋。廖响之所以在王府井和王富团约见，不仅仅是因为人多好掩护，还因为这一带有他们的队伍，好配合，好逃脱。二三七，廖响，都露出了尾巴。于兵，你和鲁战凯押着王富团，多在王府井和东单一带活动。"

两人齐应："是！"

吴邑接着宣布了处里的最新决定，他说："敌人一直紧盯着我们的新政协会议，因为这个会议集合了新中国的全部高层精英。这次的特务破坏，其实是很危险的。设想一下，如果王富团把两个'饼子'和六管'牙膏'都放进饭店，别说是会议室，别说是饭厅，就是在走廊里，在花坛边，在代表们散步的小路上突然爆炸，也该有多么大的威胁呀！"

大家禁不住点头，面上都有些不安的表情。

"为加强亚洲饭店的安全保卫，报经上级批准，特命梅东岭到饭店兼职食品保卫科科长，主要负责毛主席、中央首长和全体代表们的食品安全。不能出丝毫纰漏！"

"是！"梅东岭站起身就是一个敬礼。

"坐下！"

梅东岭坐下来。

吴邑说："中南海是我们安全保卫重点中的重点。新政协筹备会以来，我们敬爱的毛主席就搬了进来。我们知道，北平和平解放，国民党光特务就留下来九路队伍二万多人。北平市多少人呢？一百六十多万。也就是说，每八十人中就有一个是特务。虽然我们打掉了很多，但还有相当的力量存在。

'云中飞'潜入北平，阴谋暗杀毛主席和中央高层领导，这个毒蛇一日不除，领导就一日不宁。经批准，我处决定专调一人进入中南海，协助毛主席和中央领导的安全保卫工作。"

罗山站起来，主动请缨："处长，派我去吧！"

吴邑不动声色地看着他："说说想法！"

罗山说："我们分析过特务'云中飞'的出身经历和作案特点。他会轻功，会偷盗，会使用定时炸弹和无声手枪。更重要的是，他心狠手毒，熟悉北平，惯于夜晚单独行动。我的出身和经历大家也都知道。我会轻功，会神算，会技击。'云中飞'所会的我都会，但我会的他未必都会。他今年五十岁，而我才二十五岁，比他身手灵活。更重要的是，我是共产党员，是毛主席的人民战士！我可以狂妄一点儿说，我，就是专为抓捕'云中飞'而出现的！"

吴邑笑了，说："是有点儿狂妄。不过，我喜欢这种狂妄！罗山同志，你还有最重要的一条没说，我补充一下，就是深谙下层人物甚至小偷小摸、地痞流氓等的伎俩和心理。"

"处长，您批准了？"罗山高兴了，猛地站起身来。

"坐下坐下！"吴邑说，"你准备什么时候过去？"

"立即过去！"

"好！"吴邑说，"在抓捕'云中飞'之前，你就在中南海一带活动。"

于兵也站起来："处长，我有个申请！"

吴邑看着于兵。

"我一直想拜罗山同志为师，为革命工作多学本领。我能不能跟着罗山同志一块儿行动？"

吴邑说："不行。你的任务是寻找廖响和二三七。"

孙觅也站起来："处长，'一二三四五六七九十'和那个'食'，那么难猜的谜我都猜着了。我还跟着您差一点儿抓捕了特务廖响……"

吴邑笑了："影儿都没见着你就差一点儿了？远着呢！"

孙觅说："我当时就想好了，如果廖响出现，我就猛地扑上去。如果他对着您开枪，我就冲上去保护您！"

吴邑忽然就有些感动，他说："孙觅，行！亚洲饭店服务人员中女性很多，也需要有公安人员配合，你可以多去亚洲饭店做点儿工作，但主要任务，还是办公室的工作安排。这么多事情，必须有个人值守。"

孙觅说："处长，您是说，我还有一份工作，就是去亚洲饭店做保卫工作和女同志们的工作？"

吴邑点头说："算是吧！"

"是！"孙觅挺起胸膛就是一个敬礼。

第五回　特务扮演假夫妻　饭店加强捍卫力

> 从小衰衰纤纤
> 终日纠结田边
> 都劝宽大为怀
> 它却缜密眼尖
> ——打一字

1 亲眼看见了抓他的人，廖响是不会再去了。尽管大家都这样判断，但于兵还是和鲁战凯一起去了永乐饭庄，并且是提前到，十一点四十就坐到了靠边的一张餐桌边。"有枣没枣打三竿。死马当成活马医！"鲁战凯小声说。两人要了两个菜，一瓶酒，装作朋友的样子，在此等了一个多小时，直到十二点四十才离开。真是不该他们立功，两人刚刚离开饭庄，另一条"大鱼"便游荡了过来，他就是被称作"云中飞"的特务窦志云。

"云中飞"是来打听消息的。他租车侦察了中南海的周围，又在天安门广场转了一天，还观看了街头的群众演出。他发现，今天的北平真的和两年前有天壤之别，过去的北平一片沉闷，老百姓小心谨慎，说话前老往外看，生怕惹祸。外国人在街上举头望天，趾高气扬。现在彻底翻了过来，老百姓一说便笑，热情无比。有一次，他为了躲避迎面的巡逻人员假装问路，谁知道，那人热情得让人生气，非要带着他去。他专门去了一趟东交民巷，以前那可是外国人的使馆区，不仅有"治外法权"，还养着自己的军队；可是现在，人虽然还没走完，但一个个再不敢斜眼看人。

"云中飞"坐下来，要了两个菜，一盘红烧鲫鱼，一盘青椒炒肉，外加一碗白米，一碗酸辣鸡蛋汤。他一边细嚼慢咽，一边听着食客们的谈话。

旁边的一桌只有两个人，一位二十八九岁的男士，上衣兜里插着钢笔，和一个文化人模样的年长者对饮。年长者脸已酡红，有了酒意。年轻人眼睛雪亮，脸上还没颜色。

年长者说："新政协筹备会开了这么多天，最重要的事情还是《中国人民政治协商会议共同纲领》，听说周恩来亲自抓这个文件呢！"

年轻人说："是啊，光稿子的修改就有二百多次。国际、国内的形势变化太快，几个月前还是动员一切力量支援解放战争，现在呢，是要建立新民主主义国家和肃清敌特等反动势力了。"

"还是你们记者的耳朵灵，要比我们知道得更多、更及时啊！""云中飞"立即明白旁边这位年轻人是一个记者。

"这是我们的天职。老师，您请！""云中飞"于是知道这两人是师生关系，大概是学生请老师吃饭。

两人又饮了一杯。

年长者又问："听说毛主席搬进了中南海？"

"云中飞"夹了一块儿鱼肉塞嘴里，忘了咀嚼。

年轻人说："这也是公开的秘密了！新政协这边开着会，南方各省打着仗，毛主席那个忙啊，非我们所能知。一搬过来，至少不天天跑了！最近，听说新疆要和平解放了！"

年长者大喜："是吗？这个消息好。详情知道吗？"

周边桌上的人听见，都止住筷，侧耳等着年轻人的回答。

年轻人夹了菜放嘴里，又举杯让老师喝酒。

老师毫不推辞一饮而尽。

学生复又斟上："解放军进军大西北，听我同学说，共产党已经派人去和新疆警备部队总司令陶峙岳的……"记者忽然感觉这话在此说出未必妥当，立即端起酒杯再请老师饮酒。

旁边的餐客都有些不快，但也感觉正常，复又埋下头吃饭。

一个老北京大腔大嗓地说起来："特务抓了这么多，可北平还是有特务。昨天听说连市长的车都遭枪击了！"

"哎哟，市长碍事吗？"另一桌的光头老人接了话，忙用手帕擦着嘴上流出来的饭汁。

老北京说："天意不可违！你看看共产党这气象就知道了。不用我猜，市长肯定没事！"

众人笑起来。

光头老人说："还是莫谈国事好。我们小老百姓……"

"老人家您放心，国民党特务不敢咋我一根毫毛，闻一多教授常在，敢动手的特务不常在，知道吗？"

"云中飞"强忍着，他想听"中南海"，不想听这些人胡说八道。可是他不能说话，就埋下头吃饭，忘了嘴里刚才的鱼，卡了喉咙，喀喀地吐。

2

公鸡耷拉着翅膀，趴在金口牙科诊所的院子里一动不动，火红的羽毛炸起来，看上去十分痛苦。芦花母鸡卧在公鸡的身边，头却扎在红公鸡的翅膀下，不住地颤抖着。旁边拴着的另三只母鸡，浑然不觉地在盆子里抢食。

"哑巴"走出厨房，看了看手上的表。

金葵花从正房里走出来，小声问："多长时间了？"

"差一刻六十八小时！"

"嗯。"金葵花点头，"看着时间，看它们能不能撑过七十二小时。"金葵花蹲下身，仔细观察着。

褚一魁出来了，歪头看着地上的鸡："怎么样？"

"眼睛出血了。"金葵花站起来。

刚过六十八小时，公鸡和母鸡就像约好了似的，一起诀别了牙科诊所。

金葵花戴上手套，将两鸡尸体收起来，拿进她二楼的实验室，分别放上天平称了公鸡和母鸡的重量，并在小本上认真记下来。

金葵花是搞科学研究的，要的是数据，她很冷静。褚一魁看上去却很兴奋："金，看来这个延时药还是可信的。"

金葵花点头："量也适中。"

"是不是还要再做试验？"

金葵花说："那是肯定的！光用鸡哪能行？"

褚一魁歪头看着金葵花："要不用狗？"

金葵花说："狗当然比鸡更接近目标。"

"你说，还有没有更好的标的物？"

"有。"

"啥？"

"人！"

褚一魁深深地点头，说："金，你说得对，既然是让人吃的，那就得用人来试！"

院门一响，进来一个女人，细高的个子，白净的面皮，三十五六岁的样子，看上去干净、清爽，动作柔软有力，一看就是个健康的女人。她提着一个青色布包，背着一个花粗布床单裹成的包袱，鼓鼓囊囊显得很大。

隔着窗户，褚一魁和金葵花看得真切。

门房里的瘸腿老张连忙出来，不吭一声接过包袱，把女人迎进屋内。可以看出，他是真心喜欢这个女人。老张四十来岁，明显比女人老。

褚一魁小声问："相好？"

金葵花点头。

"叫什么?"

"紫姐。"

"哪里人?"

"郊区的。"

"啥身份?"

"给人做佣。我问过老张,说是在一个亲王府里,伺候一个清朝的啥人,那人死了,她认识了老张。"

"刚认识吗?"

"听老张说,她早年和那个亲王啥的有关系……"

褚一魁一笑:"跟亲王有关系?不对吧?很有魅力嘛!"

金葵花心领神会地一笑:"谁很有魅力?就你想得多!"

褚一魁暧昧地一笑。

金葵花故作嗔怪地媚他一眼。

褚一魁抱住金葵花,在她的额头上亲了一下。

金葵花的脸一热:"组长,我们可算是为了党国而卖命的'拼命夫妻'吧?"

褚一魁松开金葵花:"这个名字好!共产党叫假扮夫妻。你叫它'拼命夫妻'。'拼命夫妻',不是一般社会意义上的夫妻,而是把命拼在一起奋斗的夫妻。"褚一魁把两手合在一起,做一个拼的样子。

金葵花笑着点了点头。

"那应该是比一般夫妻、假扮夫妻,都要高一等级的夫妻。"

"是!"

"那我真要亲亲你了,我的'拼命'爱妻!"褚一魁上前抱住金葵花,在她的脸上吻着。金葵花并不急着迎接他的吻,只是她既不躲闪,也不反抗,任褚一魁随便去亲。

金小荷从外边回来了,小声地哼着歌。

瘸腿老张迎出来:"回来了,小姐?"

小荷喊一声："张叔！"门房只有一间，金小荷看见了屋里的女人，大声问："阿姨来了？"

紫姐从屋里走了出来："小姐，听说你在学校上班了？"

金小荷一笑："我教音乐。"

金小荷走进院子，一扭脸走向厨房："干爹，我饿了！"

"哑巴"正炒菜，手下不停："很快就好，先坐那儿歇会儿！"

"不，我还有事呢！"

金葵花听见了女儿的声音，从褚一魁的怀抱里挣出来，掏出手帕擦一下褚一魁留下的唇痕。

褚一魁显然有了激情，他拉住金葵花的手，又要上前去抱。

金葵花停下来，往院子里看一眼。十九岁的金小荷正蹦跳着走过院子。

褚一魁又亲她一下。

小荷走进屋子，褚一魁沿着楼梯走下来。

"毕叔叔！"

褚一魁笑着问："放学了？"

小荷一笑，低下头来问："我妈呢？"

褚一魁向楼上扭脸示意。

金葵花在实验室喊她："小荷！"

小荷应着上楼，走进了妈妈的实验室："妈妈！"她看见实验台上的一公一母两只死鸡，禁不住后退了一两步，不知道是害怕还是恶心。

"成功了？"小荷问。

"嗯。"妈应一声，看着女儿。

小荷又退一步，回到门口。

"小荷，你进来！"妈喊她。

小荷意意思思地不想进屋。

妈妈走上前，拉住女儿坐在门边的椅子上："小荷，知道我为什么想让你学制毒吗？"

小荷看着妈妈，颇显叛逆地回了一句："成就大事业！"

金葵花不在意女儿的态度，拉紧她的手，说："这是一门手艺。一门极其有用的手艺。进，可以升迁、富贵；退，可以保身、发财。比那个小学音乐老师，不知道要好多少倍！"

小荷盯着妈："那当初你和爸爸为什么要我学音乐？四岁就让我弹钢琴！"

"说实话，这主要是你爸爸的主意。"

小荷站起来，轻轻关上门，又把门闩也插好，拐回来坐在妈身边："妈妈，我今年都十九岁了，十八岁有选举权，我就是成人了。你告诉我，我爸爸究竟是怎么死的？"

金葵花看着女儿，眼睛里忽然汪起泪水。

小荷抓住妈的双手："妈妈，我知道您难过，但您一定要告诉我！我在睡不着的时候想过无数遍了，不管出现什么样的状况，我都承受得了。"

金葵花沉默着，似乎是想着如何开口。金葵花终于抬起头，她看着女儿，说："你爸爸是特工。"

小荷点头，表示她知道。

"他奉命要除掉一个叫杜津卫的人。杜津卫也是特工。他也想杀掉你爸爸。你爸爸没有告诉我，是我后来知道的。他们两人很熟，甚至可以说是彼此了解。你爸爸从我这里偷偷拿走了一包毒药，在他和杜津卫饮茶的时候，据说是你爸爸趁杜津卫上厕所的时候把毒药放进了杜的茶水里，杜津卫回来后，你爸爸也上厕所。杜趁机调换了杯子。你爸爸于是被毒死了。"

小荷真的承受得了。她似乎很平静："你相信吗，妈妈？"

金葵花摇了摇头："知道妈妈为什么一直不放过杜津卫吗？"

小荷摇头。

"在清理你爸爸遗物的时候我发现，他是在这儿拿走了一包毒药，但是，他并没有把毒药拿到外边，更不会在杜津卫上厕所的时候把药投进去。"

小荷瞪大眼睛："你是说我爸爸根本就没有拿走毒药？"

"对。"

"这么说，是杜津卫毒死了我爸爸，又嫁祸于我爸爸？"

金葵花使劲点头："是！"

小荷激动起来，她两手抓住妈妈的手，猛地站起身来："妈妈，我们为什么不状告这个罪犯杜津卫？"

金葵花拉着女儿再坐下来，说："你知道孩子，那时候正是七七卢沟桥事变后两个月，国内一片混乱，妈妈找了上峰，他们根本顾不上这件事。杜津卫造谣说，他们俩同时爱上了一个北京大学的女学生，是情杀。更何况是你爸爸投的毒，是咎由自取。更恶毒的是，他还说是我因为嫉恨才制的毒药，最终是我害死了你爸爸……"

小荷说："这个人还活着吗？"

金葵花说："当然活着。"

小荷的呼吸急促起来："他在哪儿？"

"亚洲饭店，他现在是一名专为新政协代表做饭的中校级党国特工，代号〇五。"

小荷一声惊叫："啊！这么说，你们还在配合？"

金葵花停了好一会儿，才轻轻地点了一下头。

小荷坚定地说："妈妈，从今天起，我向你起誓，我要学制毒！"小荷说完，忽然泪流满面。

金葵花也哭了。她掏出手帕，给女儿轻轻擦拭着。

小荷倒在了妈妈怀里，小声说："我想爸爸！"

"哑巴"在外边喊了一声："小姐，开饭了！"

3

廖响雇了一辆人力车，再次来到了开北方的冥衣铺。当时铺子里正有人取了寿衣往外走，开北方送出来："恕不远送！请慢走！"

对方回身，对着开北方拱手："您又有客人了，请留步！"

廖响走进屋子。开北方禁不住骂起这两个人："这两个醋大很挑剔，送老衣不要布带儿，非要用扣子。"

"哎，都是死人穿的，有什么差别吗？"廖响问。

"有。廖先生，您是外地人，对北平这丧俗是有所不知。平常的衣服都是右衽，衣襟上的扣子都在右边。死人的衣服正好反着，衣襟要向左开，扣子当然也就在左边了。"

"啊！为什么要这样呢？"特工人员的素质要求很多，其中之一，就是好奇。要有强烈的好奇心，这样你才能广见多识，博闻强记。

开北方说："衣裙左衽，意思就是永不再解开了！"

"啊，死生有别！"

"对。礼仪之邦，这有讲究。"开北方比画着，"过去的冥衣都用衣带儿——"

"嗯。'衣带渐宽终不悔，为伊消得人憔悴。'"廖响吟了一句。

开北方没有听懂，但他看廖响没有打岔，接着又往下说："可这两个醋大非得让用扣子，并且还要用骨质扣，不能用布扣……"

"有什么讲究吗？"

"这俩醋大非说是新社会了，要新气象！也好，我可以多赚几个钱嘛！可做衣服的不想改，说是破了规矩。其实呢，也不是破规矩，是嫌麻烦。再其实呢，也不是嫌麻烦，是少挣钱了。"

"为什么？"

"布扣是自己绾的，骨质扣得用钱买嘛！"

"啊！那用钱买就是了，把买扣的钱加上去。"

"他加上去，我不愿意啊！"

"你也加上去不就得了！"

"廖先生您说对了一半。最好是他不加上去我加上去，这样我才能多挣个钱不是吗？"

"啊！"廖响有了热情，"最后做了吗？"

"做了！这不了了吗？"开北方多赚了个扣子钱，显得很高兴。

廖响明白了，忽然就没有了热情。

郭闹闹过来了："廖先生好！您球这一来，我和老板是不是就有手表戴了？"

廖响虽然给二人带来了手表，听了郭闹闹的话，他忽然感觉不快：就这样的人，这样的见小，这样的心胸，怎么能战胜共产党呢！不过，他知道，他能利用的，就是这些人，这样的心胸与见小。

廖响坐下来，打开皮包。

郭闹闹连忙倒上茶水。

廖响从包里掏出两只手表，一只递给开北方，一只递给郭闹闹，说："祝贺你们，真正的瑞士货！今天，我先教你们学会把手表的时间定准！"

两人接表在手，一时都有些兴奋。郭闹闹禁不住感慨了一句："球，感觉阔气了！"

开北方笑了："跟着廖先生，想不阔都难！"

郭闹闹说："谁想不阔？球哩，连和尚都想阔！"

廖响不笑，说："现在，先学给表上劲！"

廖响摘下自己的表，比画着，做了一个示范动作。

"这个会做！"郭闹闹拧了两把。

廖响说："对对时间！现在是上午十点二十三分。"

两人你看我的手，我看你的手，都不会弄了。

廖响说："往外拔一点再拧，就是对时间！"

闹闹拔了拔："拧不动啊！"

廖响从郭闹闹手里抢过手表："就你这弄法，再好的东西也得拧坏！"

廖响捻动旋轴，时针、分针、秒针，指针跑了几个圈子，"好了，你看看！"

手表虽硬，但两个人像拿了个面娃娃，摆弄了半天才弄对概念。

郭闹闹兴奋地谈着收获："啊，这个细秒针转球一圈叫一分钟！啊啊，这个分针转球一圈叫一小时！啊啊啊，这个时针转球两圈是一昼夜！这外国人真球能，把一天一夜分这么细！哎，廖先生，要是走错了这咋球办呢？"

"什么走错了？"廖响很有耐心。他知道，这些东西不弄清，到时候怎么能挣来和身体一样重的金子呢！

郭闹闹指着手表里的三根指针："这三个小东西万一有谁不走了咋办？"

开北方不懂装懂地说："上劲嘛！不走了就是没劲了！"

"这我知道，我是怕它坏球，不走了！"

"这是瑞士货，结实着呢！坏了修嘛！都学会了吗？"廖响轻声问。

正过来看，反过来看，两人只顾稀罕手表了，竟没有听见廖响的问话。

廖响又重复一句。

"会了会了！"两人抢着说。

"好，下面我们接着学如何给炸弹定时间！"

郭闹闹把表戴上手腕，举起来，歪着头看。这一看，他发现了问题："老板，我们是不是得换件好衣裳，要不然，我一个在冥衣铺上班的小店员，戴这样的瑞士手表，咋球配呢！"

开北方深有同感："哎，还真是的！容易露馅。"

廖响说："不光是衣裳。你那个球、球、球，一句话三个球，也和戴这个手表不配，你要学得斯文点儿！"

郭闹闹点着头真诚地说："廖先生说得对。有了这块手表，我是肯定要改球，不然，真球不配！"

廖响拿起一个饼式炸弹："好吧，我们往下进行。这是美国产的定时炸弹，威力相当于十颗手榴弹，可以炸翻一辆坦克……"

4 在亚洲饭店里，此时正开着炊事人员的工作会议。主席台上坐着吴邑、梅东岭和亚洲饭店的负责人。

大个子殷股长和食品保卫科的同志们坐在前排。孙觅因为要在饭店做妇女工作，也在前排就座。

台下坐着几十个年龄各异的炊事员。杜津卫、刘三刀和胖鹿哥都在其中。

主持会议的是饭店的负责人梁生泉书记，一个四十多岁，面目和善的中年男人。梁书记开门见山说：

"大家知道，昨天在我们饭店发生了一件十分严重、十分危险的特务破坏活动，特务王富团冒充送菜的菜农混进饭店，他带了八枚定时炸弹，如果不是我们英明勇敢的保卫战士，特别是吴邑处长和于兵同志把特务抓捕住，我们今天就不会坐在这儿开会了。下面，我们请政治保卫处的吴邑处长给大家讲话。"

台下的掌声骤然而起。

掌声一停，梁书记高声又说："再说一遍，国民党的特务王富团，就是我们的吴邑处长抓捕的！"

昨天抓捕的是已经混进了亚洲饭店内部的特务啊！再有几十分钟甚至几分钟，就可能发生让许多重要人物丧命的爆炸，如果敌人的阴谋得逞，八颗定时炸弹不知道要造成多么大的损失啊！而抓捕特务的人凭着高度的责任感、丰富的专业知识和经验，硬是从特务露出的那一片皮肤，准确判断了对方的身份，这是多么神奇的故事啊！而今天，坐在主席台上，和大家对面相视的竟然就是这么一个英雄。台下的人们用经久不息的掌声表达了对英雄的赞美与热爱。

吴邑处长站起来，给大家敬了一个军礼。

台下的掌声再起。

吴邑站着，一直等掌声平息，才坐下来讲话：

"同志们、朋友们，如果说亚洲饭店以前是一个名声在外的大饭店，那么今天，它就不仅是一个饭店，而且是中国人民政治活动的中心！是毛主席等中央领导和全国各民主党派的精英聚集的中心之地。它是全国人民关心和向往的地方，也是国民党蒋介石反动集团紧盯和仇视的地方。因此，有特务破坏是再正常不过的了！国民党特务要是不来破坏那倒是不正常了！特务的破坏大致有两个方面，外部的和内部的。王富团的定时炸弹就属于外部的破坏。他要想法混进来，不然，就不能实现其罪恶的阴谋。内部的破坏是什么呢？我们在座的这么多师傅和职工个个都经过严格的审查，都是新中国的建设者和拥护者，有些甚至在国民党统治时期就做地下工作，像我们的梁书记、刘师傅。那我们是不是就可以保证没有问题呢？不能！内部的破坏又有两个方面，一是荷枪实弹，一是食品投毒。荷枪实弹的可能性不是很大，食品投毒的可能性倒是很高。我提醒大家，一定要提高警惕，多一点儿质疑，多一点儿思考。今天，我郑重地把梅东岭同志介绍给大家，他已经调任亚洲饭店兼任食品保卫科科长，专门负责食品的安全工作。梅东岭同志，请讲几句吧！"

梅东岭站起身，对着大家举手敬礼。

掌声又起。

梅东岭说："同志们，我们现在是一家人了。我们共同的任务就是给参加新政协筹备会的一百多名代表，给我们敬爱的毛主席等中央领导保卫好，服务好。我请求大家监督我，帮助我，但是，如果饭店有哪里做得不好的地方，我也会毫不容情地批评。如果有敌人胆敢破坏我们的会议、我们的食品安全，我将不惜用鲜血和生命来捍卫！我的话完了！"

梅东岭又敬一礼。

热烈的掌声再次响起。

5

鲁战凯和于兵在永乐饭庄未有收获，便按照处里的工作布置押着王富团在街上转悠，以期能遇到廖响或者二三七。王富团一身便装，又未捆绑，他甩着胳膊，努力地享受着这短暂的自由。

三人先去了王府井大杂货店，又去了几家小商店，均无收获。鲁战凯和于兵，不仅要看好王富团，还要观察王富团看人的眼神。虽然王富团拍着胸脯表决心，说他一定要抓住廖响和二三七，将功赎罪，但人心隔肚皮，究竟他是如何想的，谁也不敢保证。从王府井到东长安大街，往东再走，就到了东单。三个保持着相应距离的人对每一个走过身边的人都充满了警惕。

王富团进了一家商店。

于兵和鲁战凯也跟着走了进去。

于兵小声问："战凯，敌台的事情有进展吗？"

鲁战凯说："有。北平城里的几个方向都有发现，已经向领导做过汇报。我的判断，肯定不止一部。"

开北方和郭闹闹被这块手表改变了。两人虽然还在店里，虽然还在站柜台，但手里的活儿和嘴里的话全都不是从前的了。

"老板，你发现没有？人要是行头一变，这心理就跟着全变球了！"

开北方拨弄着手表，总不相信这个小东西能准确地说出时间。他抬头看一眼郭闹闹。

郭闹闹继续说："就说这表吧，往手上一戴，感觉球一下子牛了不少！"

开北方又把表戴手上，举起来看了看，说："闹闹，你还是少说两回'球'才配得上这块手表！"

"球哩，我忘不了这事！"

"闹闹你说，你相信廖先生说的那个'铁饼子'真有那么大的威力？"

"肯定有。你没听他说吗？前年炸死何市长二女儿的就是这球铁饼。"

"那为啥没炸死市长呢？他命大吗？"

"你没听他说吗？是特务放错球位置了。炸弹球，咱不懂！"

"闹闹，我不是不相信那个'铁饼子'。我是怕它的威力不够大。"

"能撂翻坦克车，够球大的！"

开北方看着郭闹闹，认真地说："闹闹，我想啊，咱找个地方试试咋样？"

郭闹闹瞪大眼睛："对谁试？"

"早年我是个坐狗的人。"开北方眯起眼睛看着街对面。

"坐狗？这名儿我咋听着恁球熟呢！"郭闹闹也把目光投向街对面。街对面，正有两个姑娘走着，一个高的，一个矮的。高的瘦，矮的肥。

"坐狗，就是用屁股杀狗。"开北方做了一个坐狗的动作。

"啊啊，坐狗听说过，但屁股杀狗却是头一回听。具体是咋球弄哩？你说说。"

开北方看着门外："干坐狗这行的，首先得有一个狠心，能下得去手。"

"那是。一条活不拉拉的狗，一下子叫你弄死，手不狠咋球行？"

开北方又眯起眼睛："要先看好地方，看好活儿。活儿就是狗。要肥大毛光。肥大出肉，毛光出皮。有时候一张皮可比肉值钱了。"

郭闹闹点点头，表示明白。

"坐狗的行头是一件皮袄。天快黑的时候，拿一块儿热马肺诱狗。"

郭闹闹说："为啥非球热马肺？驴肺不中吗？"

"马肺一是不值钱，好找。二是味儿大，狗好闻到。拿块儿热马肺，到活儿家门口，狗一闻见肉味立即就出来了。这时候还不能下手。你要把狗引到门外你早就准备好的地方。这个地方还有一块儿热马肺，最好放在一块儿火炭上烧着。"

"哎哎哎，这火炭是从哪里来的呢？"

"自己带呀！你想想，你自己不带，谁会给你弄？"

"这我知道了。哎？为啥要放在火炭上烧啊，怕狗吃了凉食拉球肚子？"

开北方一听笑了。他拉开架势，边说边表演：

"肉在火上，狗不敢下嘴。可它又实在想吃，它就会低着头绕圈儿，嗅来嗅去，嗅来嗅去。这时候，你轻走上前，猛一把，右手抓住狗脖子，猛一把，左手抓住狗后胯，就势往狗腰上猛一坐。狗的腰椎立即就断，一声不吭就成了死狗。这么抓起狗的两条腿往脖子里一背，拿皮袄这么一盖。一会儿工夫，狗就成肉了。"

郭闹闹叹一句："啊！这就是坐狗。看你的表演，很球艺术啊！"

开北方说："再艺术，也有失手的时候不是！十二年前的冬天，就是卢沟桥事变那一年，我又去坐狗，坐住了派出所所长杨四奎家的狗。那狗又大又肥，一只顶三只。我屁股坐上好一阵都没动……"

"怕它死不好？"

开北方邪乎地说："这是其一。你不知道那肥狗坐上多舒服！冬天啊，又暖又软，很有点儿像女人。"

郭闹闹淫邪地笑起来。

开北方继续说："没想到，这时候杨四奎个王八蛋正好回来，看见了，上前就把我抓起来了。那狗是个德国种，杨四奎比爱他老婆都厉害！'打！一命抵一命！'把我扒光了衣服，那个打呀，我知道，他是想打死我呢！"

"你这比弄他老婆都厉害呀，不打你打谁！后来呢？咋活过来了？"

开北方深吸一口气："说书的人好说的一句话叫啥，人不该死有人救。哎！我真就遇上了。那时候，我已经不知道疼了，就听见迷迷糊糊来了个人，问：咋回事啊？说是坐狗的，怎么神怎么神地学了一遍。那人就说：交给我咋样？看我咋收拾他。我就被这人救下来了。"

"这贵人是谁呀？恁球厉害。一说放人派出所所长就放人了！"

就在这时，开北方说了一声"稍等！"一缩身蹲在柜台下边，用膝盖当腿往室内走。

郭闹闹往外看了一眼，正看见鲁战凯和于兵押着王富团走过来。

开北方在下边拉一下郭闹闹的腿："就说我不在这儿！"

郭闹闹不明就里，但他还是应了一声："知道。"

话音刚落，三个人走进了冥衣铺。王富团先进来，鲁战凯和于兵是跟着进来的。

三个人走进店内。

站在柜台后边的郭闹闹大声说："三位，想买哪件？这是老爷子的，这是老太太的。老爷子的有龙，老太太的有凤……"

于兵问："寿衣多少钱一件？"

郭闹闹说："这要看衣料和手工了。你看看这件，就比那件贵多了！"

王富团瞅一眼，走了出去。

"谢谢！"于兵说过，跟着鲁战凯也走了出去。

郭闹闹大声说："三位慢走啊！恭候下次光临！"

于兵们走了，郭闹闹走进室内，却找不见了开北方。

郭闹闹往外看看，仍然没有。

"老板，老板！"郭闹闹轻声喊。

"走了？"

"走了！"郭闹闹听见了问话，但没有发现人在哪儿。

"帮点儿忙！"

郭闹闹这时候听清了，原来开北方藏在了里间的床底下。这是一张软床，床腿很短，床面是用麻绳绷成的。

郭闹闹闻言低头，帮着把开北方拉出来："这么矮，你是咋钻进去的！"

开北方出来了，一脸惊恐地再问："真走了？"

"可不真走了！咋球回事啊，老板？"

开北方说："真他娘的危险啊！廖先生说的那个王富团没忘吧？"

"不就是那个炸亚洲饭店被抓住,据说叛变投敌的球人吗?"

"对呀!"

郭闹闹瞪大眼睛:"他能咋的?"

开北方爬出来:"刚才进来的就是他!"

"啊!"郭闹闹也紧张起来,"哎,三个呢,哪个是啊?"

开北方说:"你说进来三个?"

"是三个啊!又高又胖的先进来,后边跟着俩年轻人。"

开北方说:"又高又胖的就是王富团!真他娘悬啊!他们是带着他出来认人的!"

郭闹闹问:"啊!认谁啊?"

开北方说:"还能有谁?一个是廖先生,他俩单线联系。除了他,谁也不认识。一个是二三七,他俩刚刚合伙弄事。除了他,谁也不认识!"

"二三七不是球你吗?"

开北方急了:"不是我是球!要不我就躲起来了。"

开北方惊魂未定地在屋里走了两圈:"哎哟,没法弄了。他要是停几天来一次,停几天再来一次,谁受得了这个?非他娘弄出事来不可!"

"你说后边那俩球是谁?保卫?"

开北方只顺着自己的思路说:"肯定!哎,闹闹,有个事你还真做对了呢!"

"啥事?"郭闹闹瞪大眼睛。

"你昨天骑着咱那辆洋车截市长的汽车,结果被共产党的保卫人员缴跑了。你想想要是放在店里,让王富团正好看见。得,非完蛋不可!"

郭闹闹得意起来:"老板,你早上还说我弄丢了你的洋车是笨蛋球呢!没想到上午就表扬我了!真是三十年河东三十年河西呀!"

开北方一咧嘴:"啥三十年河东三十年河西呀,是此一时也,彼一时也!"

"球!就是一会儿这一会儿那呗!"郭闹闹说过,自己先笑了。开北方听了,也禁不住笑起来,自我安慰着:"大难不死……"

郭闹闹立即接上:"必有后福!"

两人又笑起来。

6 　　金葵花母女外出买东西,半道上捡了一只狗。这是一只流浪狗。流浪狗的最大特点是不信任人,这只狗当然也不例外,可它似乎信任了金葵花。她喊它一声:"嗨!"没想到,这只流浪狗竟然来了。金葵花把一块儿烧饼扔过去,"嗨!"又喊了一声。这只狗很聪明,立即就知道"嗨"是喊的它。金葵花母女在前边走,这只狗在后边跟。"妈,你看!它跟来了!嗨!"小荷喊一声,又撕下一块儿烧饼。这只狗认定了前边人的善良和富有,干脆就一路跟着,到了金口牙科诊所的门外。

母女俩进了院子,流浪狗却不敢进了,它在门外停下来,似乎在思考进还是不进,或者是想矜持一下,让这母女俩邀请它。小荷往后看一眼,迈腿进了院子。金葵花却停住脚,回头喊了一声:"嗨——"

流浪狗还在犹豫。

金葵花提高了声音,又喊了一声:"嗨——"

瘸腿老张从门房里出来,伸头往外一看,一只瘦狗欲进不进地向里探头。瘸腿老张皱一下眉,正要撵狗,发现金葵花在唤它,张开的嘴又停了下来。

金葵花又唤一声,从兜里又掏出一块儿烧饼扔给"嗨","嗨"犹豫了一下,胆胆怯怯地走进了院子。

正在屋里等着看牙的老翟头儿从屋里走出来,讨好地看着金葵花:"金大夫,买的?"

金葵花说:"哪呀!是只流浪狗,看见我就摇尾巴。一唤它,就给我撒娇。怪可怜的,我想收养它。我给它起了名儿,叫'嗨',怎么样?"

老翟头儿问:"嗨,啥意思?"

"没啥意思。它向我摇尾巴,我向它问好!"

门房内,瘸腿老张的相好紫姐禁不住小声重复了一句:"嗨!"

瘸腿老张站在门房外边,既是回答女人也是给老翟头儿解释:"金大夫留学日本。嗨,是日语'你好'的意思。"

狗吃完了烧饼,这里嗅嗅,那里嗅嗅,似乎是在检查院子里的安全程度。

"啊,啊啊,知道了!"老翟头儿恍然大悟般地点着头,"日本人就是这样说,嗨——嗨——"

正在院子里乱嗅的狗忽然停住。

瘸腿老张看见,禁不住表扬起"嗨"来:"多聪明的小家伙,他一喊它就明白。"

"哑巴"也出来了。

金葵花说:"老杜,弄点儿水,一会儿帮我给'嗨'洗个澡。"

"哑巴"点头:"嗯嗯。我和老张给它洗就行了。你去忙吧!"

金葵花说:"那你们快点儿和它熟起来。"

"哑巴"又应一声,到厨房拿出一块儿馍,喊了一声:"嗨——"

狗意思了一下,慢慢地过来。

"哑巴"掰一小块儿馍,又唤了一声:"嗨!"

"嗨"似乎感觉出不太友好,它有些警惕。

"哑巴"软了声音,连声再喊:"嗨——嗨——"

"嗨"走上前,接受了"哑巴"的讨好。

"哑巴"又喂一口,"嗨"开始给"哑巴"摇尾巴。

半块儿馍下肚。"哑巴"上前一抚,"嗨"一翻身倒在了地上。

瘸腿老张走过来,"嗨"挣扎着坐起。

"喂与不喂就是不一样。老杜,也给我弄块儿馍喂喂!你看,我一来,它就紧张!"

"哑巴"杜雅说:"一会儿就熟了!这是柴狗,熟得快。"

老翟头儿是来镶牙的,假牙已经做好,现在是戴牙阶段,主要检验的是舒服不舒服。金大夫把假牙锉了几下,给老人戴上,说:"大伯,舒服吧?咂磕咂磕。"

老翟头儿使劲磕了两下:"感觉还有点儿垫。"

金葵花拿一片色纸垫在老翟头儿牙上,说:"您再咬咬!"

老翟头儿很配合，使劲咬了几下。

"咬的时候要磨一磨。"

老翟头儿上下牙又使劲戳了戳。

金葵花拿出垫纸，看了，再用脚踏机器磨牙齿。

院子里，"哑巴"端来一盆温水，就和瘸腿老张一起给"嗨"洗澡。

"嗨"并不配合，但因为被两个男人四只手控制着，它只能站在水盆里，紧张得浑身发抖。

瘸腿老张的相好紫姐出来了，站在旁边看："恁俩都要小心些！有的狗有病，咬一下可不得了！前年，我侄子就被自己养的狗咬了一口，他逗它呢，狗恼了。这一咬，半年后就成疯狗病了，生生地把个孩子折磨死了！"紫姐说着，忽然就有些想吐。

瘸腿老张有些不耐烦："歇着去吧！"

女人吐了一口，走回屋里，到了门口停下来，扭脸又说："搦住狗嘴！"

此时的褚一魁正守在电话机旁，一边看着当天的《人民日报》，一边等电话。听见外边女人的话，他放下报纸，透过窗户瞪起一双不快的眼睛，出了一口粗气。

金葵花出手轻，医术精，不管是拔牙、洗牙、镶牙、校正牙，也不管是什么样难缠的牙，经她一看，一修，立即就会有满意的效果。老翟头儿看过三四家医院，就认金大夫。他又咬了几下。

"怎么样？"金大夫又问。

老翟头儿咬紧牙齿试了试，满意地笑了，说："牙是最不能迁就的东西，有一点儿不舒服就知道。谢谢金大夫，这一下就能吃饭了！"

金葵花一笑，说："只要您老能吃饭，我也就能吃饭了！"

老翟头儿说："我就喜欢听金大夫说话，没有一个废字不说，还让人听着舒服，就跟这镶好的牙一样！"

大家听了都笑。

老翟头儿谢过走出屋子，站在院子里看狗洗澡。

一时没了病人，金葵花走上二楼，推开药品室的门。小荷正在天平上称药物，看见妈上来，问："完了？"

"嗯，今天人少。"金葵花扭脸看一眼院子，"这个女人，话真多！"

小荷也往外看了一眼，说："看上去是个善良的人！"

金葵花说："咱这儿可不能养这样的人！老毕一见就警惕！"

小荷说："给老张说说嘛！让她走！"

"你没看，她怀孕了！"

"你怎么知道的？"

"你没看见她吐水吗？"

"啊，我还以为是有病了呢！老张的？"

金葵花一笑："还能有谁！"

只洗了一会儿，"嗨"似乎就习惯了，既不发抖，也不挣扎，站在盆子里，让两人伺候。

紫姐又出来了："啥都是'好'好适应，你看，只一会儿工夫，'嗨'就老实了！你看它舒服的！"

室内的电话铃忽然响起，褚一魁抓起电话："……好的，好的！"褚一魁放下电话，拿起桌上的包，走出屋门。

"哑巴"和瘸腿老张已经给狗洗好，正拿干布给它擦。

"嗨"幸福地直哼哼。

二人礼貌地喊了一声："所长！"

褚一魁给他们点头，向紫姐看了一眼。

7

廖响教了两天定时炸弹的时间设定，开北方和郭闹闹虽然认真地学了，但师父和徒弟都不很自信。廖响决定考试一下，看他们究竟掌握得如何。当他再一次来到冥衣铺的时候，两个人正为哪国生产的手表最好而争论不休。开北方说是罗马表好，他引用了一首歌谣："洋车不好大飞轮，手表不好罗马式……"他解释说："这是正话反说，故意显摆的！歌谣都这样说，可见罗马表好！"郭闹闹感觉是瑞士表好。他的朋友有一把瑞士弹簧跳刀,明亮而锋利。这朋友曾经告诉他,瑞士货最好!两个人都是第一次有手表,争论来争论去没有结果。

廖响知道该怎样安抚他们。他说:"手表有好多个等级,就像面料,虽然都能做出衣服来,但为什么价格不同?衣料和工艺都不一样。"

郭闹闹说:"就我们俩这手表,是不是瑞士表中最好的?"

廖响摇头说:"不是最好的,但是较好的。最好的你能用上吗?"

"较好的属于哪种等级?"郭闹闹又问。

廖响说:"今天不说这个,现在我要考试。做得好了,表你用。做得不好,我还要收回呢!"

两人吓了一跳,弄半天,还可能收回!

"现在,你们先给我设定十二点一刻。我看着时间,现在就做。你们俩准备一分钟,我喊开始。"

两人连忙停止说话。

"开始!十二点一刻!"

两个人各拿了一个饼子炸弹,紧张地调整着炸弹上的时间。

郭闹闹手忙脚乱地捣腾了一会儿,说:"弄好了,十二点一刻。廖先生,您看对不对?"

廖响点头,随后抬起手腕看时间:"太慢,三分钟时间才弄好,你想想,现场会给你这么长时间吗?"

开北方显然弄得快,虽然他没有像郭闹闹那样请求廖响。

廖响说:"二三七差不多了。记住,在准确的前提下,时间越短越好!"

开北方郑重地要求:"廖先生,我想留下一枚炸弹,和四一二一起练练速度,行不行?"

廖响想了想,点了一下头:"但要严格掌握,千万别弄炸,把自己搭上去了!"

开北方故作一声惊唤:"哎!那我们几十年不白活了!"

"你可以多留几枚!"廖响若有所思,"其实我一直想分放几个安全地方,到使用的时候,哪儿近到哪儿取!"

郭闹闹一拍手："哎，好主意！冥衣铺就行！"

"那就先放一枚！"廖响说。

"谢谢廖先生！"开北方禁不住一阵欢喜。

这枚定时炸弹，让开北方复仇的热望立即疯长。如果说，刚给廖响要求时，他只是想试试运气，当廖响同意后，他复仇的想法立即就完成了。他知道，这张柜台没有几天好站了，一旦弄出事来，鱼死网破，云缕似的，谁知道会飘到哪里，甚至自己还有没有都很难说啊！他对郭闹闹说："我说闹闹啊，以后我就不站这柜台了，自从昨天那个家伙来店里，我的心里就一直不安生。"

"哪球家伙？王富团？"

开北方说："哎，以后别说他的名字，我们叫他王反水吧，他反水投敌了嘛！"

"王反水？这名字好！"郭闹闹笑起来。

开北方说着不站柜台，但还是站在了柜台边。

郭闹闹说："老板，我一直有个担心，这定时炸弹要是球忘了时间，比方要定成十二点，不小心定成十点了，不把自己炸死球吗？"

"所以廖先生才让啥时候用啥时候定嘛！"开北方扭头看着郭闹闹，"知道我为什么想拿回来一枚吗？"

"好好练习，熟练掌握。"

开北方眉一皱："屁！我已经掌握了！"

"那是为啥？我猜球不着。"

"你知道吗？虽然我被贵人救走了……"开北方目光迷蒙。

郭闹闹说："你说的还是坐狗？"

开北方点头："一条狗，我算是把派出所所长杨四奎得罪苦了，见我一次，打我一次。见我一次，打我一次。前前后后我让他打了三次。你看看，你看看！"开北方拉开衣裳让闹闹看伤疤。

"这么狠！"

开北方说："我有个兄弟在所里供事，给我捎信儿说：北方，走吧，所长喝醉酒时说了，再见你就把你打死呢！我一听，啥喝醉了，他是借酒向他的部下布置事呢。我就连夜逃出北郊，黑的白的，杀人放火，我得干点儿厉害的，不能再坐狗了。逼上梁山啊！"

"球，一条狗，有恁大仇！"

开北方说："闹闹兄弟，知道我为啥要一枚'铁饼子'了吧？"

"啊！"郭闹闹明白了，重重地点头。

开北方恶狠狠地说："更何况，他现在成了共产党的所长了！真正是咱们的仇人了！"

"那你说——"郭闹闹看着开北方。

"走，我今天请兄弟你吃饭！"开北方一挥手。

当天晚上，两个人找了个小饭店，要了瓶二锅头，轮流把盏，喝了个痛快。

"老板，你说，再弄球一伙？"

开北方说："兄弟，弄好了，钱老板不奖我们？"

郭闹闹笑了，说："要不，问问廖先生，派出所所长这算哪一级？会给多少钱？官可以不要，但这钱，至少得让咱下几回馆子吧？"

开北方举起酒杯，说："干！"

郭闹闹也端起来："球，干！"

8

王富团事件造成了很大的影响，虽然未能爆炸，但送菜的郭六生险遭暗杀，那是上了报纸的。

食品保卫科科长梅东岭和饭店的党支部书记梁生泉，召集有关的中层领导开了个专题会议，殷股长、孙觅都参加了。

梁书记说："上次这件事，造成了很坏的影响，弄得谁来送菜都有些紧张，生怕路上再遇见特务。我们和村里的党支部商量，他们准备专门让党员送菜，并且要一次来俩人。"

梅东岭说："我的意见是，菜还让郭各庄来送，最好是群众，为什么呢？说明环境安全，生活正常了。我们可以加强沿途的保卫嘛！当然党员更可靠。送菜必须定人，发准入证，不是我们定的人根本不让进饭店。"大家正在发言，刘三刀师傅一推门进来了："哎哟，都在呢？"

他是来找梁书记的，没想到这么多人。梁生泉问："刘师傅，有事？"

"杜津卫师傅老婆怀孕，要去医院。"刘三刀说着，把杜津卫的请假条递了上来。

梅东岭接了，说："杜津卫是不是那个五十多岁的高……"

刘三刀说："是是！他五十三了，老婆却才二十多。他整天说太年轻了，受不住！"

众人笑起来。

梅东岭认真看着：

请假条

因老婆生病要去医院，特请假半天。祈准为盼！

杜津卫草

梅东岭把条子递给梁书记。

梁生泉问："能安排开吗？"

刘三刀说："大半天时间，可以安排开。"

梁书记在条子上批了个"梁"，又把条子递给梅东岭。

梅东岭在旁边批了个"梅"，又问："要不要派个人跟着？"

梁书记说："这饭店有几百号人，如果请假的人都派人跟，力量不够！"

梅东岭说："我刚来不熟悉，以前请假都不派人跟是吗？"

梁书记点头："是。"

梅东岭不语。

梁书记说："人员都是政审过的，如果跟着，一是成本太高，再就是……"

"那就——暂时不跟？"梅东岭说过，看了看大家。

梁生泉犹豫着点了个头。

"好吧！"梅东岭妥协了。

第六回　"云中飞"首进中南海　金小荷初诱梅东岭

> 老人挥起手
> 漫山遍野走
> 白天寻秘密
> 夜晚问北斗
> ——打一字

1　杜津卫请假是真的，老婆怀孕却是假的。他请假的目的是约会"刺天"行动小组的组长褚一魁，当他拨通电话的时候，金口牙科诊所的电话就响了。

北平的伦敦咖啡店是两人约会的秘密地点，盛着深红葡萄酒的高脚玻璃杯是两人密约的有效道具。

"局座认为，这是最好的机会。滚汤浇老鼠，一窝端。"暗墨似的酒影在褚一魁的额头上一摇一晃。

"没那么容易！"杜津卫嘴撇了一下。

两人举杯轻轻一碰。

杜津卫接着说:"一天一次澡,五天一理发。做饭有人监督,饭熟有人先尝。睡觉是两人一屋。有事要事先请假。保卫处最近又调了个食品保卫科科长梅东岭,这人更狠,说是准备给每个请假的人配一名保卫呢!也就是说,请假可以,你走到哪儿,保卫就跟到哪儿。"

"怕你们不安全?"

"哪儿?说是保卫,实是监督嘛!不放心得很。每个人都要监督!"

"这么说来,以后见面更难了?"

杜津卫假笑一下:"说说容易。那得多少保卫!饭店有几百号人,哪天没有三五人请假……"

"局座指示,要我们冒险作为,震惊整个世界,改变历史进程,刺杀毛泽东!留取丹心照汗青。让历史牢牢地记住我们!"褚一魁把鼓励的话都说成口号了。

杜津卫说:"说得很好!很鼓舞人!有什么具体指示吗?"

褚一魁说:"将在外,君命有所不受。我的意思,还从牙上做文章。"

杜津卫点头:"好!"

两人又各自啜一下。

杜津卫说:"我有个建议。"

"说!"

"这个梅东岭科长,三十岁的样子,肯定没有老婆。我的意思……"杜津卫把头又往前伸了伸,压低了声音。

褚一魁听着,不住地点头。

杜津卫说完了,最后说了一句高声的:"您感觉怎么样?"

"太好了!"褚一魁抓住杜津卫的手,"此人长得啥样?我立即派人执行!"

"有纸吗?我给您画一下!"

褚一魁从皮包里掏出一个本子:"就在这上边画吧!"说着,又递上一支水笔。

杜津卫接过来,在本子上飞快地画着。褚一魁一杯酒没喝完,杜津卫画好了。他把本子递过去,说:"大致就这个模样。"

褚一魁接过来,仔细看了,说:"嗯,军装,高鼻大眼,特征突出。很英俊嘛!"

杜津卫停了一下,点了头:"就是年龄大一些。"

褚一魁把本子放入皮包。

杜津卫说:"组长啊,我们需要有个联系人。我也需要有个合作者!"

"好!策划到位,我派人执行就是。哎,小荷姑娘你认识吗?就是金大夫的女儿?"

"她小的时候我见过。"

褚一魁说:"你一见就认识,仿她爸爸!"

杜津卫兴趣索然地点了一下头:"啊!"

褚一魁看着杜津卫:"啊,你和徐莫烈究竟是怎么回事?"

"组长不问我不好说,既然你想了解,我就给您讲讲清楚。"

褚一魁点头。

杜津卫皱起眉头,做一个"想"的样子,说:"徐莫烈应该是共产党的特工。我以前在那边,这您知道,后来才跟了您。徐莫烈一定是奉了上峰之命要除掉我。我从共产党那边过来以后也一直提防着这个。我们相约在伦敦咖啡店里喝咖啡……那时候的伦敦咖啡店不在这个地方您知道。"

"嗯嗯。"褚一魁点头。

"他趁我上厕所的时候往我杯子里放了毒药……"

"你怎么知道的?"褚一魁问了一句。

"我不是说我一直提防着吗?既然我怀疑他是共产党的特工,要置我于死地,我当然就很警惕。起身离开后,我假装去厕所,但实际上我看他掩上门了,连忙蹑身而返,隔着门缝,我看见徐莫烈正往我的咖啡里投毒。我知道了他的阴谋,又装着从厕所回来了。我故意大声咳嗽来麻痹他。我坐下来,端起咖啡,做出要喝的样子。这时候,徐莫烈问我:'厕所在哪边?我也方便方便。'我告诉了他厕所的地方,在他走出去之后,和徐莫烈换了杯子!"

"这么说，是这个共产党特工自己毒死了自己？"

杜津卫点头："一点儿不错。"

"徐莫烈是共产党特工，你有什么证据吗？"

杜津卫摇了摇头："没有。你知道，这个很难证明。"

"那，只能凭你的感觉了？"

杜津卫蹙起眉头："他的投毒证明了一切。我当了共产党的叛徒，供出了十几个同党，共产党派特工杀我不是顺理成章吗？"

褚一魁说："还有传言，说你们是因为共争一个北大女学生。"

"那是栽赃！"

"这我就好做工作了。不然，你们怎么配合呀？"

"多谢组长！"

褚一魁端起酒杯："干！"

杜津卫端起一碰，说："干！"

2 于兵和鲁战凯押着王富团在街上走了一天，很晚才回到办公室。没想到走到楼下，抬头望去，保卫处办公室的灯还亮着。于兵小声说："这么晚了，谁还在里边？"走进办公室才知道，是吴邑处长还在里间忙着。

于兵喊一声："处长！"

吴邑从里间走出来，使劲伸展着胳膊："回来了？有进展吗？"

两人摇头："没有。"

"我告诉你们，东郊炸药厂的最终调查结果：是因为技术人员操作不当引起的事故，和特务破坏啥的没有丁点儿的关系。"

于兵笑了："哈！国民党的电台还那样吹。"

吴邑也笑了："冒领奖赏嘛！"

鲁战凯说："国民党老弄这，哪能不败！"

"市长的汽车遭了枪击，市长并不在车里，当然不会受伤。可是今天早起听国民党电台的广播，说北平市市长遭伏击，枪伤严重，半个月内难办公。你们看，今天的报纸，市长接见了北平的学生代表。"吴邑处长取下架上的报纸。

两人接过来看着。

吴邑说："你们快回去休息吧！"

鲁战凯说："处长，您也该休息了。这都十点多了！"

"我一会儿就完。"吴邑转身欲回里间。

于兵喊了一声："处长，您这次的谜，我猜了个字，您看看对不对？"

"啊？"吴邑站住，笑微微地看着于兵。

"是个'细'字。对吗？"

吴邑不说话。

于兵连忙解释："'从小袅袅纤纤'，这是一个绞丝儿；'终日纠结田边'，这是一个'田'。两个加在一起，是个'细'字。后边的两句'都劝宽大为怀，它却缜密眼尖'，只是一个延伸，是谜语的属性。不知道猜得对不对，请处长批评！"

"'细'字？啥意思？"鲁战凯小声自语。

吴邑笑了，说："'细'，有多层要求，首先是要求你们细心、谨慎。因为在和敌人的周旋和战斗中，细心永远是最重要的品质之一。再就是说，要你们注重细节，注重细小、细微，以微知著，防微杜渐，等等。做一个人民的侦察员，这些都是优秀的品质。我是换一个方法在提醒你们！于兵！"

"到！"于兵正听讲解，忽然被处长喊一嗓子。

"把你的谜底写上去！"吴处说着，捡起粉笔，递到于兵手里。

"谢谢处长！"于兵犹豫一下接过来，在谜语的下方郑重地写了一个"细"字。

于兵和鲁战凯走了，吴邑却没有走。他做完了工作，再次拿起粉笔，在黑板上又写了一则谜语。

3 褚一魁一回到牙科诊所，立即将杜津卫的提议告诉了金葵花。

金葵花感觉也是个主意，但对于小荷她没有把握。褚一魁让她立即唤来小荷，鼓励她或者命令她去执行任务。再说，就是一次假恋爱嘛，小荷要成长，也必须锻炼才行。

妈妈一喊，小荷立即就来了。

褚一魁掏出梅东岭的画像，说："小荷，你来看看这个人。"

小荷走过来，看着："是个军人吧？"

"嗯，眼光不错！"褚一魁笑了，说，"这个人叫梅东岭，是共产党政治保卫处的侦察员，最近调到亚洲饭店兼任食品保卫科科长，是个狠角色。为配合工作，我意，让小荷认识梅，迅速建立起恋爱关系。梅今年三十岁，肯定没有老婆。共产党的军队一直在打仗，说不定恋爱都没有谈过。怎么样小荷？有信心没有？"

小荷看妈一眼。

妈不吭声。

金小荷拿过梅东岭的画像仔细看着，幽幽地说："挺英俊的！"她说完看看妈妈。

妈妈仍然没有说话。

"我要真的爱上他了咋办？"小荷大声说。

金葵花说："胡说！我们这样的家庭怎么可以爱上一个臭当兵的？更何况是敌我！"

褚一魁问："小荷，谈过恋爱没有？"

金葵花抢着回答："没有。"

小荷瞅妈一眼："妈妈不让。"

褚一魁说："你和妈妈好好商量一下。至于怎么样认识，由我来想办法。好吧？"

金小荷一声不响，扭脸回到了自己的房间。

金葵花其实也有些担心。或者说，她也不想让十九岁的女儿早早进入这个复杂的战场。可是，她知道，这是殊死的搏斗，早进入也有好处。况且，女儿就在身边，她还可以护着她。

小荷的闺房很简洁，一张干净的单人床，一张桌子。墙角的梳妆台是依形定做，精致而实用。旁边一个小衣架，挂着小荷的两件衣服。

妈妈坐在椅子上，小荷坐在自己的床上。

小荷小声说："妈妈，我真有点儿紧张！"其实，小荷除了有点儿紧张，应该说，还有点儿渴望。十九岁了，妈妈从不让她和男生接触。可每有男生走过，他们身上就会有好闻的气味传来，让她感觉既遥远又神秘。

金葵花说："谈恋爱有啥紧张？"

小荷说："你不是不让我谈恋爱！"

金葵花说："那就更不用紧张了。只是做个谈恋爱的样子嘛！"

小荷夸张地叹了口气："就是嘛！又要谈恋爱，又不是真谈恋爱。这多么难啊！就像一个好吃的东西，既让你含在嘴里，又不让你咽下去，这不难吗？"

金葵花皱起眉头："小荷，不要任性好不好？你只是谈，从他嘴里了解些对我们有用的情报。"

"好吧！"小荷看她一眼，眼睛里忽然有了泪水。

"不要学情种好不好？"妈妈不满地看她一眼。

女儿马上挺起胸，做一个坚强的样子。

妈妈说："你要坚持一条，可以亲热啥的，抚一下呀，吻一下呀，都可以，但不能让他深入。"

小荷看着妈："怎样才算深入？"

金葵花说："守住底线！"

小荷说："什么是底线？"

金葵花说："哎呀，你真是让人不放心！"

小荷猛地抓住妈妈的手，说："妈妈，我真的不知道！"

4　　夏天是个热烈的季节，阳光疯长，植物疯长，就连那些爬动的和蠕动的微小的虫儿，也都在疯狂地繁殖和生长。夏夜更是个热烈的时光，蛐蛐儿、蛐子、纺织娘，更有一些夜行的飞鸟，发出很多种声音交织在一起，像无数只小手在一张黑色的板上纷然作画。此时的侦察员罗山正沿着小巷静悄悄走着，他被万千种声音包围着，他很受用，一边走，一边不时地停下来，细细聆听。一个熟悉的脚步声从后边传来，罗山把自己靠在墙边。

"师父！"是于兵。

"你不是在王府井找人吗？"

于兵把手上的表往罗山面前一伸："你看看现在啥时候？快十一点了。我想跟着你学本领呢！"

"好吧！假设我在车站见的是特务'云中飞'，那么，他已经来到北京四天了。头一天，按他吹的，炸药厂是他开枪引爆的，那么，今天他也应该有所活动了。"

于兵笑了，说："不是他引爆的。我刚刚从处里出来。吴处说，东郊的爆炸是工作人员操作失误造成的，和特务没有丁点儿关系。"

罗山站住，说："我总感觉，我那天跟踪的就是'云中飞'！"

"师父，你跟我说说，你为什么一眼就能看出他是特务或者是'云中飞'？"

"俗话说，啥人啥打扮，啥人啥做派。如果他是个下层人，挨过饿，要过饭，再怎么发达，也难免露出来破绽，比方吃相贪婪。如果你给一个小学教员说钱，说几个亿十几亿，他根本不会兴奋，因为他不知道这些钱是什么概念，如果给他说几千块钱几万块钱，哎，或许他就兴奋起来了……"

于兵说："那这特务，他有什么特点，比如打伤我那个家伙？"

"你感觉他有什么特点？你见过他，甚至观察过他，被他打伤后，多次回忆过他，你就应该总结一下，这样的特务他有什么特点。"

于兵说："有道理。这个人目光很亮，看人有点儿阴。你看他时他的目光有点儿躲闪。气质不错，读过书，像个技术人员。行动敏捷，步伐有力。"

"嗯。"罗山点头，"总结得有理！目光是个重要指标。特务的任务总和生死相关，所以，他们的目光更多地像食肉动物，凶猛、阴鸷、不友善。而一般人的目光则像食草动物，温驯、光明、友善。我为什么判断廖响就是那个炸弹专家？因为他在美国受过训练，必然不像那些下层出身的地痞流氓。"

"你为什么判断你跟踪的就是'云中飞'呢？"

罗山说："也是从他的目光。"

两人来到路灯下，站下来。

"'云中飞'从前门车站出来时，他摘下墨镜，对着车站这么一'轮'——"罗山表演着，"我就知道，他看完了前门车站外所有的人和物。这是一双训练过的眼睛。他的目光暴露了他的经历。所以我才要跟踪。"

"还有吗，师父？"

罗山说："在东安市场和外边的小巷里，我这条腿竟然不能轻易追上他，说明他是受过特殊训练的。一个从八岁就接受轻功训练的二十五岁的年轻人不能轻易拿下一个中年男人，只能说明被追的人也受过同等的训练。由他的目光，到他的行动，我判断，这个脸有麻子的人十有七八就是'云中飞'。"

"这么说，我们应该告诉吴处，'云中飞'是个麻子。"

罗山说："我给吴处说过。但不能这样轻易作出结论，因为它可能误导侦察。我们只能把它作为一条重点怀疑的信息。"

两人来到中南海外边的湖畔停下来。

于兵问："这地方有危险吗？"

罗山说："一早我就看过了，在中南海的周围，以我判断，有七个地方可能成为'云中飞'进入的选择之处。我已经画出来了，明天就报告上级。两条建议，一是修整这七个地方，二是加强安全保卫。"

"这儿算一处吗？"

"嗯。"罗山点头，"你看，'云中飞'若沿着这水岸悄悄进入，然后上墙，顺着墙头上房……"

于兵看着："嗯，我明白了！处长的谜语我破解了，说的就是这个。"

"这个什么？"

"细。细节、细心、细微。"于兵看罗山没有听懂，就把谜语念了一遍，最后对罗山说,"谜底是一个'细'字。"

"噢,你猜出来的?"

"是!"于兵一笑。

"太好了!这是处长在提醒我们!"

"我也这样看!"

5

夜深了,中南海一片安静。零星的灯光漂在水面上,把粼粼的波光渲染得闪烁神秘。

两个夜巡的士兵并肩走来,他们背着枪,坚毅的步伐震慑了路边的草丛,吓得虫子立即噤声,夜晚的黑色似乎一下子干净了许多。

"辛苦!"罗山轻声地打着招呼。

"首长辛苦!"

士兵过去了,士兵的脚步声也过去了。路边的草丛复又喧闹起来,你争我夺的鸣叫声再次响起。

罗山和于兵在水岸边的幽暗处坐下来。罗山看一下腕上的夜光手表:"三点了,打开收音机!"

于兵从包里掏出收音机,打开,调台。"师父,这收音机真能找到敌人的电台?"

罗山说:"咱这是真空管收音机,只要有电台的信号出现,它就能监测到。"

"这么说,敌人的电台也不难找啊!"

罗山说:"电台可不会时时开着。"

"啊,那是。可,这附近也不会有信号吧,这是中南海,特务敢猖狂到这样吗?"于兵说过,笑了。

罗山说:"没有信号,说明安全!战凯不是报告说敌特的电台有好几部,东西南北都有发现吗?"

于兵调着旋钮,收音机传出一片沙沙声。

不远处的院子里，十几个士兵正围着桌子吃夜宵。饱满的灯火从院门里溢出来，在门外边铺了一条水似的光带。灯光似乎太兴奋了，不仅平溢，而且上扬，爬满了院墙和房脊，把所到之处的秘密暴露无遗：

院门口有人站岗。

院子内有人巡逻。

就像灯光引蛾一样，这片灯光也吸引了一个灰色的影子。只是这灰色的影子不像趋光的飞蛾一样直扑而上，而是悄悄地接近灯光。灯光照亮院子，也照耀着这片天空，影子只在暗处行走。影子不热爱光，更不趋光，他是在利用光。

战士们吃完饭，收拾了桌子，排队去了前院。

影子停在了房顶，偷偷观察着院子：

明明暗暗的院落里，长长短短的衣服们被绳子引领着整齐地站成一队。起风了，衣服们摇摆着，飘荡着，像一段应节而起的舞蹈。

紧挨衣服的有两条毛巾。它们摇摆的幅度较小，显得有些矜持。

无人走动。院内安宁。正房里亮着灯。

影子顺着屋角往下一纵，毕竟是黑夜，千虑一失，一片瓦被他带落，叭地掉在地上。

暗处里一声怒喝："谁？"

影子一跳扒住房角，猛地翻了上去。

叭！

枪响了！一串火光打在屋檐上。

影子急逃。

一盏灯亮了，又一盏灯亮了……院子里一片跑动声。

坐在水岸边的罗山和于兵正在搜寻电台的频率，"快，有情况！"罗山喊了一声，逆着院子的灯光，奔跑进连绵的阴影里。

战士们跑动着围堵影子。毕竟，影子在上方，战士们在下方，颇显力不从心。

罗山一跃上房，站在高处四下里望去。他看见了！明明暗暗的灯影的深处，一个影子像若有若无的鬼魅。

罗山飞快地跑动着,灰色的影子融进了漆黑的夜色,消失在中南海的边缘处。

追赶的战士们陆续回来了。

追赶的罗山也回来了。

战士们走进院子。带班的是大个子班长马长荣,他大声地问站岗的战士:"歹徒有枪吗?"

岗哨大声说:"报告班长,听见响声,我就开了枪,他就跑了。没听见还枪!"

"噢,大家看看有没有丢失东西。"

"报告班长,我擦脸的手巾丢了。"这是个小战士,大概十七八岁的样子。

马班长有些奇怪:"手巾?"

"对,就是咱们发的,上边写着'战士光荣'!"

马班长说:"真是个笨小偷!偷了一条手巾。小王的军装可是新发的啊!"

有战士笑起来。

小王不满地说:"他才不笨呢!军装偷了他敢穿?我的手巾他偷了就能用。"

马班长说:"听你解释,好像小偷跟你商量过似的?"

战士们又笑。

马班长又说:"大家检查一下还有没有丢东西。"

小王仍在愤怒:"小偷真可恶!"

站岗的是个老兵,他看一眼小战士,说:"小王别牢骚了,我的毛巾还没有用,我给你。"

马班长说:"小王,明天打个报告,你再去领一条!"

小王并不领情:"等抓住小偷了,我要让他赔两条!"

罗山听着,禁不住笑了。

6

"哑巴"在厨房做饭。

小荷在房间梳妆。

"嗨"已经起来，在院子里跑来跑去。

褚一魁在自己的办公室，正给瘸腿老张布置任务，他指着刚刚画成的草图讲了一遍："明白了吗？"

老张趴在草图上看着，重复着任务："他十点出来，往左；她在这个位置……我们躲在这儿呢……明白了！"

褚一魁说："你立即去冥衣铺通知二三七，让他带着四一二配合。组长命令！"

"是！"瘸腿老张挺胸收腹一个立正，虽然腿瘸了站得不端，但还是让人立即就明白他以前受过训练。

"这一行动，由你全权负责！"褚一魁加重语气。

"是！"瘸腿老张又是一礼。

"张广才同志，我有个提醒你注意一下，"褚一魁盯着瘸腿老张，"你的这个女人啊——"

瘸腿老张抢了一句："我知道！"

褚一魁说："你知道什么？"

瘸腿老张又一挺胸："让……让她走！"

褚一魁点头："嗯！不愧是我们的老特工！"

瘸腿老张尴尬地一笑。

"你现在去吃饭，吃了饭出发！"

"不，我立即去！"瘸腿老张又行了一个礼，转身走了。

"嗯。"看着瘸腿张广才的表现，褚一魁满意地笑了。

紫姐看瘸腿老张要出门，问："你要出去？"

"噢。"老张穿上鞋。

"你干啥去？"

"你真多嘴。我有事！"

"啥事？"

老张以头示意："老板的事。"

紫姐有些撒娇："我也去！"

老张正色说："不行。"

紫姐更娇："为啥嘛？"

老张看女人撒娇，软了声音："所里的事，你去不好！懂事啊！"

紫姐说："我就知道你有些事情瞒我。哼，我现在不问你，回头你可得给我好好坦白！"

一听"坦白"，老张恼了："你给我闭嘴！"

紫姐看他一眼，不吭声了。

瘸腿老张一走，褚一魁立即喊来了金小荷。他指着桌上的行动图，给小荷布置任务：

"梅东岭每天晚上十点，走出亚洲饭店的大门，身穿军装，走路笔挺。这时候，你拿着手包，从这儿出来，在他前边匆匆走着，走到这儿，有一个人抢走你的包，你要大喊：'抓小偷啊，抢我包了！'"

金小荷问："我追不追？"

"你的东西被抢，你当然本能地要追赶啊！"

金小荷认真地看着行动图："我从这儿，跑到这儿……"

"对，你的路线不用记，你记住追就行了。"

"我要是忘了追呢？"

"忘了追也对。女孩子嘛，吓傻了！"褚一魁说，"但是，想起来了再追也不迟！"

"总之是要追？"

褚一魁想了想，说："对！追。"

7

中南海的保卫工作会议正在召开，军装、便装，坐了一屋子。吴邑、罗山都出席了。

主持工作的是白头发的戚主任："今天夜里中南海遭了贼，偷走了小战士的一条毛巾，我们开个碰头会，想听听大家的看法，究竟是贼呢还是欲谋险恶的特务分子？"

坐在他旁边的年轻人是办公室的秘书小齐。他趴在主任耳边小声说："戚主任，先叫马长荣班长说说情况吧？"

戚主任点头。

齐秘书对着外边一声喊："马班长！"

"到！"马班长应声而至。

"请你给首长们汇报一下夜里的情况。"

马班长的汇报很简单，结论也很简单：就是小偷偷了战士小王一条毛巾。他正联系后勤再给小王补发一条。

清朝灭亡后，中南海很长一段时间闲置下来，很多房间被弃之不用，成了老鼠和黄鼠狼的栖息之所，也成了小偷们常常藏匿的地方。北平和平解放后，尤其是决定把中南海当作中央机关办公场所之后，这些房子才逐渐被修葺，渐渐有了人气。所以，不少人判断被盗之事是小偷的行为。

"就这些？"戚主任看着马班长。

"报告首长，就是这些！"

戚主任又重复一问："就丢了一条毛巾？"

马班长也重复回答："就丢了一条毛巾！"

"好的小马，你回去吧！"戚主任一挥手，马班长举手行礼，转身走了。

秘书看一眼戚主任，先说了看法："我感觉像一个小偷。大家记得，我们刚搬进中南海的时候，很多房子都破败不堪，有的垃圾满屋，有的老鼠屎遍地。小偷时常光顾。今天，虽然中央机关搬了进来，但是很多人不知道，还以为像以前一样呢！"

戚主任问："会不会是国民党特务呢？"

齐秘书说："我也想了。如果是特务，他要破坏的地方肯定是领导的住处，可他却去了战士的营房。这说明他还是想偷些什么。"

戚主任转向罗山："罗山同志，你夜里也在中南海，请你谈谈自己的意见。"

罗山说："我感觉是特务，并且很可能是我们要抓的大特务'云中飞'。为什么呢？一、这是夜间行动，符合'云中飞'作案的时间特点；二、一个人，符合'云中飞'作案的个性特点；三、偷走一条毛巾，符合'云中飞'曾经做过盗贼的心理特点。至于他没有开枪，正表现了他的过人之处，沉着、隐忍，目标明确，不纠缠细枝末节。"

戚主任大声说："罗山同志，请你放开些谈。"

罗山站起来："我们知道，'云中飞'出身江洋大盗，白天睡觉，夜晚作案，独来独往，心狠手辣。'云中飞'自命不凡，总认为自己能弄出大事。他这次潜入北平阴谋刺杀毛主席等我党中央高层，就是出于这种心理。他为什么要偷一条毛巾呢？因为偷盗者都迷信，认为出去必有所获，如果空手而回，那就犯了忌讳，好长时间都霉气。这就是老百姓说的'贼不空手'。'云中飞'虽然成了国民党的少校级特务，但他还是在有意或无意中暴露了他的身份：他仍然受着小偷禁忌的影响。"

罗山坐了下来。

戚主任点头："讲得好！吴处长，您讲讲？"

吴邑说："我同意罗山的分析。至于他去了营房而没有去领导的住处，我感觉是特务不了解我们的领导都住在哪里，他这是踩点。他为什么下到了院子里呢？他可能这样判断：夜晚有战士的地方，肯定离领导的住处不远。所以，他要下到院子里细看，结果就被发现了。"

齐秘书说："如果我们还假定他是小偷呢？夜晚行动，独往独来，偷走毛巾，这不都是小偷的特点吗？至于下到院子里，他是想偷更值钱的东西嘛！"

罗山听了，站起来又说："戚主任，这两天我对中南海周围进行了考察，发现共有七处不安全的地方，也就是特务容易进入的地方。这是我画的图。"

罗山掏出来，递给戚主任。

戚主任接了，展开："罗山同志请继续讲。"

"我建议，堵住五处，留下两处。我已经在图上标了位置。要堵的五处是蓝颜色,留下的两处是红颜色。为什么要堵这五处?因为这五处地方都离中央首长较近。任何时候,我们都不能置首长于危险之中。留下这两处,我们的保卫工作就可以变被动为主动,把力量放在红颜色的地方。既然特务要来破坏,我们就留下活路让他来。"

戚主任说:"有道理!谁还有意见要说?"

大家一时没人接话。

齐秘书说:"既然要保卫中央首长的安全,我们何不把七处全都堵起来?"

戚主任看一眼罗山。

罗山说:"全都堵起来也可以,但人在,他就会继续破坏。留下两处不堵,就给特务一个假象,让他以为我们判定他只是一般的小偷,因此警觉不够。他就还会过来……"

齐秘书说:"我们就好抓了!"

"对。还有一点想法,我们可以再做个假象,制造一个明亮的院落,让特务以为是中央首长的办公处。"

吴邑下意识地点头。

戚主任说:"好,大家的意见都说了,说得很充分、很透彻。我的意见是,不管是小偷,还是特务,我们都要按照锄奸防特的要求来做。牛刀杀鸡,不容轻视。罗山同志的意见非常好。吴处长,我们研究一下,立即采取措施,决不允许再有类似的情况发生。"

吴邑说:"我们还要多派便衣,扮成商贩、手艺人,多方面搜集情报。"

戚主任说:"我完全同意!"

8 为了实现自己的复仇计划,开北方一直在跟郭闹闹做动员:"杨四奎这个人他娘的有毛病,不管五冬六夏,都是八点钟上班,准点!"

郭闹闹并不能准确地知道开北方的想法,顺着他的话意问:"其他时间他准不准？"

开北方说："这个不知道，反正早晨上班是准点。他有个外号，叫杨八点。就因为这一点儿，他还上过北平的报纸呢！"

一辆人力车停在门外。开北方警惕地躲在郭闹闹身后。

瘸腿老张走下车子，径直进了冥衣铺。

开北方从郭闹闹身后走出，端详着老张："您——啥事？"

瘸腿老张说："买衣。"

"请您挑选。"

瘸腿老张牙疼似的深吸一口气："咝——"

"看来不入法眼？"

瘸腿老张说："我遇见行家了！"

开北方看了看外边，做一个请进的动作："请——"

单刀直入，瘸腿老张很快说明了任务。

开北方拿着梅东岭的画像研究了好一阵子，最后说了一句："这是个老实人。"

郭闹闹禁不住探过头来："球能，从哪儿看出来的？"

开北方说："鼻子大，嘴唇厚，一看心眼儿没长够。"

郭闹闹笑了："心眼儿没长够。这球好！这样就减轻了我们的压力。"

瘸腿老张说："不可轻敌。共产党让他去当亚洲饭店的食品科科长，没两下子，会派他去？"

"不是是球！"

瘸腿老张说："我们对一下表，以我的为准。"

三个人对了表。

"晚上九点四十，到位设伏。十点钟，梅出现，小姐行走在梅前边四十米处。此时，二三七紧跟小姐，迅猛抢包。小姐大叫，梅拔腿追赶，二三七携包急逃。二三七拐进小巷。梅追到巷口，四一二上前一拳，记住，打牙！"瘸腿老张站着，边交代任务边表演着击打面部的动作。

郭闹闹说："为什么要打牙？"

瘸腿老张说:"让打哪儿打哪儿,别问好不好?组长的指示!"

"好好好,打牙!梅有枪没有?"

瘸腿老张说:"当然有了!"

郭闹闹说:"他球要开枪呢?"

"所以,要打得准。叭的一拳,扭脸就跑。记住,千万别让他抓住了!"瘸腿老张又重复了击打的动作。

开北方问:"包啥时候扔啊?"

瘸腿老张说:"就在拐弯的地方。"

"是拐过来的时候还是没有拐过来的时候?"

瘸腿老张说:"自己掌握吧,因为这包一扔,梅可能就不追了。所以,要在他松懈的时候,四一二这一拳才有力量。"

开北方说:"这场戏还不好演呢!"

瘸腿老张说:"所以,我们要好好地琢磨,推演推演。"

郭闹闹问:"梅有多高?"

瘸腿老张皱眉:"这个,组长没说。"

瘸腿老张说着,从包里掏出一叠钱:"组长的关怀。组长说,成了还有奖励!"

两人接了,齐声说:"谢谢组长!"

瘸腿老张离开后,得了钱的郭闹闹立即提出来要请老板吃饭。开北方欣然应诺。两人来到了全聚德饭店,决定吃一次烤鸭。

开北方继续说着和这次任务有关的故事:

"我的命就是恩人给的。如果不是恩人,我开北方的骨头早沤烂了。所以我这个人有'三不讲',不讲理由、不讲条件、不讲情面,只要是恩人说的,我就照办无疑。已经死过的人了,现在就是为恩人活的。"

郭闹闹感叹:"哎呀,开老板,我真的不知道你球这样义气!"

开北方说:"跟义气无关,跟生死无关。只关一个字:恩!"

9 金葵花正在二楼的实验室里配药。褚一魁敲响了屋门：

笃笃，笃笃笃；笃笃，笃笃笃……

褚一魁敲的是暗号，这是他们的约定，怕的是影响金葵花配药。

金葵花开了门。

褚一魁走进来，说："金，啥时候喂你的'嗨'呀？"

"很快！"金葵花说着，扭头看向院里。

"哑巴"正在院子里和"嗨"逗着玩。"哑巴"掰一小块儿馍抛向空中，"嗨"跳起来猛地衔住。"哑巴"把馍抛向旁边，灵巧的"嗨"仍能跳起来抢住。

"哑巴"嘿嘿地笑起来。杜雅能笑出声来，说明"嗨"还是很让他开心的。

"老毕，小荷的任务很重要吗？"金葵花收回目光，看着褚一魁，"她也是你的女儿啊！"

褚一魁笑了，说："不瞒你说，我是想让我们的姑娘锻炼一下。在这个'刺天'行动中，亚洲饭店应该是我们最有胜算的一场战斗。廖响的炸弹虽然威猛，前提是必须有准确的情报；'云中飞'虽然武艺高强，前提是必须知道毛泽东的住处。'金钱豹'虽然人数众多，但是也最容易暴露。只有亚洲饭店，我们的人潜伏得如此之深，布置得如此之密，共产党还一点儿没有觉察。而毛泽东和共产党中央高层以及民主党派的精英全在此处，时机千载难逢。我想让姑娘再上一条线，必要时以做策应。就是最后没有用上，那也是我们的下一代为党国做出了努力！"

金葵花说："她才十九，还是个傻孩子，我真为她担心！"

褚一魁说："你以为我不担心吗？锻炼，一个'铁'，一个'火'，百炼成钢，都是在火中进行的。"

金葵花一笑："谢谢组长！"

褚一魁很得意，在金葵花的额头上亲了一下。

10 瘸腿老张从一辆人力车上走下来，一扭一拐地进入了一条小巷。他是今晚的指挥，一定要亲临前线的。

开北方和郭闹闹正在路边的暗处吸烟。两人看了一下表，时间是九点五十六分。

"闹闹，你去吧！"开北方进入了角色。

"慌球啥，人还没见面呢！"话虽这样说，郭闹闹还是站了起来。

另一个主角金小荷也上场了。她一身夏装，浅色半跟鸭蛋青真皮凉鞋，白色连衣裙，拿一个红色坤包，轻盈地走上街头。

街道宽阔，灯光明亮。霓虹灯做成的"亚洲饭店"四个字在幽深的夜空中朝霞般明丽。刚下夜班，年轻的工作人员从大门里走出来，梅东岭也在其中。他身扎皮带，腰佩手枪，背了个军用挎包。三十岁，正是年轻气盛的时光，他挺胸昂头，步幅很大。

梅东岭走在大街上，一脸的自信。

开北方在远处看见，禁不住叹了一句："像！"

郭闹闹也看见了，他连忙走进小巷里隐蔽。

金小荷从巷道里走出来，轻盈地飘到了梅东岭的前边。

下班了，梅东岭感到莫名的轻松，他轻声哼着《八路军进行曲》：向前向前向前……一哼歌，他的步伐立即就劲健有力、节奏分明起来。

开北方忽然从暗处窜出，猛地抢走了金小荷的红色坤包。

金小荷尖声喊叫："小偷抢包了——小偷抢我的包了——"

梅东岭一愣，习惯地拔出枪来，高喊一声："站住！"

开北方当然不听，弯腰向前疾跑。

梅东岭比开北方高了许多，他感觉可以追上歹徒。此处正应了民间的一句俗语：好狗撵不上怕狗。这歹徒竟然跑得飞快。

梅东岭停下脚，举起手枪，对着空中鸣枪示警：

叭！

又是一个意外！这家伙不但不停，扭头就往胡同里钻，眼看着就要进去了。

梅东岭站稳脚步，对着又是一枪：

叭！

这一枪好险，在开北方头上方的墙壁上击出一个弹坑。

完全不按剧本来了，开北方打了个软腿，一甩手扔掉包，连忙钻进了胡同。

梅东岭真恼了，他风一样追过去，捡起包来，仍然不依不饶地追进胡同。

开北方又是一拐，钻进一条更窄的小道。

郭闹闹哪敢动手，眼看着开北方狼狈逃窜。

梅东岭停住脚，一扭脸看见站在路边的郭闹闹，厉声问："你认识抢包的小偷吗？"

郭闹闹连忙摇头："不认识不认识！"

"你看清小偷的模样了吗？"

郭闹闹又摇头："我这人胆小，一听见枪声就发抖。哪敢再看呢！"

梅东岭停下来："你是干什么的？"

"路人。我是过路的。"

梅东岭不再问话，扭脸走上大街。

金小荷跑过来。

"姑娘，你的包！"梅东岭把包递给金小荷。

金小荷上前拉住梅东岭的手："谢谢叔叔！"

"你看看姑娘，少了东西没有？"

金小荷故作认真地翻了一下："谢谢叔叔！没有少！"

梅东岭说："好了，你可以走了！"

金小荷走了几步，忽然又站下了。

"怎么不走啊？"梅东岭走过来。

金小荷一脸恐惧样："叔叔，我害怕！我害怕你走了，他们再出来抢我！"

梅东岭犹豫了一下："你家在哪儿？"

小荷伸手一指："不远，金口牙科诊所。"

"走吧，我送你！"梅东岭说着，昂首走到了前边。

"叔叔！"小荷又喊一声。

梅东岭停住脚。

小荷追上来，往梅东岭身边靠了靠。

梅东岭下意识地往外挪挪。

小荷说："叔叔，我害怕！"

"跟着我你还害怕？"

小荷可人地点着头："嗯。"

梅东岭掏出手枪："你放心，有我在，什么样的小偷也不敢再来抢你！"

小荷笑了："叔叔，你真棒！那一枪差一点儿就把小偷撂倒了。"

梅东岭也笑了："我是不愿意撂倒他，故意打高了些。"

小荷真的一惊："啊？"一下子离开了梅东岭。

梅东岭哈哈地笑了："你真胆儿小，我会打你吗？"

小荷连忙又靠过来，欲挽梅东岭。

梅东岭再往外躲。

小荷说："叔叔，你的胆子也不大！"

梅东岭一愣，不好意思地笑了。

两个人来到了金口牙科诊所的外边，小荷指着门前的广告画："叔叔，这就是我家。我妈我爸都是牙科医生，请您来家里一坐。我妈我爸会好好地谢您的！"

梅东岭说："不用了！再见！"

小荷欲扯梅东岭："叔叔！"

梅东岭微笑一下，转身大步走去。梅东岭是典型的军人，身板直挺，步伐有力。

看着梅东岭的背影，小荷忽然就有了感觉。她站下来，望着梅东岭的身影消失在街角，像是猛然间丢了点儿什么东西。她又站了一会儿，才慢慢走进了院子。

11 开北方逃跑了，但他真怕那个魁伟的梅东岭穷追不舍，一辆人力车过来了，他立即跳了上去，气喘吁吁，脸色苍白。

人力车夫："你？怎么回事？"

开北方说："遇见坏人了，要打我！"

人力车夫往开北方的后边看了看，没人追来："噢，你想去哪儿？"

"东单！"

人力车夫又问："东单哪儿？"

开北方想了恣："快走兄弟，咱走着再说。"

"走着再说就走着再说！走着再说了——"人力车夫习惯性地喊了一句。

开北方说："你咋恁多话！"

人力车夫不说话了，飞快地跑起来。

车子走到冥衣铺门口，"停停！"开北方大声喊。

人力车夫停下来。

开北方付了钱，看着车夫走了，这才掏出钥匙开门。走到门口，他又停下了，习惯地往四下里看了看。

夜已经很深，大街上一个行人也没有了。

开北方开了门，正要进去。

"老板！"

开北方吓了一跳，猛地转过身来。

"是我！"郭闹闹从黑影里走出来。

开北方嗔怪地说："我以为又是他娘的王富团呢！"

"啥球王富团啊，王反水！"

"啊啊！王反水王反水！"

两人走进屋子。

"好球险啊！"郭闹闹叹了一声，"老板，还有酒吗？"

"有！"开北方从柜子里拿出一瓶，又拿出一碟炸花生豆、一碟炸兰花豆。

"球，早备好了？"

"庆贺胜利嘛！"

"对对！"郭闹闹倒了两杯，举起一杯递给开北方，"来，为老板压惊！"

开北方端起酒杯："我是受惊了，你为啥没有打他啊？"

郭闹闹猛地喝下，说："我岂不想打！他小子凶球得很啊！枪口冒着烟儿！嗨，打过鬼子的人就是球不一样！"

开北方不满地看他一眼。

郭闹闹又斟满一杯："哎呀，只要小妞泡上了兵哥，我们不就算完成任务球了！"

开北方也喝一口："这是你说的。恩人咋看呢？"

"老板，算我欠你了好不好？下边你不是要做球杨八点吗？我一定出力！来，干！"

开北方端起酒杯。

"老板，你说啥时候做？"

"今晚这一闹腾，我反而兴奋了。杨八点，他活不了几天了！"开北方仰脸干了。

郭闹闹喝干一杯："只是，那个'铁饼子'，它真的恁管用？我咋球老是怀疑哩……"

12 瘸腿老张回来了，他一拐一拐地走进院子，紫姐从屋里走出来接他："你咋这么晚才回来？"

瘸腿老张没进屋，他用头指一下上房。

紫姐拦住他："这么晚了还去？啥事不能等到天明？再说，人家也要睡觉啊！"

瘸腿老张急了，猛地把女人推到屋里，压低声音说："听话，不要出来！"

老张扭脸欲走。

紫姐又跟出来了。

老张再一次把女人推进屋里，咬牙切齿地说："记住，不要出来！"

紫姐张了张嘴。

老张一瘸一拐地走往正房。

褚一魁坐在正房里的椅子上，旁边坐着金葵花。小荷靠在她妈的身后。

瘸腿老张进来了。

"怎么样，老张？"褚一魁阴阴地看过来。

瘸腿老张说："包抢了，线接上了，就是没能打掉他的牙齿。"

褚一魁盯着老张："为什么？"

"我们的情报不够准。那梅东岭人高马大，动作迅猛。二三七险些被抓。四一二根本没有动手的可能。小姐亲见的，是吧？"

金小荷点头："是的！"

门房的门响了一下，那是紫姐。她只开了一道门缝儿，耳朵贴在门缝儿处听。正房里，除了男女的声音，她什么也听不见。

这一声细小的响声，正房里的四个人都听到了。毕竟更深人静。褚一魁警惕地看了一下，扭过脸来，小声说："小荷，说说。"

"梅东岭真的很高，我只能到他这儿。"小荷比画了一下，"我本来想把他领进来让你们见见，可他说声'再见'就走了。"

褚一魁问："感觉如何？"

小荷一笑："挺刺激。我真怕会爱上他！"

金葵花故作姿态地拧一下女儿的嘴。

褚一魁作出笑的模样："不会的。我们的小荷是党国的斗士，聪明、智慧，咋会看上个臭当兵的。下边就看你的了，姑娘！"

"我努力！"

褚一魁表扬她："小荷行！旗开得胜，将来会比我们都有出息的！"

金葵花说："那您可要好好地栽培她！"

褚一魁又一笑："放心！这是一定的。你们先去休息吧！"

小荷挽着妈妈的胳膊走了出去。

瘸腿老张犹豫了一下，扭脸正要走。

褚一魁喊住他："老张，留步！"

瘸腿老张站住，又走了过去。

褚一魁从抽屉里拿出一个小玻璃瓶递给老张。

瘸腿老张问:"干什么?"

褚一魁阴阴地说:"必要的时候,喂你的女人。"

瘸腿老张一惊。

"无毒不丈夫,算是给你个办法吧!"

瘸腿老张僵硬地笑了一下,说:"谢谢组长!"

第七回　开北方为仇设炸弹
　　　　　　窦十四巧遇老相识

　　　　　　　　草莽莽一处角落
　　　　　　　　有大臣中央稳坐
　　　　　　　　左边是两个城垛
　　　　　　　　右边竖一杆铁戈
　　　　　　　　（我）如之奈何！
　　　　　　　　　　——打一字

1　　紫姐坐在浅浅的门房里，一针一针地做着婴儿衣裳。红色的小衣已经成形，可以看出来是件小裤，两条肥肥的裤腿，一圈细细的裤腰。每做几针，她就拿起来比量一下大小。衣裳终于做好，她举起来，轻声喊："老张，老张你看，这件衣裳好看不好？"

　　瘸腿老张扭头看了一眼，说："好看！"

　　紫姐高兴了，孩子似的在老张头上亲一下。

瘸腿老张不反抗，也不回应。

紫姐亲完了，说："你有事？"

瘸腿老张点头。

"啥事？你能告诉我吗？"

瘸腿老张说："听我的，你不能在这儿久停！"

紫姐停下来，说："你一个看门的，能有啥大事？我又不挡着你做事。"

老张急了，下意识地掏出药瓶，犹豫了一下，又装进了衣兜："我真有事。今天你必须先走！"

紫姐一低头，哭了："你不让我来可以，可你得过去啊！我得给我爹和我哥哥嫂子个交代啊！"

瘸腿老张说："知道，知道！"

紫姐说："你'知道'个屁！你要是不去，过两天我还得来！这肚子可不哄人，它一天一天地大呀！我说我被坏人强奸了？"

瘸腿老张掏出两块大洋塞进女人手里："你先回去，我随后就去！听话乖，啊！"

女人抬起泪眼，怨恨地看老张一眼，麻利地收拾着针线。

老张站在旁边看着。

女人收拾完了，又环顾了屋子，这才抬起头，看着老张："我现在走？"

瘸腿老张点头。

"你就不能说句温暖话？"

瘸腿老张伸手把紫姐抱在了怀里。

紫姐哭了："做女人真贱，你这样一抱我，我就不怪你了！"

瘸腿老张把女人抱得更紧。

紫姐说："放开吧，我要走了！"

瘸腿老张松开了，用粗大的手给女人擦一把泪。

紫姐掂起小包走出屋子。

瘸腿老张走到门房外边，站住了。

此时，正房里的褚一魁正坐在桌后，透过窗户注视着他们。

紫姐走出院子，自己把门关上，走了几步，忽然又停住脚，回头看了一眼。

门闭着，瘸腿老张没有出来送她。

紫姐站着，泪水再一次流了下来。

2 按照布置，保卫人员都化装成小摊贩、人力车夫等，深入大街小巷，侦察特务行踪。

孙觅也来摆摊了，她扮成卖首饰的姑娘，站在街边。

在她的身后，贴着通缉特务"云中飞"的布告。布告上画出了三种图样提请市民警惕，发现线索及时报告公安机关。买首饰的不多，看布告的不少。有人小声读着：

"'云中飞'经整容后，可能会有三种情况，图画之以供大家参考……"

罗山和于兵过来了。

孙觅看见了，故意大声喊："花首饰，花满头，可送你的女朋友。过来看看吧，同志！"

于兵说："师父，买一朵吧，你看，多漂亮！"

孙觅一本正经地喊着："罗山同志，买一朵吧？可送你的女朋友！"

罗山掏钱买了一朵，在手里捻了一下。

孙觅说："罗山，你给我插上！"

罗山笑了，下意识地往旁边看了一眼，此时的于兵正往另一个修鞋摊前走去。

罗山把花插在了孙觅头上，后退了一步观看。

"好看吗？"孙觅歪着头。

罗山点点头。

孙觅笑了。

罗山转身要走，孙觅喊住了他："哎，罗山，我猜到了处长的谜语！"

"是吗？"罗山停住脚，"我感觉这个谜不好猜。"

孙觅说："你听，'老人挥起手，漫山遍野走。白天寻秘密，夜晚问北斗。——打一字。'打一个什么字呢？"

"是啊！"罗山又往旁边看一眼。

"你专心听。这是我的天才发现！"

"说。"

"应该是个'搜'字。'老人'就是'叟'，挥手就是'搜'，后边的三句都是对'搜'的解释与发挥。"

"你怎么猜到的？"

"我想起了毛主席写的《愚公移山》，那里边有个人叫智叟，就是个老人嘛。老人称'叟'。'叟'挥手，不就是个'搜'字吗？对不对？你说对不对？"

"太对了！"罗山高兴起来，"说明你的智商不低，可以做特工。"

"好了，你可以走了！"

修鞋的是鲁战凯，他身边坐着的是被押的特务王富团。鲁战凯手拿小锤在鞋砧上敲着。王富团怎么也不像是个修鞋的工匠，他又高又胖，肥肥的脸上满是六月的汗水。于兵走上前才发现，王富团只穿着一只鞋，他扮演的就是一个前来修理鞋子的人。

离开孙觅的首饰摊，罗山和于兵就分手了。罗山判断，昼伏夜出是"云中飞"的作案特点，应该去寻找他"昼伏"的老窝。他于是就去查宾馆的记账簿，希望能找到"云中飞"的蛛丝马迹。他告诉于兵："云中飞"的眼神凶狠、阴鸷，有锥子般的锋利感，像食肉动物。

于兵在大街上观察着每一个经过的行人。他遇见了三张麻子脸，但都不够罗山说的标准。他再一次来到天安门广场，再一次看到一个戴着草帽的画画人。于兵一阵欣喜，连忙悄悄地走上前去，很遗憾，不是那个曾经打伤过他的人。

这是个中年男人，他安静地坐在广场边，一笔一画地工作着，专心致志，旁若无人。于兵仔细看了，那是正在修建的天安门，脚手架等都画上了。此人画风飘逸，那些厚重的建筑看上去轻快了许多。

于兵认真地端详着。此人猛一看是个中年，仔细看了似乎并不到，顶多也就比梅东岭大几岁。也就是说，最多不过三十五六岁，脸形偏瘦，棱角分明。

他在休息的时候，抬头瞅了一眼于兵。此时的于兵也正好在看他。按照罗山的理论，此人的眼神既不像完全的食草动物，也不像完全的食肉动物，因为他在看于兵的时候，食草动物的眼光里忽然有了食肉动物的尖利与隐忍。

罗山和于兵寻找的"云中飞"，此时正坐在人力车上在中南海一带游逛。这次他留了个偏分头，戴着一副浅色的太阳镜。他怎么也不会想到，会在这一次的踩点中遇见曾经被他瞧不起的"贵人"！

3

金葵花把试验好的药做成米粒般大小的丸，拿着镊子小心地装进玻璃瓶儿里。

褚一魁敲响了进门的暗号。金葵花停下手，走上前开了门。

看见桌上粉红色的小粒粒儿，褚一魁一阵惊喜："成了？"

金葵花点头。

褚一魁热切地说："祝贺！祝贺我的'拼命夫妻'！不对，是我的'拼命'妻子！"

金葵花一笑，忙去旁边的盆架上洗手。

褚一魁从后边抱住金葵花的腰，在她的后脖颈上亲了一口。

金葵花继续洗手，并不反抗。

褚一魁继续亲着。

金葵花脸红了，她扭过脸，看着褚一魁："组长，你好像……"

褚一魁说："我的金，你好漂亮！"

褚一魁的嘴唇压上了金葵花的嘴。

金葵花头一扭："对不起，我想起了莫烈！"

褚一魁立即松了手："徐莫烈，他不是死了吗？"

"他是死了。可我在他的灵前发过誓，我要替他报仇。报仇之前，我是决不会嫁人的。"

褚一魁点头："好啊，金，令人尊敬！"

金葵花哭了："后来我才发现，誓好发，做却难！"

褚一魁软了声音："我能帮你吗？"

金葵花看着他："你说的是真话，组长？"

褚一魁点头。

金葵花红了眼睛。

褚一魁一动不动地站在她身边。

金葵花掏出手帕拭一下眼泪，慢慢地走近褚一魁，投进了他的怀抱。

褚一魁热烈地亲吻她。

金葵花开始并不主动，停了一会儿，她忽然抱紧了褚一魁，身子软了下来。

院子里，"哑巴"正逗"嗨"。他拿着馍，放在胸前。当"嗨"站立起来时，他又故意往后退几步，这样，"嗨"只有立着两条后腿跟着走几步才能吃到馍。

"嗨"很聪明，只一会儿，它就会跟着"哑巴"的手抢到馍了。

电话铃响起来。

两人正亲着。褚一魁停下来，金葵花也停了。

褚一魁小声说："晚上吧！晚上我好好地打理你！"

褚一魁出了门，大步走下楼梯，跑进客厅里接电话："喂，我是金口诊所……"

这是"云中飞"打来的电话，他用的是暗号："所长，我的牙又疼了。有什么好法没有啊？"

褚一魁小声说："据可靠消息，毛已住进中南海。请立即行动！"

"云中飞"声音忽然高起来："先生神医。您的良方让我的牙疼立时见效……是，是是！"

金葵花拿着药瓶走出屋门。"嗨！"她喊了一声。

"嗨"丢下"哑巴"，跑上来亲女主人，一蹿一蹿地往她身上冲。

金葵花给"哑巴"扬一下手。

"哑巴"走上前。

金葵花把小玻璃瓶儿递给"哑巴"："把这个喂了！"

"好！""哑巴"应一声，接过药瓶走回厨房。

"嗨"要跟金葵花玩儿。

金葵花温柔地哄着"嗨":"不玩儿了,'嗨'!今天不跟你玩儿了!"

金葵花挥手做一个拒绝的动作,扭脸回屋了。

"嗨"显然兴致未尽,它追着金葵花到门口,看她进屋了,一扭头,在院子里一圈儿一圈儿兴奋地跑着。

"哑巴"戴上皮手套,把馒头切成几个方块儿,拿小勺子在馍块儿上挖个小孔,然后小心地把米粒大的药丸倒在馍孔里,再把挖掉的那块儿盖上。

"哑巴"拿起方馍块儿逆光看了看,又用筷子蘸着肉汁把缝隙抹了抹,这才端着馍块儿走了出来。

老翟头儿又来看牙了,抬手敲响院门。

瘸腿老张说:"翟大伯,又不舒服了?"

老翟头儿说:"在金大夫这儿不垫,一回去感觉牙又垫了。"

"垫了再看看!"

"汪——呜!""嗨"看见了,叫了一声。显然它认识老翟头儿,跑上前跟他亲。

老翟头儿说:"'嗨'真聪明,只见了一面就知道是自己人!"

听见夸它,"嗨"更兴奋了,对着老翟头儿摇尾巴。

老翟头儿随着瘸腿老张一起走进院子。

"哑巴"喊一声:"嗨!"

"嗨"连忙跑到"哑巴"面前,看着"哑巴"手里的馍,摇头摆尾地讨好。

"哑巴"先往上抛了一小块儿馍。

"嗨"跳起来接住。它为自己的成功得意,围着"哑巴"跑一圈儿。

"哑巴"把那个抹着肉汁的馍再一次抛起。

这一次,显然没有难度。"嗨"一立身,轻松接住,"嗨"接住了却没有吃,叼着这块儿馍满院子里跑。

"哑巴"一惊,喊一声:"'嗨',吃了!"

"嗨"猛地跑出了院子。

金葵花在屋里看得真切,她连忙走出来。"嗨"不愿意吃这块儿馍,这让她感到意外。

"嗨"忽然从院子外边跑了进来，嘴里的馍没有了。

金葵花看着"哑巴"："'嗨'是不是吃了？"

"哑巴"说："应该吃了。我去看看！"

"哑巴"走到门外，看了一下，又走了回来。

金葵花问："吃没有？"

"哑巴"说："好像吃了，我没有看到啊！"

金葵花不相信，她走上前，弯下腰哄"嗨"。她抚摸着狗背，柔声问："'嗨'，你的馍哪儿去了？那是给你治病的药，去把它找回来。"

"嗨"似乎听懂了，它使劲地摇着尾巴。

金葵花又催它："去！找去！我们的'嗨'可聪明了！"

"嗨"扭脸跑出大门。

金葵花和"哑巴"跟着往外走。

"嗨"扭脸儿跑回来，嘴里叼着那块儿馍。

金葵花面现惊讶："咦！它果然没吃！"

"哑巴"说："蝼蚁尚且惜命。这小东西！"

金葵花走上前，温柔地喊一声："嗨！"

"嗨"叼着馍放在了金葵花面前：方方正正的馍被它咬了个印儿，似乎丝毫没有受损。

金葵花蹲下来，小声地说了一句："'嗨'，吃了！多好吃的馍啊！这是给你治病的药啊！吃下去就好了！"

"嗨"又看金葵花一眼。

金葵花微笑着点头。

"嗨"摇了摇尾巴，一口把馍吞了下去。

金葵花拍拍"嗨"的头："多乖！"

"嗨"一翻身躺倒在地，给金葵花撒娇。

老翟头儿称赞："多聪明的小生灵！可知道谁跟它亲！"

"嗨"对着老翟头儿叫了一声："呜！"

金葵花说："'嗨'有点儿拉肚子，哄它吃点儿药。翟大伯，来给您看！"

老翟头儿应着跟金葵花走进屋子。

"哑巴"看了一下手表。

4

"云中飞"打完电话走出来，一抬头看见正坐在车把上等客的葛二，"云中飞"一愣，犹豫了一下，他还是走了上去。他想试一试葛二的眼力。

车夫们一片声地喊："先生您请，又轻快，又平稳，舒服享受时间准！"

"云中飞"径直走到葛二身边。

葛二一喜："先生，您去哪儿？"

"云中飞"故意大声说："东亚饭店。"

"好咧，东亚饭店了您！"葛二瞅他一眼，架起车子就跑。

"云中飞"坐稳了，大声地问车夫："师傅哪里人啊？"

"河北沧州。"

"拉了几年了？怎么跑这么慢啊？"

"先生，您别嫌弃，早年我跟着师父学艺，因为笨，被师父罚站在冰天雪地里，落下个发闷的毛病。跑快了出不来气儿！"

葛二努力地想快，但还是加不上速度。

"云中飞"问："啥手艺这么苛刻？"

"不瞒先生您说，偷东西嘛！你说笨了能行？"

"云中飞"说："你师父是谁呀，这么厉害？"

葛二扭一下头："我师父——先生您也熟悉这一行？"

"略知一二。"

"我师父——叫惊天飞燕，说是隔院墙偷东西，如囊中探物。也就是说，人不过去，可以偷东西。"

"云中飞"哈哈地笑了，说："你见过？"

"哪儿呀，都是徒弟们吹的。"

"云中飞"又问："是不是早晨喜欢吹烟泡？是不是续了个紫环丫头？"

葛二放慢脚步，再次扭头："先生您……？"

"云中飞"催他："走走走！"

葛二又跑起来："先生，您是不是……？我咋听着您的声音这么熟呢？"

"云中飞"故意问："是不是？"

"是。您是——"葛二停下来，扭脸看着"云中飞"，小声咕哝，"咋这么眼熟呢？"

葛二说过，又下意识地摇了摇头。

"云中飞"笑了："走走，再想想！"

葛二慢了脚步，一脸思考的样子。又走几步，葛二停住了，扭过脸来，盯着"云中飞"犯愁。

"云中飞"很有兴致，笑看着他，说："走着想嘛！"

葛二没走，他的眼睛忽然一亮："您是窦十四？十四弟？"

"云中飞"哈哈地笑起来。

葛二上前拉住"云中飞"："你真是我的十四弟呀？哎呀，太巧了！真是太巧了！走走走走，到寒舍一叙！"

5

开北方和郭闹闹从人力车上走下来，朝北郊派出所对面的春来喜饭馆走去。开北方是一个小业主的打扮，郭闹闹扮成个雇员，掂个布包跟在后边。"老板，这地方怹球远！"

开北方说："不远，已经到了。"

两个人走进春来喜饭馆，找了个靠窗的桌子坐下来。

跑堂的连忙过来。

郭闹闹点菜："一壶二锅头，一盘煮花生，一盘猪耳朵，菜怹球贵……"

跑堂的连忙点头："菜好嘛！真材实料，货真价实！"

"你说那是个球！"郭闹闹点了四个菜，"快点儿上啊！有急事。"

跑堂的应了一声"好咧！"转身就走。

对面路上，两拨打架的人吵闹着，被派出所人员带了进去。

一个小个子男人从派出所里边走出来，到了门口，和派出所的人员站下来说话。

开北方和郭闹闹碰了杯，却没有喝下去。"看见了吧？那个正说话的小个子就是给我送信的兄弟。"

郭闹闹扭脸看着："叫啥？要不，请他来球坐坐？"

"叫刘住。我去请他。"开北方说着，走出饭馆。

郭闹闹伸长脖子看着。

刘住正要走，被开北方迎面截住："兄弟！"

刘住一愣："表哥，你咋来了？"刘住说着，警惕地往四下里看看。

开北方说："这里死了人，我来送寿衣。"

刘住说："生意还不错？"

"将就了。来，兄弟，哥请你喝一杯！"

刘住又瞅四周："头儿在所里呢！让他看见了，收拾我不说，你还得挨打。"

开北方一笑："又不是第一次挨打，怕球！走！"

刘住跟着开北方走进饭馆。

跑堂的正上菜。

开北方对着上菜的说："换个雅间！"

跑堂的小伙子高应一声："好——唎，雅间了您！"

三个人挪进了雅间。开北方指着郭闹闹给刘住介绍："这是闹闹，郭闹闹，我的店员，也是兄弟！"

郭闹闹连忙给刘住致礼："老板多次夸您，说您帮过他大忙！您请上座！"

刘住虚让一下，也就坐了上座。

郭闹闹斟满酒杯，等着开北方说话。

开北方说："多亏了刘住兄弟，不然，再有个开北方也被杨八点打死了！来，兄弟，哥敬你一杯！"

刘住端起酒杯："客气了！"

开北方说:"兄弟,喝了这杯!"

刘住饮了一杯。

开北方说:"好事成双。兄弟再来一杯!"

刘住也不客气,又饮了一杯。

郭闹闹再次斟满,开北方和刘住碰了一杯。

开北方说:"听说你们杨头儿要升迁?"

刘住一愣:"你也听说了?"

开北方说:"他工作这样积极,每天八点准时上班,共产党得了天下,他不升迁能对得起人吗?"

刘住"啊"了一声:"大家也有耳闻。你看这几天所里抓多紧,所长就更是准点准时了。"

开北方兴奋地说声:"好!"

三人再一次端起酒杯。

刘住说:"好啥呀,忙死了!"

开北方说:"八点好!八点准时!"

刘住说:"他准时,大家可都得准时啊!啊不,应该说,他准时,大家都比他准时得更早啊!"

郭闹闹说:"这咋球讲?"

刘住说:"所长八点钟准时到,谁敢晚来一分钟?所以我说,大家都只能比他的准时来得更早更准时才行嘛!"

郭闹闹恍然大悟:"啊啊!不是是球!"

6 这是北平城里最普通的一个杂院,里边住着各色人等。

葛二领着十四弟穿过大门,走过甬道,来到院子一角的一个小屋子,掏出很长的一把钥匙,打开了挂在门上的黑铁炮锁。葛二先一脚进去,说声:"小心!"

"云中飞"也进去了,才发现屋里比外边凹有二三寸,像是跳进了坑里。

从外边看是一间，走进去才发现是两个房间。房间里一片凌乱。葛二不好意思地解释着："要不是碰上十四弟你，这地方污眼，咋着也不会让外人来的。"

"云中飞"皱着眉，一时找不到安臀之处。

葛二搬来把椅子，又拿来条手巾在椅子上拂了一下："十四弟，你坐这儿。我给你烧茶去。"

"云中飞"一伸手："慢，慢！"

葛二停住了。

"云中飞"一指："坐下说话吧！"

"那也得弄杯茶喝呀！"葛二说着，慌着跑了出去。

说是喝茶，葛二出去了半天，弄来的却是菜和酒。两个人用卮子筛热，一递一杯，轻酌细饮起来。

"十四弟，你这脸是咋回事？要不是听你的声音，我咋也不敢认你呀！"

"云中飞"说："不瞒二哥说，这几年做生意……"

"听说了，十四弟前几年可发大了，听说跟官府的人来往，挣了很多钱？"

"不瞒二哥，小弟是发了财，主要是贩鸦片。"

"啊！这事师父早年也做。"

"我就是跟着师父学了点儿眼色。从云南往内地，一年跑一趟。前年再去，我带了二十多斤，遭同行暗算，假官府之名要抓我。恰好我又淋雨病在了路上。店家是一个贪心的人，说他可以救我。价码是三斤大烟土。一狠心我就同意了。这家伙就用了这么个馊办法，炒热了大盐焐我脸上……"

葛二咧嘴叹一声："我的兄弟！"

"云中飞"下意识地摇摇头。

葛二问："生意啥样？"

"云中飞"说："当然还是赚了。"

"吉人天相，遇难呈祥！来，兄弟，干！"

"干！"

两人又是一碰。

"云中飞"问:"二哥,你咋拉起了包车?"

"我这人笨你知道,要不师父老是罚我了?你是哪年走的?"

"云中飞"说:"我第二年,当兵了嘛!"

"啊对,当时师父还给你饯行呢!说窦十四绝非池中之物,将来一准儿飞黄腾达!"

"云中飞"粲然一笑。

"虽然我笨,也干了不少年呢!大活儿做不了,小偷小摸啥了,还是得心应手。北平解放了,推广前门派出所的经验,要我们当家做主人呢!这才不干。"

"云中飞"一笑:"二哥还是很进步的嘛!"

"啥进步呀,整个行业都不行了。师兄师弟都改行了!"

"你就拉起车子来了。"

葛二说:"这个不要技术。"

"手不痒?"

葛二笑了:"咋不痒!但是……不过……反正……"

"云中飞"说:"有机会了再做一炮?"

葛二未置可否地又是一笑。

酒足饭饱,葛二提议:"十四弟若不嫌弃,你就在这儿小住,保证安全、可靠,没人找兄弟的麻烦!"

"云中飞"打了个哈欠。

葛二站起来,走进里间:"十四弟,你看看这里行不行?"

葛二拉亮电灯。房间不大,但还算干净。

"云中飞"说:"你这是给谁留的?"

"这么多朋友,不定啥时候就有人来。我不能不给弟兄们留张床吧!"

"云中飞"说:"好!窦十四就在二哥这儿住一天。"

葛二笑了:"十四弟抬举我了!"

"云中飞"说:"外气了哥哥!"

葛二一伸手,说了声"请!"转身就出去了。

"云中飞"躺在床上,一股安全感油然而生。他又打个哈欠,就想闭上眼睛。床下忽然有一阵窸窣声。

"云中飞"一个打挺站起身,伸下头看着床下。

床下没有动静。

"云中飞"站起身,四下里瞅着,他忽然看见后边有个窗户,他连忙走上去,把布窗帘放了下来。

"云中飞"想了想,又蹑手蹑脚走到葛二的房间里看看。

什么危险也没有。

"云中飞"一笑,走进里间,躺在了床上。

7

夏天黑得慢。晚霞烧红的时候,金小荷就开始在屋里化妆打扮了。她对着镜子扭动着身子,左看看,右看看,红鞋子,白鞋子,青鞋子,黑鞋子,不停地换了几次。

妈妈进来了,她竟然没有觉察。直到妈妈走进镜子里她才发现。她转身对着妈妈表演了一番:"妈妈,您看我这样得体吗?"

小荷穿一件天蓝色连衣裙,上罩一个鹅黄绒单马甲,脚下穿一双白色黄跟鞋,挎一个深色坤包。

妈妈认真地端详着,点了点头。

小荷又扭过身子让妈妈看后边。

妈妈看一眼,坐在女儿床沿上:"小荷啊,你这是战斗,不是谈恋爱。一定要明白。千万不可放松警惕。"

小荷正了颜色:"知道。"

妈妈说:"知道?我看你认真了!"

小荷故作嗔怪地高喊一声:"妈——那我不去了!"

妈妈看着她也故意做出嗔怪的样子。

小荷嘻嘻地笑起来。

金葵花也笑了,说:"别管真假,女人就是个情痴!"

小荷说:"我可不是,啊!"

金葵花说:"就俺小荷除外。"

小荷又笑了。

金葵花一脸严肃:"记住,这是战斗!"

"知——道!"

8 葛二烧了米粥,他盛了碗放在桌上,又在桌上边摆了几碟小菜。这是他招待"云中飞"的晚饭。

"云中飞"自来北平已近一周,从没有好好地睡个安稳觉,这个下午他睡得最美,一个梦也没做。葛二做好了饭,他打着哈欠走出房间。

葛二说:"中午咱弟兄俩喝点儿酒,晚上胃口不开。我烧了点儿小米粥。"

"云中飞"说:"在二哥这儿睡了个好觉,还真的不饿!"

葛二高兴了:"安静吧?"

"不光是环境安静,这心里也安静。"

葛二说:"那就多住几天!饭不好,管饱十四弟还是没有问题的!"

"云中飞"说:"谢谢二哥!兄弟我多住不了。人在江湖啊!"

"也是。"葛二点头表示理解,"哎,十四弟,今晚我要参加义务劳动。晚一会儿回来陪你!"

"二哥进步啊!"

葛二一笑:"你不知道。北平天天都有义务劳动,行业不同,地点不同,时间也不同。像我们人力车这行业,空车出城都是要带垃圾的。这是市政府的号召。哎,要说,你在这儿住,就得保持这儿的卫生,这道理谁都通。可就是得有人管着、督促着!要是没人管没人问,糟蹋了白糟蹋,谁还会爱护这儿呢!"

"云中飞"说:"二哥说得有理。我能不能也跟你出去干一会儿?我在北平住了多年,也算是为北平的建设出点儿力?"

"十四弟就不必了,你还歇着!"

"云中飞"想多听消息,说:"哎,我跟着看看。几年不在北平,想她啊!"

"那好吧!我给你备个铁锹。"

晚上八点,人力车的队伍齐集在垃圾堆前,义务劳动者齐往车上掘。掘满了,他们拉起来,成排地往外走,路灯下,蜿蜒的车队看上去十分壮观。

葛二拉着"云中飞"过来了。

一个年轻小伙子看见他们来,大声地打着招呼:"葛二哥啊,你来晚了,市长来参加义务劳动,刚刚离开这儿!"

葛二开起玩笑:"俗话说,见官三分灾。你看你高兴的!"

小伙子立即不依了:"葛二哥,你这是老皇历啊!你瞧瞧,市长送我的烟我还没舍得吸呢!"

"打嘴了!"葛二象征性地在嘴上拍了一下,"你给我多装点儿,算我赎罪好不好?我来北平二十多年,就没有见它干净过。"

"新中国啥都要新,天新、地新,连空气都要是新的!"年轻小伙子说着,和众人往车上装土。

"云中飞"拿着铁锹,偎不到跟前。他把铁锹往地上一插,躲到一边,阴阴地观察着。

仍是这个小伙子:"大家加把劲儿,今晚这堆垃圾就光了!"

有人问:"队长,我们的任务不是完了吗?"

"云中飞"这才知道这个年轻的小伙子是这班人的领导,心想,怪不得这么积极呢!

小伙子说:"我们的是完了。其他地方的还有呢!"

葛二说:"谁家的没完,我们一起去帮助!"

"葛二哥说得对!这叫互相帮助,共同提高!"还是这个小领导。

"云中飞"禁不住"哼"了一声。

9

金小荷看一下腕上的表,时针指向九点五十五分。她悄悄地从灯影的暗处走出来,轻盈地走上了大街。

明亮的霓虹灯在亚洲饭店的上空闪烁。金小荷一袭白色的长裙飘飘地走过饭店门口,她发现,进去的人都要接受检查,出来的却无人过问。她低下头看一下表,此时是九点五十九分,她一激动,走得快了。她偷偷地往亚洲饭店里看了一眼,没有发现梅东岭高大的身影。她忽然感到有点儿失落,生怕他不会出来。

梅东岭出来了。梅东岭是军人,军人的时间观念最强。夜里十点钟,梅东岭准时走出饭店,他习惯地往四周看了看,忽然看见了走在前边的金小荷,他的脚步迟疑了一下,然后迈着大步往前走去。

金小荷正走着,忽然身边过去个男人。她一紧张,就站住了。

梅东岭过来了。

小荷装作求援的样子扭过头来。

梅东岭走上前:"哎!姑娘,还是你!"

小荷轻唤一声:"叔叔!"

梅东岭问:"怎么不走了?"

"我害怕!"

梅东岭下意识地瞅了瞅四周。

"刚才有个人从我身边走过去,好像……好像我昨晚见过他。"

梅东岭问:"在哪儿?"

小荷一指。

"他有什么不轨表现吗?"

小荷紧张地摇头。

梅东岭安慰她:"没事,姑娘,你只管走吧!解放了,安定了,北平不再是过去的样子了!你只管放心地走吧!"

"可是,我……"

梅东岭迟疑了一下:"啊!好吧,我再送你一次?"

"谢谢叔叔!"小荷很乖地说了一句。

既然是不期而遇,既然是需要帮助,梅东岭义无反顾地走到了姑娘的前边,金小荷却无限感激地跟在梅东岭身后。

梅东岭步大，金小荷脚软，梅东岭不得不站下来等她。小荷追了上来："叔叔，我们写作文的时候，老说迈着大步，我发现，您迈的步子才叫大步！"

梅东岭忽然感觉这女孩儿很可爱，就问："姑娘，你叫什么名字？"

金小荷仰起脸："金小荷。黄金的金，荷花的荷。"

梅东岭说："城里人就是会起名字。"

"我妈妈起的！"小荷很得意。

梅东岭发现，乡下人喊娘喊妈，但很少直呼"妈妈"，而这么大的姑娘了，却一口一个"妈妈"，城里人和乡下人是不一样的，就说："你妈妈肯定是知识分子了？"

小荷很娇地点一下头："嗯。我妈妈是留学日本的医科大学的学生。"

"医生啊？"

小荷妩媚地点头："牙科大夫。哎，叔叔，你是不是有牙病？叫我看看！"

小荷站下来，贴近梅东岭，一脸天真地看着梅东岭的脸："张开嘴，叫我看看！"

梅东岭刚想张嘴，忽然感觉不妥，后退一步。

"那你跟我去诊所吧，让我妈妈看看。我妈妈的医道可高了，什么样的牙病都会治。你看看我的牙，"小荷大方地扬起脸，露出两排整齐的牙齿让梅东岭看，"整齐吧？好看吧？"

梅东岭点头："你爸爸也是医生？"

小荷的神情淡下来，默默地走了几步，才接上话："我爸爸死了，在我七岁的时候被人家杀害了。我义父也学医，听妈妈说，他是我妈妈在日本的同学。"

"也是牙医？"

小荷点头。

来到了牙科诊所，梅东岭说了声："再见了，小荷！"

小荷不再见，说："叔叔，你到我家坐一坐呗！我妈妈肯定喜欢你！我妈妈说，解放军秋毫无犯，是古来少有的义军。她全心全意地拥护共产党！"

梅东岭犹豫了一下："太晚了，改日吧！再见！"

梅东岭转身就走。

小荷跑了两步截住梅东岭，歪着头说："叔叔，你还没跟我握手呢！"小荷说过，坚定地把手伸过来。

梅东岭刚想伸手，就被小荷捉住了。小荷握着他的手使劲搦了一下，自己却喊了一声："哎哟叔叔，你的手好有劲啊！"

梅东岭苦笑了一下："我哪敢使劲了，是你握的呀！"

小荷说："叔叔你真幽默！"

"我？幽默？"

小荷转身跑了。

梅东岭站着，看她跑进院门，忽然嘿嘿地笑起来。

小荷跑到门口停下来，对着梅东岭扮了个鬼脸儿："叔叔，再见！"

"再见，再见！"梅东岭转身开步，消失在小荷的视线里。

金小荷跑进院子，忽然想唱歌。她看妈妈的房间里没了灯光，还是轻轻地喊了一声："妈妈！"

此时的金葵花正和褚一魁缠绵。褚一魁亲着她的脖子，她的耳朵，她的前胸。金葵花积极地迎合着。

褚一魁一层一层地脱下她的衣服。只剩下胸衣了，金葵花忽然双手抱在胸前，含情脉脉地说："你答应过的，要替我报仇！"

褚一魁猛地撕掉她的胸衣："现在就报！"

女儿的喊声让她吓了一跳，她咕哝了一句："这么快！"随后高声接了女儿的喊："你也睡吧，我今晚累了！"

小荷真不懂事，她在妈妈的门前站了一会儿，说："不碍事吧？"

金葵花说："不碍事！"

"那好，我刷牙了！"一天至少刷两次牙，这是妈妈的要求。

"刷了牙早点儿睡！"

"知道。"

10

开北方和郭闹闹在一家小旅馆内住下来,两人开了一间房。一进屋,郭闹闹就急不可耐地从里边把门插牢了。

开北方从布兜里掏出铁饼子定时炸弹,轻轻放在桌上:"闹闹,看看啥时间!"

郭闹闹看了看腕上的表:"九点二十。"

开北方看着天花板算账:"九点二十。定到明天早晨八点整。闹闹,你过来,我定时,你看着,大闺女上轿,头一回!别弄错了!"

两个人对了表。

开北方开始给炸弹定时间,嘴里念念有词:"明天早上八点……明天早上八点……"

终于定好了时间。

郭闹闹说:"这球得快点儿弄出去。我总害怕,它忽然提前爆炸了咋办?"

开北方说:"不会。你得相信美国佬,相信廖先生!"

"我是相信啊,但我可害怕它忽然……啥球都有个'忽然'不是!"郭闹闹说着就要开门。

开北方伸手拽住他:"慢!再等等。到零点的时候,街上没人了,我们再去放!你想想,这么大个家伙,我们不能往地上一扔就走啊,得把它隐蔽起来。"

"那是当然!"

开北方说:"你想想咋隐蔽它。"

"那你让我出去看看,踩踩点儿行不行?"

开北方笑了:"你还是害怕。"

郭闹闹说:"说实话,这家伙光放在屋里我都害怕。你想想,它是炸弹。它活着就是为了爆炸!我们天天都说要完成任务、完成任务!这家伙要是哪一会儿想自己完成任务,咣一声爆炸了,谁挨住它谁不就完蛋了?"

开北方说:"叫你这一说,连我都紧张了。要不,咱俩一块儿去看看!"

郭闹闹打了个饱嗝。

开北方也打个饱嗝。

郭闹闹笑了："球，睡会儿吧！要是它想爆炸就爆炸，恐怕早就爆炸了，非得等到咱俩在跟前时才爆炸啊！"

开北方说："那就歇会儿，不能睡着啊！"

"那会睡球着！"郭闹闹说过，一歪躺倒在床上，很快就睡着了，张着大嘴打呼噜。

开北方也困，但他不敢睡，头扎在床沿上，和瞌睡顽强地斗争。

郭闹闹猛一呼噜，开北方被他惊醒了，一挺身爬起来，看了看手表。

时间已近零点。

开北方喊："闹闹，起床！"

郭闹闹一挺身坐起："八点了？"

开北方说："睡得这么好，不怕爆炸了？"

郭闹闹揉着眼。

开北方说："走，退房！"

郭闹闹起来，有仇似的在脸上使劲搓。

开北方开门出去，郭闹闹咳嗽着跟在后边。

开北方来到柜台前，大声喊着："退房！"

管账的老头儿使劲打了个哈欠："赶车啊？"

开北方说："可不赶车啊！"

老头儿说："喊个包车吧？"

开北方说："不用。俺有人接。"

老头儿收钱结账："啊，二位慢走！"

两人提着包走出了旅馆。

郊区的街上少有灯盏，路上一片漆黑，只在十字街口有一盏灯，昏昏的，总让人想起老人的眼睛。开北方和郭闹闹在黑了灰了、灰了黑了的街上走着，像两个薄薄的幽灵。

北郊派出所很快到了，四周无人，一片安静，只是门外干净平坦，根本没有能够放置炸弹的地方。

一只猫突然蹿出来，叫了一声："喵呜——"

两人吓了一跳。

郭闹闹使劲往地上吐唾沫："呸！"郭闹闹迷信，遇见不吉利的事情，只要往地上吐口唾沫，再在唾沫上踩一脚，就破了。

两人低头正找地方。

另一只猫追出来，"喵呜喵呜"叫两声。

郭闹闹对着这只猫又"呸"一口。

猫跑远了。

两人仍然没有找到地方。

不远处，有一个人匆匆走来了。

开北方说声："走！"

两人站起来，沿着路边往外走。

那人不见了。

开北方和郭闹闹又拐了回来。

郭闹闹小声提议："放在门里边行不行？"

虽然黑暗中看不见，开北方还是摇了头："早晨一开门，不就露馅了。"

"放在门墩上，拿东西盖着咋样？"

"那太明显了。"

"球，活人还真叫尿憋死了不成！"

开北方说："最好能找个铁锨，把它埋在门外。"

"那会有印儿啊！"

开北方看见路边有个垃圾篓："哎，这有个篓子！"

郭闹闹说："这咋会有个篓子？"

"垃圾篓子嘛！"开北方把垃圾篓掂了，放在了门前一侧，"怎么样？"

郭闹闹把炸弹放进去，深深地呼出一口气，像是很累的样子。

开北方说："别慌，我们得找到点儿垃圾把它盖住，要不然……"

"好好好！垃圾篓，就得有垃圾才对！"

两人连忙分头找垃圾。

街上漆黑。两人无处寻找。

郭闹闹看见了墙上贴的寻找"云中飞"的布告，上前撕了。

开北方弄了些烂树叶子。

两人把树叶子和烂纸塞进垃圾篓里。

郭闹闹说："共产党真球会弄，要不是他白天搞卫生，夜晚大扫除，上哪儿找这个垃圾篓子！"

放好了垃圾，开北方说："走！"两人迅速消失在夜色之中。

刚才太紧张，两个人都很精神，现在事情完了，精神松弛下来，郭闹闹的哈欠就来了："老板，找个地方睡一会儿！"

开北方说："不行。快走，这是个是非之地！"

郭闹闹又打一个哈欠："明天等着新闻吧！不出两天，全世界都会知道的。"

保安的巡逻队从远处经过，两人连忙躲在暗处。郭闹闹忽然精神起来，一个哈欠也不打了。

11　　天色微明。街上少有行人。

卖小吃的推着小摊子往外走。

一个捡废品的男人在街角走着，每看见有碎纸啥的就走上前捡在烂麻袋里。这人四十多岁，外号"肉头"。"肉头"是一个俗语，意思是说窝囊，好欺负。"肉头"胳膊上挎了个麻包走过来，看见派出所门外的废品篓子，他走上前，把里边的碎纸抓进麻袋里。有人从他身后走过。"肉头"紧张地看了一眼，然后又继续扒拉。

"肉头"发现了饼式炸弹。他有些兴奋，把篓子一扣，饼子出来了。他迅速抢到手，迅速装进麻袋，然后把篓子扣正，站起来，瞅瞅四周，装作若无其事的样子，这才兴奋地离开。

"肉头"走了几步，忽然又停住脚，把墙上张开的标语也揭了下来。看看没啥可捡了，"肉头"一转身去了垃圾场。

这是北平郊区的一个废品集聚地。正是早晨，捡废品的人很多。老人，孩子，妇女。一个老头儿给他开玩笑："才来呀，'肉头'，我们都捡完了！"

"肉头"得意地笑笑："大爷，你看我捡了个啥？"

老头儿说："元宝吗？看把你喜欢的！"

"肉头"掏出来，举给老头儿看。

老头儿接了："这么漂亮这么沉，啥家伙啊？"老头儿伸直了胳膊，歪着头细看——老头儿眼花了。

人们听见，都围了过来。

"好几斤重，铁可值钱了！"

老头儿把铁饼子放到眼前。他忽然听见了钟表走动的嗒嗒声："哎，会响啊！你听，会响！"

"是吗？我咋没听见？""肉头"只顾高兴了，他真没听见。他连忙抢过来，放在耳边："真会响呢！嗒嗒嗒嗒……你们听，匀称，清脆，真好听！"

高个子男人接过来只听了几声，就说："不对呀！囫囵一块儿铁，咋会嗒嗒响呢？"

一个大孩子抢过来："叫我听听，叫我听听呗！"

人们传递着听这个会响的铁饼子。

人越聚越多了。

一个拄着拐杖的残疾人走上前："叫我看看！"

老头儿说："让我们光荣的军人看看！"

"肉头"把铁饼子递过来。

残疾青年选了个高处坐下来，松开双拐，接了铁饼子，放上耳朵，他忽有灵感，大喊一声："炸弹吧！"猛地把它扔了出去。

人们愣一下，齐趴在地上。

没有爆炸。

残疾青年说："大家快离开，我感觉是炸弹！"

"肉头"趴在地上："没响啊！要是炸弹，你这一扔它不响吗？"

残疾青年说："我们还是离远点儿。你这是从哪儿捡的？"

"派出所门口。"

残疾青年大声说:"大家快点儿离开!'肉头',你去喊派出所的人来!"

大孩子说:"你不是吓唬我们的吧?"

老头儿说:"你自己捡不到就说是炸弹!"

高个子男人:"你不是被炸弹炸怕了吧?"

人们哄地笑了。

高个子男人:"好几斤重的铁,值不少钱呢!"

残疾青年听过,连忙站起来,拄着拐杖急往外走:"这不是玩笑,你们还是快点儿走,这真不是玩笑!"

"肉头"大声回答:"我捡回来,送给派出所不就行了?要不是炸弹呢?"他站起来,走过去要捡。

人们也都直起身,看他去捡。

"肉头"捡到了,放耳朵上听听:"娘的,嗒嗒嗒嗒……响得怪匀称呢!"

残疾青年已经走远了,他大声地喊:"你快扔了吧!"

"肉头"犹豫着。

铁饼子猛然爆炸:

轰!

"肉头"不见了踪影,周围的人应声倒地。站在远处的残疾青年身子一歪,也跟着倒了下去。

此时正是八点,北郊派出所所长杨四奎刚刚迈进办公室的门槛,闻声一愣,连忙带着刘住等人过来抢救。

"快快!"杨四奎大喊。

人们奔跑着,往外抬人。

穿着白大褂的医生也跑来了。

"敌特竟然破坏到垃圾场了,可见对我们新生的人民政权是何等的憎恨!"杨四奎大声讲着。

拄着拐杖的年轻人走过来:"所长,这儿有一块儿弹皮!"

杨四奎接过来:"我们决不能心慈手软,轻易地放过他们!"

12

天刚亮,冥衣铺的大门就被敲响了,是一个戴孝的中年男人敲的。

此时的开北方和郭闹闹正躺在一张床上睡觉,听见敲门声,开北方忽然醒了。郭闹闹也醒了。开北方醒了没说话,郭闹闹忍不住咕哝一句:"这么快就球来了!"

开北方听见他醒了,就喊了一声:"闹闹!"

"老板!"

"有人敲门了。你去看看!小心他娘的王反水!"

郭闹闹爬起来,揉着眼睛,故意用慵散的腔调:"谁呀?"

敲门的男人应一声:"老板,买寿衣的!"

开北方正要往床下钻,听见此话,停了下来。

郭闹闹应:"慌球,来了!"

开北方被买寿衣的人惊住了。人家买完寿衣走了,他还感觉着心慌,眼皮也跳个没完。"左眼跳福,右眼跳祸。"开北方想了想,他是左眼在跳,心里舒服了,说:"闹闹,去买点儿吃的!"

郭闹闹也饿了,应一声就往外跑。

郭闹闹来到早点摊儿前,正听两个人在争论。

一个中年男人说:"美国的炸弹那还是厉害!"

郭闹闹听见,连忙上前去听。

另一位是青年人,很不服气的样子:"苏联的坦克那也不是轻易能打翻的。"

中年男人嘴一歪:"那他是没遇见美国的炮!"

郭闹闹不自主地接了一句:"美国人的炮能多厉害?"

中年男人没有理他。

买饭回来时,郭闹闹专门拐到报摊前,买了一份《人民日报》,他想在上边找一找,看他们昨晚的战绩登在了第几版。

第八回　"云中飞"再进中南海　侦察员英勇建奇勋

> 衣冠楚楚者
> 怯懦多虚伪
> 东邻借一胆
> 却夸敢斗鬼
> ——打一人

1　"哑巴"又来喂狗了："嗨！"

"嗨"从墙角边爬起来，明显不像以前那样欢实了。

金葵花走过来，摸一下"嗨"的头。

"嗨"慵散地看她一眼。

金葵花看着"哑巴"，小声说："记住时间！"

"哑巴"点头："记了！"

金葵花走回屋里，褚一魁迎出来，问："怎么样？"

金葵花说："根据实验，第一天，懒；第二天，病；第三天，亡。现在看来，效果明显。"

褚一魁上前，抱一下金葵花，在她脸上亲了一口，小声说："晚上我奖你！"

金葵花暧昧地一笑。

瘸腿老张走进厨房吃饭。

"哑巴"把饭盛了，放在桌子上。两个人对脸坐下。

瘸腿老张忽然把一个小玻璃瓶儿放上桌子。

"哑巴"看见了，小声问："这是啥，老张？"

瘸腿老张闷声："毒药！"

"哪儿来的？"

"老板给的！"

"给谁的？"

"我。"

"哑巴"一惊："让你用的？"

瘸腿老张摇头。

"给谁？"

瘸腿老张叹了口气，说："紫姐！"

"哑巴"神情一黯，操起筷子："不是走了吗？"

"是走了！"瘸腿老张点头。

"那为什么还——""哑巴"猛地打住，说，"吃饭吧！"

"吃饭！"瘸腿老张拿起筷子。

两个男人都不说话，谁也不看谁，默默地吃起来。

2

吴邑一上班，就接到了市公安局的报警电话，因为发生在北郊垃圾场的是突发事件，按照规定，必须报政治保卫处知晓。吴邑听完，立即派人前去了解。

"鲁战凯、于兵！"处长点将了。

"到！"二人同时立正。

"北郊发生了爆炸案，三死五伤，你们立即过去，看究竟是怎么回事。"

两人骑着自行车，一个小时就到了北郊派出所。所长杨四奎立即组织了汇报会。于兵和鲁战凯分别拿出了笔记本，坐下来边听边记。

杨四奎说："今天上午八点整，我刚走到派出所门口，就听见不远处传来爆炸声。我连忙带人跑过去，发现炸死三人，炸伤五人。其中一人伤势较重。"

鲁战凯问："几点钟爆炸的？"

杨四奎说："八点整。"

于兵问："时间准确吗？"

刘住抢过话来："我们所长每天都是八点准时出现在派出所门口。"

鲁战凯说："啊啊，这个知道，杨八点嘛！"

"领导知道这些，我们就好说了。"杨四奎咽了口唾沫，"根据初步调查，这枚炸弹本来是放在派出所门口的，被早起的'肉头'捡到了。他不知道是定时炸弹，就拿到了垃圾场显摆。那个伤残军人也没有见过定时炸弹，他只是猜到了危险……"

鲁战凯问："放在派出所门口，设定八点钟爆炸，那是要炸谁呢？"

杨四奎说："当然是炸我了。我这人有毛病，干啥事都想干好。既然规定是八点上班，咱是政府公职，就得模范执行不是。多少年了，我都是八点准时来到。"

"噢！"

"干我们这行的，得罪人多了。只是这炸弹真不知道是谁弄的……"杨四奎说着，从兜里掏出几块很小的弹片放在桌上，"这定时炸弹，太他娘让人紧张啊！"

鲁战凯拿起来看了，说："爆炸力很强啊，你看这弹片多小！"

于兵说："如果敌人的目标明确，假定就是所长，那么，这枚炸弹你猜测是谁放的？"

刘住说："肯定是所长的仇人！"

杨四奎说："仇人？干我们这行，仇人——还真有。可是，这定时炸弹，可不是一般人能弄的。"

鲁战凯点头:"这样,杨所长,我们把弹片带走,请专家研究一下是哪种炸弹,是从哪条道上过来的。这样,对我们锁定罪犯会有帮助的。"

杨四奎说:"能弄清楚真相,真是太好了!谢谢领导关心!"

"做好善后工作。请随时与我们保持联系!"鲁战凯说完,就和于兵离开了。

3

《人民日报》没有爆炸的新闻。开北方又派郭闹闹再去买报。直到下午,两人才在《北平晚报》上发现了消息,但还和他们的成绩没有关系。

"咋样?"开北方不认几个字,用他自己的话说,是"斗大的字能认半布袋"。郭闹闹比他强,"斗大的字能认两箩筐"。郭闹闹在"本埠消息"栏里找到了一段报道,字体很粗:

垃圾场内起灾情,炸弹夺走三人命

郭闹闹嗑嗑巴巴地读了一遍。开北方说:"垃圾场跟咱无关,看有没有派出所爆炸的消息。"

郭闹闹又翻了一遍,摇着头说:"没有。"

开北方皱眉:"娘的,廖先生的炸弹没响?"

郭闹闹说:"该不是咱没弄对球?"

开北方想了想:"弄对了。咱俩一块儿弄的,咋会不对呢!"

"要不,就是廖先生给咱的炸弹有问题。哎,是不是廖先生怕咱弄球炸了,故意使了手脚啊?"

开北方看着郭闹闹。

郭闹闹顺着思路往下说:"比如少弄个啥球东西,故意让咱弄不响?"

开北方想了想,说:"等廖先生过来了,咱转个圈儿问问他。"

说曹操曹操到。开北方的话音还没落,一身便装的廖响来到了冥衣铺。

郭闹闹看见廖响,喊了一声:"老板,贵客!"

开北方连忙出来："廖先生,多日不见。里边请啊!"

廖响往旁边看了看,这才迈步走了进去。

开北方说："闹闹,看好柜台啊!"

郭闹闹应一声："放心!"

两人到了里间坐下来。廖响一脸阴云,看着开北方。

开北方倒了茶,瞅一眼廖响："廖先生!"

廖响不动声色："有什么情况吗?"

开北方再看一眼廖响,摇了摇头:"没有。"

廖响问:"炸弹呢?学会用了吗?"

"学会了!"开北方说过,猛的一声,"哎,廖先生,那炸弹您是不是没给全啊?"

廖响让他说蒙了:"你啥意思?"

开北方扭脸喊:"哎,闹闹,关上门。咱一块儿说吧!"

郭闹闹应一声,走上前关了门。

开北方掂起茶壶:"先生喝茶!"

廖响不动。

郭闹闹过来了。

开北方说:"廖先生,您不是给我们一枚炸弹吗?我就想想,这家伙我们究竟会不会用呢?要是万一关键时刻弄不成咋办呢?"

郭闹闹接上:"对对,比方说,要炸天安门时弄球不响了……"

开北方伸手止住他,继续往下说:"我有个仇人叫杨四奎,是北郊派出所的所长,多次扬言要打死我。以前是国民政府,咱算一伙儿,我就让他了。现在他成了共产党的派出所所长,我就想拿他试火试火。谁知道,没弄响!闹闹,你给廖先生再说说。"

郭闹闹拿出报纸:"廖先生您看,我们买了今天的报纸,都没有丁点儿有关的消息。要是真响了,报纸会球不说?"

廖响骂了一句:"愚蠢!"伸手抢过报纸:"你们是不是把炸弹放在了派出所门口?"

两人齐应："是！"

"你们是不是定时八点？"

两人再应："是是！"

"你们是不是把它放在了垃圾篓子里？"

"是是是！"

廖响气得脸色铁青："真他娘愚蠢至极！"

两人傻了，定定地看着廖响，大气不出一口。

廖响说："你们光知道垃圾篓子没有腿，不会跑，你们都没想过人有腿，人会跑！'垃圾场内起灾情，炸弹夺走三人命'，看见没？这个夺人三命的，就是你们的愚蠢造成的，知道不知道？"

两人傻了，张大嘴巴："啊！"

郭闹闹急了："真他娘怪了，不在派出所炸杨四奎，它跑到垃圾场炸球去了！真他娘邪门了！"

廖响瞪郭闹闹一眼："捡垃圾的'肉头'在派出所门前的垃圾篓里捡废纸时发现了炸弹，还以为是运气好捡了个宝贝疙瘩呢！拿到捡垃圾的伙伴面前炫耀，结果丧命！"

开北方惊讶地问："真炸了？"

廖响说："不炸会丧命吗？"

开北方看一眼报纸："闹闹，坏就坏在你撕的那几纸布告上了。"

郭闹闹瞪大眼睛："为啥？"

开北方咂咂嘴："杨四奎不该死！"

郭闹闹说："啊，真球邪门！你说啥都能救人的命！几张烂纸救了杨四奎……"

开北方说："可三个倒霉鬼却替他死了！"

"照你这样说，是啥都能要人的命了？几张烂纸，要了三个人的命！真球邪门！"郭闹闹忽然转向廖响，"廖先生，这说明我们真球会用了！"

"愚蠢至极！"廖响感叹着，"这种烈性炸弹全北平还不到三十颗。我们是为毛泽东和中共的高级首长准备的，他娘的一个小小派出所所长哪有资格！这是在北平，要是在战场，我是要枪毙人的！你们，谁的主意？"

郭闹闹看看开北方。

开北方说："我的主意。廖先生，我只想用我的仇人试一试我们是不是掌握了这个手艺。我们保证下不为例！"

廖响使劲看一眼开北方，从鼻子里喷出两股粗气："一之谓甚，岂可再乎！"

廖响缓和了一下语气："更糟糕的是，他们会由此判断出我们的行踪，顺藤摸瓜找过来，破坏党国的宏伟大业。"

两人连连点头："是是！"

廖响指一下隔壁："魏，你们行动了吗？"

郭闹闹看看开北方。

开北方显然没有明白廖响的话。

开北方小声问："廖先生，您，啥意思？"

廖响又叹一声："只顾报仇了，这么重大的事你们都忘了！"

开北方说："我们，真不知道您啥意思！"

廖响问："隔壁的魏师傅，不是上了天安门吗？"

开北方恍然大悟："啊啊，您说的是魏老头儿啊！"

"让你们给他交好，套近乎，你们做了吗？"

"还没顾上呢！"

郭闹闹抢着说："不是试球手艺了嘛！"

廖响郑重起来："我们所做的一切，都是为了成就大业。你们知道蚊帐子吗？"

开北方看看郭闹闹："蚊帐子？啥意思？"

郭闹闹摇头。

廖响说："蚊帐子就是为了防蚊子叮咬，专门挂起来的帐子嘛！"

开北方说："啊啊，知道知道。您突然说起这个，嘿嘿……知道，但没挂过。"

郭闹闹说："要蚊帐子干球？"

廖响说:"我是南方人,从小用蚊帐。"

郭闹闹抢着说:"那给您买一个不就行了!"

廖响不满地看他一眼:"你们知道,一只蚊子要想叮咬蚊帐子里的人采用的是什么办法吗?"

开北方摇头。

郭闹闹说:"咱又不是蚊子,咋球知道蚊子的办法?"

廖响又看一眼郭闹闹:"蚊子要叮人,但它不知道怎么样才能进去,于是就在蚊帐外边这么一溜儿一溜儿地飞,它相信它能找到进去的门。如果你的蚊帐真的烂了那么一个小洞眼儿,哎,它就成功了!小时候,我常常感到奇怪,我的蚊帐这么严,蚊子怎么能钻进来呢?直到我发现了蚊子的秘密,才解开了小时候被咬的困惑。"

郭闹闹感慨:"廖先生,您的故事讲得很好!我们村原来有个说书的马先儿,啥都能说进书里,他说苍蝇和蚊子相互捣乱的故事,比方说……"

开北方拉一下郭闹闹,郭闹闹止住了话语。

廖响继续说蚊帐:"我们现在做的工作,就像蚊子进蚊帐,我们坚信我们能找到蚊帐上的那个小洞眼儿,进到里边,叮咬他们。魏师傅,就是其中的一个小洞眼儿。知道吗?"

郭闹闹笑了:"魏师傅是个小洞眼儿?"

开北方又打他一下。

廖响点头:"说不定,魏,还可能是一个大洞眼儿,甚至一个大窟窿呢!我们一定要重视这个线索,好好维持这个线索,好好经营这个线索。明白吗?"

开北方说:"明白。魏师傅的老婆刚好些,要不,我去瞧瞧,给她送点儿补品?"

廖响双手轻击,说:"好!赶快行动。"廖响说着,从兜里掏出一叠钱放在桌上,"这是经费。马上还有。二三七、四一二!"

两人都应了。

"我再说一遍,这个魏,一定要认真对待!"

开北方重复:"好好维持!好好经营!"

郭闹闹问:"那炸弹……?"

廖响说:"不能放你们这儿了!"

开北方和郭闹闹相互看了一眼。

开北方表决心:"廖先生,俗话说,浪子回头金不换。我们决不会再犯这样的错误。"

廖响点头,用指头指着隔壁:"魏!"

两人站起身:"好!"

"魏!"廖响用指头又指一下。

"快!"两人一齐说。

廖响认真地点了点头。

4

政治保卫处的办公室里,吴邑处长正召开全处的工作会议。门口小黑板上的谜语"一点一横一大甩"还没有猜出来,但旁边又有一条写了上去:

第七谜

草芬芬一处角落

有大臣中央稳坐

左边是两个城垛

右边竖一杆铁戈

(我)如之奈何!

——打一字

大家坐了下来,但谁也没说谜语。

吴邑说:"根据专家鉴定,这是美国制造的定时炸弹,和之前炸北平市市长的炸弹一样。和王富团要放置在亚洲饭店,欲炸中央领导的炸弹一样。这说明了什么呢?"

罗山说:"这和廖响,和王富团都有关系。"

"对。"吴邑说,"说明这个炸弹和廖响的炸弹很可能系出一门。"

鲁战凯说："这么先进的炸弹,炸一个小小的派出所所长,目的何在呢?"

"我分析：一、此人和杨四奎有深仇大恨,不惜代价。二、炸弹来得容易,罪犯并不认为目标小。三、此人受过特殊训练。"吴邑伸出两个指头,"注意两点：一是和杨四奎有仇且大到以死相搏的;二是有条件接触到这种炸弹的。"

于兵说："会不会不是为了炸杨四奎呢?"

吴邑看着于兵："说说道理!"

于兵站起来："炸弹设定为八点整,万一杨四奎不去,他不是炸不住了?再说,即使八点钟到,也就是三五秒时间人就走过去了。罪犯敢如此确定?"

"对!"吴邑说,"还有一条,就是对杨四奎的生活规律有十分精确的时间把握。此案大有隐情,一定要深入调查。"

孙觅说："敌人是不是为了警告派出所和杨四奎?最近北郊派出所是不是有什么特别的威慑行动,把敌人吓住了,所以要反击?"

罗山说："王富团被抓后,廖响很可能又找了新的助手。不然,他一个外地人来到北平很难实施罪恶计划。他这个助手会不会和这场爆炸有关系?"

"这都是我们要关注的。猛一看,这个爆炸只炸死了几个群众,其实它的目的却不是群众。这就像一个谜,它的谜面是炸了群众,谜底是什么,我们要细细斟酌,好好猜。要注意蛛丝马迹,透过现象看本质。"吴邑说过,下意识地看一下小黑板。

大家点头。

孙觅也跟着看一下黑板上的"一点一横一大甩"。

吴邑说："战凯,你把接收到的敌方消息给大家说说。"

鲁战凯站起来："刚才收听到敌台的广播,说北平城内外一片混乱,垃圾场里都能炸死人。"

罗山说："这么快就有消息,说明北平的敌台很活跃。"

吴邑点头："据监听到的情报看,北平内至少有三至五部敌台。是这样吗,鲁战凯?"

"是。电台的频率基本一样。"

罗山说："会不会是敌台在移动？"

"有一定道理。但一般说来，电台是不宜多动的。我们的敌人不会不明白这一点儿！谁还有啥情况要汇总？"吴邑看着梅东岭，"东岭？"

梅东岭站起来："亚洲饭店加强了安保工作。送菜安排专人，都由村里的党员干部担任。择菜和洗菜的人员也都进行了调整。饭菜做好有专人试尝。做饭的大厨天天开会……"

"说问题！"吴邑说。

梅东岭说："我们正在对每个人进行政审，发现有两个工作人员当过汉奸，已经清退。"

吴邑又点将："罗山，还有啥说？"

罗山站起来："我判断，'云中飞'这两天会有行动。"

"为什么？"吴邑问。

"他已经来北平一个多星期，前天夜进中南海，只是做了个踩点。既然他到中南海踩点，就说明他已经猜到或者得到中南海的有关情报。此人性格峻急，喜独善孤，加上又认为功夫了得，我判断，两三天内必有动作。"

吴邑问："你把意见报告戚主任了吗？"

"还没有。"

"马上报告，以便采取行动。"

"是！"

吴邑问："谁还有问题？"

"我！"孙觅站起来。

"说说！"

孙觅站起来，指一下小黑板上的谜语："这个谜语我猜到了！"

大家一齐惊讶："啊！"

于兵大声说："孙觅快说说！"

吴邑笑着看孙觅。

孙觅说："这是一个'廖'字！廖响的廖字。"

鲁战凯急问:"怎么能是个'廖'字?"

孙觅比画着:"你们看,'一点一横一大甩',是个'广'……"

吴邑说:"孙觅,到黑板前写着给大家讲。"

"好!"孙觅应一声,走到黑板前,边写边讲,"拐个弯,甩两甩;拐个弯,甩两甩;左一甩,右一甩,一甩一甩又一甩。"

孙觅讲完了,也写好了。

大家禁不住鼓掌。

孙觅说:"处长,我猜得可对?"

"猜得很对!孙觅,很动脑筋,你可以参与更多的工作了。"吴邑大声肯定。

"谢谢处长!"

吴邑说:"给孙觅鼓个掌!"

大家一齐鼓掌。

"谢谢大家!"孙觅给大家敬了个礼。

吴邑拿起粉笔欲擦掉这则谜语。

"哎哎哎,慢点擦,处长。让我抄一抄,这则谜语太有意思了!"鲁战凯说着,就往本子上抄。

"这一则谜语有人猜吗?"罗山指着并排的"草莽莽一处角落"。

"这则我也要抄。"鲁战凯这一抄,就有了心得,"'草莽莽'应该是个草字头,下面应该是个'臣'字。左边两个城垛,右边一杆铁戈。"鲁战凯边说边写,但就是弄不明白是啥字。

真得佩服孙觅,她说:"我猜到了!"

梅东岭说:"感觉面熟!"

吴邑笑起来,说:"再给一分钟时间,猜不出来了孙觅再说。"

于兵帮着数时间:"一,二,三,四……"

孙觅忍不住,终于大声地说了出来:"是个'藏'字!"

于兵说:"处长啊,既然我们有这么好的猜谜队伍,您还是再往上写一则吧!"

吴邑处长走到黑板边，于兵连忙上前帮忙擦去猜对的两则旧谜。

吴邑拿着粉笔又写一则：

　　第八谜

　　衣冠楚楚者

　　怯懦多虚伪

　　东邻借一胆

　　却夸敢斗鬼

　　　　——打一人

写完了，又把第四谜的谜底补排了上去。这样，黑板角的谜底就有了七个了，即一、口、食、廖、细、搜、藏。

吴邑写完，孙觅又大声地读了一遍。

吴邑拿起褚一魁的画像，问大家："关于褚一魁，谁有新消息？"

罗山说："我感觉所有这一切的总后台，就是褚一魁。所有的消息都可以算到褚一魁身上。"

孙觅说："褚一魁是不是还在北平？我们的力量这么强，他以前又在北平这么久，他就不怕被人认出来？"

吴邑说："俗话说，灯下黑。正因为他在这儿太久，似乎人人都认识他，哎，他才可以在这儿待下来，更何况他又做了整容。"

大家点头。

吴邑说："高度注意此人。一有消息，立即报告啊！"

5　"嗨"卧在牙科诊所的角落里，头软软地摊在地上，像是疲倦至极的样子。

"哑巴"拿着馍过来了："'嗨'，吃饭了！"

"嗨"无力地翻起眼看着他，一副求助的样子。

金葵花走过来："多长时间了？"

"哑巴"看一下腕上的表："四十七个小时了。"

金葵花上前，蹲在"嗨"旁边，细细地观察着。

"嗨"仍然不动。

金葵花轻喊："嗨！"

"嗨"慢慢地睁开眼睛，看见金葵花，忽然流下泪来。

金葵花站起身，对着空空的院子，说了一句空洞的话："好好照顾啊！"

"哑巴"看看她，很轻地点了个头。

金葵花转身走回屋去。

"嗨"忽然站起来，摇摇晃晃地追向金葵花。

"大夫！""哑巴"喊了一声。

金葵花一转身，看见摇晃着走来的"嗨"，猛地躲开了。

"嗨"站住了，陌生地看着金葵花，"呜"了一声。

"把它带走！"金葵花大声说。

6 夏天黑得慢，下午六点的时候，北平的太阳还在西天上不肯落下，晚霞倒是勤快，已经准备好前来接班了。

罗山算是夜班，人家下班他上岗。他身着便衣，在中南海东侧长长的巷子里走着。罗山喜欢吹口哨，他吹的是《歌唱二小放牛郎》的旋律，舒展而忧伤。

孙觅举着一支冰糕从后边追上来："罗山！"

罗山的歌曲停下了："孙觅。"

"给！"孙觅递过来。

罗山接了，问："下班了？"

孙觅调皮地一笑："啥下班啊，我来上班！"

罗山明白她的话意："白天办公室，夜里中南海，你能受得了？"

"你怎么不吃啊，看，化了！"

罗山赶紧吮了一口。

"跟着你学本事嘛，有啥受不了！"孙觅头一歪，"受得了！"

罗山说："这是战斗啊，姑娘！"

孙觅拍一下腰里的枪："我是战士！"

罗山说："好吧！"

"于兵说，他拜你为师，你同意了？"孙觅再次歪过头来。

罗山点头。

"他是咋拜的？"

"也没咋拜，就是表个决心嘛！"

"我也决心拜你为师，你同意吗？"

罗山看着孙觅，似乎是看她够不够格。

孙觅拉住罗山的胳膊："你说同意不同意嘛！"

罗山看看街上，街上正有人看着他们。

一对老夫妻走过旁边，老太太笑着感叹："幸福的情侣！"

孙觅对着老太太感激地一笑，扭过脸有些撒娇："你同意吗，罗山同志？罗山哥哥！"

罗山不好意思了，连忙说："同意同意！"

罗山手里的冰糕化了，掉在地上。

"师父，我再给你买一块儿！"

罗山说："可以了。不吃了。"

"不行！"孙觅扭脸跑走了。

时间还早。罗山和孙觅坐在中南海的水榭边，无边的湖水潋滟着，漂浮起一天的晚霞。

巡逻的战士从他们身边走过。

孙觅说："怎么样才能身轻如燕？像我，还能练到身轻如燕吗？"

罗山看着孙觅，轻轻点头。

孙觅抓住罗山的手："太好了，罗山！我一定好好练！"

"忘了我是你的师父？"

孙觅放开手："我不喊师父，我喊老师。我们在学校都喊老师。'师父'太旧派。"

"那就喊老师！"

"好的。老师，你说我从哪儿练起？"

"所谓身轻如燕，其实就是说会轻功。轻功是内功的一种外在表现。练轻功必从内功开始。"

孙觅说："那你就先教我练内功。哎，你教于兵内功了吗？你可以一块儿教，这样既省时间，又省力气！"

"你倒是会安排！"罗山笑了。

"哎，老师，你现在先教我一招呗，这会儿正好你闲！"

7

深夜十点，梅东岭走出亚洲饭店，他习惯性地往四下里瞅了瞅。街上行人不多，但他还是在大街的深处看见了一个熟悉的身影。他犹豫了一下，迈步走上大街。到了街角，梅东岭放慢步伐，往后看了一眼。这一看，让他的脚步停了下来：

在他身后不远处，金小荷正快步地向他走来。

梅东岭站住，等她。

金小荷气喘吁吁地走过来，喊了一声："叔叔！"

"走这么急？"

"我看见你出来了，就努力地要跟上你！"

梅东岭笑了："为什么？"

"安全啊！"小荷头一扭，"再说，也是我的一个愿望！"

"愿望？怎么讲？"

金小荷害羞地低下头："我在心里想着，要是我能跟上你，就说明我能进步。看看，跟上了吧？"

"为什么跟上我就能进步呢？"

"因为、因为你是解放军叔叔啊！"金小荷又扭一下头，"解放军是我心中的偶像！"

梅东岭哈哈地笑起来，问："你老是这么晚出来，夜班吗？"

金小荷点头，点过了又摇头。

梅东岭说："哎，又点头又摇头的什么意思？"

金小荷说："我拜国画大师刘海渺先生为师，跟着他老人家学画画。每周六天，每天两小时，晚上八点到十点。"

梅东岭忽然关心起她的画技："怎么样？能给我画张像吗？"

金小荷站住，很仔细地端详着，点点头，又摇摇头。

梅东岭笑了："为什么又是又点头又摇头的呀？"

小荷说："我还没有学好。叔叔你英俊帅气，我要是画不出神采，不是要伤心的吗？"

梅东岭说："谁伤心？我？"

小荷大声说："我！"

"你伤心？为什么？"

小荷再扭一下头："你是我的作品啊！"

梅东岭瞪大眼睛："我是你的作品？"

小荷咯咯地笑起来："啊！你的画像是我的作品。自己的作品不好，难道自己会好受吗？"

梅东岭想了想，点头。

金小荷问："叔叔，您贵姓？我都崇拜您了，您还不让我知道您的名字呢！"

梅东岭犹豫了一下："梅东岭。"

小荷重复了一下："梅、东、岭。"

小荷站住，和梅东岭并排而立，伸出手掌，说："您写写！"

梅东岭举起右手，伸出食指，正要往小荷手心里写字，忽然感觉不妥。他停下来，说："梅花的梅，东西的东，山岭的岭。"

小荷一声惊叫："啊！多好的名字：梅花开满东山岭。可以这样理解吗？"

梅东岭说："你真是画画的。喊了这么多年，也没有一个人这样解释过。"

"梅东岭，梅东岭。"小荷玩味儿似的轻声吟哦，"哎，梅叔叔，你家是不是也是读书的人家呀？"

梅东岭笑了："啥读书人家，扛长工的。"

小荷的嗓门更高了："啊，出身这么苦，却干得这么好，太让人钦佩了！"

梅东岭说："好什么呀！咱们解放军的好多将军都出身很苦，像朱德、彭德怀、贺龙……"

"我读过他们的故事。自古将相出寒门。我佩服像他们这样的男人，也佩服像您这样英武勇敢有责任心的男人！我爸爸去世的时候我才七岁，他是被人害死的。那时候我就想，我一定要找一个英武勇敢有本领的人做丈夫，他要能保护我，还能替我给爸爸报仇。找来找去没找着……"

"没问题，姑娘，解放军里到处都有这样的人！"

小荷仰起头看着梅东岭的脸："真的？"

"当然真的。"

小荷轻声说："我见了您才知道，我要找的人并不难。"

"嗯。"梅东岭点头，"真的不难！"

"远在天边，近在眼前！"金小荷大声说过，就告诉了梅东岭自己的工作，"我是一名小学教师……"

"啊，你是老师！我还以为你正学画画，没有就业呢！"这下轮到梅东岭惊讶了。

小荷咯咯地笑起来："我教小学的音乐！'牛儿还在山坡吃草，放牛的却不知哪儿去了……'"

小荷轻声地唱起来。她就是教师，唱得很专业，情绪有些感伤。

"唱得真好。"梅东岭真诚地称赞她，"你就这样教孩子？"

小荷天真地应一声："嗯！孩子们可喜欢我了！"说过，小荷又唱一首："向前向前向前！我们的队伍向太阳……"

小荷架起胳膊，高高地挺着胸脯，做出有力行进的样子。

梅东岭禁不住给她轻轻鼓掌。

小荷表现欲被勾起，又唱了一首：

"咱们工人有力量，嗨，咱们工人有力量……"

梅东岭说："唱得太好了！啥时候请你去饭店给我们的职工教几首歌，

怎么样？"

小荷一蹦："真的，叔叔？"

梅东岭笑着："当然真的！"

小荷拉住梅东岭的手："叔叔，拉钩！"

梅东岭又笑："真孩子气！"

小荷说："要拉钩了才算！"

梅东岭伸出指头。

小荷边拉边唱："拉钩，拉纤，一百年不许变。'开动了机器轰隆隆地响，举起那个铁锤响叮当……'"

小荷又得意地唱起来。

两个人说着走着，脚下的路不觉就通到了金小荷家的金口牙科诊所。

此时的褚一魁正坐在瘸腿老张的门房里，他用毒药撵走了紫姐，也感觉似乎过分了，来老张屋里坐一坐，缓解一下情绪。听见了小荷的歌声，他立即就站起身来。

小荷轻轻唱着，边走边舞地来到了门外。

梅东岭停住脚："再见吧，小姑娘？"

小荷没说再见，她围着梅东岭唱起苏联民歌：

　　一条小路曲曲弯弯细又长，

　　一直通向迷雾的远方。

　　我要沿着这条细长的小路，

　　跟着我的爱人上战场。

梅东岭又说一句："再见，小姑娘！"

小荷歪头看着梅东岭："再见，叔叔！"

梅东岭转身就走。

小荷目送着他，不禁轻声吟哦："梅花开满东山岭。"她摇摇头，又吟哦一句："东山岭上的一棵梅树！"

褚一魁从屋里出来，隔着门缝，观察着远去的梅东岭。

小荷一推门，褚一魁正站在门边，小荷吓了一跳。

褚一魁忙说:"小姐,回来了?"

"嗯!"小荷应着,喊了一声,"叔叔!"

妈妈出来了,伸手拉住女儿的手:"太晚了!"

女儿"嗯"一声,忽然流泪了。

金葵花紧张了,拉着女儿到了自己的房间,关了屋门,贴着女儿的脸观察她。

小荷的泪水流得更多了。

金葵花扒住女儿的肩头,轻声问:"怎么回事,小荷?"

小荷不吭。

金葵花把女儿推到床上,坐下,审视着女儿:"究竟怎么回事?那个大兵他,欺负你了?"

小荷轻轻摇头。

金葵花再问:"亲你了?"

小荷再摇。

金葵花又问:"摸你手了?"

小荷点点头又摇摇头。

金葵花说:"那究竟因为啥吗?"

小荷忽然一笑。

金葵花不高兴了:"你干吗又哭又笑的?"

小荷平静了,说:"妈妈,你给我倒杯水!"

金葵花连忙提起暖水瓶,倒了一杯,伸手递给她:"给!"

金小荷接过来,禁不住又哼了一句"跟着我的爱人上战场"的旋律。

金葵花狐疑地看着小荷。

8

于兵找过来了。

孙觅站起来,大声喊:"于兵,我们在这儿呢!"

于兵来到了,对孙觅一笑,扭脸喊一声:"师父!"

"多顺嘴！"孙觅有点儿小嫉妒。

罗山说："我给戚主任汇报，戚主任也认为分析得有理。你看，今天夜里，中南海增加了布哨。"

于兵点头："我们的任务是什么？"

"于兵，你在水榭边蹲守。"罗山一指，"'云中飞'若从这儿进，必走此处。"

孙觅说："'云中飞'会不会识破我们，不走这条道呢？"

"七个可进入的地方我们堵住了五个，只剩下两个让他走。他当然会识别，但是我们假装不知道，你看，我们连一点儿都不改变，就是要让他放松警惕，以为我们不知道。"罗山指着地形解释。

孙觅说："我呢，老师？"

罗山说："别急，我还没交代完呢！"

孙觅不吭声了。

罗山说："'云中飞'来的时间不会太早，一般应该在两三点的时候，因为这个时候的人最瞌睡，精力最难集中。我们可以抓紧时间在十二点之前小眯一会儿。"

孙觅打了个哈欠，她连忙用手捂嘴。

"孙觅，你跟着我，沉着、冷静，不到万不得已不准开枪。"罗山给孙觅安排了工作。

"为什么？"

罗山说："这是中南海，是毛主席和党中央工作的地方。"

"敌人要是开枪了怎么办？"

罗山说："你看我的！"

"是，老师！"

"走，抓紧时间睡一会儿！"罗山说完，三个人就站起来，去营房休息了。当他们再次出来的时候，已经是深夜十二点多了。

三个人来到高墙下。罗山抬腕看一下表，说："于兵，打开收音机！"

于兵从背着的小包里掏出来，咔的一声打开。

收音机传出一片沙沙声。

三人停下来，观察着。

"于兵，你在这儿蹲守。注意这个方向！"罗山指着前方。

"是！"于兵应着，寻找隐蔽之处。

"有情况随时通报。"

"是！"

罗山小声说："孙觅，你跟着我！"

"是！"孙觅轻应一声。

空阔的湖面，映照出微弱的波光。战士巡逻的身影，被夜色中的波光溶化得干干净净。

一个敏捷的身影在房顶上移动。

影子在一个高挑的兽头处不动了，看上去和高挑的兽头浑然一体。

影子观察着下边。

一队士兵走过院子，一拐弯，进了一条胡同。

罗山感觉到了情况，忽然警觉起来，抬腕看一下时间，正是凌晨两点四十分。

孙觅轻喊："老师！"

罗山轻拍她一下。

孙觅静下来，看着夜色深处。

罗山像猫一样，轻轻向前移动。

孙觅紧跟在后。

罗山忽然扭脸向后，趴孙觅脸上轻"嘘"一声。

孙觅连忙停下。

罗山说："去喊于兵！"

孙觅扭脸轻离。

影子在房顶上慢慢移动，忽然紧跑几步，又停在屋顶的兽脊处。

罗山贴着墙壁往前移，紧盯着房顶上的影子。

于兵和孙觅过来了。

于兵靠在罗山身边。

罗山指一下房顶。

孙觅说:"我咋看不见啥呀?"

罗山轻拍孙觅。孙觅不说话了。

影子忽然向一亮灯处飘去。

罗山说声:"跟上!"一跃身上了房顶。

于兵试了几下,上不去。

于兵轻唤:"孙觅,蹲下!"

孙觅连忙蹲下。

于兵踩着孙觅肩膀。

孙觅咬着牙驮起于兵。

于兵爬了几下,都没能爬到房上。

于兵下来了。

孙觅说:"笨蛋!让我上!"

于兵连忙蹲下。

孙觅站在于兵肩上,爬了几次,也未上去。

影子在屋脊上猫腰跑动着。

罗山隐蔽着身子,贴着房坡追。

影子停下来,判断着。

罗山也轻轻停下。

影子再次移动。

影子在屋檐处停住脚,观察着动静。

微弱的灯光把漆黑的院子照出一条光带。

院里的树叶反射出一片灰白的光。

夏虫的鸣叫繁密而安详。

罗山掏出匕首,轻轻跟上。

影子扭脸后望。

罗山伏在房坡上。

于兵和孙觅上不了房顶，只能贴着院墙追。两人轻呼着，张望着，一步不落。

房顶上的影子再次回望，当确认无虞的时候，把手里的东西轻轻放在房檐边，大头冲下，倒挂在屋檐上往下观望。

罗山知道机会来了，这个时候，对方是没有还手之力的。他用起轻功，飞快地移动过去。

远处的猫被惊动，忽然一声凄厉的鸣叫："喵呜——"

影子受惊，猛然回身，折回房檐。

此时已晚，罗山的匕首已到眼前。只是房坡倾斜，又值黑夜，匕首的力量不是太够。

影子似乎早有准备，沿屋檐往外一滚，但他还是受伤了，禁不住"啊"了一声。

罗山冲上前又是一刀。

影子忽然开枪。子弹击中罗山的匕首，当的一声，匕首飞出，掉进院子里。

影子爬起来就跑。

罗山拔出手枪，猫腰在后边追赶。

尽管罗山不想惊动更多的人，但巡逻的战士们还是听到了，他们轻声喊着，在地上跑动着追。

"这边！"于兵喊过，拉着孙觅追过去。

影子和罗山在房顶上跑动着。罗山越追越近。影子停下来，似乎是瞄了一下，对着罗山就是一枪。

罗山知道他的意图，连忙躲闪。影子的枪是无声手枪。子弹从罗山耳边呼啸而过。

罗山举枪，忽然看见脚下的一片灯光，罗山犹豫了一下，又把枪放下了。

影子再逃。

在地面跑动的战士发现了，对着这里跑过来。马班长边跑边小声指挥："不许声张。不许开枪。不许惊动首长！"

影子对着围追堵截的战士，再次开枪。

有战士"啊"地叫了一声，抱住了手臂。

罗山紧紧尾随。

影子沿墙头跑着。

影子跑到中南海湖边的外墙上。

罗山紧追不放。

影子停下来，瞄准罗山又是一枪。

罗山跳下墙头，一手攀住墙，一手掏出枪来。

影子再次开枪。

罗山俯身墙下。

子弹在罗山头上的墙砖上击出一个弹坑。

罗山再次上墙。

影子跑下墙，逃进一片民居。

罗山在后边开了一枪：

叭！

马班长带着小战士走过来，捡起了地上的匕首。

马班长凑着灯光："上边有血！"

孙觅说："让我看看！"

马班长把匕首递过来。

听见枪响，巡逻队往中南海附近跑动着。

"云中飞"看见前边人来，在黑暗处跳上一家的门楼。

"云中飞"坐下来为自己包扎。

罗山和于兵走上房顶，用手电筒照着，查看刚才影子倒挂金钩的地方。房坡上有一个袋子，罗山弯腰捡起，伸手一掏，一个圆形的定时炸弹出来了。

罗山"啊"了一声："炸弹！"拿着炸弹就往外跑。

于兵大声喊："怎么回事，师父？"

罗山喊："别跟着我，炸弹定了时间！"

"还有多长时间？"于兵紧跑几步追上来，用手电筒欲照炸弹的时间设置。

罗山说:"别耽误时间了。这种炸弹的时间设置在暗处,根本看不出来。"

于兵"啊"了一声,猛地抢起炸弹就跑。

罗山在后边追着:"于兵,给我!你没我熟!"

孙觅听见了,跟着追出院子,小声喊:"于兵,扔下来,地上跑得快!"

孙觅话音未落,在房顶飞跑的于兵忽然滑了一跤。

罗山追上来:"快给我,我比你快!"罗山抢过来,急跑。

孙觅急了,高声喊起来:"罗山,快扔下来!"

马班长也喊:"扔下来,我们快!"

罗山拿着炸弹在房顶跑了几步,忽然纵身跳下。

孙觅和马班长们追上来。

孙觅喊:"罗山!"

罗山喊:"别来!"

罗山往湖边飞跑着。有战士迎面过来。

罗山大声喊着:"闪开!"

战士们连忙后撤。

于兵脚扭了,他顺着房坡往下溜。

罗山到了湖边,猛地把炸弹扔进湖中。

孙觅追过来,拉住罗山的手笑了:"吓死人了你!"

罗山拉起孙觅,按住她的头急往外跑。

孙觅不知道害怕似的,直起头回望湖水。

炸弹骤然爆炸:

轰——

罗山一把把孙觅按倒在地。

水柱涌起。湖浪冲上湖岸,溅湿了两人的衣服。

于兵惊呼一声:"罗山——"一扭一拐地跑过来。

孙觅拉紧罗山,现出哭腔:"罗山,怎么样?"

罗山一笑:"没事!"

孙觅陌生地看着罗山:"真没事?"说完,又围着罗山仔细地查看了一圈。

罗山哈哈地大笑起来:"真没事!"

孙觅看着罗山,忽然也嘻嘻地笑起来。

于兵和战士们也都过来了,他们一个个上前握住罗山的手:"罗山同志,你真勇敢!"

马班长抢过罗山的手:"罗山同志,我们要给你请功的!"

孙觅站在旁边,忽然小声地哭了。

回去的路上,孙觅忽然问了一句:

"老师,你为什么非要把炸弹扔进湖里,而不是把它放在空地上,让它爆炸?"

罗山说:"这种炸弹威力猛烈。这是聚居区,没有太大的空地。"

第九回　窦志云深藏牙科诊所　开北方送礼隔壁邻居

> 有时像高山
> 有时像梦幻
> 虽云听不见
> 但却常见面
> ——打一字

1 天一亮，中南海的保卫工作会议就开始了。戚主任和吴邑一脸凝重，听取汇报。

戚主任开场先检讨："虽然我们听从了罗山同志的建议，增加了队伍，强化了防范，制造了假象，但还是让'云中飞'逃跑了。更可怕的是，特务把定好时间的炸弹丢在房坡，如果不是罗山同志及时发现并解除威胁，造成的影响就大了。我向同志们检讨，并报请组织给我处分！下边，请罗山同志讲述一下具体情况。"

罗山站起来。

戚主任说："罗山同志请坐下，昨天一夜没睡，够辛苦了！"

"请坐下来汇报吧！"吴邑也说。

罗山坐下来："报告主任，不是我们的防范意识不够，也不是我们的保卫工作疏忽，主要是害怕影响首长工作，所以没有开枪。现场虽然离我们的首长较远，但如果骤然开枪，也可能会惊着首长。要说检讨，应该我做。我和'云中飞'近在咫尺，并且深谙他的作案行为，但却让他再一次逃走了！检讨一下我内心的虚荣，我是想抓住活的……"

吴邑截住罗山的话："我的意见，先不说检讨，我们讨论一下，'云中飞'再来的时候，是不是可以开枪？如果可以，什么情况下可以，什么情况下不可以，要有一个界限。像这次，如果我们在'云中飞'逃离的时候可以开枪，那么，以罗山同志的枪法，三个'云中飞'也插翅难逃。我们的成绩还是很大的，解除定时炸弹威胁，这是最大的。其次，'云中飞'受伤逃走，可以断定，十天内，中南海不会有事。我们可以趁此时间好好地作个谋划。"

戚主任问："罗山同志，你刺伤了'云中飞'的哪个部位？"

"左肩。其实我是想刺他右臂的，因为右臂是他握枪的手臂。'云中飞'其实比我预想的要灵活很多。一声猫叫，惊扰了他，他从房檐折过身子时，我的匕首已经到了，他一定感觉到了匕首带来的寒气，就地十八滚，并在滚动时用腿踢打。我的匕首跟着再刺，正中他的左肩。在这个滚动的极短过程中，他已经掏出来他的无声手枪，对着我开了一枪，把我的匕首击飞了……"

戚主任说："我判断，特务'云中飞'被刺受伤，很可能会去医院就医。为什么呢？刀伤很深，极易感染，十有八九他会就医。通知全市所有医院，要严查所有的刀伤病人。"

吴邑补充说："宾馆、旅店，也要严查！"

2 "云中飞"逃到了金口牙科诊所。他是凌晨四点来到诊所的。当他敲响院门的时候，瘸腿老张正好出来解溲，听见敲门的暗号，立即打开了大门。

金葵花马上起床给"云中飞"包扎。褚一魁也被惊动，他站在旁边，亲眼看着金葵花施治。

褚一魁极其关切，轻声问金葵花："伤势怎样？"

金葵花用药捻儿探了探说："伤口还是很深的。"

"云中飞"闭着眼睛，咬紧牙齿。

创口很快包好。"云中飞"睁开眼，看着褚一魁咧嘴苦笑："恩师，学生轻敌了。我不相信共产党的保卫队伍里会有像我这样的高人。"

褚一魁说："今天不讨论共产党的保卫队伍。包扎后赶快休息。我已经安排好了。"

"云中飞"面有愧色："恩师，学生给您丢脸了！"

褚一魁扶起"云中飞"："胜败乃兵家常事，更何况还没有分出胜败呢！安心休息！"

"云中飞"站起来，跟着褚一魁进了里间。

夏天亮得早。金葵花洗完手，青灰色的天空就泛起来亮光。金葵花走到墙角边的"嗨"身边，蹲下来观察。

"嗨"显然不行了。它躺在地上，闭着眼睛，只有出气的份儿了。

"哑巴"要做早饭，是整个诊所起床最早的。他当然知道"云中飞"来治伤，金葵花不说，他自然不问。看着地上的狗，他举起了腕上的表看了看时间。

金葵花轻声喊："嗨，嗨！"

"嗨"艰难地睁开了眼睛。

金葵花观察着它。

"嗨"忽然哭了，它一定是想用泪水冲洗掉它心中的痛苦。

"哑巴"小声说："不行了。"

金葵花站起身："一共多长时间？"

"马上就七十四个小时了！"

褚一魁也过来了，他站着，轻轻踢了踢"嗨"。

一股黑血从"嗨"的鼻子里流出：

"嗨"死了！

褚一魁说："四十二斤，再加两倍的量，可以了！"

金葵花点一下头，笑了，说："应该说，这次试验是成功了！"

"金大夫！"金口牙科诊所的医生刚吃过早饭，老翟头儿又过来了，这次他还领了个比他年轻很多的、烫着头发的妇女。

老翟头儿给妇女介绍："这就是金大夫，留学日本的洋先生。医术可高明了！"

老翟头儿说过，忙又介绍烫头的妇女："我表妹香桂，牙疼。"

"金大夫好！"香桂捂着半拉脸。

看见死了的"嗨"，老翟头儿还是吃了一惊："终于死了？"

金葵花嘟囔了一句："吃坏肚子了。"

老翟头儿又看一眼"嗨"："是不是吃住老鼠药了？你看，鼻子流血了！"

金葵花大声喊他："快过来吧，翟大伯！"

老翟头儿应着，又说一句："俺家的黑狗就是吃了药死的老鼠，死时候就是这样的！鼻子流血，这是中毒了！香桂！"

香桂应一声，跟着老翟头儿走进屋里。

3 北平市被翻了个底朝天，政治保卫处办公室的电话响了无数次，竟然没有"云中飞"的一点儿蛛丝马迹。同志们不敢睡，决定不下班继续巡查。

电话铃再次响起。孙觅连忙抢过来。只要有电话响起，每一次她都是这样"连忙"的，因为，每一次的电话都有可能报来抓捕"云中飞"的好消息。这次是罗山的："有消息吗？"

孙觅当然知道问的是什么，说："还没有。"

"我想再看几家旅店。"

"你在哪里？马上要下班了，我跟你一起去！"

"昨天忙了一夜,你休息吧!"罗山果断地挂了电话。

"罗山!罗山!"孙觅大声地喊着,"还老师呢,这么不相信人!"

罗山又查了三家店,仍然一无所获,他走上大街,忽然感觉饿了。看表已是深夜十点,他准备找个地方吃碗面。就在这时候,一个公差模样的男人迎面走过来,他一边走,一边抬头寻找可供住宿的地方。

在他身后,有两个身手利落的男子跟着他,其中一人挑了副担子。

公差模样的显然感受到了什么,看见罗山便停了下来,向罗山打听着:"先生,附近可有住宿的饭店?"

罗山观察他一眼,转身指着不远处的饭店:"看见了吧?"

公差模样的男人犹豫了一下,小声说:"先生,您能陪我一下吗?我给您钱。嘿嘿,我迷路了。"

罗山盯着他看了一眼,又扭脸看了看他身后的两个人,点头说:"好的!"

两人刚走了几步,一辆加长雪佛兰轿车迎面开了过来。夜晚,又有人,车速不快。

罗山和公差男急往路边躲靠。

汽车缓慢而过。

罗山扭过身子,盯着雪佛兰看了几眼。

后边的两个男人似乎没有看见雪佛兰,径直迎了上去。

汽车鸣了一声长笛,减慢了车速。

两个男人跳到路边,却把那副担子横在了路上。

汽车猛地刹车。

跳到路边的男人拔出枪来,对着汽车就是两枪:

叭!

叭!

罗山一愣,猛地拔出枪来,跟着就追开枪的人。

两个人向两个方向逃去。

罗山追着最近的一个歹徒。

歹徒拐进一条小胡同,罗山几步就追上去,一脚把歹徒踢倒,扑上去按在地上。

4

金小荷站在灯影下。她今天显然做了精心打扮，一袭白色的长裙，一双红色的高跟皮鞋，蛋青色的小包很乖地趴在胯间，更显得亭亭玉立。

她凑着灯光，拿着一本杂志在看。

晚上十点，梅东岭走出了亚洲饭店，他瞅了瞅四周，忽然感觉到似乎有了什么期盼。梅东岭于是又瞅了几眼。

"梅叔叔！"小荷从灯影里走了出来。

梅东岭忽然明白自己在"期盼"什么。他站下来，笑了，说："等我呢，小荷？"

小荷清纯地一笑："嗯！"

梅东岭又问："害怕？"

小荷扯一个长腔："嗯——"

梅东岭说："我还送你吧！"

小荷撒娇地说："谢谢叔叔！"

小荷走上前，欲挽梅东岭的胳膊。

梅东岭往外一闪："看的啥书？"

小荷咯咯地笑着，把杂志递上："《人民画报》。你看，解放军叔叔多威武啊！说是练习阅兵式呢！"

梅东岭接过来，站在路灯下翻了一下。

小荷趁势挽住梅东岭的胳膊："梅叔叔，这样我就不害怕了！"

梅东岭笑着，不再躲闪，说："调皮！学的啥画啊？我能看看吗？"

小荷说："当然能了。明天我把我的习作给你看。不许笑话人啊，我才学着给你画的！"

"你妈妈是医生？"

"是啊！留学日本的牙科大夫。"

"我的牙她能看吗？"

小荷站住："你有牙病？"

"不是牙病。你看！"梅东岭龇一下牙，并不想让小荷看清。

小荷上前，要翻梅东岭的嘴唇。

梅东岭不让，后退了两步。

"让我看看嘛！门里出身，强似三分。我虽然不是牙医，可我见过的多了。你让我看看，我就知道你是怎么回事！"小荷要翻他的嘴唇。

梅东岭不让："我的是伤，刀刺的！"

小荷一声惊叹："啊？"

"在太行山崖口战役的时候，我们的子弹打光了，开始和鬼子拼刺刀。你知道，鬼子是两个人一伍，八路军是三个人一组。三对二，我们并不吃亏。我刺倒了一个鬼子，但并没有刺死，他躺在地上猛然抱住了我的腿。我'啊'了一声，就在这时，他同伙的刺刀过来了，正扎到我嘴里，被我猛地咬住了刀尖，这不，硌掉了一颗牙！"梅东岭扒开嘴角，里边的牙豁露出来。

小荷"啊"了一声，上前看了梅东岭的牙豁儿："梅叔叔，你太英雄了！能咬住鬼子的刺刀！"

梅东岭比画着："要不然，这一刀过来，我不就完蛋了！"

小荷问："那个鬼子呢？"

梅东岭又比画："他拔了一下没拔掉，就被我的战友刺倒了。"

小荷拍着手："啊，太好了！梅叔叔，你真的了不起！让我妈妈看看吧！我妈妈最会镶牙了，镶上去你根本看不出来。"

"好好，我回头过去！"

小荷说："能为抗日的英雄镶牙，我妈妈她美得很！哎，梅叔叔，我能请你为我们学校的老师和学生讲讲抗日战争的故事吗？"

梅东岭站住脚："可以呀！"

"那我给校长说说，安排时间你讲吧？"

"现在不行，现在忙得很啊！"

"会多忙呢？就讲一节课，四十五分钟的时间啊！"

梅东岭说:"现在正召开新政协会议,那是分分钟时间都没有的!"

小荷想了想:"那,好吧!这算一笔账,先记下来,等您有时间的时候一定要给我们的师生讲啊!"小荷说着,拉住梅东岭的手,在他的手心里画了一下。

梅东岭感觉好痒,但他没有抽手,说:"好好,忘不了这笔账!"

小荷歪着头说:"我不喜欢学医。我害怕拔牙,害怕流血,害怕黑夜。"

梅东岭听着想笑。

小荷看一眼梅东岭,继续往下说:"我喜欢教书,喜欢小孩儿,喜欢音乐,喜欢绘画,喜欢春天,喜欢幻想,喜欢英雄……"小荷忽然看见路边卖冷饮的还没有关门,马上又加了一句:"喜欢冰糕!"

梅东岭笑起来:"只要是好吃的和好玩的你都喜欢!"

小荷跑过去买了两支冰糕,举着跑过来,问:"你要哪一支?"

罗山一手提枪,一手拧着歹徒的胳膊疾步走了过来。

这个歹徒脸上有块疤,他一边走,一边往四下里看,显然他盼望有人来救他。

罗山知道他的心思,大声警告他:"老实点!别幻想能逃走。"

梅东岭接过冰糕,刚要吃,忽然看见罗山,高喊了一声:"罗山!"

罗山押着歹徒走过来,看了一眼小荷。

歹徒看见小荷,眼睛一亮。

梅东岭连忙解释:"这女孩儿害怕,我送送她。给你?"

梅东岭把冰糕递给罗山。

"叔叔,我的给你!"小荷走上前,举着自己的冰糕送给罗山。

罗山伸手挡了一下,说:"我不要!"

歹徒趁机猛往罗山身上撞了一头,扭脸就往胡同里跑。

罗山被歹徒撞到梅东岭怀里,险些摔倒。

罗山站稳身子,扭脸就往胡同里追。

叭!

胡同里射出一颗子弹。

罗山掏出枪，对着枪响的地方回了一枪。

对方又是一枪，子弹打在罗山旁边的墙壁上，爆起一片土花。

罗山隐藏在墙垛后边，向着对方再开一枪。

梅东岭隐蔽着跑过来："罗山！"

歹徒逃走了。

听见枪声，孙觅跑了过来。她本来想问清罗山的位置，下了班再赶过来。罗山让她休息，放下了电话。她是按照自己的猜测找来的。她看见罗山和梅东岭在一起，一时有些奇怪："老梅，你俩咋走一块儿了？"

梅东岭说："谁说我俩不能走到一块儿？"

孙觅看着罗山老揉腰，小声问："腰怎么了？碰住了？"

5

金葵花在试验她做的牙齿。旁边浅浅的玻璃盏注满了清水，一片牵牛花瓣儿漂在上边。

褚一魁站在旁边看着，把他的手轻放在金葵花肩头。

金葵花拿起放大镜，看着半截牙齿上的机关：

齿根有一个抽屉似的盖儿，轻轻拔下，牙齿里是一个槽儿，可以放置毒药。

金葵花把牙盖儿插上，放进旁边浅浅的玻璃盏里。

牙齿漂着，并没有进气的地方。

金葵花拿镊子把牙齿按进水里。

水里仍然没有动静。

褚一魁说："看来没问题。"

金葵花点头："美国货就是好！"

褚一魁笑了："不是美国货好，是我的'拼命太太'水准高！"

金葵花笑起来："你准备咋奖励你的'拼命太太'？"

褚一魁上前抱住金葵花亲了起来。

"哑巴"端着夜宵走进屋子，把饭放在桌上。这是诊所不成文的规定，夜宵都在正屋的会客室里用。

"哑巴"看一眼褚一魁的房间。

忽然有咻咻的暧昧的笑声从楼上传来。

"哑巴"停住正放饭菜的手,警觉地听着。

院门有被敲响的声音。

"小姐回来了?"瘸腿老张开了门。

小荷点头,喊了声:"叔叔!"

瘸腿老张习惯地往小荷身后看了看:空荡荡的街道上没有人影。

小荷轻盈地走上了正屋的台阶。

褚一魁放开了二楼实验室的金葵花。

金葵花努一下嘴:"说话算数?"

褚一魁一笑:"当然!"

"你不累?"金葵花又是一笑。

"舍命陪君子嘛!"褚一魁走到门口。金葵花追上来,附耳小声:"怀孕了你可得要。"

"当然!"褚一魁声音更高。

金葵花闭了眼睛,侧了脸扬起嘴巴。

褚一魁又在她嘴上亲了一口,这才走往楼下。

小荷走进屋子,坐下来要吃饭。

褚一魁看着小荷,讨好地问:"有收获吗,姑娘?"

"有!"小荷一笑。

6 开北方走进了冥衣铺,郭闹闹主动迎上去,上上下下地看了一遍,问:"老板,礼呢?"

开北方皱起眉头:"礼还没弄呢!廖先生先给了两块大洋的礼钱。"

郭闹闹说:"叫我说,老板,送啥都不胜送钱。你知道病人想吃啥?你知道病人想要啥?送钱,想吃球啥,就买球啥!"

开北方说:"我感觉还是礼重了。咱跟老魏头儿的交情又不是太够。两块大洋,等于送四袋白面啊!"

"你们老北平咋送啊?"

"老北平,准备个'蒲包'就行了!"

"啥球'蒲包'?"

开北方说:"果品店里都有编好的蒲包片,青莹莹地摞在一起。买上五斤果品,往包片上一放,掌柜的往上一折,成了一个长方形的包,上面再盖张荷叶,荷叶上再放张店里的红果签儿,用玫红色的单股麻绳一系……"

没等说完,郭闹闹就喊起来:"这球很好嘛!看上去很娱目嘛!"

开北方比画着:"要是想排场,再加备一封果子。"

"这就够了,比两块大洋强多了。魏老头儿他老婆,我一想起她那酸样,'俺老头儿能着呢,慈禧太后都……'啥球都不想给她送。"

"闹闹,你说送这就行?"

"我看就这就行!省下的钱咱喝酒去。虽然廖先生厉害,咱也不能啥球都听他的!在俺们老家,拿俩馍蛋子就去瞧人了。"

"好吧,先送个'蒲包'礼,再送就拿钱!反正这个事,也不是一回就能完的。"

"好好,别一回弄球完,下边没法弄了。"

"现在我就去买!"开北方说完,扭脸又出去了。不大一会儿,开北方提着一个折成方形的蒲包过来了,另一只手掂着一封果品。

开北方把礼品放上柜台,果然是青蒲包,红果签儿,玫红色的麻绳儿。

郭闹闹说:"北平人真球会弄,这么一整,又显大,又好看,好像贵重了很多。"

开北方笑了:"我这现在就去。人家病几天了。嫌晚了不是!"

郭闹闹说:"礼不分早晚,更何况咱是大年三十儿打了只兔子,有球没球都过年呢!"

两人都笑了。

一墙之隔,转身就到了。开北方走进院子,站在门外大声喊:"魏大婶,好些了吗?"

魏师傅的老婆正躺在床上，一个小姑娘在旁边伺候。小姑娘听见了，说："奶奶，有客人！"

魏老婆说："你出去接一下，看看是谁。"

小姑娘走出来："请问，先生您……？"

"啊，我是隔壁冥衣铺的开北方，听说魏大婶病了，一直没腾出时间来看。今天，嘿嘿，我来看看大婶。好多了吧？"开北方一脸的谦恭。

小姑娘笑着说："好些了。魏爷没在家，我爹出去了，一会儿回来……请进来吧您！"

开北方跟着小姑娘走过院子，进了屋里坐下来："你是……？"

"我是小丰。俺爹是翁世界。俺爹是俺魏爷的大徒弟。我给您倒茶去！"小姑娘口齿伶俐，声音甜润。

"啊啊！"开北方接过茶，"你说魏大婶好些了？"

小姑娘小声说："好些了。正睡呢！"

开北方啜了一口，放下茶杯："那好，姑娘，我就不打扰了！"

开北方站起来，正要走，魏师傅的大徒弟翁世界回来了。

小姑娘忙给爹介绍："这是隔壁的开师傅，来瞧看俺奶奶哩！"

翁世界热情相让："坐，坐，开师傅！"

开北方复又坐下："听说大婶病了，一直没顾上看。今天——"

翁世界是个厚道人，一边点头，一边给开北方让烟。

开北方没吸烟，客气了几句，就告辞了。

翁世界把蒲包和果封拿到里间："师娘，这是隔壁开师傅瞧看您的礼……"

魏师娘少气无力地说："拿出去！快拿出去！"

翁世界一边往外退，一边大声问："为啥呀，师娘？"

魏师娘摆一下手："我都听见了。他是给死人送衣裳的，一听他说话我就瘆得慌！"

翁世界退到外间，站在外间给师娘说话："那这东西……？"

魏师娘说："我不要他的礼！"

翁世界感叹着："这——"

魏师娘咳嗽了两声，说："扔了！"

"扔了？"翁世界听清楚了，但他感觉不该扔。

魏师娘语气坚决："一定扔了！"

翁世界和女儿相视一眼，翁世界小声说："放在门外，等会儿来人了，给您魏爷捎去吧。好好的，扔了怪可惜。"

"嗯。"小姑娘应了一声，把开北方的蒲包礼放在了门外的门墩儿上。

7

褚一魁挪动柜子，"云中飞"从夹皮墙里走了出来。墙里黑，"云中飞"一时不适应外边的明亮，他眯着眼，警惕地往外张了一眼。

"放心，没事！"褚一魁说着，掇起地上的瓦罐。这是"云中飞"的尿罐。

"云中飞"连忙去抢："我来！我可以倒！"

褚一魁伸手挡了一下，掇着罐子走了出去。

瘸腿老张看见了，迎上去要接。

褚一魁一躲："不转手了。你看好门！"

"好的！"瘸腿老张一笑。

要换药了，钳子、镊子、碘酒，金葵花全都拿了进来。

褚一魁站在旁边："咋样？没事吧？"

金葵花打开了，仔细看着，说："恭喜您，少校，没有感染。"

"云中飞"说："留学东洋的金大夫，怎么会让我感染呢！"

三个人都笑了。

金葵花换好了药，问："少校，大便通了吗？"

"云中飞"摇头。

"几天没解了？"

"三天。"

"要不要吃点儿通便的药?"

"不用吧!""云中飞"站起来,一笑,"不瞒二位老师,我大便困难,常常几天解不下来。"

"噢,那怎么才能解下来呢?"金葵花说,"多日不解,那可不利于健康!"

"要说也有办法!""云中飞"说,"每到此时,我都要找个地方放松一下。"

褚一魁点头一笑。

金大夫问:"怎么个放松法?"

"做事啊!""云中飞"喜欢把作案说成做事,"只有做事才能让我解下来。有一次,我一连九天解不下来,肚子里那个难受啊!咋办呢?我就去偷了一家富户,那家人家真富啊,老婆柜子上的饰件用的都是黄金。凌晨三点我进去了。老头儿正睡觉,老婆还咬牙!"

"云中飞"学了几声。

"我一打开柜子,哎呀,首饰那个多啊!这时候,我忽然想解溲,拿了东西,跑到院子里,哗的一声,通了。那个舒服啊!"

"人家没醒?"

"云中飞"笑了。

三个人都笑起来。

换完了药,褚一魁要请"云中飞"喝茶。

"云中飞"挺着身子坐在沙发上。

"少校,你可以靠着点儿。"褚一魁说,"能躺着就不坐着,能坐着就不站着。这是休息的法宝啊!"

"我听恩师的。""云中飞"故作乖巧地斜靠在沙发上。

"少校啊,我做了点儿调查,你的对手就是一个叫作罗山的青年人,他的老师是闻名江湖的'麻三绝'。此人会轻功,会盗窃,最厉害的据说是会神算。神算我是听说过,没见过,少校知道是咋回事吗?"

"云中飞"说:"这个我明白。我的老师当年也会,只是秘而不宣,没有传人,所以后来也就没人知道。听师兄们说,神算是偷窃的最高本领,也算技艺。他要偷你,只要知道你兜里有东西,他不用碰你就能给你偷走。高明的神算,不但能窃走你的东西,还能把别人的东西窃给你。"

"啊!他是怎么完成的呢?"褚一魁忽然有了兴趣。

"云中飞"说:"所谓出神入化,就是说的这种技艺。早年我给师父没少送礼,就是想学这个。师父说我年龄大了,学不会了。有一年过节,我们给师父磕过头,缠着让师父亮艺。师父给每个徒弟五十个铜钱,师父说,你们都数数手里的钱,报一下数有几个。我们都报了。十七弟是个捣蛋货,故意把数报错。我们二十一个,每人一报完,立即就多了一个,只有十七弟的没涨。十七弟问为啥他的没多,是不是师父玩漏了。师父揪过来十七弟的手,叭叭叭叭打了十个戒尺。"

"为什么?"

"报错了嘛!"

褚一魁说:"报错,他就算不成了?"

"云中飞"点头:"所以说,神算的关键是得报对。不过,据说,更高明的神算是你报几个不重要,重要的是,你只要报,他就能给你'算'走。"

牙科诊所的院门忽然被敲响:"开门!开门了!"

瘸腿老张大声说:"好的,来了!"瘸腿老张隔着门缝看见是身穿军衣的战士,故意大声问:"请问,您是——"

门外的人声音大了:"快开门!"

"好好!"瘸腿老张大声应着,慢慢地打开了院门。

年长的军人亮出证件:"我们是市公安局的保卫人员,要查一查诊所里有没有收治刀伤的病人。"

瘸腿老张一笑,说:"这是牙科诊所,专门收治牙病。刀伤的哪会来这儿呢!"

保卫人员欲往里走。

瘸腿老张说:"要不,我先跟医生说一下?免得惊住病人了。"

褚一魁搡一下沙发上的"云中飞","云中飞"站起来,迅速钻进里间的夹皮墙。褚一魁跟在后边,把衣柜一挪,掩住了墙门。

保安人员走进屋子。金葵花正给病人看病,她停下手来。

年长的军人说:"请把这两天的病历记录拿来!"

金葵花拿来递上。

"你继续工作吧!"年长的军人坐下查病历记录。

年轻的小保卫问:"有人住院吗?"

褚一魁出来了:"这是牙科诊所,没人住院。"他把"牙科"二字说得很突出。

小保卫说:"请带我看一下你们的房间!"

褚一魁有些为难的样子:"真的没人住院!"

小保卫不理他,径直往屋里走。褚一魁连忙跟上。

小保卫走进住室,忽然听见墙壁里有响声。他停下来倾听。

夹皮墙里,一片漆黑。"云中飞"太紧张了,踢住了床边的尿罐子。

声音没了。

小保卫扭脸看一眼褚一魁,猛地拉开了柜门。

褚一魁笑了:"小同志,我对你的责任心深感敬佩!"

小保卫不笑,站着又听一会儿。他对自己的感觉很是自信:"我听见了响声!"

褚一魁又一笑:"北平的老鼠可是天下闻名的!"

小保卫一动不动,站了足足两分钟。

年长的军人查完了病历,说了声:"谢谢!"

8

保卫处的全体会议再次召开。吴邑处长通报了近日的情况:

"昨晚歹徒再次袭击了加长的雪佛兰轿车,原因大家应该知道,因为此车和市长的坐骑是一个车型。歹徒不明就里,误把此车当彼车了。只是车主可没有上次幸运,我刚才去医院看了,肩膀中了枪伤。这是'金钱豹'的袭扰队干的。很猖狂啊!"

罗山说:"敌人这次用的枪是中正式步枪,威力比较大,玻璃被击穿了。"

"罗山,你是要检讨的,抓住了歹徒,为什么还会让他跑掉?让我们错失了多么好的破案机会!"吴邑严肃地看着罗山。

"是,我检讨!"

吴邑接着说:"还有,这个'云中飞',一定是有人接应,不然,我们下这么大的力气,监视医院,突查酒店,又发动群众举报,他是很难逃掉的。"

大家纷纷点头,表示同意处长的分析。

"鲁战凯,电台的消息有进展吗?"处长又点将了。

鲁战凯站起来:"刚刚收听了敌台的广播,他们对昨天的雪佛兰事件做了报道,题目叫'北平频遭袭扰,加长雪佛兰再被枪击'。根据对敌人电台的监测,发现每隔一天或者两天,就会有不同电台用大致相同的频率发报。据此判断:一、在北平,敌人可能有至少三部以上电台,情报来源不同,发报的电台也不同。就是说,电台分属于不同的指挥。二、如果大胆推测一下,也可能是只有一部电台,过一两天换一个地方,以迷惑我们,让我们感觉电台很多。"

吴邑问:"你认为我们应该如何对待?"

鲁战凯说:"弄清电台地点,立即进行突袭。越早越好,越快越好。"

"怎样弄清电台地点?"

"加强监测力度,尽早定准位置。"

吴邑忽然转向梅东岭:"梅东岭,听说你最近在谈恋爱?"

梅东岭的脸一下子变得血红,他站起来,紧张地看着吴邑:"报告处长,没有!"

"啊!"吴邑问,"那个小姑娘是怎么回事?每天晚上等你。"

梅东岭站起来:"啊,是这样的……"

吴邑处长看一下手表,打断了梅东岭的话语:"回头你专门报告我!"

"是!"梅东岭坐下来。

吴邑说:"我们都是新中国的第一任保卫人员,肩负着重大的历史使命。万无一失,记住,同志们,一定要万无一失!现在说一下各位下边的任务。"

大家严肃地听着。

"罗山同志,你的任务仍然是抓捕'云中飞',至于跑一个袭扰队的小喽啰,完全可以不放在心上。腰伤怎么样?"

罗山站起来:"没问题。"

"怎么样的没问题?活动活动让我检查一下!"吴邑看着罗山。

"是!"罗山应一声,猛地跃上窗台,一纵身子,贴在了墙面上。

大家鼓起掌来。

"好!"吴邑一扭脸,"梅东岭同志。"

梅东岭站起来:"到!"

"努力做好亚洲饭店的安全保卫,努力做好首长的食品安全工作。"

"是!"梅东岭再次站起来。

"那个小姑娘,不是不让你见。你救了她,她当然要感谢你,但是,你一定要查清楚她的背景。我们进城了,敌人的正面进攻不行了,毛主席说的'糖衣炮弹'还是会不时打过来的呀!"

"谢谢处长,我一定提高警惕!"

吴邑又喊:"鲁战凯!"

"到!"鲁战凯站起来。

"你的主要工作仍然是敌人的电台……"

9

开北方送完礼,如释重负般回到了冥衣铺。

郭闹闹忙迎上前:"老板,球收下了?"

"刀快不杀送礼人,更何况还是邻居呢!魏老婆很高兴。"

"廖先生的蚊子理论,我咋感觉比喻恁球不恰当呢!"

开北方问:"咋不恰当?"

"蚊帐子要是没眼儿呢,蚊子不是进球不去了!"

开北方说:"闹闹,不是我说你,你就好钻牛角尖。是蚊帐就有眼儿,要不然,蚊子咋老把蚊帐里的人咬得睡不着呢!"

"照你这样说，蚊帐不是没球用了吗？罩住还照样被咬得嗷嗷叫。"

"蚊帐有用，蚊子也照样咬。这就是世界。"

两人正说着话，北郊派出所的刘住过来了。正站柜台的郭闹闹看见了，大声喊："哎哎，兄弟，您咋过来了？"

开北方正在里边捣腾东西，听见声音，连忙躲在门后，透过门缝儿观察着刘住，他发现：

刘住脸上没有杀气。

刘住身后没有跟人。

"老板，朋友来了！"

开北方走出来："兄弟，快进来。咋闲了您？"

刘住走进屋子，坐下来。

开北方连忙倒茶。

刘住啜了一口。

开北方小心地问："兄弟，有事吧？"

刘住示意开北方坐下。

开北方感觉有事，慢慢地坐下了。

刘住问："北方哥，炸弹的事你听说没有？"

开北方故作糊涂："炸弹？啥炸弹？"

刘住说："前几天我们相见后，第二天早晨炸弹在垃圾场爆炸，当场炸死三人，炸伤五人。我想问问，那炸弹是不是你放的呀？"

开北方站起来："哎呀，我的兄弟！你真是高看了你的哥了！我他娘的一个坐狗的，哪会弄那啥炸弹？"

刘住说："我也这样想。据专家研究，那是美国造的定时炸弹，本来是冲着杨四奎所长的，结果被捡垃圾的捡走了。哎，我也说，咱咋会弄那洋玩意儿？不过，你知道，有枣没枣打三竿。杨四奎把所有他认为是仇人的拉了个名单，我看上边有你。今天来城里办事，顺便来看看你。"

"哎哟，兄弟，你算把你哥救了。你想想那杨四奎，这一次不又得把你哥往死里打！三十六计，我还是走为上计吧！"

刘住说:"杨四奎只是提名,调查不归他管。"

"你说杨四奎不亲自过问?"

"对。"

开北方歪头看着刘住:"你说,你哥我,还能在这儿营业?"

刘住又点头:"记住,我可是啥也没说啊!"

"兄弟,你哥我不是个忘恩负义的人!"开北方抬起头,大声喊,"闹闹,弄几个菜,今天咱弟兄们喝个醉!"

刘住站起来:"我今天不能在这儿。现在就得走!"

开北方伸手拉住:"真的不在这儿?"

刘住说:"真的不在这儿!"

开北方掏出两块银元,在手里碰了一下,递给刘住。

刘住推辞着。

开北方说:"兄弟见外了!哥的半条命都是兄弟你给的。等我发财了,一定会好好地谢你!"

开北方把钱硬塞进刘住兜里。

刘住站起来:"我走了!"

开北方和郭闹闹送出店门,开北方要给刘住喊人力车,被刘住伸手阻住了。二人目送着刘住走远,扭头回到店里。

郭闹闹说:"老板,叫我看,跑球最好!"

开北方摇头:"他们又没有抓住我们啥把柄,为什么要跑?记住,兄弟,一问三不知,任谁也没法。要是咱真的一跑,黄泥巴掉到裤裆里,不是屎也是屎了!"

"可我们有手表啊?就咱俩这球样儿,配戴这么好的手表?一问咱哪儿来的,总不能说是捡的吧?再说,你说是捡的谁球信啊?你俩一起捡的?一起捡了球俩?"

开北方说:"这事得给廖先生学学嘴啊!他得咱配合不是?"

"还有,要万一他们领来个王反水,你不就真惨了!"

开北方一伸手:"哎哎!你能不能不说这个丧命鬼?王反水这几天为啥

没来？说不定早他娘的判刑了！"

"判刑了最好啊！要是万一没判刑呢？"

开北方摇了摇头："这个事是得好好想想！"

"老板，你可得快想，这球不是玩儿的！"

开北方在屋里转了两圈，嘴里念叨着："他娘的，他娘的！"

当开北方转到第三圈的时候，忽然想起了一个办法："哎，闹闹，这手表，我有办法了！"

第十回　"金钱豹"求医毕应冬　开北方侥幸逃惩罚

> 君子貌，豺当道
> 一勺舀尽不用瓢
> ——打一字

1 魏师傅回家了。"魏师傅"是街坊邻居们常叫的，几乎可算官称。他的父亲魏冶仁是常在清宫里行走的艺人，除了年节时的宫灯扎制，就是春秋季节里宫中使用的风筝也常请他扎。魏师傅名唤清智，暗喻着美好的祝福，用其父魏冶仁的话说，就是想让他青胜于蓝。两点儿水的"冶"，变成了三点儿水的"清"。老先生肯定想着会"长江后浪推前浪"地一直推下去，怎么也没想到，清智无后，带四点的"热、熟……"终于没有用上。清朝亡于一九一二年，其实，之前几年，宫灯的使用就少下来了。民国不用宫灯，魏清智闲了下来，主要靠扎制民间的灯笼和风筝过活。龙风筝、凤风筝、蜈蚣风筝，北京城里的超级风筝年年离不开他。新中国开天辟地，天安门整修一新，庄严华丽的宫灯再获新生。新政府找来了。魏师傅七十一岁了，瘦胳膊细腿。他不是"有钱难买老来瘦"，他是从来就没有胖过。他在前边一耍一耍地走，高个子的小徒弟潘晓添替他掂着兜，骆驼似的一伸头一伸头地跟在后边。

翁世界走上前："师父回来了？"

魏师傅边说边往屋里走："世界，你师娘啥样？"

翁世界连忙回答："还好。"

"小潘，把西瓜切开。"魏师傅扭脸对身后的徒弟吩咐。

潘晓添应了一声。

魏师傅走进里间，低头问老婆："好些了吗？"

"不好！"

魏师傅笑了，他知道老婆在生他的气，用赔情的口气说："莫急，慢慢就好了。俗话说，病来如山倒，病去似抽丝。"

老婆说："三天才回来一趟，活儿就怎紧？"

魏师傅坐在老婆床上："可不怎紧！你想想，马上要建国了，天安门上的宫灯还八字没一撇呢！老佛爷那时候你知道，哪一年不是六月里就去扎制啊，最迟也得八月开始不是！小丰在这儿伺候你，徒弟们每天回来一个。等你好些了，我带你去天安门看看！你不知道，天安门现在修葺一新，我都快认不出来了！"

老婆有了笑意，说："本来今天我好些了，冥衣铺的那人一来，又把好吓回去了！"老婆说着，连忙把手捂在心口上。

魏清智不解，大声问："冥衣铺的？咋回事？"

正做饭的小姑娘翁小丰跑过来："魏爷，隔壁冥衣铺的开老板今天来瞧看奶奶，奶奶说他是卖死人衣裳的，恶心，不吉利，不让要他的东西……"

"啊，开老板啊！咱和他素无交情啊！不过，来看看也是常理。千年搁社万年作邻的。你想想，要是他们谁有病了，按咱老北京的规矩，拿个礼去瞧瞧，不是也合情合理吗？"

老婆说:"我一听见他说话,身上就起鸡皮疙瘩。你说,天天跟死人打交道,想想就紧张。他的东西呢?扔了吗?"

小丰连忙说:"扔了扔了,您一说我就扔了。"

小潘把瓜切好了,用果盘端着进来了:"师娘,您吃一块吧!"

"我怕凉。"师娘不吃。

小潘说:"才买的,不凉!"

师娘说:"那你给我切个鸡牙吧!"

小潘一愣:"鸡牙?鸡牙是哪一块?"

小丰笑了,说:"奶奶的意思是,切得像鸡子的牙那样大。鸡子哪有牙?是说切得很小很小,尝一尝罢了。"

魏师傅笑了:"小丰这姑娘,只配在北平的大户人家做事,在咱这儿,委屈孩子了。"

小丰笑得更甜:"我只愿意伺候我奶奶!"

2

下班了,同志们陆续走出办公室。

罗山坐下来,掏出笔,铺开纸。

于兵走到门外了,忽然又回来了:"师父,下班还不走啊?"

罗山说:"你先走吧,我还有点儿事。"

于兵不走。于兵说:"我猜了个谜底,不知道对不对。你听听?"

罗山抬起头,他发现黑板上啥时候又多则谜语。

于兵指着左边的一则,小声念了出来:"衣冠楚楚者,怯懦多虚伪。东邻借一胆,却夸敢斗鬼。——打一人。"

罗山说:"你的谜底是什么?"

于兵说:"应该是特务头子'褚一魁'!"

罗山笑了,说:"解释一下?"

于兵指着黑板,一字一句地讲解:"'衣冠楚楚者',左一个'衣',右一个'者',合起来不就是个'褚'吗?后两句说的是'一''魁'两字。

处长说'打一人'，我们今天这么紧张，可'打'的人，褚一魁是也！"

罗山哈哈地笑起来："于兵，你可是脑筋大动了！"

"不对吗，师父？"于兵说着也笑了。

"对，对！"

于兵走上前，在下边写上"褚一魁"三个字，说了句："再见，师父！"

于兵一走，罗山马上伏案写作。

　　检讨书

罗山刚写好这三个字，孙觅过来了。"真写啊？"孙觅不满地说。

"这还有假！"

"那好吧，你写检讨，我给你买饭！"孙觅说完正要走，扭脸看见于兵刚写的"褚一魁"，问："于兵写的？"

罗山一笑："你怎么知道？"

"哎，他的字体能瞒过我！像打太极拳。"

"他猜的对吗？"罗山问。

"当然对了。处长刚一写完，我就猜出来了，但我不能立即说出来！"孙觅神秘地一笑。

"为什么？"

"都让我猜出来，还有意思吗？"

"啊，进步了！知道谦虚了！"罗山真诚地夸她。

孙觅说："这话我爱听，啥样的人谦虚呢？优秀的人嘛！像老师你，啥时候争过功？"

罗山说："这话可不是谦虚啊！"

"我努力修养！"孙觅说着，扭脸要去买饭。

罗山说："这则谜猜出来了吗？"

孙觅站住脚，小声读了一遍："有时像高山，有时像梦幻。虽云听不见，但却常见面。"

"怎么样？"罗山微笑着。

孙觅说："刚写出来的时候，我感觉还是有难度的。一看于兵的谜底，这则谜就解决了！"

"是吗？"

"是！"孙觅说，"太贴近工作了！"

"处长的意思就是要把谜语当做工作参考的嘛！"

"从字面看，处长还是很费了些心思的！前两句很迷惑人，第三句故意露一下底，'虽云'听不见，但却常见面。这则谜语是处长最美的一则了！"

"写上！"罗山说。

"写上？"孙觅高兴了。

罗山点头。

孙觅拿起粉笔，在这则谜语下边写了一个"云"字。它暗示的自然是特务"云中飞"了。

孙觅放下粉笔，说："老师，我去买饭了！"

"谢谢！我接着写检讨！"

3　冥衣铺的生意还不错，几乎天天有收入。郭闹闹扮的是雇员，开北方扮的是老板。廖响过来了，郭闹闹在柜台边放风，开北方和廖响在里间说事。

廖响最关心送礼，一坐下来就问："礼送了吗？"

开北方连忙表功："送了，送了。老太太很满意，说，老头子回来了请您吃饭！"

廖响高兴了，露出了难得的笑容："这就对了。这个关系要好好经营，好好维持。千里长堤，毁于蚁穴。共产党是长堤，魏师傅就是咱的蚁穴！"廖响说着，又掏出几块银元放在茶桌上。

开北方说："廖先生，有个事想给您说说！"

廖响看着开北方："说！"

"我有个朋友昨天来，说是近日可能有人来查咱……"

廖响一惊，站了起来："他们发现了？"

开北方没站，他扬着脸："不是咱这事，是早先的一件事。"

廖响复又坐下："不是定时炸弹的事？"

"不是。但，却是从这件事引起的！"

"究竟是啥事？"

开北方就把刘住来送信的事情说了一遍。

廖响沉吟半天，说："弄不好还会影响咱这事！"

开北方点点头又摇摇头。

廖响说："你啥意思？"

开北方说："我啥都不知道！"

廖响一笑，说："非常对！"

"您放心！"

"我放心？"廖响站起身，"我不放心！"

廖响放下钱，站起身就走了。

郭闹闹看廖响坐上了人力车，扭身回到屋内。他看开北方还在愣神儿，倒杯水喝了一口，说："老板，我球得回家几天！"

"为啥？"开北方看着郭闹闹。

"再过五天，老爹球七十华诞呢！"

开北方盯着郭闹闹。

"你别盯着我行不行？老爹生日哪天过咱球又不当家。他老人家想在哪天出生，做儿子的就得在哪天给他过生日对球不对？我想想，这几天可能有麻烦，我一出去，你不球省心了？"

开北方若有所思地点点头，说："兄弟，办完事了还回来！"

郭闹闹拍着胸脯："那球一定的！"

开北方从柜子下拿出一把钱来："闹闹，你爹就是我爹。七十大寿不容易，让我这个义子也尽尽孝心。你别嫌少，先拿着！等咱弟兄俩发财了，咱给老人家连过三天行不行？"

郭闹闹接过来，说："北方哥，您说到这儿，那兄弟我就球不客气了！十天内一定回来！"

开北方说:"那你就快走吧!"

"北方哥,您球保重啊!"

"闹闹,你也球保重!"

郭闹闹说:"球哩,咱兄弟俩一齐球保重!"

开北方笑了,他笑得有些勉强。

郭闹闹也笑了,他笑得有些开心。

4 褚一魁轻轻挪开墙边的柜子,"云中飞"从夹皮墙里走了出来:"恩师早!"

褚一魁笑了:"还好吧?"

"云中飞"举起右臂伸了半个懒腰:"好久没这样睡觉了。虽然屋子小,可是心安生。"

又有人来看病了。褚一魁隔着窗户看是老翟头儿介绍的那个烫发女人香桂,轻轻关上门,在里边锁了,坐在床上跟"云中飞"说话。

桌上的电话忽然响了。

褚一魁走过去,抓起电话:"你好!毕应冬……啊,啊啊,好的……嗯嗯……期待!"

这是"金钱豹"的电话,他已经来到附近,请求见面。很快,"金钱豹"就过来了,长发覆额,一身便装。说是四十岁,可面相给人的第一印象是他一定隐瞒了年龄,说五十也不夸张。但他阴郁的目光里,透出一股绝望的杀气、冷气,甚至说一股濒死的阴气。他给瘸腿老张打了招呼,径直往前走。

褚一魁从窗户里看见,轻声说:"金钱豹。"

"云中飞"轻轻点头。

褚一魁问"云中飞":"见吗?"

"云中飞"摇头后,笑了一下:"这不是见过了!"

褚一魁伸手示意:"我送你回去!"

"云中飞"进入夹壁。

褚一魁挪动柜子。

"金钱豹"走进屋子。

褚一魁大步迎出来。尽管有判断，褚一魁还是问了暗号："啥病？"

"金钱豹"说："牙痛。"

"请张尊口！"

"金钱豹"害疼似的深吸一口气："呲——"

"看来金口难开！"

"我遇见神医了！"

"您请过来！"褚一魁把他迎到里间，"金钱豹"一坐下，先说了一句让褚一魁摸不着头脑的话："组长，我近段老做噩梦。"

褚一魁看一眼"金钱豹"，沉稳地说："我会圆梦。你说啥梦，我给你圆圆！"

"金钱豹"挠了一下头发，说："梦多。一闭眼就是梦。昨天夜里做的梦，我一直在爬山，终于爬到山尖上了。我说，可到顶了。谁知道，那山头薄得像一张纸，风一吹，呼扇呼扇地弯，下边就是万丈深渊啊，我死死地抱住山头，谁知道，那纸一样的山头竟然一弯，哧溜一下，我滑下来了……"

"嗯，"褚一魁点下头，"还有吗？"

"金钱豹"说："多了！"

褚一魁说："请再说一个。"

"前天夜里我做梦，遇见一个青面鬼。鬼问：我是谁知道吗？我想了想，说：六安？六安让我冤杀了，后来知道了也晚了。鬼摇头，说不是。二刚？二刚是个该杀的。鬼又摇头，说不是。我想，他娘的，爱谁是谁。我说：滚，老子不认识你。鬼说：你不认识我，我可是认识你！你猜是谁？他说：我是你家的猪！娘的，猪也来找事了！"

"还有吗？"

"我经常做一个梦，就是老有个人在后边跟着。个子很高，薄得像纸。手里拿着个能要人命的家伙，可是，咋也弄不明白那是个啥家伙。有一回，我想着他在后边呢，就躲在墙角里偷偷地看他，我刚一扭脸，娘的，他脸贴上来了……"

褚一魁笑了，说："不说了，少校，祝贺你今天见我！又这么信任我，一见面就说了困惑与需求！"

"金钱豹"一笑："贺从何来？"

褚一魁走进里屋，拿出一盒人参养荣丸，递给"金钱豹"："你是多年操劳，气血不足。其实啥事没有。这是我经常吃的药，同仁堂的。保管你吃几盒，啥梦都走了。"

"真的？"

褚一魁说："你咋不问问我怎么藏这药呢？"

"组长也是这病？"

"同病相怜！算是专门给你准备的。"褚一魁哈哈地笑起来。

听着组长笑，"金钱豹"也嘿嘿地笑了："可是组长，我还有个心病呢！"

"都说出来。"

"金钱豹"说："我前天夜里又做了个梦，他娘的，被共产党抓住了，我知道，干我们这行的，被抓住也是常事。舍身成仁，校长早就教导过我们多少回了。可是，他们要上刑，我一看，他娘的啥刑？冰刑！"

褚一魁皱起眉头："啥冰刑？"

"就是用冰块放在你穴位上，脚尖、指尖、鼻尖、牙齿……哎哟！""金钱豹"做出难受的样子，"我们不怕被抓，我们受不了这个，他娘的，共产党真会弄，净他娘的折磨人……"

褚一魁说："我明白！酷刑就像美人。英雄难过美人关。少校，我和金大夫刚研制出来个办法，一会儿给你戴上，你就再不怕共产党的美人关了！"

"是吗，组长？真有这么好的办法？"

外间里，金葵花正给香桂戴牙套。香桂一走，褚一魁出来了，小声说："给马先生戴个套！"

金葵花问："说好了？"

褚一魁点头。

"金钱豹"出来了："金大夫，看您的了！"

"放心，马先生，您请坐！"

"金钱豹"躺在了牙椅上。

上药，修牙，忙活了一个多小时，最后，金葵花把一个半截假牙给"金钱豹"套上了："马先生，嚼嚼！"

"金钱豹"使劲咬了几下。

"垫不垫？再嚼！"

"金钱豹"又嚼了几下："真不垫。"

金葵花压低声音，说："这个牙有危险，使劲一磕，牙就开了。"

"金钱豹"一笑："不成功，便成仁。以前在课堂上当成了故事，今天这一戴，才知道离成仁很近啊！"

褚一魁也笑了，说："古人留取丹心照汗青，照的是我们的汗青。我们也要留取丹心照汗青，是照的儿孙们的汗青。少校，让我们共勉！"

褚一魁伸出手，"金钱豹"连忙伸手握住。

褚一魁喊："大夫！"

金葵花也走上前，三双手握在了一起。

褚一魁要招待"金钱豹"吃饭，一则商量接下来的破坏行动，再则试试"金钱豹"的牙合适不合适。

褚一魁说："局长的指示，要我们'见缝插针，让北平四面开花'。你做得不错，但还不够好！两次汽车袭击不能杀死共产党的北平市市长，情报不准啊！还有，应该再给他几下子，让他们感到疼，手忙脚乱了，我们的'刺天'行动就好实现了。"

"金钱豹"说："情报是有点不准，但只能说是市长狗运气啊！俗话说：躲过了初一，躲不过十五。不怕贼偷，就怕贼惦记。我还有更大的招放呢！"

"哑巴"端着菜走过来，轻轻敲响了屋门。

褚一魁停住筷，走上前去，开门接菜。

"金钱豹"不管不顾，说得起兴："虽然是袭扰，也是在'刺天'。我们会干得更好的！"

"哑巴"退走了。

"金钱豹"说:"哎,听说'云中飞'险些成功?"

褚一魁问:"你咋听说的?"

"金钱豹"说:"有个兄弟的拜把子在中南海做事,说是炸弹放上了首长屋檐,'云中飞'玩了个调虎离山,急忙逃走。要不是一个叫罗山的机警,就大功告成了!"

褚一魁说:"这个消息太重要了,这说明'云中飞'少校找对了地方,是不是毛泽东的住址不敢说,但至少是共产党中央的大官。毛局长的批示你还记得吗?杀死一个民主人士奖一百两黄金,官升一级;杀死一个共产党中央高官奖五百两黄金,官升两级;杀死五大常委之一奖一千两黄金,官升三级;杀死了毛泽东,你有多重的身体,就奖你和体重一样的黄金,官升五级啊!"

"金钱豹"说:"少校的前程不可估量啊!"

褚一魁点头:"那是!那是!您不也是一样啊!"

"金钱豹"说:"组长,有机会了让我见识一下这位仁兄!"

"真是惺惺相惜,他也想见到你呢!"

"是吗?""金钱豹"兴奋起来。

5

郭闹闹走了,冥衣铺只剩下开北方一人。他对于开门迎客有恐惧感。自从王富团过来,他就不敢再站柜台了。他总感觉,王富团对他是个威胁。门不开,他也闲不住,就在后边翻他的库房。

派出所的几个公安人员突然来到,敲响了冥衣铺的木门。

开北方悄悄走出来,趴门缝一看,知道不好,立即把他的手表丢进水缸里,然后拿起缸盖儿扣上。

"开北方!"外边的人喊起来。

"哎,哎,马上,马上!"开北方边应边往外走,故意装作身体不适的样子。

开北方开了门:"诸位先生想要——"

开北方故意扭脸看了看架子上的寿衣。

中年的保卫人员出示了证件:"我们是派出所的!"

"啊啊!"

"我们奉命来店里搜查,站这边,面朝墙!"

开北方一愣:"我?"

"面朝墙,不许动!"

"好!好!"开北方很听话,立即面朝墙壁站住了。

公安人员在屋里翻着:

库房。

厨房。

还有开北方的卧室。保卫人员在卧室找到一份报,垃圾场爆炸的消息下边,有用指甲划出的痕迹。

检查完毕,虽然没有发现什么可疑之物,开北方还是作为怀疑对象被带走了。

中年保卫问他:"你认识一个叫杨四奎的人吗?"

开北方翻起眼睛:"杨四奎?派出所所长杨四奎吗?"

"你认识几个杨四奎?"

开北方说:"以前我认识个叫杨六奎的,不知道他哥是不是叫杨四奎……"

"别胡扯,你是咋认识杨四奎的?"

开北方双手一摊:"哎呀,同志,六月里冻死个老绵羊,说起来话长。我是个穷人,真正是咱共产党要解救的穷苦人。房无一间,地无一垄,就学会了坐狗的手艺。我坐死了杨四奎的狗,我不知道是杨四奎的狗,我要知道,坐死谁家的也不敢坐死他养的狗啊!他就往死里打我,见我一回打我一回。我吓跑了。我……我不敢听谁说起他的名字。我是个没出息的人,胆小怕事,一听说他的名字我就哆嗦。"开北方说着,真诚地打了个冷战,忽然眼睛一亮:

"哎,同志,你是不是想让我揭发他的呀?我可真知道他不少欺压百姓的事情啊!"

中年保卫问:"你最近回去过你的老家吗?"

开北方想了想:"回去了。"

"你不怕他见你了再打你吗?"

开北方眼一瞪:"球!现在解放了,不是从前了。有共产党给我撑腰,我又没犯法,谅他不敢再打我!"

"你回去干啥去了?"

开北方说:"嗨!东城的客人家里死了人,要终老衣。终老衣,也叫送老衣。有文化的人都说终老衣。可又一时缺钱,您知道俺这行,就喜欢这样的,为啥呢?先把终老衣送去,事过了再给他要钱,多要了他也没啥说。为啥呢?老人穿走了。结果,伙计记错了,说是北城。损失了一笔钱不说,还耽误了客人家里办事。事后,害得我好给人家道歉。"

"垃圾场里的爆炸你知道吗?"

开北方说:"咋不知道!炸死了仨人不是?"

"你咋知道的?"

"都上报纸了,谁不知道啊!"

"你是咋听说的?"

"我在街上正走呢,报摊儿的年轻人说,北郊又爆炸了。我家不是北郊的吗?一关心,就买了份报。"

"你上过学吗?"

开北方声音大了:"哪上过学?穷得叮当响,学校门朝哪儿都不知道。"

"那你咋认字啊?"

开北方手又一摊:"认字?嗨,蚂蚁尿泡湿不深。我十三岁给冥衣铺的老板当学徒,老板虽然嫌我无心老打我,也时不时地教我认几个字。他说,北方啊,我要对得起你,让你的眼睛里长点儿水。"

"开北方,你认识一个叫廖响的人?"

开北方盯住中年保卫:"啥响?"

"廖响。一个在美国受过培训的炸弹专家。"

开北方使劲地摇头:"不认识。"

"真的不认识?"

开北方再次摇头:"不认识就是不认识,我不敢抢功硬说认识。这人在哪儿你让我见见行吗?俗话说,人见稀罕物,必然寿限长。认识不认识,我一见不就认识了?"

"听说是褚一魁救的你?"

开北方说:"是啊!皮开肉绽啊!褚一魁可怜我,就把我保了出来。咱一个穷人,滴水之恩当涌泉相报不是,就想着报恩。现在想来,人家只是像怜悯个小猫小狗似的。可是再想想,咱就是个小猫小狗,有人救咱,咱不是也得报恩吗?"

"你咋报的恩?"

开北方皱起眉:"只是想报恩,哪报过啊!人家是大官,咱一个穷人,够不上啊!"

"他要是给你机会,让你报恩,你报不报?"

开北方想了想:"要是他生个病啊啥的,我想我能伺候他一段儿日子。人家对咱好,咱也得对得起人家不是!"

中年保卫与旁边的记录人员小声说了句什么,扭过脸大声说:"开北方,你可以回去了。好好开店。好好生活。我们随时喊你,你要随时报到。"

开北方说:"好,好!你随时喊我随时来。我连个家都没有,反正一天到晚都在店里。"

6

吴邑正在办公室低头写东西,罗山拿着几页纸走进去:"处长,这是我的检讨!"

吴邑头也不抬:"放那儿吧!"

罗山把检讨轻轻放在吴邑桌上。

吴邑写完最后一行,抬起头来:"罗山,几个派出所抓住了一些袭扰队的特务,你去看一看,是不是有我们要找的人。"

"是!"

吴邑说:"还有,那个'云中飞'挨了一刀,估计最快也要个十天半月才能出来。我们最好能找到线索,在窝里抓住他。"

"这几天我也一直在紧张地寻找线索,就是想在他受伤未愈的时候抓住他!"

"好,你先去看吧!"

罗山很快到了拘留所,在看守人员的陪同下,把羁押的二十多个嫌犯全都喊了出来。

"立正!"看守人员一声喊。

嫌犯们立即站好。

只一眼,罗山就发现了那个刀疤脸。

刀疤脸显然也认出了他,瞟罗山一眼,立即躲开了目光。

罗山装作没有认出来,步伐不停地从他们身边走过,到了尽头,猛一转头,再一次和刀疤脸撞了目光。刀疤脸,就是前晚逃跑的那个歹徒。

审讯立即开始。

罗山主审,于兵陪审,旁边坐着记录员。

罗山问:"姓名?"

刀疤脸说:"马甸池。"

"年龄?"

"三十四岁。"

"因为什么被抓?"

"打架。"

"跟谁打架?"

"帮朋友打架。"

"怎么帮的朋友打架?"

"我的朋友吃饭不想给钱,饭店老板不依,就打起来了。朋友开枪,老板被打死了。"

罗山突然问:"你是袭扰队吗?"

马甸池脱口而出:"是。"马甸池说过后又摇头否认:"不是!"

罗山说:"前天晚上你为什么要用担子挡汽车?也是帮朋友吗?"

马甸池点头:"是!"

"朋友叫什么名字?"

"马海朋。"

"外号'金钱豹'的马海朋吧?"

马甸池点头:"啊!"

"你是多少号?"

"我没有号。我只是帮忙的朋友。"

罗山盯着他:"朋友?"

"嗯。"

"你怎么跟'金钱豹'做上的朋友?"

马甸池说:"早年我跟人合伙做生意。对方做套想把钱倒走,我不依,打起来了。对方把我的脸砍了一刀,我也拿刀砍伤他一条腿。对方有人,花钱把我判了个现行,本来想把我打死呢,碰上了马海朋……"

罗山问:"马海朋当时是干啥的?"

"他当时是狱警啊!海朋哥一听我冤枉,就处处想法护着我。七七事变,日本人的飞机炸了监狱,海朋哥就把我放了。海朋哥好吃龙虾,我后来做买卖,有钱了就给他买了送去……"

"他为啥不让你跟着干呢?"

"他说不能都进去,总得有个人在外边。"

罗山问:"为啥专挑你在外边?"

马甸池摇摇头,想了一会儿:"我忠诚呗!"

罗山问:"那为啥还让你出来帮忙,让你用担子挡汽车?这不也是犯法吗?"

"他又没说挡的谁,只说,有辆汽车,你看见了,就把担子放前边挡它一下。我想,就这么个事,好弄,就答应了。谁知道还有别的啥事呢?"

罗山问:"马海朋多少天吃一次龙虾?"

"每礼拜他都要吃两回。"

"他为啥爱吃龙虾知道吗?"

马甸池想了一会儿，说："海朋哥有两个老婆，还有几个相好的。他说，吃了龙虾好弄事。"

"他都到哪儿吃？"

"全北平就海鲜汇和海洋饭店做龙虾。海朋哥说，饭店做得好吃些！"

"你跟着吃过吗？"

"吃过。好多人都跟着吃过。"

"你们为什么要选雪佛兰汽车知道吗？"罗山突然改变了话题。

马甸池说："听海朋哥说，这个很重要，本来开始的时候，好像是说要用炸弹炸呢！"

罗山重重地点了一下头，又问："为什么最后放弃了炸弹而选择了用枪呢？"

马甸池一愣："这……"

"说吧！"

"这个，我也不知道！"

"真不知道？"

"真不知道！我听说，是管炸弹的老总怕弄不准时间。他好像是说，还有更值得炸的。弄不准了，浪费了太可惜。市长——好像是说他官太小吧！我不懂，市长的官还小？或许是我听错了。"

"管炸弹的老总你见过吗？"

马甸池摇头："没有。"说过后，又加一句："真没有！"

"你这话是听谁说的？"

"马海朋嘟嘟囔囔的，我听见了。"

"就这些？"

"我就知道这些。"

罗山问："那天晚上，你受到了什么暗示，忽然就撞我一头，然后逃跑？"

马甸池说："没有暗示。我听见了小巷里喊的暗号'冰糕——'就知道有伙计在接应我……"

"谁在接应你？"

"袭扰队的队员嘛！"

罗山停下来，回想了一下，果然有一个男人的喊声："冰糕——"

7 回到冥衣铺，开北方脱掉上衣，从水缸里捞出手表，使劲甩着表里的水。甩完了，他一看，瑞士手表的秒针还在走。"大难不死，必有后福。"不知咋的，开北方脑子里忽然蹦出来了这句话。"大难不死，必有后福。"开北方自语着，一时高兴起来。他想收拾一下狼藉的屋子，一扭脸，正看见翁世界领着个戴眼镜的老郎中从门外走过。

郎中背着手，翁世界替老郎中背着药箱。

开北方连忙走出去，大声问："翁老弟，咋回事？"

翁世界略一停："师娘又厉害了！"

"噢，那可得好好看！"开北方退回屋子，忽然大为兴奋，不停地自语着，"又厉害了，又厉害了！"

开北方忽然一个云手，用京剧道白的腔调喊了一声："娘的，又厉害了呀——"

8 罗山和于兵立即向吴邑处长做了汇报。吴邑让孙觅坐在旁边做记录。

罗山报告：

"根据对特务米继槐和马甸池的审讯，我们对袭扰队队长'金钱豹'有大致判断：此人真名马海朋，四十岁，有两个老婆和几个情人，额上有两块金斑，一块儿有核桃大，一块儿有枣样大。为掩盖其特征，平时留有长发。因为迷信龙虾对性欲的作用而喜食龙虾，每礼拜至少要吃两次。"

吴邑问："在哪儿吃？"

"多在饭店，当然，也不排除在家或者在情人那儿吃。"

吴邑说："罗山同志，这两个特征很重要，一是外表，便于抓捕；二是爱好，便于寻找踪迹。昨天，也就是九月一日，我们在便衣警卫队的基础上成立了警卫科，专事天安门一带的保卫工作。修车的，补鞋的，摆水果摊的，蹬三轮车的，都是我们的队伍。围绕着天安门广场，我们建立了十六个据点。这一方面说明了我们的强有力的保卫工作，另一方面也说明，我们还面对着疯狂的敌人。褚一魁、'云中飞'、廖响、'金钱豹'，一个还都没有抓到。敌情十分严重啊！'云中飞'受伤蛰伏，一时无法实施罪恶。我命令你们，加强对'金钱豹'的监视，以期尽快抓捕！"

"是！"罗山和于兵一起站起来敬礼。

孙觅要求："处长，我也跟着去吧？"

吴邑想了一下。

孙觅说："您不是说要培养优秀的女保卫人员吗？我才二十岁……"

吴邑轻轻一笑："同意！"

孙觅站起来，向处长敬礼："谢谢处长！"

吴邑说："罗山还没同意呢！"

孙觅马上转向罗山，喊一声："罗山同志！"

罗山笑了，说："同意！"

"好！"孙觅拍着手跳了一下。

于兵说："孙觅，还没说谢谢我呢！"

孙觅在于兵鼻子上刮了一下。

吴邑处长指着黑板上的两则谜语，说："这是于兵的字体呀？"

"报告处长，这是我猜到的第一个谜底，请处长批评！"

"你猜到了，我批评什么？要表扬才对！说明于兵动脑筋了！"吴邑指一下另一个字，"这个是孙觅的字！"

孙觅笑了，说："谢谢处长！"

吴邑说："这是我最得意的一则谜语，说一说，你是怎么猜到的？"

孙觅说："处长，这是您写得最美的一则谜语，只是您把它放在'褚一魁'的谜底之后，它让我产生联想了！"

吴邑处长"噢"了一声，说："聪明！因为要联系工作嘛！褚一魁、'云中飞'，这都是我们要努力抓捕的心头之患啊！我再写一个！"

"我来擦黑板！"孙觅跑过去，拿起了黑板擦。

吴邑手拿粉笔，抚着黑板想了一会儿，写下了一则短谜：

第十谜

君子貌，豺当道

一勺舀尽不用瓢

——打一字

孙觅大声念了一遍："就两句吗，处长？"

吴邑笑着点头。

于兵说："比赛啊！"

"好！"孙觅应了一声。

9 "金钱豹"离开后，褚一魁就从夹皮墙中请出了"云中飞"："马少校的话你听见了吗？"

"云中飞"说："学生全都听见了。我当时险些忍不住要出来了。为什么呢？马少校说的太重要了。因为要确定爆炸的目标太难了！如果不是事先给炸弹定好了时间，如果不是时间定得太晚，恐怕我这一刀就挨得大有成绩了！"

"这也说明为什么他们要严密防守了。说不定，那就是毛泽东在中南海的巢穴啊！"

"三天来，承蒙恩师照料，我感觉好多了。今晚我想出去溜达溜达，不知可方便？"

"风声正紧，再停两天吧！"

"云中飞"搓了一下手："我兴奋！尤其听了马少校你们今天的谈话，我很想碰碰运气！"

"不急。有英雄用武的地方！"褚一魁说着，给"云中飞"倒了杯热茶。

10

海洋饭店门前灯火明亮,霓虹灯的光线闪烁着,整个饭店看上去十分抢眼。

有人陆续进去。

罗山扮作年轻的老板模样,孙觅扮作罗山的情侣,她高兴地挽着罗山的胳膊,倒是罗山一时感觉不太适应。

同样扮作商人的于兵跟在后边。

跑堂的立即过来:"三位,里边请了!"

三人走进去。

跑堂的谦恭地问:"请问,还有客人吗?"

于兵说:"三个人。"

跑堂的再问:"三位,要点儿什么只管说,咱这儿有全北平城里最好的海鲜!驻守青岛的美国大兵来到北平吃海鲜,首选的地方就是这儿。请看,这是菜谱!"

于兵拿起菜谱:"你先去忙,我们看看!"

跑堂的应声而去。

"师父,点啥?"

罗山观察着门口,心不在焉地应了一句:"龙虾。"

"对,尝尝鲜!"孙觅摩拳擦掌。

于兵看着菜谱:"师父,龙虾真贵啊!"

罗山的眼仍不离门口:"贵就不点,要海蛎子啥的,四个菜,三杯洋酒,我们慢慢喝。"

于兵又看菜谱:"师父,仍不便宜。"

罗山说:"你看吧,就点最便宜的。"

于兵又看一会儿:"最便宜的,那就海蛎子、大虾、二锅头便宜……"

罗山应:"好好!"

"哎,孙觅,你想喝点儿啥?"

孙觅说:"你想喝啥我喝啥!"

罗山他们坐的位置正好能看见进门、出门的人。他们一边喝酒,一边观察着。

于兵说:"师父,要不你们俩在这儿,我去海鲜汇走走?"

罗山想了想,说:"也行!注意隐蔽!"

"金钱豹"没有出现。夜已深,饭店内的客人渐渐稀少,罗山和孙觅相挽着走出大门。

"罗山,我在延安读书的时候,就演过抓特务的戏。"

"你演八路军啊还是演特务?"

"当然是演八路军,我才不愿意演特务呢!"

"那特务谁演呢?"

孙觅说:"开始大家都不愿意,后来就轮着演,谁都要当一次特务。谁知道,这一当才发现,特务也不好演啊!你想啊,就这个'金钱豹'吧,他每次来吃龙虾,一定都想过会有人抓他。为了既不让抓住又能吃上龙虾,他肯定要费不少心思。"

罗山点头:"嗯。都费哪些心思?"

"比方他要化装。不过'金钱豹'也可能不化装。他要带着小喽啰,有人陪着吃,有人给他拿钱,还要有人给他站岗。当然,他要是感觉安全,也可能简单些。"

罗山说:"怎么个简单法?"

孙觅想了想:"一个人来当然最简单。估计……可能……肯定他不会是一个人……"

11

时间太紧,新政协的会议连着开,不觉就到了深夜。

亚洲饭店不仅加强了外部的警卫,内部的保卫工作也严格起来了。

伙房内,灯火通明,一片繁忙。食品保卫科科长梅东岭走进厨房,亲自检查着饮食的质量。

刘三刀师傅一抬头:"梅科长,会议还要多长时间?"

梅东岭说："说是今晚要确定几个文件。你们辛苦，领导们的体力都靠师傅们了！"

刘三刀说："听说几大常委都来了？"

杜津卫很有些表现的欲望，他高声说："能给毛主席做饭，这是我们一生的荣耀啊！"

梅东岭大喊一声："师傅们，光荣吧？"

众人齐喊："光荣！"

大家笑起来。

夜十时，金小荷准时出现在不远处的树下。她把自己的画作卷成个筒儿，拿在手中。时间一分一秒地过去，她看一下腕上的表，分针已过十时。亚洲饭店的大门有人出入，但个个不是梅东岭。

一辆紫红色的科力司轿车驶出亚洲饭店，紧跟着又有一辆吉普车跟出来。

金小荷抬腕再看，时间又过了半点钟，她猜测梅东岭今晚可能有事，轻叹一声，转身沿街走去。

今天小荷回来得早，一进屋子，撒娇地喊了一声："妈妈！"

金葵花在楼上应了一声，沿着楼梯走下来。

"我累了，晚安吧，妈妈！"

金葵花没跟女儿晚安，跟着走进了小荷的房间。

小荷坐在梳妆台的椅子上。她真感觉累了。如果见了人，如果两个人在街上走几里路，或许她不感到累。因为没见到人，因为没有走几里路，她倒感觉累了。

金葵花坐在女儿床头，问："怎么样？有可能就做，没有可能就说没有可能，好让你毕叔叔早做主张。"

小荷说："我不在试嘛！"

金葵花说："这可是生死搏斗，来不得半点儿马虎啊，小荷。这可不是唱歌、跳舞、演节目啊！"

"知道。今晚没见上。亚洲饭店老有汽车。其中一辆是红色的，后边还跟了一辆吉普。我想着，梅东岭一定是保护那些大官了。"

"嗯。"金葵花站起来,"睡吧!记住,在外边可别乱吃乱喝人家送的东西。"

小荷撒娇地说:"知道!"

"我上去再工作一会儿。"

小荷站起来:"做好了吗?"

金葵花问:"啥做好了?"

小荷看妈妈一眼:"毒牙呀!毒仇人的牙呀!"

金葵花说:"我给你说了吗?"

小荷故意逗她:"没有!"

金葵花走近女儿:"小荷,不知道为什么,只要看见你,我就感到幸福和满足,你的眼睛太像你爸爸了。可是,刚刚幸福和满足了一下,我立即就想到要替你爸爸报仇!"

小荷说:"妈妈,你是个好女人。你爱我爸爸。"

妈妈眼睛里立即汪起泪水。

小荷说:"从你的爱里,我感觉我爸爸也是个好男人。要不然,不会让他的女人在他死了多少年后还想着给他报仇。并且,是在他的女人未必有能力为他报仇的情况下。"

金葵花忽然哭了:"乖乖,你长大了,理解妈妈了!"

小荷抱住妈妈,自己的泪水也流了下来。

12

街头卖西瓜的推着瓜车离去。街边铺子也相继挂上了门板。

罗山和孙觅在十字街头的木凳上坐下来。

孙觅软了声音:"为什么不走了,罗山?"

罗山说:"于兵一会儿过来。我们等等他。"

孙觅问:"他给你约的?"

"没有。"

"没有?你咋知道他会来?"

"没有。但我知道他会来。"

孙觅说："我去买个冰糕！"

"我去吧，你坐这儿！"罗山说过，转身去买。

孙觅撒娇说："罗山，你真好！"

罗山一笑，向远处的亮光走去。

两个歹徒从不远处走过来，看见了漂亮的孙觅，一个往孙觅身边一坐，那一个连忙去了孙觅的那边。两个人都喝了酒，使劲往孙觅身上挤。

孙觅知道遇见了坏人，她站起来，不想离他们太近。

两个歹徒也站起来，仍然紧紧地夹住她。

孙觅又坐下去。

两人也跟着坐下去。其中一人的手已经摸上了她的屁股。

孙觅猛一撑肘，把两个歹徒捣了很远。

高个子歹徒："嘀，小姐，先下手了！"

歹徒说着，上来就打。

孙觅大喊："放老实点！"

矮歹徒淫邪地一笑："你不让我们老实，我们，会老实？"

孙觅轻蔑地喊一声："那就来吧！"

两个歹徒看女孩儿要跟他们打，高兴了。低个子歹徒飞起脚来，对着孙觅一个"双飞燕"。孙觅后退一步，双手抓住来者的脚顺势一拧，低个子歹徒一声叫唤倒在地上。

高个子歹徒笑了，从兜里掏出刀来，对着孙觅喊一声："学乖点儿吧，小妞！"

孙觅猛地拔出枪来："我是保卫处的，把刀放下！"

高个子歹徒吓住了，既不放下，也不敢再动。

于兵悄悄过来，抓住歹徒的手猛地一拧，就把他的刀解除了。

罗山走过来，举着三块儿冰糕，孙觅一块儿，于兵一块儿，自己在冰糕上吮了一口："嗯，今晚还是有成绩的嘛！押走！"

三个人押着俩歹徒走在大街上，于兵轻轻打开了随身带着的真空管收音机。收音机里忽然传出被干扰的声音。于兵把收音机举到罗山身边："师父，你听！"

罗山接过收音机，四下里转着身子。忽然，罗山站住不动，收音机里的声音渐渐清晰。"终于等到你了！"罗山兴奋起来。

于兵说："师父，我把这两个歹徒送到附近的派出所吧？"

罗山说："你和孙觅一起去，完成后立即回来！"

"是！"于兵和孙觅押着两个歹徒走了。

寻着幽暗的小巷，罗山举着真空管收音机慢慢地走着。当声音变小或者变得混杂的时候，他就再踅回来走。

于兵和孙觅跑了过来。

"老师，你让我也学习学习呗！"孙觅要求。

罗山把收音机交给孙觅。

三个人一边走，一边悄悄地记下来和声音相关的街区和方位。

罗山说："从这儿往南一千米，从这儿往东一千米，可以判定，敌人的电台就在这一平方千米的地面上。"

孙觅说："老师，这是不是可以说，我们很快就可以抓到这个特务？"

罗山说："真的不远了！"

"罗山同志，于兵同志，我恳切地请求你们，抓特务的时候一定要带上我！"孙觅用恳求的口气要求着。

"好！"罗山大声说。

于兵看罗山答应了，才跟着说："好的！"

三个人爬上高高的城垛，看着这一片灰蒙蒙的城市。

灯光昏暗，在这片城市的上空，从居民家里的屋顶上竖起很多根或长或短的收音机天线。孙觅禁不住感慨："这么多啊！以前还真没有注意过！"

13 金葵花还在实验室里试验她做的那些毒牙。她拿着放大镜，让牙的机关弹起来，又合上去，合上去再弹起来，似乎是有些无聊。

褚一魁很暧昧地揽住她的腰。

"哑巴"准备着明天的早餐,在厨房里弄出了响声。金葵花往外看一眼。

褚一魁松开手,也往外看一眼,趴在她的耳朵上问:"这个'哑巴'可靠吗?"

金葵花奇怪地看他一眼,点头说:"可靠!"

褚一魁说:"上午马少校来的时候,他来送饭,站在门外偷听我们说话。"

金葵花看他一眼。

褚一魁一笑:"既然'拼命太太'说可靠,那就一定可靠了。"

金葵花把牙收拾进盒子里。

"我的'拼命太太',我想跟你商量个事。"

金葵花看着他。

褚一魁坐下来:"我想请杜津卫来一趟,共同敲定'刺天'计划。"

金葵花呼出一口长气。

"我知道,你心里还过不去,但为了党国大业,我想请你忍一忍,我的'拼命太太',你说好吗?"

金葵花说:"只要你感觉应该,你就请他来吧!不过,我提醒你,你可是答应过我,要替我报仇的。"

"说得好!"褚一魁轻拍一下胸脯,"我没有忘!"

"好!"金葵花说,"有什么具体的行动需要我配合吗?"

褚一魁说:"现在还没有。等'刺天'成功了吧!记住,享用果实的人常常不是辛勤耕耘的人。"

金葵花一笑:"我听你的,我的'拼命丈夫'!"

褚一魁走上前,轻轻地吻她一下,小声说:"走,庆祝我们的合作!合作愉快!"

金葵花说:"你可不许食言。"

褚一魁又亲她一下,牵了她的手欲往下走。

金葵花下意识地往楼下看一眼,小声说:"小荷!"

褚一魁也往下看一眼:"放心,睡了!"

第十一回　廖响问计褚一魁　紫姐求情张广才

> 行为百代光
> 影响三千里
> 有缘常相伴
> 风雨做夫妻
> ——打一物

1　凌晨三点的时候，"云中飞"起来了，他知道这时候起来会聒着恩师，但他睡不着了，辗转反侧，他希望能用辗转反侧的声音把恩师聒醒。

褚一魁不醒。

"云中飞"决定起床，决定自己行动。他是左臂受的伤，虽然还没有全好，但是已经不疼了。他双手用力，轻轻挪开了衣柜。

这是相连的两大间房子，外边的一间是客厅，里边的一间是褚一魁的卧室。而"云中飞"就在褚一魁卧室的衣柜后边。毕竟是衣柜，说是"轻轻"，但还是有声音的。

褚一魁被惊醒，但一时不能判断这是什么在响，什么在动。他下意识地摸出枕边的手枪，迅速打开了枪机。

"恩师，是我！"黑暗中的"云中飞"知道他的恩师会做什么。

褚一魁含糊地应了一声。

"云中飞"出来了，轻声说："恩师，我想走走。"

褚一魁猛地坐了起来："嗯嗯。"他揉着眼睛："现在几点？"

"三点。您知道，一到夜里，我就睡不着觉。"

褚一魁彻底醒了，他拉亮电灯。

"云中飞"说："对不起，恩师，聒您睡觉了！"

褚一魁打了个长长的哈欠："我睡眠也不好。要不，我们聊聊？"

"云中飞"说："不，恩师，您接着睡，我在院子里走走。"

褚一魁说："安全，注意安全！"

"云中飞"点头："知道。恩师您睡！"

褚一魁躺下来，头枕了手，假寐。

"云中飞"在院子里走了几圈儿，忽然一纵身越出院子，走上了门前的大街。

"云中飞"大口呼吸着清新的空气，情不自禁地想喊几声。他看见了大街上的商店招牌，他的目光在一家"金银首饰店"的招牌上停下来。首饰店虽然是临街的房子，但比邻相伴的却是一个墙垛，他走到墙下，一个"旱地拔葱"跃上墙头。

褚一魁翻来覆去，再也睡不着了。他索性穿衣下床，轻轻走出屋门，到了院内。平时里老嫌院子小，这个时候，没有狗了，没有鸡了，连那个要在院子里走走的学生也没有了，他忽然感觉院子很大。他抬头望天，天色已经变青。他走到小荷的窗下站了一会儿。小荷的屋子是东厢房。他来到大门口，又站一会儿。瘸腿老张养在窗外的百灵鸟忽然叫了一声，把褚一魁吓了一跳。

褚一魁从门边走回来，站在了廊下。

一只手忽然搭在了他的肩上，褚一魁急忙扭头。

"吓了我一跳,你咋在这儿呀?"是金葵花。

褚一魁说:"没事,睡吧!"

"你也睡!"

"好吧!"褚一魁转身进屋。

2 当瘸腿老张的百灵鸟婉转歌唱的时候,黎明的天空被它的歌声一丝丝擦亮。熹微的晨光露出来。北平市轻笼在一片薄薄的光亮中。

紫姐回来了。她拿了一个小包袱,悄悄敲响了诊所的院门。

笃笃笃,笃笃笃笃笃;笃笃笃,笃笃笃笃笃……

瘸腿老张一惊,连忙起来,轻轻打开院门。

瘸腿老张轻声问:"哎!你咋过来了?"虽然是轻声,但紫姐还是能感到他对她的到来并不欢迎。

紫姐进屋了,说:"想你了,不行吗?"

老张尴尬地一笑:"咋不行?行得很!"老张说着,在紫姐的额上亲一下,下意识地往正房看了一眼。

紫姐只顾高兴了,并没有看见瘸腿老张的行为。她掏出一盒桃酥:"给,你爱吃的!"

老张接过来,拆开,故作夸张地吃了一颗,又拿起一颗塞到紫姐嘴里。

紫姐又掏出一盒茶叶:"给,六安瓜片。熬夜的时候提神!"

瘸腿老张接过来:"爹娘好吗?"

紫姐说:"好啥呀!要不我会这么没出息,刚被你撵走,这么快地就又回来了!你以为我不知道你不方便吗?"

瘸腿老张问:"那是咋了?"

紫姐呕了一下,说:"娘看我老呕吐,就一再地问我。我总不能老骗她说是胃病吧?再说,生了一辈子孩子,咱娘你能骗住?我就给老人家说了实话。老娘倒开通,说:寡妇改嫁天经地义,你就嫁给老张吧!我说老张大我十五岁。娘说:小了拧,大了疼。千万别叫你嫂子看出来,她会笑话你一辈子的！我……我就来了。你说咋弄吧？"紫姐说着，又呕一口。

瘸腿老张说："不咋弄！娶你。生儿。"

紫姐看着他："真的？"

"可不真的！"

"你那个老婆咋办？"

"好办！"

"咋好办？"

"我想办法！"

紫姐说："你可是要快啊，你这个儿子可不能等你。他急得天天在我肚子里又踢又刨的。"

又有笃笃的敲门声响了。

瘸腿老张一瘸一瘸走出来。

"云中飞"走进来："看牙的！"

瘸腿老张开了门，说声："请！"

"云中飞"走进院子，又一步不停地进了屋子。

紫姐说："金大夫不是还没起来吗？"

瘸腿老张说："你这个人就是爱管闲事！"

紫姐不服："我说错了吗？"

"你没说错。但不该你操这心！"

紫姐说："我才不操心呢！我是提醒你的！"

"你话少点儿，会把你当哑巴卖了吗？"

紫姐哼一声坐到床边，一下子红了眼睛。

3   表停了。开北方在床前看了一会儿，又走到柜台后，拧几下手表，逆着光看秒针。

表仍然不走。

隔壁魏清智师傅提着一大包封好的中药从门口经过。开北方看见了，猛然喊了一声："魏大叔！"

魏师傅停住脚，说："开老板，就说谢你呢！操心了！"

开北方走出来："大婶好些了吗？"

"好些了，这不取药了嘛！哎呀，她这个病啊，一点儿不好就难受，一难受就要死要活的，叫人受不住！"

开北方从兜里掏出一块银元："魏大叔，给大婶补养补养！"

魏师傅不要："哪里？瞧过了，啥都有了。不能这样！"

开北方说："您要不接，大叔啊，我还得麻烦着送过来！大婶生病，作为晚辈，我心里受不住不是！"

魏师傅仍然不要："你去瞧过了……"

开北方实意要给。

魏师傅接了，说："回头，大叔好好谢你呀！"

送走了这块银元，开北方知道他经营的关系又进了一层，禁不住高兴地哼起了小曲："小妹在后院打青稞，出门碰见我的哥……"

"老板！"

声音这么熟，开北方猛一扭脸，郭闹闹回来了！

"闹闹！"开北方上前，接下来郭闹闹的包，"这么快就回来了？我真没想到！"

其实郭闹闹一早就回来了，他不敢进冥衣铺，先进了斜对面的商店，他买了一包香烟，划火吸着，斜眼看着冥衣铺。直到他看见开北方出来给魏师傅送钱，才知道这几天没有出事。

开北方接着问："老人家好吗？"

郭闹闹说："回去一看，老爹很好，怕我在外边，不球放心。谁知道一回家，比在外边还球不放心！"

"为啥？"

郭闹闹嘴一咧："村里正反特反霸。回去就要说清。咋球说清？你说我咋能说球清？我说我在外边参加了定爆杨四奎的暗杀活动？"

开北方笑了，拉住他进了里间："今天咱弟兄俩得喝两杯！走这几天，我想你了，闹闹！"

郭闹闹一笑："你球，没事？"

"边吃边说。"

"你说，真球有事？"

"咱边吃边说，兄弟！"

郭闹闹说："我去弄菜。"

开北方说："你刚回来，歇着，我去弄！哎，老爷子的七十大寿过了吗？"

"过了。可我没敢露头啊！"

开北方心领神会："啊啊，我去弄酒！你先歇着。"

郭闹闹一屁股坐下来。

开北方兴冲冲地走出屋门。

4 廖响再一次来到了牙科诊所，一壶清茶，两盏绿影，褚一魁和廖响密谋了半天。

廖响是来请示组长的，他有想法，但需获得批准。

廖响说："我有一个困惑请示组长，二三七自做主张，毫无全局意识，拿着炸弹去北郊炸仇人杨四奎，闹得满城风雨。我想请示，可否在适当的时候做掉他？"

褚一魁心中一惊，感觉廖响是个狠人！不过，根据特工的纪律，他知道廖响又是一个有原则、懂规矩的人。可这是在北平，面对的都是一些素质很低的合作者，只按纪律是完不成任务的。他看着廖响："二三七带来的危害是什么？"

"他让共产党更清醒地了解了我们定时炸弹的威力，同时也可能牵扯出王富团，进而暴露我们深层的组织。"

褚一魁问："你见二三七了吗？"

"爆炸后的第三天我去见过，之后就没敢再去。听说他被派出所传去讯问了一场。详情还不知道。"

褚一魁说:"据我判断,二三七暂无危险。为什么呢?如果共产党怀疑他,就不会让一个派出所问一场了事。他是作为杨四奎的'仇人'而被调查的,是所谓的有枣没枣打三竿。放他回来,就说明他与此案撇清了干系。"

廖响端起茶杯喝了一口。

褚一魁说:"我甚至想,二三七这一炸,倒是在很大程度上迷惑了共产党。为什么呢?它让共产党认为,'金钱豹'的袭扰队个个具备了定时引爆的能力,因而惊弓之鸟一般紧盯着街上这些形迹可疑之人,客观上就造成了对于共产党高层被炸的忽视。甚至可以说,它起到了声东击西的作用。"

廖响皱起眉头:"可是,我是感到了更大的压力,而不是有些微的轻松感啊!再说,他这是未经批准,有违规矩的!"

褚一魁一笑,说:"我认为,二三七没有问题。此人虽然个子小,但是心眼儿足够。疑人不用,用人不疑。你可以大胆使用他。"褚一魁不说规矩的事。

廖响点头,说:"组长的分析,让我去了块儿心病。"

褚一魁说:"需要配合,你随时说!"

廖响说:"我认为,大动作之前,小动作一定不能太多,以免让对方警觉。像少校说的,一进城就弄了个炸药厂大爆炸,虽然痛快,但给我们造成了多大的压力呀!我感觉,王富团的被捕就和炸药厂的那场爆炸大有关系。"

"是吗?"褚一魁问。

"当然!"廖响很肯定地说,"因为大爆炸之后,共产党加强了安全警卫。尤其是亚洲饭店,人人都成了组长说的惊弓之鸟。试想,若不是炸药厂事件,成功就会容易得多。因为他已经混进去了,再走一步就是成功!怎么着都是成功,九颗炸弹只要有一颗炸响,崩住崩不住人,都是成功啊!"

廖响只顾说话,哪想到夹皮墙里睡着的"云中飞"呢!本来,出去踩点费了力气,"云中飞"已经有了睡意,没想到,廖响来了。来了也就来了,竟然扯到了他身上。扯到他身上也可以,如果像"金钱豹"那样,急着想见他一表尊敬,他也可以接受,偏偏上来就指责炸药厂的爆炸。虽然炸药厂的爆炸是他"云中飞"冒领功劳,但既然大家都知道是他的成绩,那他就得为这件事情承担责任不是。他越听越不痛快，脸上的颜色都变化出来了。好在，他在黑暗中，谁也看不见。

褚一魁毕竟掌握着事情的全局，一摆手阻止了廖响的话语："廖先生，喝茶！"

廖响端起茶杯喝了一口。

褚一魁问："计划有进展吗？"

廖响说："既然二三七可靠，那我就得很快见到二三七，让他对正给天安门做宫灯的魏师傅加强进攻。"

褚一魁轻拍双手："廖先生很敏锐啊，这条路线太重要了，就像下棋，对手怎么也不会想到从这儿将军，并且是一将就死的绝棋。"

廖响很自负地一笑："炸弹放上天安门城楼，在他们站成一排检阅队伍的时候，轰——这哪是天安门，这是把共产党的领袖召集在一起……"廖响做了一个爆炸的手势：

"他们的马克思和列宁会伸出手亲切接见他们的……"

褚一魁哈哈地笑起来，他端起茶杯："廖先生，让我们以茶代酒，预祝成功！"

两人一碰饮干。

褚一魁说："局长说，杀一个民主人士奖一百两黄金，官升一级；杀一个共产党中央高官奖五百两黄金，官升两级；杀五大常委之一奖一千两黄金，官升三级；杀了毛泽东，你有多重的身体，就奖你和体重一样的黄金，官升五级！一下子炸死了那么多重要人物，该升多少级呢？"

"组长，您就当国民政府的副统帅吧，我还跟着你！"

"先生谬矣！到那时候，你就——"褚一魁哈哈地大笑起来。

廖响也跟着笑了："嘿嘿嘿……"

墙壁里的"云中飞"忽然烦躁起来，他猛地从床上站起来，就想搬柜子。

褚一魁把一个袋子交给廖响："廖先生，这是一百块银元。舍不得孩子套不住狼啊！"

"明白！《史记》咋说？大行不顾细谨！"廖响收起来，放在包里，说了声："告辞！"

褚一魁送出屋门，说了声："保重！"

5 鲁战凯和罗山、于兵给吴邑处长汇报了敌台活动的情况。

鲁战凯负责此项工作，自然是第一个发言："近段敌台活动频繁，九月一号在东城，二号在城南，四号就跑到了城西……"

于兵禁不住接上："昨天夜里，我和罗山在北边的海洋饭店附近，于凌晨两点多听到了信号。"

鲁战凯连忙在本子上记着："用的收音机？"

罗山点头："真空管收音机对电台的信号敏感，一遇见就有反应。我们听了一个多小时，这是我们根据信号强弱划定的电台所在的位置。"

吴邑伸手要过本子，仔细地看了一会儿，说："战凯，你把敌台出现的时间和地点绘个图，要让大家一目了然。"

"是！"

吴邑说："快一周了，还没有找到'云中飞'的蛛丝马迹，这说明，国民党特务在北平是有很隐秘的据点的。这个据点，或许就是褚一魁及其爪牙的司令部。甚至我猜测，他们可能还会有自己的医生甚至医院。罗山同志，我想听听你的意见！"

罗山说："这就是我们要找的最重要的东西。北平的特务有据点，这是肯定的。'云中飞'受伤，不是去了社会上的医院，而是去了他们自己的医院，这也是肯定的。敌人的电台至今活跃，多处发现，这说明敌情还是严重的。我夜里常常睡不着觉，老感觉敌人就在离我很近的地方，甚至一睁眼就能看见。处长，我建议，除继续发动群众检举、揭发外，再对所有的饭店、宾馆进行一次严格的登记和检查……"

吴邑听着，不住地点头。当罗山说完后，他的话让罗山大为高兴。他说："不是要对所有的宾馆、饭店进行一次严格的登记和检查，而是要在每天都对所有的宾馆和饭店进行严格的登记和检查！"

"哎哎，"于兵突然有了灵感，他走到门口的小黑板前，拿起粉笔，在这则谜语的下边写上了一个"豹"字。

鲁战凯说："于兵，这是啥意思？"

于兵说："处长一说每天都要检查所有的宾馆和饭店，我一下子就想透了这则谜语。这是'金钱豹'的'豹'字。"

"啊啊！"鲁战凯也明白过来，"处长，您是不是提醒我们要抓住'金钱豹'啊？"

吴邑哈哈地笑了起来："于兵，你进步了！"

处长的笑声把孙觅也吸引过来了，当她明白了于兵的成绩后，请求处长再写一则。

吴邑处长在黑板前思考了一会儿，又写下一则：

第十一谜

行为百代光

影响三千里

有缘常相伴

风雨做夫妻

——打一物

孙觅看了，禁不住感慨一句："这个东西不好惹！"

6 开北方和郭闹闹坐下来，这次菜多，两人六盘，酒也改了，变成了山西的汾酒。

郭闹闹说："找没找麻烦？"

开北方说："会不找？但我几句就给他糊弄过去了。你知道，共产党喜欢穷人，说话你一定要说穷。我一个穷人，地无一垄，房无一间，除了受杨四奎欺负还能干啥呢？旧社会暗无天日，新社会万里云天。再说，他咋能想到咱会弄定时炸弹呢！"

郭闹闹有些不安："他们没球找我？"

"你只是个打工的,找你干啥?再说,刘住不是说,杨四奎只是和我有仇,跟你有啥仇气?"

"你给我说说很球重要,万一他们要我过去说清,咱俩不得说球一致吗?"真饿了,郭闹闹狼吞虎咽。

开北方说:"不会找你。来,再干一杯!"

"我是怕他娘的王反水,万一让他一认,不就弄球个塌天的事了!"郭闹闹倒替开北方担心。

两人说过,一碰喝了。

开北方抓起酒壶正要再倒,一扭脸看见个黑影进来了,心下一惊,酒倒洒了。他习惯性地往后一缩,低头就躲。

郭闹闹也吃一惊,仔细一看,禁不住轻唤了一声:"廖先生!"

廖响走进冥衣铺,站在柜台边,装作要买东西的样子,然后回过头来,看看街上。

没人跟踪。

"廖先生!"郭闹闹小声轻喊。

廖响越过柜台,走了进来:"啊,正吃饭呢!开老板呢?"

开北方从卧室走出来,手里拿着一只酒杯和一双筷子:"廖先生,看见您过来,我就赶紧给您备饭。请!"

廖响又往外看一眼,从兜里掏出两盒罐头:"把这个打开!"

开北方说:"廖先生还是爱吃洋货啊!"

郭闹闹连忙搬来一个小凳子。

廖响坐下来。

开北方说:"闹闹,插上门。下工!"

郭闹闹应一声,走上前插住店门。

"干!"

"干!"

"干!"

三人共同举杯,很响地碰了一下。

廖响夹一筷送嘴里，呜呜啦啦地问："隔壁的情况进展怎样啊？"

开北方表功似的说："进展很大呀！"

"是吗？"廖响和郭闹闹都看着开北方。

"我给魏师傅的老婆送了果品礼物。可他老婆说怕我，怕死人衣服……"

郭闹闹笑了："咱弄球这，就是让人不舒服。你要是专卖大姑娘的裙子、抹胸啥的让球看看，肯定不怕……"郭闹闹夸张地比画着。

廖响阻住郭闹闹。

开北方说："礼物送去了，她又厉害了，说是被咱吓住了。"

廖响问："你咋知道的？"

"他的大徒弟翁世界说的，不让我再送礼了。"

廖响叹了口气："那咋又有进展了？"

"我的恩师说，下下人有上上智。我看老头买药了，就给他送了两块银元……"

郭闹闹接上："礼球不轻！四袋白面啊！"

开北方说："舍不得孩子打不得狼，舍不得银元进不了行。"

"做得对！"廖响端起酒杯，"来，为二三七的行为干一杯！"

三人又饮一杯。

"魏师傅这人也实在，第二次见我就说缺人手，说是做宫灯至少要四人，现在满打满算才三个，老太太还得有人照顾，急死人了！"开北方看一眼廖响，"我就向他推荐了廖先生！"

廖响忽然有了兴趣："是吗？他咋说？"

"我说，廖先生学艺术，爱唱歌，会画画，还扎过灯笼。"

廖响笑了，说："吹得不错！他的态度呢？"

"他想了一下，说，可以考虑。回去给管事的说说。"

"这是个新消息。要是我能跟着上天安门，进而了解更多的情况，那真是太好不过了。你再给他送点儿礼，看能不能促成这事。"廖响说着，从衣兜里掏出几块银元，放在桌上，"这个先用着！"

开北方眼睛一亮："廖先生，你今天来了，我们真得合计合计咋说，万一他要见你，不至于裤兜里放屁，两岔里去了。"

廖响停下筷："嗯，这是个大事，我们现在就合计！"

酒菜虽然丰盛，但三个人一时都没有了吃饭的热情。廖响掏出钢笔，在纸上画了几笔，是一个妇女的样子，像日本的浮世绘。

郭闹闹说："廖先生，你扎灯笼可惜了！你看这画，可以卖钱了！俺门口的那球小子，才学了三天画，就忙着画女人，结果，他画的女人，不是歪着球嘴，就是斜着球眼，吓死人了！"

廖响问："你哪门口？"

开北方笑起来："他们定州老家。"

廖响说："啊！灯笼我真的扎过，小时候跟着我叔，年节过后，一破五就准备材料了。我还扎过风筝！我扎的风筝能飞很高。"

三个人商量了很久，最后说定，让开北方再跟魏师傅说一次，有眉目了，再备了礼一起相见。

7

"云中飞"走出夹壁墙，在褚一魁的屋子里活动着。

褚一魁推门进来了："少校！"

"恩师，我不能同意廖先生的话。我们只有四面开花，让共产党顾头顾不住尾，所有的事情才好办。"

褚一魁点点头："局长的话还是要听的。"

"至于他说的炸药厂的大爆炸，我更是不敢苟同。恩师想想，当时的情况对国内外是多么大的影响和鼓动啊！"

褚一魁说："少校放心！你的成绩和功劳上峰都明白！"

"学生一定努力，不辜负恩师的知遇之恩和栽培之情。"

电话铃响了，褚一魁抓起电话："……对，毕应冬……老地方？好！"

褚一魁放下电话，关心地问"云中飞"："今天感觉好些了吗？"

"好多了。只是手痒了，心也痒了！"

褚一魁笑起来："是金子在哪儿都闪光！"

"云中飞"也笑了。

老翟头儿的表妹香桂的牙终于看好了,来给金大夫送礼。临走的时候,金葵花破例地送出屋来。

香桂穿过院子走到大门口,紫姐看见了她脚上穿的凉鞋很好看,禁不住喊了一声:"大姐!"

香桂站住了。

紫姐走出来:"您这双鞋在哪儿买的?"

香桂禁不住瞅一眼紫姐脚上的鞋。

紫姐的鞋烂了前面,脚指头都快露出来了。

香桂一笑:"王府井的大杂货店你知道吧?"

紫姐笑着点头:"知道。"

"紧挨杂货店的南边有一家小店,叫百屐堂。里边的鞋都很漂亮,价格也不贵。"

紫姐说:"谢谢大姐!方便的时候我也去买一双!"

送走香桂的金葵花站在门里,听着外边的对话,眉头越皱越紧。

褚一魁走过来:"哪儿不舒服?"

金葵花看着大门边的两个女人以目示意。

褚一魁眉头也皱起来:"这个事情一定要解决。"

金葵花说:"要不,把瘸子调走?"

"往哪儿调啊?咱这个地方,敏感得很啊!"

"可是……"金葵花扭脸看一眼屋子,"也危险得很啊!"

褚一魁说:"少校还要几天能好?"

金葵花想了想,说:"三天吧!"

紫姐问过走回屋子,瘸腿老张瞪了她一眼。紫姐装作没看见,脱了鞋坐上床做小孩儿衣裳。

地上的鞋确实烂得不好再穿了。瘸腿老张看一眼,叹口气说:"你要鞋,我方便时给你买去,别见谁就问鞋鞋鞋!"

"我啥时候见谁问谁了?不就是问了这一回吗?她的鞋确实好看,我就是想买双好看的让你看！"紫姐故作嗔怪地翻一眼老张，"不知道好歹！"

"我就是嫌你话多。"

紫姐说："我说老张，你真没福，要不是怀上了，我还要上街学跳舞呢！你娶个小了十五岁的女人，整天给你唱歌跳舞，美死你个瘸子了！你还嫌嫌嫌！"

瘸腿老张脱口而出："不是我嫌你话多……"

紫姐的声音一下子高了八度："啊？那是别人了！他们嫌我话多？哼，我话多碍他们啥事了，碍他疼了碍他痒了！都啥时候了，妇女都翻身解放，当家做主了，还嫌话多……"

瘸腿老张紧张地要捂紫姐的嘴。

紫姐头一甩："我才不怕呢！你不就是个门房吗？大不了走就是了！猪用嘴拱，鸡子用爪子挠，谁还会饿死不成！"

8

褚一魁还是选择了伦敦饭店。他走进去，找了个座位坐下。

服务生走上前："先生，一个人吗？"

褚一魁说："暂时一个。一会儿还有朋友。"

"先生要点儿什么？"服务生递上单子。

"来杯咖啡。现磨的，浓香型。"

"好的！"

"菜单拿来，菜我也要点！"

服务生又应一声。

褚一魁的咖啡刚刚磨好，杜津卫也来了。

褚一魁站起来，两人握了手，相对而坐。

褚一魁说："红酒！"

服务生给两人各斟了一杯，无色的杯子立即变成了暗红。

两人举杯轻碰一下。

褚一魁问："怎么出来了？"

杜津卫说："老婆怀孕，到医院检查，请了半天假！"

"老婆真会怀孕啊！"

杜津卫笑了："真要谢谢她了。"

褚一魁说："都弄好了。延时剧毒，七十二到七十四个钟点。用'嗨'做的试验。"

杜津卫没听懂："'嗨'什么？"

褚一魁笑了："啊，'嗨'是一只狗，大夫给它起名叫'嗨'。"

杜津卫也笑了："还是恁浪漫！"

两人都笑了。

"延时毒药试验成功，真的值得祝贺！来，祝金大夫身体健康！"杜津卫举起酒杯，两人一碰而饮。

杜津卫说："只是我担心，光用'嗨'还不行，应该用人试一试。给人吃的药光让'嗨'用是不行的。我想起古代的战争，想起有个词叫'衅鼓'。"

褚一魁问："衅鼓？"

"对！"

"先生详细讲讲。"

"古人打仗，非常讲究吉祥。出征之前，要占卜，要祭庙，还有个仪式就是衅鼓。把敌方的俘虏拉过来几个，在祖庙里当着祖先的灵牌把他们杀掉，然后用敌人的鲜血涂抹出征的战鼓。这个仪式就叫衅鼓。我们要进行的，是多么重大的事件啊！要影响整个人类的历史进程的。这是一个庄严的宫殿，不能光有牛、羊、猪三牲祭品，还要有人祭，要用鲜血衅一衅我们的战鼓！"

褚一魁说："杜先生，听你这么一说，我倒是感觉，真需要人祭了！这不仅是一个庄严的仪式，更是一个吉祥的仪式！来，干杯！"

两人又干一杯。

"杜先生，等我们做完人祭，请先生务必一去，亲自和大夫商定。"

"组长，您多操心！"

9 　　一袭长裙的小荷站在路边，挎着一个鸭蛋青的小包，拿着一卷画。一看，就是在等人。这是夜里十点，路上的行人已经稀少。

有个小混混儿过来调戏她："小姐，是不是等我的？"

小荷不理他，转了个身。

小混混儿又转过来："我的女朋友长得很像你，要不就是你妹妹？"

小荷看他一眼："别烦我，远点儿去！"

小混混儿贴上来："你知道我是谁？我他娘有钱得很！"

小荷看着饭店。

小混混儿掏出钱来，在小荷面前一晃："走，我请小姐喝一壶？"

小荷说："光有钱啊，你有枪吗？"

小混混儿围着小荷看一圈：

小荷苗条的身段，并没有带枪的痕迹。

小混混儿淫笑着："有枪！我有一杆老枪！"

检查完饭店里的安全工作，梅东岭准时走出饭店。他习惯性地看一下四周，就发现了站着等他的小荷。

此时的小荷也看见了梅东岭，厉声对小混混儿说："离我远点儿，滚！"

小混混儿走上前，要拉金小荷。

金小荷急了："快滚！你有危险，知道吗？"

梅东岭大步走过来。

小混混儿似乎明白什么了，扭脸急走。

"叔叔！"小荷喊着，跑步迎上前来。

梅东岭看见了逃走的小混混儿，问："怎么回事？"

"一个小混混儿。"

看着小混混儿逃走的方向，梅东岭的手下意识地去摸腰间。

小荷连忙展开画卷："梅叔叔，我的习作！"

梅东岭接过来，认真地看着："这么英俊，谁呀？"

小荷夸张地喊了一声："你呀！"

梅东岭又看一眼："有点儿像，只是太英俊了！"说着一笑，卷起画来。

"梅叔叔，我给我妈妈说了，妈妈说，她非常高兴能为你看牙，非常高兴能为她宝贝女儿的保护人服务！"

"谢谢你妈妈！"

"那叔叔你啥时候来我家呢？"

梅东岭说："现在上上下下都在为建国大典做准备，大典之后，我一定去你家的金口诊所，请你的妈妈为我镶牙！"

"一言为定啊，叔叔！"金小荷伸出右手的小指头。

梅东岭笑了："又要拉钩？"

小荷歪着头，笑盈盈地看着梅东岭："我的学生都是八九岁的孩子，他们约定的事情都是要拉钩的。"

梅东岭伸出手："好，听小荷老师的。"

小荷把小指头钩住梅东岭的小指头使劲拉了一下："是小荷，不是小荷老师！"

"好的！"

"梅叔叔，你参加了多少次打鬼子的战斗？"

梅东岭做出想的样子，说："多少次？以后我真得好好地想想。"

两人走着，说着，小荷提问着，梅东岭回答着。不知不觉，他们就到了金口牙科诊所的门前。

梅东岭说："再见吧！"

"再见！"小荷转身欲走，忽然停下，"哎，梅叔叔，你能不能早点儿到我家？"

梅东岭摇头。

小荷转身再走，忽然又转过身子："哎，梅叔叔，你不是说要让我去你们饭店教歌吗？啥时候让我去啊？"

梅东岭说："不是'让'，是'请'！"

小荷笑了："就是'让'，是命令！"

梅东岭一时回答不出来："这个——"

小荷很知趣："好吧，这个可以不回答！叔叔再见！"

两人相别而去。

小荷走上门前的石阶，忽然停下来，扭脸望着梅东岭。

此时的梅东岭，正迈着矫健的步子在街上走着。他是那样的自信、坚定，他的步伐是那样的好看、有力。

瘸腿老张一瘸一拐地走到门边，忽然从门缝儿里发现小荷正亭亭地站在门外，他猛地停在门里不动了。

此时的金葵花也正站在二楼的实验室里，从窗户里影影绰绰地观察着女儿和梅东岭的分手。她看女儿进了院子，连忙从楼上走下来迎接。

"妈妈，你还没睡？"

"你不回来，妈妈能睡得着？"

"嗯，我长大了！"小荷一笑，走回自己的房间。

妈妈跟着走进去，小荷娇喊一声"妈妈"，把妈妈挡在外边。

10 罗山和孙觅相挽着走进海洋饭店，径直走到昨天坐过的位置。

服务生走过来，看见二人，立即笑了："请问二位，今天要点儿什么？"

孙觅小声问罗山："喝点儿啥酒？"

罗山说："啤酒吧！啤酒劲儿小。喝过吗？"

孙觅笑了："像马尿。"

"马尿你喝过？"

孙觅打他一下。

罗山说："那你咋说像马尿呢？"

"喝红酒吧，红酒好看！"

罗山又问："喝过吗？"

孙觅摇头，摇过又调皮地笑了，说："有点儿像淡醋。"

"那就喝淡醋。"

"比马尿好！"

罗山笑了。

罗山和孙觅的位置恰好能观察进出饭店的人员。两人要了两杯红酒，高脚的玻璃杯子静静地立着，像是两个抽象的西方女性人体。孙觅啜了一口，咧了咧嘴。

罗山喝了一口，轻轻摇了摇头。

天色尚早，罗山坐了一会儿，说："你坐在这儿，我出去看看！"

此时的于兵去了海鲜汇，这是又一家做海鲜食品的饭店。因为发现了脸上有疤的人，他佯装找错了地方，推开了一个雅间的门。不想惊住了对方，尽管他一再地说"对不起！"里边的人仍然不依，追着于兵要打，罗山走进去的时候，正赶上于兵挨骂呢！

一晚无事。三个人再次走上大街。

"我就不信，'金钱豹'他会永不出来！"孙觅自我鼓励。

"孙觅，处长的这一则谜语你想了没有？"于兵问。

"你想起来了？"孙觅反问。

于兵说："'行为百代光，影响三千里。有缘常相伴，风雨做夫妻。'不着边际啊！是不是，师父？"

罗山说："这则谜有点儿虚。"

"对，不像是'褚一魁'啊，'金钱豹'啊，容易联想。"孙觅说着，做出思考的样子。

"等等灵感吧！"罗山一扭脸，说，"收音机？"

"在！"于兵应着，立即拧动了随身带着的收音机开关。

11

褚一魁抬起手，轻轻地敲响了院门。瘸腿老张应着，走过来给他开门："回来了？"

"嗯。"褚一魁点头应着，大步走进院子。

金葵花正站在女儿的门外，看见褚一魁，一笑。

"小姐回来了吗？"

金葵花点头。

"有没有进展？"褚一魁小声问着，欲吻金葵花。

金葵花怕女儿出来，连忙阻挡。

此时的小荷正对着穿衣镜观察自己的容貌。她感觉梅东岭喜欢她，并排走着，有一次，她故意装作要倒的样子，梅东岭差一点儿就去揽她的腰了。她脱下裙子，再一次扭动着身子，欣赏自己美丽的身材。

褚一魁拉着金葵花上了二楼，两人走进实验室，对脸坐下。

金葵花问："见了？"

褚一魁说："见了。"

"怎么说的？"

褚一魁说："你想怎么做？"

金葵花从抽屉里拿出几只假牙，使劲抠开牙齿侧面的牙面："根据计算，三克药就足以毒死多人。"

褚一魁要过牙齿，看了："能放进三克药？"

金葵花点头："能。"

褚一魁问："你的计划呢？"

金葵花说："给杜镶上去。平时戴着看不出来。用时取下来，抠开牙面，倒出药来。"

"对杜会有危险吗？"

"绝对没有！"金葵花要过牙齿，解释着，"你看看，这是从上往下抠的。平时戴时是这样的，只有把它抠下来，它才会下来。况且牙面是在里边，外边根本看不出来。"

褚一魁又要过来，试了一下，点头："嗯。"

褚一魁逆着灯光又看："真是严密，你看，这样也看不出来。"

金葵花感叹："美国人是很毒的！"

褚一魁说："不是美国人毒，是我的'拼命太太'技术好！"

金葵花很媚地一笑："还有什么吗？"

"杜的意见是，一定要用人做试验。"

金葵花说:"用人?这个就难了。"

褚一魁皱起眉。

"谁可用?可用谁?"

褚一魁想了想:"老翟头儿咋样?"

金葵花下意识地摇头。

褚一魁说:"老翟头儿一个儿子开出租车,一个儿子在外边当兵,媳妇都和他合不来,恨不得他立即死了。我想,如果在给他看牙的时候悄悄弄他嘴里点儿药,三天后老头儿走了,他们既不会明白是咋回事,更不会想着追究。"

金葵花说:"这个也可能不会有事儿,但是,为什么非要个老翟头儿?这个杜津卫,真他娘的杀人狂!"

褚一魁一笑:"也不全是他的意思。杀一只鸡呀,杀一只狗啊,并不一定就能保证杀死人。要知道,这是千载不遇的大事,改变历史进程的大事,岂可不慎之又慎!古代出兵打仗,都是要杀人衅鼓的。就算是一种庄严的礼仪,也要有牺牲者的鲜血!"

金葵花说:"你也想用人的血抹抹出征的战鼓?"

褚一魁想了想,说:"只是,这么重大的事情,不能坐实,我心里也不踏实!"

金葵花看一眼褚一魁,不说话了。

院子里,瘸腿老张一瘸一拐地在院子里巡视着。他看了院子,看了墙豁口,最后停在了门口,隔着门隙向外张望了一下。

紫姐出来了,她看老张向外看,也趴到门隙上看。

瘸腿老张回屋了。紫姐往有灯光的二楼看了一眼,也跟着回屋。

褚一魁从窗户里看着瘸腿老张和紫姐:"你再想想,明天回答我。这是大事,思路可以再宽些!"

金葵花坐着,未置可否。

"只有这个事弄实了,才好让杜来,一锤定音!"

金葵花说:"好吧!让我下个决心。"

褚一魁上前，亲她一下，转身走出屋子。

金葵花坐着，小声地自语："老翟头儿，这个老翟头儿……"

褚一魁走下楼来，他看小荷屋里的灯还亮着，不自觉地走到门外，停下了脚步。

小荷屋里的灯熄了。

褚一魁站着，细听着小荷屋里窸窸窣窣的声音。

实验室里的金葵花收拾完了实验台子，禁不住又嘟囔一声：

"老翟头儿！"

第十二回　马斯利"金口"医牙
侦察员敌巢运智

说拉不拉
说抓不抓
乙位死穴
拉抓掐挖
——打一字

1　郭闹闹站在柜台后，耸一耸鼻子，用手扇着，发起了牢骚：

"吃香的，吃甜的，这是人球享受。吃辣的，吃苦的，也都可以接受。这要是让人吃臭屎，谁球不给他打架。可是，这臭豆腐……"郭闹闹说过，又耸鼻子，打了个喷嚏。

开北方说："吃馍蘸尿，各人所好！"

魏师傅的小徒弟潘晓添拿着一包东西路过门口，开北方一嗓子喊住："小潘！"

小潘停下来。小潘二十多岁，细高，白净，看上去像个书生，走路像个骆驼，一伸脖子一伸脖子的。

开北方走出去："大婶身体好了吗？"

小潘说："好些了。"

开北方双手合在胸前："祈福！你这是……？"

小潘笑了："啊，我这就去天安门，师娘让给师父捎些点心。师父爱吃臭豆腐，专门让小丰炸的。"

开北方扭脸看看郭闹闹，笑了。

郭闹闹也笑了。

小潘看他们笑，自己没来由地也笑了，说："师娘是江南人，爱吃臭豆腐，师父也就跟着爱好了。"

郭闹闹也出来了："你呢，小潘？吃球惯吗？"

"我？"小潘很腼腆地一笑，摇了摇头，"有时候也吃一点儿，但不喜欢。"

开北方说："哎，小潘，听魏师傅说，扎灯笼的人手不够？"

小潘皱起眉头："那么大个灯笼，总共才我们仨人。师娘身体又不好，有时候还得回来帮忙。本来有困难国家可以帮，可师父说，咱紧点儿不碍事，要建国了，千头万绪的，不容易，不让给国家找麻烦，就……"

开北方叹一声："魏师傅好觉悟，我们都得好好学。"

郭闹闹连连点头："那是，那是！碰上个觉悟高的真球不容易！"

开北方说："我给师傅推荐个人，姓廖，是个手艺人，扎过灯笼，扎过风筝，也是个江南人。你看看，要是忙不过来，可以让他去帮个忙。要是粗活儿，抬个东西出个力呀啥的，我和闹闹都能做，就是这个细活儿，我们想帮也帮不上。"

小潘说："我跟师傅说说。不过，也难！"

开北方问："为啥呢？"

小潘说："那是天安门，属于建国大典的重地，像我们每次出来进去，都有特殊通行证。"

开北方说："那是，那是。国家大事，不是儿戏！"

郭闹闹大声嚷着："小潘，能为新中国建国出力，你球光荣啊！"

小潘笑了。

开北方说:"你只管说说呗!帮不上钱场,帮个人场。帮不上人场,帮个情谊嘛!"

"好,好。谢谢二位!"小潘说过,扭脸走了。

郭闹闹站在柜台边,开北方坐在里边的小凳子上。自从王富团来过之后,开北方就不敢站柜台了,他怕王富团突然出现。

开北方说:"闹闹啊,我想了,魏老头儿想吃什么,我们就给他弄什么。魏家需要什么,我们就给他送什么。"

"啥球理由呢?以前咱又跟他没有来往过,忽然就热络起来了,不怕他多心吗?"

开北方说:"多心啥?我们就说,听说魏师傅为新中国建国出了大力,我们感到光荣,想沾点儿喜气不是!"

"那为什么以前不沾喜气,比方说,慈禧太后那时候?"

开北方说:"那时候我们还不认识!"

郭闹闹笑了:"不是是球!"

"我就说,以前他是专为皇宫做事的,咱一个穷人能高攀上?现在是新中国了,劳动人民都光荣,我们才敢和他高攀嘛!"

郭闹闹说:"老板,你球真是个会说道理的人呢!你要是跟着共产党,我敢说,不一定比跟着国民党混得差。"

开北方叹了一口气:"那倒也是。我本来就是个穷人。共产党的道理那都是穷人的道理,我一听就明白,一听就舒服。只是,我受褚先生的深恩,就得跟着褚先生做事。知恩图报真君子,知恩不报是小人。"

郭闹闹摇摇头:"我总感觉,你跟共产党走得近!跟国民党,是瞎球走!"

开北方说:"你呢?"

郭闹闹也叹了口气:"我为啥理解得这么深呢?我球也一样!"

"是吗?"

"不是是球!"

此时,有几个保卫人员从门前走过,开北方一见,立即回到里屋去了。

2 　　褚一魁在屋里正写消息。关于北京的很多文字都是他写的。他喜欢舞文弄墨。夹壁墙里,"云中飞"睡觉的鼾声隐隐传来。褚一魁皱起眉头,猛地拧开了真空管收音机的旋钮。

华北新华广播电台播音员的声音传出来。这是共产党的电台。说实话,褚一魁不喜欢国民政府中央广播电台的播音员,他嫌播音员的声音太嗲。共产党电台的播音员声音朴素而真切,其实他也不喜欢。如果不是这个播音员老说解放军的胜利和共产党的好话,他或许还是可以喜欢的。

牙科诊所的门外,六十八岁的白人马斯利走了过来。他是个谢顶,稀疏的几根头发从右边攀到左边。

马斯利在门外看了看醒目的广告牌,抬起手来,用弯起的右手中指的指节敲响了诊所的院门。

瘸子老张开了门:"请问先生,您是……?"

马斯利大大方方地回答:"看牙。请著名的金大夫医一医我满口的病牙!"

瘸腿老张一听,乐了,摆了一个请进的姿势:"马先生请——"

马斯利走进来,在院子里迟疑了一下,这才迈步往里走。

褚一魁透过窗户看见马斯利,立即停住手里的笔,顺手关了收音机的旋钮。

马斯利走进诊所,看见金葵花正给一个中年妇女镶牙,高声打了个招呼:"尊敬的金大夫,久违了,您还是这样优雅!"

金葵花一听,热情地开了句玩笑:"马斯利先生,您老的牙又困难了?"

马斯利笑起来:"金大夫好幽默,还记着我初次医牙的笑话。"

"马先生才幽默呢,快请坐吧!"

中年妇女看完了。金葵花习惯地送到屋门口,站住,说:"不舒服了再来!"

中年妇女道了声"再见",一步步走出院子。

马斯利看没有人了,笑着说:"尊敬的金大夫,你的毕应冬先生呢?不在家吗?"

金葵花说:"他近日较忙,我给您喊他。应冬!应冬!"

褚一魁在里间应了一声,大步走出来。他认识马斯利,马斯利却不认识他。他认识马斯利是以前,马斯利不认识他是刚刚,因为褚一魁做了整容手术,马斯利一时并没有认出他来。

褚一魁故作不认识,问:"这位先生是……"

金葵花说:"就是打电话的马斯利先生啊,老朋友了!"

褚一魁伸出手:"久闻先生大名!"

马斯利说:"一个皮鞋商人。专做优质皮鞋的商人嘛!"

褚一魁说:"您是中国最著名的皮鞋商人!"

马斯利笑了:"为什么呢,毕先生?"

褚一魁笑着说:"因为您从不卖皮鞋。"

马斯利哈哈地笑起来。

褚一魁说:"从辛亥革命到抗日战争,您对中国的革命多有贡献啊!滑膛炮,火轮船,枪械药品,需要啥做啥。哈哈,马先生,现在干些啥?还准备干些啥?"

马斯利说:"现在,和毕先生谈话。准备,请金大夫医牙。"

三个人都笑了。

褚一魁说:"马先生,先看牙还是先说话?请您判断。"

金葵花说:"先说话吧,一看牙说不定就不方便了。"

马斯利笑着说:"又考我的不是?我判断,听大夫的!"

三个人走进会客室。

金葵花倒上茶。

马斯利说:"毕先生,你的声音好熟悉!它让我想起一个人。"

"谁?"褚一魁故作好奇地看着他。

马斯利翻起眼睛。"像——"马斯利拍了一下脑袋,"现在是真的老了,老是骑驴觅驴找不着驴了。"

金葵花笑了:"马先生的汉语真好,好得连我都得认真听了才懂。"

马斯利夸张地做一个谢礼:"过奖了,大夫!"

"谁是驴呢？"马斯利看着褚一魁，"你像我一个老朋友，他叫褚一魁，是当年国民党北平情报小组的组长。早年的时候我们一起供事，熟得很啊……"

褚一魁问："你和褚一魁一起供事？别忘了，你是意大利人。意大利和日本是轴心国，而褚一魁是国民党的队伍，是抗日的。"

马斯利说："所以才说是一起供事嘛。"

金葵花笑着比了个"对头"的手势："以前你们是这样供事，现在应该是这样共事了！"金葵花两手一捧，又比了一个合作的手势。

马斯利说："德国人战败了。日本人战败了。意大利人也战败了。我们全败了。可是，上帝怜悯我，于是美国佬给了我一份新的工作。"

褚一魁说："噢，做什么？"

马斯利双手一摊："什么也不做！"

褚一魁大笑："这工作太好了，上帝都想做呢，什么也不做，为什么要给您？"

马斯利说："但我得接待人，像日本人啊，德国人啊，美国人啊，中国人啊，我得听他们说话，然后把他们说的话学给美国大老板，中央情报局。"

褚一魁端起茶杯："祝贺马先生这一份新的工作！"

马斯利也端起茶杯："我这个人一辈子善于与人合作，从意大利合作到日本，从日本合作到中国，今天我来，还是想和你们谈一谈以后我们有什么项目可以合作。"

睡在夹皮墙中的"云中飞"被外边的谈话聒醒了，他揉揉眼，侧过耳朵。

马斯利说："毕先生，我有一个建议，不知道你们是不是可以考虑。"

"先生请讲！"褚一魁再次续上茶水。

"你们的毛人凤局长说，要'见缝插针，让北平四面开花'。敌人以为，不要这样。虽然北平的各路特务众多，据共产党统计有近三万，占全北平总人口的五十分之一，但是，真正能战斗的微乎其微。更何况由于共产党'坦白从宽'的政策，又自首了很多呢！你们的'刺天'行动，口号激动人心，一听就热血沸腾啊！可是，你们犯了一个大忌，长天万里，高古难测，岂是几个英雄就能刺的？理念有问题。让我看，要把这个口号改了。"马斯利自负地一笑。

褚一魁看着他："怎么改？"

"譬如，叫'捉贼'行动或者'勘乱'行动。'毛匪''共匪''朱毛匪党'，你们叫了这么多年，怎么在这时候忽然称他们为'天'了呢！这无意间透露了你们决策层的心态，承认已输，无力回天了！人家是'天'，你是什么？在这个世界上，万事万物，万灵万慧，皆在天之下矣！普天之下，莫非王土。率土之滨，莫非王臣。这个名字万不可要。这是其一。"

褚一魁皱起眉头。

马斯利不管褚一魁的眉头，继续说："其二，你们中国不喜欢蛇，牛鬼蛇神啊，蛇蝎心肠啊，美女蛇啊……其实，蛇，是我们应该好好学习的动物。它们冬天蛰伏，数月不食；春雷一动，立即响应。捕猎前僵如木柴，小心翼翼；出击时迅猛如电，一击致命。在这个世界上，还有比蛇更善于捕食猎物的吗？我们应该向蛇学习，而不是四面开花，见缝插针。那只会把事情搞糟。"

褚一魁点头："言之有理。可是……"

"先生是说已经行动了，是吧？你们中国有句古话，叫'将在外，君命有所不受'。从今天开始，你可以不提'刺天'，而是悄悄改名。再就是不要鼓励大家多出击，而是让大家想法蛰伏，不见有价值的猎物决不行动，而当要出击的时候，就一定会有惊雷一样的事情，全天下都听得见！"

褚一魁说："马先生可有什么生意，需要我们配合的吗？"

马斯利神秘地一笑："当然。我的想法仍然是吸收了古老东方的智慧：三年不飞，一飞冲天；仨月不语，一语惊人！"

褚一魁说："好！期待着马先生的佳音！"

金葵花说："马先生，那就请！"

马斯利站起身："辛苦您了，金大夫！"

马斯利去医牙了，夹皮墙中的"云中飞"忍耐不住，敲响了联络信号：笃笃笃，笃笃笃……

褚一魁过来了，回应了两串信号：笃笃笃……

"云中飞"不敵了。

褚一魁轻轻挪开衣柜。

"恩师！""云中飞"揉着眼睛。

"聒你了？"褚一魁一笑。

"云中飞"使劲伸了一下胳膊，又做了深呼吸。

褚一魁小声说："马斯利过来看牙。"

"云中飞"说："听见了。他现在受雇于美国人？"

褚一魁说："日本人投降时，总统就打定了外国人的主意，毕竟他们的技术比我们强，素质比我们高，可以做我们的顾问啥的。当时有不少人不同意，现在看来，总统是对的，连美国人不都在打外国人的主意吗？"

"云中飞"说："那是。毕竟要一切为了成功！"

"你想不想见见马先生？"

"不见。"

褚一魁点头："好。"

"恩师，我感觉我已经好了，可以有所作为了。""云中飞"说着，使劲甩了甩胳膊，又用力往上举了举。

"我知道，少校岂是池中之物！只是，必须要让金大夫看后，才能决定你是不是可以走。"褚一魁欲去掂地上的便桶。

"云中飞"连忙抢过，毫不犹豫地掂起了马桶。

"少校，还是我来吧！"褚一魁上前要抢。

"云中飞"说："恩师为我掂这么久，学生汗颜得要死。从今以后，我自己做了！"

"云中飞"掂着马桶出屋子的时候，马斯利正躺在牙床上，闭着眼睛让金葵花治疗。"云中飞"大步走向位于西南角的厕所。

3 北平市加强了对医院、诊所和宾馆、饭店的检查力度，各街道也都组织了积极分子跟查。

政治保卫处的侦察员们更忙了，除自己分内的工作外，他们也加入到了检查工作中。

罗山从一家饭店走出来，站在街头，装作无所事事的样子，悄悄打量着从他面前走过的人。一个四十多岁的麻脸男人从罗山面前走过。

罗山看他一眼。男人也看罗山一眼。

男人看公共汽车过来，立即上了汽车。

罗山犹豫一下，在汽车关门的一刹那，也跳上了汽车。

罗山坐在车上，仔细地观察着那张麻脸。

麻子脸看着报纸，忽然露出了笑脸。罗山眼神掠过报纸，文章是新政协会议上的领袖花絮。罗山知道，此人只是对自己对他的重视感到好奇，他并不是他要找的那个人。车站到了。罗山走下汽车。"云中飞。"他悄悄地咕哝了一句。

此时的于兵正在胡长寿所长的陪同下，敲响了金口牙科诊所的大门。瘸腿老张连忙上前，大声问："请问哪位？"

胡所长毫不客气："派出所的，你不认识我啊，老张？"

瘸腿老张故意大声说："啊，胡所长啊！咋敢不认识……"

金葵花听见喊声，往外瞅了一眼，正给马斯利掏牙洞的探针扎错了地方，马斯利禁不住"哎哟"一声，睁开了眼睛。

胡长寿和于兵等三人推门走进诊所。

褚一魁也看见了三人进来，他连忙走进里间，坐在桌前，整理上月的营业记录。

胡所长大声喊："金大夫！"

金葵花抬起头，好像是从很远的地方才回来似的："啊，胡所长，您请坐！"

"金大夫，最近所里接诊过刀伤的病人没有？"

金葵花一本正经地说："咱是牙科，胡所长！"

"知道您是牙科，我是问，你们接待没接待过有刀伤的病人？"

正在厕所里的"云中飞"听见了。他试着想跑，站起来，比试了一下厕所能跑的地方。这是一个小房子样的厕所，只有门口有两米多长一段墙。

外边的声音清晰地传来："所长，咱这是牙科诊所。牙医不看刀伤。"

于兵走上前，认真地观察着牙床上的马斯利。

马斯利闭着眼睛，一副视死如归的样子。

于兵拿着诊断记录看了，并没有马斯利看牙的记录。

于兵问："先生，您叫什么名字？"

马斯利闭着眼睛，哧哈着嘴："马斯利。"

厕所里的"云中飞"侧着耳朵。

于兵又问："哪国人？"

马斯利睁开眼睛，礼貌地一笑："意大利人，专做皮鞋生意。"

于兵说："您的证件？"

马斯利睁开眼睛："在我的公司，忘记带了。"

于兵问："金大夫，马斯利的看病记录为什么没有啊？"

"啊！"金大夫扭脸大喊，"老毕！"

此时的毕应冬（褚一魁）正带着胡所长和郭天在看实验室的屋子。桌子上摆的都是假牙。两人看没有可疑之处，又走了出来。

金大夫没听见毕应冬应答，解释说："我是大夫，我有空时我登记，大多都是老毕登。反正一会儿还是要补登的。谢谢提醒！"

马斯利的口水流了出来，"啊啊啊……"马斯利喊着。

金大夫连忙给他拭口水。

"同志，您坐！"金葵花说过，又给马斯利医牙。

毕应冬带着他们推开小荷的屋门："女儿的房子。"

三个人又走向了厨房，看了"哑巴"的房间。

毕应冬说："我们的厨师！"

"哑巴"连忙点头。

三个人又去了门房。

瘸腿老张迎出来，三个人进了屋子，紫姐正坐在床上做衣服。

于兵推开毕应冬的房间，认真地审视着，又拉开柜门看了看。

于兵走出来，到了西间门口。

"我的房间。"金大夫放下工具，小声对马斯利说声"对不起"，连忙走过来，打开了房间门。

于兵站着，看了一下，随即替她轻轻关上。

褚一魁带着众人看得这么仔细，是想给"云中飞"一个逃跑的时间。但跑还是不跑，"云中飞"一时下不了决心。他蹲在池上，紧张地判断着。

胡所长和郭天来到了院子里。郭天的目光看向了西南角的厕所。"啊啊，对了，还有这一个厕所！"毕应冬一指，就带着大家往前走。

侧耳倾听着的"云中飞"此时再逾墙逃跑已经不太可能了，只得暗暗叫苦，他连忙蹲下来，装作拉屎的样子。

胡所长一摆手，正走的郭天停住脚步。

于兵从屋里走了出来："看完了？"

胡所长点头："一点儿不剩。"

于兵站在院子里四下里看了看，轻声说："走吧！"

"走！"胡所长应一声，三个人走出了金口牙科诊所。

马斯利的牙弄好了。他从牙床上下来，漱了漱口。

金葵花："对不起，马先生，让你受伤了！"

马斯利哈哈地笑起来："金大夫沉着机智，令我佩服啊！我愿意和您合作，做一个惊天的伟业！"

褚一魁走了进来："好了？"

马斯利说："谢谢毕先生，你让我再次想起一个人来！"

褚一魁也笑了："又想起'一个人'？"

马斯利歪过头来，做一个手势："对！这一次不是骑驴觅驴找不到驴了，这次是一下子想起驴的。"

褚一魁故意问："褚一魁？"

马斯利说："是的！"

褚一魁说："马先生好记性。"

马斯利忽然喊了一声："褚一魁！"

褚一魁下意识地应了一声："啊！"

马斯利伸手握住了褚一魁的手："我的老朋友，你太神秘了！"

褚一魁也笑了起来。

马斯利掏出一张名片递给褚一魁："褚先生，这是我的名片。新名片！"

褚一魁接过来，名片上写着：

  马斯利，佛德皮货公司总经理。地址：北平…… 电话……

马斯利走出院门，与褚一魁握手分别。

褚一魁走回院子。

"云中飞"一脸得意地走出厕所。

褚一魁看着他。

"云中飞"兴高采烈："真他娘的好！"

褚一魁一愣，立刻会意："通了？"

"云中飞"露出满意的神情："通了！"伸手往外一指，"感谢他们啊！"

"五天了吧？"

"恩师惦记！"

两个人走进室内。

"恩师，学生好有一比。"

"比从何来？"褚一魁看着"云中飞"。

"云中飞"说："舒服啊，舒服得像刚屙罢一样！"

三个人都哈哈大笑起来。

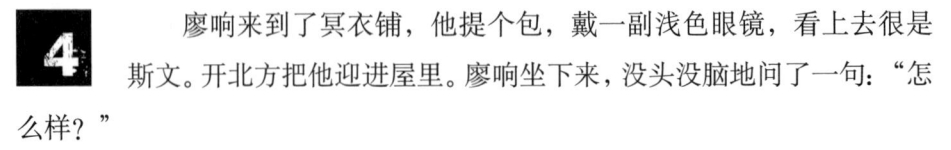

4 廖响来到了冥衣铺，他提个包，戴一副浅色眼镜，看上去很是斯文。开北方把他迎进屋里。廖响坐下来，没头没脑地问了一句："怎么样？"

开北方知道他问的啥，连忙接上："魏老婆好些了，我刚才见了他大徒弟的女儿小丰。"

廖响问："你没去再送礼？"

"小姑娘不让。小姑娘说,她奶奶害怕见我。"

"害怕见你?为什么?"廖响皱起眉头,做出难受的样子。

"嗨!"开北方夸张地喊了一声,"她嫌我是卖死人衣裳的。她病得厉害,害怕阴气重的人嘛!"

"哎,这事还可以利用呢!"廖响眼睛亮了。

开北方抬起头:"这事,咋利用?"

廖响面现得意之色,说:"魏老婆很可能是心脏病,这病害怕刺激,容易反复,一会儿好一会儿歹的。你送礼一定要掌握好火候,当她犯病的时候你不要去。只要小丰说她病好些了的时候,你再过去,这样,她就不会很快病好。她不好,我们就有理由多套近乎!"

开北方做出大彻大悟的样子:"哎呀,廖先生,还是你们读书人想得周到,要是我和闹闹,打死也想不到这样的道理。您说,我现在去不去送礼?"

廖响说:"那要看她病好些了没有。"

开北方说:"魏老头上班两天未回,说明是好些了。刚才小丰也说好些了。"

"那就送礼!"

"可小姑娘说不让。"

"谁不让?"廖响盯着开北方。

"小姑娘说,她奶奶,也就是魏老婆不让。"

"魏老婆不让,你就给小姑娘送礼。"

开北方说:"给小姑娘送礼管啥用?她又不害怕我卖寿衣!"

"哎呀!你是不知道送礼的妙处!本来谁也不认识谁,如果有个机会你使劲给对方送礼,又没有什么事求他办,他光收礼没负担,并且还都是他喜欢的礼,你说,收礼的人是不是喜欢?"

"那当然喜欢了!只是我一辈子没遇见过廖先生您说的这个人!"

廖响说:"我们要好好送礼,把魏老头儿身边的人全买通,知道吗?一个一个全变成我们的人,知道吗?给,我这儿有钱,你只管去花就是了嘛!《鸿门宴》咋说?'大行不顾细谨,大礼不辞小让'。你只管送。去吧!"

开北方说:"你知道,廖先生,我是个穷人。穷人哪想过送礼呢?没有!别说礼,吃的都没有。送啥?听您这么一说,我忽然有点儿小开窍。只是,说实话,有时候我还真舍不得!"

廖响说:"我就害怕你舍不得!舍得舍得,舍了才能得。你连舍都做不到,啥时候你能得?"

"'舍得'!还有您这样解释的?"开北方小声咕哝着,"舍得,舍得,仔细想想,还真是这么个道理!"

"我们现在所做的都是舍呀!为了党国,我们连命都赌上了。这不是舍?舍身忘家。只有这样,我们成功了,才会得到荣华富贵不是?"

"是是是!"开北方从心眼里服气,可是,转念一想,"买啥呢?您说,廖先生,给小姑娘买啥?"

廖响说:"啥人送啥礼。小姑娘喜欢啥你就买啥。一份给小姑娘,一份给魏老婆,不怕她不病重!"

"是是。我得想想小姑娘都喜欢啥!"开北方想了一会儿,"你不知道,廖先生,我连个老婆都没有,自然也没有闺女,对不对?我还真不知道一个姑娘家喜欢啥呢!"

5

罗山和于兵再次走进了海洋饭店。这次他们坐在了另一处能俯视大厅的地方。两人刚坐下不久,他们的猎物"金钱豹"走进了大门,两个随从紧跟在他的身后。

"金钱豹"长发覆额,蓝绸上衣,青色布裤。两个随从,一个二十多岁,就是鸭挺;另一个三十来岁,名唤小四。

"金钱豹"站下来,目光迅速地在大堂里扫了一遍。

服务生立即上前:"先生,给您留着呢!请!"

"金钱豹"跟着服务生走着。两个随从紧跟在后边。

服务生打开"夏威夷"包间,躬身做一个请进的姿势。

"金钱豹"大方地走进去。

随从小四走了进去，鸭挺立即在门外站定了身子。

罗山和于兵在二楼看着"夏威夷"。

于兵说："师父，我把外边这小子抓了。你踹门进去抓人。"

"不。这是难得的机会，我们首先要确定是不是'金钱豹'，如果是，我们就跟踪，放长线钓大鱼。枪击汽车的歹徒，爆炸北郊的歹徒，等等，或许都可能浮出水面。"

于兵点头："明白。"

罗山说："我们换个桌位，到门口监视。等他们出来，你装作从厕所出来，慌忙撞他，然后连连道歉。"

这是一桌丰盛的宴席。服务生端着红烧的龙虾走进"夏威夷"。又有服务生端着吃虾的汤汤水水跟在后边。

鸭挺退到一边。

罗山紧跟在两个服务生的后边，从闪开的门隙里看见，那个三十来岁的随从就站在"金钱豹"身边。

孙觅也来了。她是在结束了白天的工作后，又加了一会儿班才过来的。她从公交电车上跳下来，跑到饭店门口又理了一下头发，这才迈步走了进去。孙觅看见于兵，走上前小声问："怎么样？"

"来了！"孙觅从于兵的有些紧张感的声音里知道谁来了。

孙觅也紧张起来，小声问："罗山呢？"

罗山从旁边转了过来。

"罗山！"一来到这个饭店，孙觅就有感觉。前两次来，她都是以罗山女朋友的身份。

"你怎么又来了？不累吗？"罗山关心地问。

"你都不累，为什么非要我累！"孙觅说着，对罗山嫣然一笑。孙觅是个军人，又在孤儿院长大，结实、爱动，男孩儿的特征多，女孩儿的特征少。可是，跟着罗山当了两次女朋友，她忽然发现，她身上的女性特点开始显现。

"你要杯啥？"罗山问她。

孙觅说："你们喝啥我喝啥吧！"

"啤酒！"罗山说。

想起"马尿"，孙觅忽然笑起来，她抱着罗山的胳膊，一抖一抖的。

罗山轻拍她一下，孙觅不笑了。

罗山说："两个随从都带着枪呢！"

于兵和孙觅点头，表示明白。

罗山说："我的想法，今晚不抓，好好侦察！弄明情况，一网打尽！"

两人又点头。

"夏威夷"的门猛然打开。"金钱豹"打一个嗝从门里走出。

门外的随从鸭挺立即走在前边开路。

屋里的随从小四走在后边断后。

孙觅看一下腕上的表，九点一刻。

按照设想，于兵从斜道上过来，本想撞向"金钱豹"呢，却被鸭挺灵活地挡住了。"娘的，眼瞎了！"

于兵说声"对不起"，时间太紧，显然也不可能再撞了。

罗山在旁边看了个清楚，在"金钱豹"躲闪的时候，他看见了他额上的金斑。

"金钱豹"等三个人走出饭店，立即跳上了早已等候着的两辆人力车。一辆拉着"金钱豹"，一辆载着两个随从。

罗山和于兵、孙觅追出饭店，两辆车已经开跑。

"你们两个慢慢跟，我到前边去！"罗山说过，一跳上了矮墙，再一跃就到了房上。

两辆人力车拐进小巷。

罗山在房上悄悄跟踪，而于兵和孙觅则在街上隐蔽追赶。

两辆人力车在一个四合院的大门外停下来。

三个人开了门走进院子。

罗山看清了，这是一个做掩护的公司所在。他伏在房顶，悄悄地观察着三人的行动。

6 小荷在房间正打扮自己,她一边换衣裳,一边在梳妆台的镜子里观察、欣赏自己。

金葵花轻轻敲门。

小荷开了门:"妈妈!"

金葵花走进来了。小荷不理妈妈,只管按自己的想法打扮着。

金葵花站在旁边观察着女儿:"小荷,咋样啊?"

小荷佯装不懂:"啥咋样啊?"

"那个姓梅的大兵上钩不上?"

小荷一笑:"早上了!"

金葵花一惊:"进行到哪一步了?能把他带家来吗?我和你毕叔叔商量,如果他过来了,我们好好招待他。如果他真的没有朋友,我们就可以暗示他,你可以跟他谈朋友。在和他的谈话中我们就可以得到更多共产党的内部消息,这对于我们太重要了。如果你们真的成为朋友关系,我们就可以得到更多、更有价值的东西。甚至,我们可以让他成为我们的人,一同完成伟大的壮举。时间太紧,不能耽误太久啊,小荷!"

"我知道。"小荷有些撒娇。

金葵花说:"主动些!"

小荷故作娇嗔:"咋主动啊?"

金葵花看女儿一眼:"撒撒娇会吧?拉拉手会吧?挽着他走路会吧?可以用身体碰碰他,态度要真诚,像个小妹妹,像个——小情人……反正,只要不越底线,都可以吧!"

小荷脸红了:"妈妈!"

"好好,妈妈不说了。"

小荷一低头,哭了。

金葵花上前抱住女儿:"妈妈也不想让你这样。你毕叔叔说,要让你锻炼锻炼,将来报功时你好有份儿。"

小荷拭一下泪:"谢谢妈妈!也谢谢毕叔叔!我一定好好做!"

金葵花掏出手帕,给女儿擦着:"好,我的乖女儿,去吧!啊!"

小荷装扮好了,一袭长裙来到多次站过的路灯下,手拿一个又长又大的信封,引颈企盼地等着梅东岭。

昨天的小混混儿和他的伙伴走了过来。他们狠狠地瞅她一眼。

小荷扭过脸去,装作没看见。

小混混儿挑衅地说:"我说咋恁牛,傍上解放军了?"

小荷不理他。

"还没成军品,就不让我们碰了?要是真成了军品,我们看一眼是不是都不行了?趁着还没有定购,我们多看看吧!"

"别说看看,摸摸也没啥了不起吧!"伙伴说着,就想往前靠。

小荷说:"兄弟,你们走远点儿,我一嗓子,你们就完了。不知道我是谁,也去打听打听!"

小混混儿嘴一歪:"啊!越说越厉害了!"

梅东岭看见了小荷,看见小荷身边有两个小混混儿。梅东岭贴着街边走过去。

小混混儿正要对小荷动手,扭脸看见梅东岭,转身就跑。

"跑什么?"小荷轻蔑地看着他们逃跑的方向。

梅东岭追上去,一脚把小混混儿踢倒了。

小混混儿喊疼:"哎哟!"

梅东岭大喊一声:"起来!"

小混混儿站起来:"我……我没干什么呀!"

梅东岭大声问:"小荷,他们欺负你了吗?"

小荷看着小混混儿一笑:"你说呢!"

小混混儿连忙求饶:"没有,没有。小姐高抬贵手,饶小人狗命!"

小荷又一笑:"滚吧去!"

小混混儿爬起来,连连作揖:"谢谢小姐!谢谢小姐!"

"看来,我真得送你啊!"梅东岭很感慨。

"要不,我就不敢自己走了!"小荷楚楚地晃了一下身子。

"看来,北平的治安还不行!"梅东岭小声感慨着,"走吧!我还送你!"

两人走了几步，小荷从兜里掏出请柬，说："梅叔叔，我们校长让我请你去给我们的老师和孩子演讲，你就讲你和鬼子拼刺刀时，你刺死了鬼子，另一个鬼子的刺刀却扎进了你的嘴，你使劲一咬……这一幕太精彩了，我听着激动得直想掉泪。"小荷说着，眼睛就红了。

梅东岭伸手欲接。

小荷却往后一缩，从里边掏出大红的请柬，停在路灯下大声地读起来：

邀请信

尊敬的解放军叔叔梅东岭同志……

梅东岭忍不住要了过来："我自己看。"梅东岭拿着邀请信，看得很认真。

小荷趁势挽住了梅东岭的胳膊："叔叔，你一定要给我们的孩子讲，好好地讲讲！"

梅东岭看完了，站住脚，说："小荷，以后你不要叫我叔叔了。你是老师，你的学生喊我解放军叔叔，你也跟着喊解放军叔叔，不是乱辈了！"

小荷仰起脸："不喊叔叔，那我喊啥？"

"喊——想喊啥喊啥，就是不要喊叔叔！"

小荷歪过头来，似乎是想了想，软了声音："那我喊，哥哥？"

梅东岭低头看着，不吭。

小荷的声音更媚："那我喊梅东岭？嘻嘻嘻嘻……"

梅东岭轻声说了句："调皮！"

小荷喊："哥哥——"

梅东岭不应。

小荷又喊："梅哥哥——"

梅东岭仍然不应。

"你为啥不答应我？"小荷说过，两只眼睛里忽然涌出了泪水。

梅东岭轻轻应了一声："哎！"

小荷猛地挽住梅东岭，说："梅哥哥，我从小就想有个哥哥，我想让我哥哥带着我，看看谁敢欺负我！可是、可是到今天也没有，你就做我的哥哥吧？"

梅东岭点头。

小荷娇声说："亲哥哥！"

梅东岭犹豫了一下，又点头。

"哥哥——"小荷踮起脚，在梅东岭的下巴上亲了一下。

梅东岭猛地捧起小荷的脸。

一双迷离的眼睛像从遥远的天际同时升起了两盏月亮，长长的睫毛多像那朦胧的轻云啊！

梅东岭猛地醒来了，他慢慢地松开手，呻吟似的说了一句："对不起！"

小荷愣了一下，对梅东岭突然的动作又惊又喜，她双手抱住梅东岭的胳膊，说："我想有一个高大英俊的哥哥，他带领着我，引导着我，保护着我……"

梅东岭低声说："那，我就做你的哥哥吧！"

"哥呀——"小荷猛抱紧梅东岭的胳膊哭了起来。她哭得很认真，哭得很委屈，哭得像走失了很久的孩子忽然见到了亲人。

梅东岭傻了，他看了看四周，一时不知道该怎么做。

7 夜渐深，牙科诊所的窗帘都拉严了。金葵花在给"云中飞"换药。她一层一层地解开绷带。

褚一魁关切地问："怎么样啊？"

"云中飞"抢着说："金大夫，我感觉已经好了，不用再换药了吧？"

金葵花说："只能说是基本好了。你看，肉都长平了。少校，你身体真的很棒！看这肌肉！"

"云中飞"一笑："大夫，您不知道，我小时候爱打架，一天打三架，可能说多了。三天打一架，绝对说少了。我爹也想让我上学，谋个前程，谁知道，一上学更有打架的条件了，为啥呢，人多！一个班的人叫我打过来完了。老师说我，认的字没有打的架多！"

三个人都笑了。

金大夫问："后来呢？光打架能行？"

"后来，我爹死了，村里人说是被我气死的。现在想来，还是他老人家身体不好。光气能气死人？我爹一死，就更没人管我了。我就学会了偷盗。你们是没偷过啊，偷盗上瘾。正啥都没有呢，一会儿啥都有了。想要啥就偷啥。只要人家有，一会儿我就有。"

金葵花问："你跟谁学的呀？没失手过？"

"原来想着偷东西不用学，趁人家看不见的时候拿走就行了。谁知道不是那回事。谁的东西谁上心，很不好拿走呢！我先后拜过三个老师啊！"

金葵花问："上学拜了几个老师？"

"上学才拜了俩。"

"怪不得学习不好！"金葵花说过，三个人又笑。

"云中飞"说："第一个老师光教快，出手要快，一摸就走。为了快，滚水里捞鸡蛋，油锅里摸铜钱。单独作案，不讲配合。我现在的独来独往，想来就是那时候养成的。单独作案有坏处，出事了没人掩护。单独作案也有好处，想破案比较难。第二个师父讲配合，但他手艺不行。后来我才知道，手艺不行的才讲配合。手艺好的谁讲配合啊，想求别人占便宜吗？"

药换好了。

"云中飞"说："金大夫，不是好了吗？为啥还包啊！"

"刚好，皮嫩，要保护啊！"

"云中飞"说："恩师，今夜我要离开您和金大夫，让我到外边活动活动吧，憋死了！"

褚一魁看看金葵花。

金葵花说："少校要走也可以，只是暂时不要做什么，再歇两天才好行动。"

"金大夫放心，您刚才不是还夸我肌肉好吗？我感觉力气爆满。""云中飞"使劲握一下拳头，他的骨节竟然咔咔作响。

"手痒痒了？"金葵花故意问。

"云中飞"点头："今天在厕所时，派出所的小子幸亏没进去。我当时作好了准备,如果进去,我就要让他们吃屎了。"

金葵花说:"我当时紧张极了。"

褚一魁看她一眼。

"云中飞"一笑:"恩师,我要带走两枚锅饼。中南海,还等着我完成任务呢!"

褚一魁说:"不急,我把包给你整理一下。"

"云中飞"说:"我自己来吧!"

"不,我来!"为示尊重,褚一魁用了两个小时,亲自给"云中飞"缝好包。他咬断线,把缝好的包递给"云中飞"。

"云中飞"背起来试了试。

褚一魁把两颗定时炸弹拿出来,塞进包里。包有两个小兜,正好一兜一个。褚一魁装好,又把小包的带子系上。

"云中飞"伸出手:"恩师,我走了!"

褚一魁说:"我真有些担心。"

"恩师放心!"

褚一魁点头:"好的,我恭候少校佳音!"

"云中飞"一笑,背起夜色包,走出了屋子。

褚一魁和金葵花送出院门。

"恩师,等着听徒弟的好消息吧!""云中飞"步履矫健,转眼消失在路灯的阴影中。

8

金葵花的卧室里挂着她和女儿的照片。那是徐莫烈去世不久,她和女儿两人照的。小荷七岁,她三十二岁,看上去虽然眉有愁态,但还是显得年轻。

褚一魁走进她的卧室,一屁股坐在床上,说:"此事体大。你要教教小荷。她一个姑娘,虽然聪明,但毕竟没谈过恋爱。"

金葵花说:"我教她了。我让她大胆些,只要不碰底线。"

褚一魁笑了："啥是底线啊？亲亲算不算底线？"

"那当然不能算。不亲能算恋爱吗？"

褚一魁说："摸摸算不算底线？"

金葵花还未回答，褚一魁把手摸上了金葵花的胸脯。

金葵花故作嗔怪地轻打他一下。

褚一魁不退，手又向下摸去："这样算不算底线？"

"离这儿差远了！"金葵花媚一眼褚一魁，"有些地方真不能摸，容易失守啊！"

褚一魁停住手，说："你要好好教她。那些大兵，连女人味儿都没闻过，就算是战场上的英雄，让女人这特殊的香味儿一熏，没有不倒下来的。我的'拼命太太'，等着你的女儿押回来俘虏吧！"

金葵花说："组长，要真是把大兵拿下了，那我们可真的要做成天大个事了！"

褚一魁说："西方人说，首先是自救，上帝才帮助。东方人说，谋事在人，成事在天。可你要不去自救，不去预谋，上帝和老天想帮助你，也找不到理由啊。要给西方的上帝和东方的老天一个充足的理由啊！"

金葵花说："我相信，上帝和老天都在我们这边！"

褚一魁高兴了，一把把金葵花拉坐在床上，抱住了："好我的'拼命太太'！今夜里我要好好打理你，再越越你的底线！"

褚一魁说着，做一个猥亵的动作。

金葵花忽然亲他一口，说："你真坏！"

第十三回 "云中飞"偷盗试运气 开北方送礼买人心

> 一方爱文化
> 一方反文化
> 一方有文化
> 一方否认没文化
> ——打一字

1 事不大,开北方被这事难住了:"闹闹,你说我该买点儿啥?"

郭闹闹摇了摇头。

"我也没有女儿,真不知道这小女孩儿都喜欢些啥!"

郭闹闹说:"管球小女孩儿还是老女人,只要是女人,没有不喜欢首饰的,就买球首饰!"

店还没有开门。开北方和郭闹闹吃罢了早饭,坐在桌前,对脸商量买礼的事。

开北方剔一下牙花子:"买啥首饰?一个小女孩儿,送得太重了,让人家起疑不是!"

"我以前和个女人好,她就是喜欢首饰,金镯子银镯子玉镯子,喜欢,金簪子银簪子镶玛瑙的帽花子,喜欢。你是不球知道,光这个女人我花了多少钱啊!"郭闹闹用感慨的口气回忆着昔日的幸福。

开北方不看他:"可,这才是个十四五的小女孩儿啊……"

郭闹闹瞪起眼睛:"小女孩儿咋了,你送她金镯子,保险美得很!"

开北方摇了摇头。

"要不,送一副银首饰也行?"

开北方仍不说话。

郭闹闹说:"廖先生叫咱行动,你拿着钱花球不出去,他以后还会再给咱吗?"

开北方下意识地点头。

"就是花错球了也得花!"

开北方又点头。

"花钱,有球错的吗?"

开北方说:"闹闹,我有办法了!"

"啥球办法?"

开北方站起身来,说:"我去街上看看,看看那些时髦的女孩子都戴什么不就行了。这叫有样学样!"

"老板!"郭闹闹郑重地喊了一声。

"咋?"开北方看着郭闹闹。

"我听过一句戏文,叫球'每临大事有静气',我真球不明白意思,因为不明白意思,所以就记住了。今天你这表现,我算球明白了这句话,你这才是球'每临大事有静气'啊!有静气了,才能找着办法!"郭闹闹为自己的进步高兴着,他说得很真诚。

开北方说:"听你这一说,我忽然感觉戏文还是不错的!"

2

吴邑处长把罗山刚画的"金钱豹"公司的地形图铺在办公桌上，仔细地研究。梅东岭、于兵、鲁战凯和孙觅都在旁边站着，认真地观看。

吴邑的目光从地形图上扬起来，说："'金钱豹'，这个扰乱北平的前线总指挥，这个统领着五百多特务的罪魁祸首，终于被我们掌握了。现在，不是我们抓住抓不住他的问题，而是我们要商量一下，什么时候抓他价值最大，效果最好。下面，请大家发表意见，我们好好地讨论一番，琢磨琢磨。"

大家都不说话。

"罗山同志，你最了解情况，还是你先说吧！"吴邑看着罗山。

"好的。"罗山说，"我的意见，暂时不抓，我们在他居住的这个合和有限责任公司的对面，就是这个位置……"

吴邑把草图递过来。

罗山举着草图："在这个位置，也就是它的对面，设一个监视点。二十四小时不间断监视。这样，我们就可以在短时间内掌握和'金钱豹'来往的所有人员的踪迹，然后，根据案情需要，盯梢、取证、抓捕。"

吴邑想了想，就点了头："抓住'金钱豹'和他的袭扰队的骨干，这个反动组织基本上就可以扫清了。这是个大事，不可有丝毫的疏忽。这个监视点谁来负责？"

于兵站起来："我来做吧！这个地方我熟悉，区委的钱益书记是老地下党员。昨晚我们就踩好点儿了。今天我就去找他，立即把监视点建起来。"

"处长，我能不能在完成任务的前提下，也跟着去监视？"孙觅也站起来，一脸殷切地看着吴邑。

吴邑不为所动，扭脸看着梅东岭，问："梅东岭，怎么样？"

梅东岭马上站起来："孙觅在饭店的任务是审查饭店所有工作人员的政治档案。如果她在完成审查任务后，我感觉，可以！"

孙觅高兴了，对着吴邑说声"谢谢！"又对着梅东岭说声"谢谢！"

吴邑说："且慢！一定要保证安全！于兵？"

"是！"于兵敬了个军礼。

孙觅忙又向于兵道谢。

吴邑说："我会和市公安局商量,让他们派人配合。于兵,你可以带几个便衣队的保卫人员,一拨儿四小时。再安排个联络员,万一有啥情况,可以随时通报。"

罗山轻声说："'云中飞'的刀伤应该快好了。"

"忘不了他!"吴邑转向罗山,"从今天起,你的重点任务转向中南海。"

"是!"

"慢!"吴邑看着罗山,"监视的事,你还是要去盯一下!"

众人接受了任务,正要离开。孙觅看一眼黑板上的谜语,忍不住站起来,走到黑板前,小声念起来："'说拉不拉,说抓不抓,乙位死穴,拉抓掐挖。'我猜了一个字,不知道对不对?"

于兵正要走,站住了。

罗山和梅东岭也都看着她。

"哪个字?"于兵忍不住。

"是个'挖'字吧?"

"'挖'?怎么解?"于兵被这个字搞糊涂了。

"这个字太迷惑人了!'拉抓掐挖',取的是个'提手','乙位死穴',就是'挖'字的右一半吗?"孙觅扭脸看着处长,"对不对呀处长?"

吴邑哈哈地笑起来,说："这个字谜我做得不好,是不太好猜。祝贺你孙觅,你可以跟着罗山他们锻炼了!"

"谢谢处长!"孙觅高兴地往上一跳。

"这'挖'啥意思?"于兵说。

"深挖嘛!深挖特务的藏身之地。对不对?"孙觅得意地说着,一脸笑意。

"嗯嗯,"于兵点头,"哎,还有一则呢!"于兵指着旁边的谜语,大声读起来："行为百代光……"

"这一则,"孙觅摇了摇头,"感觉还没上来。"孙觅说过,拿起粉笔,在那一排谜底上写上了"挖"。

"好好猜。那我走了！"于兵一转身，立即就去找钱益书记了。

钱书记以前的公开身份是卖馄饨的小贩，跟街道里这些人家真是太熟了。他带着于兵直接到了合和有限责任公司对面的殷朝朋家。老殷家是清朝的太监殷士藩的后裔。要说这太监怎么会有后裔呢？钱益书记专门考察过，据说殷士藩很受皇帝的喜爱，积得了不少银钱，殷朝朋的祖上是殷士藩的本家侄子，伺候了晚年的殷士藩。虽然过去了多少年，但殷家还保有一所完整的四合院子。只是殷朝朋没有子嗣，和与己同庚的六十五岁的妻子住在一起。

"殷老哥，今天在家？"钱益书记笑着。

钱益之前卖馄饨，革命成功后，他就成了共产党的区委书记。虽然成了书记，但是他一点儿架子没有，还是和以前的老张老李称兄道弟。

"钱老弟呀，快进屋里！"殷朝朋也没有丁点儿客气。

钱益介绍："这是小于同志，我的小兄弟！"

"啊啊，里边请，快里边请！"殷朝朋热情相邀。

钱益拉着殷朝朋到背间里，悄悄地说了区里的决定："殷老哥，区里想借你的屋子做一个观测点……"

殷朝朋一听是区里的决定，马上点头，"可以可以可以！"一连说了三个。

钱益书记就感动了，说："老哥，你真是支持我！"

合和有限责任公司是在街北边，主房南向。而殷朝朋家的四合院在路南，中间隔一条东西向的街道。殷家四合院东屋的北山墙正对着"金钱豹"的主房。让人惬意的是，北山墙上有一个八角小窗。

罗山一看，连称"漂亮"。当下，他和于兵在屋里做了一把简易木梯，往山墙上一靠，罗山踩着梯子就走了上去。

虽然是东厢房，没有主房高，但窗户开在山墙的上段，还是高出了院墙许多，对面的院子被俯瞰，一下子暴露出小半个院子。尤其是大门，简直就是在眼皮儿底下了。

"怎么样？"于兵小声问。

罗山轻声说："你上来。"

于兵爬上来，禁不住轻叹了一声："位置真好！"

此时，院子里正有人从偏房走出来。

于兵说："这人以前见过，没想到他住在这儿啊！"

罗山说："你下去把纱布拿上来。"

于兵走下梯子，拿起事先准备好的白纱布。

罗山又说："图钉！"

于兵又拿上一盒图钉，踩着梯子上来。

罗山接过纱布，展开，轻轻贴上。山墙上这窗户是一个艺术品，外边看是八角，每个角上雕刻着"乾坤震艮离坎兑巽"八卦符号，里边却是一个接近正方形的长方形木窗。

罗山一扭脸，于兵立即把图钉递上。

罗山在展开的白纱布四周，一气儿钉了十个钉子。

于兵问："为啥要钉这个啊师父，不挡视线？"

罗山走下来："这样一钉，我们的视线不受影响，外边就看不见我们了。"

"啊，是吗？"于兵走上去一看，乐了，"师父，你咋知道的？"

罗山笑了。

于兵轻喊："小姬，你上来，师父还有事呢！"

小姬是市公安局派来配合的，他应一声，立即踩着梯子上去了。

3

有人来买冥衣了。

郭闹闹一抬头："先生您兴旺！请到里边用茶！"

"老板呢？"这人打量着郭闹闹。

郭闹闹也在打量此人，面生得很："老板被人请去量活儿了。老板安排，让球帮着听活儿。"

这人五十多岁，一口京腔："想订点儿糊烧的活儿。"糊烧是北平的方言，是纸扎之类的通俗说法。

郭闹闹看他没有穿孝，笑着问："给朋友，帮忙？"他意识到了不该说

"球",一紧张,结巴了。

此人不笑,说:"对对!"

郭闹闹连忙从柜台下拿出"画样"本子:"您挑活儿?"

此人刚走,开北方回来了,掂着个纸盒儿,一看就是礼品。

"买球啥礼呀?"

"好礼!"开北方说着,走进店里。

郭闹闹问过,忽然就看见隔壁的小丰姑娘提着一兜青菜沿街走来了,禁不住一声高喊:"哎,来了来了!快!"

开北方一扭脸,立即笑了。他有一个经验,只要是精心准备的事情,对方一定会配合。开北方连忙托起纸盒,站在店门里边。

掂着青菜的小丰走到门口,看见开北方,轻轻一笑:"大爷忙着啊?"

开北方笑着说:"小丰买菜去了?"

小丰放慢脚步:"啊!北平的菜可贵了,要在俺老家,都是自己种的,便宜得很!"

开北方说:"姑娘,你大爷长大爷短地叫了这几天,大爷也没给你买过啥东西,你看,这俩卡子你用吧!"

开北方说着,把盒子打开:

两个大大的有机玻璃花卡子和几朵红红绿绿的绒花。

姑娘像烧住了一样:"大爷,这可使不得!"

"有啥使不得,女孩子家,大爷没啥可买。拿着拿着!"开北方走上前,热情相送。

小丰躲藏着,不接。

开北方挡住她的路,硬送。

郭闹闹出来打圆场了:"哎呀,姑娘家的,谁不爱美啊!你看球多时样啊!大爷想到你了,还不快拿住!"

小丰脸红了:"这、这——无功受禄!"

开北方笑了:"啥功不功的。大爷喜欢你,这么懂事的孩子,我第一次见!给给!"

小丰站下来，红着脸接了，给开北方弯腰致了一礼："谢谢大爷！有事您只管吩咐小丰！"

4 廖响也没有闲着。早晨他吃过饭，换了一身轻软的便装，雇了一辆人力车去逛北京城。车到长安街，廖响说："慢点儿走，我第一次来！"

车夫是个中年人，一听此话，步履就慢下来。

到了天安门前边，车夫知趣地问了一声："先生，您是不是停下来看看？"

廖响点头："停一下，谢谢！"

人力车夫停下来。

廖响没有下，他坐在车上，说："听说建国的典礼很快就要在这儿举行？"

"好像、也许、大概……也只是听说！"车夫都是多嘴的，"为啥这样说呢？因为市民都是这样猜的！"

"都是猜的？没人指示？比如政府啊啥的？"

"为啥说都是猜的呢？您外地人有所不知，以前这儿脏得很，光鸟粪就有这么深！清朝灭亡以后，这儿成了垃圾场，老百姓都往这儿倒垃圾，天安门城楼都快被埋住了。您看看现在，修得这么漂亮，要是不派大用场，下这么大劲儿干啥呢？"

"嗯嗯！"廖响点头。

人力车夫受到鼓励，劲头更大了："共产党，可比国民党的本领强。您看北平这个街道，以前那是垃圾遍地，这儿一堆，那儿一堆，现在您看看，干净得像过节一样。您一定想，要清除这些垃圾，政府得花多少钱呢？告诉您，先生，没花啥钱！都是义务劳动！'义务劳动'，这个词，不知道是谁发明的，真有学问！以前叫出力不出钱，出钱不出力。现在不是，人人出力，义务劳动。就冲着这个词，大家都喜欢。不瞒您说，光我这辆人力车，都拉了四十多趟……"

廖响皱起眉头。

人力车夫没看见，兴致勃勃往下说："有一回，我回家晚了，我老婆发脾气，非问我为什么回来这么晚。"车夫又一笑："女人都是小心眼儿，光怕我弄出啥好事似的。我说，响应市长的号召，参加义务劳动往城外运垃圾了。哎，我那老婆立即就笑了……"

廖响指一下天安门："这还能往里面走走吗？我想进去看看。"

人力车夫伸手一挡："师傅，这个恐怕不行。要不，我去帮您问问，就说是一个远路的客人，第一次来北平，想进去看看。哎，师傅，您是哪里人？"

人力车夫说着，就往里边找人去问了。

廖响喊住他："哎哎，我只是想看看，不添麻烦，不添麻烦！"

人力车夫说："这样师傅，您坐车上再看会儿，我跟您慢慢地唠叨唠叨行不行？"

廖响点头："好好！麻烦师傅了！"

"哎，能让您老满意，那也是我们的操守。"人力车夫拉起车子，边慢慢地走着边给廖响讲天安门的掌故。

"停停！"廖响一声喊。

人力车夫立即站下来。

廖响看见天安门城楼上，正有人往上挂扎制的灯笼。那么红，那么艳，似乎都把天安门照亮了！

5

罗山回到办公室的时候，听见吴邑处长正接电话。他坐在外间的椅子上，等着跟处长汇报。

"……首饰店的盗窃案？……啊，啊啊……好的！你们继续调查，有什么重要情况了立即给我打电话。注意啊，北平无小事。因为这是毛主席居住的地方！"

罗山看处长电话接完了，喊了一声"报告"，走进了里间："处长，监视点的事情已经办好了。我马上要去中南海，您还有啥指示要嘱咐我的吗？"

吴邑说："刚接了市公安局个电话，说王府井一家金银首饰店昨夜被盗。派出所正在调查。他们说，这个盗贼手段很高，盗完了也没有留下啥痕迹，特报我们知道。市局的警惕性很高啊！我让他们继续调查，一有情况立即报告。"

"手段很高？"

吴邑点头。

"要不，我先去看看？'云中飞'的刀伤应该接近好了，或者已经好了。"

吴邑皱起眉头："我估计，不应该是他作案。假设他刚刚伤愈，为什么不再养两天以利作案，偏偏选一个首饰店偷几件首饰呢？国民党的少校级特务，肯定不是没钱花了！"

罗山说："您分析得有理，但我感觉，还是去看一看好！"

"好吧，速去速回啊！"

"是！若无重要案情，我直接就往中南海了。"罗山说过，转身出了办公室。

王府井派出所所长袁客民是一个三十多岁的军人，腿受过伤，走路有点跛，不仔细看，觉察不出来。因为他上身平稳，并没有明显的摇动状。罗山第一印象，是个可信赖的人。袁客民一见罗山，立即就陪着他去了王府井的金银首饰店。首饰店的徐老板是一个四十多岁的戴眼镜男人，面相斯文。他指着面前的几个柜台，也就是被盗现场给两人介绍：

"这个贼很有本领，你看，他是从后边进来的。从后边进来就说明他是先进了院子。我们的院子这么深，夜里跳墙进来那是不容易的，你们看，除了他踩倒了一片瓦松，几乎找不到痕迹。"

徐老板边说，边走出商店，来到院子里。

靠墙立一架结实的梯子，罗山听过，踩着梯子爬了上去：

这是一道覆着青瓦的院墙，年深月久，瓦缝里长起了稀稀拉拉的瓦松。瓦松不是松，是一种多汁的肥胖植物，很容易受伤。被踩倒的瓦松已经起立，虽然被脚拧了一下，整个枝干并没有被踏碎。

罗山歪了头，逆着光看鞋的印痕。除了被踩掉了的瓦锈，没有留下什么更重的痕迹。

罗山又来到墙外的街上细细地研究了这堵长着瓦松的院墙。

袁客民站在罗山身边，小声对罗山分析："这起偷盗，不是我们这一片的小偷作的案。正因为这个，我才给局长打电话，局长才又给吴处长打了电话。"

罗山扭脸看着袁客民："所长为什么这样肯定？你调查完了？"

"没调查完，但我敢肯定！为什么呢？三个理由：一、俺这一片没人有这么高的本事。你看看，跳越这么高的墙，几乎没留下痕迹。我们这儿的都是笨贼。二、小偷不熟悉这个首饰店。"

"啊？是吗？"罗山脱口而出。

徐老板抢过话头："袁所长说的一点儿不错。盗贼显然不熟悉店里的情况。我们每天关门下班的时候都把贵重点儿的首饰收拾起来放在旁边这个柜子里，只留一些不值钱的放在柜台里。你看，柜台里的金银首饰被洗劫一空，这个柜子，却丝毫没动。你再看看这个锁，只能起个心理作用，两鞋底子都能砸开，可贼没动柜子！"

袁客民说："徐老板，以后可不敢再这样弄险了。"

徐老板连连点头："那是那是！"

"第三呢？"罗山问。

"啊,第三,我们辖区的小偷敢这样乱偷,那是绝对不能允许的。新中国了，啥都得讲规矩不是！再说，自从推广了前门派出所的经验，大家都学好了。"袁客民很自信。

罗山说："袁所长，以你的判断，最可能是哪儿的贼偷的？"

袁所长伸手一指："俺这儿相邻的还有两个派出所，这边的是街西派出所，那边的是街东派出所。哪个所里没俩冥顽不化的贼人呢！"

罗山点头："那好，麻烦你袁所长，立即打电话通知另外两个所长也来一下。"

"好的！"

半小时后，街东派出所所长和街西派出所所长全都来了。

王府井派出所只有两间屋子，外边一间办公，里边一间也办公。不同的是，里间办公的是所长。袁所长没把二人往里间让，说实话，里间也坐不下。袁客民先给两位同道介绍了罗山，然后又给罗山介绍了俩所长。

"街东派出所所长王结财！"

罗山和王结财握手。

袁客民再介绍："街西派出所所长蒋中堂！"

罗山再握手。

袁所长开玩笑："蒋中正的弟弟！"

罗山笑了。

三个所长也都笑起来。可别小看这一笑，整个气氛一下子轻松下来了。

袁客民说："我们辖区的金银首饰店被盗，想必两位也都知道了吧？"

王结财点头："听说了。要在以前，你这是日子。经常有！现在解放了，小偷小摸都被改造了。这事一出，就成新闻了。"

蒋中堂问："有线索了吗？"

袁所长两手一摊："要是有线索还会请两位帮忙吗？保卫处的罗山同志做调查，想请二位多出出主意。罗山同志，您讲讲吧！"

罗山说："我只是想多了解点儿情况。没啥好讲的。袁所长说，案子虽然在他们辖区，但盗贼却不在他们辖区。他讲的三条理由我感觉都能成立。请二位来协助一下案子的办理。看能不能在你们的辖区找到些线索。"

王结财说："蒋所长，您先说？"

蒋中堂谦虚着："你说你说！"

王结财一笑："恭敬不如从命啊！我感觉，盗贼也不是我们辖区的人。今天早上我一听说被盗，就在脑子里过了过电影。二十多个有前科的人，我一个一个地滤了一遍，都不可能。尤其是开展学习前门的经验后，再敢夜间作案的真的没有了。"

罗山问："作案前向派出所打招呼的还有吗？"

三个所长都笑了。

蒋中堂说："罗山同志，您说的是以前，是旧社会。现在是新社会了，谁还敢弄这啊！"

罗山说："好，你接着说。"

蒋所长说："我敢保证，盗贼不在我们辖区！"

三个人都看着他。

蒋所长不看大家："我们的工作做得很细，有前科的人一个一个都做了登记，每礼拜给他们开一次会。其实，小偷小摸并不可怕，可怕的是他们容易被国民党的特务利用。这些人都很贼，但是政治觉悟很差，好朋友，讲义气。不是表功，我们辖区的小偷小摸三十九人，大多近段都没活动。像这么大的动作，夜里偷盗金银首饰，借他们个胆，他们也不敢！再说，经过学习，他们政治觉悟都有程度不同的提高。"

罗山问："真是这样？"

王结财和蒋中堂一起表态："真是真是！"

"罗山同志，两位所长的意见我也同意。"袁所长扭过脸来看着两位所长，"不过，案子发生在我们辖区，责任自该由袁某承担。还仰二位帮忙啊！"

罗山说："虽然盗窃案发生在这里，但对整个北平市都造成了很坏的影响。很快，境外的报纸都会发出消息的。所以，我们一定要尽快破案，让全国人民乃至全世界人民检验我们北平市保卫队伍的态度和能力！"

袁客民激动起来："罗山同志说得对，这哪是我们王府井派出所的事，这关乎到全北平市公安战线的荣誉！"

蒋中堂说："盗贼偷东西是要变现卖掉的。不然，拿一堆首饰有什么用？我们回去给那些有前科的人开个会，就说有人玷污了大家的名声，说这个盗贼是我们辖区的。"

"为什么要这样呢？"罗山问。

"我这是激将法。您不知道，罗山同志，这些人刚被改造，个个表现积极。我们可以让他们帮助想办法，去抓盗贼。"

王结财说："我也想到用这个办法。贼有贼智，他们以前经常弄这事，可知道到哪儿去找。"

袁客民听得不住点头:"罗山同志,您看呢?"

罗山说:"毛主席说,相信群众相信党,这个办法可以一试。但是,这件事也不能光靠那些改造积极的人,我们也要积极地想办法、找线索。"

三个所长一齐说:"那是那是!"

蒋中堂说:"哎?袁所长,这家首饰店的首饰上有啥标识没有?要不,都是首饰,你怎么知道是偷的?"

袁客民说:"有有。百年老字号,上边有一个堂号:周。"

王结财问:"老板姓周?"

袁客民说:"老板不姓周。他卖的首饰是人家姓周的做的,号称'周银匠'的首饰。就像上海的老凤祥啥的!"

"啊啊啊,我知道,'周'字是不是一个变形的大篆?像我这种样子。"蒋中堂说着,站起身来,举胳膊叉腿地摆成大篆"周"的样子,几个人全被他逗笑了。

6 金葵花正在做牙齿,她已经做好了一个,正在做的是第二个。她戴着眼镜,一点儿一点儿刮着。

褚一魁进来了,一屁股坐在金葵花身边,看她做牙。

金葵花埋头做着,不理他。

褚一魁坐了一会儿,没话找话地问:"给谁准备的?老翟头儿?"

"老翟头儿那一口黄牙哪配用这么白的?"

"噢。"

"再说,老翟头儿的牙弄好了,还来这儿干啥呢?"

褚一魁轻叹一口气:"如果他不来,那得有人来!要不然,我们的实验就完不成啊!"

金葵花停下手:"其实,实验已经完成了,真的用不着再等时间。是不是这个杜先生胆怯了在找理由啊?"

褚一魁轻轻摇头:"我也感觉应该人试一下!只是——"

金葵花一动机关，牙张开了。

褚一魁一惊："啊，给谁做的，这么高级？"

金葵花抬头看他一眼："你的朋友啊！"

"杜？"

"杜！"

褚一魁拿起牙来看着："人家都是看着牙做假牙，你怎么是先做好了假牙呢？"

葵花仰起脸："你说的是一般看牙，你的朋友可不是一般朋友。我得让他来一次就成功，所以是做好假牙等他来。"

褚一魁说："怎么弄开的？"

金葵花又重复一次。

褚一魁一试，牙弹开了。

褚一魁仔细地看着："两颗牙能装六克药？"

金葵花点头："能！"

"六克药就够？"

"只要你的朋友做得好，有六克，就足够了！"

院门响了，褚一魁扭脸看去，瘸腿老张给紫姐开了门。

7 当天上午，罗山就赶回办公室，给吴邑处长做了汇报，并把自己的判断也讲了出来："根据调查分析，很可能是特务'云中飞'所为。"

"是吗？"吴处并不是很同意这个判断，"你坐下！"

罗山坐下来，详细说了自己的想法："袁所长说了三个理由，来证明不是他们辖区的小偷所为：一是学习了前门派出所的经验，改造积极，小偷们现在是不会再偷了；二是没有人有这么高超的本事，跳墙都不留下什么明显的痕迹，墙头上长满了瓦松，竟然未被踩坏；三是不熟悉店里情况，该偷的没偷，不该偷的倒偷了。本领高超，不熟悉情况，这些，都是'云中飞'所具备的条件啊！"

吴邑也说了自己的判断："'云中飞'刚刚痊愈，甚至还没有完全痊愈，他又不缺钱花，为什么要偷一家首饰店呢？难道他会去卖首饰或者送人首饰？多少年来，也没有听说他在北平有情人啊！"

罗山说："至于什么原因，我们暂不猜测，但有一条我感觉，应该是他。"

"啊？说说看！"

"小偷都有一个心理特点，在作大案前，都想作个小案试手气。如果成了，他就接着往下干；如果不成，他就会晚几天再试一下。他这次，应该是想试手气。"

"为什么会有这样的心理呢？"

罗山说："因为每次偷窃都有很大的冒险。冒险需要运气。冒险相信运气。冒险也迷信运气。而冒险究竟能不能成功，小试寻找的就是运气。成功需要暗示。"

吴邑看着罗山："这么说，'云中飞'接下来要有大动作了！"

"我想应该！"罗山虽然用的是猜测的语气，但表达时的态度却很肯定。

吴邑问："今天夜里会吗？"

罗山想了想："估计不会。"

"为什么？"

罗山说："他知道，再来中南海，他一定要做好充足的准备。除了心理上的，还要有身体和物质两个方面的。身体，他毕竟受了伤，失了血，尽管有医生治疗，也需要时间恢复。这次偷盗，我想，他也是在测试自己的身体究竟恢复到什么程度，能不能在短时间内再次作案。"

吴邑问："假使不是'云中飞'呢？你对这次盗窃有什么看法？"

"那就是一般意义的案子了。我只对'云中飞'有兴趣。这是我的责任，也是我的直感。"

"嗯！"吴邑说，"你的重点是'云中飞'，其他可以不管！"

"是！"

罗山一走，吴邑立即拿起粉笔在黑板上又写了一则谜语：

第十三谜
一方爱文化
一方反文化
一方有文化
一方否认没文化
——打一字

8 一个纸叠的牌位立在桌上,上边写着:供奉恩师惊天飞燕之神位。三荤两素五盘供品摆在牌位的前边。供品两侧,摆着满满的两盆子金银首饰。本来应该用盘子的,"云中飞"不让,说:"师父喜欢!"

一个绿釉的香炉摆于桌前,三炷黄香的白烟袅袅地抽起,像是有人在上边扯着似的。

"云中飞"说:"二哥,还是你说吧!"

葛二连忙后退:"十四弟,你说你说,师父喜欢你,你说了师父高兴。"

"云中飞"说:"好吧!那就听命于哥哥了。"

"嗯嗯。"葛二连连点头。

"云中飞"后退一步,虔诚地说:"师父,今天是您老人家仙逝十年的祭奠之日。想起师父早年疼爱我们、教导我们,我和葛二哥特设祭品追念师父。盼师父在天之灵继续保佑弟子,顺风顺水,心想事成。"

"云中飞"和葛二一起跪下,磕了四个头。

"十四弟,"两个人爬起来,葛二忍不住说,"做老师收徒弟就得收十四弟你这样的,不但有本事,还知道感恩。"

"不能这样说,二哥!你忘了师父了?"

"经常想起!"

"这不就是了!心里有,就啥都有了!这叫心到神知。师父走了十年,早就成神了!"

"可是——"

"二哥,不说'可是'了,咱弟兄俩喝酒吧!权当师父还在身边!"

"好好,听十四弟你的!"葛二说着,立即摆上桌子,六个菜,一坛酒,两人倒了,轮番把盏。

"云中飞"说:"这些祭品,二哥你就全留下来!小弟多次叨扰,实在无以表达。"

葛二说:"十四弟的厚爱二哥深表感谢。只是这么多礼,真是太重了,真使不得!"

"区区小礼,何足挂齿!自从咱们早年分别,匆匆忙忙十多年过去。早年兄弟一场,已经是缘分不浅。这些时又多有叨扰。只是一解放,共产党主政,毒品是贩不成了。要是五年前,看我怎么样祭奠师父!"

"十四弟,来,再干一杯!"

两人又饮了。

葛二实在佩服,忍不住问:"十四弟,这些东西,你是在——"

"云中飞"说:"这些天去了趟广州,远路的东西。"

"啊!十四弟,最近还有啥生意?必要时,二哥我可以帮忙。"

"云中飞"说:"我想出去两天,回来时再看望二哥。生意嘛,忘不掉二哥!"

"好好!十四弟保重啊!"

"云中飞"又喝一杯:"也说不定,很快来看二哥也有可能!天底下的风,刮过来刮过去的。"

葛二端起酒杯又劝:"好好,十四弟,能做你的二哥是我的荣幸!我时刻准备着,随时欢迎十四弟你回来!"

两人一碰又干一杯。

晚饭后,十四弟执意要走,葛二苦留不住,想着,十四弟是做大事的人,也就送出门外,挥手相别。送十四弟的时候,葛二没有想那么多,他只想着劝他多住几天,表一表自己的兄弟之情。十四弟一走,葛二回到家中,立即就感到,十四弟走得对。这倒不是"客走主家安"的心理作用,主要是因为那两盆子金银首饰。

那是两个三升的瓦盆，虽然没有装满，但也够多的了。他从没有近距离地见过这么多的金银首饰。金镯、金钗、金戒指、金项链、金耳坠儿……全都明晃晃亮闪闪，一看就让你兴奋。银镯子、银簪子、银耳坠儿、银脖圈儿、长命富贵锁……耳坠儿长垂，滴滴涟涟垂下来，跳龙门的鲤鱼眼睛竟然是活动的。金锁小，银锁大，孩子戴的胳膊镯上，一串的铃铛随碰随响，一看就让你欣喜。耳钉多金的，耳趴多银的，耳珰的两头竟然镶上了两块绿玉。

两盆子的金光、银光，相互微笑，相互辉映。

葛二看着，笑着；笑着，看着。他拿起一件，放下，再拿起一件，放下。他不知道看了多久，也不知道拿了多少件。他想知道这一共是多少，数到半夜，也没有完成。不是因为忘，而是因为分心。就像一群女人站你身边，看看这个，好；扭脸再看一个，又好……他感觉，他理解了皇上，理解了皇上的难处。

葛二本来想睡觉，明天还得拉车呢！可是他睡不着，不但睡不着，而且一个哈欠不打。这太神奇了！

葛二爬起来，点了根蜡烛，端着，再一次来到两个盆子跟前。

经过了半夜的忙乱，葛二似乎清醒了一些。他把其中一个盆子端起来，放到床前的桌子上，把蜡烛插上木腿的蜡台。"高灯下亮"，他忽然想起来这句话，笑了。

葛二拿起一个银镯子，扁的，两头像两个水滴似的。这是大号的，能戴上它的，肯定是个大女人。葛二一想，立即就有个肥白高壮的女人站在了面前。葛二定定神，就发现了一个叉腰伸腿的"周"字。葛二不认识几个字，但他知道这是"周"的堂号。

放下银镯子，葛二又拿起一个金戒指。他想自己试试，一比，不行，毕竟指头太粗。他放弃了。这盆子金银首饰让葛二的心变软了，不忍心掰得太大。他忽然想起来说书人的话，说戒指是皇宫里的女人戴的，来经的时候戴上它，是提示皇帝夜晚不宜。"直接说出来不就行了！"葛二第一次听书就摇了头，"皇宫的女人心眼多！"

葛二又拿起来一件银簪子，米粒大一点绿玉镶在簪头，细细长长的簪茎勇敢地伸出去。葛二在自己的头上比画了一下，想象着女人簪头的样子。他是个光头，根本无法簪。他拿下来时，在簪柄处再次看见了周家的堂号。

葛二拿起一副镯子，掰开，戴上左腕；又拿起一副，掰开，戴上右腕。对着烛光，这样看看，那样看看。

葛二捏着嗓子，学女人的声音："这样好看吗？"

葛二大声说："真好看！"

葛二又拿起两串长耳坠儿，滴里嘟噜地挂在两边的耳朵上。

葛二在桌子上翻着，终于找到了一个烂了数道纹的小镜子，拿起来对着照看，胡子拉碴的脸被镜子的纹划得乱七八糟。

葛二又学女人的声音："这样好看吗？"

葛二扭捏了几下身子："真好看！"还是女人的声音。

兴奋完了，葛二猛一口吹灭蜡烛。蜡烛灭后的刺鼻气味，把葛二呛了一下，他咳嗽一声，猛地倒在了床上。

9

三个派出所的所长回去后，立即找来了辖区内过去的小偷们开会。大家一听，就有些恼，都金盆洗手了，有事了还找啊？

可当他们明白了，是让他们利用自己的特长为新社会服务时，一个个立即积极起来。

"蒋所长您放心。只怕小偷不敢来咱这儿销赃。我们都是啥人，搭眼就知道来者是谁，能吃几个馍能喝几碗汤，能拉啥屎放啥屁，想蒙住我们，没门儿！弟兄们努力，只要在咱这儿出现，一定把他擒住。"

"那是当然！所长放心！"众人一片声地保证着。

——这是在街西派出所。

街东的众人一听，根据以往的经验，很快达成了共识：

偷是为了卖。

晚卖不如早卖。

大家立即行动，专找卖首饰的人。

重点"周"记首饰！

东街的负责东街一带。

西街的负责西街一带。

王府井的负责王府井一带。

信息可共享，行动不交叉。

俗话说，下下人有上上智。三个派出所的队伍共有八十多号，八仙过海，各显其能，更何况是八十个呢！

北平大地上，一时暗流汹涌。

10 天已大亮，葛二才拉着人力车走出院门。昨晚睡不着，躺下了也睡不着。葛二对"睡不着"很陌生。他是个体力劳动者，总是一沾床就沉入梦乡，怎么会睡不着呢？他对于"睡不着"几乎不相信。可是，十四弟弄来了这两盆子首饰，把他弄得不瞌睡了！后来睡着了，但也没有睡沉：一会儿是师父要揍他，他跪在地上磕头；一会儿是十四弟要拿走，说是他照顾得不好。好容易说服了十四弟，这一群首饰又不愿意了，它们排着队要跑，都是从门缝儿里挤出去的。葛二对首饰们说了半夜的好话，还跟它们结拜了兄弟，答应请它们喝酒吃肉，这些首饰才一个跟着一个地又回到了屋里，还要葛二保证兑现诺言！

葛二把车子停在一个卖首饰的小铺前，大步走了进去。

年轻的店员笑脸相迎："师傅，想买点儿啥您嘞？"

葛二从兜里掏出一副银耳坠儿："家里出了点儿事，急着用钱，你看，这能给几个钱？老婆的！"

店员接过来看了一下："新的呀？"

"您眼真毒！买过来还没顾上戴呢！"葛二称赞店员。

"我给老板说说。"店员一扭脸，喊了一声，"老板——"

四十来岁一个女老板走出来，她吐了一个烟圈儿。

"这位师傅想卖首饰……"

女老板接过来："'周银匠'的首饰？"

"老婆的，刚买的。家里出点儿事，急着用钱。"

女老板说："这样吧，我们没卖过周家的首饰，你先放这儿，我们代卖，一分的抽头。你看行不行？"

葛二皱起眉头，想了一会儿："行是行，您得想办法快点儿卖行吗？"

"好的。我给你写个条子。"女老板一扭头，说，"摆上吧！"

葛二运气不错，他接过女老板的收条，刚架起车子，一个五十来岁的男人来到了身边，说："东岳庙！"

东岳庙不远，拐了两条街就到了。

客人下了车子付过钱，正要转身走人，葛二说话了："先生，我有个事想请您老帮忙。"

客人面现警惕，后退了一步。

葛二满脸堆起笑容："我老婆有病了，急着用钱，干我们这行的哪有几个钱，这不，想把首饰卖了。"

葛二掏出一对银镯子："'周银匠'的首饰，新的呀！"

客人又掏出几个钱："师傅，这几个钱给你，算是帮忙。首饰，倒是真不需要！我是来还愿的！"客人说着，指了指瞻岱门。

"师傅，您要是说到这儿，我就只能谢谢您了。我身板还算结实，多跑几趟活就行了。这钱我不能要！"

客人想了想，接过来看着："那，你想要多少钱呢？"

葛二说："先生，谢您了。您看着给！"

客人扭过脸来，说："您看这瞻岱门上的对联啊，'阳世奸雄违天害理皆由己，阴司报应古往今来放过谁'。我是来还愿的。帮忙嘛，也就是积德了！"客人说过，掏出些钱递给了葛二。

葛二连忙鞠躬："谢谢先生您了！"

时近傍晚，拉了一天车的葛二实在是累了，步履有点儿沉。街上，有人搬出小桌在门外吃饭了，也有人搬出来躺椅放在门口休息。

路口处，一个老人摆起了首饰摊儿，一盏电石灯刚刚点亮。有人过来了，高腔大嗓地问："老伯，有没有'周银匠'的首饰？"

葛二一听，就站住了。

老伯的声音也不低："非要'周银匠'的？首饰匠多了去了，你看看这个，足色足量，做工又好。"

"没有'周银匠'不要。我们就喜欢'周银匠'！"这是个尖嗓子。

葛二感觉这声音好熟悉，一时没有想起来。

老伯也是个健谈的人："二位也奇了，没有胡屠户，就吃连毛猪！你看看这一家的！"老人说着，又拿来一件。

"走走，我们就找'周银匠'！"还是这个尖嗓子。

葛二把车放在路边，大步走上前去。今天运气不错，他已经卖出去两件了，看来，今天还会有戏的！

"兄弟，你们想要……"葛二上前搭讪。

"哎哟！这不是葛二哥吗？"尖嗓子又是一声，葛二立即认出来对方："荆四弟呀！"

荆四是街东的小偷，早年和葛二一起被抓，用他们的话说，"是在局子里认识的"，也算是共过患难的。

"兄弟们这是？"葛二故装糊涂。

"大哥看中了'周银匠'，跑遍了半个北平要买周家的首饰。这不是——"荆四说着，指了指身边的大哥。

葛二对着大哥就是一揖："大哥要——娶媳妇还是嫁闺女？"

荆四玩笑起来："啥呀！大哥近日发了个财，又纳了个小嫂子，想买首饰。偏偏这个小嫂子喜欢'周银匠'。这不，弟兄们都动员起来了，满城寻找'周银匠'！"

大哥借坡下驴，顺着玩笑往下说："老了老了，又变小了！"

葛二连忙祝贺："祝贺大哥！小弟没啥贺兄，您看！"

葛二掏出一副银镯子、两串银耳坠："大哥，新嫂子要不嫌弃，请大哥代为笑纳！"

大哥接过来，细细地看着："嗯，'周银匠'啊！"

荆四眼睛一亮，连忙抢过来，一下子就找到"周"的铭记。

摆摊的老伯走上前："叫我看看'周银匠'的首饰啥样儿，值得诸位跑遍北平疯了似的找！"

荆四紧紧抓住，不让摊主挨边。

大哥对着葛二作了一个长揖："谢二弟！这可是真正的'周银匠'啊！"

葛二笑了："如果大哥喜欢，小弟还可以再找几件。"

荆四说："二哥，这么新的首饰，你是在哪儿买的？"

葛二努力地按捺住兴奋，说："走，找个地方说话。"

荆四积极撺掇："走走大哥！"

"走吧大哥！"这是一个鸭嗓。

荆四连忙介绍："二哥，这个也是二哥。"

葛二躬身施礼，喊了一声："二哥幸会！"

荆四说："葛二哥，这首饰你说你还有几件？新嫂子是个首饰迷，大哥又答应多买。要不，我们跟你去家里看看。远吗？"

葛二说："家远倒不远。只是——我想请诸位吃个便饭。不知道大哥可肯赏脸？"

荆四给大哥眨眨眼。

大哥连忙应承："荆四弟你们熟，我们两个——刚见面就吃请，无功受禄，心下不安啊！"

"哎，大哥能应承，就是赏脸了！走，四弟，你看地方！"葛二真诚相请，三人热情应承。

饭店就在旁边，话没尽兴，就到了。

葛二拉着荆四坐在餐桌前。大哥、二哥，四个人分坐四方。葛二请大哥首座，大哥不坐。葛二也就不再相让，自己坐了主位。这是个拿钱的位置。

葛二要了几个小菜。四个人端起酒杯，一碰而尽。

荆四问："葛二哥做了首饰生意？"

葛二摇头："哪里！"

荆四说："这就奇了！葛二哥又不做首饰生意，哪来的这许多银器，还都是'周银匠'的。莫非也寻了个嫂子不成？"

四个人哈哈地笑起来。

葛二说:"实话给弟兄们说,最近,同门的一个师兄弟发了点儿小财。因为给师父做祭日,就拿了一些首饰做祭品。"

大哥问:"师父是做银器的?"

葛二说:"哪里!师娘喜欢银器,师父也就跟着喜欢起银器。师父生前,经常要徒弟们比赛,看谁最先得到银器,谁得到的银器多、银器好!我这个师弟有两次都得了头名,被师父大大地奖赏了一番。师娘想收他做干儿,最终没有成。"

荆四问:"为什么?"

葛二摇头:"咱老北平的风俗你们不知道?认干儿损湿儿。师父有儿子,就没有认成。"

荆四说:"啊啊,那是不能认。要不,老头儿的亲儿子还不恨死他这后娘!"

众人皆笑了。

葛二说:"不过,师娘喜欢他,老给我这师弟买东西。所以,师父十周年祭日,我师弟就给师父送了银器。"

大哥说:"这么说,这些银器都是你师弟给你的?"

葛二点头:"师弟做大买卖。这些东西他哪看得上,祭一下就走了。守着些首饰有啥用,我就想把它们变成现钱。"

荆四说:"这么说啊葛二哥,我们还得去看。大哥,你说呢?"

大哥似乎想了想:"看看也行。都是新的吗?"

葛二说:"那是当然。我这个师弟特讲究!"

大哥下意识地摇了摇头:"不过。你这是祭品,我这是新人。四弟,我看,还是不去吧!"

荆四说:"这有何不可。祭品吉利呀大哥!祭祀神灵的哪有赖的呀!不过,我求葛二哥让点儿价钱不就是了!葛二哥!"

葛二连忙端起酒杯:"给新嫂子的。这个好说!来来来,干!"

四个人又干一杯。

葛二说："怎么样，到寒舍一叙，还是等我拿来？"

荆四说："哎呀二哥，饱饱眼福！叫小弟饱饱眼福！到以后见了嫂子，咱说，那首饰还是我帮着大哥买的呢！新嫂子还不喜欢咱是吗？"

葛二笑了："好好，那就快吃！"

四个人打着饱嗝走出饭店，葛二拉起车，三人跟着走。葛二到了门外，掏出钥匙就要开门。

大哥拍一下二哥的腰。

二哥双手一拍，喊了一声："哎哟！"

葛二扭脸："咋回事？"

二哥说："忘了！家里有客人等着呢，一见兄弟，啥都忘了。大哥，葛兄，我先走了，回头我请您喝酒啊！"

"兄弟不说远话，您有事先走，回头我们再聚！"

两人拱手相别。

11

街东派出所所长王结财正吃晚饭，号称二哥的焦蟟子走了进来："所长，有路了！"

王结财放下碗："路在哪儿？"

焦蟟子："您喊人吧！"

王结财来了精神，急忙挎枪。

"我就说，不出一天。你看看时间！给咱玩花儿呢！还嫩啊！"

"咱辖区吗？"

"是王府井。"

"那得知会袁所长！"王结财抓起电话摇起来。

这边的葛二端出来一盆子首饰："大哥，您尽管挑！剩下的是我的。"

大哥故意装着挑拣。他挑得很细，一条一条地看。

"四弟，你喝茶！"葛二专门烧了壶茶。

荆四接过茶杯，却喝不下去。

大哥挑了两副镯子、两副耳环，还有项链、耳趴，琳琅满目，摆了半桌子。

焦蟉子带着街东派出所所长王结财和王府井派出所所长袁客民及警员二人，大步走进院子。

王结财止住众人，小声对焦蟉子说："喊！"

二哥大声喊起来："大哥，荆四！"

荆四说："葛二哥，二哥回来了！"

"好咧！"葛二应着，连忙出去迎接。

大哥和荆四趁此时机，各抓起来几件首饰装进自己的衣兜。

"二哥啊！"葛二话没说出，被一把手枪逼住了胸膛。

袁客民一声断喝："举起手来！"

"啊！啊啊啊，这、这是为啥……"葛二乖乖地举起双手。

第十四回　田一垄请爹喝酒　葛奇才供出师弟

> 立在两个太阳旁
> 反而一点没有光
> ——打一字

1 袁客民所长立即给罗山打了电话：

"盗贼叫葛二，是一个人力车夫。早年是个小偷，多年不做了，没想到，旧病复发了！"

罗山一听，就泄气了，本来他是站着的，现在两腿一弯，就坐在了椅子上。

袁客民最后说："罗山同志，你快点儿过来吧！"

过去还是不过去，这成了一个问题。如果从袁客民的介绍看，根本不值得过去，因为这是一起一般的偷窃事件。但罗山感觉似乎不对，葛二有这个本事吗？这可是一次技术含量很高的盗窃。直感提醒他，应该过去。罗山站起身，正要往外走，电话又响了。

罗山抓起电话。

还是袁客民。

"罗山同志，葛二说，这东西不是他偷的，是他一个朋友放这儿的！"

罗山问："朋友放他那儿的东西他怎么敢卖？"

"是啊！我也这样问，可他说，这个朋友把这些东西送给他了！"

罗山感觉没这么简单，大声说："我马上过去！"

罗山骑上自行车就往王府井派出所赶去。夜已经深了，夏日的风凉爽地吹着，罗山轻声哼起歌来："向前向前向前……"他喜欢这首歌，铿锵有力，豪迈明亮。他有这个习惯，只要一唱起某首歌，就会一遍一遍地唱，永远找不到尽头。他发现歌曲似乎都有这个特点，像一个环，首尾相接。但它也有个好处，就是可以随时停下来。不知道唱到第几遍的时候，罗山来到了王府井派出所。

审问的地方就在派出所的外间。袁客民是主审，王结财坐在旁边。一张桌子，隔开了双方。葛二坐在桌子这边，背对屋门。两个持枪的公安人员站在门外。

罗山在外边扎住车子，急步走了进去。

两个所长看见，连忙挪出地方。

罗山在一个板凳上坐了，小声说："继续吧！"

袁客民复又坐下，问："你说是你十四弟放你这儿的东西？"

葛二点头的动作很大："是是。"

"你十四弟是个什么人？他叫什么名字？"

葛二翻起眼想了想："我十四弟，他——怎么说呢？以前我们一个师父，我排行老二，他排十四。我们都喊他窦十四。名字，好像叫什么窦云啥，真的说不清名字。"

"你十四弟为什么要偷首饰店的首饰，为什么又都给了你？"

葛二又翻翻眼："我们是师兄弟。我师父叫惊天飞燕，说是隔着院墙偷东西，如囊中探物。不过我没有见过，可能是瞎吹的。我师父喜欢我师娘，我师娘叫紫环,真是长得美,个子小,脚也小。我师父喜欢小脚女人。师娘比师父小十八。我师娘喜欢首饰,我师父也就跟着喜欢首饰了……"

袁客民不客气地截断他:"说正事。他为什么偷首饰店?跟你师父师娘有什么关系?"

"哎哎,有关系!我师父喜欢首饰,他就经常让我们比赛谁偷来的首饰多、首饰好。我老挨打。十四弟聪明,每次都受奖赏。师父一共搞了两次竞赛活动,竞赛的第一名称魁首,两次的魁首都是十四弟。"

袁客民问:"你师父现在在哪儿?"

"死了。"

"死了你还老说他。和这次的案子有什么关系?"

"所长您别急。真有关系!"

袁客民看一眼罗山:"有关系往下说吧!"

葛二又翻眼:"俺师父死了十年,昨天正好是师父的十周年祭日。师父喜欢首饰,十四弟又是师父器重的弟子,他就想用这个办法祭拜师父。"

袁客民说:"偷首饰店的首饰?"

"对对!"葛二又使劲点头。

袁客民说:"他在哪儿偷的这些首饰,你知道吗?"

"他在哪儿偷的我哪里知道!"

罗山插话:"你这个十四弟姓啥叫啥?"

葛二翻眼:"姓窦,叫窦十四。名字,我真的不知道!"

罗山提醒他:"是不是叫窦志云?"

葛二使劲翻眼:"窦志云?对对对对,窦志云!就是窦志云。这次我可记住了。同志你知道,以前我们这一道都称排行,他叫窦啥,谁也没问过。像我,都叫我葛二,其实我叫葛奇才。现在都叫我葛二,你问葛奇才倒是没人知道了。"

罗山点头,表示认同,接着又问:"你和窦十四一直有来往吗?"

"没有!"葛二摇摇头,这次既没翻眼也没使劲。

罗山问:"那是从啥时候来往的?"

葛二说："以前光知道他发财了，升官了，但真的不知道他干了什么。同志你知道，我手笨，偷东西光被抓，挨打数我多。俗话说，光看见贼吃肉，没看见贼挨打。要说我呢，就是光看见贼挨打，没见过贼吃肉。干这行的挨打也不被同情，我师父罚我站在冰天雪地里反省，哎，感冒、发烧、咳嗽，落下个发闷的毛病。前几天不是学前门派出所的经验吗，我正好借坡下驴，拉起了车子。哎，劳动真好，一拉车子，舒服多了。"

袁客民说："领导是问你们什么时候来往的？"

"我不是在说嘛！啥时候呢？"葛二又翻眼看天，"就是十几天前，我拉了个人，老嫌我跑得慢，我求他开恩不是，他就问起我来了。其实，他认出我来了，我没有认出他。"

罗山问："你们是师兄弟，为什么你认不出来他？"

"哎！蹊跷就在这儿。他脸麻了！"

罗山一听，立即警觉起来："脸麻了？"

"脸麻了！"葛二使劲点头，"所以我认不出来他了嘛！要不咋也能认出来的！"

罗山问："他的脸咋麻的知道吗？"

"领导你听我说。"葛二又翻眼皮，"我是从他的声音认出来的，再看看他两只大眼，也对，就是脸麻得厉害。我就把他请到家里当贵客啊！他还在我那儿住了两夜。脸麻了，我还是想问。他说，他是在云南贩大烟，遭人暗算，借官府的名义抓他，他当时又恰好病倒在客店。店家心黑，勒索他三斤大烟土，用炒热的大盐焐麻了他的脸。"

罗山问："这么说，他麻得很厉害了？"

葛二摇摇头，想了一会儿："也不是大麻子压小麻子麻得无边无际的那种。"

"那有多麻？"罗山问过，从兜里掏出一张"云中飞"的画像让他看。

葛二看了一下："这个就是窦十四啊，只是，只是他的脸比这个还要麻些！"

罗山问："后来窦十四又去你那儿没有？"

"来了来了。就是这一次他来，带来了给师父的祭品。"葛二下意识地看一眼盆子里的首饰。

"在你那儿住了吗？"

"这次没有住。天刚亮，他到了我家。我正要出门儿，哎，十四弟来了！我一听是师父的祭日，哪儿也别去了，祭吧！虽然师父在世时老打我，可一日为师终身为父不是。我就出去买了些礼品摆上，窦十四又把这些首饰分成两个盆子摆在两边。"

罗山问："为什么分成两盆？"

"是啊！为什么分成两个盆子？哎哎哎，是不是表明他当了两次魁首啊？很可能，十四弟争强好胜得很！嗯嗯，一定是，一定是！"葛二说过，又皱眉头，"不过，说不定也是，我们两个人祭的嘛！两个徒弟设祭，分两个盆子……反正，我也说不明白。"

罗山问："现在，他去了哪里？"

"祭完他就走了。去哪里？他说，他要出去两天，反正随时还可能回来。"

罗山问："这次没说住下？"

葛二说："我让他住下他不住。他说没有时间！"

2

作为亚洲饭店的食品保卫科科长，梅东岭仔细地审查了每一个人的档案材料。他在大厨杜津卫的档案中发现，从一九三六年至一九三九年，整整三年间，没人能证明他的情况。或者说，这三年，对于杜津卫来说，等于没有。他专门找杜津卫问过，杜津卫说了几个证人，不是病死了，就是被炸死了。梅东岭并不是怀疑他有什么问题，保卫工作，这是必须要知道的。他准备再跟杜津卫谈一次。

杜津卫和刘三刀住在一个房间。这是亚洲饭店里的高档房间，房间里装有洗漱间。也就是说，洗漱，上厕所，都不用出门。他们都是重要的厨师，身怀高超的厨艺，是这次全国新政协会议的有力保障者。

杜津卫好干净，每天都是他先进洗漱间。刷洗整洁，带着香皂的温软气息出来后，刘三刀师傅才进去洗漱。杜津卫对刘三刀的谦让深怀感激。

刘三刀是餐饮组的组长，一日三餐，前有预案，后有落实，他都会记录。每天晚上，不管多累，回来的第一件事，就是记录。当然，有什么经验和教训，他也会记下来。

杜津卫知道梅科长今晚要见他，他洗漱得比较快，以便随时出应。看见刘三刀又记，没话找话地问："刘兄，你有记日记的习惯啊？"

刘三刀抬起头："哪儿呀？咱一个做饭的粗人，哪有这么雅的习惯。我只上了三年学，老师说，好记性赶不上烂笔头。我是记点儿菜事。你说，你做的糖醋大虾为什么好吃，而我做的就差一些呢？"

"刘兄谦虚了。你做的菊花豆腐，我不也是只能兴叹吗？"

刘三刀说："杜兄，我们不相互吹捧了。梁书记和梅科长都说，让我们想办法把建国时的宴会办好，五六百人啊，咱可得好好想想办法。"

杜津卫说："那是。凉菜还好说，色、香、味，重要的是'色'。这热菜，一锅一盘，几十桌那就赶不上趟。一锅几盘，难保味道均匀。这些，咱真得好好试验，好好研究呢！"

杜津卫比刘三刀大一岁。按照常理，刘三刀称杜津卫"兄"可以，杜津卫称刘三刀就不对了。古人云，四海之内皆兄弟。称兄道弟，是中国文化的雅致。两人不是没论过年齿，但杜津卫坚持这样叫，刘三刀知道这是杜津卫对自己的尊重和雅意，也就接受下来，只是这增加了他对杜津卫的敬重。

"杜兄，虽然我是个组长，其实活儿一点儿没比大家多干，倒是因开会呀啥的，少干了不少。你一定要多操心，有啥事了及时提醒我，别让这么大的事出了纰漏。给毛主席和这么多高级领导做饭，责任大得很啊！"刘三刀说的实话，尤其他当了这个餐饮组的组长，常为此躺在床上睡不着觉。

杜津卫说："那是那是，岂用刘兄嘱咐！您快去洗漱吧！"

刘三刀站起来走进洗漱间，他把张着口的本放在了床上。

杜津卫侧脸看了，眼花，看不清。他戴上眼镜，装着看报的样子，瞅着刘三刀记下的内容：

今日菜谱记录：糖醋大虾，清蒸鲈鱼……

就在这时，敲门的声音响了。

"来了！"杜津卫应着。

3

罗山和袁客民、王结财两位所长立即研究葛二的案子。

罗山说："这个窦十四，就是我们正在通缉的少校级特务窦志云，外号'云中飞'。你们只是拿来了这些首饰，其他的东西动了吗？"

袁客民说："我们对葛二的屋子进行了初步的搜查，没有发现更多的赃物。"

罗山说："现在看来，要立即再对葛宅详细搜查，如有可疑的东西一律拿来！"

"好！要不，我带人去搜？"袁客民说。

"可以，我和王所长接着审。"罗山说，"千万不要做太多的声张，以免惊住了'云中飞'。"

"明白！"袁客民所长带着部下小丁、小贾，立即走进了葛二的家中。袁客民在洗脸的盆架上发现了一条毛巾，毛巾上写着两个红字：战士。

袁客民拿起毛巾，展开，龙飞凤舞的四个红字出现在面前，他认识这是用的毛主席的手迹：

战士光荣

小丁走过来："解放军战士的毛巾怎么会跑到他这儿呢？"

袁客民说："拿着！"

他们在葛二住室的里里外外仔细察看，桌上桌下，床上床下，厨房里，灶台边。

小贾在窗台上发现了一管牙膏和一支崭新的牙刷。他拿起来看看，是大街上流行的"黑人牙膏"。"葛二还挺讲究的啊！"小贾自语着，又把牙膏放在了窗台上。

"有什么讲究？"袁客民闻声过来。

小贾把牙膏和牙刷递给所长。

袁客民拿着看了看："葛二刷牙吗？"

小贾说："应该刷吧？"

袁客民问："为什么？你问了？"

"没有。"

"那你咋认定他刷牙？"

"不刷牙买牙膏、牙刷干啥呢？"

袁客民说："我看未必！我审他时，就不敢让他的脸对着我。"

小贾瞪大眼睛："为什么所长？"

袁客民说："葛二口臭得厉害！"

小贾笑了，说："那他不刷牙？"

袁客民说："说不定这是窦十四用的，忘了带走了！"

"哎，对！拿走让葛二认认。"小贾把牙膏放进提着的兜里。

4

袁客民所长带人一走，罗山和王结财所长就又开始了对葛二的审讯。

罗山在纸上画了一张人像，在人像的脸上画了很多的麻点。他问葛二："这人脸上有很多麻子，你看，像窦十四吗？"

葛二摇头："不像。"

罗山说："我知道不像。我没见过窦十四，当然画不像。我是问他脸上的麻子。"

"麻子？"葛二指着一侧的脸庞，"这地方的麻子多。"

"怎么多？你把王所长的脸当成窦十四，在这里比画比画。"罗山说。

葛二说："我，不敢。"

王结财大声喊："你来你来，有啥不敢的！感觉哪儿像，你就只管点。你现在是销赃有罪知道吗？你要立功，争取宽大处理！"

"我立功我立功！"葛二使劲点头。

王结财所长闭上眼睛。

葛二看看罗山的图，再想想窦十四的脸，伸指头比画着："这儿有三个麻子。这地方，也有一两个吧！这儿多！"

罗山再在图上标出："葛二，你想着窦十四会到哪儿去呀？"

"他在北平有很多朋友，他应该有地方去。"

"他会不会去住宾馆？"

"会会。窦十四好排场，他在我这儿住两天，把他委屈得不行，我努力地操持，但我还是感觉到了。他老是不和我对脸儿，一别脸，老是这样！"葛二把脸儿扭了几下，表演着。

罗山又画了一张新图，把麻子标记清楚了，再让葛二认。

葛二认真地看了几眼："这儿还有两个麻子。为啥说呢？我当时就是被他这俩麻子弄糊涂了。因为在眼皮儿上，特别容易走形。"

罗山又在画像的眼皮儿处画上了两个："这样呢？"

"像多了。"

袁客民所长三人走进来，把搜查的东西也都带来了。

罗山说："让葛二认认，有没有窦十四的东西。"

葛二大声说："不会。他仔细得很，不会把他的东西落在我的屋里。"

袁客民拿出那条"战士光荣"的毛巾让葛二看："这条毛巾是你的吗？"

葛二摇头："这是窦十四的。"

罗山说："给我！"

袁客民把毛巾递给罗山。

罗山拿着只看了一眼，就知道这是"云中飞"第一次进中南海时偷小战士的："这是中南海小战士的毛巾，他第一次进去时偷的！"

袁客民叹一声："噢，这个他也偷？"

罗山说："小偷不空手嘛！"

"啊啊！"袁客民点头，表示明白。

葛二也听懂了："这是我们的规矩！哪怕是一根草，也得偷走点儿！"

袁客民问："葛二，你刷牙吗？"

葛二一愣，立即现出不好意思的样子："刷牙？咱一个人力车夫，刷哪儿的牙呀！"

袁客民认真地看他一眼："真不刷牙？"

葛二又一笑："真不刷！"

"葛二，你看看这个，是不是你的？"袁客民把牙膏拿出来。

"啊！这是窦十四忘在我屋里的东西！"

袁客民说："真是窦十四忘的？"

"可不真是！他放在哪儿了，我咋不知道啊？"

袁客民看着葛二："窗台上，很醒目的地方啊！"

葛二说："让我看看！"

罗山一见，立即抢上来，喊了一声："给我！"

袁客民吓了一跳，连忙停下伸给葛二的手，把牙膏递给了罗山。

罗山看了一眼，便大声说："这是炸弹！"

大家全被吓着了，"啊"地齐声惊叫。

两个门卫闻言，已经跑出了屋门。

葛二也站了起来："不、不会吧？"

罗山拿着牙膏比画着："这就是牙膏炸弹。开关就是这个牙膏盖儿，你这么一拧，它立即爆炸！"

"啊，这么重要的东西，他咋能忘在我屋里呢？"葛二很感奇怪。

罗山说："葛二啊，你的十四弟知道你知道他很多事情，他一定是怕你出卖他或者你无意间说漏了口出卖他，他给你留了一个漂亮的炸弹。不刷牙好啊！是不刷牙救了你！你要是经常刷牙，就会把它打开。你这么轻轻一拧，轰——，你就完蛋了！"

葛二吓坏了，哆嗦着说："我、我的老天爷！这是真的吗？"

罗山说："葛二，我实话告诉你，你的这个窦十四弟弟，就是国民党派往北平的少校级大特务'云中飞'。为了他的罪恶使命，不惜拿你这个昔日的兄弟垫背。太万幸了，你没有碰它！二十天前，我们在亚洲饭店一次就查获了国民党特务四枚这样的炸弹。"

葛二快吓哭了："我给他买酒买肉，我给他做这做那，连洗脚水都给他备好，得，他给我弄这呢！哪儿还有半点儿兄弟情分！"

罗山说:"这个炸弹对你也有好处,它让我们知道,你真的跟窦十四不是一伙儿。这样,两位所长,我建议,今晚还让葛二回家去住,我们派出两个战士在葛二的住宅附近设伏,万一'云中飞'夜里回来,可以开枪把他击毙。当然,抓一个活的会更好!"

两位所长齐应:"是!"

袁客民说:"我和小丁、小贾去蹲守。"

王结财说:"我把我们所里的同志也带来,你们守上半夜,我们守下半夜怎么样?"

罗山握住两个所长的手说:"太好了!谢谢你们!"

5

瘸腿老张躺在床上,望着低矮的屋顶想事儿。紫姐坐在他的身边,无声地缝制着孩子的小衣。这是一件红色的上衣,巴掌大的样子,看上去让人可怜。衣服已经做好,她正往衣服上缀衣带儿。"老张!"缀好了,她扭脸递给身边的男人,"好看不好看?"

瘸腿老张看着屋顶,随口说:"好看!"

"咋样好看?"紫姐知道他在应付她,故意追着问。

老张知道他得认真了,不然,她会一直问下去,像个孩子。老张也奇怪,他喜欢她像孩子,有时候又烦她像孩子。老张看一眼,说:"红色好看!"

"知道我为啥要选红色吗?"

"好看嘛!"

"我做得不好看?"

"做得也好看!"

"不是做得也好看,是非常好看!俺门口的媳妇生头生孩儿,都向我求样子呢!哼,不知道好歹!"

老张笑了。

紫姐喜欢老张的样子,他总像一个大哥哥似的,既欺负她,也爱护她。她从小没哥,一直想有个哥哥,后来长大了,知道哥哥肯定是不会有了,但遇上老张，她忽然就有了有哥的感觉。

"知道我为啥要选红色吗？"紫姐知道他回答不上来，"因为红色预兆着生男孩儿！"

"红，生男孩儿？"老张扭脸看着她。

"红男绿女呀！这可是多少辈子的话呀！"

"啊，啊啊！你真灵慧！要是识几个字就更好了！"

紫姐吐了一口酸水，忽然说："我想吃杏！"

瘸腿老张一笑："麦熟时才有杏，现在都秋天了我的妹妹！想起一头是一头。"

紫姐说："其他啥水果也行。"

瘸腿老张说："这么晚了，哪儿还有人卖水果。"

紫姐把脸贴在老张的脸上："你去看看嘛！就是没有，你出去买一趟。哪怕没买来，我心里也好受。"

"你这个女人！"瘸腿老张坐起来。

紫姐又亲他一下："你不知道吗？女人一怀孕，嘴里馋得很。好哥哥，你去看看吧，啊？这可不是光为我，还是为的你儿子！"

瘸腿老张拗不过，站起身，走到院门口。

小荷回来了，她正要敲门，门却自己开了。小荷吓了一跳。

瘸腿老张说："小姐回来了？"

小荷"嗯"了一声，径直往自己的房间走去。

瘸腿老张犹豫了一下，扭身又回到屋里，对紫姐说："你看着门，别睡着了！"

"你只管去吧，我不会睡！"

老张走出屋子，再次打开院门。

大街上真的没有卖水果的。瘸腿老张瘸着腿，在不远的街角处遇见个卖甜瓜的，人坐在地上，头枕着瓜车子，正一栽一栽地打瞌睡。老张买了个甜瓜，用半干的瓜叶子裹住，扭脸就往回走。

紫姐不敢睡，她知道，老张可在意这个看门的差事，她是在替自己未来的丈夫履行职责。她坐在门房的椅子上，伸头听着外边的声音。她有时候也奇怪，这么个看门的差事有什么可害怕的，大不了走人不就得了，此处不留爷，自有留爷处，可这个她看中的瘸子却守命似的。坐了一会儿，紫姐忽然感觉头重。自从怀了孕，她就变得爱瞌睡。一瞌睡，就显得人懒。她不睡，努力地睁大眼睛。忽有脚步声从街上传来，一声轻一声重的，紫姐连忙站起来，走到门前。她感觉老张就要敲门了，故意猛地打开了院门。

黑暗中，瘸腿老张笑了一下。他猜到了女人可爱的伎俩。

紫姐插上门，回到屋里，看见老张手里托的东西，惊喜地说："真买来了？"

老张一笑，把东西放在桌上，说："真会使唤人！"

紫姐嘻嘻地笑起来，在他的脸上亲了一下。

6 褚一魁把一叠钱交到金葵花手里，说："时间越来越紧，上峰已经严重不满，让我们加快活动。现在看来，少校行动的可能性还是有的，但是，究竟有多大的成绩，很难判断。因为毛泽东等中央高层是不好接近的。这有很大的运气成分。盼上苍眷顾！再就是廖响，他的炸弹会放在什么地方，这也需要准确的情报。小荷任务的重要就在于此。'金钱豹'的队伍虽然热闹，只能为大行动做个配合。真正具有大威胁的，还是〇五！"

金葵花把钱放在梳妆台上，说："我知道，我们要快点儿入试。"

褚一魁说："这个目标你来定。老翟头儿不行，换一个也可以。不管是谁，在安全的情况下尽量快。如果需要，稍有冒险也是要做的。"

金葵花思考着。褚一魁想用老翟头儿，她感觉不好办——人家的牙镶好了，你不能再想办法让人家再来镶吧？她想用老翟头儿的表妹，可这个女人这几天也没有来。任务是紧，可目标真的不好找。

就在这时候，她忽然听见了院门的响声，她扭脸看一眼窗户，正看见小荷走进院子。

小荷今晚去等梅东岭，一直等到十点半，看穿了亚洲饭店的大门，也没有等到她的哥哥。她不知道出了什么事，但她感觉不安。她想冷静一下，但十九岁的女孩就是冷静不下来。她一步一步地来到牙科诊所的门口，正想抬手敲门，自动打开的门把她吓了一跳。她有些不快，感觉被人偷窥了似的，看一眼妈妈房间的灯光，走进了自己的闺房。

金葵花让褚一魁离开之后，整理了一下衣服，来到女儿门口，轻轻敲响了屋门。

小荷开了门，却把身子挡在门口，说："妈妈，我累了！"

妈略一停："我有话说。"

小荷一退，金葵花进去了。

"怎么样？有进展吗？"金葵花坐在女儿梳妆台前的椅子上。

小荷少情无绪地说："没有见上。他近日好像特别忙。"

金葵花说："据推测，共产党一定会在今年建国。北京的冬天太冷，夏天又已经过去，估计，建国的时间只会选在秋天。你想想，他们的新政协会议该有多少建议啊！这个大兵忙是对的。忙好，忙，说明此人价值大。一定要用功夫！"

"我知道。他说要请我教饭店的职工唱歌呢！"

"啥时候？"金葵花兴趣大增。

小荷摇头。

金葵花停了停，说："这个不可靠。还是要再进一步两步，让他真的和你好，把你当成恋人。这样，你把他带到家里，我们好好地招待他，还要给他足够大的压力，逼他就范。不然，你和他好的意义就不大了！"

小荷点头："嗯嗯。"

"你要俘虏他！"

"我当然想俘虏他，可是，他特别矜持，从不主动碰我一下。"

金葵花说："我给你买了点儿化妆品，晚上再出去时，你涂一点儿。"

小荷有了兴趣："在哪儿？叫我看看！"

金葵花从兜里掏出来，递给女儿。

小荷好奇地看了看瓶上的文字："香柠儿！"

小荷拧开瓶盖儿，嗅了一下："这是啥香水，有股怪味儿？我不要！"

金葵花说："是有怪味儿，但据说对男人有刺激作用。"

"真的？"小荷看一眼妈妈。

金葵花坚定地点头。

小荷故意装傻："那我抹了啥用？"

金葵花亲昵地打女儿一下。

小荷忽然笑了。

金葵花也笑了，说："快收拾一下睡吧！"

西边的厢房共三间，南边的一间是厨房，紧挨厨房的是餐厅，最北边的一间是"哑巴"杜雅的卧室。"哑巴"睡不着，大睁着眼睛想心事。听见母女俩的笑声，他悄悄地坐起来，透过窗户看着对方窗户上忽大忽小的影子。

从女儿房间走出来，金葵花回到自己的房间，门没关上，褚一魁就进来了。

"怎么样？"褚一魁问。

金葵花说："我让她加强攻势。"

褚一魁说："你让女儿来我屋里一趟，我跟她谈谈。"

金葵花略一迟疑。

褚一魁说："是你的女儿，也是我的女儿不是！"

"你要好好对待她！"金葵花本能地不放心。

褚一魁说："放心，我会好好培养她，让她早日成才！你记住，我还是她名义上的义父呢！"

"好好，知道！我喊她。"金葵花应着，返身出了屋子。褚一魁也跟着出来，走回了自己的房间。

听了妈妈的话，小荷就走进了正房的东间。"叔叔，您还没睡？"小荷对着褚一魁笑了一下。

褚一魁也笑了："哪儿睡得着啊！坐吧小荷！"

小荷坐在椅子上。褚一魁的房间和妈妈的一样大，因为只铺一张单人床，空间就显大了。平时，褚一魁也在这里办公。

褚一魁坐上另一把椅子："听妈妈说，今晚没有见上？"

小荷点头："嗯，我感觉梅东岭近日特别忙。"

"我要给你谈的就一点，如何使工作进展得快。"

"嗯。我听叔叔您的。"

褚一魁喝了一口水，说："人性是有弱点的。女人有女人的弱点。男人有男人的弱点。女人的弱点是情痴。男人的弱点是好色。色胆包天，皇帝的娘子都敢睡，都是说的男人。天下男人没有不好色的。男人是社会动物，眼瞅着外边。女人是情感动物，眼瞅着男人。所以，勾引个男人比勾引个女人容易。"

小荷吓了一跳，没想到褚一魁懂这么多。她傻傻地看着褚一魁。

褚一魁接着说："梅东岭多年当兵，哪见过女人呀！'见了母猪撵三圈'，就是说的当兵的。这件事之所以没有太快的进展，我认为主要的问题是你。"

小荷下意识地摇头，摇过了又点头。

褚一魁看着小荷："情爱三大步，一步一步走。"

小荷低下头，不看褚一魁。

"第一步，撩拨他。光离他近还不行，要主动亲他，碰他，触摸他。知道吗？撩拨！"

小荷下意识地摇头。

"第二步，当他初被发动起来的时候，他会激动地回拥你，你要非常忘情地投入，在他怀里扭，抖，揉，害痒害疼的样子，像刺猬一样缩成一团。这样，这样……男人的热情就高涨起来了。男人喜欢姑娘，是喜欢姑娘的干净和纯洁，而不是喜欢女人的野和浪。姑娘怎么纯洁呢？啥都不会，啥都不懂。所以，接下来第三步，当他要跟你发生关系的时候，注意，男人的弱点就暴露了，因为他太关注做爱，关注插入。你一定要把持住自己，就是不给他做爱，不让他插入。"

小荷害羞了，低头不语。

褚一魁不满了，说："我在给你上课，你听见了吗？"

小荷羞红了脸，连连点头："嗯嗯。"

褚一魁说："你嗯嗯什么？第三步记住了吗？"

小荷小声回答："记住了。"

"记住什么了？"褚一魁火辣辣地看着小荷。

小荷抬头，看见了褚一魁的眼睛，马上说："不给他做爱，不、不让他插入。"

褚一魁说："但是，永远不做爱也不行，因为男人容易失去耐心和热情。"

"那、那怎么办？"小荷忽然感觉有点儿冷。

褚一魁说："今晚就上到这儿，你先消化消化。去吧！"

小荷有些失态，站起来时竟然走错了方向。

褚一魁很满意地一笑，看着小荷开门出去。他跟出来，目光追着小荷一弹一弹的步伐和一扭一扭的屁股蛋。他忽然发现，小荷把她妈的美超量地继承了！

金葵花出来了，她伸手勾住褚一魁的腰："谈得好吗？"

褚一魁说："女儿不太灵。"

"她一个生瓜蛋儿，啥都不懂！"

褚一魁诡秘地一笑："你可要好好地教她啊！"

金葵花叹了口气："操心啊！你说这事，既让谈恋爱，又不要真谈恋爱。成年女人都不好把持，更何况一个刚长大的女孩儿。"

褚一魁说："你可不要这样说。我说她不太灵，是我的标准太高，其实，姑娘还是蛮灵的。"

金葵花笑了："是吗？你可要多多栽培她！"

褚一魁一笑："您请放心！"

金葵花给褚一魁示意，让他跟着去她房间。

褚一魁下意识地瞅一眼外边："今晚还有事！"

7

罗山看看表，已是深夜十一点。他知道吴邑处长还在办公室等，立即抓起所里的电话汇报了情况："处长，这边的案子审完了。金银首饰店的案子真是'云中飞'干的……"

"你立即回来，我们详细商量一下！"吴邑一点儿也不兴奋，他的声音有些沙哑。

罗山回到办公室的时候，吴邑处长和鲁战凯正等着他。

"处长！"罗山一笑。

"快坐下！"吴邑说着，给罗山倒了一杯开水。

罗山连忙接过来："谢谢！"

"详细说说！"吴邑坐下来。

罗山掏出刚画的窦十四的像，递给吴邑："您看！"

吴邑接过画铺在桌上。

"这是刚刚完成的'云中飞'的真实画像！葛二反复指证了他脸上的麻子位置。"

罗山抬起头："我建议，有两个事情需要快做。一是动员所有公安队伍，连夜查访饭店、酒店、干店等所有能住人的地方，搜查这张麻子脸。二是加强中南海的布防，严防'云中飞'的破坏与暗杀。因为，虽然他刚刚好，一般应该再休息两天才对，可是，成功地偷盗了首饰店，他就会认为他的运气不错，这种小偷的规俗告诉他，可以行动，并且要快行动！不快，运气就会改变。我估计，在我们不给他造成足够压力的情况下，他也不会再停三天！"

"嗯。"吴邑表示同意，"罗山，你这个判断和建议都非常好！非常及时！但是我想，我们在严查饭店、酒店和干店的时候，尽量做得平静、平和，最好不惊动他，不给他造成足够大的威慑。我们要尽可能地在外边抓住他，努力为中南海减轻压力。"

罗山说："好！我们今晚就行动，把便衣队、纠察队和派出所的队伍全部动员出来，中年男性麻脸一律作为重点盘查的对象。"

吴邑想了想："这样，把'云中飞'这个最新的图像速印五百份，每个行动小组发一张，让他们拿着去查。不然，麻子脸全抓起来，影响不好不说，还容易把人弄跑。乱中易出错！"

罗山点头："好！这样更好掌握。"

吴邑看一下手上的表："现在就去印，力争在五点前发给大家，让他们连夜速查。鲁战凯，这个事情交给你！"

"是！"

吴邑问："罗山，还有什么想法吗？"

罗山说："处长，我得立即去中南海值守，以防万一！"

"好！我马上给戚主任通电话，让他加强防卫！"吴邑说完，抓起电话就摇。

"处长，我去了！"鲁战凯转身跑出办公室。

"处长，我也走了！"罗山走到门口，往黑板上瞅一眼，说，"这个谜语造得好！"

吴邑站起来，伸了个长长的懒腰："咋好？说说看！"

罗山大声读起来："'一方爱文化，一方反文化。一方有文化，一方否认没文化。'"罗山读着，禁不住哈哈地笑起来："这个最高级！"

吴邑也笑了，说："做什么都需要灵感。这个字谜的出现，也是我的灵感。"

"您这是对我们的提醒，不能光'搜''藏''挖'，该'放'的时候也得'放'。"

"罗山，等大家都在的时候，你跟他们好好地讲一讲吧！"

"好的！我跟大家谈谈体会！"

8 祭拜完师父惊天飞燕，"云中飞"换上西装，戴一顶宽檐礼帽，架一副灰色眼镜，提着手提箱，来到了祥云宾馆。宾馆的工作人员查验了"云中飞"的证件，就给他办理了入住手续。

店员田一垄手掂个暖水瓶走在前，"云中飞"提着箱子跟在后，住进了宾馆 212 房间。

田一垄把钥匙交给"云中飞":"先生,有事打铃您!"

"云中飞"点头:"谢谢!坐了一夜的火车。"

"快点儿休息吧您!"田一垄弯着腰退出房间。

"云中飞"一听,就知道店员是老北京,习惯把话语说颠倒。"您"老是放在话后。

店员走了,"云中飞"却一点儿睡意没有了,睁大眼睛望着黑暗。他忽然发现墙上有什么在动。他挺身坐了起来,弯腰掂起鞋子,猛地甩了上去。一只壁虎掉下来。

"云中飞"为自己的眼力高兴。如果把黑夜做成一道考题,请大家辨析黑夜的秘密,没有几个人能胜过"云中飞"。夜渐渐地深了,夜色也渐渐地变得清晰起来。这是"云中飞"独特的感受,他总认为,后半夜要比前半夜亮,夜深时要比夜浅时亮。如果夜色正好,忽然暗了下来,那一定是黎明即将到来。"临明一阵儿黑",虽是民间的俗语,他却有着深刻的理解。

他的师父惊天飞燕曾讲过一个很鼓舞人的动听故事,说是明朝的开国皇帝朱元璋年轻的时候是一个盗贼,有一次手气太差,转了一夜也没有偷到东西,天快明了,他有些着急,再偷不到东西,回去肯定是要挨打了!他又摸到一户人家,这家人无衣无粮,家徒四壁,只有一口锅。那也得偷!他弯下腰,轻轻地揭起锅来,慢慢地顶在头上,蹑手蹑脚走出屋门。此时正是黎明,天色渐亮。朱元璋好生紧张,小声说:"老天爷呀!您就不能再黑一阵儿吗?"朱元璋是皇帝的命,金口玉言,这时候,天忽然就暗下来。朱元璋借此急忙逃走,偷出了这口锅。

这故事有两层意思,一是偷盗有理,贵为天子,尚且如此,更何况我等小民?不丑气,不丢人!颇具道德上的力量。再就是励志,小偷也可做皇帝,具有神勇广大的前景暗示。

把"黑"看"灰",把"灰"看"亮",这是"云中飞"多年历练的才能。他对此深信不疑。这才能虽然有益于他的饭碗,但也不利于他今晚的睡觉。成功地偷盗了金银首饰店,说明他又得到了运气的支持。也就是说,运气没有抛弃他。胡思乱想了大半夜,到了后半夜,"云中飞"才迷迷糊糊地睡着了。似乎刚睡了一会儿,他忽然听到走廊里有杂沓的脚步声传来,"云中飞"一激灵爬起来,伸手摸出枕头下的枪。

脚步声走过门外,踢踏着渐渐走远,"云中飞"被惊着了,他掂着枪走到窗帘边,掀起条缝儿往外看看。窗外一片安静,有两只喜鹊安闲地喳喳着飞过窗户。

"云中飞"捏了捏自己受伤的肩膀,又使劲往上举了举,这才穿上衣服,拿着手枪,走到洗漱间,掏出刮胡刀刮胡子。

胡子干净了,他又往嘴巴上粘胡子。

"云中飞"收拾完了,坐在床上发呆。他的肚子忽有响声,但他并没有感到饿,他打了个哈欠,又仰脸躺在床上。毕竟没有睡好,毕竟喜欢于黑夜活动,现在是白天,他侧了个身,又躺在床上睡着了。当他再一次醒来的时候,已经到了薄暮时分。

"云中飞"真饿了,他爬起来,掂着包,戴上一顶长舌布帽走上了街头。

"云中飞"来到了附近的夜市。他坐下来,取下帽子,要了份板面。

时届初秋,北平还是有些热。吃饭的男女们有人光着膀子,有人把衣服披在肩头。边吃边聊,大家的神情都很放松。

光膀子的汉子先说了:"新中国,新首都,听说北平的名字也要改了?"

"北京嘛!北京就比北平好听!我问了俺院里那个教书的蔡先生,他说,京,就是高的意思。首都嘛,领袖们居住的地方,不但地势高,尤其是地位高!"这人是个光头,大概是刚剃过,头皮有点儿发青。

光膀汉子说:"北平不是也很好吗?'平',就是平安、平和的意思嘛!"

旁边一桌上的汉子忍不住伸头过来:"北平平安,平安过吗?你看看这些年,张勋复辟,袁大头称帝,北洋军阀,日本鬼子,又经过了这三年的风风雨雨。这以后改成北京,说不定就平安了,为啥呢?人民幸福,国家富强了,这平安就在里边了!"

众人齐嚷:"说得好!"

"云中飞"摸了摸身边的提包,埋下头只顾吃饭。

吃完饭,"云中飞"先去剃头铺里洗了头,又去茶社喝了一壶龙井,时间就到了深夜十点，时间还早，他又去吃夜宵，盘桓了许久。到了后半夜，"云中飞"去了中南海东边的小巷，他看四下里无人，一耸身上了墙，从墙头攀上房，猫下腰，沿着房顶往中南海的方向走去。

刀伤刚好，无心作案，只是想观察一番，他选了一个高高的屋顶，逆光观察着中南海的那片水域和掩映在树木中的几座高房。光线微弱，暗夜宁谧。

天色暗下来。"临明一阵儿黑"，想起师父的故事，忽然有了作案的冲动，他站起身，往前走了几步。"喔喔——儿！"一声公鸡的鸣啼似在脚下响起，他一惊，又停下来，下意识地摇了摇头，慢慢地往外走去。盗贼的禁忌很多，雄鸡报晓是其中之一。

9 如果说，经过"金盆洗手"，"田快手"具备了回归田一垄的可能，那么，当他在破获米继槐的案子中立功后，田一垄一下子回到了普通的民众之中。"田快手"，竟然迅速地淡出了人们的视野。田一垄先是学炸油食开饭馆，不小心弄翻了油锅，险些酿出灾祸。此事也就作罢。后来又学卖冰糕，人家的冰糕都能换成钱，他的冰糕全变成了水。原来他吆喝不出来。再说，这个活儿大多是小孩儿和妇女们干，他也着实不合适。胡长寿所长想帮他，可他总是不上道。还是郭天想了个办法，把他介绍给了祥云宾馆的老板唐生礼。唐老板一听是为新中国立过功的人，并不把他的出身当回事，立即就让他当了宾馆的服务员。掂水，扫地，清理房间。月月有工资。培训三天后，田一垄昨天上了岗。本来，他想在晚上跟老爹学嘴，然后请老爹喝酒庆祝，谁知道，上班第一天，宾馆有规矩，要请新人们茶叙。

第二天，田一垄早早地来到了宾馆，他接待的第三个客人就是西装革履、戴着墨镜的"云中飞"。尽管"云中飞"有帽子、眼镜，但他还是一眼就看清了他的面容。这不是田一垄要看人，而是他多少年职业养成的"阅人"习惯。田一垄跟老爹说过了，今天晚上，他要请老人家好好喝一盅，向他汇报自己的成绩。谁知道，老人家知道他有了工作，坚持要"爹请"。因为，田一垄终于有了自己的"一垄"土地。老人家说，城里人的"职业"就相当于乡下人的土地。田一垄很感动,盘算着,一下班就去买半只烤鸭。让他想不到的是,中午的时候,宾馆里的记账本找不到了。虽然只是个账本,但那是宾馆的流水记录啊。唐老板一听就急了,说:"一个本子不能吃不能喝的,谁会拿它呀?找!"在田一垄正要下班的时候,令他想不到的事再次出现,管账的小青拿眼睛翻一下他,说:"唐老板请你去见他!"

田一垄怀着感激的心情走进经理室:"唐老板,您找我?"

唐老板点头,说:"坐!"

田一垄犹豫了一下,还是坐了下来。

唐老板说:"有件事不知道你听没听说。"

田一垄抬头看着唐老板。

唐老板并没有让他回答,接着往下说:"宾馆里的记账本不见了,全体店员问了一遍,都说没见。我就想起了你。你是不是——"

田一垄的血一下子涌到了头上。显然,唐老板怀疑是他"见"了这个账本啊!尽管他前边也说把店员们"问了一遍"。

田一垄坚定地摇了摇头,说:"唐老板,我真的没见!"

"可有人说你以前——"唐老板说了半截,忽然打住了。

田一垄的脸更红了,他站起来说:"唐老板,请您恕我直言。当我是'田快手'的时候,我是不配做人。现在我成了田一垄,刚当了几天的人,你们,还是不把我当个人看啊!"

唐生礼老板说:"田一垄你别急,如果证明了不是你,我给你道歉!"

"唐老板,你不用道歉!如果证明了是我偷的,哪一只手被证明,我就砍哪一只手谢罪!"田一垄摇了摇头,"原来要做个人还真的不容易!"

田一垄走出宾馆,烤鸭买还是不买?这成了一个问题。他一路走一路想,最后决定还是买。既然自己没有偷,那就要相信唐老板。既然给爹说过了,那就要让爹高兴。即使是失望,也尽量让爹失望得晚些。爹毕竟年纪大了!

爹很激动,八十四岁的人了,破例喝了三杯酒。也许是有点儿高,也许是太高兴,爹喊着他的小名,说:"三儿啊,世上挣钱的路子猛一看很多,其实也就有三条,抢、骗、求。抢他的,那是力量的厉害;骗他的,那是智慧的厉害；求钱的，都是穷人，所以很难厉害！而我们这一行，三条路哪一条都走不成，我们是无路可走，才偷。偷不分鳏寡孤独，偷不分男女老幼，所以我们遭人恨。我们走的不是人道儿。不走人道儿谁按人尊敬你呢！现在，你走上了人道儿，走上了康庄大道，爹替你高兴！"

爹说着，哭了。

田一垄听着，也哭了。

爹是高兴得哭了，而他，是因为爹对他的爱而哭。八十四岁的人了，做了一辈子小偷的人啊，多么的深明大义啊！他理解了爹一生的痛苦和不易。

"来，再喝一杯！"爹举起颤抖的手。

"爹，您没事吧？"

"爹没事！"

田一垄陪爹又喝一盅。

爹真的没事。夜里，田一垄几次看爹，爹的呼噜打得十分畅快。坐在爹的床边，田一垄忽然看见了四岁的他跟着爹讨饭的样子。北平的雪真大呀！

他是被爹捡来的，虽然排行称三，但大哥、二哥他都没有见过。爹多次对他说过，他是最皮实的孩子，三次大病都活过来了。他从爹的话语里猜测，大哥、二哥一定都是病死的。他后来才知道，所谓的大哥、二哥，也都是爹捡的。作为穷人，作为小偷，爹一辈子没有娶上媳妇，他期盼的，其实是过一个平常人的日子，有一垄地，有一个儿。他不敢期盼媳妇，他直接期盼儿。于是，一见男孩儿他就捡。现在，这个偷不动东西的老男人已经八十有四，而他捡来的儿子却开始走上了他所理想的"人道儿"。

老人一点儿也不糊涂，他想在儿子走上"人道儿"之后，再鼓励儿子娶个媳妇生个儿，或者捡。最好，是生！

他是田一垄的养父，更是田一垄的恩师。

田一垄又想起了诱供米继槐的那天。从关押处出来，他是一路飞跑着回的家。关了三天两夜，他想着爹不知道，回家时借郭天的钱买了四个白馒头。爹不接馒头。爹围着他转了一圈，又撩起他的衣服看了前胸后背。他知道，爹想着他又挨打了。田一垄努力地忍着，但还是掉了眼泪。从小到大，爹多次教过他挨打的技巧:"双手抱脑袋,两肘护前胸。不求饶,不出声。能崩使劲崩(崩:方言,奔跑意)。"

在他坐爹身边想事的时候,老人其实正在做梦。他梦见田一垄正行走在金光闪闪的宽路上。"这是哪儿?"他问儿子。儿子不回头。他还是想问,他大声喊:

"三儿啊,这是哪儿呀?"老人把自己喊醒了。

"爹!"田一垄连忙递过来一杯水,"这是咱家!"

老人对他的回答很不满意,但他还是接过了儿子递给他的茶水。

十几岁的时候,田一垄就理解了"世袭"二字。皇帝的儿子还是皇帝。大臣的儿子还是大臣。派出所所长的儿子还是派出所所长。小偷的儿子还是小偷。龙生龙,凤生凤,老鼠生儿打地洞。这就是世袭。当他把自己的理解说给爹听时,爹却摇了头。

"不是吗?"

爹说:"人家的世袭都是真的,只有小偷的世袭是假的。"

"为什么?"

"因为小偷娶不上媳妇。"

"娶不上媳妇为什么有儿?"

"捡!"

他理解爹对他的期盼。儿现在是"人"了。他要他好好表现,好好挣钱,争取娶上个媳妇。

田一垄坐在爹的床前,暗暗地下定决心,一定要做出个样子来,要对得起爹一生对他的期盼。

10

葛二回到家里的时候已经是后半夜。要在平时,他早就困得睁不开眼了。自从不再行窃,他就喜欢上了黑夜的酣睡。一个人躺在床上,垫一个高高的枕头,房中有粮,心中无事,一种轻松的快乐便油然而起。窦十四的到来,打破了他的安静。尤其是这两盆子首饰,一下子又把他打回到了兴奋与不安的岁月。所长高抬贵手，相信他的话语，录完口供，就把他放了回来。

回到屋里，葛二却不安起来，他看看外间的桌上、桌下。桌上的茶壶他都要掂起来看看里边是不是放有什么东西。

进到里间，又看"云中飞"睡过的床上、床下，还有"云中飞"使用过的夜壶。

葛二走进厨房，先了看锅台，又低下头看灶膛。他一点儿一点儿看过，感觉真的没问题了，这才回到屋里坐到椅子上休息。刚坐下，他忽然发现门后边有一个罐子，连忙走过去掂起罐子，对着光亮仔细看。

葛二最后看了那个曾经放过"牙膏"的窗台。直到这时候他才发现，之所以最后才检查它，是因为他被"牙膏"吓住了。"他能给我放炸弹！他不得好死！"葛二禁不住嘟囔了一句。

葛二躺下来的时候公鸡已经叫唤。他刚躺了一会儿，窦十四竟然大摇大摆地走了进来："二哥！"葛二一个激灵坐起来。窗外是麻雀繁密的叫声。

袁客民和他的两个小保卫也没有睡成。他们躲在葛二家的院落附近，蹲守了整整三个小时，直到王结财所长带着两个保卫人员过来换岗。

"袁所，没啥事吧？"王结财大大咧咧。

袁客民说："风平浪静，一切正常。"

"谅他也不敢再来。你想想，他放炸弹的时候一定是在他离开的时候，他要是回来，万一碰上葛二弄响炸弹，他不是自己找死吗？"王结财分析着。

袁客民说："哎！你这说法还真有道理！他放个炸弹，其实就是断了他回来的路。"

"不过，谁知道这个家伙是怎么想的呢？他要是万一回来了，像葛二猜的那样，是忘在他家了，要回来取呢？"王结财又分析。

"嗯，有道理，你们还得认真蹲守！"

王结财说："没有的事当有做。没事不是更好吗？"

第十五回　陶然亭中藏凶手
　　　　　窃听器里有乾坤

> 兵戎一支毒枪
> 直指大海中央
> 虽云只贪钱贝
> 其实面露凶光
> ——打一字

1　　天已放亮，早起的人们开始忙碌：卖小吃的摆开了饭摊，卖菜的小贩唱着歌谣："有辣椒，有豆角，茄子穿的是紫袍……"卖水的拉着水车，边走边叫卖："清水啊——清洌甘甜，取自龙泉……"

"云中飞"有些疲劳，也有些放松，戴着他的长舌布帽，走进了一家早餐饭馆，坐了下来。

两名穿着制服的保卫人员走过来，把缉拿"云中飞"的布告贴在门外。布告是刚印出来的，散发着油墨的香味。特务"云中飞"的麻子脸从墙上邪恶地看过来，带着挑衅的神情。

前来吃饭的人们看见了，驻足观看。

"这脸麻得不轻！"这是一对出差的人，大的四十来岁，小的二十来岁。说话的是年轻人。

"麻子点儿多，这人不好斗！"年长者接过，迈步走进饭馆。

"云中飞"忽然感到了压力，他低头吃完了饭，急忙走了出来。

黎明时分，北平市所有的街道都在张贴抓捕"云中飞"的布告。张贴的重点是旅馆、饭馆等公共场所。

"云中飞"是幸运的，当他走回祥云宾馆的时候，街道的保卫人员还没有贴上。

值守夜班的前台服务生小宋正准备下班，看见"云中飞"连忙打招呼："早上好啊您！"说过，打了个长长的哈欠。

"云中飞"微笑着点头，大步走上楼梯。

"云中飞"开了门，走进自己的房间。他感觉到了危险，但他要睡一觉，以便准备夜里的战斗。是睡在宾馆，还是再找地方，他一时有些犹豫。

小宋刚收拾完桌子，派出所的老吴和来上班的小孙相跟着来到了前台。

小宋一见，打了个哈欠，半开玩笑地说："吴所长，需要效劳吗您？"

"吴所长"不是所长，这也是老北京的风俗，见人往尊处称。外人不了解，还以为是讽刺呢！

"吴所长"也不更正，拿出缉拿"云中飞"的布告，说："宋，你看看，宾馆里有没有住着这个人？""吴所长"在"小宋"前去掉一个"小"，算是对他的回报。

小宋又打个哈欠，擦着右眼的泪水，用左眼瞅了一下："好像——没有！"

小孙说："注意麻脸的中年男人窦志云，外号'云中飞'的特务啊！"

小宋说："放心您，来了就跑不掉他！"

"吴所长"说："把这个贴上啊！有情况了往所里打电话！"

"好的！"小宋接过来，放在柜台上。

"吴所长"和小孙刚走出宾馆，田一垄来上班了。虽然昨天受了委屈，田一垄还是早早地就来了。既然没人不让他来他就必须按时。他买了两根油条，用一张麻纸托着。他一直在想，偷个账本有啥用呢？一定是谁错拿了，或者忘哪儿了，他想趁着没人的时候找一找。

田一垄是和小孙前脚搭后脚一起进来的。田一垄是上班，小孙是接班，他接的是小宋。

小宋又打个哈欠，拎起包就要走。

小孙说："小宋，有需要交待的吗？"

"没有。"小宋转身哼了一句歌，"好一朵茉莉花……"

田一垄看一眼墙上的钟表，离上班还有二十多分钟，他在大厅的长椅上坐了，开始吃早饭。

小宋走到门口了，忽然想起来了布告的事，扭脸又回来了。

"哎？忘啥了？"小孙买的是包子，他吃着问。

"哎哎，差点儿忘了！这个布告要贴上，说是捉拿特务'云中飞'的。这人是个麻子脸，可能住在北平的某家宾馆。"小宋把布告从柜台上拿起来，举着让小孙看，"你吃饭。我先贴上了啊！糨糊给我！"

"嗯嗯，好好！"小孙把糨糊瓶递给小宋，自己继续低头吃饭。

小宋来到门口，把缉拿"云中飞"的布告贴上，又往后退两步，看了看是不是周正。

旁边，有老人帮着校正："左边再往上点儿！"

小宋往上移移："这样呢？"

"好了，好了好了！"老人摆着手。

小宋把画像贴好了，拿着糨糊瓶又送过来，这才转身离去。

2

政治保卫处每周要开两次工作会议，一次是星期一上午，一次是星期四下午。这当然是指的正常状态下的例会，若是任务紧张，那就随时可以开。今天的会议就属于"随时"的这种。

"同志们啊！"吴邑处长有些累，声音沙哑，"建国大典确定在十月初开，现在已是九月中旬，时间十分紧张。根据上级领导的指示，近日有一个大逮捕，领导要我们把掌握的整个北平市的特务信息做一个汇总，一并解决问题。于兵，你们对'金钱豹'的监视情况如何，给大家做一个详细通报吧！"

"是！"于兵站起来。

吴邑说："坐下说吧，一连两天，很辛苦啊！"

确实很辛苦，于兵和市里的同志们一天值守二十四小时，无一分钟断档。这辛苦太有价值了，他们发现了很多重要的线索。为了表示重视，于兵再一次站起来，说："'金钱豹'以开公司做掩护，和方方面面的人来往。有的是特务，有的是他们的工作业务，但就是业务也不排除有特殊任务。两天来，我们共监视并落实的有十七个特务，牵扯到北平几个居住区。怎么证明他们是特务呢？我们有两个依据，一是他们曾经作过案，一直未能抓到。二是我们本来就有怀疑，经过跟踪、调查，证实了。"

吴邑满意地点了点头："你感觉还有没有必要再做监视，也就是说，抓还是不抓？"

于兵说："我感觉，还可以再监视一下，条件成熟，立即抓捕。"

"抓捕的时间呢？有什么建议吗？"

于兵皱起眉头。

罗山禁不住接上："如果上级有统一的抓捕计划，一起行动最好！这样，特务就不容易逃跑。"

"好！上级正要采取行动。"吴邑看一眼罗山，问，"'云中飞'的情报有什么进展？"

罗山站起来："还没有。布告都贴上了。这个有很大的威慑力。他是个麻子，不容易掩盖。这样，每个看到麻子脸的人就会警惕，他就很容易在小河沟里翻大船。"

吴邑说："昨晚的这个审讯太重要了。虽然知道他整容，也猜到会有麻子脸，可是一直未能得到真实的情报。麻子脸，就这么一个特征，我相信，不出三天,就会有好的消息出现。只是,大家注意,'云中飞'狗急跳墙,很可能孤注一掷,要防止他鱼死网破、铤而走险。"

罗山说:"我给戚主任当面汇报过,中南海已经加强了巡逻和布防,开完会我也要立即过去。"

"梅东岭!"吴邑又问。

梅东岭站起来:"我们的政审工作已近尾声,只有一个大厨的历史有几年时间接不住,正在做进一步的调查。"

吴邑说:"建国大典那天的宴会是一个极其重要的事情,全国的新政协代表五百一十名,还有从前线回来参加大典的将领和英雄,人员大概有六七百啊!首长为此专门召开了会议。你负责的是食品安全,任务不轻啊!"

"请处长放心,我们一定用十二分的努力保证完成党交给的任务!"

吴邑说:"百分之百地保证,千分之千地完成!"

"是!百分之百地保证,千分之千地完成!"

"孙觅!"吴邑又点将了。

孙觅揉一下眼睛站起来:"保证完成任务,不惜用我们的鲜血和生命!"

吴邑笑了:"孙觅这一段进步很大!"

孙觅说:"我请求处长考虑,让我参加这次的大抓捕!"

吴邑点头:"好的。"

吴邑把脸转向鲁战凯。

鲁战凯立即站起来,指一下门口桌子上的小黑板,说:"我感觉这个谜和我有关系!"

正说工作,鲁战凯这一声,把大家的注意力都引走了。可吴邑处长不但没批评,还顺着问了一句:"啊?说说看!"

鲁战凯读着谜语:"'行为百代光,影响三千里。有缘常相伴,风雨作夫妻。'我感觉像是说的闪电。"

孙觅说:"闪电咋跟你有关系?你又不会打雷!"

大家笑起来。

鲁战凯没笑："闪电是电嘛！处长是不是让我们联想电报啊？"

鲁战凯的话把大家都说愣了。

"是不是这个谜底啊，处长？"孙觅问。

吴邑说："看来我造的这则谜语有问题。我本来是提醒大家注意敌人的电台呢，没想到真的写成了闪电。"

"你行啊，战凯！"于兵对着他立起了拇指，"老鲁，你把这个也猜一猜！"于兵指着"一方有文化……"。

鲁战凯使劲摇头："这个没感觉！"

"罗山？"处长点名了。

"这则谜语我猜到了。"罗山说。

"是吗？这个'一方、一方'的很神秘啊！"孙觅大声说。

"这是一个'放'字。"罗山先说破了。

众人"啊"了一声。

"'方'和'文'构成了一个'放'字。"

"一方爱文化，一方反文化。"孙觅念着，忽然"啊"了一声，"'放'的右边是一个反文。原来是这样造的！太妙了，处长！"

罗山说："更妙的是意思。处长提醒我们，不仅要学会'搜''挖'，找到深'藏'的特务，也要学会'放'，只有放长线，才能钓大鱼。所以，我们没有立即抓捕'金钱豹'。"

大家一起鼓起掌来。

"谢谢！"吴邑处长笑着说了一句，再次把目光投向鲁战凯。

鲁战凯说："我把敌台的活动时间和地点画了一个图表。请处长审看！"鲁战凯把他画的图表举起来，让大家看了一下，随后放在了处长面前。

3

"云中飞"走进房间，从里边把房门锁了，打开手提箱，拿出无声手枪，压上一排子弹，放在枕头边，然后扣死箱子，放在靠床的里边，这才脱下衣裳。

"云中飞"感觉眼皮有点儿沉，他上了床，闭上眼睛。

窗户边落了一只喜鹊，喳喳叫着。

"云中飞"猛地睁开眼睛，警觉地摸了摸手枪。"夜晚不惊鸟。"他想起来一句俗话，但立即又放松了——现在不是夜晚！

窗外的喜鹊飞走了。

"云中飞"猛地坐起身来，因为他又想起来一句话，"鸟不惊不飞"。谁惊了它呢？他掀起窗帘，隔着玻璃往外看了一眼，一切正常。"云中飞"复又躺下，使劲闭上眼睛。

宾馆门外的嘈杂声再一次传进屋来。

"这麻子脸一出现，就好办了。老远就看见了！"这是个年轻男人的声音，亮亮的，很有穿透力。

"云中飞"吓了一跳，他不知道，门外现在正站着一群人看缉拿他的布告。但他猜到了。

"云中飞"侧起耳朵。

"俗话说，麻子点儿多。他把自己整成麻子，就不能再整成个别的啥来？贼有贼智，未必好逮。"这是个老年男人，虽然他的声音带着点儿沙哑，但是很清楚。

又有人接上："那是，要是好逮，一抓了事，还用得着张贴布告吗？"

明亮的声音："大家注意点儿啊，叫咱遇见了，还立个功呢！"

沙哑嗓子："鬼见人是一灾，人见鬼也是一灾。最好还是不碰见好！"

"照你这么说，碰上也可以装作没碰上不行了！避避这一灾！"还是明亮的嗓子，他好像有点儿不快。

沙哑嗓子也恼了："抬杠的不是？我要是见着他'云中飞'了，一样儿让他插翅难逃，保不准现在说得好听的未必胜我呢！"

明亮的声音更加明亮了："越说越神气了！叫你碰上，哼，叫你碰上你跑得快！"

沙哑嗓子："我跑得快，叫老田说说，上半年，咱店里抓住那特务，是不是我报的案！你黄毛三根，就瞧不起我了！你说说你的功劳？"田一垄吃完了油条，打扫了走廊的垃圾出来倒，听见两人拌嘴，就走了过来。其实，满打满算，田一垄才来十天，半年前的事儿他哪会知道，不过，此时这人并不是要老田作证。

明亮的声音反唇相讥："是啊，鬼子来的时候，是谁给鬼子擦皮鞋了？"

"你？"沙哑嗓子一急，立时卡壳了。

"好了好了。大叔那也是迫不得已……哎？又有特务了？"这个声音"云中飞"很熟，就是一时没有想起来在哪儿听过。

"这小子想立功呢！去吧，抓个特务试试，练好胆儿再过来吹！"沙哑嗓子终于缓过劲儿来了。

"只要是特务，谁抓住都是立功！""云中飞"想起来了，是他刚来时接待他的那个服务员！

"云中飞"再次坐起来。他真切地感觉到了危险，抓枪在手，轻轻地下了床。

窗外没有了声音，大概是人散了吧。但显然，今天是睡不成觉了。"云中飞"忽然想解溲，他提着枪，走进了洗漱间。一个小解的时间，他听见外边有两次脚步声响起。他知道，危险随时会来。既然布告贴出来了要抓麻子脸，眼下最安全的办法就是逃到没人的地方。他走到床边，迅速穿好衣裳，整好皮箱。

田一垄是出来倒垃圾的，无意间，化解了"沙哑嗓子"和"明亮声音"的一场抬杠。他走回柜台，忽然就想起了昨天接待的那个姓刘的房客。他清楚地记得，房客叫刘占星，因为他的名字正和田一垄的师弟重名。房间212，是个买卖人，他亲自送过去的。此人仿佛就是个麻子脸。他清楚地记得，刘占星进来时，虽然戴着帽子，但脸上的麻子像会说话似的，一闪一闪地直眨眼睛。田一垄打了个寒战，戴着灰色太阳镜的刘占星一下子就到了他的面前。

"麻子脸，麻子脸……"田一垄自语着，决定上楼看看。他放下垃圾斗，拿起钥匙串，"对，送瓶开水！"他去热水房提了个暖水瓶，大步走上了二楼。走廊很长，田一垄走了几步，忽然就有些迟疑。他本能地感到紧张，他感觉，他还没有做好准备。但是，既然已经上来了，不就是看看嘛！他给自己鼓劲儿。说不上是害怕、紧张，还是好奇，田一垄来到了212房间的门外，本来他应该敲门的，可是此时，他还是有些犹豫了，他把耳朵贴在门上，听了听里边的动静。

此时"云中飞"的耳朵，也正好贴在了门板上。只是，一个在门板外边，一个在门板里边。

田一垄没有听见"云中飞"的动静，"云中飞"可把田一垄听了个清楚。因为"云中飞"刚穿好衣服，就听见走廊里有声音。他轻手轻脚地走到门口，静听着田一垄的脚步声，他似乎感觉到了田一垄脚步声的迟疑。"云中飞"判断，这个脚步声如果是路过，它应该节奏不变地走过去；如果是来212房间，那它应该在门外停下来的瞬间，门上就有敲门的声音响起。可是，脚步声在门外停下了，门上却没有敲门声。"云中飞"骤感危险的降临。他的脚没动，身子后移了一点儿，顺势掏出了手枪。

就在这时，敲门的声音响了：笃笃笃，笃笃笃……

"先生，要开水吗您？"就是昨天接待他的那个男人的声音。就是刚刚劝解人的那个男人的声音。现在，这个声音又响在了门外。

"云中飞"又是一惊。他犹豫着，没有回答。

"送开水了。要开水吗先生您？"

"云中飞"没从他的声音里感觉到异样，他轻手轻脚地后退了两步，故意装作才听见的样子，慵懒地应了一声："好的，来了——"

"云中飞"戴好帽子，打开半个屋门："请进！"

在田一垄进屋时的瞬间，"云中飞"发现门外的走廊里没有埋伏。

田一垄把暖水瓶放在桌上，掂起昨天的暖水瓶。他看了一眼"云中飞"，岂料，此时的"云中飞"也正在观察他。在目光相碰的一刹那，两个人的表情各自暴露了自己。

田一垄说了声："再见！"提起了昨天的空暖水瓶。

"云中飞"微笑了一下，说声："慢走！"

田一垄掂着暖水瓶倒退了两步，转身走往门口。

"云中飞"跟着走到门边，乘田一垄转身的当口猛地卡住了他的脖子，热水瓶掉在地上，一歪，倒下，水瓶破碎，残留的水流了出来。"云中飞"猛往上提了一下，把田一垄拖进了屋里，用脚把门踢上。

4

开北方刚刚起床，正洗脸，郭闹闹走进店来。

"老板，有个消息不知球重要不重要？"郭闹闹大声说。

开北方洗完脸，边擦边问："啥消息？快说！"

"我刚才在门外见到小丰，说球几句闲话。听她说，她爷马上要六十六大寿。六十六，割块肉。要在俺老家，这六十六是要大庆的，不知道北京这地方庆球不庆？"

开北方说："只要是中国，那就都庆贺。北京咋就不庆贺了？"

"这么说来，咱是不是连球他的大徒弟也要讨好才是啊？"

"讨好魏老头儿的大徒弟？"开北方挠着头。

郭闹闹点头："对呀！"

开北方一时没有反应过来。

郭闹闹说："你想想老板，他的大徒弟要是替咱说话，不球也好办事吗？"

开北方明白过来："那是。哎？咱不管他的大徒弟翁世界还是他的小徒弟潘晓添，咱都要讨好。理由就一个，新中国了，咱想沾点儿光荣！闹闹，争取近日咱俩谁能上一趟天安门，就算踩点儿。按照廖先生的计划，将来，万一咱要上去了，两眼一抹黑，啥也不知道，像身体一样重的黄金咱咋能得到呢？"

"可不光球黄金，你没听廖先生说吗？官升好几级呢！哎，老板，你说咱啥球官不是，该咋升级？"郭闹闹真诚地困惑着。

"就是，也不能从零开始升啊！"

郭闹闹声音高了："从零开始，那咱不就吃球大亏了！"

开北方说："你吃啥亏呢？要是论体重奖黄金，我才吃亏呢！"

"只要能成功，到时候咱俩球放在一块儿，二一添作五，咋样？"

开北方笑了："好了，还是说咋讨人家的好吧！"

郭闹闹说："很快就八月十五中秋节了，这不也球是个机会？"

"那是，我们商量商量，看咋给他们送礼！"

郭闹闹去街上买了包子、油条，两个人在门里边坐了，边吃边琢磨咋干这坏事。

魏师傅的大徒弟翁世界从街对面过来了。

"老板！"郭闹闹看见了，提示开北方。

开北方心领神会，连忙站起身，走到门外等他。

翁世界走过来了。

"翁师傅！"开北方笑着。

翁世界不认："玩笑了开老板，我哪敢称师傅啊！"

开北方说："南京到北京，师傅是官称嘛！怎么样，宫灯扎好了吗？"

翁世界停住脚："扎好啥呀，时间很紧。上级让赶到八月初十前一定扎出来。"

"八月初十？啊，你说的是阴历吧？"

"可不就是阴历呀，按阳历是十月一日。"

开北方称赞他："翁师傅真好记性！"

翁世界苦笑一下："我啥好记性啊，前一天正好是我爹的六十六大寿。你说，我哪有时间准备啊！"

"啊，阴历的八月初九，令尊的六十六寿诞之日。可喜可贺！"

翁世界说："更让人着急的是，小潘他母亲又摔住了，正走呢，踩住个石头蛋儿，一闪，倒了，大腿骨折了！"

开北方叹口气："那可是个大事啊！俺以前的邻居因为这一闪，残废了，最后死到这一闪上了！"

翁世界说："再咋着小潘也得回去几天不是。你看看，不得了！真是越热越打铁，越冷越跳井。我师父急得，嘴都起泡了！"

开北方说："我上次给你推荐我那个朋友，会扎灯笼、会扎风筝的那个，你再给你师父说说呗，建国的大事业，谁不想出把力呀，我只给朋友一说，他就高兴坏了,说,只要能让服务,他心甘情愿去做。我说你要多少报酬啊?我这朋友也真进步,说能为新中国的建立出力已是光荣了,更何况跟着魏师傅还能学本事,打着灯笼找不着的事,要啥报酬啊!"

翁世界说:"要说你这朋友真是个好人,我给师父好好说说,争取说成吧!"

开北方说:"翁师傅,先谢谢啊!要不,您来屋里喝杯茶?"

"哪敢喝茶呀!太忙了!"

郭闹闹走出来:"成人不自在,自在不成人。做大事的都球忙!"

5

田一垄的身体痉挛着。

"云中飞"把田一垄搬到刚刚睡过的床上,仰面躺好,像是睡觉的样子,又把带血的匕首在被子上擦了擦,装进箱子。他走进洗漱间麻利地化装,把胡子粘好,又在两鬓麻子多的地方粘上了络腮胡子,左看看,右瞅瞅,对着镜子检查了几遍。

"云中飞"走出洗漱间,把洗漱的毛巾盖在田一垄脸上,再一次检查了手枪,这才掂起皮箱。他忽然看见田一垄掉在地上的一串钥匙,弯腰捡了,顺手丢进厕所的下水道里,离开房间,轻轻关上屋门。

"云中飞"一身西服,脚穿皮鞋,戴着眼镜,掂着皮箱走过前台。

前台的董经理正忙着,服务员小孙抬头看了一眼。他想给他打招呼,但"云中飞"没有扭脸看他。

"云中飞"走到门口,扭脸看见墙上的布告,他停住脚,走上前去,他想了解一下究竟是什么内容。

两个人正站着看布告。一个干瘦的老头儿,用手托着下巴。一个三十来岁的车夫,车把还在手里。

"念念呗,二愣!"

车夫叫二愣。他也不推辞:"缉拿,国民党,少校级特务'云中飞'……"

大堂董经理的声音忽然传来:"田一垄去哪儿了?"

年轻的服务员小孙大喊:"老田!田一垄——"

一辆人力车过来,"云中飞"一招手。

人力车夫停住脚:"先生,去哪儿您?"

"云中飞"坐上去,小声说:"往前走!"

"往前走?"人力车夫停下来,"总得有个地方吧您!"

"叫你走你就走呗!我得想想!"

"好好!"车夫抬腿就走。

"哎哟,只顾让你念布告,耽误您活儿了!"干瘦的老头儿说。

二愣感慨般大声说:"是你的撵也撵不走,不是你的讨也讨不来!"

"云中飞"听见了,阴阴地一笑,说:"去陶然亭!"

"哎哟,陶然亭,那可够远的了!"

"云中飞"说:"不急,你慢慢走。"

车夫说:"先生好脾气,我心里就不躁了!"

街上时有张贴着缉拿少校级特务"云中飞"的布告,每张布告下,也都有人站着观看。

人力车夫没话找话:"这特务也是,大势已去了,再蹦跶个啥呀?'三国'上咋说的,天下大势,分久必合,合久必分。咱中国闹了百把年了,该合了。"

"云中飞"警惕地看着四周,没有搭腔。

人力车夫继续说:"俺门口有个特务,以前谁也不知道他是特务。三天前被公安局的带走了,后来才知道,说是上峰让他刺杀北平市的市长!就他那本事,嗨!"

"云中飞"忽然说:"跑快点儿!"

人力车夫反而停住了,说:"先生,您不是说不急吗?"

"云中飞"说:"忽然想起来个事。"

人力车夫说:"这事急?"

"云中飞"说:"急得很!"

"好好,那我就跑快点儿!"人力车夫跑起来了,回头问一句,"这样行吗?"

"云中飞"毫不容情地说:"不行,再快点儿!"

6

瘸腿老张从正房里走出来,一拐一拐地走进门房,脱下拖鞋,穿上皮鞋,摘下门外的画眉笼子。

正做小儿衣的紫姐抬头看他一眼,轻声问:"你要出去?"

"嗯!"瘸腿老张应一声,故意装作漫不经心。

紫姐说:"我跟你去!"

瘸腿老张有些急:"你去啥哩,我去遛鸟呢!"

紫姐放下手里的活计:"我是小孩儿啊?不让你背不让你抱的,耽误你遛鸟了?"

瘸腿老张说:"那也不行!"

"哎?你这人!我娘多次说,怀孕的人要多走走,不然生小孩儿时没力气。你让我跟你走几步呗!"

瘸腿老张皱起眉头:"你这人才是呢!不让背不让抱的你自己走呗!"

紫姐一屁股坐在了床上,掉起了眼泪。

瘸腿老张叹一口气,在屋子里转圈儿。

紫姐抬起头,泪眼汪汪地看着他。

瘸腿老张叹了一声,停住脚,说:"我去跟'哑巴'说说,让他帮忙看会儿门。"

紫姐擦一把泪:"我要不在这儿,谁替你看门?"

"也是他。"瘸腿老张说过,又犹豫了一下,说,"我先走几步,你等一会儿再出去。我在路岔口处等你!"

"为啥?为啥非得分开走?我就要跟你一块儿出门!"紫姐的态度很决绝,甚至可说是赌气。

瘸腿老张皱起眉头,苦笑着:"好吧!谁能拗得过你!"

瘸腿老张跟"哑巴"说过,挑起画眉笼子,迈着一高一低的脚步走出院子,紫姐流水似的跟在他后边。

一出院子，画眉激情地叫了起来。

"连画眉都喜欢出来！"紫姐小声说，"是吗画眉？"

瘸腿老张不吭声。

"你让跟着出来走走，多好啊！这对你将来的儿子有好处。"

瘸腿老张看她一眼。

"我是个孕妇，怀的是你的儿子！"

"你不说我不知道吗？真是话多！"瘸腿老张小声说。

紫姐不恼，笑了，说："我话多你不喜欢？前年你跟我好，还不是因为我话多。你说，一听见我说话心里就开了。"

两人来到了公园。这本来是清朝时一个大官的花园，后来荒废了，成了老百姓休憩的地方。

瘸腿老张说："你先在这儿坐着等我，我去办了事再来接你。"

紫姐不依："啥事啊，非得背着我？俺娘说，背人没好事！"

瘸腿老张说："老板让我替他见个朋友，这个朋友是他情人的兄弟，老讹他的钱。他不敢来，每次都让我出来挡！"

"啊？我还以为他是个正人君子呢，每次见我来他都不高兴，却原来也是个男盗女娼的东西啊！既然睡了人家的姐姐，为啥就不敢见人家的弟弟？那他现在这个老婆知道不知道？"紫姐看着老张，一副认真的模样。

瘸腿老张说："不让你问你非问。这还不好知道？"

"那这个大夫怪好脾气呢，知道了也不闹！"

"哼！"老张不高兴了。

紫姐今天高兴，态度好得很，她推一下老张："去去去，你去吧！我自己会走动。"

瘸腿老张挑着笼子一瘸一跛地走进公园深处。

紫姐显然不相信老张的话，她悄悄地跟着老张，也往公园深处走。透过茂密的树木，她看见了老板情人的弟弟，那是一个年轻人，也挑着一个鸟笼子。

7

"老田！老田哎——" 老板唐生礼也参加了喊人的队伍。

仍然没人回应。

唐老板有些急："哎，老田去哪儿了？小孙！"

正忙着的小孙应一声，连忙过来："刚才我见他上楼了。"

老板不耐烦地说："你快去找找！这么多事，你看我忙的！"

小孙又应一声，就往楼上跑去。

"老田！田一垄——"小孙在二楼走廊里喊着，空荡荡的声音在走廊里传响。不管小孙如何喊，田一垄就是不回答。

小孙有些不高兴，跑着下了楼，说："老板，找不着！我就说，他这种人……"

唐老板狠狠地瞪小孙一眼。

小孙不说话了。

老板显然急了："再找再找，厕所里找没有？"

"就是上厕所，也应该听见啊！"小孙应着，又往楼上跑。

祥云宾馆只有两层。小孙再次跑上二楼。

小孙上了公共厕所，没人，再次跑了下来："老板，真没有！"

唐生礼忽然感觉不祥："他刚才好像是拿着钥匙上去的呀，还掂了个暖水瓶！你挨个把门打开，看他是不是病倒在哪屋了？"

"不会，老田身体好着呢！"小孙故意大口出气，表演着喘息的样子。

老板急了："一个一个房间，你给我通通打开！"

小孙笑了："值得吗老板？"

老板火了："听见没有你？"

小孙不笑了。

"快去！"

小孙跑了两步，转身又问："老板，钥匙呢？"

唐老板在抽屉里找了一遍，没有。他皱起眉头："我看见老田拿走了。"

小孙说："看来还得先找到老田不是！"

唐老板和小孙两人一起上了二楼。

一上楼，唐老板反而不急了，他仔细地看着每一个经过的房间门口，小声说："我看见他拿了钥匙上楼了嘛！"

小孙说："人不在，钥匙他也不能拿走啊，这么多事，一会儿一用钥匙。"

两人边喊边挨门拍响。

房间有客的都开了门。没开门的只有五六间了。

老板忽然发现212门口有液体流出："小孙，你看这是啥？"

小孙低头看了，伸指头抹了一下，又在鼻子上闻了闻："好像是水！"

老板唐生礼也用指头抹一把，也放鼻子上闻："嗯，我咋闻见有股血腥气啊！"

小孙耸一耸鼻子："我也闻见了。我刚才从这儿过，就闻到了这个味儿，我还以为是啥味儿呢！"

老板高喊一声："快给派出所打电话！"

小孙紧张了，应了一声："好！"

唐老板忽然一晕，靠墙坐了下去。

小孙拉住他，说："唐老板，唐老板，不会有事的！"

唐老板有个毛病，一急就晕："快，快去吧！我不要紧。"

"来俩人！"小孙喊。

有人过来了，架着老板走往楼下。

一接到电话，所长袁客民带着小贾、小丁立即就过来了。

小孙说："就这个房间。"

"撬！"袁所长只说了一个字。

小贾拿起铁马使劲一捅，门开了。

一派惨状映入眼帘，人们禁不住一声"哎哟！"。

地上的血并不多，床上的血都已凝固。田一垄脸色惨白，面朝上躺着，似乎还在呼吸。

"老田！老田！"小孙大声喊。

老田睁开了眼睛。

"老田，你咋着了？"袁客民又问一声。

出气多，回气少，老田喘着，似在倒气："别给俺爹说……"

"不给你爹说。"袁客民大声地重复着。

田一垄似乎一笑，声音更低了："他、他八十四了……"

"什么？"

"是个……损寿年……"

"你大点儿声！"

"你……哄哄……"老田头一歪，停止了呼吸。

袁客民直起头来，说："别动，保留现场！快打电话，让局里派人来照相。"

小丁应一声，连忙下楼。

"哎？这不是账本吗？"小孙指着桌上大声喊。

8

"哑巴"去厨房做饭了。褚一魁拿着一台小型的窃听器走进了门房。门房本来是一间，但瘸腿老张为了隐秘些，用一个布帘隔成了两间，外边很小。褚一魁当然知道，他一挑门帘进入里间。

这是一张单人木板床，因为要住两人，临时在靠墙处又棚了一块儿木板，表面看上去像一张床，其实住时还要分开。

木板床一头放着俩枕头，一头放着紫姐为未来的小孩儿做的衣裳。衣裳已经做好了几件，虽然小，还是可以看出来是上衣还是裤子。床上正做的是一个孩子的围嘴，鲜艳的花朵已经绣好。

褚一魁在屋里看了一遍，他把两个枕头拿开，从上边两块板组合的空缺处把窃听器悄悄放在地上。为了隐蔽，他故意用一卷破报纸挡在外边。

褚一魁警惕地看着外边，屋外安静，没有任何走动的人。他站直身，又仔细地看了看屋里的摆设。一个白瓷茶杯放在桌上，茶杯上一个彩绘，旁边写着三个艺术字：景德镇。褚一魁端起茶杯看了看，里边有紫姐给老张泡的六安瓜片。

褚一魁走出屋子，他看见"哑巴"还在厨房里做饭，装作漫不经心的样子走进厨房。

"哑巴"看他一眼，继续做他的饭。

褚一魁说："老张的女人来了，吃饭可不要记账啊！"

"哑巴"抬起头。

褚一魁对"哑巴"点点头："啊？"

"记着呢！"

褚一魁大声说："我说的不要记账！"

"哑巴"停下手里的活儿，看着褚一魁点了点头。

"听见没有？"

"哑巴"一笑，点了下头："嗯！"

褚一魁前天夜里偷听了紫姐和老张的话语，虽然他没有听清楚说的啥，但他感觉这个女人对老张没起好作用。她老说共产党的好话，这对老张来说很危险，尤其是在这个微妙的时刻。他决定窃听老张，以便随时了解下属的内心。

褚一魁走出厨房的时候，金葵花正给烫着头发的女人香桂补牙。香桂是老翟头儿的表妹，每次他都陪着她。

金葵花说："大姐，你的牙周炎很厉害，是不是有口臭啊？"

"真是的呢，金大夫，那该咋办呢？"

"我给你配点儿漱口水吧！一漱就好了！"

"好啊！谢您了金大夫！"香桂很感激的样子。

老翟头儿忽然说了："你说，咱北平还是不太平啊，今天早晨我出门一看，哎呀，门口贴了张布告，缉拿少校级特务'云中飞'。这'云中飞'也了得，偷了王府井的一家金银首饰店……"

金葵花的手哆嗦了一下。

听见老翟头儿的话，褚一魁走了出来："翟大伯关心时局啊！"

老翟头儿得到表扬，禁不住笑了，说："这也是老北平人的毛病。慈禧太后的时候，要大家莫谈国事。为什么要莫谈国事，不是因为谈国事少了，恰恰是因为谈国事太多。"

褚一魁走出屋子，又去了厨房。

"哑巴"正在案板上切菜，看见褚一魁，停下手来。

褚一魁说："老杜，你买菜的时候，注意看看布告，看看共产党要抓的这个'云中飞'究竟做了些什么！"

"嗯。""哑巴"点头。

9

袁客民查对着房间的住宿记录：

房客刘占星，四十五岁，商人……

"刘占星长得啥样？"

小孙捂着胸口："好像仪表堂堂的，他出去的时候我想给他打招呼呢，他没有理我。"

袁客民问："脸麻不麻？"

唐生礼说："田一垄接待的，这个还真说不清楚！"

袁客民一时不能判断这个罪犯的身份，更不知道他是不是和偷窃金银首饰店的窦十四有关系，但他感觉应该跟罗山讲一声。

罗山一听田一垄被杀，立即就赶来了，他看了现场，听完同志们的介绍，尤其是听小孙说，在212房间里找到了宾馆丢失的账本，他立即谈了自己的判断：

"可以肯定，杀死田一垄的就是212房间的房客刘占星。这个刘占星他为什么要杀害老田？肯定不是因为有仇，或者认识。"

唐老板点头："是的。老田不认识。如果认识，他就会给我打招呼，我们内部有规定，如果有亲戚朋友熟人啥的，给老板说一声，可以有些优惠。他当时上去时嘟囔了一句：这个人，我得去看看！但是，这个人是谁，他去看谁，我们都忙着，也都没人问。"

罗山继续分析："刘占星不认识老田而把老田杀死，他一定是被老田看到了什么不可告人的东西，这个东西足以能要他的命，所以，他才下决心杀死老田。那么，这个刘占星的什么东西让老田看到了呢？"

袁客民说："这个刘占星用的肯定是假名，真名叫什么，值得追询。"

罗山说："对，我认为，这个刘占星肯定不叫刘占星。我们假设他叫窦志云，窦十四，也就是'云中飞'，怎么样呢？'云中飞'前天夜里偷了首饰店，祭拜了师父以后，他把两盆首饰和一个牙膏炸弹放在葛二家，然后离开葛家，化名刘占星，住进了祥云宾馆。他是在入住的当天就偷走了前台的账本。为什么要偷账本？难道只是想给宾馆一个麻烦吗？不是。因为账本上记了他的名字，再说，他感觉手气很好，可以再试一试。"

"昨天我还跟老田谈话呢！有人怀疑田一垄。说实话，我也怀疑是他手又痒了！"唐生礼叹了口气，"对不起人了！"

"这就是刘占星意外的收获！只是，老田太认真了，非要弄清这个事。这是他的尊严啊！他刚进入了正常人的世界，争得了做人的尊严，他太看重这个了！"罗山叹了口气，"如果他生气了，不来了，今天也就不会把命交待了！"

大家不禁唏嘘起来。

"老田临死的时候，还说不让给他爹说。"袁客民说着。

"最后一句没听清，他是说的啥？"唐生礼问。

"他说，'你轰轰'……"袁客民回忆着，"不知道'轰轰'的什么？"

"你哄哄俺爹！"罗山接上了，"肯定是这句！"

"啊，啊啊！应该是这句！"袁客民点头。

"田一垄是个孝子，他怕他八十四岁的爹知道了受不住！"罗山说着，忽然难过起来。

唐生礼也跟着拭眼睛。

罗山平复了一下情绪，接着往下分析："白天里，这个刘占星睡觉了，夜里他出去活动，或者踩点儿了。早晨回来的时候，就到了今天。注意，早晨他回宾馆的时候，此时，整个北平市已经开始查宾馆，贴布告，缉拿少校级特务'云中飞'了。而我们的田一垄同志，一定是看到了布告，想到宾馆里也有个麻子脸，于是，他借送开水之名上去看看，或者，他根本就没想到要去看他的麻子脸，只是，在他进入房间的时候，'云中飞'或者正有什么隐秘的事情被他发现……"

袁客民说："我感觉，什么隐秘的事没有，老田也可能被杀，因为，他的麻子脸被发现了！这个就是他的危险。"

罗山两手一拍："有道理！他的麻子脸瞬间暴露。哎？"罗山忽然又有想法："唐老板，刘占星入住的时候都谁在前台，不可能只老田自己吧？"

唐老板说："当时小孙也在。"

"你把小孙叫过来。"

小孙站起来："我就是。"

罗山问："刘占星入住212的时候，是你办的入住手续？"

小孙点头："对。上边有我的字迹。"

"这个刘占星，脸上是不是有麻子？"罗山盯着小孙。

小孙歪头看天，想了一会儿，说："好像有。"

罗山问："为什么是'好像有'？"

小孙回想着，说："那天是晴天，我以为是他出了很多汗，因为他脸上像是一颗一颗汗珠的样子。现在想来，那不是汗珠，那是麻子明明暗暗的反光。"

有人悄悄地笑了。

罗山说："小孙这不是比喻，这是真的。因为是在室内，他从外边过来，你不注意看，麻子脸真像是出了不少汗呢！往下说，小孙。"

小孙接着说："我们每天要接待不少客人，其实店里也要求我们关心店里的每一个客人，说实话，我做得不好。这不是谦虚。嘿嘿，这几天，亲戚给我介绍了个女朋友，我比较满意，平时老想到这个事，就把、就把关心每一个客人的要求忘了。要不然，我怎么着也会大体知道每个客人的样子的。不过，有一点儿我现在可以肯定，这个刘占星是个麻子脸。"

罗山说："罪犯的心理是，怀疑一切可能危害他的人。就像《三国演义》上说的曹操，因为听见吕伯奢磨刀，就以为是要杀他，结果误杀了他的朋友。'云中飞'整容后变成了麻子脸，本来以为是万无一失了，可是，他的麻子脸暴露了。这个特征太突出，一旦暴露，就是致命的。所以，当他发现全城都在缉拿麻子脸的时候，他发现老田看见了他的麻子脸，或者他怀疑老田来就是要证明他的麻子脸，甚至是探测他在不在房间之内，在这个紧急的时候，他来不及多想，立即就把老田杀死了。本来他是先卡住老田的脖子，让他一声不响，这样老田已经窒息了，但他还不放心，竟然拿出刀子又捅了几刀。他实在是怕老田万一醒过来了，再次危害他。"

小孙哆嗦了一下，说："罗山同志，听你这么一分析，我感觉有道理。刘占星离开宾馆时，我和董经理都在大堂。他穿着西服，提着皮箱，大步往外走。我想跟他打个招呼，可是他根本就没往我这儿看，所以，也没能打上。"

罗山说："这说明，他刚刚杀了人，想快点儿离开。"

"可是，他在门外，又站了一会儿才走啊！"小孙补充说。

"又站了一会儿？"

"对。门口贴了缉拿特务的布告，他还站着看了一会儿布告。"

罗山问："你敢确定？"

小孙点头："敢确定！当时，老板让我喊老田呢。"

罗山说："现在，我们就更能确定这个凶手，就是少校级特务'云中飞'了！"

袁客民小声问："为什么呢？"

罗山说："这是'云中飞'的心理特点，越是紧急，他越是冷静。你想想，满街都在捉拿麻子脸，他是想看看，我们的布告究竟写了什么详细的信息，以便他及时地予以应对。他经常一个人作案。一个人的好处是，严密，不易暴露。但一个人也有明显的不足，那就是信息有限，这对他作案十分不利。他要利用一切机会获得对他有利的信息，更何况这个布告就在眼前呢！"

"罗山同志，下边怎么办才是最重要的呢？"袁客民看着他。

罗山说："说得对，所长。我立即回去给领导汇报，我们要用最快的速度捉拿这个麻子脸！不然，他会给我们造成更大的破坏！"

10 　　郭闹闹和开北方商量了半天，也没有找到更好的办法。郭闹闹说："老板，你还是去球里边吧，我也发怵那个王反水。"

开北方很满意郭闹闹的举动，他知道关心自己。开北方刚走进里间，廖响来了。

廖响是从天安门过来的，他又专门去做了测量，他要知道距离究竟多大才能发挥炸弹的威力。他本来不吸烟，为了便于记录，他是叼着烟去的。因为万一记不住数字，他可以记在香烟盒上。

一见廖响，郭闹闹高兴起来："客来了，里边请！"

廖响点一下头，径直往里走。

郭闹闹又喊："老板，有客！"

开北方一伸头，看是廖响，立即站了起来："说曹操，曹操到。"

廖响说："说我什么呢？"

开北方拉住廖响坐下来，说："魏老头儿的大徒弟翁世界回来了，说他们人手紧得很，小徒弟小潘他娘又摔住了。我积极推荐您做魏老头儿的徒弟，以前他们都不在意，这次，翁世界答应回去好好说！"

廖响皱起眉头。

开北方说："这事不好吗？上次您可是同意的呀！"

"咋不好啊？好！只是，共产党的审查很严格，他会对你里里外外翻个遍。国民党吃亏吃在哪儿？审查不严。你们想想，在党国的高层里有多少共产党的奸细！共产党靠这个得利，他必然会有严格的审查。我一直在想，怎么做一个让他们信得过的档案。"廖响说着，眉头不觉地皱了起来。

开北方说："这好办！你是南方人，你就说你一直在南方做事，谁去专门调查你去！再说，也就是个学徒，有必要认那个真吗？"

廖响说："话可以这样说，事不能这样做。我们一定要做到天衣无缝，让他找不到破绽，起不了怀疑。"

"还是廖先生想得深。我们是得好好想想。闹闹！"开北方大声喊。

郭闹闹一扭脸："我球听着呢！"

开北方说："你过来，我们一起商量商量。不是我们高明，毕竟我们在北平待久了!"

郭闹闹走过来:"编球故事谁还不会!"

廖响说:"不是编故事,是编个好故事!"

开北方使劲点头:"对,天衣无缝的好故事!"

11 人力车夫在陶然亭不远处停下来,擦着头上的汗水。

"云中飞"装作睡着了。

"先生到了,醒醒吧您!"

"云中飞"打了个哈欠。

"陶然亭虽然有名,这些年可是破败了许多啊!"车夫的服务态度真是好。

"云中飞"付了钱,厌恶地看车夫一眼。

人力车夫有些奇怪,抹一把头上的汗水:"这人——奇怪!"他小声嘟囔了一句。

"云中飞"是对的,陶然亭人很少,他仔细看了一下,老少也就五个人。有个讨饭的正躺在树下的石凳上睡觉。

"云中飞"找了个荒僻之处,靠在树下闭上了眼睛。

几只乌鸦叫着飞过天空。

"云中飞"往天上看了一眼,再一次闭上眼睛。要在平时,他是可以睡觉的,或者说,这正是他最好的睡觉时间。可是今天,他的睡意很浅,脑子里风起云涌的,心里很烦。他又睁开了眼睛。

"云中飞"看上了那个石凳,那是唯一可以睡觉的地方。他想走过去把要饭的撵走,甚至想杀了他。可是,旁边有两个孩子在闹着玩,大概是兄弟俩吧,一会儿大的追小的,一会儿小的追大的,喊喊喳喳,像两只鸟。"毛孩子!""云中飞"骂了一句,再次闭上眼睛。蒙眬中,他发现那个要饭的人走了,他想坐起来,占住那个石凳,可是他的腿不听使唤,几步远,硬是走不过去。他挣扎着,挣出了一身的汗,醒了,他发现阳光照在了他的头上,而那个石凳上真的没有了人。"云中飞"连忙走过去，他真怕此时再有人抢先占了，其实，除了他还在阳光下坐着，一个人也没有了。那两个"毛孩子"也不知道什么时候走了。"云中飞"把箱子放平在石凳上，舒服地躺下，伸了个大大的懒腰。

"云中飞"睡着了，等他被路过的人吵醒的时候，太阳已经偏西。

"抓麻脸，全北平少说也有几千个麻子脸！能都抓起来？"一个男人的声音从不远处传来。

"云中飞"激灵一下就醒了，他睁大眼，想坐起来。

另一个声音传了过来："是不能都抓起来，可你知道吗？这张麻脸一出现，他就不好逃掉了。"

"云中飞"吃了一惊，斜着瞅了一眼，两个说话的人正往这儿来，他连忙翻个身，把脸对着椅靠。他不知道，现在的北平城里，居民区，大街上，宾馆内，剧院中……在所有的场合里，都在查找着麻脸的人。

"你说能不能捉住？"

"这么多人抓他，他肯定跑不掉！"

"云中飞"的小腿抖动了一下。

两个人说着话从他身边走过。

"云中飞"决定快做，不然，真不好建功立业了。他看旁边有片小树林，掂包走了进去，等他从树林里走出来，已经换成了便装，脚上的皮鞋也换了，现在是一双抓地快鞋，眼镜没了，脸上化了妆，肤色暗了很多。麻子倒不是很明显了。

手里的皮箱也没有了，变成了一个有些鼓囊的软包。

陶然亭下坐着一对恋人。他们看"云中飞"过来了，两人站起来，携着手，走了。

"云中飞"走进亭子里，坐在长椅上，抬头看着天上的彩云。他发现，今天夜里会有风起来。

一群乌鸦哇哇叫着，在树林上边盘旋。它们一圈儿一圈儿地飞着，吆喝着，响应着，它们是要落，但它们似乎要在落之前统一一下说法，明白一个道理。

"云中飞"掂着包，离开亭子。

公园里人影稀少，天灰了下来。

"云中飞"走出陶然亭公园，往旁边一个亮着电石灯的路边饭馆走去。

"云中飞"要了两凉两热四个菜，凉菜是水煮花生和豆腐丝，热菜是京酱肉丝和红烧鲇鱼，又要了一瓶烧酒，边吃边喝。摊上的人渐渐少了，他一个人背对灯光，还在喝着。

一个疲惫的人力车夫也来吃饭了。

老板娘走过来："想吃点儿啥，大哥？还烩饼？"

"还烩饼！"人力车夫高声应着。

"好咧！"老板娘转身高喊，"一碗烩饼！"

12 瘸腿老张"替"老板完成了任务，和紫姐一起往回走。

街上的人都在看布告，或者说，每张布告前都有一群人，他们边看边议论。紫姐拉着老张走上前："这写的啥？念念！"

瘸腿老张小声说："特务'云中飞'偷了金银首饰店……"

紫姐说："这个人真大胆啊！都这个时候了，还敢偷首饰店。"

瘸腿老张一笑，转身就走。

紫姐追上去："那么多首饰，都送给谁啊！"

"是啊，该有多少情人送啊！"

"对呀！"

瘸腿老张说："人家是卖的！"

"卖的？贼赃，谁敢买呀！"

"人家咋知道是贼赃！"

紫姐想了想："要说也是！贼有贼智。"

吃过晚饭，紫姐就上了床："今天累了，走了这么远的路。"

瘸腿老张说："不让你去，你偏要去！"

"我愿意！"

两个人都不知道，这时候，正有一只耳朵在监听着他们的谈话。那就是褚一魁白天装在他们床下的窃听器。褚一魁把听筒的声音调到最低，耳朵贴上听筒，里边清楚传出瘸腿老张和紫姐的说话声：

　　"和老板相好的弟弟是干啥的？"

　　瘸腿老张不理她。

　　紫姐又重复一遍。

　　瘸腿老张小声说她："你真是江山易改，本性难移！迟早要吃这个亏。你娘咋说你的？"

　　紫姐嘻嘻地笑了："'贵人不出语，花子吵破天。'言多必失呗！"

　　瘸腿老张也笑了："你是学不会啊还是不愿学啊？"

　　"跟你在一块儿，还要忍着吗？"

　　瘸腿老张说："来到这儿，你一定要少说话。"

　　紫姐的声音高起来，显然她不高兴："人有张嘴不是光让吃饭的。说话比吃饭还重要哩！不让说话能行？"

　　瘸腿老张不理她，扑通一声躺了下去。

　　紫姐也躺下来，她像故意逗老张似的又说："我哥的事你不是知道吗？"

　　瘸腿老张故意问："你哥的事我咋能知道？"

　　"你这人，对我都不关心。我哥以前在国军里当连长，肯定干过坏事。有的事我不知道，可有的事我知道。后来他带兵投诚，不仅被宽大了，现在又当了解放军的连长。"

　　瘸腿老张"啊"了一声，表示知道了。

　　紫姐说："现在这是在改朝换代呀！你看以前那国民党厉害的，现在都不行了。不管干啥，都得看清形势。"

　　瘸腿老张猛地坐了起来："你闭嘴好不好，我用得着你教训吗？"

　　紫姐吓了一跳："我哪敢教训你呀，我只是说说。我说的不对吗？一个人不看清形势，能过上好日子吗？"

　　瘸腿老张说："那你看清了形势没有？"

　　紫姐有些委屈："我没有看清嘛，我俩眼珠儿像泥蛋儿，没有看清就跟你好上了。落得我现在这尴尬？哼！"

瘸腿老张不说话了，扑通一声又躺下了。

紫姐不饶他："我说错了吗？你说我哪儿说错了？改朝换代了这是假的吗？……"

褚一魁监听着，紧紧地咬着嘴唇。

瘸腿老张没再说话。一阵窸窸窣窣的声音之后，屋里的声音静下来。褚一魁想了解这台窃听器的灵敏度，他一直没有离开，直到听见瘸腿老张粗犷的鼾声。

金葵花进来了，问："怎么样？"

褚一魁轻轻点头："很好！"

"啥很好？"

"效果很好！"

金葵花坐下来："我们让老张娶了她，别管老张有没有老婆，先稳住这个女人再说。等'刺天'成功后，大家一走了之。"

褚一魁说："他娶了她，她就更不会离开了。我们也更没有理由撵她走了。我们的事情就更容易暴露了。纸再厚，也不能永远包住火。说不定，天还没刺住，就可能坏了事。风起于青蘋之末，堤溃于黄蚁之穴。"

金葵花点头："也是！"

第十六回 "云中飞"三进中南海
梅东岭热拥金小荷

> 晚风长吹暮色起
> 高空万古星辰稀
> 黉夜人不睡
> 期盼好消息
> ——打一字

1 中南海巡逻的队伍增加了，以前是两个人一组，现在变成了四个人。

罗山和孙觅走过来。

马班长跑上前给罗山敬礼："罗山同志，请您检查！"

罗山点头，说："进去看看！"

马班长引着罗山："都是按照您的指示布置的，您看看还需要哪些改进？"

罗山用挑剔的眼光审视着。

孙觅小声说："灯光很亮啊！"

罗山说："是要很亮。"

"为什么？"

罗山说："你想想，特务他又不知道他的目标在哪儿，他只是想着，夜里工作的都是大领导，只要有灯光的地方都是他攻击的首选。中南海这个地方，随便他碰着一个，都是惊天的行动。所以，我们布置这样的灯光，主要是引诱他上钩。"

"嗯！最好能把特务阻止在外，或者在外边把他抓住！这样，我们的领袖就彻底安全了！"

罗山接上孙觅的话："说得好！我们的任务是抓住他。我们的愿望也是抓住他。当我们的力量达不到的时候，我们的智慧一定要达到。我们现在的布置，就是在保证领袖安全的前提下，动用智慧，设伏抓鬼！"

孙觅禁不住点头。

"哎，这么粗个绳子是干啥的？"罗山问。

马班长连忙解释："这个是总开关。特务过来时，一拉总开关，全院子都亮了，不管跑到哪儿，我们都能看见他。"

"想得周到。巡逻队也要有！"

"有有，引诱特务就得装得像。我们加强巡逻，这边的是每组两人，其他地方的都是四人。"马班长往外一指。

罗山问："为什么不一样？"

马班长说："战士们群策群力，展开讨论，说，如果这边也是四人，就会让特务感觉有了变化。既然他上次来时是两个人一组，我们仍然还是两个人。不能惊着特务了！"

罗山笑了："很替特务着想啊！"

马班长也笑了，说："那是。戚主任说，要想抓住狐狸，就得比狐狸狡猾。"

罗山问："为什么其他四个人一组呢？"

"那也是替特务着想的，便于抓住他嘛！"

罗山说:"好,这个地方要虚张声势啊!"

"嗯嗯。"马班长使劲点头,随后笑着说,"罗山同志,听说你会轻功,会神算,啥时候教教战士们吧?"

罗山笑了:"想学?"

"当然想学了!"

"那你说啥时候教?"

"那当然是越早越好了!"

"等抓住了'云中飞'吧!"

"好啊!一言为定啊罗山同志!"

"一言为定!"两个人击了一下手。

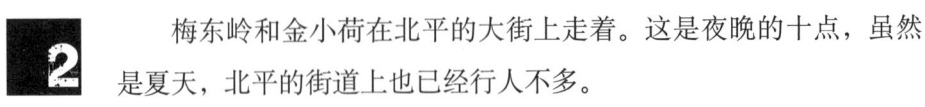

2 梅东岭和金小荷在北平的大街上走着。这是夜晚的十点,虽然是夏天,北平的街道上也已经行人不多。

小荷侧过脸,仰起头来:"梅哥哥,你给我讲一个战斗故事吧,我特别爱听!"

梅东岭扭过脸看她一眼:"我知道,小荷爱听我们打胜仗的故事!"

小荷兴奋地点头:"那当然了!特别是梅哥哥打胜仗的故事!"

"要是失败的故事呢?"

"梅哥哥的吗?"

梅东岭点头:"嗯。"

小荷的眼睛一下子湿润了:"我,害怕。"

"我不是好好的吗?你害怕什么?"

小荷想了想,说:"好吧!但是——"

"毛主席咋说的?失败是成功之母!"梅东岭情绪反而高涨起来。

小荷又看一眼梅东岭,才点了头。

梅东岭说:"为了掩护伤员撤退,我带着一个排的战士在山上阻击鬼子……"

"你是排长？"小荷问。

"代理排长，因为三个小时前排长牺牲了，我把二十一个战士……"

"哎哎，一个排不是三十六个人吗？一个排三个班，一个班十二人。"小荷拦住话头。

梅东岭说："你知道的还不少呢！"

"嘻嘻。"小荷笑了。

"死伤了十五人，不就是二十一个了吗？"

"啊啊！讲吧！"

梅东岭说："我把二十一个战士布置在最佳的射击点，准备在小鬼子进攻时，好好地揍他一顿。可是，这些鬼子怎么长得这个样子呢？"

小荷停下来，看着梅东岭。

梅东岭也站下来："他们没有脸，却长了个大象鼻子。吓人的不是！哼，英勇的八路军战士才不怕你装他娘的怪模样呢！我让战士们沉着，听我的口令射击。忽然有炮弹呼啸着落到了我们的阵地。爆炸声并不强烈，可是，我们忽然感觉窒息……后来才知道，是鬼子放了毒气。"

小荷一声惊喊："那战士们怎么样了？"

梅东岭说："二十一个战士牺牲了十一个，我受了重伤，三个月后才好！"

小荷拉住梅东岭："梅哥哥，你，有后遗症吗？"

"肯定有啊！"

"是啥？"

梅东岭说："现在还没发现。"

小荷往梅东岭身上打了一下："你坏，你是坏哥哥，你吓死我了！"小荷说着，竟然红了眼睛。

梅东岭笑着哄她："真的没有发现。我这么强壮，怎么会有后遗症呢？我是经历过长征考验的老战士了！"梅东岭说着，使劲在胸脯上拍了几下，学着街上卖大力丸的江湖游医，"大力丸，二力丸，狗皮膏药治风寒！"

小荷嘻嘻地笑起来。笑过了，小荷轻声问："梅哥哥，人家都说我在谈恋爱。你谈过恋爱吗？"

梅东岭腼腆地扭过脸去，摇了摇头："我们全排战士发过誓的：打不走鬼子，决不娶老婆！"

小荷说："现在鬼子打走了。"

"可是新中国还没有建立。现在的口号改了：新中国不建立，决不娶老婆！"

小荷说："可是新中国也快要建立了。"

"是啊！我们现在每天忙的就是这个。今天新政协会议讨论了建国的大政方略。"

小荷拍一下手："这个我也想听，梅哥哥！"

梅东岭说："这个我真的不知道具体情况。我们是保卫人员，只负责参会首长的人身安全。"

"嗯嗯。"金小荷点着头，表示理解，"梅哥哥，你说等建国了你才娶老婆，老婆这个词太难听了。改成爱人吧！"

梅东岭笑了："反正都一样。"

小荷惊叫一声："可不一样了！'老婆'显得老、丑；'爱人'显得年轻、漂亮、美丽，有文化，有修养。反正啥样的好词'爱人'都能承受，'老婆'就不行了。"

梅东岭说："那就叫'爱人'吧，反正都是生孩子的女人！"

小荷皱起眉："啊？太难听了！"

梅东岭看着她。

"梅哥哥，你想要啥样的老婆？啊啊，爱人？"

梅东岭站下来，低头看着她。

小荷扬起脸，大胆地看着梅东岭。

十九岁的金小荷的脸上，绒绒的细毛在灯光下隐隐约约，细长的弯眉下，有莹莹的泪光闪烁。

梅东岭看着她，深吸了一口气。

"你想要……"

梅东岭下意识地点一点头。

小荷轻声说:"我,行吗?我,有文化,会唱歌,还会给你,生小孩儿!"梅东岭的眼睛一下子流出泪来,他忍不住抱住了小荷。

"哥哥!"小荷缩在梅东岭怀里,颤抖着身子哭了起来。

3

罗山和孙觅悄悄走在中南海的小道上。罗山想起来孙觅的辛苦——她是完成了白天的工作后,主动要求前来抓捕特务的——禁不住问起了她的工作:"饭店的事情都做好了?"

孙觅说:"正在审查杜津卫师傅的历史问题。"

罗山说:"这些事情都很重要。因为每个人都需要审查。就像头发,梳理了才能通顺。"

"我知道,认真着呢!老师,你教我爬墙上房吧?上一次,你在房上抓捕'云中飞',要是我也会你的技术,哪怕只一半儿,他'云中飞'能跑掉吗?哼!"孙觅做了一个搏击动作。

罗山说:"于兵也学了,可他不也是上不了房吗?这些技术,都需要很长时间的练习。"

"你说要点吧,我一定记住了,好好练!"

起风了。湖水涌波,泛起一片的亮光。

罗山在水边的一个隐蔽处蹲下来,静静地观察着水面。

湖水涌动着,一波一波的浪花像排列整齐的士兵一队一队地扑向岸边,冲击着静立的形形色色的石头,浪波碎了,天上的星光也碎了。明珠似的水花在岸上滚动。

于兵过来了。

罗山站起来:"于兵,你咋也来了?那边的事都安排好了?"

"是,都安排好了!"于兵在罗山身边停下来。

罗山小声说:"我分析,今夜是很重要的一夜!"

孙觅笑了:"今夜是很重要的一夜!"

罗山看她一眼,强调说:"如果说以前的'重要'是八十斤,今天的'重要'就是一百斤！"

于兵点头："明白！"

罗山看一下表："十二点了。我们分头隐蔽吧！"

两人齐应："是！"

孙觅打了个哈欠。

罗山看她一眼。

孙觅连忙捂住嘴："我不瞌睡！"

一队巡逻兵沿湖走来，经过三个人隐藏的地方，又一步不停地走向远处。

"孙觅，处长这次的谜语猜着了吗？"罗山想用猜谜提精神。

孙觅又打一个哈欠："立在两个太阳旁，反而一点没有光。"她吟哦了一遍，摇了摇头。

"没有光，有什么？"罗山启发她。

孙觅下意识地往外边瞅了一眼，说："有黑暗嘛！"

"对嘛！"罗山漫不经心地应着。

孙觅又打个哈欠，忽然开悟："啊啊，是个'暗'字啊！"

"为什么？"于兵大声问。

"对，为什么呀？"罗山也问。

"'立'在两个太阳旁嘛！"孙觅拉住罗山的指头，在她自己的手上写着，罗山轻轻地笑起来。

"我不瞌睡了！老师，你能不能也给我出一则谜语？让我锻炼锻炼！"

"当然可以了！"

"你出一则吧？"孙觅做出猜谜的样子。

"远看是只狗，近看是只狗。踢它它不动，跺它它不走。"罗山说了一则。

"这个好猜。石头狗？"

罗山摇头。

"木头狗？"于兵说。

罗山又摇头。

两人想了一会儿，终于忍不住了。孙觅说："猜不着了，老师，你说谜底吧！"

"不猜了？"

"不猜了！"两个人都点头。

罗山说："是只死狗嘛！"

两个人扑哧笑了。

孙觅说："这个不算！再说一个！"

4

满院无灯，只有小荷屋里的灯还亮着。小荷脱了上衣，只剩下一个胸衣，她在镜子前扭动着身子欣赏自己，看了一会儿，又把裙子也脱了，只剩下个小裤头。她又扭动了几下，左右观察着自己的身体。她对自己的两条腿很满意，又直又长，粗细饱满、流畅。她也满意自己的胸脯，虽然隔着胸衣，但浑圆的小乳房还是倔强地往外挺着。她小心地摸了一下，竟然轻轻地笑起来。太痒痒了！金小荷穿上睡衣，正要睡觉，忽然听见很轻的敲门声：

笃笃。

小荷以为听错了。她停下动作。

笃笃。

又是两声。虽然很轻，但是清晰。

她立即明白这是谁了，因为先前，他们约定过：两下一组的敲门声。

小荷连忙在睡衣上罩了件外衣，走到门前，娇了声音，低声说："我睡了！"

门外的人不应，又"笃笃"地连敲两声。

小荷轻轻拉开屋门："啊！叔叔？"

褚一魁微笑一下，走进屋里。

小荷真诚地歉意着："乱死了！"

小荷手忙脚乱地收拾着床上的东西，她指着妆台前的椅子，说："叔叔，您坐！"

褚一魁坐在椅子上："今晚的情况怎么样？"

小荷说："挺好的。"

褚一魁盯着她："挺好？哪儿挺好？"

"梅、梅说他没有谈过恋爱。他说，他喜欢我……"

褚一魁说："光喜欢还不行。你亲他了吗？"

小荷低下头，很难为情地说："他、他抱了我。他可有劲儿……"

褚一魁盯着她的胸脯："就这些吗？"

小荷后退了两步："他、他答应有时间来咱家。"

褚一魁站起身，往前走了一步，声音更低了："啥时间来，定了吗？"

小荷摇头。

褚一魁龇牙一笑："你要主动，你要主动啊姑娘！时间太紧了，我和你妈妈商量，你这儿是最重要的一个环节，你要尽快成事，让他就范。"

小荷点头："是叔叔，那——我努力！"

褚一魁说："我和你妈妈商量了，今天夜里，我来教教你。"

"你教我？"小荷本能地感到害怕，"谢谢叔叔！"

"你不用谢！这是工作！知道吗？工作！"褚一魁说着，扭脸拉了一下电灯的开关。

灯灭了。屋子里一片黑暗。

"叔叔！"小荷忽然感觉到不妙，她想躲避。

褚一魁轻轻上前，把小荷抱在怀里，伸手捏住了小荷的双乳。

小荷扭动着："叔叔！毕叔叔！"

褚一魁并不急着动作，他抱紧小荷，用更低的声音说："我要教你，不然，你就不知道男人需要什么。你就不能成为一个优秀的战士！"

小荷一边本能地挣扎着，一边小声地喊着"叔叔"。

褚一魁摸了几把，他感觉小荷并不就范，性急起来，猛一下把小荷摔倒在床上，扯掉了小荷的外衣。

小荷忽然清醒过来，使劲地反抗着褚一魁。十九岁的姑娘，浑身都是力气。

就在这时，对门的厨房里，忽然响起"叭"的一声。在暗夜里，这一声显得非常夸张。

褚一魁一惊，立即软了。拼命撕扯的小荷猛地从他的身子下边挣扎出来，连忙下床，去摸衣服。

褚一魁站到门后，听着院子里的声音。

小荷猛地拉开屋门，跑向妈妈屋里。

"哑巴"起来了，一边咳嗽一边骂："该死的馋猫，老来偷吃东西！"

紧跟着，就是一声猫的叫声。

后来小荷才知道，这是她的"哑巴"干爹为了救她使的一招。西边的厢房是三间，南头的两间做了厨房，北边的一间是"哑巴"的卧室。当褚一魁在全院熄灯后敲响小荷屋门的时候，"哑巴"听到了。褚一魁敲得如此诡秘、如此小心，这引起了杜雅的注意。他以一个男人的心理，立即猜到了褚一魁的诡计。他轻轻地坐起来，把布窗幔扯开一道细缝儿。当他发现小荷屋里的灯熄灭时褚一魁并没有出来，他就知道情况不妙，尤其是他听见了小荷屋里轻轻的搏斗声，立即走到厨房，拿起火棍，把一个油罐子扒掉在地上。

叭！

"叭"声之后，他惟妙惟肖地学了一声猫叫。

5

一个黑影从街角闪出，跃上了中南海外边的矮墙。

巡逻队走过，黑影又跳下来，向着相反的方向跑去。

暗夜有风，吹响了院子里的树和草。

阔大的水面涌动着。成排的绿树摇晃着。连成一片的屋脊被高大的树影摇动，似乎也会运动似的。

引诱特务的院子里一片光亮。屋里的灯光像瀑布一样泻出来，把光影与闪亮装满了院子。

四人一组的巡逻小组走过水边，浪花打湿了战士们的鞋。

隐蔽在屋脊旁的罗山看一下手表，此时正是凌晨两点。

隐蔽在水边亭下的于兵此时悄悄地打开了手里的收音机。收音机里传来轻轻的沙沙声。

孙觅靠在长廊的一角，努力地撑着不睡，她掏出万金油，抹着自己的眼眶和耳朵。虽然她喜欢猜谜，虽然她猜出了谜语，但这都不足以战胜瞌睡。不远处，有野猫的叫声传来。孙觅弯下腰，低头张望着，悄悄拔出枪来。

黑影爬上高高的院墙，紧靠在墙头的一个垛儿上，耐心地观察着。

风吹着墙上的草和院中的树，树林摇动，把低沉的喧哗散向四方。草更有劲儿地摇动着，但草却没有发出声音。

黑影顺着一棵树干溜下来。

有野猫的叫声传过来，像是饿极了的样子。黑影一惊，警惕地观察着猫叫的地方。

此时，房上的罗山也望向了猫叫的地方。他从猫的叫声里，没有听出更多的信息。

罗山悄悄地往这边移动。

黑影下了树，在院子里跑了几步，猛地一跃，上了一座小院的墙头，在墙头上又一跃，就到了一座建筑的房顶。

黑影一身夜衣，伏在房顶，软包斜挎在左肩。他是"云中飞"。自从他得手了那家首饰店，他就知道运气来了。祥云宾馆里他顺手偷走账本，实在也是自信的表现。自信让他得手，得手又让他自信。尤其是在他杀了那个前来侦察情况的服务员田一垄后有惊无险的结果，让他感觉运气正站在他的一边。

"云中飞"伏在房顶观察着：

巡逻队沿着湖边，从断断续续的树影中走过。

灰黑的夜色里，几处光亮很是显眼。

两只猫正在房顶上调情，发出相互威胁似的叫声。他不敢打扰它们。别看是小生灵，它们可能坏你的事情。

而在此时，正有三双警惕的眼睛盯着中南海幽深的夜色。

房坡上，那是罗山。

亭子下，那是于兵。

而在水边的长廊里，那是孙觅。

"云中飞"爬到了较高的一处房坡上，腕上的夜光表告诉他，现在是凌晨三点钟。观察了一个多小时之后，"云中飞"终于下定了决心，往灯光亮处悄悄移动。

两个巡逻兵走过"云中飞"伏着的房坡下，和走出院子的马班长与小战士换岗。

两个巡逻兵站住脚，给马班长敬了礼："班长！"

马班长说："你们进去吧，我们来换班儿！有情况吗？"

两个巡逻兵大声说："没有。"

马班长说："抓紧时间休息吧！"

"是！"

马班长抬头看着房顶。

小战士看见了，也跟着看房顶。

小战士是个爱说话的男孩儿："班长，听说上次那个特务会轻功？"

马班长轻蔑地说："会啥也不行，迟早会被我们抓住。"

小战士得意地说："那是肯定的！毛主席咋说，世界上一切反动派都是纸老虎。那特务充其量只能算个草纸老虎。"

"草纸老虎，啥意思？别乱发挥啊！"

小战士说："草纸，就是马粪纸。一见水就面了。那特务就是个马粪纸，所以他不敢出来，只能躲在暗处。"

"云中飞"听见了，他掏出手枪，对着小战士暗暗地瞄准。他知道，他只要轻扣扳机，这两个家伙就会一起上西天。他知道他不能开枪。可他还是瞄了一下，从心里"消灭"了这两个士兵。"云中飞"收起枪来，伏在房顶观察。

马班长和小战士巡逻着，走远了。

"云中飞"知道这不是首长们住的地方,他再一次向着灯亮的地方移动。

秋虫繁密地鸣叫着,像声音的微风荡漾在无边的夜色之上。

有战士从屋里走出来,端着搪瓷盆子往外泼水。水声一响,秋虫们立即噤声,像夜色里的微风忽然消失。

小战士在门外站了一下,抬头往天上看了看。

"云中飞"立即伏了下去。

另一个小战士跟出来,也泼了一盆水。

"云中飞"下意识地摇摇头,后退着,跳下屋顶,逃进一片树丛。

罗山也在移动着。他警惕地观察着四周。

"云中飞"伏在不远处的房顶上,盯着这片并不太明亮的院落。院落安静,空荡荡的,一个人也没有。风吹动着,电灯的光亮似乎被扰乱,拼命地摇荡着树影。

四人一组的巡逻队从院落前走过。

在院落的另一端,罗山正伏在房坡上观察着四周,往引诱特务的院落移动。

"云中飞"慢慢地移向那个明亮的院落,他不想移动太快,以免被夜里的狩猎者发现。"云中飞"抬起头,狼一样举头望天,使劲耸了耸鼻子。

夜风吹动林木,林木发出响声。

"云中飞"移动到了院落近处。他停下来,再次仔细地观察:

巡逻兵刚刚走过;

房顶上空无一物;

超过屋顶的树木摇动着,用硕大的黑影盖住屋脊。屋脊并不想被遮盖,不时把硕大的影子抖开。

"云中飞"不敢下去,他挪动到正房顶上,停住,再次观察:

院子里,灯光安详地倾泻而出,把院子冲出了一条宽大的光带。光带的边缘处,看不到有什么异常之处。

"云中飞"正要下去,一只刺猬走进光带,它一定是把这条光带当成河流了,在光带里做出各种洗澡的动作。

"云中飞"从屋顶上悄悄下移,到了屋檐上,伸头往下看了看。刺猬似乎很自恋，它在光影里翻了个跟头。"云中飞"不敢下去，他怕会因此惊扰了这只刺猬，惹出意外的麻烦。他从房坡上抠了块儿泥巴，对着刺猬投下去。刺猬显然受惊了，受惊的刺猬炸起毛来，犹犹豫豫地沿着光带走，似乎是边走边思考。

"云中飞"找准了位置，他摘下肩上的包，掏出一枚定时炸弹，却一时找不到放稳炸弹的地方。

"云中飞"趴在房坡，大头冲下，想把炸弹塞到屋檐下。

屋檐结实，他费了很大劲，掰掉一片瓦，把一枚炸弹卡在缺瓦之处。

风吹着。

"云中飞"翟起身，又掏出一枚炸弹。他掖的软包被风吹起，猛地飞下房顶，飘进院子。

"云中飞"一惊，忙伸手去抓。

布包落下的样子很夸张，黑暗中持枪站岗的战士吓了一跳。

"云中飞"那一抓，胳膊肘碰到了被他刚刚掰掉的那片瓦，瓦顺着房坡溜下去，很响地落在院子里。

岗哨猛地拉响枪栓："谁？"

"云中飞"顺着房坡就跑。

叭！

岗哨开枪了。

"云中飞"急忙外逃。

巡逻队火速赶往这里。

人们跑动着，一点儿也不忙乱。

罗山沿着屋坡隐蔽着来到了院落的屋顶，正观察着，忽听一声枪响，就见一个黑影逃跑，他立即拔出枪来，追了上去。

于兵和孙觅也都拔出枪，在地面上追赶特务。

马班长拿着两颗定时炸弹飞快地跑出来。有战士要换他。马班长大声喊着："离开，都离开我，这是特务丢下的两颗定时炸弹！"

小战士大喊："班长，给我！"

戚主任带着一个青年人走过来。

戚主任高喊一声："小马！"

马班长喊："你们不要来，这是两颗定时炸弹！我把它送到安全的地方，再让它响！"

戚主任说："你放下来，这是我们的排爆专家！"

马班长把炸弹丢在地上，跑了过来。

排爆专家年龄也不大，怎么也不会过三十。他走上前，掏出一把钳子，又掏出很小一把螺丝刀。

马班长要帮忙，被排爆专家撵跑了。

只一会儿工夫，排爆专家站起身来，说："好了，我把它的定时装置关上了。"

危情排除，气氛顿时轻松起来。

马班长说："专家，您把这'定时'一关，它就不会炸了？"

专家笑了："当然还会炸，只是得再一次给它定时。"

"啊，就是说，它还可以再用？可以让它为人民服务！"马班长恍然大悟。

专家说了句四川话："对头！"

战士们笑着，忽然鼓起掌来。

6

"云中飞"果然身手非凡，他看地面人多，只在房坡和屋脊上跑动。战士们虽然人多，但都上不了房，只能在路上追赶。

罗山在房上追着"云中飞"，距离是越来越近了。毕竟，"云中飞"已是五十岁的人了，而罗山才刚刚二十五岁。相差了一半的年龄不说，罗山还有着胜念在胸的自信和本领。

"云中飞"回头看见，急忙趸转身子，往稠密的居民区里跑。

于兵、孙觅等跟着追到街上。

孙觅喊："于兵，你看见他们往哪个方向跑了吗？"

于兵伸手一指："就是那个方向。我看见罗山了！"

"你不是跟着师父学过吗？为啥不跟着上房追？"孙觅对于兵的行为很不满意。

于兵说："谁不想跟着师父追特务？上不去啊！你以为轻功是那么好学的？"

孙觅说："看来这轻功必须学，要不然，一有高墙，我们立即就得傻眼！"

"云中飞"跳下屋顶，钻进这个大杂院。这个杂院他熟悉，曲折幽深，歪歪扭扭。"云中飞"在院里跑着，这么黑的路，竟然不迷。

街上巡夜的公安人员喊叫着追过来："特务跑哪儿了？"当他们明白特务钻进了这个杂院，立即就把住了前后的院门。"这是个大杂院，只要把好门，这家伙就跑不了啊！"巡夜的战士喊叫着。

一追进居民区，罗山就小心了，既不敢开枪，也不敢声张。他知道，睡梦中的人最容易犯混。如果枪声响起，不仅会惊扰群众休息，更重要的是很可能伤害到群众的生命。

罗山跳上墙头，又从墙头跳到一处最高的屋脊上观察着：

大杂院一片安静，有婴儿纤细的哭声从窗户里传出来。

罗山猫腰踩着屋瓦，轻贴着房坡巡查着院子。他知道，他追捕的特务就是"云中飞"，只有"云中飞"能有如此的功夫。罗山还知道，此时的"云中飞"一定想逃跑，可是，他被追得太急，又太累了，显然一时又很难再次猛逃。

罗山爬上一个二层小楼的屋脊，坐在顶上，俯看着这院子。夜色如黛，看不分明。追捕的战士们已经包围了院子，他的优势就是在空中。

于兵和孙觅跑了过来。

孙觅问一个小战士："罗山在哪儿，知道吗？"

"罗山？罗山是谁？"这是个巡夜的战士。

吴邑处长也来了："罗山呢？罗山在哪儿？"

罗山从屋顶上跳下来："处长。"

吴邑握住罗山的手："怎么样？"

罗山说："'云中飞'被我们包围在这片居民区了，可是，这个居民区非常复杂，特务很可能会利用地形和我们周旋。"

"周旋不怕。千万注意，不能让他绑架了群众。"吴邑处长分析着，"特务知道我们和群众的水乳关系，他们就努力破坏我们的这种关系。一定要注意这一点！"

"关键是我们现在不知道特务究竟藏在了什么地方，天不亮，又不敢贸然进去搜查，那样，我们就可能吃大亏。"

吴邑看看表：夜光的时针正指向四点。

吴邑说："四点了，天一会儿就亮了。"

这是己丑年农历的七月，罗山扭脸望向高空，东方的天际已经露出了鱼肚的白色。

越来越多的公安战士被调过来，严密地包围住大杂院。

吴邑指挥着干警们："两人一组，悄悄进入，既要保护群众，又要抓住特务。"

派出所所长袁客民也来了，他站在吴邑处长的旁边，随时准备着接受处长的问询。

7

果如罗山判断，"云中飞"累了，他知道，再在房坡上跑，他一定会被罗山追上的。他跳下房顶，躲进了一间小小的屋内，大口大口地喘气。

"云中飞"掀开锅盖，看见里边有几个窝窝头，"老天保佑！"他咕哝了一句，伸手抓起来，咬了一口。他不喜欢窝窝头，他坚信，就是把窝窝头都用白面做成，他也不会想吃。谁知道，今夜一尝，分外甘甜。"云中飞"吃完了最后一口窝头，扭头四下里瞅着。

锅台边有一个水缸，他轻轻地掀开缸盖，拿起缸里的水瓢，舀了半瓢水，一气儿喝干了。"云中飞"感觉陡然有了力气。他趴在窗户边观察着，伺机逃走。

葛二一夜没有睡好，他被窦十四吓坏了，翻来覆去睡不着，总害怕还有什么要命的东西没被派出所里的小战士拿走。可他的屋子小,翻天覆地地看了多少遍了,总不会还有啥危险物吧! 唉,退一万步说,要真是有危险物在,那也只好认命了。鬼见人是一灾,人见鬼也是一灾呀!

葛二起床了。他咳嗽着,提上裤子,忽然想起什么,悄悄地走进里屋,下意识地又看了看床下。葛二为自己的神经质忍不住笑了。

葛二开了门,站在门外猛吸了两口新鲜空气,这才推开屋门,走进厨房。

正蹲在灶火板上的"云中飞"慢慢地站了起来。

葛二吓了一跳:"十、十四弟!"

"云中飞"一笑。

葛二故作亲热:"你咋不进屋啊!你牙膏忘这儿了!"

"云中飞"盯着葛二,没有发现葛二有什么太大的破绽。

"云中飞"说:"我夜里下了火车,赶到这儿天还没亮,没好意思叫醒你。"

"十四弟,你啥时候都这么细心!快快快,进屋里休息!"葛二伸出手,很客气地礼让"云中飞"。

严格说来,葛二这厨房根本算不上个"房",它是葛二在门外搭的仅能容下个锅台的窝棚。窝棚的门很小,但这个门正对着葛二的住室门。

"云中飞"走到窝棚的门口,警惕地往外看了看,这才猛地一步蹿进了葛二的住室。

葛二跟着走进来:"十四弟,我去买点儿油条、豆腐脑,你吃了饭再休息,好好地睡一觉!"

"云中飞"点头:"二哥,别给外人说有客人,我真想好好睡一觉。"

"我这儿啥没有,就有个安静。十四弟,你先歇着!我这就去买!"葛二说着,到厨房里端出个汤盆儿就往外走。

天已大亮。吴邑问袁客民:"院子里住了多少群众?"

袁客民说:"五十八户,二百八十多口。"

吴邑往外看一眼,战士们把死了院落仅有的两个出口。

"云中飞"从窗户里看着出去买饭的葛二,陡然产生了严重的不安全感，他掏出手枪，瞄准葛二的后脑勺。他这是无声手枪，就是他开枪击毙葛二，外边也听不见枪响。

葛二虽然不够灵敏，但这时候还是清醒的，他努力做出不慌不忙的样子。他知道，十四弟不会对他放心，或许正在后边观察着他呢！

葛二走过拐角处，"云中飞"才收了枪，插进腰间。

"云中飞"转身在屋里寻找可以藏身的地方。他往上看看，上边没有可藏之处。他下意识地往床下看看，立即又摇了摇头。

"云中飞"走到后边的窗户前，使劲拉了拉窗棂。花木格格的窗棂有两根已经坏朽，也就是葛二这种没有老婆、没有孩子的光棍才这样吧，要不然，任是一户人家也不会这样对待自己的房屋。

葛二边走边看，他忽然发现了袁客民所长和罗山。

葛二快走几步，压低声音，表情神秘地喊了一声："袁所长！"

袁客民看他的样子，知道有事，上前拉住葛二："有情况？"

"窦十四，在我家！"

袁客民一惊："窦十四？那个偷首饰店的贼？"

葛二点头："不光是贼！"

"啊啊！"袁客民醒过神来，拉着葛二，和罗山一起来到吴邑面前："吴处长，'云中飞'藏在他家！"

"啥时候进去的？"吴邑小声问。

"不知道。早晨起来，我一进厨房，啊！他猛地站了起来，吓了我一大跳！"葛二比画着。

罗山问："他现在正干什么？"

"在我家里呢，我说是出来为他买饭的！"葛二小声说。

吴邑处长立即指挥："罗山，你和于兵跟着葛二从正面上。袁所长，你知道葛二家，你带着两个战士从后面上。最好抓活的。如果不能，就一枪击毙，决不让他危害周围的群众。"

两组人齐应："是！"

孙觅小声说："处长，我呢？"

"你就在这儿守着,帮我指挥!"吴邑一挥手,"其他战士,收缩阵地!"

此时的"云中飞"正在整理自己,枪膛里压满了子弹,又把匕首插牢在右腿上,拉了拉裤子把匕首盖住。

"云中飞"看见了葛二的衣裳,和一顶拉车时戴的宽沿儿夏帽,他迅速脱下自己的衣裳,换了葛二的衣裳,又把帽子戴了,他掏了掏自己的衣服,一把胡子出来了。他连忙拿起葛二桌上的镜子,把胡子胡乱粘在脸上。

"云中飞"把自己的衣裳塞到床下,又伸头往外看了一眼,忽然走到后窗前,猛地扯断窗棂,轻轻跳了出去。

"云中飞"把自己扮成了一个患有脑梗后遗症的老人,他戴了顶宽沿儿布帽,在路上一歪一歪地走着。

葛二引着罗山、于兵走到不远处,停住脚。葛二一指:"前边的那个屋子,就是我的房。外边那个小屋是厨房。早晨我出来,就是在那儿见到的他。"

罗山点头,表示明白,然后,挥一下枪,贴着墙根冲了过去。

于兵紧跟在后,也贴墙前进。

"快!"袁客民带着两个战士从屋子后边包抄过来。

装扮一新的"云中飞"手插进衣兜,一歪一歪往外走。

袁客民和两个战士都没有太在意这个瘸腿老人。

当三个人和"云中飞"擦身而过的时候,袁客民盯了一眼"云中飞",而就在这一刹那,"云中飞"也在盯袁客民。在袁客民猛一愣神的时候,"云中飞"率先下手,对着袁客民的头部开了一枪。

袁客民惊叫一声:"特务!"一个跟头栽倒在地。

"云中飞"的枪是无声手枪,轻微的响声被袁客民的喊声所掩盖,两个战士猛地调过头来,正在犹豫,"云中飞"又开一枪,另一个战士倒在地上。

小战士大喊一声:"特务!"抬手就是一枪。

"云中飞"一跃上墙,再一跃,就到了房上。

罗山和于兵踢开屋门,看见被扒坏的窗户,正在此时,听见了战士的喊声和那一声枪响。

罗山跳出窗户，来到屋后。

小战士正对着房上逃走的"云中飞"开枪。

罗山大声问："往哪儿跑了？"

小战士一指："上房了！"

"照顾好伤员！"罗山吼了一声，一跃上墙，再一跃，紧跟着上了房子。

8

"云中飞"弯着身子，在房坡上奔跑、跳跃，躲闪着可能的子弹的攻击。

罗山上了房，战士们停止了射击。

"云中飞"看见有人追了过来，知道遇见了对手，他轻蔑地一笑，向着东方快跑。

罗山瞄着"云中飞"追过去。

"云中飞"很狡猾，老跑在太阳和罗山的中间位置。这让罗山的射击总是瞄着太阳而不能准确。

"云中飞"毕竟年纪大了，他跑着，大口大口地喘气。

罗山越追越近了。

"云中飞"不跑了，他躲藏在一个烟囱后边，伺机射杀罗山。

罗山贴着房坡追过来，正在寻找"云中飞"的身影。

"云中飞"忽然从烟囱后伸出枪来，对着罗山开了一枪。

罗山一歪，倒在了房坡上。

"云中飞"得意地一笑："后悔了吧？"

"云中飞"举着枪走向罗山，罗山猛地跃起，对着"云中飞"打了一枪：叭！

"云中飞"一声惊叫，滚倒在地，就势滚下一处房坡，对着罗山又开一枪。

地面上，追捕的战士奔跑着。

摩托车、自行车都出动了。

此时，一个十六七岁的男孩儿正在屋顶上喂鸽子。这是晨光初绽的早晨，阳光像一盆一盆鲜艳的花朵毛绒绒地盛开着，小家伙把鸽食一把一把地撒向阳光，黑黑白白的精灵们就忙着去"花丛"里抢。

"云中飞"忽然从一个矮墙上蹿上屋顶，把男孩儿和鸽子都吓了一跳。男孩儿往外急退，鸽子们则哄然而起，鸣着鸽哨飞上蓝天。

罗山追了过来。

"云中飞"爬上一个高房坡，躲在一个高高的排气筒后，举枪狙击罗山。

罗山发现了他的意图，便停在一处低房顶上，和他拉开距离。罗山知道，无声手枪的射程很近，不可能对他造成伤害。

"云中飞"喘着，一边盯着罗山，一边瞄着身后，琢磨着逃跑的路径。

鸽子们在天空上盘旋了一阵儿，又一阵风似的落到房顶。

于兵骑着自行车追了过来。

孙觅坐在吴邑的三轮摩托车上也赶了过来。

"云中飞"不敢久停，略一静神，急忙再逃。

罗山发现了他的意图，事先躲在一处房坡上等他。

"云中飞"从高处一落下来，正和罗山同处在一面房坡。

罗山的枪口正对着他："窦志云，放下你的武器！"

"云中飞"一惊，做出放下武器的样子，就在他蹲地欲放的时候，忽然把枪口对准了罗山。

罗山不惊："窦志云，你能有几把枪？"

"云中飞"轻蔑地一笑："老子有一把枪足矣！"

罗山一笑。

"云中飞"手里的枪不见了。

"云中飞"惊叫一声"啊"，猛地拔出腿上的匕首。

罗山大声说："把刀放下！"

"云中飞"不放。

"我命令你，把刀放下！"

"云中飞"哼哼一笑："我要不放呢？"

罗山说:"那你就死定了!我问你窦十四,你能有几把刀?"

"云中飞"说:"啊,我知道了,你是罗山?"

罗山笑着点头:"对!"

"听说你会神算?"

"很对!"罗山再次点头。

"那我要不告诉你呢,你还能把我的刀算走吗?"

"当然不会。"

"那我要告诉你,我只有一把刀,你就能从我的手里算走吗?"

"会!"罗山的话音刚落,"云中飞"一声惊叫:

"啊!"

手里的刀真的没有了!

"云中飞"双手一拱,做出友好的样子:"罗山兄,在下服输了!"

罗山收起枪来。

"云中飞"说:"罗山兄,您是'麻三绝'师叔的弟子?"

"是!"

"云中飞"叹了一声:"我师父惊天飞燕在世时,在下多次听到师父称赞'麻三绝'师叔。我师父是何等气傲之人!没想到,今天在这里见到了同门的师弟。幸甚之至啊!"

罗山说:"窦志云,新中国开国在即,你好好地配合,我们会从宽处理的!"

"云中飞"说:"这我相信。你我同道,你能混成共产党的红人,我相信,只要投诚,把我知道的一切和盘托给共产党,我也一定会有口饭吃!我一定好好配合!我这人一生不服官,不服管,只服本事比我大的人。知道我为什么要整成麻子脸吗?就是因为我佩服'麻三绝'师叔。麻师叔我无缘见到,今天却见到了他的徒弟,也算三生有幸了!师弟,佩服!用拴我吗?"

"云中飞"把双手往后一背。

罗山说:"不用。前边走吧!"

"云中飞"沿着房坡大步往下走。

罗山拿着"云中飞"的刀紧跟在后。

于兵站在一处高墙上看到了罗山二人,兴奋地喊了一声:"师父!"

吴邑仰头问:"啥情况?"

于兵大声报告:"'云中飞'被擒了。"

"好!"吴邑兴奋地一声高喊。

"叫我看看!"孙觅也上墙了,看见押着"云中飞"的罗山,禁不住喊了一声,"罗山!"

第十七回　窦志云罪有应得
　　　　马斯利分享情报

> 人才一十有一
> 要求全部出席
> 哪人胆敢不去
> 试看大王能依
> ——打一字

1　"云中飞"来到房坡边，他瞅了瞅，似乎是想找一个好下的地方。

罗山也到了房坡边，伸头往下瞅了一眼。

孙觅的喊声传来，罗山得意地扭过脸去。就在这时，"云中飞"忽然一腿，罗山猝不及防，"啊"了一声，被"云中飞"扫下房坡。

"云中飞"站在房坡上，轻蔑地一笑："罗山兄，我们还有一局！"

"云中飞"本想跟下来击打罗山，没想到罗山在地上站稳了身子，挥手喊了一声："下来！"

"云中飞"岂止不下来，扭脸就往房上跑了。

罗山一个旱地拔葱，蹬住左边的山墙，借力又蹬了一脚右边的大槐树，猛地上了房顶。

"云中飞"向着远处飞奔而去。

罗山追上房子，指着"云中飞"一声高喊："窦志云，跑不了你！"

于兵看见，猛喊了一声："'云中飞'又跑了！"跳下来就追。

"往哪儿跑了？"吴邑一惊。

于兵伸手一指，众人跟着追过去。

"云中飞"向着太阳的方向跑，他选择的仍然是让罗山逆光，他的身影只在光影里晃动。

罗山举起枪，边追边瞄准。"云中飞"的身影始终在他的准星里晃动。罗山毕竟是正义在胸，志在必得。罗山毕竟比"云中飞"年轻了许多，两人的距离是越来越近了。

"云中飞"有不利的地方，也有有利的方面。正是上班时间，马路上行人甚众。罗山不敢轻易开枪。"云中飞"发现这是罗山的软肋，他猛地跳下房子，沿小巷钻入上班的人群。

罗山边追，边在后面喊着："抓特务！"他不是抓不住期待帮忙，他是提醒行人注意，不要让这个家伙抓了人质。

"云中飞"是从下层混出来的，他太有对付混乱的经验了，他一边混在混乱的人群里，一边大声喊着："抓特务啊——"

古谚云"贼喊捉贼"，今天上演的却是"特务喊着抓特务"。行人们不明就里，纷纷避让。

一个卖熟肉的小贩推着车子走着，切肉的刀放在肉案上。"云中飞"从旁边跑过，顺手把切肉刀抢在手里。

卖肉的大喊："我的刀！你拿我的刀干啥哩！"喊了两声，忽然悟出来，抢他刀的就是特务，立即换成了这样的喊法：

"偷我刀的是特务！偷我刀的是特务！"想了想，不顺嘴，马上改成了这样的喊法：

"特务抢了我的刀！特务抢了我的刀——"

吴邑坐在三轮摩托车上，正指挥着战士们往这儿赶，听见喊声，连忙停住脚询问了情况。

"云中飞"跑入一条胡同。

罗山也跟着追进胡同。

"云中飞"看见一家院门开着，两个十来岁的双胞胎女孩儿背着书包正往外走。

"云中飞"猛地跑上去，推着女孩儿往家走。

"云中飞"把门闩住。

两个女孩儿惊讶地问："你是谁？"

"云中飞"伸手拉住一个。

女孩儿惊叫一声。

另一个女孩儿扭脸就跑。

"云中飞"把女孩儿拉到屋檐下，背对墙壁，刀往女孩儿脖子上一架："不许动！"

跑了的女孩儿并没有跑远，她停在了院门外，大喊："妹妹——"

罗山翻墙进院，用枪指着"云中飞"。

"云中飞"半个身子隐在女孩儿身后，刀架在女孩儿脖子上："师弟，请你退到门外。我有话说。"

罗山犹豫着。

"云中飞"威胁道："不然，我就和她同归于尽。我想，这不是一个人民的保卫战士内心想看到的景象！"

"云中飞"大口喘着。

罗山知道，"云中飞"已经跑不掉了。罗山知道"云中飞"也知道他跑不掉了。"云中飞"困兽犹斗。

罗山点头，后退着到了门口，把门打开，站到门外。

吴邑带着队伍追过来。

很多人停在巷口。

跟着"金钱豹"的小特务鸭挺此时正和一个同伙外出办事,看见热闹,上前来凑,以便随时搞点儿破坏。

吴邑大声命令:"于兵,你站这儿把住巷口,任何人不准往里进!"

"是!"于兵一伸手,把众人挡在外边。

吴邑带着孙觅走了进去,到门口只一伸头,就看见"云中飞"正把刀架在女孩儿的脖子上,而站在门口的姐姐正大声哭着。

吴邑观察了一下,迅速做出决断,小声说:"退!"

"退?"孙觅实在不理解,在此危急关头,怎么能退呢?

可是吴邑处长转身走了。

孙觅看见,犹豫了一下,也连忙跟着走。

身边的女孩儿忽然大声喊起来:"叔叔,你放了我妹妹好吗?她感冒刚好。"

"云中飞"不理。

女孩儿又喊:"叔叔,我替我妹妹行吗?"

"你是个好姐姐,想过来你就过来吧!叔叔慈悲,不会伤害你们的!""云中飞"休息了这一会儿,已经好多了,说话的声音明显不那么喘了。

小姑娘就要去,被罗山一把拉住:"姑娘,不要过去!"

小姑娘哭着,站住了脚步。

"云中飞"努力地一笑:"你别过来了,你妹妹自己就行了!"

妹妹嘴一咧,哭起来。

吴邑和孙觅退到院外。

吴邑说:"孙觅,情况紧急,我去对面找射击的地方,你在这儿陪着罗山,让他稳住特务,不要刺激特务、惹恼特务。"

"是是,明白!"孙觅点头。

罗山手一松,当姐姐的小姑娘猛地跑了过去。她要换妹妹。

"姐姐!"妹妹哭了。

"叔叔,我来了,你让我妹妹走吧!她感冒刚好!"

"云中飞"一把拉过姐姐，用腿一拱妹妹："你姐姐替你了，你走吧！"然后猛地把刀架上姐姐的脖子。

"姐！"妹妹哭着，不走。

吴邑走出来，连忙爬上对面的房顶，找到一个隐蔽的射击位置。

于兵跟了过来："咋样？"

"角度很好，快找把长枪！"吴邑已经趴下。

"好！"于兵应着，跑了下去。

罗山站在门外，不敢乱动。

孙觅大声喊着："小姑娘，来，跟着大姐姐来吧！"

妹妹不来，非要和姐姐在一起。

"云中飞"把架在姐姐脖子上的刀挪了挪位置，表示他随时可以杀死她。

罗山说："窦兄，既然你有话说，那我就恭敬不如从命了。"

"云中飞"说："我听说过神算的技艺，但从没有见过神算的表演。刚才，你抢走我的枪，骗走我的刀，算不算神算的技艺？"

罗山点头："算。"

"我想知道，如果你站在门外，我站在这里，你能算走我手里的这把切肉刀，我立即放下刀跪地投降。我再说一遍，我这人一辈子不服官，不服管，就服有本事的人。如果，你不能算走我手里这把切肉刀，我就让这个女孩子陪我上路。怎么样？死到临头，我想从你的手艺领略一下我'麻三绝'师叔的真传！"

罗山说："窦兄能配合我吗？"

"云中飞"说："怎么配合，请师弟教我！"

于兵爬上来，把一杆带准星的长枪递到吴邑手中。

吴邑把枪顺过去，从瞄准镜里观察着"云中飞"露出的脑袋。

吴邑小声说："于兵，快去告诉罗山，我的枪一响，他立即上前抢孩子。"

"是！"于兵扭脸就跑。

吴邑从枪膛里退出一粒子弹，放在头发里使劲地搓了几下，又迅速地装进枪膛。

于兵跑过来，给孙觅招手。

孙觅过来。

于兵小声给孙觅交代了吴处的指示。

孙觅使劲地点头："我们一齐上不行吗？"

罗山往里走了一步："神算，首先要知道对方手里有多少东西。"

"云中飞"说："要是不知道呢？"

罗山又往里走一步："不知道就无从下手。"

"云中飞"说："你现在知道我手里有把刀，你怎么就能给我算走？"

罗山又往里进了一步。

"云中飞"说："师弟，你不要再往前走了。"

罗山停住脚。

"云中飞"大声喊："你退回去！"

罗山往后退一步。

"云中飞"再喊："再退。退到门外边！"

罗山退到门外。

"云中飞"问："神算，是不是要有足够近的距离？"

罗山说："是。"

"云中飞"问："多近才算近？你告诉我，我想陪你表演一番，在我行将上路的时候，做一个你赢我输或者我赢你输的游戏！"

罗山说："一言为定？"

"云中飞"应："决不食言！"

罗山把手枪递给孙觅，端起双手让"云中飞"看着："窦兄，五步之内，我要把你手中的刀神算到为弟的手里，如果不能，我陪窦兄一起上路！"

"云中飞"一笑："好！恭敬不如从命！"

罗山托着双手，走进院子。

"云中飞"死死地盯着罗山。

叭！

枪响了！

"云中飞"脑袋开花,切肉刀掉到了地上。

两个女孩儿哇地大哭。

罗山、孙觅猛跑上去,分别抱住了两个女孩儿:"孩子——"

于兵大喊:"特务死了!"

街上的群众齐喊着:"特务死了——"

鼓掌的,扔帽子的,胡同里一时热闹异常。

特务鸭挺和同伙尴尬地站着,同伙拍一下鸭挺的肩膀,两人连忙也跟着拍手。

2

"金钱豹"走进餐厅要吃饭,他的两个随从一人跟进屋里,另一人在门外布了岗。

"金钱豹"摘下假牙。

随从连忙拿一个盘子送上来。

"金钱豹"拿起筷子,刚吃了几口。

鸭挺气喘吁吁地跑来了:"兄弟,我们有要事禀报!"

门外的随从:"老板正吃饭呢!"

鸭挺说:"真的重要!"

室内的"金钱豹"听见了,大声说:"进来吧!"

"金钱豹"皱着眉头听完了鸭挺的"禀报",忍不住问了一句:"真是'云中飞'?"

两人点头:"真是!"

"金钱豹"阴阴地盯着两人:"真死了?"

两人又点头:"真死了!"

"金钱豹"忽然提高声音:"'云中飞',那可是党国的大损失!中南海的情况知道吗?"

两人摇头:"不知道。"

"金钱豹"大喊一声:"你们给我好好打听!"

两人一齐弯腰："是！"

"金钱豹"挥挥手，两个人退了出去。

"金钱豹"走出餐厅，大步走进自己的办公桌。办公桌上，并排放着两部电话，一部是常见的黑色电话，一部是不常见的粉色电话。粉色电话是他和褚一魁的秘密电话。

"金钱豹"抓起粉色电话摇起来。

电话响了，北平的特务组长褚一魁抓起电话："……嗯，什么？消息准确吗？……嗯嗯，知道了……"

褚一魁放下电话，喊一声："金！"

金葵花应着走进来。

"少校殉职了！"

"消息可靠吗？"金葵花小声问。

"马先生的消息，半个小时前。"褚一魁说过，禁不住低下头来，说，"让我们一齐默哀吧！"

金葵花听了，连忙低头，和褚一魁默哀。

默哀完毕，金葵花小声问："中南海的情况呢？有高层伤亡的消息吗？"

褚一魁说："我立即派人打探！你知道，即使有，共产党也不会说出来。这是他们的秘密！"

金葵花点头："噢！"

褚一魁在屋里走了两步，说："我的意思，我们要快点儿行动，尽早约来〇五，共商行动计划。"

金葵花说："可是，我们一直没有找到合适的人。我想，能不能不用——"

褚一魁抬手打断金的话，阴阴地一笑："要不，试一试我们忠诚的门卫？"

金葵花一惊："老张？"

褚一魁点头："今天下午，我要让老张去天津进点儿药……"

金葵花看着褚一魁："能不能再想想别的办法？"

褚一魁再一抬手："就这样定。你给我一克药！"

金葵花还想说什么。

褚一魁坚定地说:"延时的。"

金葵花不回答。

"听到了吗,我的'拼命妻子'?"褚一魁虽然用了个亲昵的称呼,但口气却是不容置疑的,或者说,之所以用这个称呼,就是要让她不容置疑。

金葵花叹了口气:"一定要这样吗?"

褚一魁恼了,用命令的口气:"给我一克药!"

3

吴邑立即召开了全处的工作会议,罗山、于兵、梅东岭、鲁战凯、孙觅,所有成员全部到齐。大家都很疲劳,但也都很兴奋。罗山、于兵、孙觅的眼睛都熬红了。

吴邑站着,大家也都站着。

吴邑疲倦地一笑,说:"大家都坐下吧!"

大家都坐下了,吴邑却没坐,他大声地宣布:"尽管大家都知道了,我还是要通报这个大好的消息,号称'云中飞'的少校级特务窦志云被我们击毙了!"

大家热烈鼓起掌来。

孙觅大声说:"处长,你啥时候教我神射技术呀!"

"孙觅,你别小气行不行,让我们也都跟着学学呗!"于兵说,大家都笑了。

"我这一枪固然重要,但是,我首先要表扬的还是罗山同志!一夜追捕,出生入死!把敌人死死地逼住。说实话,我都看傻了!"吴邑说过,向罗山伸了一下拇指。

罗山脸红了。

吴邑接着说:"其次,我要表扬孙觅和于兵,为啥呢?他们都有自己的任务。他们是在下了白天的班之后偷偷跟去守夜的。表面呢,是想跟着师父学本事,其实呢,这是一种高度的政治责任感,是想为新中国的建立贡献更多的力量。出生入死啊同志们,出生入死!"处长说到这儿,忽然有些动情。

他停顿一下，调整了一下情绪又说，"我们中南海的守卫战士也是好样的，那个马班长，一人抱了两颗炸弹，宁死也不让别人碰。"

想起罗山抱炸弹往湖水里扔的事件，孙觅禁不住小声说："那太危险了！"

"我还要向大家通报，那两颗美国产的，被特务'云中飞'放到屋檐下的定时炸弹，让我们的排爆专家解决了！"

大家又鼓掌。

吴邑又补充："我们还可以再使用呢！"

大家再鼓掌。

"说说您呗，处长，那么紧张的情况下，您怎么能沉得住气，一枪就把特务击毙了呢？要是万一射不准咋办？'云中飞'肯定会杀害我们的孩子！"孙觅一直对吴处的这一枪深感兴趣。这是她亲身经历的事情，也是她深感神奇的事情。

吴邑笑了："我倒是想听听罗山的想法，如果没有这一枪，你倒是准备如何做？你的神算能不能彻底解决问题？"

罗山说："'云中飞'自知必死，啥都不讲，就说他昨天刚刚杀死宾馆的田一垄这一条，他也活不成。可他为什么要对我的神算感兴趣呢？他是想用这个理由麻痹我，寻机杀死我。我有很大的把握，但无十足的把握。我相信，我能解除他手中的刀，尽管可能对我造成危险。"

吴邑说："好，我要给诸位请功，特别是罗山同志。"

"还有您的最后一枪！"孙觅抢着说。

"对对，还有处长！"大家喊着一起鼓掌。

宣布完了，吴邑坐下来，说："下边让罗山讲讲关于我们对特务'云中飞'的判断与分析。"

罗山站起来，拿着缴获的"云中飞"的遗物给大家讲解："这是'云中飞'的无声手枪，子弹全打光了。也就是说，如果不是子弹打光，对我和同志们的威胁就会更大。"

大家点头，表示同感。

罗山拿起匕首："这是他的匕首，也是美国货，你们看，轻便而锋利。"

于兵接过来，看着："上边还有洋文呢！"

"这是群众在垃圾箱里发现的他的皮箱，里边空无一物。"罗山说过，又拿起一张纸，"这是一张他亲手画的行动路线图，可见，在这之前，他是下了功夫的，只是未被我们发现。"

"看来他还是上过学的，你看，画得还不错呢！"鲁战凯小声说。

罗山又拿起一件："这是他最后使用的布兜。看上去很普通是吧，其实里边有两个小兜，一个小兜装一枚炸弹。这说明了什么呢？说明，这个兜要么是他自己缝制，要么是有人替他缝。截至目前，我们没有发现他缝制衣服的针线。"

大家又是一片地点头。

罗山说："由这两颗炸弹联系到上一次的那颗在湖里爆炸的炸弹，我们知道，一定有给他供弹的地方。这个供弹的地方和他养伤的地方是不是一个地方呢？我感觉，应该是同一处。"

孙觅说："是不是褚一魁？"

罗山说："应该是他。也就是说，在北平，一个很有力量的特务组织还在正常而有序地运行着。"

吴邑接上话："罗山的分析很有道理。褚一魁早先是北平的特务头子，对北平的情况了如指掌，整容后变成了另一张人脸，蒙蔽了所有和他相识的人，安静地潜伏在北平城里，却没有人能够认出他来。我们要开动脑筋，寻找褚一魁的线索。我可以乐观地告诉大家，随着我们工作的深入，这只狡猾的狐狸一定会露出尾巴的！"

"我的汇报完毕！"罗山说过，坐了下来。

"于兵！"吴处点名了。

于兵站起来："对'金钱豹'的监视已经三天。我们发现了三十四个和他联系的人。多数认识，少数不认识。"

吴邑问："少数是几个？"

"十一个。"

吴邑示意往下说。

"认识的和不认识的，我们都已经完成了监视。也就是说，随时可以抓捕他们。我提议，尽快实施抓捕，以免造成不必要的破坏。我的汇报完了！"

吴邑点头。

于兵坐下来。

"鲁战凯！"处长又喊。

鲁战凯站起身，把一个完整的图表递上来："这是敌人电台的活动规律图。"

吴邑看了一会儿："战凯，这没有记录的日子是敌台没有活动啊，还是活动了我们不知道啊？"

鲁战凯说："应该是两种情况都有。"

吴邑说："我当然知道两种情况都有。如果是前者，敌人没有活动，那就给我们一个提示，它为什么没有活动？换句话说，敌台也不是天天活动，它是有事了才活动，没事了不活动，而不是天天按时活动。这就是我们对敌台的一个判断。如果敌台活动了我们没有监测到，而其他人却监测到了，例如前几天夜里，于兵用收音机测到了，我们的测向仪却没有测到，那就是我们工作面不够的问题。"

罗山走过去，站在旁边看图。

"开国在即，上级最近还要再给我们增加一台测向仪。不知道何时能到。我们要立足于自身，不能依赖这个还没有来到的机器。"吴邑继续说，"虽然'云中飞'死了，消除了我们心头的一大隐患，虽然'金钱豹'成了瓮中之鳖，但是，特务还很猖狂，任务仍然艰巨。特务头子褚一魁，炸弹专家廖响，还有什么我们可能不知道的一些乌龟王八蛋，都在伺机破坏，所以，一定要不懈地努力，加倍地工作啊，同志们！"

罗山和鲁战凯一齐响应："是！"

吴邑说："好的，散会！"

孙觅瞅一眼门口桌上的小黑板，发现上边并排写了两则谜语，一则是：

兵戎一支毒枪

直指大海中央

　　虽云只贪钱贝

　　其实面露凶光

　　　　——打一字

另一则意境优美，很见文采：

　　晚风长吹暮色起

　　高空万古星辰稀

　　夤夜人不睡

　　期盼好消息

　　　　——打一字

抓住了"云中飞"，虽然折腾了一夜，大家都很疲劳，但是人人兴奋，都不愿意睡觉。这两则谜语不但没让大家感觉畏难，反而激起了胜利的热情。

"孙觅！"于兵先发难了。

孙觅不吭声，她盯着第二则，说："这则谜语好像说的就是我们昨夜的战斗情景啊！你们看，'夤夜人不睡，期盼好消息'。人不睡，就是醒着，醒着干什么呢，等好消息呢！好消息就是消灭了特务'云中飞'啊！"

"打一字啊！是哪个字呢？"鲁战凯说。

"罗山？"梅东岭大声说，"请罗山同志解解呗！"

"这个字不好解，"罗山摇了摇头，"刚才孙觅说不睡就是醒着，这该不会是个'醒'字吧？"

"'醒'字？咋能是个'醒'字呢？"于兵皱着眉头。

罗山说："前边两句'晚风长吹暮色起，高空万古星辰稀'。上一句暗含一个'酉'字，下一句明含一个'星'字，'酉''星'，合起来不就是一个'醒'字吗？"

"哎哎哎？"鲁战凯大声说，"上一句怎么就暗含着个'酉'字呢？"

"是啊是啊！"大家一起说。

罗山笑了，说："我也是猜。在我们对一天的时间计算中，酉时，相当于傍晚的五点至七点，'晚风长吹暮色起'嘛，而此时的天空呢，星辰还不多。"

"哎哎老师，酉时怎么就是五至七点呢？"这次是孙觅。

罗山说："我们传统的计时方法是子丑寅卯辰巳午未申酉戌亥十二时辰，一个时辰相当于现在的两个小时。子时相当于二十三点到第二天的一点，丑时相当于一点到三点。你算算，是不是这个时间？"

孙觅掰着指头："寅，三至五；卯，五至七；辰，七至九；巳，九至十一；午，十一至十三；未，十三至十五；申，十五至十七；酉，十七至十九……太对了！哎哎，处长！"

此时的处长已回到里间。

孙觅到里间把吴邑处长喊出来："罗山同志猜得对不对？"

吴邑哈哈地笑起来。

"对不对？"孙觅又喊。

大家齐看着吴处。

"非常对！"吴邑大声喊。

大家忽然鼓起掌来。

"这一个呢？"孙觅要乘胜进军。

"这个我放弃！"罗山说。

"交给孙觅吧！"鲁战凯说。

孙觅也不推辞，她大声地又读了一遍，下意识地摇了摇头。

于兵说："处长，您能不能奖励大家一个，三分钟猜不出来，您就说出谜底。"

"好！"吴邑说，"抓住了'云中飞'这个飞贼，我可以奖励大家！为什么要奖励大家？因为抓住了这个飞贼！"处长把"贼"字说得很重。

"啊！是个'贼'字吧？"孙觅一声高叫。

"'贼'字？"于兵说过，小声地念着谜语，"'兵戎一支毒枪'，有了右边……"

吴邑又笑，说："孙觅，讲讲体会？"

孙觅想了想，说："'贼'字在前边，说明我们要好好地抓住'云中飞'

这个贼人。'醒'字在后边,是清醒、警醒,不要睡着的意思。前一个字是目标,后一个字是要求。对吗处长?"

处长没有回话,却用鼓掌表示了赞成。大家看见,也都一起鼓掌。

处长走上前,拿起粉笔,在黑板边续上了新猜到的两个字:

贼

醒

"处长,您再出一则!"

于兵笑了:"猜出瘾头了!"

"锻炼脑筋嘛!"孙觅很得意。

"让我想想再出吧!这几天快忙晕了!"吴邑说着,打了个哈欠。

"好吧!"孙觅拿起黑板擦,把刚猜过的两则擦掉。

吴邑站着,忽然有了灵感,他拿起粉笔,在孙觅刚刚擦净的板面上又写了一则:

第十七谜

人才一十有一

要求全部出席

哪人胆敢不去

试看大王能依

——打一字

同志们离开办公室,鲁战凯忽然喊住了孙觅:"哎,孙觅,我也不知道你的那个'X'是个干啥的,我想问问,能不能用用你的'X'代一代敌台的活动规律呢?"

孙觅也好奇起来:"用代数计算敌台活动?这还真是个创新呢!"

鲁战凯说:"你说行是不行?"

孙觅说:"你叫我想想。这算个课题吧!"

"谢谢啊!真成了,我请你客!"鲁战凯大声说。

于兵说:"我可以作陪!"

4 马斯利走下人力车，两只乌鸦叫着从他头上飞过。马斯利习惯性地往天上看了一眼，自言自语地说："我是不是也要往地上吐口唾沫呀！"说过，他真的往地上吐了一口，还装模作样地往唾沫落地处踩了两脚。踩过了，他哈哈地笑起来。马斯利虽然是个外国人，但在北平住得太久，知道了老北京的很多习俗，比如这个"唾沫辟邪"。

马斯利笑过，抬手敲响了金口牙科诊所的院门，笃笃，笃笃，他敲得不紧不慢。

瘸腿老张开了门，一看是马斯利，笑了，说："马先生，请！"

马斯利走进诊所，嘴里念叨着："我听见乌鸦的叫声，就想起了你们中国的谚语，乌鸦呱呱叫，必有祸事到。我一来，它就叫，看来，尽管我往地上吐了唾沫，我的这颗牙也是难保住的！"

瘸腿老张说："马先生，我们中国还有另一句谚语，叫一福压百祸。马先生吉人天相，逢凶化吉！啥样的祸事也没有。您又往地上吐过唾沫，我敢保证，您的牙会安然无恙的！"

马斯利哈哈地笑着，走过院子："那就托张先生您的吉言了！"

听见是马斯利来了，褚一魁从屋里走出来迎接他："马先生，贵体又有不适？"

马斯利笑着："褚先生，不，毕先生，我刚才在路上，听见了一个英雄的故事，我们的刺杀中南海的勇士劫持了两个少女，和共产党的侦察兵斗智斗勇，最后光荣殉职。我为我们的勇士感到骄傲，也为我们的勇士感到难过。为了纪念我们的勇士，今天我要拔掉一颗牙齿！"

褚一魁面无表情地看着他："你怎么知道的？"

马斯利说："满城风雨！"

褚一魁深深地点头。

"我的黄包车夫兴奋地告诉我，被消灭的是一个大特务！"马斯利故意强调了那个"大"字。

褚一魁骂了一句："群氓！"

马斯利没听明白："什么？群氓？他叫群氓？"

褚一魁一笑："你的黄包车夫是群氓。"

"啊！殉职的勇士究竟是哪一位？我想知道。"

"少校窦志云。"

"是不是唤做'云中飞'的那位？"

褚一魁点头。

马斯利在胸前画着十字："偷生者马斯利为窦志云少校致哀！"

褚一魁把马斯利让进室内，倒上茶水。

马斯利无心喝茶，褚一魁也无心请他喝茶。褚一魁单刀直入："马斯利先生，您把有关计划画一张图，寄给马海朋队长。"

马斯利端起茶水："'金钱豹'？"

"对。他可以给你再提供两到三处地方。"褚一魁说着，用左手写一个地址给马斯利。

"噢，先生和我一样用左手？心理学的理论说，左手写字的人聪明啊！今天我又见上了一个！"马斯利夸张地耸了耸肩。

褚一魁笑了，右手拿着笔在另一张纸上写了"北平"俩字，字迹比左手的漂亮许多。

马斯利哈哈地笑起来："双手能写梅花篆字，这可是贵国对文化人的最高奖赏啊！"

褚一魁竖起拇指："马先生了不起！"

马斯利说："据我们的情报，共产党要在十月初建国。"

褚一魁问："马先生估计是哪一天？"

马斯利说："我专门翻阅了贵国的黄历，我发现，十月一日正是贵国的农历八月初十。日历上写着宜出行，宜嫁娶，百无禁忌。毛泽东是个大知识分子，虽然贵国有谚，一福压百祸，但作为建国之大典，我猜想，毛泽东是不会放弃选一个良辰吉日的。"

"依先生判断，该是十月一日了？"褚一魁盯着马斯利。

马斯利重重地点了点头："我对我的小组成员要求，所有准备一律按这个日子。毕先生，你说呢？"

"英雄所见略同。但具体的判断略有不同。"

"很乐意聆听毕先生的高见！"

褚一魁说："十月一日是农历的八月初十，马先生知道，中国在这个月里有一个很重要的节日……"

马斯利说："中秋节。"

"对。中秋节还有一个名字，马先生想必一定知道？"

"啊？"马斯利挠了挠稀疏的头发。

褚一魁说："叫团圆节。"

"啊，知道知道，团圆节。好像是说，到了这一天，所有家中的人不管在哪儿都要赶回家来一起吃饭，赏月，庆祝秋收，庆祝团圆。"

"对！"

马斯利感慨："中华民族是一个浪漫的民族。月出了，赏月；雨下了，赏雨；花开了，赏花。就连天上的云彩出来了，也可以赏，叫什么，叫什么——看巧云！对，'二八月，看巧云'。云也是巧的！"

"马先生，他们说你是中国通，我想着，再怎么通也不会比我通吧！听你这一说，我发现，你连'二八月，看巧云'都知道，你对中国真是太通了！"褚一魁真诚地佩服他。

马斯利得意地笑了，说："过奖了，过奖了褚先生，请往下说！"

褚一魁说："我猜测，毛泽东很可能放在十月六号，也就是农历的八月十五中秋节，这样，当老百姓庆祝中秋节的时候，也就是他们的国家庆典之日，国庆和家庆放在一起。共产党讲究群众运动，讲究官兵一致、军民一致。这不是最好的'一致'吗？"

马斯利点了一下头："毕先生说得也有道理，但未必猜到了毛泽东的心思。为什么这样说呢？若把贵国的中秋佳节和国家的庆典放在一起，今年是可以，可明年就不可以了，因为据我研究，农历和西历每年的日子都不一样。那么，到了明年，如果中秋佳节放在了九月二十八日，国家庆典的日子怎么办？是跟着农历还是跟着西历？"

褚一魁一拍双手："马先生高论，毛泽东不会像我这样笨。我听马先生的，那就十月一日建国！"

马斯利哈哈地笑起来。

褚一魁拍一下马斯利的手，说："马先生，您看牙吧！"

5 追捕"云中飞"的这场战斗，搅得北平一片沸腾。郭闹闹当然不会丢掉这个机会。他既不能追着看，又不能离开冥衣铺子，只好站在门外，听着街上的人们兴奋地议论。

两个男人边说边感慨着走进冥衣铺。他们走进冥衣铺却并不急着买冥衣，而是高一声低一声议论街上刚刚发生的事。

年长的五十来岁，高个，方脸，说话瓮声瓮气："'云中飞'这回飞不了了！听说他败给了一个叫罗山的英雄！"

年轻些的三十来岁，一脸的英气，声音明亮："一个朝代它要是该灭亡了，有啥本事也不行。殆天数，非人力！就像你这师父，我们费了多大的劲儿，不还是走了？"

方脸说："那也是。共产党才几个人，硬是二十多年把一座高山给推倒了。"

郭闹闹忍不住接上："听二位说，那个'云中飞'是咋球回事？"

此时的开北方正和廖响坐在里间商量大事。

开北方说："廖先生，魏老头儿的大徒弟翁世界说，魏师傅对你的情况比较满意，想让你写一个材料报到派出所，由派出所审查后才能去帮忙。"

廖响摇摇头："别自找麻烦了。共产党啥不会，审查起人来那是一套一套的，譬如说，他要让你找人证明你一年一年的时间都是清白的，不然，就会接着调查你。谁能经得住这样的折腾？"

"我们做一个假的不行吗？你就说，你祖籍广西，他总不能再到广西去查吧？这么远，咋去？"开北方给廖响续了茶。

廖响说："你是不知道，他有电话，有电报，有一整套的组织系统。我还是不被审查的好！"

开北方皱起眉:"可是,我给他们说过了。不去了咋说?"

廖响说:"这是你的事,咋说方便就咋说吧!"

外边三个人的声音清晰地传过来。

瓮声瓮气的声音:"'云中飞'死有余辜,他绑架了两个女孩儿!你说,你一个堂堂国民党的少校级特务,为难两个孩子干什么?"

明亮声音:"听说他是往中南海放炸弹时被发现的。"

郭闹闹兴奋起来:"炸弹响了吗?"

还是瓮声瓮气:"应该没有吧?没听见响啊!"

明亮声音:"啥应该没有啊,肯定没有!"

郭闹闹想多打听,故作好奇地问:"为啥呀二位?你们是听说了没响啊,还是证实了没响?"

年轻人说:"天数!我听说,有一回国民党的特务发现了毛主席的住处,派飞机前去轰炸,飞行员那都是挑了又挑的,炸弹那是扔了又扔练了无数次的。结果呢,炸弹扔下去了,哐!一颗。哐!又一颗。其中一颗扔得真准,砸在了毛主席居住的窑洞的门脸上。"

年长的方脸吸了一口凉气:"后来呢?"

年轻人比画了一下:"炸弹没响!在地上砸了这么大个窟窿!"

年长的方脸显然是第一次听说,瞪大眼睛问:"真的?"

年轻人笑了:"那还有假?不然,共产党咋还能夺得了天下?"

开北方和廖响听着外边的话,一时都没话语。外边的声音一落,开北方说:"廖先生,我想起来了,我就说你有事临时走了咋样?"

廖响心不在焉地回答:"你看着办,反正我是不能让他们审查。"

开北方点头:"我知道了!"

廖响说:"这个'云中飞'呀,他刚愎自用,自以为是。早先我就说他炸那个东郊炸药厂不对,可组长不同意。现在看来,这种炸弹屡屡落入共产党之手,他们很快就会知道怎么样调整爆炸的时间。我们的优势马上就没了。"

"这样说,还不如随便炸了好!"开北方看着廖响,用讨好的口气说。

廖响看上去文质彬彬，一点儿也不好斗。他盯着开北方说："那也不是像你们炸派出所那样随便炸。"

"是是，先生！"在留学过美国的廖响面前，开北方本能地感到弱小和自卑，他从没有想到过跟廖响争辩，连忙避开廖响的话锋，说了一句，"可是，天安门咋样上去呢？"

廖响问："你想过没有，如果你上去会怎么样？"

开北方说："我当然想过，不是开始说的是你吗？我这个人手太笨，别说画画、扎灯笼，小时候编个蛐子笼子我都不会弄。"

"细活干不了，你干粗活嘛！譬如抬灯笼总可以吧？那么大个灯笼，要很多人才行呢！你要打这个主意！"

开北方一拍脑袋："还是廖先生脑子好使，我和闹闹都没有想到过这个，只想着让你上去了！"

廖响站起来，说："从今天起，你就打这个主意！"

"好，就打这个！"开北方也跟着站起来，他知道，廖响是把这个任务交给他了。

外边的讨论结束了，"这件衣裳，你拿下来看看？"年长的方脸指着架上的寿衣发问了。

"好的，这件衣裳！"郭闹闹唱歌似的应着。

6

牙科诊所内，褚一魁喊来了瘸腿老张，把一叠文件交给他，说："这是我写的关于少校殉职的文章，你要尽快发走。"

瘸腿老张接过来，习惯性地想举手敬礼，想到秘密工作的纪律，他又止住了。

瘸腿老张接受了任务，迈着一轻一重的步子走回门房。紫姐正安静地做着针线活。这是一件小孩儿的裤子，虽然短小，但有腿有腰，一看就是个有经验的人做的。她看见瘸腿老张去拿草帽，扭脸说了一句："你是不是要出去？"

"嗯。"瘸腿老张故意不看紫姐,他想轻描淡写,蒙混过去。没想到紫姐忽然放下衣裳,站了起来,说:"我也去!"

瘸腿老张扭过脸,小声说:"你掺和个啥呢?我是出去有事。"

紫姐说:"我知道你有事。你咋老烦我跟着呢,好像你有啥见不得人的事似的!"

瘸腿老张苦笑了一下:"我先出去。你等一会儿再出去行不行?"

"那好吧!"紫姐故作嗔怪地看着他,"看你那没出息的样子。我跟着丢你的人不是?"说过,又撇了一下嘴。

老张又一笑:"丢人啥?我一个瘸子带个漂亮媳妇,长脸了不是!我是真有事!"瘸腿老张说过,扭脸出了屋门,又走了几步,就到了院门边,他习惯性地在门后站了一下,这才拉开大门,走了出去。

紫姐从门缝里看见他往左边走了,她收好针线,站起身来,整理了一下衣裳,前后左右地扭脸看看。瘸腿老张虽然是个门房,可在紫姐的眼里,她还是宝贝似的看他。因为老张疼她,体贴她。她长了这么大,很少有人能这样疼着她。她把自己收拾得干净利落,那不仅仅是为自己,更主要是为的老张的尊严。

紫姐整理好了,这才掂起蓝印花女包,大步跟了出去。

"哎!"紫姐追上来。

瘸腿老张站住脚。

紫姐走上前说:"你不用等我,我能撵上你。"她说的是实情,瘸腿老张步行的速度真不快。

老张往路边的电话局一指,说:"我去打个电话!"

紫姐说:"我也进去看看。虽然离俺娘不远,可是我从来没想过给俺娘打个电话!"

"你打电话那边也得有电话接啊!"

紫姐说:"哎,我跟你说,等咱俩结婚的时候,你一定得教我学着给俺娘打电话!"

"好好好!"瘸腿老张有点儿急,"你在外边等着,我很快就打完了!"

"好吧！我等着你。"紫姐犹豫了一下，就停住了。

瘸腿老张走进电话间："你好！我是老张……啊，啊啊，好，好的！"

紫姐只知道他去打电话，给谁打电话，打电话说的啥，她从来也没有问过。男人们的事，女人最好不问。这是她从小受到的教育。有时候，她也会想起来问，她想问的目的，只是想表明她和他亲近，并不是真的要了解什么。瘸腿老张打完了，一脚轻一脚重地出来了，说："走吧！"

两个人再次走进公园。紫姐马上就想到了上次她跟他来的故事，禁不住小声问："还是见老板相好的弟弟？"

瘸腿老张不满地看她一眼："你真爱管闲事！"

紫姐说："不是我爱管闲事，是你爱管闲事。我跟了你，不得跟着也管闲事不是？"

瘸腿老张点了头。

紫姐说："我还在外边等着？"

这一次瘸腿老张没恼，笑了，说："我的女人就是聪明！"

"还不都是你教的！"紫姐卖了个乖。

"只是嘴碎些！"

"还没跟着你学好！"

瘸腿老张一进院，一个挑着鸟笼子的年轻人走了过来："张师傅早！"

"早早！扁嘴，你的短嘴鸽子长得好吗？"

"一天一个样，可喜欢人了！"年轻人叫扁嘴，"张师傅，你给我看看呗！"

两人说着，往林子的深处走去。

紫姐想看看老板相好的弟弟长得啥样，上次她没有看清。跟着走了几步，瘸腿老张忽然停下来，远远地盯了她一眼。她一扭脸，向着旁边的方向走去。说实话，要不是她真的关心老张，她才懒得理"老板相好的弟弟"呢！

7 看着瘸腿老张走出了院门，褚一魁从屋里走出来上二楼，敲响了金葵花实验室的屋门：笃笃，笃笃笃；笃笃，笃笃笃……

这是褚一魁敲门的暗号。

"请进！"金葵花喊。

"下午我要派老张去天津进药。"

"今天吗？"

"是。"

金葵花正配药，她停下手，站起身来："紫姐要是跟着去呢？"

"那就更好啊！"褚一魁神秘地一笑，"有人证明了！"

金葵花对他的笑很不舒服，说："她要是不去呢？"

褚一魁摇摇头，狡猾地又一笑。

金葵花迟疑片刻，取出一粒极小的药丸，包进小纸包。

褚一魁接了，说："老张出去走走，她都想跟着去，这是去天津玩儿，她会不去？哎，火车票的钱不要给她出啊！"

金葵花有些困惑地看褚一魁一眼。

"你想想，如果我们给她这不明不白的女人也出钱，以老张的聪明，反而会被怀疑，不出钱，老张就欠着我们！"

"好吧！"

金葵花一点头，褚一魁扭身走出实验室，下楼，穿院，来到了门房。

瘸腿老张出去的时候，一般都由"哑巴"替守。此时的"哑巴"正坐着看《人民日报》，见褚一魁进来，抬头一笑，算是打了招呼。"哑巴"连忙叠起来报纸。

"有啥重要消息吗？"褚一魁没等"哑巴"回答，又说，"你去忙吧，我想在这儿坐一会儿。"

"好的！""哑巴"点了头，就往外走。

"报纸？"

"哑巴""嗯"了一声，把正看的《人民日报》递给褚一魁。

褚一魁接过来，在报纸上浏览了一眼，他看"哑巴"离开了，就用左手的报纸遮住，用右手拿起了瘸腿老张景德镇的细瓷茶杯的杯盖。一股细烟儿飘出来，六安瓜片的茶香溢满了小小的门房，似乎有限的空间容不下它妖魔般的氤氲。

褚一魁无心享受这氤氲，他坐下来，想了一会儿，这才端起茶杯，把里边的茶水往地上倒了一些，黄色的土地虽然被踩实了，但还是能容得下这些落在地上的茶水，只汪了片刻，立即就洇了下去。褚一魁掏出纸包，仔细看了看那粒土红色的药丸，然后小心地倒进去，拿起杯盖儿盖上了。

褚一魁刚做完，金葵花走了进来。

褚一魁说："坐！"

金葵花不坐："你过来一下。"

两个人走回主房。

金葵花说："老张可是为党国出过大力的。"

褚一魁盯着她："犹豫了？"

金葵花说："我总感觉，是杜津卫的疑心太重。"

"不光是杜，主要是我。你想，我的'拼命爱妻'，这是重大又重大的事情啊，万一毒劲不够，我们费了这么大的力气却不能达到目的，那我们的所有努力不是白费了吗？悠悠万事，唯此为大！如果我们真的成功了，老张就是泉下有知，也会感谢我们的！这样好不好，金，成功后，我首先给老张请功！"褚一魁作出赌咒发誓的样子。

"好吧！"金葵花忽然哭了。

褚一魁说："这叫舍不得孩子套不住狼。量小非君子，无毒不丈夫。更何况，老张已经又有了后代呢！"

金葵花拭了拭眼泪，小声说："我想起了小荷的爸爸徐莫烈，他也是被人毒死的！"

褚一魁忽然抱住了金葵花，替她拭着眼泪。

8 所有人的档案都弄清了，只有杜津卫的档案还有些问题。梁生泉书记和梅东岭科长研究了杜津卫这些年的社会活动，发现从一九三七年七七事变一直到一九三九年年底，两年多的时间里都没有人能证明他的行踪。梁书记告诉孙觅："你直接问杜津卫师傅，让他自己说说，他究竟在这两年半的时间去了哪里，谁能证明。"

孙觅很快就把杜津卫约到了办公室，她坐桌子这边，杜津卫坐在桌子那边。孙觅摊开纸，拿出笔，直截了当："杜师傅，组织要求对每个在亚洲饭店工作的同志进行历史审查，我代表组织，想了解您在一九三七年七七事变后一直到一九三九年年底，这两年半的时间里，您都在哪儿？做的什么工作？"

杜津卫点一下头："感谢党组织对我的重视！"

"每个人都要审查的，并不光你自己。"孙觅说的是实情。

杜津卫微笑着点头："是的，但我仍然要感谢！感谢党组织对我的信任！"

"好的杜师傅，那您说吧！"孙觅说过，低下头准备记录。

杜津卫一笑："一看见你拿笔我就紧张！"

孙觅说："您不用紧张，每个人都得记的！"

"可是……"杜津卫又说了半句，接着就进入了正题，"七七事变后，大家都逃到了大后方。当时我也想走，可是，那时候我母亲身体不好，我走不了，就留下来了。我一个做饭的，能干些什么呢？还是在饭店里做饭。"

孙觅问："哪个饭店？"

杜津卫说："当时的生意很不好。人心惶惶，谁还有心出来吃饭啊！日本人很厉害，开着汽车横冲直撞，轧死人都不用赔偿。在东交民巷，东交民巷你知道吧，住的都是外国人，讨饭的都不敢到那儿去。有一次，两个要饭的瞎子从外地过来，敲着个探竿正走呢，日本人的汽车过来，生生把两个瞎子轧死在路上。两天后才有人来收拾现场。都登了报纸呢！"

"日本鬼子的罪恶三天三夜也说不完！"孙觅截住他的话头。她知道，在她了解情况的时候，常常有这种情况，本来是说正事的，一激动，正事忘了，倒把闲事说了半天。因为记录者也激动，记录了半天，才发现没有用处。她有过经验，她不会再犯这样的错误："杜师傅，您供职的饭店叫什么名字？"

杜津卫说："天香小厨。说是小厨，请了三个厨师，那在当时已经不算是小饭店了。之所以叫小，是主人的精明。如果叫大，交的税多不是！"

"那两个师傅都叫啥？"

"一个叫大胖，其实他并不胖。据他说，他以前胖，后来就瘦了。是个水篓子，一天要喝几暖瓶的水，可就是个瘦。还有一个叫、叫魏、魏啥福？"杜津卫拍一下脑袋，"十来年了，还真想不起来叫——魏啥——啥福！"

孙觅说："这不要紧，他们现在在哪儿知道吗？"

杜津卫说："大胖死了。魏啥福不知道在哪儿。其实姑娘，几个月前，组织上就问过我，可是，战争年代，生死一瞬间，谁知道谁还活着呢！如果你去调查魏啥福，恐怕他也未必记得清我。毕竟时间太短，而这些年又恍若隔世！"

孙觅说："你在这天香小厨干了多长时间？"

杜津卫又拍脑袋："大概四个来月。因为它不办了。"

"老板叫啥知道吗？"

"老板知道，叫查洪寿。"

孙觅问："现在在哪儿知道吗？"

"知道。土里埋着呢！"

孙觅停住笔："也死了？"

"也死了。姑娘啊，你不知道，抗战八年，内战三年，这十来年死了多少人啊！"杜津卫说过，禁不住连连摇头。

孙觅看着他，轻轻地点头，一脸的沉重。

杜津卫说："孙觅同志，我不得不说，你是个善良的姑娘！"

孙觅接下来又问了一些问题，但都难有结果。涉及的人，说上名字的都死了，说不上名字的又不知道生死。毕竟十几年了，又是战争频仍的年代，孙觅知道，难以说清的事情真的很多。

9 魏师傅老婆的身体渐渐地好起来了，这天上午，小丰姑娘搀着魏老婆儿走出院门，站在门外看大街。确实，老人家半个多月没有出来了，她实在憋闷得慌。看着街上的人行车走，不禁感慨："半个多月没出来了，这树叶子都有黄的了！"话音一落，魏老婆儿的眼泪就下来了。

十五岁的小丰姑娘大声地劝她："奶奶，您别难过！春天里也有黄叶子，现在都秋天了。我爷好说，一叶知秋！马上就是中秋节了。"

魏老婆儿又感慨："可不，又一个中秋节就要到了！这人活着，过不了几个中秋节的，过得真是快呀！"

小丰笑了。

魏老婆儿说："你笑啥哩姑娘？"

小丰说："人死了不也一样快？"

魏老婆儿紧绷了面皮儿，不高兴了。

郭闹闹正站在门外看街景，扭脸看见了小丰搀出来魏老婆儿，他连忙走进店里向开北方汇报："这球可是新闻！"

开北方正在后边捣腾东西。

郭闹闹大步走出来："老板，快快！"

开北方一惊："咋、咋回事？"

郭闹闹喊着："快快，球出来了！"

开北方连忙就躲。

郭闹闹伸手拉住他。

开北方站下来："啥球出来了？王王王、王富团？"

郭闹闹知道误会了，松开了手："王富团球啊！魏老婆儿！"

开北方神色稍解："你吓我一跳。以后你别这样一惊一乍的行不行？"

郭闹闹脸面一皱："一惊一乍？没有啊！"

开北方稳了稳神，小声问："魏老婆儿咋了？"

"魏老婆儿出来赏秋了，说树叶都黄球了！廖先生不是说，不能让她好吗？"郭闹闹边说边学着魏老婆儿的样子。

开北方恍然大悟："啊啊，那你说，我们再送点儿礼去？"

郭闹闹很坏地一笑："我看行！"

开北方一停，也坏坏地笑了。

10

吴邑正和罗山在办公室里商量抓捕"金钱豹"的时间。

吴邑说:"中南海的警报解除,这使我们有了足够的精力解决'金钱豹'的袭扰队了。我已经向局里做了汇报,建议尽快实施抓捕。估计很快就会有命令下来。"

罗山说:"如果局里有统一部署,我们当然执行命令。如果局里一时没有,我建议,我们也要采取行动,按我们掌握的线索抓捕所有歹徒,时间真的很紧了!"

"有什么具体想法?"吴邑很相信他的这个部下,不仅年轻有本领,而且善于动脑筋。

罗山说:"'金钱豹'每周都要去吃龙虾。这个人迷信龙虾,他认为吃龙虾有利于他的性能力。他有多个女人,这是他吃龙虾的基本动力。按照对他活动规律的把握,今天晚上,他又要去海洋饭店吃龙虾,他有固定的地方,他感觉只有在这个固定的地方他才安心。"

"就是那个'夏威夷'?"

"对!我想在今天晚上,先行抓捕。得手后,立即捣毁他们的巢穴,把我们所掌握的特务和嫌疑人在同一时间内全部抓起来。"

吴邑兴奋了,他站起来在屋里走了几步,攥起拳头挥了一下:"可以!我来统一部署。命令便衣队、纠察队做好晚上抓捕的准备。"

罗山再次提议:"抓捕'金钱豹'的任务由我和于兵完成。因为我们跟踪了几天,对他的行踪比较了解。"

吴邑同意:"好!得手后,立即电话向我报告。我再向各个小组下达战斗命令!"

"是!"罗山站起来就是一个军礼。

桌上的电话铃响起来。

吴邑抓起电话:"我是吴邑……是!一定按时到会。"

吴邑放下电话,说:"有重要会议!等我回来了再接着商量!"

"是!"罗山又敬一个礼。

第十八回　马海朋畏罪自杀
　　　　　褚一魁施毒部下

> 宜将剩勇穷寇
> 萧何月下韩信
> 往者不可谏
> 来者犹可
> ——打一字（嵌字格）

1 瘸腿老张和紫姐走回屋子。紫姐很高兴，老张却很郁闷。这是两人每次回来的基本表情。

紫姐高兴了就想说话，可她又怕惹男人烦，偷眼看他几次，老张的脸阴着，一直也不开缝儿。紫姐终于找到了话题，她端起桌上的杯子，在鼻子上闻了一下，说："新茶吧？"

瘸腿老张慢吞吞地回答："你沏的还不知道！"

紫姐掂起热水瓶往茶杯里又倒了一些："给，

喝吧，不热不凉。"

　　瘸腿老张接过来，轻轻地抿了一口。

　　紫姐笑了，说："六安瓜片有啥好？看你喝的那个舒坦样子。"

　　瘸腿老张皱起眉："不是今天泡的吗？"

　　"是的呀！咋啦？不好喝了？"紫姐走上前，看着他的脸。

　　瘸腿老张说："好像有点儿馊。味儿不太正！"

　　"那你泼了吧，泼了再倒一杯！"紫姐说着，走了过来。

　　瘸腿老张又喝一口："不换了不换了，听风就是个雨。"

　　"你说不好喝嘛！换一杯茶水值啥哩！来，我给你换换！"

　　紫姐高兴，上来要抢。

　　瘸腿老张不高兴，夸张地一扭身子："不用不用！"瘸腿老张故意似的，夸张地连喝两口。

　　"咋样？"紫姐不放心。

　　"好喝了。"

　　"真的好喝了？"

　　"真的好喝了。"

　　紫姐犹豫了一下，后退两步，坐到了床上。

　　褚一魁走了过来："老张，你过来一下！"

　　老张把杯子放在桌上，跟着褚一魁走往正房。

　　紫姐把杯子端起来，放鼻子上闻了闻，小声地自语着："就是有点儿馊。"

　　紫姐把茶倒了，拿起桌上的六安瓜片茶叶，又给老张沏了一杯。

　　瘸腿老张跟着褚一魁来到正房，经过金大夫的工作间，来到褚一魁住室外的会客室。

　　褚一魁坐下来，指着另一张椅子，说："坐！"

　　瘸腿老张不坐，他站着，听褚一魁布置任务。

　　褚一魁说："老张，你去天津进点儿药吧！再给蓝鼻子捎封信。"

　　瘸腿老张前倾着身子："啥时候去？"

　　"方便吗？"褚一魁客气地问。

"方便。"瘸腿老张连忙表态。

"那你准备一下,下午就走吧。大夫说有几种药没有了,这是单子。"褚一魁伸手把要买的药单递过去。

瘸腿老张连忙接住。

"我现在给老蓝写封信。"

"好的!"

"你去准备吧!"

"是!"瘸腿老张转身要走,忽然又停下来,小心地问,"还有啥要交代的吗?"

褚一魁扬起脸来想了想,说:"没有了。就按这个单子买就行了。"

"是!"瘸腿老张又应一声,这才转身离去。

2 处长回来了,从去开会到开完会回来,前后不到两个小时。

罗山和于兵迎上去:"处长,会开完了?"

"开完了。"吴邑说着,走进室内。

"这么快!"于兵倒了杯水递上来。

吴邑接过来喝了一口,说:"上级命令我们,九月二十日夜十时,全北平市统一抓捕。"

罗山下意识地看一下腕上的表:"二十日,不就是今天吗?"

"对!"吴邑坐下来,"马上通知开会,便衣队的任队长,稽查队的纠队长,我们一齐商量。"

罗山大声说:"太好了!这和我们刚刚商定的行动时间大体一致。"

吴邑抓起电话摇几下:"接任队长!"

处长的电话刚一打完,罗山就把要抓捕人员的名单呈给吴邑。

吴邑接过来,看着。

罗山报告:"这是三十四个人的姓名和地址。这三十四个人,目前都在我们的监视之下!"

"好！夜十时统一抓捕。你们准备吧！"

"是！"兴奋的罗山和于兵一起举手敬礼。

两人正要走，吴邑忽然喊："停一下！"

两人停下来。

吴邑问："'金钱豹'的晚饭能吃到十点吗？"

于兵说："能吃到十点。有时候还会再晚一些呢！"

"如果他要提前结束呢？有没有这种可能？"没等两人回答，吴邑说，"如果他提前离开饭店了，我们反而不好抓捕了。我的意思，在保密的前提下，可以提前抓！"

"是！"两人再次敬礼。

3

离开办公室，于兵一步不停地赶回监视点，当他走进屋子的时候，刚换了班的战士小海正要上梯子，看见于兵就停住了，问："组长，啥时候抓这帮坏蛋啊？"

于兵神秘地一笑，问："我问你，三天来，我们一共发现了多少应该被抓捕的坏蛋？"

小海想了想："三十几个吧？不少了！"

于兵说："今天晚上十点，全市统一抓捕！"

"上了名单的是不是都抓？"

"一个也跑不了！"

小海走上梯子，禁不住吹了声口哨，但他马上就停住，对着于兵做了个鬼脸儿。

爬上梯子，小海只一抬头，就看见一个男人走出了对面的院子，很警惕地往街两头瞅了瞅，甚至还抬头望了一下对面的监视点。

于兵小声问："认识吗？"

小海说："认识。他是大方家胡同的丁四，原来光知道他是个混混儿，谁知道他是'金钱豹'的红人呢！"

于兵问:"谁去跟踪?"

"这个人由小姬负责。小姬!"小海说着走下梯子。

小姬正睡觉,听到喊声,连忙睁开眼睛。

小姬刚离开,骑着自行车的邮递员来到了和合公司门口。"挂号!"邮递员的嗓音很明亮。

秃顶的门房师傅出来了,伸手要接。

邮递员说:"这是挂号信,要签字的!"

门房师傅说:"我签行吗?"

邮递员摇头:"名字是马海朋先生,你签怎么行?除非马先生有委托!"

"好吧,你等着!"秃顶的门房师傅拿着挂号信走了进去。

于兵对小海说:"这表明'金钱豹'在院里!"

小海说:"我们守他几天了,他也得对得起人不是!"

天渐渐地暗下来。一群鸽子飞起来,嘹亮的鸽哨声在晚霞的光影里飞扬着,灿烂的霞光于是就一圈儿一圈儿荡漾开来。此时的和合公司门前无人打扰,于兵和小海得以放松。小海才十八岁,一脸的孩子气,目光追着鸽子的翅膀,他忽然发现,鸽子们虽然飞在蓝天,但在不同的位置竟然有不同颜色的羽毛。在东边的时候,它们是白色的鸽子,一到西边,立即变成了红亮的影子,拍打得天上一片的红光。

鸽哨的声音消失了,天空一片青黛。星星们出来了。它们是怎么出来的,谁也没有在意,似乎只一瞬间,星星们便占领了所有的天空。于兵和小海仍在监视着。眼看着到了晚饭时间,可和合公司的大门竟然未开。

"改变计划了?"小海忍不住轻声问。

于兵盯着对面,一声不响。

而在此时,另一对主角已经出现在海洋饭店的门外。他们是扮作情侣的罗山和孙觅。孙觅一身鲜艳的衣着,短袖长裙,红色的尖头皮鞋,挽着商人打扮的罗山走进了饭店,两人走上二楼,在事先选好的那个可以俯视的位置上坐下来。

服务生轻快地走过来,请示茶饮。

4 傍晚时分，瘸腿老张和紫姐相挽着走出了天津火车站。瘸腿老张提着个皮箱，紫姐挎了个布包。她可怜老张瘸，争着抢他手里的箱子。瘸腿老张笑了，说："我掂得动！我掂得动！"

紫姐明白，虽然他嫌她话多，但他还是喜欢她的。他疼她。他也舍不得让她多拿，毕竟她还怀着孕。

"我不喜欢那个诊所，我喜欢跟着你在外边出差！"紫姐眉开眼笑地说着。

瘸腿老张显然也很高兴，说："你就是个长不大，光知道玩儿！"

紫姐撒娇了："才不呢！你看看我多能干？"紫姐抢过老张的皮箱，"里边我还带着活儿呢！你儿子的棉袄、棉裤我都各做两条了！还有鞋……"

瘸腿老张说："没人说你不能干。"

紫姐继续表功："还有我给你做的鞋……"

瘸腿老张一笑："回头我给你买两双好鞋！你想要啥样的，我就给你买啥样的！"

紫姐说："我想要红皮鞋。不知道为啥，我就喜欢红色。一看见街上的红旗，我立即就开心！"

"真孩子气！"

"哎？红色不好吗？多喜庆啊！"

"我们快到了，你话少点儿吧！"瘸腿老张正说着，接他的人到了。"在这儿呢！"瘸腿老张挥着手，喊了一声。

5 两辆漂亮的人力车停在"金钱豹"的公司门前。

随从鸭挺先出来，他站在门外。

"金钱豹"紧跟着也出来了，后边还跟着一位扮相姣好的女人。

前边的人力车夫走上去，对着"金钱豹"微笑："老板好！"

"金钱豹"未接腔，先搀了女人坐上车子，在两个随从的护侍下自己也坐上车子。

随从小四和鸭挺立即跳上后边的车子。

两辆人力车在街上飞奔而去。

于兵对小海说:"我去了!你继续监视!"

"知道。十点!"

于兵走出屋子,推了自行车,一跳骑上去,尾随着"金钱豹"。

"金钱豹"的车子一拐,走上了去海洋饭店的路。

于兵骑着车子从他们旁边蹿过去。

于兵先到了饭店,他把自行车在饭店门外锁住,迅速走了进去。

孙觅看见了,站起来给于兵打招呼。

于兵跑着上楼。

罗山站起来:"来了吗?"

于兵有些兴奋:"来了!"

话音未落,孙觅跟着轻喊了一声:"真来了!"

三个人往下看去。

开路的随从鸭挺走在前边,女人挽着"金钱豹"走进大厅。

服务生慌忙在前边引路。

"金钱豹"和女人走进"夏威夷"厅。

后边的随从小四立即站在门边。

服务生小心而快速地跑动着,生怕惹恼了"金钱豹"。

罗山小声吩咐着:"等他们上过菜,吃得正香的时候,我们出击。"

两人点头。

"金钱豹"走进"夏威夷"厅坐下来,随从小四警惕地站在一旁。

服务生端着茶水进来:"先生,您老爱喝的龙井!"

服务生放下来,又问:"请问太太,您,想喝点儿什么?"

"金钱豹"代太太回话:"桃汁。"

"好的!桃汁——"服务生应着往外走。

"金钱豹"端起茶水啜了一口。

女人脖子一歪,努了一下嘴:"先生,今晚我们早点儿结束,好吗?"

"金钱豹"诡秘地笑了："可不能吃亏啊！"

女人莞尔一笑："你都三天没陪我了！"

服务生端着龙虾进来了。

"金钱豹"问："新鲜吗？"

服务生说："早晨刚进的。刚才还活蹦乱跳呢！"

"金钱豹"把假牙拿下来，放在事先备好的空盘子里。

女人慌着给他夹菜："这个东西支哩八叉的，一看就知道厉害！"

"金钱豹"在女人脖颈上亲一下："照你这么说，刺猬才厉害呢！"

女人笑了："俺不喜欢刺猬，就喜欢龙虾！"

女人夹起一块肉："给你！"

"金钱豹"伸嘴接住，吃了进去。

女人又夹一筷给他。

"金钱豹"再次接吃。

女人说："你答应了，早点儿回去？"

"那也要吃好啊！"

女人一媚："知道！"

二楼上，罗山正给于兵和孙觅布置任务："我们先抓了门外这个，于兵，你负责。屋里的三位，由我负责。"

孙觅问："我呢？"

"你机动。等我们全部拿下了，你立即电话告知吴处！"

"是！"孙觅点头，"可是……"

"你从这边，我从那边。"罗山对于兵说着，做一个锁喉动作。

于兵说："明白！"

罗山低声说："行动！"

于兵和孙觅齐应："是！"

三个人顺着楼梯下到一楼。

"夏威夷"厅门外，站着"金钱豹"的随从鸭挺，他有些倦怠，张大嘴巴打了个哈欠。

罗山从左边，于兵从右边同时过去。

罗山故意踢响了旁边的一把椅子，鸭挺扭脸看了一眼，被右边过来的于兵一个锁喉拉翻在地。孙觅跑上前，夺下了他的枪。

饭店里的人看见了，一片惊慌。

有人尖叫了一声。

罗山掏出枪，推门进入"夏威夷"。

"金钱豹"的随从一见，举枪欲射。

叭！

罗山的枪响了！

随从"啊"了一声倒在地上。

女人尖叫着，瘫在椅子上。

罗山用枪指着"金钱豹"："'金钱豹'，你被逮捕了！"

"金钱豹"不慌不忙，用筷子夹起盘子里的假牙，送进嘴里！

于兵进来了。

罗山大喊一声："绑起来！"

于兵掏出随身带的绳子，上前欲绑。

"金钱豹"使劲磕断了嘴里的假牙，又使劲咽了口唾沫。

于兵冲上去，按倒"金钱豹"。

"金钱豹"的身子一软，忽然倒在椅子上。

女人大喊："先生！先生呀——"

孙觅一见，飞跑进饭店的服务台，伸手抓起电话摇起来：

"报告处长，抓捕成功！"

罗山的时间掌握得太好了，吴邑看一下腕上的表，此时正是夜里十点。他抓起电话，大声命令：

　　　　立即行动！

也就在此时，在大家接到命令立即行动的时候，孙觅忽然想起了处长的谜语，她大声地对罗山说："老师，我猜出了处长的谜语！"

罗山一时未能反应过来："什么谜语？"

"人才一十有一,要求全部出席。哪人胆敢不去,试看大王能依。"孙觅背了出来。

"啥字,孙觅?"于兵急切地问。

"是个'全'字。全部的'全'!"

"'全'?"于兵说,"你再说一遍孙觅,让我再想想!"

孙觅摇头晃脑,得意地吟诵一遍:"人才一十有一……"

"我知道了,"于兵说,"处长的意思是要我们把特务一网打尽,全部抓获!"

"对头!"孙觅开了个玩笑。

6

拦截汽车的歹徒落网;

鼓动闹事的歹徒落网;

抢劫货物的歹徒落网;

传送消息的歹徒落网……

"卖报!卖报了!袭扰队全部被歼。'金钱豹'畏罪自杀!"兴奋的报童大街小巷地喊着卖报。

早晨的蓝天一碧如洗,鸽群飞过,响亮的鸽哨声满世界飘扬。

鲁战凯押着王富团走上大街,他要带着他去辨认那些在夜晚被抓捕的人员,希望能找到二三七。

人们买了报纸,禁不住感慨:"北平的秋天特别蓝!"

"是啊是啊,你听听,这鸽哨的声音多好听!"

一老人感慨:"'云中飞'刚刚完蛋,袭扰队立即覆灭,看来,国民党的气数今天真是尽了!"

一年轻人抢着说:"岂止今天,三年前他就不行了!"

鲁战凯听着,禁不住满脸的笑意。他太开心了,看见谁都想笑。

王富团小心地走着,他扭脸看一眼鲁战凯,发现他在笑,也连忙跟着笑。

拘留所里,被抓的几十个歹徒或蹲或站,被两个持枪的战士严密看管着。

王富团被带来了。

鲁战凯说:"王富团,这是你立功的机会,你要好好看!"

王富团连连点头:"请领导放心,我一定好好认!"

王富团从头看到尾,又从尾看到头,竟然没有发现一个他认识的人。其实,王富团也是刚到的北平,他能认识的只有二三七。而鲁战凯要找的,也是二三七。王富团的到来,等于没有成绩。

7

瘸腿老张一进宾馆就病了,他躺在床上,皱着眉头。

紫姐禁不住数落他:"你这个人,就是个穷命,在家好好的,一出来就病。"

紫姐把茶叶泡了,端着水过来。

瘸腿老张接过来,嗅了一下:"你闻闻。"

紫姐闻了一下:"香啊!"

瘸腿老张说:"可昨天的味道咋就有馊味儿呢?不一样是新泡的吗?"

紫姐点头:"你好喝茶,我每天早晨都换新的。你看着换的,你还说,六安瓜片味道醇厚。"

老张喝了一口,想呕。

紫姐说:"你是吃坏了肚子吧?"

"可我们是吃的一样的饭菜呀!你不坏,我的就坏了?"

紫姐说:"人跟人也不一样。比方说,你是男的,我是女的……"

瘸腿老张又要呕。

紫姐连忙拿来痰盂。

瘸腿老张没有呕出来。

紫姐故意开个玩笑:"不会是你也怀孕了吧?"

瘸腿老张的眉头皱得更紧:"你真是个傻女人!"

紫姐忽然哭了:"老张,虽然你瘸,虽然你比我大十五,可我是爱你的。我怕你有个三长两短,我、我,多想逗逗你,多想看着你忽然好了,又会亲我又会吵我……"

瘸腿老张掏出手帕，给紫姐擦拭。

紫姐抱起瘸腿老张的头，贴上自己的肚子："你听听，你听听你的儿子，他多么健壮，多么不安生啊！"

瘸腿老张忽然哭了。

8

在保卫处办公室内，罗山和于兵正向吴邑汇报这一次的情报收获。

罗山站起来，说："'金钱豹'磕断牙齿，服毒自杀。他一死，带走了很多情报。处长，我准备做检讨，真没有想到他会有这一手！"

吴邑说："在假牙里装毒药，我也是第一次遇见！先不说检讨，搜查的结果如何？"

罗山拿出一张草图："这是从'金钱豹'身上搜出来的！"

吴邑接过草图，仔细地看着：

草图正中是天安门的形象，天安门正中是一个人像。一条炮弹的抛物线翻过偌大的空间，指向天安门中间的人像。

草图上，用铅笔写了几行小字：

这是一笔大生意，利益颇丰。做成后利益均沾。盼予支持！

东口夷人

"这是从'金钱豹'身上搜出来的？"吴邑看着罗山。

"对！"罗山重重地点头。

吴邑问："和图相关的还有东西吗？"

罗山想了想，又看看于兵，两人同时摇头："没有。"

吴邑又问："他这张图是从哪里来的？他自己画的吗？"

罗山说："现在还不知道。"

吴邑又看了一下，说："这张图太重要了，或者说，这张图太危险了。'这是一笔大生意，利益颇丰。做成后利益均沾。'听听，充满杀机呀！我要立即报告首长的。"

鲁战凯走了进来。

吴邑问："有廖响的消息吗？"

鲁战凯一个立正："报告处长，没有廖响的消息，也没有见到特务二三七。"

9 瘸腿老张的画眉饿了，在笼子里又蹦又跳。

"哑巴"从外边进来，拿着一叠报纸。

画眉看见人，焦急地鸣叫着。

"哑巴"把报纸送到正房，他显然看过了，伸出的手有些抖。

褚一魁接住，一看标题"袭扰队全部被歼。'金钱豹'畏罪自杀！"褚一魁手一哆嗦，报纸掉在地上。

金葵花走过来。

褚一魁连忙弯腰去捡，连捡了几次都没有捏住报纸。

金葵花弯腰替他捡起，只看了一眼，手也跟着抖起来。

褚一魁黯然地坐在椅子上，正想说话，忽然想起了什么，"剪刀！"他喊了一声。

"剪刀？"金葵花连忙拿一把剪刀走过来。

褚一魁接过来，猛地剪断了桌上的红色电话。

"噢！"金葵花轻唔一声，看他一眼，再没说话。

褚一魁平静了一下，说："金，太危险了！共产党这一次的全市大逮捕，如果不是我们之前采取了严密的防范措施，这下子我们就完了。少校被击毙了，是天大的坏事，也是天大的好事。你知道，人可以忍受一时的痛苦，很难忍受长久的折磨。'金钱豹'自杀了，是天大的坏事，也是天大的好事。他保护了我们，保护了我们的组织！"褚一魁脸上掠过一丝恶毒的笑意："这里，有您的功劳啊！"

"我？"金葵花轻声说。

"是。如果不是你的药……"

金葵花摇了摇头："我很难过！"

褚一魁说："金，我也很难过。共产党讲究化悲痛为力量。事业不同，理是一个，我们也要化悲痛为力量。如果我们的药是可靠的，老张的事情很快就会有消息了，我已经通知了蓝鼻子，让他负责善后。"

"我们的人越来越少了……我真的很难过！"

褚一魁冷漠地看她一眼。

金葵花说："我们的药是没有问题的。你就等着吧，再等四十八个小时，老张就奋斗到底了！你讨厌的紫姐也不会再来了！"

褚一魁用鼻子哼了两声："好在，我们的王牌还在，〇五还在！廖响还没有炸响。廖响一定会炸响的！这叫阴来阴去下大雨，病来病去活不成。楚汉相争的时候，是大战七十，小战四十，我们和共产党，也才战了两个回合嘛！"

金葵花说："组长，我真的佩服您的意志和力量！"

"好，那就让我再给你表演一回力量！"褚一魁猛地抱住金葵花，"我想弄死你！"

金葵花挣扎着，说："我，没有心情！"

褚一魁恨恨地说："我给你心情！"

10

郭闹闹打开冥衣铺的店门，赶紧又把门闩上。

开北方正在店内洗脸。郭闹闹跑了过来："老板，真球出大事了！"

开北方的手停在水盆上，手上的水往下滴着。

"公安局昨晚抓人了！"

开北方"啊"了一声，又开始洗起来。

郭闹闹说："早晨起来，我到处都听见说，北平市统一行动，抓了很多人啊！"

"啊！"开北方猛洗了几下，又停下来，让手上的水往下滴。

郭闹闹说:"老板,我们还是球躲一躲吧!"

开北方想了想,说:"别慌,既然统一行动,没有抓咱,就说明我们暂时还是安全的。"

郭闹闹说:"可就安全这一会儿。要是万一哪个兄弟受不住,一供球,咱不就完了?"

开北方也紧张起来:"你想想,谁可能供你?"

郭闹闹说:"我不是用你的洋车挡过市长的汽车吗?"

开北方问:"谁命令你做的?"

"'金钱豹'嘛!我球和他是单线。"

开北方问:"'金钱豹'被抓了吗?"

"谁球知道呢?"

开北方说:"哎,你还是躲一躲,我出去听听!"

郭闹闹问:"你和谁是一线儿?"

开北方说:"褚先生嘛!"

郭闹闹问:"褚先生出事没有啊?你可得小心!"

"褚先生那是大人物,应该没事。"开北方既是给郭闹闹解释,也像是给自己壮胆。

开北方说过,正要开门出去,郭闹闹又是一嗓子:"老板,还有个球王富团呢!"

开北方走到门口,又停住了脚步。

冥衣铺门外忽然响起了敲门声。

郭闹闹一惊,扭脸就往床下钻。

开北方也吓一跳。门外的声音传来了:"老板!开老板!"

开北方整了整头发,开了店门。

来人是以前曾经来过的客人,叫蓝七。

开北方赶紧装出笑意:"恭喜发财!蓝先生又有生意了?"

"不是我有生意了,是开老板您又有生意了!"蓝七进了屋,"表弟的岳父突然死了,一时找不到合适的人,这不……"

开北方问:"还赊冥衣?"

蓝七说:"还赊。不赊你我咋能赚到钱呢!"

两人都笑了。只不过,蓝七是真笑,开北方是装笑。

11

瘸腿老张掏出一张名片给紫姐,说:"你给老蓝打电话,这上边有号码。"

紫姐说:"我想给你请个医生。你得看病!"

"看病。"瘸腿老张点头,"你先打电话吧。让蓝经理备药!把老板的活儿先干了!"

紫姐点头,转身出去。

蓝经理是天津的供药方,在接通紫姐的电话前,他先接了一个电话,那是褚一魁的。蓝鼻子立即明白了是怎么回事,也就知道接下来该如何做了:"……好的。遵旨!明白!"

蓝鼻子放下电话,嘟囔了一句:"生病生病,麻烦的病啊!"这时候电话铃又响了。

蓝鼻子犹豫一下,慢慢地抓起了电话。

紫姐的声音传了过来:"您是蓝经理吗?"紫姐没有打过电话,她是在宾馆的男服务生的帮助下打通蓝鼻子的电话的。

蓝经理一听就明白是谁了,因为褚一魁刚才跟他说了。可他故意装作不知道:"对的。蓝六升!请问,您是……"

紫姐说:"我是老张的老婆……"紫姐说过,脸儿忽然红了。

"老张?老张……"蓝经理似乎一时想不起老张是谁,或者老张太多了,他不知道说的是哪一个老张。

紫姐也知道,自己一急,没说清楚。她马上又说:"就是金口牙科诊所的老张啊,张广才!他说你们熟得很!"

蓝经理恍然大悟:"啊啊啊,熟熟熟!嫂子、嫂子你好!有事请吩咐!"

紫姐说:"老张有病了!您能不能来一趟?"

"能来能来。只是，我现在不在天津，我在郊区办点儿事，很快回去……对对，很快就回去……医生？我马上请医生！"

紫姐感激地说："蓝经理，那我们等您了。"

"好的好的。都是老朋友！我立即办！"蓝经理就在公司，他放下电话，在屋里来来回回地走了几趟，决定下午或者天晚时再请大夫。

瘸腿老张的病发展很快，一天不到，精气神就失去了很多。

紫姐抓住他的手："你想吃点儿啥？"

瘸腿老张说："我感觉我的身体一点儿一点儿在往下沉。蓝经理为什么还不到？"

紫姐说："我跟宾馆说说，让他们帮忙送医院吧，我们不等蓝经理了。"

瘸腿老张闭上眼睛，停了一会儿："再等等吧！"

紫姐说："我怕耽误了。你以前犯过这病吗？"

瘸腿老张摇摇头："我一向身体很好。"

下午时，蓝经理请来了医生。他亲自带着医生敲响了紫姐说的房间门："请问……哎哟，老张！"

紫姐喊一声："蓝经理！"泪水就出来了。

蓝经理喊着扑上来："这是我带来的王医生！"

王医生四十来岁，戴着眼镜。

瘸腿老张挣扎着伸出手："王医生好！"

"您躺您躺！"王医生有洁癖，他不拉老张的手。

王医生很敬业，一坐下说："请张口！"

老张张开嘴巴。

王医生又说："伸舌头。"

老张又伸舌头。

王医生掏出体温计，让老张噙在嘴里。

五分钟后，王医生逆光看了体温计，温婉地一笑，说："问题不大。还是吃的事！俗话说，病从口入啊！"

老张和紫姐都点头："是是。就是没吃好造成的。"

王医生说:"我带的有药,你先吃着。明天就会好的!"

紫姐连忙道谢。

王医生从箱子里拿出几种药来:"这个红药片,一日三次,一次三片。这个白的,一天两次,一次两片。这个是酵母,吃几顿饭就吃几次,一次五片。"

紫姐感激地说:"谢谢王医生!"

王医生很自信:"吃下去保准会好的!"

瘸腿老张更为感激:"麻烦了,真的很感谢!"

蓝经理说:"张兄,安心养病。有事就打电话!在家千日好,出门一时难。在家靠父母,出门靠朋友嘛!"

蓝经理和王医生站起来要走。

"多少钱啊王医生?"

"我出了我出了!"蓝经理伸手阻挡着,好像老张真会起来跟他抢着付钱一样。

"谢谢了,蓝经理!"老张的泪水出来了,"让紫姐替我送你们了!"

两人说着不用,但还是让紫姐送了出来。紫姐过意不去,把一块银元硬塞到了蓝经理手里。

12

吴邑处长把从"金钱豹"身上缴获的那张手工绘制图上交了政治保卫局,局里迅速上报了中央军委,很快,领导的指示传达下来了。吴邑见了,立即召开了全处的工作会议。

吴处说:"局长对这张草图非常重视,立即上报了中央领导。中央领导认为,这是敌人要炮轰天安门的行动图。敌人计划用的,是一种迫击炮。"

于兵禁不住问了一句:"为什么这样判断?又这么准确?"

吴邑说:"在北平,如果用大炮轰炸天安门那是绝对不可能的,因为大炮的块头那么大,根本掩盖不住。再说,我们对天安门周围已经搜查了两遍,大型武器已不复存在。只有这种迫击炮个子小、威力大,又便于隐蔽,是攻击天安门的最大威胁。中央领导要我们限期破案，一周内抓到绘图的这个特务。"

"一周内？"于兵小声咕哝了一句。

吴邑听见了："对，今天是九月二十一日，也就是说，二十八日前必须抓到此人，并向中央领导报告。局长可是给中央领导拍了胸脯的！"

罗山拿过草图，禁不住念出声来："'这是一笔大生意，利益颇丰。做成后利益均沾。盼予支持！东口夷人。'这个东口夷人，应该是个日本人。也就是说，这幅画的作者是东口夷人。"

"对！"吴邑点过头，又拿出一份文件，"东口夷人，原日本关东军炮兵队队长。后跟随日本侵华日军头子土肥原贤二任参谋，进入北平。"

罗山兴奋起来："这么快就弄明白了！"

吴邑说："这是个名人，只是我们不熟悉他罢了。一看这名字，公安部很快就查到了他的情况。"

罗山说："看来，上级领导的判断还是很准确的。"

吴邑说："对，所以我们要尽快找到此人！"

于兵一拍脑袋："自从看见这幅图，我就在想一个人。在我被打昏之后，我就特别关注画画的人。有一天，我在天安门广场东南角，见过一个画画的，他画的天安门非常写意，但是非常像，我就在旁边看了一会儿。此人不是打伤我的那个家伙，但这人的长相我还是有些印象，个子不高，身板很直，走路一挺一挺的，像个军人。"

吴邑说："跟这幅画有关系吗？"

"有。"于兵指着画，"他的画和这幅画风格很像。"

吴邑自语似的说："像个军人。东口夷人。如果把这两条联系起来看，是不是可以判断此人叫东口夷人，曾经是一个军人。还有别的吗？"

于兵说："我就知道这么多。"

吴邑问："如果你见了这个人，能认出他吗？"

于兵很有把握："能！"

吴邑说："罗山，从现在起，你们立即寻找这个人。于兵，你画个样子！

以便更多人去找。"

"是!"于兵大声应。

孙觅看罗山和于兵走了,慢慢走到门口,在黑板上的谜语下边,写上个"全"字。

"谁猜出来的?"

孙觅忽然感觉有点儿害羞,小声说:"我。"

吴邑笑着,点了点头,拿起黑板擦。

孙觅大声说:"别擦,处长,我还没有抄下来呢!"

13 罗山和于兵各骑了一辆自行车,在天安门广场上寻找着,走遍了附近大街的所有角落。

罗山追上了于兵,说:"既然此人可能是日本人,我们往东交民巷那些外国人多的地方去找找。你去派出所请求帮忙!"

"好的!我也这样想。"

两人骑了自行车,各自而去。

罗山来到东交民巷。他把自行车扎住,在街上漫无目标似的寻找着。他发现有老师带着一队学生在写生,连忙走上前,像一个好奇的路人。

于兵找过来了:"师父!"

罗山问:"有消息了?"

于兵摇摇头:"我找了两家派出所,让他们辨认,都说不知道有个东口夷人。这'东口夷人'是不是个化名啊?"

罗山说:"应该不是。他是请求对方支持的,用化名怎么支持。'东口夷人',应该是真名!"

于兵说:"好的,我再去找派出所。"

罗山拦住他:"于兵,你在街上找,你认识他。我去派出所查找。"

于兵点头:"也好!"

罗山去了街东派出所,将手里的画递给所长王结财:"这个人你见过吗？"

王结财仔细看了，轻轻摇头。

"东口夷人，这个名字你听说过吗？"

王结财说："这是个日本人名。"

"应该是。"罗山问，"你认识这个人？"

王结财说："我不认识。但我怎么好像听说过这个人呢！"

"你想想，在哪儿听说过？"罗山提醒他，"不要急，慢慢想。"

王结财皱起眉头："国民党那时候，有一次，有一次我干啥呢，听说过这个'东口夷人'，为啥我有印象呢？我们老家就叫洞口，夷人，又和'一人'同音。我一听这个名就笑了。洞口一人，不就是我吗？"

罗山兴奋了："啊，所长，那你是在哪儿听到的呢？"

王结财说："这个人是不是会画画啊？"

罗山高兴了："对对。这张画就是他画的，你看。"罗山把那幅画的复制图拿出来让所长看。

王结财仔细看着，不觉地念出声来："'这是一笔大生意，利益颇丰。做成后利益均沾。盼予支持！东口夷人。'这么说，我是在听谁说画画什么的。哎？东口夷人说的'大生意'指的啥？"

罗山说："我也不知道。所以要找到他问一问。"

王结财说："你让我想想。让我好好想想。一定要找到他？"

罗山点头："一定要找到他！"

王结财一拍脑袋："哎，我想起来了。我是在一个墙上看见的。他画的北京的一些风景建筑啥的，里边有一张画的是大前门，我还说前门能画得这样飘逸，很佩服呢！"

罗山大声说："画展？"

王结财摇头。

"那啥画能挂在墙上，不会是随便挂在墙上让人看的吧？"罗山提醒他。

王结财说："好几年了，咱又不弄这个。你让我好好想想。一想起来就向你报告。"

14 梅东岭回到处里，准备向吴邑处长汇报工作。还没有等他说话，吴处就说起了亚洲饭店的重要性来：

"虽然打掉了'云中飞'，消灭了袭扰队和'金钱豹'，可是，还有大特务褚一魁、炸弹专家廖响没有抓到。我们仍然要千分之千地警惕。亚洲饭店是全国政治协商会议的所在地，是我们保卫处的重中之重，你的任务很重啊！"

梅东岭说："我知道。从今天起，我准备住进亚洲饭店保卫科。"

"好。政审的工作完了吗？"这是吴处最关心的问题之一。政治保卫处，就是要在政治上保障其正确性和可靠性。

梅东岭说："已经完了，尚有个别人的一些事没有弄清。像杜津卫，他有两年的时间找不到人证明。抗战刚刚开始的时候，形势确实很乱，加上他又后方、前方走动了几个地方，一时还没有找到人证明。我的意思，如果还不能证明，我准备把他从厨师的位置上调离，甚至把他调出饭店。"

吴邑点头："好！宁可此时调错，也不要留下隐患！"

梅东岭接着又汇报了他和杜津卫的谈话经过。

此时刚好有电话打响，吴邑一接，是政治保卫局刘局长，要他立即过去开会。

"先这样吧？"吴处说。

"是！"梅东岭敬一个礼，急忙离开了办公室。

15 瘸腿老张不在家，喂画眉的任务就落在了"哑巴"身上。麻烦的是，自从老张一走，画眉就不吃食了，一个劲儿地在笼子里扑腾，一天下来，扑腾下来了好多根鸟毛。

褚一魁拿着包走出院子，正从扑腾着的画眉笼前经过，他站下来，嘬着嘴巴学画眉的叫声，画眉的扑腾剧烈起来，像是害怕的样子，一边飞一边叫，竟然在嘴角磕出血来。

"好好喂啊，老杜！"褚一魁说了一句，夹起包快步出了院子。

褚一魁刚一离开，有人敲响了院门，"哑巴"正想着办法喂画眉，听见敲门声吓了一跳。这几天太危险，诊所里所有人都有着强烈的危机感。此时的金葵花也正透过窗户紧张地看着院门。

敲门声再次响起。

"哑巴"慢慢地走去开门，原来是烫着头发的中年妇女香桂。

"请！""哑巴"说一声，香桂点头致谢后，迈着碎步走进了主房。

金葵花连忙拿起笤帚扫地。

一见金葵花，香桂便笑了："金大夫，我这牙您还得给收拾收拾，感觉有点儿磨。咋着这假的都不胜真的。"

金葵花勉强一笑，说："您坐下。假牙再好不胜真牙！不过，在日本，人家还专门把真牙拔了换假牙呢！"

香桂瞪大眼睛："还有这事，为啥呀金大夫？"

金葵花说："好看嘛！美容的。"

"我的天！美容这么厉害？所长呢？"

金葵花警惕地看她一眼："出去买东西了。"

烫发妇女说："我说，来时在街上看见一个男的很像所长。我还以为是亲戚呢！"

金葵花故作惊讶地说："是吗？"

褚一魁可不是买东西，他坐着人力车去了东单，故意从冥衣铺门前走一趟。他不知道共产党的这一场"统一行动"是否破坏了他的下线，他要装作路过，实地看一看，借以判断其危险程度。

冥衣铺的招牌还在，黑底白字，鲜亮地瞪着大街。冥衣铺的门开着，郭闹闹还在营业。

褚一魁贪婪地看着，故意让人力车夫走慢些。

"颠吗？"人力车夫是个细心人。

"我有点儿不舒服！"

转了一个大圈儿，褚一魁又回到了诊所，快步进了正屋。

金葵花看见，连忙迎上来："情况——好吗？"本来她想问"情况咋样"，话到嘴边，改成了"好吗"，因为"好吗"含着"好"，有吉利意。

褚一魁说："还不算太糟！"

金葵花端一杯水递上来。

褚一魁接着说："冥衣铺还在开。这说明，二三七和四一二是安全的。这说明，廖先生也是安全的。"

"这就好！"金葵花面有喜色，"廖先生为什么不打个电话呢？"

褚一魁说："共产党的这次行动很大，他也不知道我们是不是安全，就像我们担心着冥衣铺一样。不打是有道理的。"

金葵花点头："你给二三七打招呼了吗？"

褚一魁摇摇头："只要他们没事，廖先生会打电话的。"

电话响了。

金葵花一惊："曹操？"

褚一魁抓起电话："我是老毕……啊，啊啊，说曹操曹操到。太好了……继续前进！……是的，还有和身体一样重的黄金等着我们去拿呢！……我去看了冥衣铺，二三七和四一二都在……一切照旧，不会有事。你只管去指挥……保重！"

金葵花一笑："真是'曹操'。"

褚一魁高兴起来："真是'曹操'！老本儿在，我们还可以再跟共产党赌几局！"

金葵花说："共产党这次大抓捕的目的，组长作何判断？"

"你看呢，我的'拼命太太'？"

金葵花说："我感觉，马斯利先生的判断很有道理，共产党要在十月一日建国，所以，为了建国安全，他们在十天前，也就是九月二十日，来一个大逮捕。"

褚一魁握住了金葵花的手："我的'拼命太太'，你的分析非常有理。共产党建国日紧，假定就在十月一日，那么，我们所有的行动必须在此日前做好准备。廖先生一直在做测绘调查，并且他准备打上天安门城楼，如果成功，怎么样估计我们的成绩都不为过头。再有，就是这个杜津卫，他的威胁可谓心腹大患。如果我们把你的药送过去，只要实施得手，不知道共产党损失该有多大。那可就真是天意了。甚至，只此一举，共产党就可能崩盘！"

金葵花搦紧了褚一魁的手："有这么厉害？"

褚一魁说："当然。你想想，共产党正在建国。如果我们把政治局的五大常委毒死了三个，比如毛泽东、周恩来、朱德或者刘少奇，那共产党就会出现权力真空。为了这个真空，军、政上层就得你死我活地争斗，这样一来，他们自己就打起来了。国军乘此时机，一举反攻，美国兵一看有利可图，发兵帮忙，你想想，还不是柳暗花明又一村？"

金葵花说："组长，你真是个鼓动家、战略家。叫你这么一说，连我都感觉天要变了似的。"

褚一魁说："古人云，谋事在人，成事在天。老百姓说，人叫人死死不了，天叫人死活不成。西方人说，首先是自救，上帝才帮助。我们努力作战了，拼命搏斗了，至于上帝的天平如何倾斜，我们只有向上苍祈求了！"

"说得好！"金葵花说，"天津的消息怎么样？"

电话铃又响了。

金葵花一喜："又是'曹操'？"

褚一魁很自负地一笑，抓起了电话："请问哪里？我是老毕……啊，什么？两年多的时间说不清。七七事变之后……要不，叫金大夫证明你怎么样……"

这是杜津卫的电话，梅东岭准备把他调离的意见他早有预判，他一直在为蒙混过关做着努力。可是，今天刘三刀组长再次提醒他，一定要想办法证明自己，不然就得被调离。他着急了，于是请了假跟褚一魁商量。当他听了褚一魁的话，立即表示诧异："……您真会开玩笑，叫她证明？她正恨着我呢！一证准露出馅儿来！……不会？不会当然好了！"

"这个事情没有问题。这两天，你要尽快过来一下。你的牙金大夫早给你做好了……好的，好的！越快越好啊！"褚一魁放下了电话。

金葵花说："我听出来了，是杜厨师！"

褚一魁说："对！亚洲饭店正在审查他的历史，从一九三七年七七事变到一九三九年年底两年多的时间他不能说清楚，饭店要把他撺出来……"

金葵花急了："撺出来？"

"是啊。如果他不能把这段时间说清楚，饭店就把他调到别处工作，这样，离'饭'远了，他就很可能没有机会完成任务了。"

金葵花叹道："这事大了！这真是件大事！"

褚一魁说："你们的恩仇不就是这个时候结的吗？他当然不能给共产党说实话。不说实话，他就找不到证明人。太太，我的意思您看行不行？由你，出来证明此时的他是在某一饭店做饭……"

金葵花看着褚一魁："我怎么能证明他，我又不是厨师。"

褚一魁说："这个事由你来找。我不知道该咋说。你找好了告诉我，我们再作商议。"

金葵花说："毕所长，你真能欺负人啊！"

"这是党国大事，你那是一家私事。为大家，舍小家。金，我的'拼命妻子'，你一定要理智啊！我会好好奖你的！"褚一魁说过，抱住金葵花亲了一下。

"你真会欺负人！"金葵花大声说过，又自语似的感叹一句：

"真欺负人啊！"

孟宪明 著

第一个十月

下

中原出版传媒集团
中原传媒股份公司

大象出版社
·郑州·

第十九回 金小荷得到真情报
张广才暴死天津城

>二八月看云
>无不成书
>花言语，立名目
>无米之炊难为妇
>——打一字（嵌字格）

1 廖响和开北方、郭闹闹正在冥衣铺里吃饭，方形小桌上，放着四碟小菜和一坛二锅头。三人举杯碰了，各自饮下。

廖响给两人打气："这次的大逮捕非常严重，报纸上说，'金钱豹'的袭扰队被一网打尽了。看见你们俩，我就知道，共产党又在瞎吹了。我们的二三七，我们的四一二，不都好好的吗？"

郭闹闹一笑："还有我们球，廖先生！"

开北方也笑了："廖先生不是袭扰队的。"

廖响不笑，说："我和组长通了电话，我们的核心队伍没有损失，我们的本钱还在。"

"有本就能求利。只要褚先生在，我们就有旗帜。来！"开北方举起酒杯。三个人又碰一下。

郭闹闹喝了，连忙又满上："下边我们是隐蔽球，还是进攻球？"

廖响对郭闹闹的"球"很是反感，可是待久了，也就有所容忍，但总是很不舒服。他皱了一下眉头，说："当然还是隐蔽。不过，隐蔽是为了更好地进攻。"

开北方说："那是那是。"

郭闹闹举杯又邀："来，干球一杯！"

三个人举杯再干。

廖响说："我已经把天安门附近的地形图和进攻点全部画好了。一会儿你们看看！"

"现在就看。看完了边吃边商量！"开北方态度积极。

郭闹闹端起酒杯自干一杯。

"好吧！"廖响从包里掏出地形图，在开北方的床上展开。三个人伸了头，认真地看起来。

郭闹闹只看一眼，就喊起来："这是天安门，我看出来了。哎，为啥下边这么多球点点儿啊？啥意思？"

"这些点点儿是人。因为建国庆典的时候，广场上一定会人山人海。"廖响比画着。

开北方点头："那是肯定的。"

廖响指着图纸："我们的炸弹放在两个地方，一个是天安门城楼。这里，二三七你要上去的。"

开北方说："我上去。可是，我还没找到上去的办法呢！"

"好好找，开老板会有办法的。"

"我努力！"

廖响又指一下："另一个是天安门广场上。"

"这么多人咋球放啊?"郭闹闹又喝一杯。

廖响说:"不是让你放广场上,而是让你放到广场的隐蔽处。"

郭闹闹说:"那当然是放隐蔽处了。可这么大个广场,明光光的,哪有球隐蔽处呢?"

"就是就是。"开北方也表示怀疑。

廖响抬起头,看着郭闹闹:"你真是榆木脑袋。共产党要建国,他们肯定会在广场上放置很多盆鲜花的。那些花盆,就是放炸弹最好的隐蔽处嘛!"

郭闹闹一拍手:"啊!还是廖先生想得好。可共产党为啥要放球花盆呢?他们要搭花架不是更好吗?又高大又亮眼。"

廖响说:"我们要关注这些。花架更好啊,我们更容易放置炸弹啊!"

"啊,我知道。不管他们弄啥,我们见缝插针,能放则放!"开北方说过,又重复了一下,"是见缝插针!"

"对嘛!"廖响满意了。

开北方忽然想起了魏老婆儿,说:"魏老头儿的老婆好了,咱想想办法,看看咋能再送礼?"

郭闹闹高兴起来:"是啊!病着的时候送礼,病好了就不兴了。还送球,祝她再病?"

廖响低着头想了一会儿:"送礼哪分病与不病?等魏老头儿的徒弟谁回来了,你就把礼送过去。他们为新中国的建立出力,咱们替他光荣不是?"

开北方说:"这倒是个理儿!以后送啥礼都往这儿说,又得了礼物又得了光荣,谁不想啊!"

郭闹闹皱起眉头:"可是,送球啥礼呢?廖先生,您说说送球啥礼好?"

廖响看着开北方。

开北方想了想:"按我们老北平的礼道啊,争礼,但不争多少礼。我想,虽然秋天了,不还是热吗?咱就给他们送西瓜,送甜瓜。又花钱少,又显得多。"

郭闹闹笑起来:"老板就是老板。不是钱多少,关键是好买啊!"

廖响一点头:"那就送瓜。"

"送瓜！"开北方和郭闹闹都笑了。

2

紫姐把饭端过来，她故意引诱似的说："老张，这是面条。我专门让人家饭店给你做的，明油香醋，又软又可口，喝下去你一定会好起来的。来，起来喝！"说着，她特地把面条挑起来，让老张看看。

瘸腿老张使劲儿点了下头。

紫姐坐上床沿，用筷子挑着面条，要喂老张。

瘸腿老张皱紧眉头："以前我也得过病，从没有像现在这样难受过，也从没有像现在这样不想吃饭过。这次啥病呢，这么厉害？"

紫姐说："我也在想呢！你吃的东西我都吃了，难道这些东西只对你有毒，对我就没毒？难道是因为我怀孕了就有了防毒能力？"

老张说："我怀疑……"

紫姐说："你怀疑啥给我说说。"

"我是啥时候不舒服的呢？就是从昨天吃了午饭，很快就不舒服了。来天津时，我已经感觉到了。"

紫姐忽然感到紧张："那你说，是你在家，在金口牙科诊所吃的那顿饭？可，他们也没人说有病啊？你吃点儿面条，一会儿我往诊所里打个电话问问。"

紫姐再次挑起来面条。

老张艰难地吃了一口："一点儿食欲都没有不说，老感到一阵儿一阵儿的绞疼！"

紫姐说："看来，你吃几口，咱还得去医院。那个王医生不行！"

老张又吃一口，艰难地咽下，突然又要吐。

紫姐连忙拿痰盂接住。

老张的饭没吐，紫姐吃的饭却吐了出来。

瘸腿老张说："你放下，放下！"

紫姐把痰盂放下。

"孕妇自己就吐，再照顾个吐的，咋过呀！你别管我了！"

紫姐说:"我去找宾馆帮忙。"

老张阻住紫姐:"回来回来!"

紫姐走回来,焦急地看着他。

"你还给蓝经理打电话,让他来一下。看他给所里买的药买好了没有。"

紫姐说:"不找医生?"

"还让蓝找吧!你也得歇会儿!不然,把你也得累病了。"

紫姐说:"我不要紧。我去打电话喊蓝六升!"

瘸腿老张想了想,就点了头。

紫姐失急慌忙地走了出去。

3 阴云密布,有雷声从远处响起。

正是下班时候,骑自行车的,坐人力车的,乘电车的,步行的,全在一条街上涌动着。

罗山和于兵走在人群里。

于兵忽然发现一个人,很像东口夷人,他追上去,仔细一看,不是!

于兵摇摇头,使劲儿眨了眨眼睛继续寻找。以前没这样找过人,现在情急,似乎满眼都是那个要找的人。他已经认错两个了。

罗山站在十字路口,大海捞针般看着来来往往的人群。这很容易引起视觉疲劳,一会儿眼就花了。于兵走过来。两人以目相示,走在一起交换意见。

雨终于下来了。雨似乎在等着什么,它执拗地等着,直到要等的什么终于来到,它才肯落下来。这雨很急,一下就像泼水。

很多人躲在了街边屋檐下。

罗山和于兵躲在一家药店门口。门厦像帽盖,直直地伸出来,遮蔽着进出的人,也遮蔽着下边站着不动的人。街上的人一时找不到避雨的地方,拼命地跑动着。罗山想起来一个笑话,禁不住哑然失笑。

于兵看他一眼。

罗山说:"早年我师父讲了个故事,说下雨时人们都跑,唯有个秀才不跑。

人家问他为什么不跑，他说，难道前边没雨吗？"

于兵也笑了。

雨越下越大，又有人跑着躲了进来。

街上的行人越来越少了。

"哎，秀才！"于兵一指。

果然，空旷的街道上真有一个男人，迈着方步，一丝不紊地走着。雨打在他的头上，顺着脸往下淌。

罗山盯住他看。

于兵也盯着他。

中等偏低的个子，挺直的腰板，军人的步伐，雨中不乱的神情……

于兵一拍罗山："师父，东口夷人！"

罗山点头："终于来了，跟上他！"

"师父，我去买两把伞！"

"好的！"罗山为于兵的细心而高兴。试想，如果他们也像东口夷人一样走在雨中，不是自寻暴露吗？

于兵买了两把黄色的油纸伞，给罗山一把，他自己一把。两人打了伞，不慌不忙地跟着东口夷人。

街上的人少了。

东口夷人拐进豆花巷。

罗山对于兵小声说了句什么，于兵停在了巷口，罗山顶着伞跟了过去。

东口夷人在五十三号院外站住，往四周看了看。

罗山打着伞，低着头快速走过，完全没在意身边的事情。

东口夷人看一眼罗山，这才掏出钥匙，扭身开了院门。

4

鲁战凯跑进办公室，手拿一叠抄来的文字。

"报告！"鲁战凯一个敬礼。

"说！""云中飞"死了，"金钱豹"死了，吴邑处长正写工作总结。

鲁战凯把这叠稿子呈上来："这是抄写的国民党中央电台的两篇广播稿，一篇赞颂'云中飞'的勇敢和智慧，一篇是称赞'金钱豹'为党国捐躯的悼念文章。"

吴邑接过来看了几眼："这说明，北平的敌台真的很活跃。"

"是。这是这两天监听到的敌台活动。"鲁战凯又把一个打印稿交给吴邑。

吴邑看了一眼，放在桌上，说："最近又有一台测向仪到来，我打了电话，局里说，如果一切正常，今天就可以使用了。敌台的活动也快到头了。"

"太好了！"鲁战凯大声说，"早就盼着了！"

"嗯，还有什么吗？"

"报告完了！"

5

郭闹闹打了把伞，买回了一个装饰漂亮的大蒲包。

开北方接过来，打开蒲包，里边有西瓜，还有其他几种瓜果。

郭闹闹拿出两个梨，给开北方和自己一人一个。

开北方说："又偷工减料了！"

"我一个都不想给球她呢！'慈禧太后稀罕俺老头子的手艺……俺跟老头子睡了一辈子俺会不知道？'"郭闹闹笑着，扯着嗓子学魏老婆儿说话。他学得很像，特别是最后那个上挑"俺会不知道？"

开北方笑起来。

郭闹闹学过，禁不住骂了一句："娘的球，恶心！"

郭闹闹很响地在梨上啃了一口。

两个人又笑起来。

雨小了，但还在下。郭闹闹翻着蒲包，他没有吃够。

翁世界打着伞，提一兜东西从街对面走过来。

郭闹闹一抬头看见了，喊一声："老板，快，翁世界球回来了！"

开北方连忙从里边出来，掂着蒲包就往外走。

翁世界横过马路。

开北方在他们院门前等着。

"翁师傅，小心点儿！"开北方大声喊。

翁世界一愣："开老板！你可不能这样叫，折我寿的！"

开北方笑了，说："好好，翁老弟，你们师徒辛苦了！我今天来了俩朋友，拿了些礼品，我一说我的邻居魏师傅带着徒弟正在天安门上扎制灯笼，他们立马就又买了一份，托我送给魏师傅你们。朋友说，能亲自为新中国的成立做贡献，太光荣了！他们也沾点儿光，将来见朋友了好说不是！这不是我买的，是受朋友之托奉上的。请翁老弟收下！"

翁世界是个老实人，听了此话，一时不好拒绝："你看，你看你看！我师父说，等开国庆典之后，他专门请开老板吃饭呢！"

开北方说："不客气不客气！"

翁世界接了。

"你给魏师傅说，我开北方也想沾点儿喜气儿，一定给我个机会让我去为新中国的成立出点儿力，哪怕抬抬灯笼啥的也行！这是我的一点儿心愿！翁老弟，你可千万别给忘了！"开北方说过，对着翁世界拱了拱手。

"一定一定！这个好办！"翁世界连忙回礼。

开北方又拱手："谢谢了！俗话说，远亲不如近邻，近邻不如对门。沾光了！"

翁世界很客气地再次躬身致礼，看着开北方走回了他的冥衣铺子。

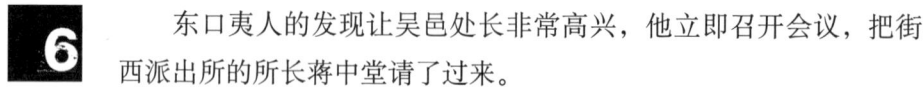

6 东口夷人的发现让吴邑处长非常高兴，他立即召开会议，把街西派出所的所长蒋中堂请了过来。

蒋中堂汇报了情况。他说："豆花巷五十三号院住的东口夷人刚搬来不久，我这个所长也是刚调来不久。所以罗山同志问我的时候，我说不知道。工作还不甚熟悉！"

吴邑对他的回答并不满意，他看着蒋中堂："你现在熟悉了吗？"

蒋中堂连忙说："罗山同志一找我，我立即就把五十三号院的情况弄清楚了。五十三号院是前清的进士蒋清瞿的住处。蒋死后，家道败落，卖给了陈家。陈家几年前生意赔了，又把院子卖了，所以今天变成了一个杂院。虽说是杂，但经过仔细考察，也不甚杂，因为院里边住着一个日本人东口夷人，一个德国人洛德，还有几个文化人。都是在机关、学校上班的人。"

吴邑问："东口夷人是不是会画画？"

蒋中堂说："是会画画，尤其素描画得好。他画过很多北平的风物画。"

吴邑面露微笑，又问："他现在做啥事情？有具体的工作吗？"

蒋中堂深吸一口气，说："这个，还真不知道。我下边接着调查。"

吴邑说："悄悄调查，不要惊动他。你可以回去了！"

蒋中堂站起来："首长随时召唤！我们二十四小时待命啊！"

蒋所长走后，吴邑处长对工作进行了具体安排："从今天起，我们要对东口夷人全天候监视，市局会配合我们的。具体行动由罗山同志负责。"

罗山站起身一个敬礼："是！"

于兵小声说："我感觉，这个东口，很可能就是打伤我的那个家伙！"

孙觅笑了，说："这回你可要好好报仇啊！"

"我马上要给刘局汇报，看领导有什么新的指示。大家散会吧！"吴邑说过，一转身进了里间。

孙觅站在小黑板前，看着处长新写上的谜语，小声地读起来：

第十八谜

宜将剩勇穷寇

萧何月下韩信

往者不可谏

来者犹可

——打一字（嵌字格）

"'嵌字格'是啥意思，谁知道？"孙觅大声问。

"我知道。"梅东岭过来了，"就是要在句子中嵌进去一个字，使这句话的意思完整。'宜将剩勇穷寇'，看能加上一个什么字？"

"这句话我听着咋这么熟悉呢!"罗山说,"这不是毛主席的一句诗吗?"

"啊!"孙觅说,"'宜将剩勇追穷寇',少一个'追'字。"

"'萧何月下韩信'。"于兵又读一句。

"下边的就好猜了。" 罗山说,"《萧何月下追韩信》,这可是一出名戏。"

于兵又读:" 往者不可谏,来者犹可……"

"追!"罗山和梅东岭一起说了出来。

"处长的谜语是让我们追击敌人,决不放松,对吧?"于兵大声解释。

"是!" 大家应着,一起鼓起掌来。

吴处走出来,笑微微地说:"又破解了?"

"处长再出一则!"孙觅喊。

"真喜欢猜谜?"处长看着众人。

"真喜欢猜谜!"大家齐喊。

"其实,严格说来这不是谜语,只能算是个文字游戏。"吴邑说。

"谜语不也是文字游戏吗?益智就行。我们喜欢!"孙觅开心地笑着。

"好!只要大家不烦,我们就继续前进!"吴处说过,拿起粉笔,在黑板上又写了一则:

　　第十九谜
　二八月看云
　无不成书
　花言语,立名目
　无米之炊难为妇
　　　——打一字(嵌字格)

"又是一个嵌字格啊!"梅东岭说。

7　　小荷轻盈地走进妈的住室,她穿了一袭白裙:"妈妈,我该出去了!"

金葵花往外看一眼,夜色沉重,白天虽然下了雨,但夜晚并没有凉爽的意思。她看女儿一脸的喜色，禁不住叮嘱了一句："小心些啊！"

小荷点头："知道！"

金葵花扶住女儿的肩头，小声说："袭扰队全军覆没，你知道吗？"

"咋不知道。细节都登上报纸了。'金钱豹'一周至少吃三次龙虾，他有几个女人，不吃龙虾做不成事，以开公司为名……"小荷学着报纸上的话。

金葵花打断女儿的话："去吧，当心些！早点儿把梅领过来啊！"

"好！"小荷很有信心的样子，一转身走了。到了门口，她又趄身回来了，说，"妈妈，今晚我要睡你屋！"

妈看她一眼："好啊！哎？你晚上做了啥梦吗？"

小荷忽然满眼含泪。

金葵花又问："梦见你爸了？"

小荷摇摇头又点点头。

金葵花猜疑地看她一眼。

金小荷转身走了。

小荷一出门，坐上了人力车。小荷想快点儿见到梅东岭，她总是出门坐车。坐车至少有两个好处，一是快，再就是能把自己最美的形象呈现给她喜欢的人。如果不坐车呢，就会出现不能兼顾的尴尬：要么快些走到，出了一身的汗；要么保持仪容，少了见面的时间。而回来呢，刚好反着，那是无论如何也不能坐车的。本来谈恋爱是个阴谋，没想到她真的爱上了这个大兵，这个亚洲饭店的保卫科科长！

小荷在离亚洲饭店几十米的地方下了包车，她看一下腕上的表，离十点还有三分钟，她付了钱，娉娉婷婷地走往饭店。十九岁啊，她走得轻盈，袅娜而从容。经过亚洲饭店大门口，她往里瞅了一眼，脚步不停地走了过去。她在不远的路灯下站住脚，抬腕看一下手表。表上的指针正在十点上。

小荷抬起头，专注地看着宾馆。

真是军人，十点整，梅东岭准时走出了亚洲饭店的大门。他在门口停了一下，往大街的两端都瞅了瞅，这才迈开了大步。

小荷趄身走了过来。她想喊，但她知道她不用喊。果然，梅东岭正走着，猛地停下来，往后看了一眼。正是这一看，他发现了从后边走来的她。梅东岭转身迎着她走了过来。

"哥哥！"小荷跑过来，轻唤了一声。

"小荷！"

金小荷跑上来，拉住了梅东岭的手："你真准时！"

梅东岭一笑："小荷，我告诉你，从今天起，我就住在饭店了，有事了你可以打电话。"

"打电话？"

"啊！"

"我要打哪里？"

"保卫科梅科长。"

小荷看着梅东岭，很高兴地应了一声："好！我想你了就打，可以吗？"

"不可以。"

小荷神情一黯："有高兴的事要告诉你，可以吗？"

"高兴的事？"

"对呀！"小荷从小包里掏出一份报纸："看报纸咋说的，北平的袭扰队全部被歼，真是大快人心！"

"这个可以！"

"好！那我就向你报告这样的好消息，行不行？"

"当然行！"梅东岭说，"小荷啊，新中国建国在即，国民党特务和各类坏人都想搞破坏。我们把国民党的八百万大军都打败了，还怕这几个小毛贼？！"

"梅哥哥，我最喜欢听你讲这些故事了。你说，新中国啥时候才能建立呢？我都快急死了！"

梅东岭小声说："很快了。上级通知，十月一日有重大活动。你想想，重大活动该是什么？"

小荷拍一下手："啊，太好了，一定是新中国要建国了，对不对？要建国了？"

梅东岭笑着说:"多聪明的姑娘啊!"

小荷一扬头,故意做出骄傲的样子:"那是梅哥哥告诉我的!哎,梅哥哥,你啥时候去家里看牙啊?我给妈妈一说,她都快惦记死了,说,一定让梅哥哥早点儿来!她说她行医二十年了,还没有给解放军战士服务过呢!"

"好!请你转告阿姨,过了十月一日我就过去!"

小荷皱起眉头:"梅哥哥,十一前不行吗?"

"十一前太忙啊!"

小荷搀住梅东岭,撒了一声娇:"哥哥——我想请你十一前去!"

梅东岭犹豫着,他显然是在计算时间。

小荷仰起脸儿看着他,等着让人激动的回答。

梅东岭犹豫了一会儿,说:"还是过了十一吧!过了十一,啊!"

8 瘸腿老张的病越来越厉害了,眼睛也越来越无神了。

紫姐端着茶杯陪着他:"喝口水吧!"

老张摇头。

蓝经理和王医生又来了。

"王医生!"紫姐一嗓子,就哭了。

王医生坐下来,掏出听诊器,在老张胸前听了一会儿,又用体温表给老张测体温。

王医生问:"吃了点儿什么没有?"

紫姐摇头。

王医生又问:"还是一吃就吐?"

紫姐点头:"不吃还吐呢!"

王医生翻了翻老张的眼皮,说:"我要换换药,吃下去一定会好的!"

紫姐立即两眼放光:"那就麻烦先生快开,我去取药。"

"不用取,我带来了!"王医生说着,打开药箱,掏出药来。

紫姐问:"这是啥药?"

"进口的药物，挺贵挺贵的。"

紫姐连忙要掏钱。

蓝经理连忙挡住："钱，我已经付过了。"

紫姐还要争。

蓝经理说："都是老朋友了，照顾不周啊！王医生，如果你感觉有困难，我们立即送张老兄去住院！"

王医生拍着胸脯："没问题，真的没问题啊！"

蓝经理一笑，说："那好嫂子，赶快让老张哥吃药吧！"

两人站起来要走。

"谢谢王医生！谢谢蓝先生！真的感谢啊！"紫姐千恩万谢。

药效并没有王医生吹的那样神奇，到了夜晚，瘸腿老张的病情越发重了。他大睁两眼，一声不响。

紫姐没有睡着，也睁着眼睛。

"紫姐，对不住了！"

紫姐翻身爬起来："老张你不要胡思乱想，你会好的！"

老张艰难地一笑："你躺下，我跟你说。"

紫姐侧身躺了，看着老张。

"我感觉，我过不去！"

9

小荷回来了，轻轻敲响了院门。

"哑巴"走出门房，给小荷开门："小荷！"

小荷轻唤一声："干爹！"

小荷走进正屋，金葵花正站在门里等她。

"妈妈，有重要情报！"

"是吗？"金葵花牵了女儿的手，走进旁边的客房里。

褚一魁正站着等。

金葵花说："老毕，女儿说有重要情报！"

褚一魁笑着说:"听到了。坐,小荷!"

小荷不坐。

"梅东岭说,共产党要在十月一日建国。"

"啊,确定了?"褚一魁瞪大眼睛。

小荷点头:"他说十一。"

"怎么建国,他说了吗?"褚一魁仍然盯着她。

小荷不敢看她的这个后爹。自从他在前天夜里袭击了她,她就有些害怕他:"怎么建国?他好像也不知道。"

褚一魁启发她:"建国时要做什么?在哪儿举行建国典礼?多少人出席?"

小荷抬起头:"他都没说。"

金葵花说:"这些细节他一个大兵也不会知道。"

褚一魁点头表示同意金葵花的判断:"十一建国,这个消息就极重要!这应该是共产党的绝密级消息。不然,连我们最高的情报机构都在猜测。我们要立即向毛局长报告,让党国早做预判。马斯利先生是猜测,我们也是猜测,光猜测不行,猜测不能作为行动的依据。现在好了!梅东岭是共产党在亚洲饭店的保卫科科长,这个位置重要得很啊!也就是说,他说的话,都是可以相信的。他的情报,都是十分可靠的。小荷,表扬你呀!"

金葵花高兴了:"这是小荷这么多天,最重要的贡献啊!"

褚一魁说:"小荷,你要多和他接触,争取立下更大的功劳啊!"

小荷也高兴了:"是!"

金葵花说:"去吧,你去睡觉吧!"

小荷应一声就往外走,到了自己的屋门口,她轻轻地推开门,关上,靠着门停了一下,反手把门锁上了。

"哑巴"没睡,他站在门房的门后边,静听着院里的动静。

金小荷进了屋,连忙脱去上衣,对着镜子照了一下。

轻轻的敲门声响了起来:

笃笃,笃笃……

室内的小荷一阵紧张,她连忙披上衣服,隔着窗帘往外看。

"小荷，你睡了？"是金葵花。

小荷开了门："妈妈，你咋不睡啊？"

妈进了屋，说："你不是说夜里害怕吗？我来看看你！"

小荷偎在妈身边。

"做恶梦了是吗？妈也经常做恶梦。"

小荷拉妈妈坐在床沿。

金葵花瞅了瞅女儿，像是要睡的样子。

金葵花说："你睡吧！我走了。害怕了就去我床上睡，啊？"

小荷很乖地点点头。

金葵花在女儿额头上亲了一下。

小荷说："妈妈，晚安！"

妈妈又亲她一下。

门房里的"哑巴"走了出来，看着金葵花走进正房内，自己一转身回到了自己的卧室。这是牙科诊所，很少有看夜间急诊的。

10 东口夷人夹着皮包，走出院门，习惯性地在门口站一下，看看周围的情况，这才迈开步子往巷里走去。

正在巷口吃饭的于兵看见东口夷人出来，立即付了钱，在后边尾随。

上班的人很多，东口夷人并不在意，更何况他还从没有被人跟踪过。于兵紧跟在后边，既不太近，也不至于落下。在一拐角处，东口夷人站住，再一次像丢了东西似的，四下里寻看。

于兵从他身边轻轻走过。

东口夷人确认无事了，这才迈开步子，上了旁边的台阶。

这是一家法文图书馆。

于兵在外边看了一下，坐到旁边一个小饭摊边，要了一碗饭。

于兵边吃边看。吃完了，他站起来，大步走进图书馆。

看门的老头儿出来了："请问，同志？"

于兵一笑:"我想进去看看,看能不能办一个借书证。"

看门老头儿:"进门左拐,第二个门负责办理。"

"谢谢!"于兵走进去。

法文图书馆的外间挂着法国的地图,另一侧挂的是西方的名画《圣母与圣子》,看上去温暖明丽,一派祥和。

于兵走进借书室。

墙上挂了几张东口夷人画的北京的风景素描。

于兵走上前仔细观看,写意、飘逸,把凝重的建筑画得轻灵,这实在是东口夷人的风格。于兵由此判断,东口夷人与法文图书馆关系密切。

豆花巷五十二号院正对着东口夷人住的五十三号院,这里的门牌号是北边的为双,南边的为单。蒋中堂正和罗山在五十二院里布置起一间监视室。这间房子正对着五十三号院门有一个小窗,窗户的位置很舒服,站着正好可以监视后边。为了隐蔽,蒋中堂在小窗上悄悄钉上了窗纱。

于兵回来一报告,蒋中堂带着罗山就到了法文图书馆。

看门的老头儿认识蒋中堂:"蒋所长,贵干啊?"

蒋所长说:"来查看一下人员情况。"

看门老头儿连忙走在前边引路。

三个人走进图书馆。

阅览室里,挂满了东口夷人画的各国的建筑素描图,风格大同小异。在"图书馆工作人员一览"里,罗山查到了东口夷人的介绍:

东口夷人,一八九九年出生,日本京都人,炮兵军校毕业。语言为日语、汉语、法语……

服务人员过来,给蒋所长和罗山送来了茶水。

11 瘸腿老张真的不行了。他躺在宾馆的房间里,躺在紫姐微微隆起的肚子上,只有出的气,没有回的气了。

紫姐大声地喊他:"老张,老张,你不能死!你这样走了,对不起人啊!"

瘸腿老张忽然睁大眼睛："紫姐，我、我真的，爱你！我、我爱不动你了！"

紫姐哭了起来。

老张喘了几口："紫姐，我有事瞒着你呢，我、我……"

紫姐说："老张，我知道你有事瞒我，我不怪你。你快告诉我，让我也好有个应付！"

瘸腿老张使了很大的劲儿："诊所，你不要，回去，千万！"

紫姐听明白了："我不回去！"

"那是个阎，王殿，我、我遭……"

紫姐大声喊："老张！老张你说，你遭了啥？"

瘸腿老张忽然口鼻出血，头一歪，死在了紫姐怀里。

"老张啊——"

蓝六升闻讯，带着几个人过来了，把瘸腿老张抬了出去。

紫姐说："蓝经理，老张究竟得的啥病，到死也不知道啊！"

蓝经理拉着紫姐到旁边，说："我给北平的诊所打了电话，老板说，你们只是姘居，并不是正式的合法夫妻，老板让我提醒你，先避一避。一会儿法医过来了，别给诊所惹上啥麻烦，对诊所不好，对你自己也不好。听说，你怀着张老兄的孩子呢！"

紫姐一脸气愤地看着蓝经理。

蓝经理说："这是所里给我的情况，嫂子，不瞒你说，张大哥真是个好人。张大哥喜欢你，你就是我的嫂子。我才不管他们怎么说呢！可是人死了，谁还有啥办法呢？这是张大哥买药剩下的钱，你拿着走吧。张大哥的后事，我会料理的。"

紫姐说："蓝经理，既然你说我是你的嫂子，那我就是老张的媳妇，说句不要脸的话，嫂子这肚子里，还有老张的孩子呢！兄弟，嫂子求你，你就让我和你一起送老张走吧！"

蓝经理想了一会儿，还是摇头。

蓝经理说："嫂子，你真是让兄弟感动啊！可是，我提醒你，你还是不要再管这事。老张就是在天有灵，也会同意我的意见的。嫂子，你就听小弟的吧！啊？"

紫姐耳边忽然响起老张的话："你不要回去……那是个阎王殿……"

紫姐放声地哭起来。

紫姐哭了一会儿，待她抬起头时，蓝经理已经不在身边。

紫姐看看周围，人都走了。

她的老张也不在了。

紫姐发疯似的瞅着，忽然小声自语着："这是梦吗？"

紫姐大喊一声："老张！这是梦吗？老张，张广才！你个瘸子啊——"

紫姐忽然昏倒在地上。

12　　开北方正在里间挪东西，郭闹闹走了进来："老板，廖先生每次来，都带球一股女人的香味儿。他每天都住在哪儿啊？滋润得很啊！"

开北方笑了："咸吃萝卜淡操心！"

郭闹闹也笑了："不是我要蛋操心，是他的球味儿太重。要不，就是他自己抹的！"

"肯定不是。"

郭闹闹说："不是是球！我感觉，和廖先生在一起的这个女人年龄不大！"

开北方说："你连这都能感觉到？"

郭闹闹咂咂嘴："年轻女人身上的味儿大，味儿净，男人一碰就粘上球了。要是生了孩子啥的，尤其是奶着孩子的，一股子奶水子味儿，就不诱人了！"

开北方说："那倒也是。你看街上那姑娘，个个都有刺激男人的味道。"

"啥时候再见廖先生，老板你球问问？多少天不见女人，问问也算打牙祭了！"

开北方说："闹闹，等这次的事成了，咱就学学那《红楼梦》大观园，找他个金陵十二钗要要行不行？"

"老板,还是你球野心大。要叫我说,差不多找球一个就成,哪有老板……"

翁世界来到店门口,站在门外,大声喊:"开老板!"

郭闹闹一伸头:"哎呀翁师傅啊!"快步跑了出来。

翁世界笑了,说:"啥翁师傅啊,开老板呢?"

开老板在里边应着:"在呢在呢!"

开北方走出来:"翁老弟,里边请!"

翁世界说:"我给师父说了,开老板一直很帮忙,可我师父说,情意领了,至于去帮忙扎制灯笼的事就不麻烦了。再咋说,你们也是个店,也有自己的生意不是!"

开北方火烧了似的说:"不不不,师傅的意思我感谢,可是,如果真的有机会,你真让我上去帮会儿忙。一则,看了天安门,二呢,跟着师傅抬过灯笼,也让我见了朋友有炫耀的本钱了不是?说句光鲜的话,我真为新中国的建立出过力,子孙后代听了都光荣!说句实话,明面上是我帮魏师傅抬灯笼了,其实是魏师傅帮我成就了心愿!"

"啊,要这样说,我就踏实了。明天小潘要带他母亲去医院检查,约好了。要不,你明天去一趟?我也先给师傅说说?"

开北方大喜:"哎呀,真得谢你了!闹闹,帮我找件衣服。"

翁世界说:"换啥衣裳啊,又是扎又是绑的,颜料也用,糨糊也用,啥样的好衣裳也给弄脏了。你就穿平常的衣裳就行。"

开北方笑起来。

郭闹闹说:"老板以为是球让他观光的!天安门上高,天下的人都看得见!"

三个人都笑了。

开北方很兴奋,翁世界一走,他立即就要行动:"闹闹,快给廖先生联系,商量商量明天咋弄!"

"看球你高兴的!魏老头儿还没说答应不答应呢!"

开北方说:"你没听,明天他缺人手,魏老头儿并不是不想让咱去,他是怕耽误了咱的活儿！球，咱有啥活儿？不就是像廖先生说的蚊子要进蚊帐吗？不怕他护得严，就怕他留有缝儿，只要有一点儿缝隙，我们就能钻进去喝他的血！"

郭闹闹说："老板，我说我咋球不如你灵，现在我算明白了！"

"啊？咋说呢？"

"你是娘胎里带的球能！"

开北方一笑："你快去找找廖先生！"

郭闹闹不急："廖先生比你又多一层球能！"

"咋说呢？"开北方又问一句。

"你想想，他要找咱的时候随时能找到咱，咱要找他的时候死活找球不到。要是他出了事找咱，咱一准瓮中之鳖。咱要是出了事找他，那一球是茫茫大地无踪影。"

开北方笑了："谁让他是头头咱是兵呢！别发牢骚，快点儿去找！"

郭闹闹说："老板，你猜他会在哪球地方？"

"褚老板一准儿知道。"

"你知道褚老板的电话吗？我球问问。"

"我哪里会知道？"

郭闹闹一时无语，瞪着眼睛看天，好像廖响会藏在天上似的。

开北方说："看来，再见了廖先生，还真得问问咋跟他联络呢，要不然，真敢误事儿呢！"

郭闹闹感慨："我说嘛，廖先生肯定有个舒适的球窝儿！"

"是吗？"

"他每回过来，身上都有球一股年轻女人的味儿，桂花味儿啊，荷花味儿啊……撩拨人啊！"

开北方说："不会是嫖娼吧？"

郭闹闹说："我看不会。你没看出来，廖先生可球疼爱他自己了！我敢保证，他不会嫖娼。"

开北方笑了："品种高贵！"

郭闹闹笑着一撇嘴："球！"

开北方说："回头我一定问问他。"

郭闹闹又撇一下："你能问球不能！"

13 在金口牙科诊所的门房里，褚一魁正喂张广才养的画眉。小东西看见褚一魁，拼命地蹦跳着，冲撞笼子。"哑巴"走过来要喂，褚一魁说："太吵人了！"

"嗯。""哑巴"点点头，换下了褚一魁。

画眉不撞笼子了，但还是不吃食儿，使劲儿地鸣叫，像是哪儿疼得受不住似的。

一病人走出正房，手捂着半边脸，咻哈着嘴。他害的是牙疼，金大夫刚给他上了药。

褚一魁一进正房，电话铃猛烈地响起来。褚一魁紧走了两步，伸手抓起电话，用脚踢上了门："喂？……好！……几点？我要准确的时间！"

电话是蓝六升打来的："我到宾馆时是上午十一点十分。应该是十点钟死的。"

褚一魁拿起旁边的铅笔，在本子上记了时间：十点。

褚一魁记完，压低声音问了一句："紫姐走了吗？"

蓝六升说："走了。我给了一笔钱。"

褚一魁说："走了好！没闹吧？"

"她敢吗？"蓝六升笑了，"您还有啥指示？我一定照办！"

褚一魁想了想，说："没有了。"说完，挂断电话，冲着外头喊了一声："金！"

金葵花快步走了过来。

褚一魁伸头看了一眼。

金葵花说："没有病人。"

褚一魁高兴地说："非常成功！"

"老张走了？"金葵花轻声问。

"老张走了！"褚一魁很兴奋,"从他服药到他升天,一共是七十一个小时。"

金葵花高兴不起来,她小声说:"也就是这样了。老张身体多好啊！"

"怎么样,约厨师吧？"褚一魁看金葵花不高兴,也阴下脸来。

金葵花说:"听组长的！"

14

廖响敲响了冥衣铺的店门。

开北方把郭闹闹差去找廖响,他自己一时无事,正躺在床上仰着脸儿想事。冥衣铺忽然响起敲门声,开北方吓了一跳,他悄悄地爬起来,蹑手蹑脚地走到门后,正听见门外的人喊话:"老板！"

开北方听出了声音,但他不敢立即开,隔着门缝往外看。

"老板啊！"

开北方看清了,他后退几步,装作走过来开门的样子,大声应着:"来了来了！"

廖响走进来,不动声色地扫了一眼屋内。

开北方说:"正盼着您呢！"

"是吗？有好消息了？"廖响坐下来。

开北方关上店门:"真有好消息了,大好的消息！"

廖响难得地笑了。

开北方说:"魏老头儿可能在明天邀请我去天安门帮忙,我不知道我们该怎么办。"

廖响兴奋起来:"真的？"

"可不真的！我让闹闹去找你了！"

廖响一惊:"什么？他知道我的地方？"

开北方看着他:"哪儿知道啊！要知道还会叫去找吗？"

廖响说:"不知道那他上哪儿找啊？"

"随便找呗！总比在店里死等着强啊！"开北方做出着急的样子。

廖响放松了，又一笑。

开北方说："你敲门的时候，我正躺在床上寻思呢，要是带着定时炸弹上去，万一现在被发现了，不是前功尽弃了吗？可要不带呢，以后万一没机会了，不是也可遗憾吗？"

廖响说："你这个说法太刺耳，以后不叫定时炸弹，我们就简称它'定时'吧！"

开北方轻轻拍手："好好！"

廖响说："我意，这次不要带'定时'，就是去帮忙的，要好好帮，积极表现。要表现出为新中国出力的幸福感，让魏老头儿感到既高兴又感动。他会增加自己的自豪感，甚至他还会用你的表现教育他的徒弟！"

"廖先生，听你这一说，我心里就感觉透亮了许多。你真是个鼓动家！"

廖响一咧嘴："不带'定时'，你就轻松了。人一轻松，就容易有感觉。等到熟悉了，甚至魏老头儿喜欢你了，离不开你了，你不去他还不愿意了，想想看，我们不就想怎么炸它就怎么炸它了？俗话说，放长线钓大鱼，说的就是这个！"

"廖先生批讲得好，我喜欢听！"

"还有，你这次去还有一个意义！"

"啊？"

"可以考验天安门警戒的严密程度。如果你去，很简单就过去了，那我们就容易实施计划。如果你过去审查很严，甚至不让你过去帮忙，就说明他们警戒程度极高，实施计划就不容易了。你这次去的最大好处是，即使过不去，也不至于被他们怀疑。"廖响分析着。

开北方说："那是那是。魏老头儿请的，他们不会怀疑。"

闹闹回来了。郭闹闹在外边转了半天，茫茫大地，到哪儿找去？闹闹就不找了。"找人不如等人！我等球！"睡了一小觉，也没有发现廖响，他就回来了。

啪、啪，郭闹闹很气势地拍响了店门："老板！"

"闹闹回来了！"开北方说着，站起来开了门。

闹闹人还没进来，声音先进来了："真球累啊！跑了八条街。"

开北方小声说："廖先生来了！"

郭闹闹一愣："你也去找球了？"

廖响接上："我自己不会来呀！"

郭闹闹止住嘴，一屁股坐下来。

郭闹闹看看廖响，又看看开北方："商量好了？"

开北方说："不带'定时'！"

郭闹闹瞪大眼睛："不带'定时'啥意思？"

开北方说："廖先生说了，以后我们不说定时炸弹，必须说时就简称'定时'。"

郭闹闹一拍手："哎，这个好！不碍口了！要不，人家听见了咋球弄啊！谁上去啊？"

开北方说："要不闹闹你去吧？"

郭闹闹看看廖响，忽然皱起眉头："我这嘴不球会说呀！还是老板去吧！"

开北方和廖响都笑起来。

"我说的不球对吗？"郭闹闹又看看二人。

廖响说："就你这张嘴，一句话三个球，你也不能去。我说了多少次，你一定得改改。完全一个粗人形象！"

郭闹闹咧嘴一笑："多少年说球惯了，你说要改，还真球不容易！好，廖先生，我现在表个决心，一定改球！"

15 德国人洛德坐着辆三轮车到五十三号院门口。洛德下了车，一张大红脸亮亮地映着阳光。洛德走进院门，扭过脸对三轮车夫说："稍等！"

监视点里的蒋中堂小声对罗山和于兵说："这个人叫洛德，德国人。"

罗山问："做啥工作？"

蒋中堂说："这人我调查了，是在一家晒图公司当晒图员。"

于兵问："晒图是干啥的？"

蒋中堂说："开始我也不知道，到了一看才明白，是帮助工程制图的。"

正说着，洛德出来了，两手掂着两个皮箱。车夫连忙上前接住，放在车子上。

"还有一个！"洛德说过，又回去了。

于兵小声问："要搬家？"

蒋中堂说："像。"

洛德又出来了，这次掂了一个小些的皮箱。

三轮车夫又要接，洛德没让。洛德上了车子，和他的早先上车的两个箱子并排而坐。"走！"洛德说了一声。

三轮车夫大声问："先生，往哪儿？"

洛德用头一指："东！"

三轮车夫骑上车子，慢慢地调过头去。

罗山说："跟上他。"

"是！"于兵应着，推起自行车，走出了监视点。

完成跟踪的任务后，于兵刚刚给罗山和蒋中堂所长汇报完情况，还没来得及休息片刻，东口夷人又回到了豆花巷五十三号院。

"看来，我们得采取行动，不能这样一直盯着他。太累！"罗山小声地说。

于兵点头，表示同意。

"今天已经是九月二十二日了，我们得弄清他的真实意图，不能让他这般的从容和冷静。"罗山说着，皱起了额头。

"对！"于兵说，"据我观察，他走动都拿着这个皮包，你看没，他把皮包夹得很紧。也就是说，他的皮包里一定有重要的东西。"

"嗯。"罗山说，"现在有两个办法，一是立即逮捕他，搜查他的住室，从中找到重要的东西。这样事情就公开了，可能打草惊蛇。二是不惊动他，一方面继续跟踪，一方面弄到他的东西。"

于兵说:"最好把他的皮包弄走。上班的时候他总不能老掂着包吧!"

罗山说:"这样虽好,但容易被他觉察,反而不美。"

"那——"于兵想不出别的办法。

罗山说:"我有一个想法,我们和蒋所长商量一下!"

于兵轻声喊:"所长!"

正执行监视的蒋所长小步走过来。

"我师父有个想法,想和你商量。"

当听完罗山的想法后,蒋中堂禁不住哈哈地笑了起来:"古人说,愚者之愚常出于智者之意外,智者之智亦常出于智者之意外啊!只要事情做得干净,我感觉可以!"

罗山听所长说过,也哈哈地笑起来。如果说蒋中堂的笑是赞赏罗山的计谋高明,那么,罗山的笑表现的就是一种自信的力量。

于兵说:"蒋所长,你是不知道我师父的手段!"

"咋不知道?那个'云中飞'要不是碰上罗山同志,谁能够制服住他!"蒋中堂伸一下拇指,"我派人配合。真不行,我亲自配合!"

罗山说:"不行,你的身份太特殊,一定找个毛头小伙子,这样他才可能出错。你当着东口夷人的面要他做检讨。"

蒋中堂笑了:"这个我会!"

"就这么办?"罗山说。

"就这么办!"蒋中堂应。

罗山说:"你安排一下,我们踩一下点儿!"

"好的。我把台子搭起来,怎么样唱戏,那就看罗山同志你的了!"

"所长请放心!"

蒋所长伸出手,和罗山、于兵各击了一下手掌。

第二十回　所长配合抢情报 特务找到新对策

> 目不识丁
> 目要识丁
> 一丁不识
> 岂可集中
> ——打一字

1 虽然安排过了，但廖响还是不放心。说实话，对开北方和郭闹闹这样素质的人廖响也不可能放心。廖响说："我们还是要准备一下！"

开北方很听话："我们听您的。您说咋准备，我们就咋准备。"

廖响说："买三管牙膏、三支牙刷。"

郭闹闹大声问："为啥要买这个呀，廖先生？你得让我球、嗯嗯让我们理解理解！"

廖响说："这个很好理解。二三七上去不带'定时'，但是为了给'定时'做准备，就带这个。算是给他们的见面礼。礼又轻,又不俗。"

郭闹闹明白了,连连点头:"嗯,好!这球好!"

廖响说:"更重要的是,我们有这样的炸弹。如果这次可以带,我们下次再带这样的'定时'过去的时候就方便了。"

开北方说:"廖先生,您想得真周到!俗话说,下棋看三步,您可是看了五步了!好好好!买牙膏!"

廖响比画着:"这三管牙膏用兜提着,士兵不检查,好!说明他懈怠。要是检查了呢?更好!"

"慢慢,廖先生,检查了,为啥球更好?"

廖响说:"这次一检查,他就会对下边的牙膏放松了,也就便于我们的行动了!"

"有道理!廖先生分析得好!透彻!"开北方禁不住赞叹,"您接着说!"

"上去后,要仔细观察哪儿能放'定时'。"廖响做一个观察的样子,"咱们的'定时'有两种,一种就是你们弄响的那种。"

两人龇牙咧嘴地一笑,想着下边该批评了,岂料廖响又接着往下说了:"再一种,就是我们说的牙膏。完全按牙膏做的,有商标,有图案,甚至还有牙膏的香味儿。"

郭闹闹感慨:"美国佬真球能!"

廖响说:"一定要找到放置'饼子'的地方。这个家伙威力大!"

开北方问:"要是没地方放呢?"

郭闹闹抢着接上:"那不可能。那么大球个天安门,能放多少'饼子'啊!"

开北方说:"那不是仓库啊闹闹,想放多少放多少。那是让人上去的地方,光亮亮的,说不定真是找不着地方!"

"四一二说得对,总有能放的地方。你上去看看再说嘛!我们好好研究,一定会有好的方案。"廖响鼓励他。

开北方说:"好吧!我一定好好表现,争取像廖先生说的,让魏老头儿离不开我!"

遵照廖响的指示,开北方和郭闹闹立即来到了吉祥商店。两人很快找到了牙膏。开北方不刷牙，郭闹闹也不刷牙，他们对牙膏都不熟悉。

郭闹闹说："老板，这么多，买哪一个啊？"

开北方说："买大号的。哪个号大买哪个！"

两个人看了一会儿。

开北方拿起一个："这个吧！"说着，拿起来三管，到了柜台才知道，它叫黑人牙膏！

"就是黑人，你看！"郭闹闹指着上面的图案。

牙膏管上，戴着礼帽的黑人正龇着满口的白牙。

2

罗山和于兵在预演现场的一个拐角处停下来。罗山歪头瞄了一下。

蒋所长和明天的演员小李走了过来："罗山同志，这是小李，李聪明同志！"

罗山盯着小李看。

小李脸红了，连忙低下头。

罗山问："李聪明同志，今年多大了？"

小李马上一个立正："报告首长，今年十八！"

蒋所长笑了："啥十八呀，刚过十六。不过不要紧，小李机灵着呢！"

罗山也笑了。

小李不笑，很严肃地站着。

罗山说："你的任务明白吗？"

小李又一个立正："如果东口夷人追，我就上前拦住他，问他干什么。他不管怎样说，我就装作听不懂。"

罗山点头。

"然后、然后所长就熊我，我就、我就难过……"

罗山走上前，拍着小伙子的肩膀："是个好苗子！"

蒋所长感慨："他才十六！"

小李争辩着："前天过的生日，所长，我现在就算十七了。要按俺老家说的虚岁，就是十八了。我没有多报！"

"你还怪亏了是不是？"蒋所长说着笑了。

几个人都笑起来。

小李仍然不笑。

他们的演习很有成效，第二天上午就收到了理想的回报。

在五十二号院的监视下，东口夷人夹着皮包走出了对面的五十三号院，他习惯性地在门口站了一下，似乎是想了想丢了什么东西，瞅了瞅四周，这才迈开大步往外走。

监视点里的罗山看得真切，喊了声"走"，一出屋门，和于兵推起院子里各自的自行车。

李聪明已经在拐角处的商店里站好了，虽然年龄小，但他很机灵、很认真，对今天的任务充满信心。他刚来派出所三个月，他为所长对他的重用而感激。他一动不动地站着，紧盯着街上的动静。为了认识那个日本人，昨天他还去监视点蹲了半天。

东口夷人出现了。他夹着个包，高挺着胸，眼睛不看地下，一副目中无人的样子。

于兵和罗山骑了自行车出现在他的后边，两辆车子并排走着，谁也不让谁。

两人追上了东口夷人。

于兵的车子骑得快了点儿，逼着东口夷人往旁边靠。东口夷人的皮包在左胳肢窝里夹着呢，于兵从右边一挤，他身子往左边一避，后边的罗山伸出右手，猛一下抢走了东口的皮包。

东口夷人咋也不会想到有人抢他，一愣神儿，于兵的自行车歪倒在他的面前。

东口夷人高喊一声："抓小偷！"躲开于兵的自行车就往前追。

于兵骑着车子在后边也喊："抓小偷啊！"边喊边指着前方。

李聪明从商店里猛地冲出，上前拦住了东口夷人，大喊一声："你给我站住！"

东口夷人一急，说起了日语："前边的，是小偷！八格！"

于兵伸手指着东口夷人："他是小偷！"

小李死抓住东口夷人："你是小偷！"

东口夷人喊着："前边的！"

罗山的自行车跑得没影了。

小李亮出身份，押着东口夷人，还有几个目击的证人走进了派出所。东口夷人大声抗议着，说派出所和小偷是一家。

所长蒋中堂听了各方的叙述，知道小李抓错了人，立即对李聪明大发脾气：

"乱弹琴！你怎么能在判断不清的情况下，把被抢的一方拦下，而放走抢包的歹徒？！你是毛主席的保卫战士吗？"

小李一挺胸："我是！"

蒋中堂一拍桌子："哼，你是？你不配是！要不是你刚刚上班，我现在就关你的禁闭！你要道歉！向、向这位先生，叫、叫叫什么？"

小李看他一眼："东口夷人。"

"你现在就向东口夷人先生道歉！"

小李嘴一撇："对不起先生，我以为你是小偷呢！因为、因为后边那个骑自行车的一直指着你！"

东口夷人一脸的不信任："你为什么不把那个骑自行车的人一并带来？他们是一伙儿！"

蒋中堂问："你说还有一个骑自行车的人？"

小李说："是的！他很积极，我以为他是追小偷的。"

蒋中堂又拍一下桌子："真是乱弹琴！"

东口夷人一脸严肃："贵国在国民党时期，警察和小偷是一伙。现在共产党当家了，想不到你们还是一伙！"

蒋中堂说："东口夷、夷人先生，作为所长，我向你道歉！但是，不允许你这样污蔑共产党。我们的错，我们改正。我现在向你保证，一定会尽快抓到小偷。你都丢了什么？请你帮助我们登记一下。"

小李上前一步，说："所长，我登记吧！"

蒋中堂仍在生气:"不行,你下去给组织上写一份检讨,再给东、东口夷先生写一份书面致歉信。"

小李嘴一撇,哭了!

蒋中堂又凶:"咦!你还真有功了!哭什么鼻子?下去吧!"

小李抹一把泪水,走了下去。

蒋中堂声音软下来:"东口夷先生,我来登记,请您配合。坐吧!"

东口夷人不坐:"所长,我叫东口夷人!"

蒋中堂略停了停,似乎是想了想:"对不起东口夷、夷人先生,请坐吧!"

东口夷人仍然不坐。

"请问,您都丢了哪些东西?"

"我皮包里除了有些钱,还有些……"

蒋中堂说:"坐、坐嘛!登记过了,我马上就给您破案!真是疯了,共产党的天下,青天白日。哼,反了!"

东口夷人仍然站着,说:"所长先生,您认为您真的能把案破了?"

蒋中堂不回话,他站起来,死死地盯着东口夷人,好一会儿才说:"东口夷、人先生,我向您保证,三天之内,一定把您被偷的东西全部找回来!"

"谢谢!"东口夷人坐下来,身板仍然挺着。但他心里,并不是十分相信,看一看派出所所长连他的名字都叫不明白,他就有些灰心。

3 这次的缴获非常丰富,一拿到东口夷人的包,罗山就直奔政治保卫处办公室向吴邑处长汇报。吴处立即打电话把处里的有关同志和蒋中堂所长喊来开会。

东口夷人的皮包里有美钞、法郎,还有中国纸币和几块银元。

有东口夷人一家的三张全家福照片。

有那张炮击天安门的草稿图。

有一本电话号码本。

有一个工作证。

还有一张五人的照片，分别是马斯利、村田成一、颜成坤、洛德和东口夷人。照片的背景是一条大船，好像是在海边照的。

吴邑看完，很为兴奋，他大声说："这次的成绩很大，首先可以肯定，那张炮击天安门的草稿图出自东口夷人之手。其次，我们掌握了和他有交往的人。蒋所长，你看这上边的其他四个人你认识几个？"

蒋中堂接过照片仔细看着，说："我只认识洛德，其他一个都不认识。"

"嗯。还有这个电话号码本，由此，我们可以完全掌握与东口夷人交往的所有人员。这对我们真的太有用处了。"吴邑又说。

孙觅过来，小声报告："处长，保密科照相的人来了。"

吴邑说："好！罗山，你和于兵拿着去照相存档。"

"好！"二人齐应。

吴邑问："哎？准备啥时候还给东口夷人啊？"

罗山一笑，说："明天吧！"

"罗山，可要做得巧啊！"吴邑处长很郑重。

罗山又一笑："请您放心，一定做好！"

4

东口夷人被抢了包，一上午啥也干不成了。他仔细地回忆着包里边都有什么。虽然他知道都有什么，但他还是不能确定有没有更重要的东西。他请了半天假，想回家里查看查看，最后确定丢失的东西。当他走到豆花巷五十三号院的门前，发现紧关的大门前站着几个陌生的人，一个个扬起头看着大门。东口夷人走上前，赫然发现院门上贴了一张用钢笔写的歪歪扭扭的字条，有人正小声念出声来：

东口一人先生，我们捡到了你的东西。将在明天中午十二时正，在东门小石桥西第1—028号电线杆处送还。过时不候！

有老头儿撅着山羊胡子在慨叹："真是盗亦有道啊！"

一个年轻的学生模样的人说："可他说是捡的东西啊！"

老人笑了："是捡的呀！从你的手里捡的！"

旁边的人都笑了。

"过去有义贼，现在看来也还有义盗！只要钱不要东西，以免给被盗的人造成麻烦。"老人说，"记住，只要看到这样的文字，就知道是还你东西的。早年，俺老板的东西被盗……"

东口夷人伸手将字条撕下，骂了一句："欺人太甚！"

"哎哎哎？"年轻人上前想阻止，"你为什么揭了？"

挺直腰板的东口夷人大声说："鄙人就是东口夷人！"

东口夷人回到家中，对这张字条研究了很久，从这个人歪歪扭扭的字体来看，此人粗通文墨，这么短的字条写错了两个字，"夷"写成了"一"，"整"写成了"正"。"东口夷人"他不会不知道，工作证上有啊！之所以把"夷"写成"一"，是懒。"正"是"整"的俗字，也是个懒。这些都说明，此人没有受过正规的教育。这符合小偷的特点。

东口夷人判断了一番，紧绷的神经就放松下来。他决定把这张字条送到派出所，如果明天能抓住小偷，岂不就真相大白了吗？对，应该鼓动派出所把小偷抓住！共产党的政权刚刚建立，正想着励精图治、取信于民呢，他们也一定想把小偷抓住。东口夷人站起来，就往街西派出所走。

东口夷人来到了派出所的时候，蒋中堂所长正有事要外出。

东口夷人堵住蒋所长："蒋所长，案子破了吗？"

蒋中堂说："哎哟东口夷先生，有眉目了，正在追查！"

"是吗？给您看个东西！"东口夷人从衣兜里掏出条子，递给所长。

蒋中堂认真看着，不禁读出声来："'……明天中午十二时正，在东门小石桥西第1-028号电线杆处送还。过时不候！'啥意思？"

"这是小偷下的战表！"东口夷人说。

"啊！"蒋所长恍然大悟，"您遇见义贼了！这不是坏事，先生，看来您不会丢太多东西的。"

"我来的目的，是请求派出所的战士们把这个强盗抓住，光天化日之下公开抢劫，真是太猖狂了！"东口夷人压抑不住愤怒的情绪。

蒋中堂也很气愤："好啊，既然敢来挑战，我们就坚决把他抓住，看看他究竟是何方神圣，青天白日之下，胆敢如此猖獗！"

东口夷人学着中国人的样子，对着所长拱一下手："拜托了所长！"

"您放心东口夷先生，我们一定会让您满意的！"

"所长先生，我叫东口夷人！"

蒋所长禁不住一笑："您放心东口夷，人先生，我们一定会让您满意的！"

东口夷人回到住处，立即给马斯利打了电话："马先生，我的包被小偷抢走了。"

马斯利显然一惊："什么？小偷敢偷你啊？丢东西了吗？"

东口夷人说："当然丢了。"

"东西重要吗？"

"如果真是小偷，那就是几块钱的事。如果真是共产党的特工之类，那麻烦就大了！"

"有重要文件吗？"

东口夷人说："没有。有我们在海边的合影。不过，小偷已经下了战表，明天中午十二点要给我送东西。地方都约好了！"

"真的？"马斯利显然不相信。

"真的！"东口夷人坚定不移。

"啊！在哪儿？"

"东门小石桥西第1-028号电线杆处！"

"东口君真好记性啊！"

"不是我好记性，是小偷太气人了。"东口夷人说，"马先生，您是有所不知，在支那，有的贼人非常讲义气，他们常常会把对他们不重要但对被偷者重要的东西再想办法还回去！"

"愿上帝保佑！"马斯利叹着。

东口知道，马斯利一定又在胸前画着十字呢！

5　"哑巴"收拾完厨房，就到门房里帮助看门。他不像瘸腿老张，老张爱说话，进门出门的他会搭讪。"哑巴"不行，他不说话，谁来了谁走了，他也不说话。这是他的性格，并不是刻意这样。不过，在这个以诊所做掩护的特务机关里，他不说话却是一种最好的保护。尽管如此，前天夜里，在褚一魁强暴金小荷的时候，他故意弄出声音，还是引起了褚一魁的注意，甚至怀疑。

"哑巴"是徐莫烈的朋友，也是金葵花信任的人。他提醒金葵花关注金小荷，金葵花还是感激的。吃过了晚饭，金葵花走到院子的门口，停了一下，走进了门房。

"杜兄！"金葵花这样称呼他，是按照丈夫在世前的习惯，多年来从未改过。

"哑巴"说："大夫，老张夫妇走了四天，有什么消息吗？"

金葵花说："我正要给你说呢，老张在天津去世了。"

"啊？""哑巴"一惊，"出啥事了？"

"病。"金葵花摇了摇头，"得急病死的！"

"啥病这么厉害？老张身体好着呢！"

金葵花说："蓝经理正帮忙办丧事。"

"哑巴"问："我们不去人吗？"

"所长想让你去，又知道走不开。他想派个人过去。"

"哑巴"沉吟了一会儿，说："太突然了！那，听所长安排吧！"

笼子里的画眉忽然叫唤起来。

"这画眉本该早晨叫，黑更半夜叫啥呢！瘆人八叉的。是不是饿了，你喂喂他！"金葵花忽然有些烦躁。

"好！""哑巴"点头。

金葵花在屋里看了一下，正要走。"哑巴"忽然叫住她："大夫，小荷你要多操心，我感觉这几天孩子有点儿不舒服。"

金葵花停下脚步："是吗？我也有感觉。"

"哑巴"点头。

金葵花还想问他,她看"哑巴"喂画眉去了,站着停了停,就走了出去。

6 自从往瘸腿老张的茶杯里放过毒药,褚一魁就有了心理障碍,他开始防备被人下毒,喝水的时候总是一再洗刷杯子。自从听到蓝六升报"张广才"死亡的消息,他才意识到瘸腿老张的名字叫张广才。张广才死了,褚一魁更是小心。他不但多次洗刷茶杯,还专门去街上悄悄地买了个新杯子。这个新杯子他谁也不让看见,只他自己在的时候才喝水,喝罢水就把水杯藏起来。就这样,每次喝水的时候,他都像狗一样把杯子闻了又闻。有时候,他也感觉自己过敏,但害死个人,总不会没有心理上的痕迹。

夜晚的时候,褚一魁坐在灯下写东西,准确说是记东西。他用的是符号,圈圈、点点、三角、四角、五角、六角、菱形、勾、叉……反正只有他自己明白。

杯子就在他的旁边,但杯子里没有水。他是喝水时才倒,决不会像张广才一样,倒上了不喝让人暗算。

小荷回来了。小荷敲门的声音很轻细,有时候她故意用指头在门上弹,用她妈妈的话说,像狗扒门一样。今天,小荷是敲门,很轻的声音。

"哑巴"正站在门边等她,门一响就开了。小荷笑了,喊了声"干爹",就往院里走。

金葵花迎出来,接住女儿的小包,轻声问:"怎么样?"

小荷摇头:"不怎么样。"

母女俩走进屋子。

金葵花问:"没见上?"

小荷说:"亚洲饭店开大会,汽车去了很多辆。"

其实小荷一早就去了,她心里想梅东岭,脚步就去得快,可她等到十点多,两次抬腕看手表,仍然不见梅东岭的身影,更重要的是,一连进去了三辆小汽车。

"究竟多少辆?"妈妈问。

小荷想了想说:"至少六七辆。"

褚一魁走了过来："今天都二十三号了，共产党肯定在加紧工作。"

电话铃忽然响了。

褚一魁连忙去接电话："喂，牙科诊所。请问您是哪里？"

对方的声音清晰地传出来："我是杜津卫呀，我想明天去所里看牙，不知道金大夫有没有时间？"

褚一魁说："金大夫在家，您来吧。估计什么时间？"

"八点半左右我就到了。"

"好的。我们等你！"褚一魁放下电话，说，"八点半杜来诊所！"

金葵花说："都听见了！"

小荷忽然提出："我想给梅东岭打个电话！"

褚一魁和金葵花都一愣。

小荷看看妈，又看看褚一魁："不行吗？"

褚一魁先表态了："行，打吧！"

小荷走进里间，拿起电话，摇动起来："喂，请接保卫科找梅东岭！"

电话通了。

小荷柔了声音："梅哥哥，你咋没有出来啊……啊，啊啊，好，好吧！"

小荷放下电话，走出里间，说："梅东岭说，今晚有重要会议。还没结束呢！"

褚一魁一拍脑袋："哎哎哎！"

金葵花母女都吓了一跳。

褚一魁神秘地说："如果我们能准确知道毛泽东等中共高层开会的时间和地点，我们是不是就可以调迫击炮打他们呢？"

金葵花母女看着褚一魁。

褚一魁说："只要能消灭掉共产党高层，管它是不是建国庆典呢！"

金葵花问："我们有炮？"

"可以让马斯利他们执行啊！知道马斯利是个什么人吗？军火商啊！他不是说他们有大买卖吗？他们的大买卖就是炮轰！"褚一魁比画着炮轰时爆炸的样子。

金葵花说:"今天行吗?"

褚一魁看了看手表。

金葵花兴奋了,说:"要不,打个电话?"

褚一魁抓起电话,忽然又放下来,下意识地摇了摇头,说:"小荷,下次你注意,只要有准确的共产党高层的消息,你一定马上向我报告。"

"是!"小荷答应,"没事了吧?"

金葵花看看褚一魁,扭脸对女儿说:"你休息去吧!"

小荷转身走出屋门。

褚一魁走近金葵花,小声说:"咋做证明,你想好了吗?"

金葵花说:"我能想什么?你不是都想好了!就按你想的说呗!"

褚一魁笑了:"我的'拼命太太',我要向毛局长为你请求嘉奖!"

金葵花说:"等我们成功了,一起嘉奖吧!"

"我的'拼命太太'不仅有宽广之胸怀,还有谦虚之美德啊!"

金葵花一笑:"你才应该嘉奖的,遇事总有办法!"

褚一魁双手环住金葵花,在她的脸上亲了一下:"那就一起嘉奖!"

金葵花含情一笑。

"今晚?"褚一魁坏坏地看着她。

金葵花摇了摇头:"给〇五的牙还没有弄好呢!"

"每临大事有静气,不信今时无古贤啊!"褚一魁吟了一句古诗。

7

为了明天的任务,罗山和于兵趁着夜色来到了东门小石桥西第1-028号电线杆处,两人仔细步量了距离,正商量细节,孙觅骑着自行车来了。"老师!"孙觅喊着,跳下车子。

罗山问:"你咋知道我们在这儿?"

"吴处说的。听了处长的话,我感觉很兴奋,就跑来了!"孙觅扎住车子。

于兵又走了几步。

孙觅追着于兵:"于兵,明天你让我执行咋样?"

于兵故作不解："执行什么？"

孙觅得意地一扬头："我都知道了。行不行？"

于兵摇头："这是任务。"

孙觅又转向罗山："老师，让我执行行不行？"

于兵过来了："你不是也有任务吗？"

孙觅说："我的任务完成了，就差那个杜津卫的档案要补充材料，其他没事了。"

罗山想了想："明天的事，让孙觅执行也好。我正担心被那只老狐狸看出破绽呢！"

"是吗？"于兵显出困惑的表情。

"嗯。"罗山点头，"因为昨天就是咱们俩配合，两个骑自行车的男人，这很容易引起他的警觉。"

"对嘛！如果换成我，那就不一样了。我们扮成……"说到这儿，孙觅打住了。

"有道理。"于兵想了想，就点了头。

孙觅孩子似的往上一跳："好！回头我请你们吃饭！"

"啥饭？"于兵盯着孙觅。

"全聚德的烤鸭行不行？全聚德？"

于兵说："孙觅，我看别等回头了，今晚就请吧？我嘴都馋了。师父，您说呢？"

罗山说："还真饿了！"

"那就今天请！"孙觅拉住罗山的手，"行不行，老师？"

三个人到全聚德吃了一顿烤鸭，出来的时候，就到了后半夜。罗山对于兵说："打开！"

"好！"于兵应着，随手打开了背着的收音机。

收音机里一片沙沙声，像一群老蚕抢吃桑叶的声音，又像是细沙落进草丛的声音。

罗山知道，这是真空管收音机没有频道时正常的声音。

三个人都不说话，转过两条街道，收音机里忽然有了轻微的干扰声。

于兵停下来，小声说："师父，有动静了！"

罗山接过来，细细地听了一会儿，但是不能判断这个干扰源从何而来。罗山说："我们往四边里走走，确定一下大致的位置！"

"好的！"两人齐应。

罗山发现旁边一棵黑槐树，说："以这棵槐树为圆心，我们开始往外走。"

8

金葵花没有接受褚一魁的"嘉奖"，她来到实验室里为明天杜津卫的到来准备着。她把很多的假牙都拿出来，一个一个地观看着，比对着。

小荷躺下了，却睡不着。她不是为工作睡不着，她是为梅东岭睡不着。今天晚上她主动给梅东岭打电话，是为了让褚一魁看，也是真的想打。她在亚洲饭店的门外站了四十分钟，没有见到梅东岭，她有些担心他。"万一梅东岭吃了毒药，我能解救他吗？"想了一会儿，更睡不着，她就起来了。就在这时候，她忽然听见了外边的脚步声，虽然轻，虽然安静，但她还是听出来了，是褚一魁的脚步。更让她不踏实的是，这个脚步声竟然停在了她的窗下，在她的窗下足足停了两分多钟才走。想想看，一个脚步停在你窗外，这个脚步是想干什么？脚步声消失了，她轻轻地挑起窗帘，就看见二楼妈妈的实验室里还亮着灯。小荷穿上鞋，推开屋门，跑上了妈妈的二楼。

她开门的声音也惊动了金葵花。"哑巴"的提醒让她警惕，但她要警惕什么，一时还不太明白。金葵花是个老实的女人，当她听见女儿的屋门响，她就打开实验室的门走了出来。

小荷跑到楼上，喊了一声："妈妈，你还不睡？"

金葵花接住女儿的手，把她拉进室内："活儿没有做完，我睡不成。"

小荷坐下来，说："妈妈，你配制了毒药，你能配制解毒的药吗？"

"理论上说，有毒药，就有解毒的药。只是，我只配制毒药，还从没有配制过解毒的药呢！"

"我爸爸是被人毒死的,如果你当时有解毒的药,是不是就能解救他呢?"

"当时时间太紧,根本折不过弯来。你要不提,我到今天也没有想过解药的事!"

小荷看着她说:"你想,妈妈,如果真的有谁误服了毒药,我们不得有解救的药吗?"

金葵花轻轻点头:"说得有理。应该有解毒的药。"

"我感觉,妈妈,这个你也要研究!"

金葵花叹了口气:"时间太紧,妈妈眼下还顾不过来!"

小荷站起来:"妈妈,你休息吧!我就是想问一下这个问题,也是想提醒你注意这个问题。这是个大问题。'解铃还需系铃人',如果你把这个也解决了,你该有多大的成绩啊!"

"好好!"金葵花也站起来,在女儿的额上亲了一下,说,"早点睡,啊!"

小荷也回亲一下妈妈:"妈妈,晚安!"

"晚安,女儿!"

9 东口夷人一早就到了派出所,他穿了一件浅色中式小褂,两边各有一个摸角方形兜,下着蓝灰色西裤和一双圆口的深蓝色抓地快鞋。他还特地写了一份申请书,请蒋中堂所长批准他跟着一起行动。

蒋中堂展开他的"申请书",等合上时就答应了。

蒋中堂带着派出所三个战士和东口夷人一起找到东门小石桥:"小石桥,小石桥,应该是这个桥吧?"

"报告所长,这里的桥一共有三座,您瞧,那边有一座,这边也有一座呢!只有这座是石桥。"小李大声说。

蒋所长说:"这个不重要,重要的是你找找那个电线杆!"

"知道,1-028号,是吗?"

"知道还问?你这个小李!"蒋中堂往西一指,"去看吧,不准再出差错啊,不然，可真的要关你的禁闭！"

小李郑重地给所长敬了个礼："是！"

蒋中堂说："东口夷先生……"

东口夷人说："我叫东口夷人，简单点儿，你叫我东口先生就行！"

"对不起，一忙忘了。"蒋中堂抱歉地点一下头，"东口、先生，你看，还有啥想法？"

东口夷人说："我只有一个想法，就是把贼人捉拿归案，看他为什么要偷我的东西！"

"这个不是问题。我们今天来，就是要抓住他。不瞒你说，这个贼不是咱们辖区的，要是咱辖区的，十分钟不到，我就给你捉来了！"蒋所长猛一挥手。

东口夷人说："所长，你怎么知道不是咱们这个辖区的呢？是不是共产党继承了国民党时期的管理，小偷和警察是……"

蒋中堂一挥手，很不客气地说："你打住打住！东口先生，你曲解了我的意思。我的意思是，在我们这个辖区根本没有这个本事的贼，青天白日他敢抢包，反了他了！借给他个胆他也不敢！"

小李跑了过来："报告所长，就是有个1-028。"

蒋中堂重复一句："真是1-028，看好了？"

小李又一挺胸："看好了！"

蒋中堂在小李的脸上盯了一下："走，我们再去看看！"

几个人应着，跟着蒋所长就过去了。

"嗯，看来就是这儿了！"蒋所长一挥手，"两个人一拨儿啊！小张，你们两个埋伏在这边，看见没有，那儿有棵槐树，东口先生一有情况，你们立即上前拿人。"

"是！"

"小李，你们两个一拨儿，埋伏在那儿，看见没有，就是那棵柳树边，东口先生一有情况，你们立即冲过去。明白吗？"

"明白！"

蒋中堂又问:"知道为什么今天要你们都穿便衣吗?"

四个警员一齐应:"便于隐蔽!"

"对!我们也是在为荣誉而战知道吗?东口先生是个外国人,在中国工作不容易,工作证啊,护照啊啥的,件件都很重要,你们一定要把小偷给我拿住!"

"是!"四个人大声应。

蒋中堂忽然压低了声音:"不能让外国人看我们的笑话,说我们新中国的保卫人员和旧中国的一样。我们愿意吗?"

四个人齐应:"不愿意!"

"我们当然不愿意!但是,究竟我们做得如何,这才是别人评价我们的标准,也才是我们愿意不愿意的试金石!去吧!"

小李说:"所长,您在哪儿?"

蒋中堂说:"真是个小兵蛋子,这话该你问吗?"

其他战士咻咻地笑了。

小李一脸通红,不再言语。

蒋中堂又说一句:"去吧!完成了任务我奖你们。完不成任务我整你们。记住了吗?"

四个人一齐应:"记住了!"

蒋中堂对着东口夷人说:"东口先生,我看,你还是去上班吧,等我们抓住人了你再来!"

东口夷人说:"不!所长,我想亲眼看见你们抓小偷。"

蒋中堂说:"也好!我是怕耽误你的工作。为这事你已经耽误时间了,不好意思再让你耽误!"

"所长,我专门请了假!"

"好!东口先生,你想怎么做,我来配合你!"

东口夷人说:"我早就想好了。我要亲自待在1-028号电线杆前,看他怎样给我送东西!"

蒋中堂盯着他:"你亲自待在电线杆前?"

东口夷人目光炯炯:"对!"

"那样,你是不是会把小偷吓住啊?"

"我想不会。"

蒋中堂"啊"了一声:"这么自信!"

东口夷人一挺胸,说:"早年我曾当过兵,如果一个军人相信他的实力,他是不会放弃炫耀的。据我估计,这个小偷也不是一般的小偷,他有足够的自信炫耀自己的能力。我想,我就定定地站在电线杆旁,他也一定会给我送来的!"

蒋中堂点头:"噢,太有道理了!我倒也想看看这个小偷是如何完成他给自己制定的任务的。好的,我配合你,你说怎么办我们就怎么办。"

"真的?"

"真的!"

"谢谢所长!"

"委屈您了!"

"我不委屈!"

蒋中堂用安慰他的语气小声说:"你委屈!"说过,他又高声说了一句,"你肯定委屈!"好像东口夷人不委屈他不愿意似的。

10

画眉鸟仍然不吃食儿。瘸腿老张离开五天,它五天没有吃东西。虽然不吃,可"哑巴"还是天天喂。"吃与否,让而已。"他在让它,似乎是要尽一尽对他的战友张广才的人情。

画眉鸟的声音越来越弱了,但它还在叫。它的头老在笼子上撞,流出的血已经粘住了头上的毛和它晶亮亮的圆眼睛。

"哑巴"一边喂,一边跟它说话:"为什么要这样呢?"

褚一魁走了过来,把一封折叠成四角纸牌样的信交给"哑巴":"杜,要快!"

"哑巴"点头。

褚一魁转身要走。

"哑巴"忽然喊住他:"所长!"

褚一魁站下来。

"听大夫说,老张死在了天津?"

褚一魁叹了口气:"得了急病。天有不测风云,人有旦夕祸福。以前总以为是书本上的话啊!"

"那后事?""哑巴"看着他。

褚一魁又叹一声:"你知道,咱们走不开人。我已经嘱咐蓝经理全权负责他的后事。放心,我们会对得起每一个同志的!包括紫姐,我让老蓝给了她一笔丰厚的抚恤金,虽然不是他正式的妻子,毕竟为他怀孕并且会为他生子的。祝福她吧!"

"哑巴"点头,转身进了里屋。

"带上画眉!"褚一魁提醒"哑巴"。

"嗯。"

褚一魁问:"怎么流血了?"

"哑巴"说:"从前天起它就不吃食儿了,今天早晨开始撞笼子。"

"如果它还是这样,就请你把它放了吧!你跟联络人说一声,也该换一下方式了。"

"好的。该不会是它知道老张去世了吧?"

褚一魁厌恶地看"哑巴"一眼。

"哑巴"不再说话,挑起画眉笼子走出了金口牙科诊所。

公园里人很多,"哑巴"一边走,一边关注着周边的动静。

常来接头的发报员"扁嘴"出现了,他先注意到了瘸腿老张的画眉笼子,因为他的笼子门是用骨头装饰的。接着他就认出了老张的画眉,可是他不敢确定为什么今天换了人。

"哑巴"挺着胸,很矜持地走着。

"扁嘴"警惕地离开"哑巴"。

"哑巴"坐下来,似有期盼。

"扁嘴"走上前:"师傅,您可认识张师傅?"

"哑巴"说:"就是张广才师傅?"

"对对,就是喂画眉的那位张师傅。"

"哑巴"说:"张师傅急病死了,这不,他遛鸟的任务交给我了!"

"扁嘴"一笑:"我认识您,杜师傅!"

"哑巴"站起来:"您的鸽子又孵了小鸽吧?"

"孵了孵了,啥时候我送您几只!"

两人说着,走向公园的深处。

"哑巴"说:"自从它听见老张死了,就开始撞笼子。"

"扁嘴"问:"它能听懂人话?"

画眉又开始撞笼子了。

"扁嘴"说:"快把它放了。不然的话,一会儿它就死了!"

"哑巴"连忙抽开笼门。

画眉不出去。

"扁嘴"伸手进去,把画眉拿了出来,猛地展开手掌。

画眉尖叫一声,振翅疾飞,对着旁边粗大的树干猛地撞去,啪的一声落在地上。

两人一时都不说话。

"扁嘴"叹了一句:"义鸟!"

"哑巴"小声说:"精灵啊!"

11

开北方一早就刮胡子,刮完了胡子又梳头。

郭闹闹进来了:"老板,真球认真了!"

开北方说:"认真好!你没看魏老头儿那是个干净人。咱是第一次跟着他,一定要让他有个好印象,不然,只让你去一次,下次不去了,你还咋完成任务?闹闹,我考考你,廖先生咋说的奖励你还记着没有?"

郭闹闹说:"那能认球真吗?"

"哎?党国大事,岂能儿戏!如果我们真的做成了大事,你我弟兄一步登天，吃香喝辣的，美女如云，那可不是胡吹的！"

郭闹闹盯着开北方说："咱有这球福吗？"

开北方说："我小时候上了几天学，俺老师一张嘴就是'王侯将相宁有种乎'！"

"啥球意思？"

"开始我也不知道啥球意思，后来知道了。"

郭闹闹"啊"了一声。

"意思是说，王侯将相都是他爹的种，可是光他爹会下这样的种吗？"

郭闹闹笑了："我知道了。就是说，咱爹也会下这球种，王侯将相的种！"

开北方也笑了："对！谁他娘都会下，就看你抓得住抓不住机会！"

郭闹闹说："你说，这一回，咱有机会了？"

开北方很自信地说："我爹说，就像鲤鱼跳龙门，跳不过去，那还是鲤鱼，跳过去了，就变成了龙。一旦成了龙，要云有云，要雨有雨，你想想，过的啥日子？"

郭闹闹说："我小时候算过命，说我是球张结命！"

"张结命是啥命？"

"这是俺那儿的方言。张结命，就是球扒叉命。一辈子辛苦，发不住财。可是呢，算卦先生临了又说一句，要想改球命运，须得有贵人相助。"

开北方一点头："这就对了。廖先生就是你的贵人！"

郭闹闹说："还有老板你！"

"我也算？"

"当然球算啊！"

"那你背背廖先生的奖励！"开北方要考郭闹闹。

郭闹闹扬起脸，看着天上的檩子："一共四级，啊？"

郭闹闹掰着指头：

"杀一人升一级一百两黄金；杀一官升两级五百两黄金；杀一大官升三级一千两黄金；杀死天升五级随便要黄金。"

开北方说："闹闹，我算把你看准了！"

"咋？"

"你是表面粗，内心细。说是不在意，其实很明白。四个级别我都记不住，你看看你记得多清晰！"

郭闹闹哈哈地笑起来："得不到，再不让想想！那干着还有啥球劲儿呢！因为得不到，所以才要记住！"

开北方说："你总结得好，一共四级！"

郭闹闹得意起来："对！这很好记。杀一人，杀一官，杀一大官，最后才是杀死天！你说老板，咱真球能杀死天？天高难够，到哪儿杀去？"

"闹闹，这一回我们一定会成功！"

"有啥征兆吗？"

"就冲着你球记这么清！"

郭闹闹哈哈地笑起来："球，老板您也会说球了！"

两个人都笑起来。

郭闹闹刚打开店门，翁世界走到了门前："开老板！"

郭闹闹故作惊讶："哎哟，翁师傅早，请坐了您！"一扭脸高喊了一声："老板，翁师傅光临！"

开北方慌忙走出来："翁老弟，里边儿坐！"

翁世界不坐："开老板，师父说，今天上午主要是描颜色，不忙，您下午过去就行。下午时间短，一则您去看看，再则，也不耽误太多工作。"

开北方慌忙答应："恭敬不如从命！请转告魏师傅，我开北方感谢他老人家了！"

翁世界说："下午我来接您！"

开北方连连拱手："好的好的！"

郭闹闹不失时机地插话："老板，光荣啊！"

开北方说："闹闹，你去灌点酒！我跟翁师傅喝两杯！"

翁世界连连摆手："开老板言重了！我现在就得走。"

翁世界刚离开，廖响进来了。廖响其实早就来了，他在街对面站了一下，他不想和翁世界见面。

廖响一进来就问："定了吗？"

开北方说："定了。下午去！"

"为什么？"

开北方说："翁世界来说，魏老头儿怕耽误我的活儿，说是下午时间短，只让我去一会儿，上午他不太忙。"

廖响说："其实，你应该争取上午去。"

"为啥？"

"上午去，他不忙，你也不忙不是？你正好可以来回走走，看看，观察观察。要知道，我们做的是个极其精细的事，想得再好，也不能保证现场不变。现场一变，你就得随机应变，不然，不但做不成大事，说不定还得把命搭上呢！"

"廖先生说得对！可是，他是来传达魏老头儿指示的，他根本改变不了师父的意思。我说，恭敬不如从命。就等着您来了，我们再商量商量不是！"

廖响点头："也好！多几套预案更便于成事。"

开北方喊："四一二，你过来！"

郭闹闹应一声走过来。

"准备一下，午饭我们仨喝杯酒！"

12 杜津卫八点半准时来到。这令褚一魁十分高兴。做这事的，时间的精准十分重要。他把杜津卫接到室内，倒上茶水，开始紧急磋商。

杜津卫汇报说："现在饭店越来越严了，那个梅东岭又弄了个档案核查，甚为麻烦。我在一九三七年七七事变后直到一九三九年年底的两年半时间内都对不上。你想，怎么能对上呢？那两年，我先是进了党国的情报学校，学习、培训，后又被派到后方做情报工作。"

褚一魁点头："嗯！知道一些。"

杜津卫说："我努力想办法证明我的清白时间，我说的饭馆，其实早已没有。我说的其他证明人，我知道也都死了，咋能证明？说实话，我是希望能蒙混过关。可这个梅东岭，认真得让人憎恨，非要我找人证明。饭店已经正式通知我，如果我不能有一个清白的证明，他们就要把我清除出厨师队伍。"

褚一魁面现焦急："真是要命，都这个时候了，要把你踢出去。你被踢出去了，我们的'刺天'咋办？"

杜津卫皱起眉："是啊是啊，我都快急死了！"

褚一魁说："他们会让你去哪儿呢？"

"谁知道呢？有一点儿可以肯定，就是不能再在厨房里为中共高层和那些民主党派人士做饭了。"

褚一魁搦紧拳头："这个太重要了！也太要命了！必须保住这个位置！"

杜津卫说："我也这样想。这不仅是一个位置的问题，这一点儿不能坚持，以后你就进不了核心队伍，什么都难干成！"

"可是，谁能办到呢？"

三个人一时都不说话。

褚一魁自语似的说："如果这个证明完不成，即使我们把牙镶了，也是没有用武之处的。"

杜津卫低着头，皱着眉。

褚一魁说："杜兄，你有啥想法呢？"

杜津卫看着褚一魁："我哪有想法呢？要是有办法，不早就用了吗？你们看看！"

杜津卫掀起上唇。

金葵花很职业地瞅了一眼。

杜津卫说："上火成啥样了？饭都吃不成了！"

褚一魁说："怎么这样子？"

"急嘛！急躁上火，牙周就肿了。要不，我一说请假，梁书记和梅科长立即就批了。"

"我们还是先讨论这个证明吧，牙的事先放放！"褚一魁看着金葵花，猛地站起身，"金，你出来一下，我想给你说句话。"

金葵花一愣，也跟着站起来。

褚一魁走出屋子，来到实验室。

金葵花也跟着上楼进了实验室。

褚一魁说："我的'拼命太太'，这会儿我突有灵感，但又极需要你的帮助。"

金葵花看着他："需要我帮助？"

"对！"

"说说看！"

褚一魁说："老杜那两年半时间需要有人证明，可是，他这两年半是不会有人证明的。因为他没有，怎么证明？所以，他再上火也是没有办法的。为了实现伟大的事业，为了我们共同的理想，我才提出来请你帮忙。"

"可是我不知道怎么帮！我一个医生，怎么能证明他一个厨师呢？"

"我把灵感说出来，请你千万不要生气！"

"你说吧，我不生气！"

"好的。那我就不客气了！"褚一魁使劲咽了一口唾沫，两眼看着金葵花："你就说，杜津卫做得一手好菜，你经常和朋友一起去他的饭馆吃饭。那时候，正是七七事变之后。这不就证明了吗？"

"如果公安机关让我再找人证明我的那段时间呢，我找谁去？"

褚一魁扳着指头，说："第一，不会。因为他们要的证明是杜津卫的。为什么要人证明你？第二，真的需要证明时，我出面讲明嘛！或者叫'哑巴'证明。"

金葵花低头不语。

"你再想想。这是目前唯一的办法了！"褚一魁说过，站起来走了。

金葵花坐下来，脑子里一片空白。

第二十一回　侦察员巧施连环计　开北方初上天安门

> 卜一卦，夕阳下
> 不在圈内徒挣扎
> ——打一字

1　开北方一身干净衣裳站在廖响和郭闹闹面前，两只青布鞋也恰到好处，加上又洗了头，长发也顺溜了许多。

廖响看了，满意地笑了。

郭闹闹说："廖先生，老板一定要穿球好衣裳……"

廖响说："二三七做得对！人靠衣裳马靠鞍杖，穿体面些总是好的，这也是对魏老头儿的尊重。清宫里每年请魏老头儿扎制宫灯，说明什么？不光说明老头儿有手艺，还说明老头儿是很有范儿的，绝不能等闲视之。我没有见过魏老头儿，但我感觉，一切都要郑重其事，绝不能有一点儿侥幸和大意！"

"廖先生，您一分析我就感觉对，所以我想，下午去，比上午还好呢！廖先生，我表演表演，您给我指导指导。"开北方说过，拿出一个干净的布兜，掂着。

廖响问："牙膏都买好了？"

开北方连忙打开兜让看。

廖响亲自把三管黑人牙膏看了一遍："还是大管的好！"

"老板说，大管的便于以后蒙球过关。"

廖响说："对！我们的'定时'跟这个差不多一样大小。"

开北方说："你们看，我还需要做些啥？"

郭闹闹说："没球需要了！"

廖响又看了看，说："等着下午吧！"

2

"哑巴"回来了，挑着个空画眉笼子，看见从主房里走出来的褚一魁，连忙上前复命："都完成了。"

褚一魁点头，表示知道了："哎？画眉呢？"

"哑巴"面无表情地回答："死了。"

褚一魁不理了，转身进了主房，上二楼，推开了实验室的门。

金葵花还在坐着发呆。

褚一魁在金葵花对面坐下来。

金葵花不看他。

"我的'拼命太太'，考虑得怎么样啊？"

金葵花抬起头："你这是往我的伤口上撒盐啊！"

"很多人命都没了，在伤口上撒点儿盐怕什么。为了胜利，为了明天，为了我们光辉的前程，金，我的'拼命太太'，你就委屈点儿吧！"

金葵花深吸了一口气："你答应过我，要替我报仇的！"

褚一魁说："放心，一定！"

金葵花站起来，身子晃了一下。

褚一魁连忙上前扶她。

金葵花推开他，自己走了出去。

金葵花下楼，回到自己的卧室，又坐了一会儿，鼓了鼓劲儿，这才拿起钢笔，给杜津卫写证明。写了一张，撕掉；又写了一张，又撕掉。她连撕了三张纸，终于写好。她站起来，定了定神，这才拿着走出来，递给褚一魁。

褚一魁接过来看了，高兴地说："金大夫的字秀气得很啊！"

杜津卫站起来，对着进来的金葵花深致一躬："金大夫，谢了！"

金葵花面无表情地说："你不用谢，我不是为你，我是为的党国！"

"那就更得谢！"杜津卫说着又是一躬。

"我读读，杜先生看行不行啊！"褚一魁展开纸，一本正经地读起来：

证明

杜津卫先生于一九三七年下半年直到一九三八年年底在北平天香小厨做厨师。他做得一手好豆腐，烧得一手好鱼。每有朋友来家，我就带他们去吃。今天杜津卫先生来诊所看牙，说及此事，请我作证。因是实情，我乐于为此作证，也乐于为新政府提供可靠的事实！

金口牙科诊所大夫　金葵花　　公元一九四九年九月廿四日

"杜先生，如何呀？"褚一魁面现得意。

杜津卫一拍手："真是太好了！只是，还有一年的时间对不上呢！"

褚一魁问："这一年你是咋说的？"

杜津卫说："我说我去了大后方，在昆明的街上流浪了很久，没有工作。后因母亲有病，又回到了北平。"

褚一魁说："一九三九的下半年时间，你还让金大夫作证，你就是回来后在家伺候母亲，你母亲的牙病，请金大夫看过，怎么样？"

杜津卫笑了，说："组长啊，你真是智多星！看来，还得仰仗金大夫了！"

金葵花说："裤子都湿了，还怕再湿鞋吗？"

杜津卫连忙拱手："谢了谢了！"

金葵花拿着刚才的证明材料回屋重写了。

"哑巴"端茶进来，和金葵花碰头。

金葵花说："你进去吧！"

"哑巴"走进会客间，把茶水奉上。

杜津卫看着"哑巴"："杜雅兄！"

"哑巴"抬起头，露出笑容："你呀，杜兄！"

褚一魁说："你们认识？"

杜津卫说："岂止认识！其实，我在一九三九的时间最好的证明人是他。当时我们在一起学厨艺，学理发，学各种谋生技能，后来又一起在大后方做特工。我们是互称本家的呀！"

褚一魁说："哎，那让杜雅做证明好了……"

杜津卫说："那我们就一起进去了。"

三个人都笑起来。

金葵花把证明写好了。

褚一魁接过来，认真地看了一遍，又把证明递给杜津卫。

杜津卫不看就折起来装了。

褚一魁说："你不看看，杜先生？"

杜津卫说："组长都审查过了，肯定没有问题了！只是在大后方的那半年，只能随便说了。"

"两年半时间，有两年的时间是真的，说明你那半年也不是假话。你好好跟梅东岭谈谈，坚决要求留在厨师队伍里，为新中国的建立作贡献嘛！你好好想想，怎么样好听怎么样说。"褚一魁一脸笑意。

"好吧！我好好编！"杜津卫扭脸看着金葵花，"我这牙，大夫？"

金葵花说："你这牙今天弄不成。因为你的齿龈肿这么大，容易感染的。"

"真是大夫，坚持原则！"杜津卫说着又拱手，"谢谢，谢谢！"

金葵花说："不过，你得咬个牙模，便于下次来了我给你镶上。"

"我真有两颗坏牙，一个烂了，一个掉了。"杜津卫说着，对着金葵花龇了龇牙。

金葵花说："一会儿我给你看看！"

褚一魁说:"这次镶不成正好!杜先生回去说服了梅科长,保住了厨师的位置,再来镶牙才有意义!"

"对对,我也这样想。杜雅兄,多年不见,真是太高兴了!"杜津卫说着,孩子似的拉了一下"哑巴"的手。

"你这'哑巴'的绰号是啥时候得的?"褚一魁忽然问。

杜津卫哈哈地笑了起来:"就是我们一起学当厨师的时候,杜雅兄整天都不说话,其实谁都没有他心里明白。我们的学员有二十多个,谁要是学习上一有问题,总是要请教他。"

"过奖了!"杜雅难得地咧一下嘴,"我们马上又要配合了!预祝成功!"

杜津卫说:"我有信心!"

褚一魁举起茶杯:"来,我们以茶代酒,预祝我们伟大的'刺天'行动大获成功!"

四个人举起茶杯,轻碰一下,把各自的茶水一饮而尽。

3

街西派出所的小张、小曹按照命令来到黑槐树的下边设伏。两个人都是便衣,腰里别了短枪。

小张问:"曹,你感觉小偷会不会来?"

小曹说:"我看不一定。他偷了东西,还会专给你送?"

"我听老人们说过,有些小偷是义贼,地契呀,证件呀,小孩子的出生证啊啥的,他会再给你送过来。"小张口气是相信。

小曹说:"要真是义贼,放他一马也可。"

小张使劲摇头:"哎哎,那可不行!所长会把你吃了的!"

柳树下的李聪明打了个哈欠。李聪明的同伴是小韩,小韩也是刚参加工作不久,热情甚高。

"小李,你昨天咋把那货当成贼了。我看他长得倒不像贼。"

李聪明说:"长得不像贼就不是贼了?他是鬼子!所长还训我呢,要是按我想的,管都不管他!看他还跟着咱要东西不要!"

小韩说:"要说也是。人善得人欺,马善得人骑。要在国民党时期,球,谁敢惹咱!"

小李脖子一拧:"不对吧?要是国民党时期,你敢惹日本人?"

"要说也是。那时候外国人个个是爷!中国人都成了孙子。"小韩说过,往地上吐了一口,"呸!"

在1-028电线杆处,蒋中堂所长正陪着东口夷人站着。

所长说:"东口先生,我提醒你,现在,你还可以改变主意的!"

东口夷人说:"我为什么要改?所长,我不怕麻烦。我想看看这个贼究竟长得什么样子!"

蒋所长说:"好!"

一个干部模样的人从槐树下走过。小张看见他戴着手表,连忙走上前问时间:"同志,请问现在是几点钟?"

那人看一下手表:"十一点五十六分。"

"谢谢!"小张退回树下。

小曹说:"还怪熬煎呢!"

柳树下的小李和小韩同样熬煎:"到十二点没有?"

小韩看了看街头,眼睛里流露出一丝紧张。

小李很镇定:"肯定没有!"

"你咋知道,你又没表!"

小李说:"小偷还没来呢!"

"你恁相信他?"

小李说:"我就相信他。人家义气着呢!"

街角处,罗山抬头看一下腕上的表,骑上了自行车。

孙觅也看了一下手表,跟着骑上了车子:"老师,从这儿到那儿要多长时间?"

罗山一笑:"我告诉他是十二点准时送去。你没听所长说吗?这个鬼子认真之极,他一定要亲手抓住我呢!"

孙觅轻蔑地一笑:"吹牛!"

罗山说:"当然,他是不会抓住我的。之所以要亲自出马,他是对我的身份不放心。如果我真的是小偷,叫他拿一百块钱他也会高兴地答应。他最怕的就是我的真实身份不是小偷!"

"你把他的东西往他门口一扔不就行了。过去的小偷不都喜欢这样干吗?"

"如果仅仅那样,他还会对我的身份有怀疑。为了让他确信他的东西就是小偷偷的,我必须把小偷的角色扮演得更好。"

于兵从后边追了过来:"师父!"

"于兵,你在前边先骑过去,要骑得得意、放松!"

于兵笑了:"没问题,我正得意呢!现在去吗?"

罗山也笑了:"现在就去!"

于兵下意识地看一下手表,往前骑去。

东口夷人挺挺地站在1-028电线杆的下边,风吹着他的衣裤,一鼓一鼓的,也吹动他上边的中式浅色衬衣,两边的衣兜不时被掀起来,像是好奇他遮盖的秘密。

东口夷人揉了一下鼻子,手落下来的时候,看了一下腕上的时间。

于兵吹着《咱们工人有力量》的曲调,骑着自行车从东口夷人的身边穿过去。这是他刚学会的歌,节奏鲜明,很有力量。

真是凑趣,恰在此时,又有两个年轻的学生骑着车子说笑着走过东口夷人身边。

派出所所长蒋中堂也晃晃地过来了。他目不斜视地从东口夷人身边走过去。

孙觅忍不住看一下表,还有五秒钟就是十二点了。

罗山戴着墨镜,孙觅也戴了一副太阳镜,恋人一样,边说边笑,不慌不忙骑了过来。

罗山看着孙觅。

孙觅看着罗山。

到了电线杆前,罗山猛扭头吐了一口唾沫。那唾沫不偏不倚,正落在东口夷人右下摆的口袋上。

罗山翻身下车:"对不起!对不起先生!我不是故意的!"

东口正等着小偷,猛然被人吐了一口唾沫,顿时大恼,但又不敢发作,唯恐错过了抓小偷的时间。他一方面"啊啊"地敷衍着,一方面睁大眼睛看着路上。

罗山掏出雪白的手帕给东口擦着。

东口夷人皱紧眉头,不看罗山。

罗山再次道歉:"真对不起了先生!"

东口夷人实在忍不住,咕囔了一声:"讨厌!"

两个人骑上车子,走了。

这一幕被藏在槐树下的小张看见了,他轻叫了一声:"哎,是不是小偷?"

小曹说:"不像啊!你看东口那熊样!"

埋伏在柳树下的小李和小韩也同样看见了。

"哎哎?咋回事?"小韩说着,就要过去。

小李拉他一下:"不咋回事!"

"不咋回事是咋回事?"

小李说:"你没看鬼子那球样!要真是小偷,用得着我们抓?光鬼子就把人抓死了!"

"要不,我们去看看?"

"出事了我不管啊!小偷还没来呢!"

东口夷人抬腕看一下表,脸上的神色就不淡定了。

蒋中堂晃晃地走了过来:"东口先生,现在几点了?"

东口抬腕看一下表:"十二点二十了。是不是不来了?"

"再等等!要有耐心!"

东口夷人说:"再等等?所长你说,我们再等等?"

蒋中堂停住脚步:"小偷下了战表,他是一定会来的。"

"他可是说的十二点啊!"

"哎呀,这不是打仗!"蒋中堂指着远处,"万一路上出了点儿啥事呢!小偷嘛,你不能要求他非得准时不是?"

东口夷人出了一口粗气，恨恨地不说话了。

一个漂亮的女士走过黑槐树，小张故意大声地问："请问姑娘，现在几点钟了？"

女士看一下腕上的坤表："十二点二十三分。"

"谢谢！"小张刚说过，蒋中堂所长走了过来。

小张大声说："所长，是不是今天的蹲守结束了？"

所长说："谁告诉你结束了？"

"刚才那姑娘说，十二点二十三分了。现在肯定又多了。"

所长站住脚，小声说："等鬼子说不等了，我们再走！"

小张故作嗔怪地说："都啥时候了，还让听鬼子的！"

蒋中堂诡谲地一笑。

已经十二点半了！

东口夷人看一眼手表，对着走过来的蒋中堂所长嘟囔了一句："八格！"

蒋所长说："看来这个小偷还是胆小了些！"

东口夷人摇了摇头："真会捉弄人啊！我都请两次假了！"

一行人都聚拢过来了。

小张说："所长，走不走？"

蒋中堂看着东口夷人。

"可恶！"东口夷人有些沮丧，嘟囔了一声："走吧！"

小李禁不住偷偷地笑了。

一行人走了几步，东口夷人像被烧了似的猛喊一声："咦——"

大家一齐停下来。

"怎么回事？"蒋所长瞪大眼睛看着东口夷人。

东口夷人从自己的口袋里掏出了他的证件和照片："瞧！你们瞧！"东口夷人大声地喊着，一脸的诧异。

蒋中堂也很惊讶："这是你的吗？"

"怎么不是？"东口夷人猛地点头，"是！"

"怎么送过来的？"所长也表诧异。

东口夷人皱起眉头，做出想的样子。

大家也都替他想。

小张说："没人来啊！"

小李喊："啥都没啊！"

东口夷人一拍脑袋："哎哟，我想起来了，那两个年轻人，一男一女，谈恋爱的那两个，男的朝我衣兜上吐了一口……"

"吐一口？吐一口咋就能把东西吐到你兜里？"小张摇着头，"这不可能！"

东口夷人比画着："他们，啪！吐我兜上。再'对不起'，给我擦拭，就这样，就这样，就把东西……真是贼有贼智啊！"

蒋中堂说："东口先生，你看清了两个人长得啥样没有，我们好继续抓他们。"

"啥样？他们戴着墨镜，骑着自行车。女的面容姣好，男的身手矫健，像个运动员。两人、两人大概有二十多岁的样子。"东口夷人皱着眉头想。

蒋中堂说："如果让你见到，你能认出他们来不能？"

东口夷人想了一会儿，摇了摇头。

"这就难了！"蒋中堂停了停，扭脸又问大伙儿，"你们都看见没？"

四个人齐应："看见了！"

小张说："真的戴了墨镜。女的长得很漂亮，屁股蛋圆圆的……"

大家笑起来。

蒋中堂说："女人的屁股蛋子都是圆圆的。光凭人家圆圆的屁股蛋你就能拿人了？乱弹琴！"

众人又笑。

小李说："女的墨镜比男的颜色浅。"

蒋中堂又问："自行车是哪个牌子的？你们看清了吗？"

小张说："好像是外国牌子！"

小李说："我不认识牌子，反正把是翘的！"

蒋中堂说："东口先生，你离得近，看得最清。他们骑的是啥牌子的自行车?"

东口想了一会儿:"当时只顾厌恶了,我还真没有看清!"

蒋中堂说:"这样吧,大家都注意这两个小偷,一有消息,立即报告。小李!"

"到!"

"你们两个护送东口夷人到他的住处。"

"是!"

蒋中堂转向东口夷人:"东口先生,我们向您保证,这两个小偷,我们会尽快抓获,并把情况向您及时通报,请您必要时予以配合!"

东口夷人深深地鞠了一躬:"谢谢!"

小李说:"我们走吧!"

让东口夷人惊讶的事情还在后边呢,当他在小李和小韩的护送下走到豆花巷五十三号院的门口时,忽然发现了石门墩上放着自己昨天丢失的皮包。

东口夷人一愣,停了下来。

小李和小韩没有看见。看他停下来,也跟着停了下来。

小李问:"东口先生,你要干啥?"

东口夷人指着皮包:"小李,你们看!"

小李上前捡了起来:"这是谁的皮包,咋放在这儿?"小李说着,拉开了皮包的拉链:"这里边有东西啊!"

东口夷人连忙上前:"小李,这是我的皮包?一定是小偷给我送来的。"

"你的包?不错吧?"

东口夷人深深地点着头,说:"你们中国的小偷,真是太有好奇心了!"

小李高兴了,说:"东口先生,你看看都丢了些啥东西,我好向所长汇报。"

东口夷人掏了掏东西,又一样一样地看了一遍,说:"什么也没丢,除了钱!"

"啊!这对,小偷就是偷钱的。"

东口夷人笑了一下:"小李,谢谢你了!"

小李说:"不用谢,这是应该的。东口先生,我请你以后千万不要再说共产党的战士和国民党的警察都一样了！"

东口夷人再笑："想不到，你这么小，荣誉心还很强呢！"

小李一本正经地说："谢谢夸奖！"

4

开北方穿好了衣服，把布兜里的三管牙膏和三支牙刷看了一遍，掂起来，在屋里来回走。

正站柜台的郭闹闹听见了后边的动静，扭脸一看，笑了："老板，这事把你弄得跟球相亲一样！"

开北方停住脚："这可比相亲重要多了。记得第一次相亲，我爹那时候还活着，给我借了件阴丹士林布的长衫。你知道，是你的衣裳就是你的衣裳，穿上它好看；不是你的衣裳就不是你的衣裳，穿上像玩猴的一样，谁看见谁笑。从那时候我就知道，不管孬好，得有件自己的衣裳穿……"

翁世界过来了，他站在门外，喊了声："开老板！"

"哎，来了！"开北方应着，大步走出店门。

翁世界把一个胸牌递给开北方："这是小潘的，你先别上。"

开北方接过来，一时不知道咋别。

这是一个蓝布标牌，上下各有一行小字，中间写着三个大字：通行证。

别挂标牌的，是一个大别针。

翁世界帮开北方别在胸前。

翁世界说："开老板，你站好，我看看！"

开北方站直身子。

翁世界上前，又把胸牌抻了抻。

郭闹闹说："人靠衣裳马靠鞍杖。老板啊，你球这身衣裳加上这个胸牌，看上去很像解放区的球干部啊！"

开北方故意学样地走了几步："啊啊，闹闹啊，你可要好好地干，争当劳动模范啊！"

三个人都哈哈地笑起来。

翁世界领着开北方从公交车上走下来，沿着大街往前走。两人走到金水桥边，站岗的士兵看见二人，伸手一拦。

翁世界和开北方站下来。

士兵走上前，仔细检查了两个人的胸牌，做一个放行的动作。

两个人继续前行。

翁世界说："不用紧张，还有两道岗哨呢！"

开北方说："不是紧张，是兴奋！"

两个人再往前走。

大门边又是一岗。

两个人主动站下，接受士兵检查。

开北方有了经验，主动挺起胸膛。

士兵再次放行。

开北方抹一把头上的汗，小声咕囔了一句："怪吓人呢！"

翁世界一笑："天天都这样，习惯了就好了！"

翁世界和开北方来到了天安门城楼下，再一次接受士兵的检查。小战士走上前，要过开北方的布兜，撑开看了一下："啥东西？"

开北方说："牙膏。"

士兵把牙膏盒子打开，又把牙膏的盖子拧开，使劲儿在牙膏上捏了捏："拿牙膏干什么？"

开北方说："刷牙用的。"

"我知道刷牙用的，为什么要往天安门上送牙膏？"小战士很认真。

开北方连忙解释："是这样的……"

翁世界有些急了："我们是在城楼上扎制灯笼的，你不认识？"

小战士挺认真："我知道你们是扎制灯笼的，为什么要拿牙膏？"

开北方说："师父刷牙要用，我就带上来了。"

翁世界脸一红："是师父要用！"

小战士一伸手，两个人通过了，沿着楼梯往上走。

两人转弯上楼。

翁世界小声说:"开老板,为啥要拿牙膏啊?"

开北方说:"头一次上来没啥带的,我想着你们天天在这儿忙,早晚刷个牙啥的不方便,就带了三管牙膏,还有三支牙刷呢!"

翁世界说:"开老板你太客气了,以后可不能这样啊!"

开北方说:"谁知道这么严,三个岗哨,三次盘查!要不是你解释,说不定就带不过来了。下次再也不敢了!"

翁世界让他说笑了:"只要需要,带什么都可以的!并不是说啥都不让带!"

5 　　街西派出所所长蒋中堂一回到所里,立即就召开了全所会议进行总结:"这一仗打得十分漂亮!我特别地提出来要表扬李聪明同志!"

小李腼腆地一笑,低下头去。

蒋中堂继续说:"表现得非常好!表演得非常到位!我一批评,他就流泪!"

小李说:"我真的叫你骂难过了!"

小韩说:"所长,您说刚才抓小偷那是假的?"

蒋所长说:"怎么能说是假的?只是你没见到小偷罢了。现在我告诉你,两个小偷全在我的掌握之中!"

"故意不抓的?"

"故意不抓的。"

"那为什么?"

所长和小李都哈哈地笑起来。

会议还没有开完,罗山的电话打了过来,让蒋所长快到处里开会,商量下边的事情。

蒋中堂所长骑上自行车,就往政治保卫处的办公室赶,当他赶到的时候,罗山刚把上午的事说完。

"报告！"蒋所长一声喊。

"请进吧！"吴邑处长招一下手。

蒋中堂一看，于兵和孙觅也都在，他对着众人点了点头，就找把椅子坐上了。

"任务完成得很好！我要对参加此次行动的所有同志提出表扬！"吴邑的目光在所有人的脸上巡视了一遍，"我们一定要让东口夷人等特务坚信不疑地认为是小偷所为。对他们来说，这是一个意外。这样，我们就不至于打草惊蛇了！蒋所长！"

蒋中堂站起来："请首长放心，我们坚决听从首长的指示，一定做到让特务深信不疑。"

"好！"吴邑点头，"请坐！"

蒋中堂坐下来。

"同志们，根据我们掌握的情况，很可能除褚一魁之外，还潜伏着别的特务组织。这个东口夷人，就是一个重要的怀疑线索。一定要盯死他，不能有一丝一毫的纰漏。"

大家专注地听着。

吴邑掏出一叠材料，一一摆开在桌子上。

"现在，我把东口夷人照片里的另外几个人的情况给大家通报一下。"吴邑拿起一份材料：

"马斯利，意大利人，六十八岁。清朝末年进入中国做军火生意；北洋军阀时期，卖给过北洋政府军舰、大炮、枪械等各种武器，做过北洋政府的军事参谋。后来受雇于意大利的一家国际公司，继续跟国民政府做生意。抗日战争时期和日本人多有勾结。现在在北平开了一个公司，专做意大利的皮鞋生意。注意，这是他的职业掩护！"

蒋中堂在本子上记下"马斯利"的名字。

"洛德，德国人，三十九岁……另外，还有两个人，一个是村田成一，日本人。一个是颜成坤，中国人。需要我们继续调查，一个一个都要弄清楚。"

和罗山那一场巧妙的配合结束，孙觅就想起了黑板上的谜底。她知道，

罗山也一定猜到了,只是他没有说出来。现在,她站起来,走到黑板前,发现在那则谜语旁边,处长不知道什么时候又写上了一则:

第二十谜

目不识丁

目要识丁

一丁不识

岂可集中

——打一字

孙觅悄悄地在"二八月看云"这则谜语的旁边,按着顺序,写上了一个字:

巧!

这样,从前到后,已经有十九个谜底了。

6 就在同时,惊魂甫定的东口夷人也在给他的上司打电话。而他的上司,就是刚刚被吴邑处长提到的那个意大利人马斯利。

"……您好先生,现在向您报告,我的皮包和东西全部都回家了。"

"任何东西都没有少?"电话那端的马斯利的汉语,比这边的东口夷人好多了,一点儿口音都没有。

"是的,除了钱!"东口夷人用安静的声调回答他。

"上帝保佑!"

东口夷人知道,马斯利肯定又在胸前画了十字:"先生,据我判断,这次的行动,极有可能是北平的小偷干的。九月二十日,共产党在全市搞了个大逮捕,城里的不安定分子几乎全被抓光,从国民党潜伏下来的特务到可疑分子之类。所以,这次的抢包,据派出所所长蒋中堂说,不是他们辖区的小偷干的。这也是有道理的!"

"不是他们辖区的小偷干的,作案的地点却是在他们辖区。"

"对!"

"我提醒你,一定要提高警惕,严防被他们掌握蛛丝马迹!"

"是！"

"即使是没有危险，我们也要当作危险应对。"

"是！"

"现在我决定，今天晚上八时的会议取消，若无特殊情况，改在明天下午三点。"

"哟西！"东口夷人放下电话，长出了一口气，猛地倒在床上。他的背又酸又困。此时的东口夷人发现，这两天，他是真的认真了！

东口夷人躺下了，马斯利可不敢躺下。他拿起电话，拨通了部下的电话：

"您好先生，今天不再聚会了！……不能算有特殊情况，也不能说没有特殊情况……东口夷人的皮包被小偷抢走，钱没了，东西又都送过来了。东口先生很放松，说是支那的小偷如何如何义气，但我听说后，腮上的肉颤了三颤，按照东方的卦象解释，这是不吉的征兆，所以，我临时决定不再聚会了……什么时候再聚呢？若无特殊情况，明天下午三点召开。"

按照顺序，马斯利将小组成员的电话拨了一遍。

7

跟着翁世界走上天安门城楼，开北方禁不住感慨："哎呀，天安门这么雄伟呀！"

翁世界说："是啊，不上来还真不知道。"

"翁老弟，光荣啊！"开北方对着翁世界伸一下拇指。

"嘘——"翁世界轻轻阻止开北方的感慨，"师父休息，我进去说一下！"

魏师傅正在屋里的躺椅上闭目养神，翁世界走了进来，伏在师父的耳边小声说："开老板来了。"

"嗯！"魏师傅睁开了眼睛，"那就工作吧！也就是看看，没有他太多的活儿。"

翁世界点头："知道。"

翁世界走出屋子，却找不见了开北方。

翁世界没敢喊，在城楼上寻找他。

开北方正围着天安门观察着：他先看了楼梯口，又看了楼道上的出水口，东山墙边有一堆垃圾，那是装修天安门的废料还没有拉走。

翁世界找过来了："开老板！"

开北方吓了一跳："我看看，这天安门真了不起，这么高大，这么宽敞，这么气派。在下边看着并没有这样高大呀！"

"那是不一样！"翁世界说，"我师父要见你！"

"好的好的！"开北方应着，跟着翁世界就走。

几个硕大的宫灯蹲在室内地上。有的已经做好，有的还在装饰。

开北方一见，立即拱手："魏师傅，后辈开北方荣幸之至啊！"

魏师傅轻轻一笑，算是作了回答。

开北方从兜里掏出三管牙膏和三支牙刷："魏师傅，后辈无以为敬，我想着，你们天天在天安门操劳，就买了三管牙膏送来，早晨起来的时候，刷刷，啊……"

开北方说着，递给翁世界。

魏师傅说："谢谢开老板操心，这个就不必了。一则是有，再则也无必要。世界，心意领了，把东西还给开老板！"

翁世界把东西送给开北方。

开北方推辞着。

有卫兵走上来巡逻。

魏师傅一个眼色，两个人都不说话了。

翁世界把三管牙膏又装进了开北方的布兜。

开北方和翁世界把画好的大红灯笼轻轻抬到室内一角，和另外已经做好的几盏放在一处。

翁世界问："师父，这两个还抬吗？"

魏师傅正戴着花镜给灯笼彩绘，他摘下来眼镜，歪头瞅了一会儿："把它们排成一排。"

两个人连忙把灯笼们挪成一排。

魏师傅歪了头再看，满意地点了点头。

翁世界说："师父，您歇会儿，我来绘吧？"

魏师傅犹豫了一下："好吧！"

翁世界连忙上前接过师父的彩笔。

开北方把椅子往这里挪挪："魏师傅，您老歇着。"

魏师傅欲坐，开北方连忙搀扶他一下。

8

杜津卫拿着证明材料直奔亚洲饭店保卫科："梅科长，这是我的证明。"

梅东岭接过来，说声："请坐！"

杜津卫微笑着坐下来。

梅东岭认真看着。

杜津卫在旁边感慨："古人说，踏破铁鞋无觅处，得来全不费功夫。今天我是相信了。"

梅东岭一看，他的证人竟是金葵花。他抬起头来："金葵花是个牙医吧？"

杜津卫连连点头："对对！"

梅东岭看完了，说："我们也不是不相信同志。新中国即将成立，纯洁队伍是我们的基本要求。绝不能给国民党的残渣余孽、特务分子造成机会！"

杜津卫又点头："那是那是，这是必须的！只是你知道，八年的抗日战争，三年的解放战争，时局变化太大了。谁不想为新中国的建立添砖加瓦呢？谁不想为新政府的成立贡献力量呢？所以，金大夫给我看牙时，我们聊起来了那段日子，并且她愿意为我作证明，我太高兴了！当时就流了泪。梅科长，你知道，这预示着我又能给首长们贡献我的厨艺了！一个大厨，能干什么？不就是做饭吗？新中国的领袖们吃过我做的饭，八辈子都光荣啊！"

梅东岭说："你还有半年时间，没人证明啊！"

杜津卫说："梅科长，我会再想办法！我一定能想出办法！"

"我和梁书记商量一下，你做好继续工作的准备啊！"

"谢谢梅科长！谢谢组织上对我的信任！"杜津卫站起来，给梅东岭鞠了一躬。

梅东岭连忙站起来:"您客气了,杜师傅!"

9 罗山在从对东口夷人的电话监听中发现了许多有重大价值的线索,他立即向吴邑处长作了汇报:

"东口夷人的住室里装有电话,经常和他来往的大多也都是外国人。其中有马斯利、村田成一等。我已经和电话局协调妥当,安排了所有与东口夷人的电话监听。"

"这两天通过其他途径,我们把另外两个人的情况也搞清楚了。你看。"吴邑把材料摊在桌上:

"村田成一,日本关东军炮兵中队中队长,精通各种炮弹的使用。东口夷人,也当过炮兵队队长。还有那个意大利人马斯利,虽然已经六十有八,可他是个军火商,卖过多种火炮,又给北洋政府做过顾问,对于各种炮的使用了如指掌。只有洛德,不懂炮,但他是个政客,国民政府的德国顾问闵西浩森知道吧,曾当过他的秘书。"

罗山说:"这几个人聚在一起,不使用炮弹搞破坏简直是个奇迹!"

"对!这是我们必须时刻不忘的。"吴邑又拿出一份材料,"还有个颜成坤……"

"对,颜成坤是干啥的?"

吴邑说:"这个人的身份也搞清楚了。早年他在欧洲留学,英国、意大利,读了几个学校。他就是在这个时候结识了马斯利,他配合过马斯利的军火生意。"

罗山问:"对枪炮的使用熟悉吗?"

"他是个留学生,没有军旅生涯,应该不会用炮。他的角色是联系国内的关系,以便配合这些人的工作。"

"照片上所有人的身份都弄明白了?"

吴邑说:"大体就是这些,只是近年来他们都在干什么,这是需要严密关注的。以前我们没有发现。"

"是的！时间太紧了！"罗山皱起眉头。

"离十月一日只有一个星期了！"

罗山面现焦虑之色："建国大典是中华民族的盛大庆典，建国大典那天也是阶级敌人仇恨入骨、必欲破坏的日子。不光这个东口夷人，还有个特务头子褚一魁呢！"

吴邑点头："任务繁重啊！我正在向局里报告，必要的时候再增派人力！盯死他们，随时抓捕！"

罗山听着，也下意识地点了点头。

"去吧！"吴邑说。

"是！"罗山站起来，扭脸走到门口，看着黑板上"目不识丁"的谜语，悄悄地笑了。

10 开北方跟着魏师傅在天安门城楼上观看着。
魏师傅瞅着前边的挑梁："按照编号啊！"

"嗯嗯。"翁世界应着，连忙在小本子上记下了师父的话。

师父说："这儿挂一，那儿挂二。这边挂三，那边挂四……"

翁世界再记。

开北方小声问："魏师傅，啥时候挂啊？"

魏师傅说："争取早点儿完工，随时听挂！"

"早两天不行吗？"翁世界想早点完工早点回家。

师父说："当然也行。要是北平下雨了呢？雨淋了，潲湿了，不是都不好吗？"

两个人点头："那是那是！"

魏师傅说："上午郑主任来征求我的意见，说是十月一日必须用。我说了我的意见，那就九月三十日上午挂起来最好！"

开北方说："下午不是更近吗？"

魏师傅说:"啥都讲究个吉利。别看建国大典这么大个喜事,那吉利也都是一点儿一点儿地积起来的,为了这一天的这个吉利,共产党、解放军死了多少人啊!哪个人不是在为这个天大的喜事添吉利。到我们这儿了,我们也只会扎制个彩灯,所以我们只能为它添彩,不能让它有一丝一毫的破损。"

"对对对!师傅您说得真好!听您这么一说,我就感觉共产党、毛主席请您老人家来扎彩灯,真是请对了!谁有您老人家对这个事儿悟这么透,说这么好呢!"开北方发现,他发自内心地赞叹魏师傅。

翁世界说:"我师父见得多了,慈禧那时候,哪一年不是请师父扎制的呢!"

"也不是每年都请,但咋也不会过三年不请吧!可那时候是封建王朝不是?虽然咱是个手艺人,但咱说到底儿还是个下人。喝过来喊过去,都是对的。有时候人家尊敬咱些,那也仅是个客气而已。现在是真不同了,共产党、解放军咱以前没来往过,这一来往才知道,这是一群穷人的队伍,说话那个好听,做事那个细心,中央一个大领导,前天上来视察进度,一见面就握住我的手,说,魏师傅,天安门的漂亮就交给你了!我一听,眼泪就下来了。这个彩灯真是太重要了,可是多少年多少人谁看透了这个彩灯的价值呢?天安门这么大,彩灯呢,就是天安门的眼睛啊!眼睛无神,再大的建筑它也不亮!领导一句话就说透了!"魏师傅说到动情处,又掏出手帕拭眼睛。

魏师傅领着翁世界和开北方围着天安门城楼转了一圈儿。

开北方问:"这四角都要挂吗?"

魏师傅说:"当然都要挂。"

开北方实在不懂:"为啥呢?光前边挂上不就行了?"

"一般人家挂红灯,门前两盏也就行了。逢年过节,图个吉庆。天安门可就不同了。它是国家的象征!将来印制国家形象,这天安门说不定就得印上呢。四面红灯,不仅美观,还有个讲究!"

开北方"啊"了一声。

魏师傅比画着:"这叫四海升平,一统明亮!"

开北方说:"慈禧太后那时候这样讲,现在是新中国了,也这样讲吗?"

魏师傅说："时代不同了，吉利都一样。比方说，过年都贴红对联，从古到今都这样，清朝取代明朝，民国取代清朝，还有现在的新中国取代民国，都没有改吧？"

两个人点头。

"有些东西是要改，就像是衣裳，季节不同，穿着不同。有些东西是万世不改，就像是布料，不管咋做，都得用棉、丝、麻对不对？这红对联，这吉利，就是棉、丝、麻，啥时候都得用！"

开北方说："魏师傅，您老这么一说，打开窗户说亮话，透彻明白。师傅，等过了这几天，我就把店卖了，跟着给您提夜壶！"

魏师傅哈哈地笑了起来："有店就是老板，跟我提夜壶那就折我的寿了！"

两个战士从两边分头走上天安门城楼，他们手里各拿着一根长长的杆子，在地上一探一探地走过来。

三个人站下来，让小战士从身边探过去。

开北方小声问："这是干啥的？像在找东西似的！"

翁世界笑了："真是在找东西呢！"

开北方又问："找啥东西？"

翁世界再答："找地雷。"

开北方说："天安门上会有地雷？"

翁世界说："俗话说，小心没过逾的！"

"天天找吗？"

"天天找！"

第二十二回　马斯利放心约会
　　　　　　梅东岭调查"金口"

> 一颗一颗
> 毒果很多
> 黑白红黄
> 穷凶极恶
> ——打一字

1　瘸腿老张死了，紫姐一步也没有再踏进这个金口牙科诊所。给未来的孩子做的小儿衣她带走了，只有几块儿红红绿绿的小块儿布料留在了门房里。午饭后，诊所里一时无人看病，"哑巴"悄悄拆掉了瘸腿老张夫妇用过的床，把自己的单人床搬了进来。

　　褚一魁看见，走过来帮忙抬床。褚一魁对这间门房不生疏，他往这张拼成的床下放过窃听器，瘸腿老张死后，他在第一时间又拉开拼床拿走了窃听器，趁此时间，他还整理了老张的遗物。凭心说，张广才的东西真不多，一个皮箱装完了他所有的细软。褚一魁想着，紫姐一定会来取张广才的东西的。她一个穷人家的女人，不会不在意老张的东西，他怕紫姐来闹，又担心泄露秘密，他提前把张广才的证件等都收了起来，只留下些纸币、首饰和几块银元在箱子里，单等着紫姐来取。他甚至想好了，如果紫姐回来时发生了矛盾，他还会再给她一些钱。虽然蓝六升说他给紫姐钱了，紫姐不来了，可褚一魁还是不相信。他宁可准备了没用，不能要用时没有准备。可是等了两天，紫姐没有来。他确信了蓝六升的话，这才同意"哑巴"拆铺。

很快安顿好了。褚一魁在床上坐下，感觉着床铺是否舒服，他要关心"哑巴"。

"哑巴"站着，一副手足无措的样子。这是杜雅的特点，在自己屋里也像是在别人的家里一样拘束，更何况是在上司的面前，更更何况是在他的同伴刚刚死去之后他来顶替死者的位置时站在上司的面前。

褚一魁抬头看见，忽然有些恻隐："老杜，资历甚老啊！"

"哑巴"一笑："谢了！"

褚一魁压低了声音："等过了这几天，我们就不在这儿了。"

"哑巴"会意地一笑。

褚一魁站起来："我们就要回家了！再辛苦几天啊老杜！"

"哑巴"回话："不辛苦！"

褚一魁出了门房，就去了金葵花的实验室。

杜津卫的牙模摆在桌上，金葵花正在几种样子的牙模中挑选着。模型都有机关，轻轻一磕，牙齿就开了。

褚一魁走进来，站在金葵花身后看着："你给杜约的哪天？"

"后天啊！"金葵花头都不抬。

褚一魁扶住金葵花的椅背："今天二十四，后天二十六。太太啊，我估计，共产党必在两个时间举行宴会。一个是九月三十日的晚宴，一个是建国大典后的午宴。"

金葵花停下手里的活儿，脖子往后一仰，翻起眼睛看着褚一魁。

"为什么这样说呢？三十日的晚宴是一个前奏。第二天就建国了，晚上呢，所有重要的主人和重要的客人都到了，大家宴会一场，高兴空前，何等样开心啊！共产党的建国大典肯定是在第二天上午，时间或十点或十一点，反正必须是上午……"

"为什么必须在上午？"金葵花从椅子上站起来。

"这是中国的文化了。只要是大事，必然放在上午。你看，就是老百姓们娶媳妇、嫁闺女不也都是在上午？"

金葵花点头。

"这天的午宴，是建国大典正式的宴会，算是共产党主政的国宴了！"

金葵花说："这两场宴会有一场使上劲儿，我们就大功告成了！"

"所以啊，我的'拼命太太'，千古之功，在此一举啊！我们必须尽弃前嫌，精诚合作，毕其功于一役！"褚一魁说着，有力地挥了一下手。

金葵花说："组长，你真是个鼓动家！叫你这一说，好像天下大势尽在我们的掌握之中似的。"

褚一魁笑了："秀才不出门，全知天下事。真的是可以预判的！"

金葵花拿起一对义齿："毕，你看，我想用这一套。两颗牙齿连在一起，做成活套，用时这么一戴，就行了。这是两个翻盖，里边装药，行动时，把牙取下来。这个很正常，镶的牙都不会比原牙舒服，所以一般人不会注意。取下来后，使劲一抠，牙面弹起，抖一下，药就撒完了，然后，把牙一合，在水里涮一涮，再戴上，神不知鬼不觉，大功就告成了！"

"叫你一说，像是一场艺术表演似的。杜津卫，他很有福分啊！你要好好教他，别让他到时候一紧张打不开了。"

金葵花说："不会。你瞧，这么一抠，它就弹起来了！"

褚一魁接过来，合上，抠一下，弹起来，再合上，再弹起。

"好好好，这都是有寿命的，看你使用起来没完没了的样子。"金葵花伸手要过来。

褚一魁笑了，在金葵花的脸上亲了一口。

2

东口夷人又去上班了。他习惯性地走到门口，停一下，往四下里看一眼，这才大步走往街上。他仍然夹着他的那个皮包，只是夹得更紧了些。

监视他的于兵看见，禁不住笑了。

小海看见于兵笑，连忙走上前观看。

东口夷人挺着胸脯往外走。

有自行车在他身边驰过，东口夷人连忙躲避。

电线员把电话线扯了过来。

于兵从屋里出去接住电线，小声说："谢谢师傅，你已经完成了任务！"

电线员一笑，点了点头，就走去了。

于兵把电线扯进来。

罗山拿着电话机接到线上。

"鬼子会不会有觉察？"于兵问。

罗山说："一般不会。如果他有经验，还是会感觉得到。因为一个电话串了线，会有沙沙的干扰声。"

"怎么样避免让对方知道呢？"

罗山说："一是尽量少听，一听电话不重要，立即放下。二是完全监听，他每次拿起来，电话都有轻微的沙沙声，他就会认为近日的电话有了点儿毛病。因为接听不定时，所以一般都不会拿去修理。"

于兵说："那我们应该用哪一种？"

罗山一笑："完全监听！"

于兵也笑了："好！"

"做好电话记录，人物、内容，说了多长时间，等等。"罗山忽然想起吴邑的话，说，"处长要求我们，盯死他们，随时抓捕。"

"是！"

"处长的新谜，'目不识丁'，猜到了吗？"

于兵没有接话，反而问了一句："您猜到了？"

罗山吟了一遍："目不识丁，目要识丁。一丁不识，岂可集中？"

"是个啥字？"

"'目要识丁'，你写写！"

"'目要识丁'，怎么写？"于兵在手上比画着。

"'盯'嘛！"

"就是'丁'啊！"

罗山哈哈地笑了，说："盯梢的盯！"

"啊，啊啊！"于兵恍然大悟般笑了，"处长的意思，就是让我们好好地盯住这些乌龟王八蛋呀！"

3

冥衣铺的灯光亮着。廖响和开北方、郭闹闹坐在一起，边吃饭，边听开北方述说天安门的经历。

郭闹闹撑开布兜："老板，你球没送出去啊！"

开北方不理，看着廖响："天安门真他娘的大，以前我们光在下边走，谁也没有上去过，也没有想过上去。过了三道岗啊！"

"球，恁严密！"

开北方绘声绘色地学着："头道岗过去了，第二道岗也过去了，到了第三道岗，哎！那小兵蛋子不依了，就像闹闹刚才那球样，一撑，哎，带牙膏干啥哩？还打开盒子，拧开牙膏盖儿，认真得很啊！我正不知道咋说呢，翁世界接上了，说是师傅要用。"

廖响抢过话头："这个细节很重要啊！扎制灯笼用牙膏，也可能真的用过！你们不知道，越是高手，用料越是特殊。我认识一个画家，人家画画不用颜料，橘子皮啊，草莓汁啊，桑葚泥啊，哎，他的画无人能学。"

"吃馍蘸尿，各人喜好！"郭闹闹说了句俗语。

廖响看他一眼，继续往下说："记住这个扎制灯笼用牙膏！往下说吧！"

"嗯。"开北方点个头，继续往下说，"天安门真是大，我跟着魏老头儿转了一圈儿，只要能上去，别说放一颗'定时'，就是十颗也能放下。"

廖响又接话："这个收获太重大了！它说明了两点，一是在天安门上实施爆炸是可行的！二是在天安门上实施爆炸是可能的！"

郭闹闹说："啥啥？这两点儿我咋球听着是一点儿啊？"

廖响让他问糊涂了："啥两点儿一点儿的？"

"你说是可行的，又说是啥球可能的？"

"这是两点：一是可行，就是说能爆炸！二是可能，就是说，如果我们能再次上去，就有可能爆炸。如果光有"可行"我们上不去了，那也就不可行了。如果即使可能上去，天安门的爆炸不可行那也弄球不成。"廖响不知不觉也受了郭闹闹的影响了。

郭闹闹和开北方都笑了。

"球，廖先生您说咋弄我们就咋弄，你这个可行、可能很糊涂人！"

廖响说："既然具备了成功的条件，二三七，下边就是好好地讨好魏老头儿，让他在方便的时候，最好是建国大典之前，你坚决地上去一次，把我们的'定时'放上去，哪怕只有一颗，也足以给共产党造成天大的损失！"

郭闹闹大声说："那我们就发财了！"

廖响头一扭："岂止发财！"

郭闹闹说："廖先生，到时候你一定要跟上司说我们的好话啊！"

廖响又一扭头："那还用得着我说好话！轰的一声，全天下都听见了！全世界都震撼了！这可真叫十年寒窗无人问，一举成名天下知啊！"

"你说的是上学吧？"郭闹闹忽然明白，"啊啊，看来，我们真得吃胖点儿啊！"

开北方拍一下郭闹闹："廖先生，下边我们该咋办？"

廖响说："想尽办法，再上天安门！"

开北方接住："放上'定时'！"

郭闹闹对着开北方一伸拇指："真是聪明人好说，糊涂人难缠！球，干！"

三个人举起杯子，干了一杯。

廖响说："继续努力！"

开北方和郭闹闹说："对，继续努力！"

廖响说："一定成功！"

开北方和郭闹闹说:"是,一定成功!"

三个人又干一杯。

廖响问:"一共有几个排水道?"

开北方想了想:"好几个呢!"

"天安门城楼的前边有吗?也就是将来他们建国时站的南面那一边。"廖响边说边比画。

"有有。"开北方吃着,说得唔唔啦啦的。

"这几个排水道太重要了,可放'定时'!"廖响又比画,他怕开北方听不懂,边说边站起来,在屋子里表演了一下。

郭闹闹说:"我明白了。因为前边站着人呢!"

廖响点头:"对。你往下讲!"

开北方说:"东山头下还有些建筑垃圾没有拉走呢!天安门修葺得紧,连天加夜地赶!"

廖响说:"据组长判断,十月一日要建国呢,今天都二十四号了,光他们急呀!"

开北方放下筷子:"是是是是,我们也急!"

廖响说:"是更急!往下讲!"

郭闹闹说:"垃圾是不是可以利用一下呀?"

开北方说:"咋利用?"

"放个炸弹,咚!把天安门炸个半个,叫他们开建国大会去!"

开北方说:"这也是个主意。"

"不行,我们的目标是人不是物,"廖响说,"再说,现在有垃圾,到时候还会有垃圾吗?"

"对对,那肯定!"开北方忽然想起来件事,"我还有个想法,咱的'牙膏'可不能一拧就响啊!"

"那是肯定的!"廖响又比画,"我们给它'定时',或者即时引爆。"

开北方说:"即时引爆,你没教啊!"

廖响说:"我马上教!"

"即时引爆，啥球意思？"

开北方说："是快点儿弄响吗？"

廖响点头："对呀！"

郭闹闹深吸一口气："即时是即时了，可谁即时引爆谁不就即时完蛋球了？"

廖响看他一眼："你这个球球的，真让人不球舒服！"

开北方禁不住笑了："传染啊！"

"改改改，一定改！说一个球打一次嘴好不好？"郭闹闹先打了一下，"这个即时最好别用！"

开北方说："该即时时就即时，不该即时时咱不即时不行吗？但技术还是得学会！"

廖响满意地看开北方一眼，用称赞的口吻说："是嘛！"

郭闹闹说："现在就学？"

廖响说："现在就学。"

开北方放下饭碗："好，现在就学！"

4 东口夷人的电话忽然响了。

东口夷人正在画画，他走过来，抓起电话。

在五十二号院的监视点里，于兵迅速操起了电话。

清晰的声音从听筒里传出来："明天下午三点，朋友们聚一聚。"

东口夷人的声音："好的！地点呢，先生？"

"老地方，我的咖啡屋。又香又醇的意大利咖啡等着朋友们呢！"

"好的！马先生，您影响了我的睡眠啊！"

对面的马先生哈哈地笑起来："中国有句老话，'一日不见，如三秋兮'，真是夸张而不失真实啊！"

东口夷人笑起来："马先生真是个支那通，连古老的《诗经》都不放过啊！"

马先生得意地又笑。

五十三号院的灯一盏一盏地灭了。

东口夷人画画的身影不见了。半个多小时后，又一盏灯灭掉，东口夷人的房间陡然黑了。东口夷人是一个勤奋的人，几乎每天夜里他都会作画。他的灯一灭，整个五十三号院落全都黑暗下来。

监视着东口夷人的小海往后看了一眼，等着换岗的战士都已经睡着了，他们或躺或靠，有力的鼾声像远处隐隐的雷声。

小海打了个哈欠，擦了擦眼里的泪水。

5

白天里忙，梅科长和梁书记一直没有碰上头，晚上九点钟，开了一天会的梁生泉回到了亚洲饭店。一见梅东岭，梁生泉就立即奔了主题："杜津卫缺了多长时间？"

梅东岭说："半年。就是一九三九年他去大后方的那半年。"

"大后方人更多，不是更容易找人吗？"梁书记使劲儿抽了一口烟。

梅东岭说："他是提供了两个人，可他们都去世了。"

梁书记再次拿起金葵花的证明看了，说："是不是去了解一下这个金口诊所的牙科医生，看看她在抗战中的情况？"

梅东岭听了，忽然就有些高兴，忙说："可以呀！我明天就可以去。"

梁书记打了个哈欠，说："今天真累了，你明天亲自调查一下。就这样吧？"

梅东岭连忙站起："好的！落实了我给您汇报！"

梁书记刚走，保卫科的电话响了起来。梅东岭快步走过去抓起电话。

"梅哥哥，你们又开会了？"是金小荷。

其实，在没有接电话之前，梅东岭就感觉到是她。如果你问梅东岭，他是不是在谈恋爱，他肯定会毫不犹豫地否定。可是，从他内心里说，他是真的在谈恋爱。至少，他喜欢甚至说他爱金小荷。虽然他是农民的儿子，他是个扛枪打仗的战士，可是，他也是个有情有义的男儿。他对这样喜欢自己的女孩子是感激的。他渴望听到她的声音，每听到她用崇拜的口吻跟他讨教，他就有幸福的感觉溢出来，淹没掉他的紧张和劳累。

"是是！"梅东岭压抑不住的兴奋。

"还能见你吗？"

梅东岭没有回答她的问话，而是把他们的计划告诉了对方："小荷啊，明天你在家吗？"

"你是不是有时间来我家了？"小荷高兴起来。梅东岭甚至可以判断，金小荷在跳脚。

梅东岭说："我想明天上午去你家的诊所看看！"

小荷跳脚的声音传过来了："好啊！我先向妈妈报告！你能在家里吃饭吗？我让妈妈准备！"

"第一次过去就吃饭，这不合适吧？"梅东岭故意逗她。

"为什么不合适？谁说的不合适？"小荷说着，忽然就有些难过。她喜欢梅东岭，她多么希望自己是个普通人家的女儿啊，这样，她就可以跟梅东岭真正地恋爱了。如果不能，她希望自己最好不要喜欢梅东岭，可是，她做不到！她是既喜欢梅东岭，又不是普通人家的女儿。她好难啊！

"下次吧？下次一定吃饭！"

小荷真诚地叹了一口气："好吧！妈妈一定会批评我的！"

6

"乐极生悲"。不知道这是谁总结的话语，也不知道世界上有多少"乐极"后边会跟着生出"悲"来。反正，这句似乎含有幸灾乐祸意味的词语，今晚应兆在了金小荷的身上。

听说梅东岭明天要来，她是真的高兴。虽然她的任务是欺骗梅东岭的感情并套出共产党的情报，但她在第一次见到梅东岭的时候就生出了莫名的爱意。她努力地抗拒着这种感情，但她发现，她根本抗拒不了心里的那个"魔鬼"！她想让妈妈见到梅东岭，她想着妈妈也会和她一样对梅东岭产生好感，甚至会放弃战斗而同意她嫁给梅东岭。当然，从理智上讲，她当然不相信妈妈会同意她，可就是这样，她还是想让妈妈见见他。回到诊所，当她把这个消息报告妈妈和他的假义父褚一魁的时候，他们全都兴奋异常，准备着和他建立关系。

金小荷夜里睡不着觉，她一会儿嫌热，一会儿又嫌有蚊子，点着了蚊绳，又嫌味儿大，最后又把蚊绳熄灭。不知道什么时候，她迷迷糊糊地睡着了。说睡着了也不对，因为她看见了梅东岭正从亚洲饭店的大门走过来，挎着盒子枪，这时候，有两个小混混走过来要调戏她。她说："你们快走吧，我的哥哥可是英雄，连鬼子的刺刀都咬断过！"可那两个小混混一挥手，出来一大帮混混。他们戏笑着，上前摸她的胸。金小荷双手紧护，大声喊起来："梅哥哥——梅哥哥——"

梅哥哥不理她，一转身往另一个方向走去。她忽然明白，他没有看见她。

她着急得不行，正想着如何让他听见，忽然，梅哥哥不见了，而此时的小混混猛地抱住了她。

她努力地挣扎着，喊叫着。

她是真的被抱住了，只是这次抱她的不是小混混，而是她的假义父褚一魁。

褚一魁穿着个布拖鞋从厕所里走出来，听见金小荷梦中的呓语，他站下来，把脸贴门上听屋里的声音。

小荷的梦话含糊地传来："梅哥哥，梅哥哥……"

褚一魁举起手里的钥匙，轻轻一捅，锁开了。

金口牙科诊所的几个卧室用的都是从美国进口的暗锁，这表明诊所先进。再说，暗锁也确实方便，不像传统意义的门锁，有长串的门搭，还要有突出的门环。暗锁简捷，门面干净。

褚一魁站着，瞅了瞅四周。

夜色宁谧。有猫的叫声从远处传来。

褚一魁轻轻一推，吱的一声响，门开了。

小荷的梦话停止了，在床上翻一个身。

褚一魁把门轻轻关上。

褚一魁站在小荷床前，看着熟睡的小荷。

十九岁的金小荷半裸着，肉肉的胸脯一起一伏。

褚一魁弯下腰，伸手轻拉小荷的小衣。

小荷真醒了，她揉着眼睛，喊了一声："啊——"

"别怕！小荷，是我！"褚一魁努力地温柔着声音和动作。

小荷又"啊"一声："小混混！"

"不是，是我！"褚一魁的嘴贴到了小荷的脸上。

小荷醒了。

小荷知道了眼前的紧急，她不愿意，却也不敢声张："叔叔，你？你要干啥？"

褚一魁干脆坐在了小荷的床上，黑暗中咧嘴笑着："我、我听见了你的梦话，我怕你害怕！"

褚一魁的手摸住小荷的脚。

小荷缩回脚，退到床角。

"我想教教你，怎样和男人打交道。"

小荷靠在墙上，不觉地大了声音："明天、明天吧，褚叔叔？"

褚一魁站起来，向着小荷的脸偎上去。

"叔叔，别，叔叔我害怕……"

褚一魁坚决地摸上去。

小荷无声地反抗着。

褚一魁摸到了小荷的胸。

小荷两手撕打着。

褚一魁抓疼了小荷。

小荷忍不住喊了一声。

"哑巴"猛地拉开屋门，很响地往厕所里走去。

小荷趁此机会，猛地挣脱褚一魁。

褚一魁猛扑上去，在小荷的乳房上抓了一把。

小荷又是一声低叫。

"操！"褚一魁骂一声，翻身下床，轻轻地打开了屋门。

小荷站起来，关死屋子，用后背使劲倚着，大口大口地喘气，无声的泪水滚滚而下。

"哑巴"咳嗽着走出厕所，一步一步地走进门房。他是小荷的干爹，他是徐莫烈的朋友。其实，若不是金葵花那样爱恋徐莫烈，他是想接纳金葵花的。当金葵花告诉他，她和褚一魁要做假夫妻效劳党国的时候，他就有一种不祥的预感，只是他怎么也没有想到，褚一魁在占有了金葵花之后，还不放过她十九岁的女儿金小荷。他想直接告诉金葵花，但又怕真的坏了军国大事。他一直在犹豫着。他是特工，受过严格的训练，他有着猎犬一样的鼻子，也有着野猫一样的耳朵。他从褚一魁对小荷的眼神里早就觉察到了危险。褚一魁每晚上厕所的脚步声他都知道。可以说，不光褚一魁，金葵花、金小荷，她们所有上厕所的脚步声都在他的掌握中。他警惕着褚一魁脚步的沉重，倾听着金葵花脚步的拖沓，欣喜着金小荷脚步的轻盈。面对小荷的梦呓，他直接挑战了褚一魁罪恶的行动。

褚一魁走了，像一只未能吃到骨头的狗被打了一棍。"哑巴"怀疑，张广才的死很可能也与褚一魁有关。他知道，褚一魁也不会放过他。但他同时也知道，在眼下这么大个院子里，褚一魁也奈何不了他。

"哑巴"杜雅坐在床上，一口接着一口地，连吸了两根纸烟。

7 魏师傅的徒弟潘晓添提着臭豆腐之类的吃食从冥衣铺的门前经过。郭闹闹看见了，连忙走出来搭讪："小潘，令堂好些了吧？"

小潘停下脚步，用感激的口气说："谢谢您！好多了！"

开北方听见，连忙从里屋走出来，穿过铺面走出门来："小潘啊，问候魏师傅他老人家好啊！"

小潘正要走，就又停下来，对着开北方："好的，谢谢开老板！"

开北方大声说："还得谢您呢小潘！昨天您一忙，我才有幸走上了天安门。"

郭闹闹不失时机地说："球，光荣啊老板！"

开北方笑着说："那是真光荣！再有机会了，一定想着我！谢您啦！"

"好的好的!"小潘笑着,一拐弯,消失在魏家的门楼里。

郭闹闹走回冥衣铺内,有些神秘地问:"老板,你说你还有没有机会,下次还能球去?"

开北方说:"只要功夫深,铁杵磨成针。廖先生的话你忘了?这就像蚊子进蚊帐,只要它有眼儿,总能钻进去。"

"老板,"郭闹闹做一个称东西的动作,"我可是准备跟着分金子了啊!"

"闹闹,目光远大些!"开北方走了两步舞台上的官步,"不光金子,还有大官呢!"

"球,你还说廖先生会鼓动人,我看,你比他还能球鼓动!"郭闹闹真诚地称赞他。

开北方说:"天底下啥生意好,就这个生意好!啥本没有,轰一下,荣华富贵,全来了!俗话说,一本万利,咱连'一'的本也没有扎呀!咱是无本万利!"

"啥球无本万利呀!咱是拿命在玩儿!是玩儿球命啊老板!"郭闹闹大声说。

开北方不以为然地说:"啥不是在玩儿命啊!你天天在这儿站着不是玩儿命?就看玩儿得值不值!"

"说得是!老板,拼却老命,咱玩儿球一回!"郭闹闹也学起了戏台上的道白。

"闹闹,咱是过河的卒子,只能往前拱,回不去了!"

郭闹闹想了想,说:"老板,你还是比廖先生会鼓动!"

8 北平的秋天渐渐高起来,天蓝得深远,蓝得彻底,偶尔抬头望,哪怕稍微久了点儿,就会有要飘上去的感觉。金葵花起来了,女儿却还在睡。她抬头看一眼蓝天,心里立即就感觉透亮些,只是这些天夜夜弄毒药,再加上张广才的死,她怎么也开心不起来。对于小荷的晚起,她也感觉不爽,来到小荷门前,不客气地敲响了女儿的屋门。

小荷早就醒了，或者说，她就没有睡着。夜里发生了这场事，她一直矛盾着该不该给妈妈说。她哭一阵儿，想一阵儿，最后的决定是暂时不说。

"小荷，小荷！"金葵花喊起来。

小荷仍然不理。

金葵花又敲两下，大声问："你咋了小荷？不舒服吗？"

小荷开了门，眼睛哭肿了，红红的，大了一圈儿。

金葵花趴上看了看："眼不舒服？"

小荷点头。

金葵花说："一会儿我给你看看。今天梅科长不是要来吗？你快给学校请假吧！"

小荷应了一声，就端了水去洗漱。

金葵花站在她旁边，小声地说："啥事能这样使眼？看书了？"

小荷停下手，毫不客气地说："你能不能让我安静会儿？"

金葵花不吭了，无声地站在旁边。

褚一魁坐在自己屋里的桌子前，阴沉地看着窗外。他知道小荷不同意。他知道"哑巴"杜雅在操她的心，上厕所是故意使"坏"。联想到上一次的猫叫，他明白了杜雅的内心。他想，或许，"哑巴"也在打小荷的主意呢！再想想，"哑巴"是小荷的干爹，应该是保护她的意思多。好吧！既然你这样防着我，既然你操着这个心，我一定要让你的操心白费！"哼哼！"报复心极强的褚一魁，不自觉地用鼻子表达出了心迹。

"哑巴"正在厨房里准备早饭，馒头和米粥已经上桌。他炒了个鸡蛋，卤了个豆腐。金葵花走进来，帮着"哑巴"端饭。

"哑巴"头也不抬，小声问："小荷不舒服了？"

"眼睛肿了，说是不舒服。"金葵花叹了口气，"女孩子大了，有心事了。老毕说的亚洲饭店这个梅东岭，我就怕她完不成任务。"

"你还是注意一下孩子，尽快给闺女谈谈话，看她究竟是哪儿的问题。""哑巴"的声音虽然仍不高，但却明显加重了语气。

金葵花狐疑地看了"哑巴"一眼，她希望他能说明白，或者给她暗示一下。她天天弄毒药，把啥事都忘掉了。

"哑巴"不看她，继续往桌上放饭菜。

小荷在自己的屋里洗漱完了，一想起夜晚的屈辱，忍不住又掉眼泪。她又洗了几把，擦干了，就往外走，可是她忽然发现胸疼。她在屋里试着又走几步，知道是哪儿疼了。她关好门，扣上，轻轻地解开衣扣，撩起衣襟，小心地扒下一边的胸罩，对着穿衣镜照看：

小小的乳房被抓出一道长长的血痕，乳头也烂了，结着个血痂。

小荷龇牙咧嘴地把胸罩戴上，眼泪又流了下来。

厨房里，褚一魁和金葵花、"哑巴"在吃饭。这是一个方桌，平时吃饭是各占一边，褚一魁坐主位，"哑巴"和金葵花坐两边，小荷坐在下边。虽然没有排位，但四个人都知道。瘸腿老张在时，他常常和"哑巴"一起吃，就不在桌边坐。老张走了，只剩下四个人，反而"团结"了，总是四个人一起用。现在，餐桌边坐上了三个人，只差小荷一人了，打麻将似的，三缺一。金葵花喊："小荷，吃饭了！"

上次褚一魁来房里"教"她怎么样和男人打交道，她开始还想着妈妈也知道，只是"教"，做得过分些罢了。昨夜这一次，她是真的感觉到了褚一魁的险恶。他非常有力气，两只手像铁钳似的，按得她动弹不得，两条腿像两道铁箍，紧夹着她的屁股。她没有听见外边的门响，她只感觉在她的反抗下，褚一魁最后放弃了。她对于他的放弃很感意外。她明白了褚一魁的险恶用心，就不想再和他见面。四个人同桌吃饭，让她感到恶心，但她又不敢得罪他。她知道，不但她，她妈妈也不敢得罪他。瘸腿老张死了，她问过妈妈。妈妈似乎回避这个问题，只是说，张广才得了急病，让她不要多问。金小荷十九岁了，职业敏感告诉她，这里可能会有秘密。她不想和褚一魁同桌吃饭，她找到了一个最好的理由，她走进客厅给校长打电话请假。

"校长您好！我是金小荷。今天上午我有事，想请半天假……好，好的……谢谢校长！"小荷故意把声音放得很大，她要让他们知道，她不去吃饭，是在打电话。

褚一魁说："我们先吃吧！菜给小荷留些！"

三个人都不说话，褚一魁不看金葵花，也不看"哑巴"。他匆匆吃过，站起身就走了。

小荷过来了，她坐下来，发了一会儿呆，然后端起粥碗喝了几口，放下碗筷就走了。馍、菜一点儿都没动。

"哑巴"假装不知道，只管低头收拾着碗盘。

小荷起身欲走，忽然感觉胸疼，她犹豫了一下，站住了。

金葵花看出来了，她走上前："哪儿不舒服吗？"

小荷怨恨地看妈一眼。

"你究竟是咋回事？"金葵花有点儿莫名其妙。

小荷不再说话，忍着疼走回自己的房间。

金葵花跟着走进去。

9

五十二号院的监视持续进行着。两天的监视，把五十三号院内住户人员的情况全部搞清了。电话铃再次响起，小海下意识地欲取电话，被于兵伸手拦下了："等一下！"

"为什么？"小海问。

于兵说："先让东口拿起来了再听。"

"你怎么知道东口拿起来了？"小海又问一句。

于兵伸手示意他不要说话，猛地拿起电话：

是颜成坤。

颜成坤只说了一句话："去喝咖啡！"

放下电话，于兵对小海解释："如果我们先拿起来，对方一听就有干扰的声音。如果对方先拿起来，这个声音就会小一些。"

"为什么？"小海真不明白。

于兵说："这是师父教我的！"

黄头发的洛德走进院子。

小海对着照片看了一眼："这个是洛德，德国人，政客。哎？他是不是来找日本鬼子？"

于兵点头："应该是。记下时间！"

小海应一声，看了看手表，在本子上记下了时间：九点二十分。监视的队伍是两人一拨，二十四小时持续不断。之后，又有几个人进出，但都是基本的住户。

罗山过来了："于兵，有啥新情况？"

于兵正要回答，洛德从院子里走了出来。

小海看一下手上的表，连忙在本子上记下：十点三十五分。

于兵说："今天的会很重要，从监听的电话里知道，参加会议的人大体就是在海边照相的几个人。理由是喝咖啡。"

罗山说："我跟吴处作了汇报。根据他们的会议情况，很快实施抓捕。在我们视线范围内活动的，可以暂时不抓，有可能跑出我们视线的，见了就抓。宁可早抓、多抓，决不使特务有一人漏网。"

"明白！"于兵说，"时间真的很紧了！"

10 梅东岭和孙觅从公交车上下来，与等在站台边的胡长寿所长会合了。"往这边走！"胡所长在前边引着路。

到了金口牙科诊所门前，胡所长大大咧咧地走上前，抬手敲响大门。

"哑巴"开了门："请问？"

"我是派出所的胡长寿，保卫处两位同志想来调查点儿事情。"

"啊！""哑巴"伸手示意，"请——"

胡所长大步在前，梅东岭和孙觅跟在后边。

褚一魁坐在里间，透过窗户看着院里，尽管他已经做好了准备，或者说，期待着梅东岭早日到来，但真的见到梅东岭和派出所所长一行三人走进来，他还是像蛇看见了猫似的本能地感到紧张。

"小荷，是不是梅东岭来了？"此时的金葵花正在女儿屋里，她怕小荷像褚一魁说的"关键时刻出岔子"，所以，特地在屋里陪她。

"嗯。"小荷点一下头，大步走出来，"梅科长！"

梅东岭轻声说："小荷，你没上课？"

小荷一笑："专门等你的。"

金葵花出来了。

小荷连忙介绍："妈妈，这就是梅东岭科长，救过我命的！"

金葵花一脸激动："哎哟，梅科长，谢谢您啊！小荷说了多少次了！说解放军叔叔真勇敢！说解放军叔叔真好！要不是你挺身相救，她就吃大亏了！"

小荷又给梅东岭介绍："这是我妈妈，牙科大夫！"

"您好！金大夫？"梅东岭伸出手来。

金葵花连忙握住，扭脸喊一声："老毕！"

褚一魁应声而出，大步上前："我是毕应冬，小荷的爸爸，牙科诊所的所长，其实我不会看牙。"

梅东岭又握了手。

"梅科长，请进吧！胡所长，请！"褚一魁扭脸又喊一声，"老杜，泡茶！"

在金口牙科诊所小小的会客室里，褚一魁、金葵花和金小荷坐在一边，梅东岭、孙觅和胡长寿坐在另一边。

梅东岭开门见山，掏出金葵花写的证明材料，放在桌上。

孙觅掏出笔和本，准备记录。

梅东岭说："首先，感谢金大夫为组织写的关于杜津卫师傅的证明材料。"

金葵花一愣，连忙说："应该的，应该的！"

梅东岭接着说："按照规定，我们有些不明白的地方还要请您再作说明。"

"好的，我知无不言！"金葵花态度积极。

"请问，金大夫，您是怎样和杜津卫认识的？"梅东岭问过，看一眼孙觅。

"啊，"金葵花抬起头，做出回想的样子，"我是个大夫，您知道，认识我的人多，我认识的人少。杜津卫我咋认识的呢？我是个嘴刁的人，从小胃口不好，老生病。外出吃馆子，几乎是出去一次病一次。我就害怕外出吃饭。七七事变后，北平沦陷了。我当时生病在家不能走，就留了下来。有一次，我的一个闺密胡兰儿来找我玩儿，说是有个饭馆很好吃，尤其是鱼烧得好！

虽然我害怕，但是也好奇，就跟着去了。这家的饭不仅味道好，竟然也没让我坏胃。我就记住了这家饭馆，叫天香小厨。第二次再去，我就要认一认这个厨师。因为他让我提高了在外吃饭的信心。这就，熟了。"

梅东岭一笑："还有故事呢！"

"可不！"金葵花接着说，"这一吃，就是一年多。这期间，我去一次，就见一次杜师傅。要说，也没几次。"

金葵花歪头想了想，说："大概有个五六次。最后一次下大雪，我和胡兰儿再去，那是三八年。为啥忘不掉这次呢，因为第七天，胡兰儿离开北平去延安，半路上被鬼子的飞机炸死了。"

梅东岭问："一九三九年的下半年，杜津卫又回北平了？"

金葵花说："啥时候回来的我不知道。我是在下半年又吃他做的饭了，所以记住了。前天他来这里看牙，他的牙龈肿得厉害，说起这些事，他正发愁。我就拦了个宽！"

"谢谢您！我还想问一下，您一直在北平开诊所吗？"梅东岭看着金葵花。

金葵花皱起眉头："是的，只是相当艰难！"

梅东岭点头："啊！"

胡所长说："早先金大夫漂亮得很呢，很有东洋范儿！"

金葵花脸红了："不好意思！我是在日本留的学，恐怕受了点儿日本的影响。哪能称'范儿'！"

小荷给每人端茶让水。

孙觅说："金大夫，听杜师傅说，您正在给他做假牙，我想看一看您做的假牙，可以吗？"

金葵花一停，似乎是想了一下："可以！只是，我还没有给他最后弄好。要不，我拿过来您看吧？假牙多，我怕弄错了！"

孙觅说："我跟着您看吧！我还没见过假牙咋做的呢！"

"年轻的时候谁关心牙呀！一上年纪，牙出病了，你才会关心它。"金葵花笑了笑站起来，"走吧姑娘！你今年多大？"

孙觅说："二十。"

金葵花点头："属小龙的。"

"嗯！"

"比我女儿大一岁。这么小的年纪就承担大事了，值得称赞啊！"金葵花和孙觅走到楼梯口，忽然扭头喊了一声，"小荷，你过来陪这位姑娘同志！"

小荷应一声，从屋里追过来。

孙觅满足了"好奇心"。梅东岭问完了所有的问题，也没有发现有价值的材料，一行人告别后走出院子。褚一魁、金葵花和金小荷热情地送出来。到了门口，小荷轻轻地扯一下梅东岭的衣角，小声问："梅哥哥，你是不是也让妈妈看看牙？"

梅东岭一笑："知道地方了，等几天我专门来。"

小荷走到妈身边大声说："梅科长掉了一颗牙，那是和鬼子拼刺刀的时候被扎掉的！梅科长可勇敢了！硬是咬住了鬼子的刺刀！"

金葵花夸张地叹了一声："我的天！梅科长，今天您来了，听小荷说，您是参加过二万五千里长征的战士。以前都当故事听，谁知道，这样的英雄就在眼前！您能不能给我个面子，让我为您服务一次？能咬住鬼子的刺刀，那是何等样的力量啊！"

"不敢当，金大夫！参加过二万五千里长征的人很多呢！"梅东岭笑着说，"回头吧金大夫！我一定过来看，请您帮我修复！"

金葵花说："我期待着啊！"

小荷小声说："梅哥哥，你再给我们讲讲吧，咋样和日本鬼子战斗的？"

孙觅玩笑着："梅科长，给我们讲讲吧！"

梅东岭摆着手："回头，回头吧！不好意思了！"

走到公交车站，梅东岭和孙觅与胡所长挥手道别。

孙觅忽然说："梅东岭，处长说你有恋人。你的恋人是不是刚才那个金小荷啊？"

梅东岭脸一红："哪有的事！"

孙觅直直地盯着梅东岭："老梅，你真的没有？"

梅东岭说："真的没有。"

孙觅笑了,说:"我看那小荷可是真的啊!你看那眼睛,火辣辣地看着你呢!"

梅东岭也笑了,说:"她就是个眼睛亮!"

11 监视仍在进行中。

东口夷人走出了五十三号院,仍是站在门外,看一看街道两头,然后,抬起胸,一挺一挺地走上大街。

于兵习惯性地看一下手表:"两点整,记住!"

"两点整。"小海重复着,在本子上记下来。

罗山说:"于兵,走,跟上去!"

"是!"于兵应着,两个人迅速出了屋子。

东口夷人夹着皮包走上大街。

东口夷人目不斜视地走过拐角,用眼睛的余光瞄一眼周围,没有发现异样的情况,他站着犹豫了一下,一拐,走上了高高的城墙。

罗山和于兵跟在后边,看他走上了城墙。两人站在墙下悄悄地商量。

罗山说:"你在后边叮着他,我到前边去截他。"

于兵点头:"哪条街?"

罗山说:"前边第一条街我估计他就会下来。他绕行的目的一是怕有人监视,一是要甩掉监视他的人。所以,他不会在城墙上太久。"

于兵点头:"明白。"

罗山扭脸走进一条街道,飞速而去。

罗山走到街头,在一个茶摊儿前坐下来,等着东口夷人。

卖茶的小姑娘:"叔叔,你喝啥茶?"

罗山指着旁边的水壶:"就这个茶!"

小姑娘给罗山倒了一杯。

东口夷人走得很小心。他走了一会儿,装作东西掉了,蹲下来找东西。他在寻找东西的时候,把四周看了一遍。

高高的城墙上空荡荡的，一个人影儿也没有。

东口夷人放松了心情，禁不住噘起嘴巴吹起了日本歌曲《君之代》。

于兵在城墙下不敢跟近，他装作采花的样子，一边走，一边采，野菊花刚刚含苞，他采了一把拿在手中。

罗山在茶摊边儿喝茶，警惕地观察着街头处的城墙。

东口夷人没在这里下来，而是大步地走了过去。

罗山付了钱，站起身来。

于兵过来了："师父！"

罗山说："老办法，你在下边叼着，我去前边截！"

东口夷人再一次停住脚，放眼望着空荡荡的城墙。他确信没人跟踪了，这才大步走下城墙，拐进街里。

罗山和于兵在街上会合后，两人分一下工，再一次分别跟踪。

马斯利住的是一个单独的四合院，虽然小些，但是功能齐全，非常安全。为了装得像，也为了让朋友们舒服，马斯利正在屋子里磨咖啡。他把一捧咖啡豆放进咖啡机的筒子里，然后装上盖子。

马斯利一按开关，马达小声地响起来。

马斯利在四合院门口的石雕门墩上，摆了一黄一白两盆菊花，花还没有开，一片的花苞丁子似的从叶丛中挺出来。刚浇过水，叶片上的水珠儿还在晶莹，似乎在与丁子似的花苞争夺艳丽。

东口夷人来到了，看着门边独特的摆设，微笑着蹲下来，嗅了嗅含苞的菊花，随后站起来，歪了头观察着菊花的形状。他是个画家，对事物的形体有独特的感受。东口夷人又往四下里看了看，这才抬起手来，轻轻敲响了院门：笃笃笃笃，笃笃笃笃……

马斯利正要泡咖啡，高声应着："来了来了——"

马斯利走出屋子，一群鸽子鸣着嘹亮的鸽哨声从院子的上空飞过。马斯利抬起头来，伸胳膊做了个飞翔的样子，走到门前，轻轻开了门，很夸张地做了一个请的手势。

东口夷人哈哈地笑起来："马先生，你越发精神了！"

马斯利再次看着高天上的鸽子，禁不住感慨："北平的秋天，高啊——"

"所以你精神！"东口夷人不禁也停住脚，仰头看鸽子。

"感谢鸽子！"马斯利高声说着，再做一次请进的动作。

这是城外的一条小街，罗山和于兵从这座四合院门前走过，关注到门前一黄一白两盆菊花。

两人没在门前停留，走进不远处的一家杂货铺子，一边看货，一边关注着独院的门户。

洛德也来了。洛德习惯性地瞅一下身后，才抬手敲响院门：笃笃笃笃，笃笃笃笃……

无人出来开门，洛德一推，院门开了。

洛德又瞅一眼身后，正要往里走，忽然看见了走过来的颜成坤，洛德就停了下来。

颜成坤也看见了他，抬手打了个招呼："嗨！"

洛德很高兴地伸过手，两人握了一下，一同走了进去。

罗山和于兵走出杂货铺。

罗山发现旁边有一处高地。高地的草已经发黄，几棵野生的楮树和枣树还茂盛着。

罗山指一下："走！"

于兵心领神会，两人爬上高地。

12

客人送走了，小荷回到屋里，金葵花跟着也进了小荷的屋子。

小荷走到镜子前，对着镜子收拾头发。

金葵花说："小荷，你下午还去学校吗？"

小荷"嗯"了一声，她看着妈说："你给我的门买个插销吧！"

金葵花扭脸看一眼屋门，小荷的门锁是美国流行的铜锁，内外都可以打开，只有里边的人可以锁门。门锁好好的，她有些犹豫："这锁不是好好的吗？装一个插销不好看吧？！"

小荷的泪水一下子溢了出来。

金葵花连忙应承："买，买！为啥呀？"

小荷不理她，继续梳理着头发。

金葵花看着女儿。

小荷梳完了，仍然不看金葵花，只是小声地说："我害怕！"

金葵花约了看病的人，她今天真的不好走开，她来到厨房。

"哑巴"正忙着，知道金葵花来，并没有抬头。

金葵花说："杜兄，小荷刚才让我给她的屋门买个插销，她说她害怕。我一说装上个插销不好看，她立即就哭了。"

"哑巴"停下手，看着金葵花，用不容置疑的口气说："买吧！"

金葵花看"哑巴"一眼，她对"哑巴"的口气感到诧异。

"哑巴"说："大夫，既然女儿说害怕，那就买一个装上，值什么？一会儿我去买！"

金葵花说："也行，买了你就给她装上。"

"哑巴"犹豫了一下："你让所长装！"

金葵花问："为啥？"

"哑巴"不说话。

"你没有时间？"

"哑巴"仍没说话。

金葵花警惕起来，但她又不知道警惕什么，说："杜兄，你和小荷的爸爸是好友，又是小荷的干爹，莫烈去世得太快，以至于啥话没留。这么多年，你没少帮助我们娘儿俩。有啥需要提醒或者指点的事，你一定要提出来啊！"

"哑巴"点头。

金葵花停了一下，说："为了让小荷感到我是重视她的，我亲自去买吧！"

"哑巴"再次点头："最好！"

金葵花说过，转身要走。

"哑巴"说："只是要快些，不要等到明天！"

金葵花说："我知道，我一会儿就过去！"

第二十三回　特务组制订恶毒计划
　　　　　　　美食家进驻亚洲饭店

> 不是烟，不是茶，不是酒
> 你一口，我一口，他一口
> 滋味人人心里有
> ——打一字

1　马斯利的客房是一间典型的西式会客室。两排沙发，夹着中间的一张咖啡桌。五个人已经来了四人，马斯利和东口夷人坐在咖啡桌的东边，洛德和颜成坤坐在咖啡桌的西边。

　　洛德端起咖啡啜了一口，真诚地称赞起来："马先生的咖啡堪称艺术！"

　　东口夷人连忙赞成："洛德君说得好，我每次来，几乎就是冲着先生的咖啡啊！"

　　几个人都笑了。

　　马斯利给三人又倒了一杯，抹一下稀疏的头发，说：

"按照中国人的说法,马斯利已属老朽,老且朽矣!还能为诸位服务,幸甚至哉!洛德先生,我说得可对?"

洛德说:"'幸甚至哉,歌以咏志!'这是曹操的诗啊!我们在学校学习的汉语,到了中国才发现,都是古代的汉语句式。'何罪之有!''如之奈何!''一之谓甚,岂可再乎?'你应该重视颜成坤先生之评价才是呢!"

颜成坤低调地一笑:"马先生是一个语言天才,他的汉语炉火纯青,连我都望尘莫及啊!"

马斯利说:"炉火纯青,望尘莫及。颜先生成语多多啊!"

大家又笑。

洛德问:"村田成一君怎么没来?"

马斯利正了颜色:"诸位先生,今天的聚会相当重要。"

其他三人立即坐直了身子。

"本来是昨天要开呢,大家不知道,东口夷人先生的公文包忽然被小偷抢走了。"马斯利故意停下来,观看大家的表情。

大家的神情更加专注。

马斯利这才接着往下讲:"我和东口夷人先生都很紧张,最初的判断是共产党可能要有所行动了!为什么呢?我们请求'金钱豹',也就是马海朋的袭扰队支持的时候,马海朋突然出事了。虽然他死了,可我们的信件很可能被共产党的谍报机关发现,我们的意图也很有可能被共产党的谍报机关察觉。这就是我和东口夷人先生紧张的原因。"

众人点头。

"为什么我们大家的公文包都不被抢,唯独东口夷人先生的被抢呢?后来事情的发展,让我们的疑虑有所减轻。东口夷人先生的公文包被还回来了。"马斯利做一个放松的表情。

"谁人所还?"洛德的问话仍是古汉语的句式。

颜成坤笑了:"咋还的?"既是重复一问,也是对"古汉语"婉转地提醒与纠正。

马斯利说:"这本来应该东口夷人先生回答的,我就越俎代庖一回?"

东口夷人笑着点头。

马斯利犹豫了一下，说："还是由东口夷人先生来讲才对！先生，您请！"

洛德也做出请的样子。

东口夷人啜了一口咖啡，说："是第二天小偷还包的过程让我基本打消了疑虑。"

"啊？"洛德和颜成坤齐表惊讶。

"诸位想想，若是你的包被人偷走，偷你东西的人却通知你，第二天中午十二点要在某电线杆旁准时还给你东西时，你的想法是什么？"东口夷人说过，故意停了一下。

洛德说："抓住他！"

"嗯，"颜成坤点头，"当然要抓住他！"

东口夷人一笑："对的，我的第一反应就是我要抓住他。我是大日本关东军的炮兵队队长，还当过土肥原贤二先生的谍报顾问，一个小小的毛贼偷了我东西不说，还胆敢下战表亲自送给我。当然，送我东西的小偷也一定会猜到我要抓他。他之所以敢冒这个险，说明此小偷还是很自信的。抓住他或者抓不住他，被抓住或者不被抓住，'To be or not to be？'这对双方都是一个挑战啊！"

"是死还是活，是成功还是失败，东口君引用莎士比亚的这句名言真是太恰切了！"颜成坤兴奋了，"很有意思！挺刺激啊！"

洛德点头："诚然！往下讲。"

"为了表明我的正义，我专门请了派出所的所长和警员。可是，我们六个人在那儿等了两个多小时，等来了什么呢？"东口夷人再次停下来等待效果。

大家再次凝神静气。

东口夷人双手一摊："一个人影儿没见！"

洛德先笑了："东口君被捉弄于毛贼了？"

"是的，我也这样想。我气极了！小偷真是太可恶了！你偷了我的东西，还凌辱我的智商。"东口夷人从鼻孔里出了一股粗气。

众人一齐点头。

"我气得手足无措，无意间一摸衣兜，诸位猜怎么着？东西，全回来了！"东口夷人的双手又一摊。

洛德大喊："是吗？如何送君的？"

东口夷人学着西方人的样子，双手一端。

马斯利哈哈地笑了起来："东口夷人先生在卖关子。他的东西回来了，可是没有见到人，别说小偷，正人君子也没有见到。"

"中国的小偷就有这个本事，五百米之内都能给你送到。"颜成坤说着，做了一个发功的动作。

东口夷人不满地看一眼颜成坤。

颜成坤感觉到了，立即停手。

东口夷人说："十二点的时候，我看了表，紧张地准备抓小偷。可是小偷没来，却来了一对漂亮的恋人，他们骑着两辆崭新的自行车经过我的身边，男的忽然一扭头，一口痰吐在我的衣兜上。我那恶心啊！要不是等着小偷，我肯定不依他们了……"

颜成坤说："我知道了，这两个人就是小偷。"

东口夷人重重地点头："对的。"

马斯利禁不住插话："这就是我和东口夷人先生放松的原因。如果不是真的小偷，你们想想，他会做得如此天衣无缝吗？他会那样准确地'呸'一口，绝对有把握地吐上东口先生的口袋吗？绝了，佩服中国的小偷！再说，要真的是共产党的警员，他用得着这么煞费苦心吗？正是小偷的游戏，让我们放下了悬着的心！"

洛德使劲儿地点头："很戏剧！"

颜成坤问："一样东西没有少？"

东口夷人轻松地一笑："除了钱！"

马斯利又煮了新的咖啡，他端着咖啡壶给每个人又倒了一轮咖啡。咖啡浓香，众人谁也不愿丢掉这享受的机会，一个个忙又吱吱地啜着。

马斯利看大家都啜过了，说："据中情局的判断，共产党的建国日期可能选在十月一日。"

"啊！"众人对此消息的准确一起表示赞叹。

"中情局要求我们，要在十月一日这天做出一个伟大的行动。"马斯利的重音放在了"伟大"二字上。

"伟大的行动。"洛德感慨，"何种行动堪称伟大呢？"

众人期盼地看着马斯利。

"中情局要求我们的伟大行动是什么呢？"马斯利在自己的咖啡杯上啜了一口，也是要集中大家的注意力，"就是在毛泽东等中共高层和各民主党派领导人登上天安门的时候，往城楼上，开——炮！"马斯利说得很激昂。

"哇——"其他三人几乎要欢呼了。

"能做到吗？"洛德轻声问。

马斯利神秘地一笑："当然能做到！"

众人兴奋得跃跃欲试。

"刚才，洛德先生问村田成一先生怎么没来，我现在告诉诸位，威力无比的迫击炮和炮弹今天已经到了。我们的村田成一先生另有任务……"马斯利握着手举了举。

颜成坤问："去接炮弹了？"

马斯利笑而不语。

洛德说："下边我们如何办？"

东口夷人一挥拳头："干！"

"诸位莫急！"马斯利止住大家的情绪，"伟大的事情需要齐心协力。下边，我要请求诸位的配合！"

众人全坐直了身子："愿听指挥！"

"好！"马斯利站起来，用威严的声音喊："东口夷人先生！"

东口挺胸："在！"

"你配合村田成一先生，完成炮打天安门的任务。"

东口夷人面色严峻："是！"

"天安门周边所有的距离测量都是东口夷人先生一人所为，先生配合村田是最恰当的人选！"马斯利说这些话，是为了向众人解释其命令的合理性。

东口夷人使劲点头："是的！"

马斯利又喊："洛德！"

"到！"

"你的任务是后勤供应！"

洛德学着东口夷人的样子，猛一挺胸："是！"

"伟大的行动依赖于有力的后勤。洛德熟悉环境，诚为可靠的担当。"马斯利又作了解释。

洛德说："放心，我一定做好后勤保障！"

马斯利又喊一声："颜成坤！"

颜成坤挺胸响应："到！"

"你负责整体的配合和调度。"

"是！"

"我们都是外国人，只有你不是外国人。外国人一切不明白的事情你都要明白，你都必须明白。所以，整体的配合和协调都由你掌握。"马斯利的命令清楚明白，有理有利。

颜成坤大声说："我保证不辜负先生的重托！"

马斯利说："不是我的重托，是我们的大老板中情局的重托！是国民党蒋介石政府的重托！更是中国人民的重托！大家明白吗？"

三人齐应："明白！"

"村田成一先生之所以没来，是他和我们一样，正在履行着伟大的使命！"马斯利的声音还没有落，桌上的电话铃陡然响了起来。

马斯利伸手抓起电话："我是马斯利，请问……你好你好啊，村田成一先生，朋友们都在说你呢！……好，好好！好消息从来都不嫌多！……好好，'问候大家'，这个任务保证完成！"

马斯利放下电话："村田成一先生的电话，他让我代他向大家问好！他说货已到，正在装运。"

东口夷人忍不住露出笑容。

颜成坤说："村田先生的货肯定是好货了！"

马斯利说:"专为天安门准备的货物,能有坏货吗?"

众人忍不住轻轻鼓掌。

2 罗山和于兵爬到旁边的高地上,马斯利的独院就尽在眼底了。

这是一个四合院,与金葵花的诊所基本相似,不同的只是院子稍大了些。院子里空荡荡的,一个人影儿也没有。

两人找了个能够观察到全貌的地方藏起来。

罗山说:"这儿就是马斯利的地方了,尽管我们没有见到他,但可以判定,这里是他们经常相会的据点。"

于兵小声问:"东口夷人、洛德、颜成坤,一共来了三个,那个村田成一怎么没见到?"

"两种情况,要么他来得早,我们没见上,要么他今天没来。"罗山判断。

于兵点头:"大海边的五个人怎么会缺一个呢?应该是来得早!"

虽然已是秋天,北京的天气还是很热。两个人在高地上的枣林子里坐下,静等着马斯利一伙儿,忽然就有些无聊。于兵打了个哈欠。这一段太累,人不能停下来,一停下来就想打瞌睡。想起吴处的谜语,罗山忽然问了一句:"于兵,'卜一卦,夕阳下,不在圈内徒挣扎。'处长的谜语你猜到了吗?"

于兵又打个哈欠,揉了揉眼睛,说:"处长的谜语越来越短,也越来越难猜了。"

"是吗?"

"啊!"于兵又要打哈欠,他连忙用手捂住,"您猜出来了?"

"'卜一卦,夕阳下',既然是字谜,你就要想到用其中的内容。"罗山看着于兵。

于兵在地上画了几下,左取一个"卜",右取一个"夕"。"'卜一卦,夕阳下',你看,组不成字啊!"

"你反过来!"

"反过来?"于兵说过,把"卜"和"夕"调了位置,"'外'字吗师父?"

罗山笑了："猜出来了还问我！"

"啊！"于兵重复着回味，"他要说'夕阳下，卜一卦'还好猜些，他偏偏倒着说，就把人迷惑了。'不在圈内徒挣扎'，这句太好了，既是意会，也算强调。哎？啥意思啊？"

罗山不语。

于兵轻拍脑门："外国人！是让我们盯紧这几个外国佬！"

罗山浅浅地一笑。

"煞费苦心！处长真是煞费苦心啊！"于兵感叹着，忽然说了一句，"不是还有一则吗？"

"这一则你要好好猜，和上一则谜语应该有关系！"

"为什么？您猜出来了？"

"如果没有关系，处长何必一次写两则呢？"

"有道理！您别说啊师父，让徒弟努力努力！"

两人在高处的树丛里观察着，等待着。天色渐渐地暗下来，高远的天空隐隐有星星出现，屋门很细地响了一声，东口夷人和洛德、颜成坤鱼贯走出屋子。

马斯利送出来了，四个人穿过院子，来到门口，马斯利伸出手，和三个人一一握别。

于兵小声说："这个秃顶的老头儿就是马斯利了！"

"此人是头儿。"罗山轻轻地点头。

"没看见村田成一呀？"

"彼人应该没来。"罗山开了个玩笑。

"没来？他们是一伙儿啊！上了海边相片的就缺他了。"

罗山轻拍一下于兵，说："你跟着颜成坤。"

"是！"于兵应着，使劲儿点一下头。

"我跟洛德！"

"是！"

两人迅速撤下高地，各自去追自己的目标。

洛德在前边走着，罗山在不远处尾随。

洛德一拐上了高台阶。

罗山从门前走过，留意地看了门牌：

紫荆巷33号

颜成坤在街上正走着，忽然就停下来，掏出香烟抽，趁此时机，把身后和身边的人逐一观察。他看见了远处的于兵，一拐，就到了路旁的一家杂货店，和店里的老板聊起天来。颜成坤知道中国人的智慧，他的警惕性是最高的。

于兵从门前走过，又怕颜成坤从杂货店的后门逃走，他在旁边的商店里买了包烟，踅身又返了回去。

颜成坤出来了。他瞅了瞅四周，确信没人跟踪，这才拐进一个胡同，走进了二十八号小院。

于兵从院门前走过，记下了胡同和门牌号。

罗山和于兵连夜向吴邑处长作了汇报。

吴邑分析："马斯利是这个小组的头目，这个可以判定。其他成员从他们的专业来看各有分工。村田成一和东口夷人极有可能是这个炮轰天安门恶毒计划的执行者，因为他们有此能力。马斯利虽然也会用炮，但他毕竟年纪大了，打炮是需要体力的。因此，东口夷人和村田成一必须死盯，二十四小时不间断。要两个人盯一个。遇有特殊情况，立即实施抓捕。"

"是！"

"所有人都要盯紧，马斯利也是重点！"

"是！"罗山和于兵再次响应。

"我立即向保卫局领导汇报，从二十一号到二十四号，我们用了三天时间，基本弄清了这个犯罪团伙的情况，成绩很大！"

罗山说："村田成一一直没有露面，这个情况令人不安。"

"是啊！"吴邑点头，"从了解的情况看，村田成一做炮手的可能性最大。"

罗山和于兵都点头表示同意。

"这个人年纪最轻，在关东军里是炮兵队的队长。你们知道，鬼子的炮兵队射手都是经过严格训练的，而队长更是严格中的严格。所以，这个人要千分之千地小心！"吴邑用指头在桌面捣了一下。

于兵说："这个人没有出席会议，我们猜猜，他究竟会到哪儿去？"

吴邑说："对呀！是另有任务离开了北平，还是突然有事没有赶上，或者干脆就是不让他参加会议？"

罗山说："直感告诉我，这个人在北平，很可能是因为有重要的事情没有参加。"

"他们会议的内容会是什么呢？"于兵又要猜。

罗山说："很可能是讨论或者部署炮轰天安门的事情。我们的计划虽然周密，但敌人也有自己的谍报机关啊！"

"这样说，马斯利住处应该有炮和炮弹。或者，东口夷人的住处有炮和炮弹。不然，他们的武器放在何处？"于兵又问。

罗山想了想："马斯利的住处离天安门大概有五公里之遥，迫击炮的最佳射程是三到四公里，如果从马斯利住处炮击天安门显然是不现实的。"

吴邑说："东口夷人的豆花巷就可以了，那儿离天安门可是在四公里之内的。"

"所以，我建议，"罗山说，"必要的时候对东口夷人实行突袭，如果他屋里有武器，立即将其逮捕。这样既从根本上解除了对天安门的威胁，也可以撕开一个口子，对抓捕其他特务有帮助。"

于兵说："对！早抓早安生！"

吴邑轻轻摇头："再等一等。为什么呢？一是我们时间还来得及，可以进行更深入的侦察。更重要的是，那个村田成一还没有消息。抓捕特务最好是一网打尽，切忌遗患。下边，你们要务必找到村田成一。"

"好！除恶务尽。"罗山说，"我们已经有了东口夷人的电话本，我们还要把马斯利、洛德、村田成一和颜成坤等人的电话联络关系一一查到，从行动到信息，统统监视起来。"

"很好！"吴邑点头。

"我去查吧！"于兵请求任务。

吴邑说："不，我打电话给电话局长，让他们连夜查找。你和罗山的任务是立即设点儿，把这几个家伙一一监视起来。"

"是！"

两人走出办公室大门，于兵忽然说了一句："师父，这则谜语我猜出来了！"

"是吗？"

两个人又回到办公室。

罗山大声说："处长，于兵近段有大进步，这一则谜语他也猜出来了！"

"好啊，快说！"吴邑似乎比他俩还想知道这个谜底。

"应该是'夥'，一夥的'夥'（"夥"是"伙"的繁体字）。"于兵很得意，"师父说，这两则谜语的意思应该是相连的，如果不连，处长为什么要一次出两则呢？处长，是不是这个意思？"

吴处哈哈地笑起来："你已经猜对了，就不用再问我了嘛！"

"两则谜语是要求我们要盯紧这一伙外国特务，是吗处长？"

处长重重地点头，说："帝国主义亡我之心不死，他们不甘心自己的失败，是不愿意轻易退出历史舞台的。"

"一颗一颗，毒果很多。黑白红黄，穷凶极恶。"于兵禁不住又念了一遍，"处长，这白、红、黄，都是实有其指，黑，指的什么？"

"自己猜嘛！"

"是！"能猜着这一则，于兵太高兴了，举手敬了一个军礼。

"还想猜吗？"

"猜猜猜！"于兵兴趣高涨。

吴邑再次拿起粉笔。

3 此时的村田成一正坐在人力车上往家赶。他要了两辆车子，一辆车子拉他，一辆车子拉着他的东西。

车子在豆腐巷七十八号院的门前停下。村田掏出钥匙开了院门。

两辆车子紧跟着推进院里。

村田成一开了屋门。

两个车夫连忙从车上往下抬箱子。

"这箱子装的啥，挺沉的！"一个车夫小声说。

"谁知道呢！"另一个车夫说，"反正抬下来就完了。"

村田成一站在屋里指挥着："放这里！"

两人抬进屋子，放在村田成一指挥的位置。

村田成一给两人付钱。

车夫说："先生，你这箱子够沉的，是不是？"

村田不满地看他们一眼："这是我买的治疗眼病的医疗器械，将来二位的眼睛……"

另一位车夫连忙说："先生请打住，就按原来说的给，不加钱了！"

村田成一点头付钱。

两个车夫走出院子。

车夫往地上吐了一口唾沫："我算是看清了，人越有钱越抠门儿。"

"你才明白？为什么他有钱，就因为他抠门儿！"

村田成一听见了两人的议论，但村田成一不跟车夫计较。他太兴奋了，不屑于跟人计较。他闩了院门，闩了屋门，又隔着门缝往外观察了一阵，确信不会有事了，这才轻轻地打开了箱子。

金亮亮闪光的，那是迫击炮的炮管。

村田成一一使劲儿，把重重的炮管像抱自家的婴儿似的轻轻地拿出，欣喜地用日语说了一句：

"老朋友，我的老朋友！"

村田成一在炮筒上亲一下，眼泪忽然流了下来。他是二十岁当上的炮兵，他从炮兵学校毕业后走进部队的第三周，就积极报名参加了淞沪会战。他所在的炮队对着上海轰了三天。他是第一批走进上海市的炮兵。

村田成一抹了一把眼泪，扭脸看见了前墙上的窗户，他连忙拿了被子把窗户堵上，这才从箱子里取炮件。他一件一件小心地取出，又一件一件小心地装上。当一个完整的迫击炮站在他面前的时候，村田成一对着这门炮敬了一个庄严的军礼。

4 这是一个中学老师的家,三间房子,正屋贴着毛主席的画像,两边墙上贴着中国地图和世界地图。

东间靠窗是一张桌子,三十岁左右的女教师苗蓝正坐在桌边改作业,她教的是地理。

廖响掂起包从西间的卧室走出来,来到苗蓝身边,轻声说:"蓝,我出去半天。"

苗蓝抬起头,很甜蜜地一笑:"早点儿回来!"

廖响在她的耳边亲了一下。

苗蓝站了起来:"你告诉我,啥时候我们正式结婚?我已经给我爸写了信了!"

廖响一笑:"再过几天,我把这笔生意做完了,我带你回广西。我们要邀请所有的亲朋好友参加我们隆重的婚礼。我不能再对不住你了!"

苗蓝很动感情地抱住他亲了一口:"去吧!注意安全!"

"嗯!"廖响飞了一吻,就要转身。

苗蓝扯着软嗓:"慢!"

廖响停下来。

苗蓝走上前,拿小梳子给廖响梳理一下头发。

廖响一脸温柔,一副很受用的样子。

这是廖响回国后,准确说,是他来到北平见到苗蓝重续爱情后常享的礼遇。她总是不厌其烦地替他做事,包括梳头、熨衣、擦鞋甚至理发。开始他也不愿意,感觉太麻烦她了。他是在美国受的教育,平等、自由,自己的事情自己做。其实在他的内心深处,还有一个不能说出的原因,他感觉不配享受她如此的深爱。后来他发现,苗蓝是真的在享受这个过程,他就心安理得地接受下来了。

遵照女友"早点儿回来"的嘱咐,廖响在夜近九点时回来了。"蓝!"

廖响喊了一声。

苗蓝跑上前，夺下他手里的包，扶他坐在椅子上，说："还没有吃饭吧？"

廖响知道她对他的爱，知道她能伺候他是她的幸福。苗蓝的问饭有个特点，如果她只是礼貌地问话，会说："你吃过了吧？"这个句式的深意在肯定你吃过饭了，她潜意识的愿望是不希望你打扰她。可她对于他，从来都不用这个句式，而是永远这样问：

"还没有吃饭吧？"

这个句式的判断倾向于你没有吃饭，她准备着随时给你去做，她欢迎你的打扰。

廖响乐于给她享受幸福的机会。不过，他真的吃过了，不敢说没有吃，不然，她真的会再给他做一顿。

廖响坐下来。

"你歇会儿吧！"她歪头看着他，随后再加一句，"别动啊！"就像哄一个被宠的学生。

苗蓝把一杯开水端到廖响面前，又忙着调试盆里的水温。廖响的水还没有喝到嘴里，苗蓝的洗脚水就端了过来，轻轻地放在了廖响脚下。

"谢谢！"廖响多情地看着她。

"你真会客气！"苗蓝的额头上有微微的汗水。

"不是客气。只要看见你，我就禁不住地想说谢谢。"廖响说的是真话。

苗蓝幸福地看着他："为什么呢？"

廖响说："蓝，我们一起上学的时候，我就知道你喜欢我，可我还是选择了出国。我不知道你一直在等着我……"

苗蓝的眼睛里盈起了泪水。

"直到这次我回国，在家乡听到你的情况，我赶来北平见到你！"

"廖响，我不知道你干的什么工作，你不告诉我的，我也不打听。我只在心里深深地爱着你。你是我的梦想，你是我的童年，你是我的初恋。尽管你从来没有承诺过我。自从见了你，我忽然感觉我活得充满了意义和价值。北平的天更蓝了，鸽哨的声音更悦耳了，满街上都是幸福的歌声。真的是新中国了……"苗蓝说着,眼睛里就有了泪水。

廖响停住脚,脸看向别处。

苗蓝停下来,小声问:"热吗?"

苗蓝走上前,伸手在盆子里试了一下,趁势给廖响洗起来。她蹲在廖响跟前,一个脚趾头一个脚趾头地洗着。她很细心,也很用心,生怕一使劲儿揉疼了他的皮肉,尽管她知道揉不疼。

廖响说:"蓝,等这笔生意做完了,我就带你回家乡结婚。我今年三十二岁,你也不是小姑娘了!"

苗蓝幸福地一笑,眼睛里都是迷离:"我就知道,我会等到你的!"

廖响故作惊讶:"真的?"

苗蓝抬头望着廖响,幸福得两眼放光:"当然真的!在暗夜无声的时候,我老能听见你呼唤我的声音,你说,苗蓝,等我!苗蓝,好好地等我!当我睁大满眼含泪的眼睛时,鸡就叫了,天就亮了。"

廖响感动了,轻唤一声:"蓝啊!"

"哎!"苗蓝轻应一声,偎依在廖响的膝盖上,想起漫长时光里的等待,禁不住小声地啜泣起来。

5 小荷正在换睡衣,妈妈进来了。

小荷说:"妈妈,今天夜里你来陪我睡吧?"

金葵花故作高兴:"行啊!"

小荷看妈一眼,眼睛又红了。

金葵花问:"你做了啥梦,吓得你这个样子?"

小荷不语。

"是不是梦见被人抓住了?"

小荷摇头。

"我就经常做这个梦,醒来就再也睡不着,越想越害怕。我们这个职业是需要适应的。不过,听组长说,等这个任务完成,我们就一起撤退了。一起撤到台湾！远远地离开这个地方。"

小荷拉住妈妈坐在床上。

金葵花又问："是不是梦见你爸爸了？"

小荷摇头，哭了。

"我也做了多年你爸爸的梦。他老是怨恨地看着我，好像是怨恨我没有给他报仇。"

小荷看妈一眼，欲言又止。

"我去拿东西，陪着女儿睡。"金葵花拿了个薄被子，穿了睡衣，再次来到女儿的屋子，和小荷一头躺在床上。"不害怕了吧？"她似乎很得意，看着女儿笑。

小荷不笑。小荷说："妈，我想问你个问题。"

金葵花扭脸看着女儿。

"行吗，妈？"

"行啊！啥问题？"

"你真的爱我爸爸吗？"

金葵花点头："真的爱！"

"你真的发过誓要为我爸爸报仇吗？"

金葵花又点头："发过誓。"

"你真的感到能实现为我爸爸报仇的誓言吗？"

金葵花坐起身来："能实现！"

小荷仍然躺着："你不是说杀我爸爸的凶手是杜津卫吗？可你现在为什么不想办法杀死他却还要努力地配合他呢？"

"这是党国大事和个人恩怨的矛盾。组长答应，事成之后，他要帮助我复仇！"金葵花忽然压低声音。

小荷猛地坐了起来："妈，他是个骗子！"

金葵花捂住女儿的嘴。

小荷挣脱妈妈的手："妈，我可以向你保证，他既不会替我爸报仇，也不会给你我带来幸福！"

金葵花有些生气："小荷，不许你这样说！"

小荷在黑暗中看着妈妈："妈，你真的和这个毕应冬好了吗？"

金葵花猛吐一口粗气："你不要问妈妈这个话。"

"不，你告诉我，妈妈，你是不是真的和这个毕应冬好了？我是你的女儿，我想知道！"金小荷带了哭腔。

金葵花犹豫了一下："这个、这个，对于你，真的非常重要吗？"

小荷说："非常非常重要！"

金葵花不说话。

小荷抱住了妈妈的胳膊。

金葵花点了点头。

小荷忽然哭起来。

金葵花安慰女儿："这是妈妈的事情。妈妈当然是要告诉你的，只是我没有想到会以这样的方式告诉你，也没有想到会这么快地告诉你。"

小荷哭着，喊了一声："妈妈……"

金葵花不知道，女儿为什么哭得这样伤心，她只想着，女儿是因为她对爸爸的背叛而难过。

就在小荷哭泣的时候，金口牙科诊所的两个男人都没有睡去。"哑巴"躺在门房里，侧耳倾听着外边的声音。而化名毕应冬的褚一魁正坐在桌子前，透过窗户看着外边的院子。他看见小荷屋里的灯熄灭了，黑夜一下子挤满了院子。"哼哼！"褚一魁下意识地剔了一下鼻孔，突然从椅子上站起来，狼一样在屋子里来回走动起来。

6 于兵和小海仍然监视着豆花巷的五十三号院，东口夷人的所有行动皆在他们的掌握之下。

对洛德的监视点刚刚建立起来，是由市公安局一处负责的。他们的监视日记开始于一九四九年的九月二十四日。

对马斯利的监视费了一点儿劲。因为它是一个单独的四合院，对面没有合适的房子可以设点。罗山选了远处一栋小楼，后边的窗户正对着马斯利的院子。不足之处是远了点，监视会受到影响。好处当然也有，就是马斯利不会怀疑这里可做监视点。为了监视的效果，罗山在窗户的后边架起了一台望远镜。望远镜聚起焦，马斯利的形象常常会毫发毕现地呈现在面前，甚至赤裸得让人难堪。

监视点是夜里九点完成的，罗山趴上望远镜一看，就看见正接电话的马斯利。他一边接，一边围着桌子转圈走动，电话线毕竟不够长，他走大半个圈子，就一转身回来，再走大半个圈子。来来回回地，样子非常激动。

孙觅走上来，小声说："罗山，看见啥了？"

罗山说："马斯利这个人别看年纪大了，倒是个有激情的人，你看看！"

孙觅接过望远镜。

马斯利忽然关了电灯。

孙觅说："他好像很害羞。"

"为什么？"

"我一看他，他关了灯！"

罗山笑了："给我！"

孙觅把望远镜还给罗山。

"啊，他是睡了！"罗山说。

"他睡了，是不是我们也可以休息一会儿了？"孙觅说，"老师，你休息一会儿吧！我监视着！"

"好吧！"罗山走下梯子。他想让孙觅值上半夜，他来值下半夜。

马斯利躺下了，但马斯利睡不着。这是他的习惯，每天晚上，他要把当天的事情过滤一遍，早晨醒来，他要把当天需做的事情思考一遍。现在，他正过滤今天的会议。过滤完了，他仍然睡不着。隔壁有歌声不时传来，这是一个女声的哼唱，歌曲他知道，是《咱们工人有力量》。歌声不高，但似乎很幸福、很兴奋。

马斯利坐起来，贴着墙听。

女人的说笑声像远处的潮水，一波一波地扑上他身边的墙壁。

马斯利起了床,穿上衣服,拉亮电灯,穿上皮鞋,走出屋子。

灯一亮,孙觅看见了:"罗山快看,马斯利的灯亮了。"

罗山趴到望远镜上一看,马斯利穿戴整齐地走了出来。

"他要干什么?"

罗山观察着,不语。

"他自己出了院,可他屋里的灯没关啊!"孙觅又说。离得远,说话不避声音,高一点儿也无妨。

马斯利走出了院子。

罗山把望远镜递给孙觅:"你继续监视,我跟着他!"

孙觅点头,接过望远镜。

马斯利打亮了手电筒,毕竟,他也是近七十岁的人了,虽然身体健康,但还是有点儿高一脚低一脚的,他小心地往前走着。

夜色很浓,罗山在后边悄悄地尾随着,马斯利一点儿也没有觉察。

马斯利在隔壁美术社的大门外停下来。门没有关,屋里的灯光瀑布一样流过院子,泻到院门口。马斯利在门外站了一下,慢慢地走进了院子。

马斯利来到了屋门边,轻脚停下来,在门外偷听。

罗山停在院门外。他知道,这是一家进步的美术社,它的老板原是我党在北平的地下工作者。屋里的灯光亮着,说明他们还在工作。罗山逆着灯光,观察着马斯利的行动。如果说他想搞破坏,可马斯利身上不像有武器的样子。如果说他没有阴谋,半夜不睡他来这儿干什么?

罗山只知道女工们在干活儿,却不知道女工们在干啥活儿。其实,这时候,室内只有三个女工。她们在绣一面红旗,她们用黄绸剪了五角星,这面粘上一个,那面也粘上一个。

"赵姐,这样行吗?"这是个年轻女人。

赵姐快四十岁的样子,她仔细地检查着,点了头。

"赵姐,这红旗今夜能做好吗?"是又一个女工。

赵姐说:"这是国旗啊妹妹,新中国的第一面国旗,这么光荣的任务交给我们姐妹,无论如何,我们也要在今夜做好!"

"没问题,瞌睡了我们就唱歌!"

"是不是快要用了,赵姐?"

赵姐大声说:"那是肯定的!"

马斯利又往前走了两步。一个女工忽然听见了外边的声音:"嗯?谁来了?"

赵姐和伙伴停住手。

赵姐大声问:"刘主任吗?"

马斯利故意大声地咳嗽。

女工们警惕起来,尖了声音问:"谁?"

马斯利走进屋子:"姑娘们,祝贺你们,听说你们是在缝制国旗?"

女工警惕地看着马斯利。

马斯利自我介绍着:"在下马斯利,住在你们的隔壁。姑娘们,你们愉快的歌声影响了我的睡眠!"

正绣着的赵姐抬起头:"啊,对不起先生!我们小声一些!"

马斯利使劲儿点一下头,说:"我是一个意大利人,我对你们的新中国充满敬意!祝福你们的国家!祝福漂亮的姑娘们!"

罗山听得真切,他退到街边暗处。

马斯利出了院子,一跳一跳地走着,显得很兴奋。他细高的身子像安了弹簧,一紧一松的。马斯利忽然吹起了口哨,他竟然吹的是京剧梅兰芳《霸王别姬》的段子。

7 吃过早饭,郭闹闹就站在了柜台边,有人要来取冥衣,他不能离开柜台。

开北方从里边走出来:"闹闹,我想买两条烟,一条给翁世界,一条给小潘。"

"你球不给魏老头儿买?"

"魏老头儿不吸烟。"

"是吗？"郭闹闹瞪大眼睛。

开北方点头："是。我专门问了翁世界。"

"你想干球啥呢？不买师父买徒弟！"

开北方说："俗话说，阎王好说，小鬼难缠。咱得先对付小鬼。"

郭闹闹点头："啊，对！"

"翁世界他爹八月初九过六十六岁大寿。"

"八月初九？你咋知道？"

"我听翁世界说的。"开北方掰着指头，"我算了一下，八月初九，也就是阳历的九月三十号啊！第二天就是十月一日了嘛！"

郭闹闹恍然大悟般高喊一声："啊啊！对对对对！"

开北方神秘地说："我想趁这一天再上天安门替他，这不就能完成大事了吗？"

"老板，我跟你算是跟球对了！"郭闹闹拍一下手，"小时候家里给我算命，说我有贵人相助，我还不球相信，现在看来，这贵人，一是球你，一是球廖先生。挣大钱，当大官，看来球并不难，只要你跟对人，弄对事。"

开北方笑了："王侯将相宁有种乎！"

郭闹闹说："这话有学问。咋说的？"

"王侯将相宁有种乎！"开北方又重复一遍。

郭闹闹点头，表示听懂了。他大声地感慨着："宁有种乎！有种乎？有球种！"

"你看好门，我现在就去买。"开北方说着就往外走。

郭闹闹走上前问："买啥样的烟？"

开北方站住脚，说："哈德门！"

郭闹闹摇头感慨："恁好的烟，可惜了！"

8

马斯利穿戴整齐，挂着一根文明棍，迎着早晨的霞光大步出了院子。

正监视他的罗山看到了,立即振作起来。

马斯利走上大街,他靠着路右,小心地走着。虽然马斯利表面上兴高采烈的样子,其实心里很紧张。北平和平解放,一个最大的变化,就是外国人从此不再趾高气扬。尤其是中国人民解放军举行入城式时专门通过东交民巷,让北平市民一下子拨去了头上的乌云,而那些外国人却从此像丧家狗一样,再不敢狂傲地走在大街正中,而是靠着街边那些厚厚的院墙,似乎只有这厚墙高院才能让他们不至于走不成步子。

罗山一身便装,在远处尾随。

马斯利走进佛德皮货公司。

罗山在附近一家路边饭摊儿边坐下来,要了碗饭。

公司内,洛德正磨咖啡。"早上好!"马斯利招呼着,显得很高兴。

"早上好先生!"洛德应着,连忙拿杯子倒咖啡。

马斯利坐下来,拿起笔筒里的鹅毛笔,抽一张纸条,写下一行字:

　　十一急需　备赀速递　切切勿误

洛德把刚磨好的咖啡送到马斯利面前。

"谢谢!"马斯利啜了一口,"嗯,够味儿!"说着,向洛德伸一下拇指。

"谢谢先生!"洛德一笑。

"洛德,我隔壁的美术社你还记得吗?"马斯利终于腾出时间了。

"当然记得。你不是一直想把他们撵走,或者他们不走我们就搬家的那个美术社吗?"

马斯利一笑:"然也!"

洛德看他神秘的样子,小声问:"有新闻了?"

马斯利点头:"昨晚我睡了,可是那些姑娘们老是唱歌,我就睡不着了!"

"马先生春心荡漾了?"

马斯利说:"美丽的东方姑娘,谁见了能忍得住春心呢!"

洛德一拍手:"好!后来呢?我很有兴趣!"

马斯利说:"后来,我就起床过去了。"

洛德一伸拇指:"马先生,勇敢啊!"

"她们的院门开着呢!"马斯利又是诡秘地一笑。

"噢?"洛德的眼睛放出光来。

"我就走进去了……"

"专门等您呢?"

"应该是在等我吧!"马斯利说,"我本来想听听她们为什么这样高兴,结果呢,她们听见了我的脚步声!"

洛德的眼睛笑起了一条线:"迎接你了?"

"不!我就直接进了屋子。"

"你们约好的?"洛德拍一下手,"马先生,胸有成竹啊!"

马斯利认真地摇了摇头:"原来呀,她们是奉命为他们的建国庆典绣国旗。"

洛德不笑了:"噢?这个消息厉害了!"

马斯利点头:"对呀!从姑娘们的对话里我发现,我像参加了共产党的政治局会议一样啊!"

"为什么?"洛德紧张地一眨眼睛。

"因为我选定的建国时间和共产党选定的竟然是一个日期,那就是十月一日。因为她们被要求明天,也就是今天,一定要完成绣制任务。今天是几号啊?"马斯利谆谆善诱。

洛德看一下腕上的表:"九月二十五号。"

马斯利点头:"对!根据我的判断,建国庆典是一定要有升旗仪式的。这个升旗仪式用的就是这面国旗。怎么升,他们也是要试验的。所以,二十五日交旗,当局还要审验,通过。又得一天,这就到了二十七日。试验一天,二十八日。二十九日,三十日,只剩下两天了。所以,我判断,十月一日建国,应该是准确的。关于这个时间我和我的朋友褚一魁组长还讨论过。现在从各方面的情况综合判断,十月一日这一天,无论对中国共产党,还是对中国国民党、美国中情局,都是极其重要的日子!"

洛德又一眨眼:"马先生判断极对。我们该如何行动?"

马斯利又看了一眼电稿:"你把这封电文立即发走。我听说,迫击炮又有了更具威力的炮弹，我想让我们的老板尽快给我们送几枚。"

"是！"洛德接过来，转身即走。

9 在亚洲饭店的会议室里，梁书记、梅东岭正和几个大厨讨论菜谱。参加的厨师有刘三刀、杜津卫、胖鹿哥，还有一个七十多岁的精瘦老人。

梅东岭站着说："我给大家介绍一下，这位是胡一能先生。"

大家都笑了，说："认识认识！"

胡一能向大家颔首致意："我是个吃货！十足的吃货！"

大家又笑。

梁书记说："胡先生是清廷里的口味大厨，每道菜他都是要尝的，他说他是吃货。慈禧的时候有吃货，国民党时期有吃货，现在是共产党了，看来还得有吃货。这个吃货，就是我们说的美食家呀！大家欢迎一下！"

众人一起鼓掌。

北平解放后，"欢迎"迅速成了流行的话语和动作。从上层到基层，从讲话到发言，从演出到宣传甚至朋友们的聚会……每天都有无数次的欢迎。

梅东岭介绍后，梁书记直奔会议主题："同志们，国宴领导组看了我们准备的菜谱，基本上都同意了。首长特别强调了'两个务必'。'两个务必'大家还都记得吧？"

"记得记得！"人们纷纷点头。

杜津卫禁不住背诵起来："务必使同志们继续地保持谦虚、谨慎、不骄、不躁的作风，务必使同志们继续地保持艰苦奋斗的作风。"

梁书记带头鼓了一下掌，大家也都跟着鼓掌。

梁书记接着说："针对一桌十人、八凉菜、八热菜的安排，首长还表扬了我们，说我们想得周到。首长特意指示，让我们集思广益，多动脑筋，创制出几个品牌菜，以便在以后的国宴上固定使用。大家再看看，出出主意，想想办法。"梁书记说着，把菜谱单子分给众人。

梁书记说:"胡先生,你好好看看,多提意见!今天就是请你来吃,来提意见的!"

胡一能看了一眼,就说话了:"我看应该上一道燕窝。为什么呢?这个菜不仅是贵,有档次,尤其是营养好,对于我们党和国家的领导人有百益而无一害。慈禧太后就好这个燕窝汤,这个汤讲究得很,既不能腥,也不能味儿重。讲究火候,讲究调味。有一次,汤做好了,我端起来这么一啜,发现有百一的腥味儿。啊,百一是我的口头语,就是百分之一的腥味儿……"

梁书记渐渐皱起眉头。

胡一能看到了,但他不停:"为什么我提这个呢?除了需要外,还有个能不能做到,我听说东南亚的华侨送了很多燕窝?既然有,就不贵。一种食材贵不贵,跟食材本身没有关系,跟这个食材的稀缺程度有关系,现在不缺嘛!再说,毕竟是国宴,是新中国第一次盛大的国宴,不能没有这个!"

梅东岭在本子上写着。

胡一能停下来。

梅东岭记完了,说:"胡先生,您接着说。"

胡一能说:"完了。有啥想法了我随时再说。"

梁书记看大家一眼。

"我说几句。"杜津卫接住胡一能的话,"胡先生说的是大宴用物,我想提一个大众菜,就是红烧肉!我们都知道,淮海战役打了几十天,毛主席劳心费神,脑汁用去很多。仗打完了,打胜了,毛主席吃了一碗红烧肉。俗话说,要吃还是大肉香,要亲还是闺女娘。红烧肉,就是大肉。为什么猪肉称大肉,而没有二肉、三肉或者小肉呢?就是说,除了大肉,其他都不好评了。大肉不仅是好吃,还有着十分特殊的意义。刚才梁书记说,国宴领导组要我们创制品牌菜,这红烧肉,就是品牌菜,毛主席爱吃的菜!胡先生,慈禧太后平时吃不吃红烧肉?"

胡一能摇摇头:"她老人家不吃这个。一个人的口味都是小时候养成的。严格地说,是由他的爹娘培养的。慈禧太后喜欢吃羊肉。"

杜津卫说:"所以我建议,上一道红烧肉!封建帝王嫌它不上档次,毛主席是人民领袖。人民领袖人民爱,人民领袖爱人民。我有信心,把红烧肉做成我们新中国的品牌菜!"

胡一能想了一会儿:"上一道也行!毛主席爱吃嘛!毛主席是主人,请来的是客人。主人爱吃的上一道,可以!"

"上毛主席爱吃的,也代表了我们全国老百姓的心意。我同意!"刘三刀大声表态。

"同意!"胖鹿哥摸了一下肚皮。

"大家都同意,那就上一道!"梁书记最后拍板。红烧肉第一次有了荣升国宴的机会。

第二十四回 美食家把关饭菜
金葵花发誓报仇

> 一边熊熊燃烧
> 一边杂面肉包
> 一边惊天动地
> 一边云散烟消
> ——打一字

1 一大早,廖响给褚一魁打电话,报告了开北方混上天安门的事情。这是大事,必须让组长知道。打完电话,他伸手拦了辆人力车,一口气跑到了冥衣铺,他要和开北方商量接下来的行动。

郭闹闹在铺子的外间营业、放风。廖响在里边和开北方说事。

"二三七,你说的事情我都跟组长汇报了。还有什么,你再想想!"廖响看着开北方。

开北方一惊："哎？还真想起来了。天安门上还有人专弄扫雷器……"

"扫雷器？"

"对！"开北方点头。

"你敢确定？"

开北方说："我不知道那是啥家伙，翁世界说，那是专门寻找地雷的。专门寻找地雷，不就是扫雷器吗？"

廖响下意识地点着头，说："看来，要炸天安门还真是不容易啊！也就是说，你即使把炸弹放上去，也会被他们扫出来的。"

"我们这'定时'它也能扫出来？"

廖响想了想说："应该能。"

开北方瞪大眼睛："那咋办？我们不是白球放了！"

廖响摇了摇头，说："不会白放。为什么呢？扫雷器，他们也不会天天用，时时用。再说，我们知道了，我们再放时就选那些它扫不着的地方。"

"哪些地方它扫不着呢？"

廖响不说话。过了一会儿，他说："能不能往上放，譬如，放屋檐上、栏杆下……"

开北方点头，一脸的思考相。

"关键是，你还得想办法再上去一趟！"廖响用鼓励的眼光看着开北方，"我相信，你和四一二是能想出办法来的！"

开北方说："办法我想好了，给翁世界和小潘都买了香烟。翁抽烟，小潘也抽一点儿。魏老头儿既不抽烟，听徒弟说，也不怎么爱喝酒。我一时想不出来咋样讨他的好！"

廖响说："马上要中秋节了，你看北平谁家的月饼好，买几斤上好的月饼，先给他送去。还有，看看魏老婆儿喜欢啥，也要给她买！"

"这就得问小丰了！"

廖响说："组长指示我们，一定要千方百计，二上天安门！三上天安门！要把上天安门变成家常便饭。"

"上是肯定要上的！"开北方下意识地摇了摇头，"家常便饭恐怕难，只有成为魏老头儿的徒弟才行！"

廖响掏出十几块银元放在桌上。

开北方故作大方地说："上次的还没花完呢！"

"你很忠诚！"廖响说，"但请记住，大行不说金钱！"

开北方庄严起来："我听先生的！"

廖响让开北方换回来郭闹闹，立即对他安排了工作："四一二啊，二三七的任务是天安门。你和我的任务是安置'定时'。这是我画好的地图，你看看能不能看懂？"

廖响把他画的图摊在桌上。

郭闹闹伸头看着："这球是天安门广场吧？"

廖响轻应："对！"

"廖先生画得真好，连我这样的球人都能明白！"

廖响皱起眉头。

郭闹闹显然感觉到了廖响对他的不满："这个是——"

廖响接："东西长安街嘛！"

"对对！我看出来了。您说，我汽——咋配合吧？"郭闹闹又想说"球"，忽然想起，"球"了一半，说成"汽"了。

廖响说："到时候，我们带上'定时'，在适当的时候放在这一盆一盆的鲜花丛里。"

郭闹闹说："哎，要是他们不放鲜花呢？共产党好节俭！哎，即使他们会放，他们也不会不派人汽——看着的！"

"瞅机会嘛！"

"那是那是，只能瞅球机会！"

廖响比画着："我们要把至少二十枚'定时'放上去，到时候你看吧，嗬！热闹着呢！"

郭闹闹皱起眉头："那不炸的都是球群众吗？既不称黄金也不升官职。"

廖响说："能参加庆典的群众，你想想能是一般的群众吗？说不定，啥样的大官都有呢！"

郭闹闹想了想："那倒也是。二十多枚炸弹一起响，谁知道炸球哪个倒霉鬼呢！真说不定炸住球谁！廖先生，到时候你一定要美言啊！"

"放心！"廖响冷冷地一笑，"真正能给你美言的，是炸弹！"

"好！"郭闹闹攥起拳头，"反正我算过命，有贵人相助！"

2

洛德走出佛德皮货公司的大门，一拐弯，往不远的电报局走去。

盯稍的小海从旁边走出来，悄悄地跟了上去。

洛德的电报拍走了，但电报的内容也暴露了。

此时，政治保卫处的办公室里，吴邑处长正召开处里的工作会议。罗山、于兵、梅东岭、鲁战凯、孙觅都在参会。

吴邑说："电话局的调查结果表明，洛德、颜成坤都没有电话，他们用的是公司的电话。我们已经对公司电话实施了监控。村田成一似乎没有工作，因为他既不在佛德公司，也没有固定的经济来源。所以，这个人十分危险。你们都说说情况吧！"

众人刚要汇总情况，小海拿着洛德电报的副本赶了过来："报告！"

吴邑接过来电报稿，禁不住读出声来：

　　十一急需　备货速递　切切勿误

吴邑把电报递给罗山。

罗山看了一下："我感觉，这封电报的内容非常险恶！"

"啊？"吴邑说，"说说看！"

罗山说："'十一急需。'我们要重视'十一'这个日期。建国在即，可是党中央并没有向全世界宣布我们具体的建国时间是哪一天，因此大家都在猜测。蒋介石反动集团在猜测，美国帝国主义在猜测，潜伏的特务们更是在猜测。是不是他们猜到了我们建国的时间是十月一日呢？"

吴邑下意识地点头。

小海禁不住接话："有道理。我开始还以为他们是说的货物，因为是公司嘛，总要进货的。"

吴邑再次点头："公司是需要进货，可我们要时刻警惕的是，他们不是公司，他们是用公司的幌子来做掩护的。正因为这样，电文中的'十一急需'，就值得我们非常地注意！那么，他们急需的是什么货物呢？"

于兵大声："应该是炸弹！"

罗山轻轻点头。

"对！"吴邑说，"所以，一定要严密监视这帮拼凑在一起的外国特务！"

"他要的炮弹是从哪儿发出的呢？"于兵像是自语似的说，这是他的习惯，喜欢自问自答，"应该不远。"

吴邑说："我请求保卫局再调警力，对这帮家伙一定要严加监视！"

大家点头表示同意。

吴邑问："谁还有什么？"

罗山说："昨天晚上，马斯利去了他隔壁的美术社。我跟在后边听他们说话，他说是姑娘的歌声影响了他休息。但据我的估计，他是想了解更多的关于建国的消息，因为他偷听了姑娘们的谈话。当他知道姑娘绣的是国旗，并且要在第二天完成的时候，他显得异常兴奋。"

"是的，我们在猜测，敌人也在猜测。我们在判断，敌人也在判断。这就像下棋，到了最后，谁都明白下一步棋该如何下，只是不知道该如何赢过对方。于兵？"吴邑说过，又喊于兵。

于兵说："没有发现东口夷人的异常，但我总想找个理由搜查他一下。"

吴邑说："在没有找到村田成一的时候，我们最好谁也不动。要让他们感觉到他们是安全的。这样，他们才能表演充分，便于我们一网打尽。"

罗山说："处长，我建议，在围绕天安门四公里的范围内再进行一次武器搜查，像迫击炮、重机枪这些武器很难隐藏下来。"

"这个建议好！我会向首长汇报的。"吴邑处长转向梅东岭，"怎么样？"

梅东岭说："饭店工作正常。杜津卫的调查已近结束。"

"战凯？"

"第二台测向仪后天能到。"

吴邑处长看一眼孙觅。

孙觅说："报告处长，这则谜语我猜到了。"

大家轻轻地笑起来。

"应该是个'品'字！品尝的'品'。"

"噢？"梅东岭站起来，走到黑板边。

孙觅小声念着："不是烟，不是茶，不是酒。你一口，我一口，他一口，滋味人人心里有。"

"可不就是个'品'字，三个口嘛！"梅东岭说，"这个字应该我猜出来的！"

"为什么该你猜出来？处长又不是给你自己出的！"于兵开起玩笑。

"这个字显然说的是饭菜质量，是对亚洲饭店的具体要求。最近，饭店专门请了清廷里的御膳师胡一能先生把关，既要做好国宴，又要'两个务必'，这个'品'重要得很！"梅东岭说。

"孙觅替你猜出来了，老梅你请客吧？"于兵又开玩笑。

"赞成！"鲁战凯大声响应。

"赞成赞成！"罗山和孙觅也跟着喊。

"请客就请客，谁不敢啊！"梅东岭笑着说。

吴邑拿起粉笔，走到黑板前。

"处长又有新谜了！"孙觅喊着，跑上去擦净了黑板。

处长略做思考，迅速写了出来：

  第二十四谜

  一边熊熊燃烧

  一边杂面肉包

  一边惊天动地

  一边云散烟消

    ——打一字

"这个字好像很凶恶啊！"于兵忍不住说。

"我看还是说梅东岭的！"鲁战凯说，"'熊熊燃烧'是做饭；'杂面肉包'做好了；'惊天动地'吃得快；'云散烟消'吃完了。"

吴邑处长扑哧笑了。

3 　　褚一魁接过廖响的电话就一直兴奋。二三七能上天安门，这太让人振奋了。这说明，使用定时炸弹的可能性已经变成了确定性。他似乎看见了炸弹的效果，血肉模糊，一片狼藉。他似乎看见了更大的效果，全世界的报纸、电台，全世界各国的人们，都在议论着天安门上的惨烈事件。
"太好了！"他禁不住高喊了一声，"真是太好了！"
外间里的金葵花听见了褚一魁兴奋的喊声，轻轻走了进来。
"你知道吗？二三七上了天安门，这他娘的太重要了！"褚一魁大声说着，用攥紧拳头的右手往左手掌里砸了一下。
"真的？"金葵花也兴奋了，"咋上去的？"
褚一魁学说了廖响的汇报。
金葵花说："这都是要重奖的！"
"有黄金等着他们呢！还要多重？"褚一魁说，"重赏之下必有勇夫，还是古人的智慧高啊！"
金葵花张了张嘴，被褚一魁发现了，问："有事吗，金？"
"小荷受了惊吓，夜里老说梦话，不知道为啥。是不是被梅吓住了？还是另有别的原因？"
"是吗？"褚一魁盯住她。
金葵花点头："嗯。"
"啥时候有时间了我跟她谈谈，我最会治这个病了！"
金葵花面露喜色："那你快跟她谈吧！"
"放心！保证让她彻底好！"
小荷正在备课。桌上放着曲谱，她在曲谱的边沿处画着动作。
金葵花走到女儿门口，拍了一下门。
小荷吓了一跳，警惕地问了一声："谁呀？"
"我，还会有谁？"

小荷开了门，警惕地看着妈妈。

金葵花进来了："我去理个发，你去不去？"

小荷说："我们学校的老师要排练节目，我在准备材料呢！"

金葵花问："是不是十月一日？"

小荷摇头："时间没定。"

"那我自己去了。"金葵花说着，走出了屋门。

女儿"嗯"了一声，又坐下继续画着，不时站起来，在屋里扭动几下，体会着舞蹈的动作。

4 围绕天安门广场方圆四公里的搜查行动开始了。北平市公安局调集了大量警力，逐家逐户进行，不漏掉一处建筑，甚至厕所。

前门派出所所长胡长寿带着郭天、陈四，来到了一个有着矮石狮门墩的院落，这是一个三进的四合院。年深月久，院落已经不完整。后边的两进院子换了主人，被重新扒了个门，东向朝着胡同，只剩前边的一进院子用的还是原来的门楼。门楼的油漆已经剥落，朱红的颜色依稀可辨。门环很大，上挂一把黑色的炮锁。豆角粗的锁箍暴勒着浑圆的锁身，看上去显得很野蛮。

胡所长问身边的郭天："这是谁家？"

郭天皱起眉头。

胡所长隔着门缝往里看看，屋门上也上着锁。

胡所长说："进去看看！"

几个人围着院子看了一下，才发现和它相邻人家的矮墙很低。

胡所长带着人想从旁边一家走进去。

十来岁的男孩儿兴儿正喂鸽子，听见门响，高声应着："来了来了！"跑过去开了门。

几个人走进去，影响了鸽子们进食，鸽子们并不怕人，它们挪几步，又抢着吃食。

胡所长说："孩子，家里人呢？"

"我爸在上班,我妈在街道上呢!"

"你叫啥?"胡所长问。

男孩儿低着头只顾喂鸽子,漫应着:"我在喂鸽子。"

几个人笑了。

"你叫啥?"所长又问。

"我叫兴儿!"这次小子听懂了。

胡所长问:"兴儿,你这隔壁是谁家?"

兴儿说:"他们家搬走了。"

"叫啥知道吗?"

"叫——四爷!"

胡所长又问:"他家里没人了?四爷家里?"

兴儿挠着头皮:"好像、好像……我也不知道!反正好久没见人了!"

"走,进去看看!"胡所长说着,就从兴儿家跳过矮墙,走了进去。

屋里确实好久没人住了,因为院子里的草长得齐腰深,红梗的马齿苋粗粗大大,肆无忌惮地向四周舒展着筋骨。

陈四趴门上往屋里看着。

胡所长在院子里走着看了几眼,他发现院里的地上有两个大大的皮鞋印儿,马齿苋红色的粗梗被踏出了汁液。

胡所长又趴到门缝隙处往里看,他发现屋里并没有落满墟尘。

胡所长走到屋门外,摸了下门上的锁。

锁很干净,并不像很久未开的样子。

鸽子们飞起来,兴儿仰脸儿喊着:"追上它!再快点儿,对,就这样!"

胡所长他们被他尖利的童音吸引,也都禁不住仰脸看天上飞翔的鸽群。

有小鸽子明显落后了,男孩儿再次喊着:"你快点儿拐弯,截它们的头!"

5 金葵花刚走出金口牙科诊所,褚一魁就离开了正房,拿着写好的电文来到了厨房。

"哑巴"正坐着择菜，他看褚一魁进来了，抬起头来。

褚一魁举起电报稿："尽快拍发！"

"哑巴"停下手："现在就走？"

褚一魁不动声色："嗯！"

"哑巴"把菜放下，就去洗手。

褚一魁站着，看着"哑巴"，似乎想说什么，但张了张嘴，没有说出来。自从在夜里两次惊动褚一魁，"哑巴"就知道得罪了他。他看褚一魁没说话，自己也就装作不知道，洗完手，擦干，拿起一顶草编礼帽，大步走出了院子。

褚一魁关上院门，一步步走回院中。此时的金口牙科诊所内，只剩下了两个人，一个是正在备课的金小荷，一个是站在院中的褚一魁。

褚一魁没有犹豫，他转身走到小荷门前，轻轻敲响。

小荷还在屋里备课。

没等小荷回应，褚一魁轻轻一推，门开了。"小荷！" 褚一魁走了进去。

小荷吓了一跳："哎哟！"

褚一魁一屁股坐在小荷床上。

"叔叔，你有事吗？我正备课。"小荷的呼吸急促起来。

褚一魁不应话，直逼着小荷的眼睛："你妈妈说，你夜里光做恶梦，是吗？"

"嗯嗯，是的。"小荷忙乱地点头。

褚一魁问："原因是什么？"

小荷不知怎样回答。

褚一魁说："小荷，干我们这行的，第一要勇敢，第二要有献身精神。命都不要了，还怕'害怕'吗？它说明，作为特工，你还需要锻炼！"

小荷连忙点头："是，叔叔！我需要锻炼！"

褚一魁盯住小荷："是不是因为我前天夜里来你屋里，吓住你了？"

小荷小声应："是，叔叔。"

褚一魁笑了："小荷，叔叔喜欢你！我不想让你害怕。"

褚一魁说过，站了起来："叔叔太喜欢你了！"

小荷说："我知道，叔叔喜欢我！我一定好好工作，好好为党国尽力，好好……"

褚一魁返身把门拴住，又从容不迫地拉住窗帘。

小荷一惊："叔叔你！"

褚一魁猛地抱起小荷："叔叔太他娘的喜欢你了！"

小荷反抗着。

褚一魁笑着："你要献身！你要为党国献身！"

小荷喊着"叔叔"，努力反抗着。

褚一魁抱住小荷，猛地把她摔倒在床上。他一手按住小荷，一手就去扒她的裙子。

小荷一时蒙了，她愣了一下，本能地反抗着。

6

梁书记和梅东岭、孙觅正和厨师刘三刀、杜津卫、胖鹿哥、胡一能再次开会。

孙觅拿出笔，认真地做着记录。

梁书记说："之所以这么快再把大家招来，是国宴领导组看了我们的菜谱，尤其是后边这两个提议，当即指示我们，燕窝坚决不要。我们是人民政府，一切要从人民的利益出发，艰苦奋斗的作风永远不能忘。至于红烧肉呢……"

大家都有了热情。

胡一能瞅了瞅众人，说："这个肯定行！"

梁书记也看看大家，摇了摇头，说："也不行！"

"为啥呀？"几乎异口同声。

梁书记说："就这个菜谱，国宴领导组专门请示了中央领导，并且讲了红烧肉的理由，中央领导一听就否定了。中央领导说，我们的新中国是人民当家做主的新中国，一定会千秋万代地传下来，我们的国宴虽然是第一次做，但一定要有长治久安的历史感，我们的菜谱应该是个经得起时间检验的菜谱。既然大家都爱吃大肉，那就请大师们想想办法，创制一个既有品位又能让人人欢迎的菜嘛！"

"既有品位又被欢迎……"刘三刀重复着。

"东坡肉怎么样？"杜津卫提议，"这个菜既接近红烧肉，主席爱吃，同时又有文化，容易被人接受，故事还多！"

"是吗？谁能讲讲东坡肉的故事？"梁书记说。

"胡大师？"胖鹿哥提议。

胡一能也不谦让，说："这个东坡肉传说就多了。大家要不嫌絮叨，我可以给大家讲三个关于东坡肉的故事。"

杜津卫说："慈禧太后也吃东坡肉吗？"

大家笑起来。

胡一能说："慈禧太后的嘴那是天下第一刁。啥东西好吃不好吃，那味道纯正不纯正，她一尝就知道。谁也别想蒙住她！"

梅东岭提醒："别跑题，胡先生，还说东坡肉！"

"好好，说东坡肉。"胡一能看一眼梅东岭，"这东坡肉的成名是在杭州大家都知道吧？"

胡一能扭脸看了看大家的表情，然后就不再看大家，自顾自地讲起来："宋朝人不待见猪肉，不但不怎么会做，也不怎么会吃。所以，苏东坡被贬黄州的时候，还专门写了诗：'黄州好猪肉，价贱如泥土。贵者不肯吃，贫者不解煮。'富人不愿意吃，穷人又不会吃。苏东坡那可是宋朝第一吃货，被贬了官又没有权力，他在黄州闲得慌，就弄起'吃'来了。苏东坡那是何等样聪慧之人，买来些猪肉放在锅里，放上种种佐料，先武火煮沸，再文火细熬，一熬就是一昼夜。那个猪肉煮得又烂又软，入口即化，再加上调料正宗，色鲜味美，很快就在士大夫中间传开了。"

"啊，是从黄州开始的？"孙觅小声说着。

"哎，姑娘，"胡一能伸手阻住孙觅，"黄州那只是个开始，真正的成名是在杭州。为啥这样说呢？十几年后，苏东坡又到杭州当了太守。他这个人好管事，他发现杭州的西湖淤塞严重，就带领老百姓治理西湖，修堤、建桥、栽树、种花……受到了老百姓的爱戴。过年的时候，杭州的老百姓就给他送猪肉。一扇子一扇子的猪肉，你说咋办？这个苏东坡啊，那可不是一般的聪明，他叫下人们都来做猪肉，他当指挥。肉做好了，再让下属给修过西湖的老百姓一家一家地送。大家一吃，哎哟那个香啊，都喜欢起猪肉了。因为是太守送的，太守谓谁？眉山苏东坡也。这东坡肉的名声一下子就传遍了天下。所以说，这东坡肉起于黄州，成名于杭州。"

梅东岭听完，禁不住鼓了一下掌。

"你不是说，可以讲三个关于东坡肉的故事吗？您再讲一个呗？"孙觅还想听。

"有人还传说，这东坡肉是苏东坡的老朋友佛印和尚发明的……"胡一能果然要接着讲了。

"哎哎！"梁书记伸手拦住了，说，"胡先生的吃货故事多得很，三天三夜说不完，会后再讲吧！"

"不过，"胡一能接着说，"我揣摩，毛主席的意思并不是要我们选择东坡肉。如果真是那样，毛主席直接说不就是了？毛主席难道不知道东坡肉？毛主席说，让我们创制一个能经得起时间检验的大肉品牌菜！"

所有的人都被胡一能先生说服了，一时不知道创制个什么样的大肉品牌菜。胡一能看看大家："你们看，谁先说？"

杜津卫说："胡大师说得很对。要不，我先抛出个砖头？"

众人轻轻地笑了。

"做个烤肉方咋样？具体做法是，把猪前腿上的肉修成正方形，洗净后拿出来。胡萝卜切成块，葱头和芹菜切成段。煮锅烧开了水，把肉放里煮……这个过程我就不说，最后达到的食品效果是色泽金黄，皮酥肉烂，鲜香可口。"

杜津卫一说完，胡一能立即就否定了，说："这个菜还是大肉太露了，你看，毛主席否定了红烧肉，又不提醒东坡肉，说明什么呢？这大肉不能太露，肉要含在里边，但又看不出来。既吃了大肉，又没看见大肉。要知道，有人害怕大肉，嫌它肥，特别是女人！"

"听了胡先生的话，我很受启发。我们做个砂锅狮子头怎么样？"刘三刀说。

"玉出来了！"胡一能笑着点头。

"说说看！"梁书记大声说。

"主料用五花肉，每桌两斤半。配料用鸡蛋清、南荠、油菜心和大白菜叶子。调料用精盐、绍酒、胡椒粉等。具体做法是：五花肉剔骨去皮，切成米粒大的细丁，再粗斩几刀。南荠、葱、姜切成末。油菜心和大白菜叶洗净后出水放置。料配好后，将肉末、南荠放进个盆子里，加精盐、绍酒、胡椒粉、葱末、姜末、鸡蛋清、玉米粉，起劲儿搅匀，做成十个均匀的大肉丸子。具体吃法是：砂锅加好清汤，调好口味。汤煮沸后，下入丸子。再煮沸后，改成文火慢炖。用大白菜叶盖住丸子，盖上锅盖，慢炖两小时。以丸子酥烂时为好。最后，拣出白菜叶，下入油菜心。稍炖片刻，连同砂锅一起上桌。这个菜的特点是鲜香烂嫩，汤汁鲜美。"

"胡先生？"梁书记点将了。

"感觉这个菜是吃大肉不见大肉。'鲜香烂嫩'，这四个字比较符合客人的情况。为什么呢？因为客人中肯定有不少老人。具体如何，那还得做好品尝后，才能确定。"

梁书记看看大家，说："我们的国宴专题会连同这次已经开了五次，国宴的菜谱大体可以定下来了。具体说来，就是八凉菜八热菜，两甜点两咸点，一咸汤一甜汤。"

"说说具体的菜名吧，让大家再好好想想，看看平衡不平衡。"胡一能一笑，"说个不好听的话，吃饭就像是吃药，也讲究个君臣佐使，只是天天吃饭，讲究不起罢了。慈禧太后那时候，御膳房那是要和御医们商量的。"

"好好！我再读一下！胡先生，您有啥意见只管提，好好把关，啊！"梁书记拿起菜谱单子，大声念道：

八凉菜

| 五香烧鸡 | 芥茉鸭掌 | 酥鲫鱼 | 京葱耳丝 |
| 陈皮牛肉 | 油焖红椒 | 麻酱茄子 | 美味黄瓜 |

八热菜

| 红烧大虾 | 软溜鲤鱼 | 清蒸螃蟹 | 砂锅狮子头 |

豆渣鸭脯　　鲜蘑丝瓜　　一品豆腐　　八宝冬瓜盅

两咸点

三鲜包　　萝卜丝烧饼

两甜点

豌豆黄　　煎糯米糕

两汤

竹笋鸽蛋汤　　米酒汤圆

主食

大米　　馒头

水果

大枣、甜瓜等时果瓜蔬

梁书记念完了，用征询的眼光看着大家。

刘三刀轻轻点头。

胖鹿哥一脸微笑。

杜津卫说："很好！既不失国宴的庄严，又体现了毛主席的节俭原则！"

胡一能仔细地想了想说："八个凉菜，五荤三素。天上飞的，水里游的，地上跑的，都有了。重要的是都是好操作的，像茄子、黄瓜、辣椒，都是当下的时蔬。有时候，我们追求新奇，故意找一些逆时的东西吃，其实并不好。人也是天地自然的一部分，啥季节吃啥，多少辈子的人都适应了，猛地换了还不好呢！"

"热菜呢？"孙觅很服气胡一能，一说起吃来头头是道。开始的时候孙觅并不喜欢他，张口就是吃吃吃，可是跟了他两天，发现这吃里还真有学问。前天她上火烂嘴，胡一能说："吃苦瓜吧！"说着，递给她半截苦瓜，孙觅半信半疑，吃药似的硬吃了下去，第二天就好了。

胡一能仰起头来又想了一会儿，说："红烧大虾、软溜鲤鱼、清蒸螃蟹、豆渣鸭脯、砂锅狮子头……也是五个肉菜。三个素菜是啥？"

梁书记正要念，胡一能说出来了："鲜蘑丝瓜、一品豆腐、八宝冬瓜盅。这后边的是个汤。是不是腻了点儿？嗯，竹笋鸽蛋汤，这个汤好！它和冬瓜盅一起，就把前边的腻消解了。八凉八热两个汤，十八味菜里有四个汤，好像多了些。不过，中秋天气了，代表们又都风尘仆仆地赶过来，多喝点儿汤水也好！就这样吧！"

"没意见那就通过！"梁书记想赶时间。

大家齐赞："好好！"

胡一能一脸惋惜："国宴呢，还是简单了些！你们看看，萝卜丝烧饼、豌豆黄，这都是老北平的街头吃食，就进了国宴了！新中国的建国盛典，叫我说，咋着也得百十个菜。一是表明不寒碜，二来呢，还有个文化讲究呢！中国的菜馔，从鲍叔牙开始到今天，那个丰富、深刻，真可以写这么厚一部大书了。"胡一能伸手比了一下。

梁书记说："胡先生，我们是人民当家做主的国家，开国第一宴，一定是要开一代风气的。毛主席在七届二中全会上提出了'两个务必'是不能忘的呀！孙觅，背诵一下！"

孙觅接上："务必使同志们继续地保持谦虚、谨慎、不骄、不躁的作风，务必使同志们继续地保持艰苦奋斗的作风。"

"对。一定要勤俭节约。不但今天要勤俭节约，就是我们富了，也还是要勤俭节约。勤俭节约是我们共产党人的传家宝！"

"那是那是！家大业大是要节俭些。不过……但是……如果……"胡一能感慨，"共产党一定会兴旺发达的！"

"接下来大家要分头准备吧！胡先生？"梁书记又提醒。

胡一能说："是要准备，是要好好地准备！乾隆皇帝当年举办千叟宴，也是做了很长时间准备的。你想想，一千个六十岁以上的老头儿，光进场就得小半天了不是？百十桌饭，光上菜多长时间？乾隆皇帝来了，再行个礼啥的，又得多长时间？这还哪能吃上热饭呢……"

梅东岭说："哎哎，又跑题了！"

"跑题了吗？"胡一能说，"没有跑题。国宴的人数是多少啊？"

梁书记说："六百多人！"

胡一能说："我提个建议，这么多人，一桌按八人算，那就得八九十桌啊！"

梅东岭说："不不，是十个人一桌。"

"那也要六十多桌啊。凉菜、热菜，一起上。凉菜要色香味俱佳，不能串味、减味、变味；热菜要同此温度，不能一端上凉了。想想看，要保证六十多桌一齐上菜，六十多桌同此凉热，梁书记、梅科长，我提议，还得再开一个会，专门研究怎样摆桌子，一锅炒多少盘菜，还要研究端菜的路线，多少人端菜，从哪边进，往哪边出……"

梅东岭点头："胡先生的提议非常对。除了桌子咋摆咱现在定不下来以外，我看怎样炒菜、怎样端，是可以研究的。"

梁书记说："马上就十点了，今天的会议就到这儿，有些事需要商量的，明天再请大家。"

7 夜晚的大街上，小荷一边走，一边流眼泪。十点前她就来到了常等梅东岭的路灯下，以前的日子里，她每次来到这儿，都有种莫名其妙的兴奋与冲动，可是今晚，她忽然感到难过至极，甚至她都不敢再看见梅东岭了。她站在阴影里，呆呆地望着亚洲饭店的门口。

夜里十点，梅东岭准时出现在饭店的门外。他停住脚，往街道两边看了一眼。有人从饭店里出来，跟他打着招呼。

小荷看见了梅东岭，站在灯影里，她忽然哭了起来。

梅东岭往外走了几步，伸头张望着。他没有看见小荷。

小荷瞪大眼睛看着梅东岭，轻唤一声"梅哥哥"，忽然哭出声来。她扭过头去，边哭边走。金小荷哭了一晚上，或者可以说，她来见梅东岭，似乎就是为了痛哭一场的。她从没有流过这么多的眼泪，她也不知道眼泪会有那么多，怎么哭都流不完。

金小荷失魂落魄地走回家中。

金葵花走上前接她："小荷，你累了？"

小荷不理妈，扭脸走回自己房中，啪地把门关上。

金葵花在门外站了一下，慢慢地走了。

小荷呆呆地躲在黑暗里，无声地掉着眼泪。

金葵花端了杯水，敲响了女儿的门："小荷！"

小荷不理。

"小荷开门！"金葵花轻声喊着，她感觉，女儿肯定有了问题，褚一魁应该快点儿给她看看。她正要转身去找褚一魁，小荷的屋门开了。

金葵花走了进去，轻轻地抱住女儿的肩头："你哪儿不舒服？"

"哪儿都不舒服。"

"是那个姓梅的欺负你了？"

金小荷忽然挣开妈妈，怨恨地看着她。

"不是吗？"

"不是！"

"那是谁？"

小荷又怨恨地看妈一眼，她想说，"你！"但没敢说出来。

金葵花还是从女儿的眼神里读出了问题。在她不懈的逼问下，女儿终于说出了实情。

金小荷泣不成声。

金葵花怒不可遏。

"我要杀了他！"金葵花就要开门出去。

小荷一愣，死死抱住金葵花："妈妈，不！"

金葵花冷静下来了，她咬住嘴唇，浑身哆嗦着。

小荷抱着妈，不住地轻声喊着："妈，妈妈……"

此时正房里的褚一魁，正透过窗户看着院子，期望能听见这母女俩的对话。而在厨房里的"哑巴"，也正透过窗帘的缝隙观察着，他明显感觉到了母女俩的变化。

8 翁世界掂着菜篮儿从冥衣铺门前经过，正扫地的开北方看见了，连忙走出门外，笑着喊了一声："翁师傅！"

翁世界停下来，忙不迭地应着："翁世界！啥翁师傅啊！"

开北方认真起来："哎，今天不是翁师傅，明天就是翁师傅了！魏老先生现在没在这儿，您不是翁师傅谁敢说是？"

"不开玩笑，开老板！"翁世界说，"我替小丰买了点儿菜，马上就得走！您吃过饭了？"

"没呢！您稍等！"

翁世界站着。

开北方扭脸走进屋子，拿出来一条香烟："翁师傅，这是我的一点儿心意，不成敬意！"

翁世界坚决不接："开老板，您这可不行。您去是帮我们忙的，咋还能让您破费！"

开北方说："不是破费，是感谢！昨晚来了个客人，我一说去了天安门帮忙，他立即就向我敬酒，说要跟着沾我的光。现在这时代，人人都想进步不是！你这朋友，我算交定了！魏师傅我高攀不上，翁老弟这儿，我想着，还不至于嫌弃我！"

"您要是说到这儿，开老板，我就不得不接了！"翁世界接过香烟。

"这就对了！谢老弟给我面子！"开北方说着拱了拱手。

翁世界说："开老板，您不把我当外人，我也就有啥说啥了！"

"翁老弟只管说！"

"我爹六十六岁大寿呢！"

"哎哟！大好事啊！哪天？我一定去讨杯喜酒！"开北方笑着。

"哪里哪里，开老兄！"翁世界皱起眉头，"是这样的，老爹的六十六岁大寿呢，刚好赶在八月初九，也就是阳历的九月三十日，这天正好是挂灯的日子。老爹说，你不用回来了，国家事大！你想，我是老大，不回去当然也行，自古忠孝不能两全嘛！可是，我心里还是有点儿那个……"

开北方说："哎哟！这样行不行，我去替你一时！不就是挂个灯嘛，谁去还不是一样挂？"

翁世界说："这个当然好！开老兄又去过天安门帮忙，不是第一次了！"

开北方喜形于色："就这样定了，我去帮忙。老人家的寿诞你只管操办！"

翁世界认真地说："这事不能咱俩定，我还得给师父说呢！师父要是同意了，啥都好说；要是不同意，我还回不成呢！"

"魏师傅也是个明白人，不就是挂个灯嘛，我虽然没你有劲儿，可抬个灯还是胜任的不是！你只管放心，我去！"

"先谢谢开老兄啊！"翁世界向开北方拱了拱手。

开北方上前握住翁世界的手："令尊的事，你不用客气！"

"不是客气，是真得感谢！"翁世界拱过手，转身离开了。

翁世界走了，开北方扫不成地了，手里的笤帚成了舞台上的道具，他想唱，但不知道唱啥，就随便地哼哼了两句："小小子儿，坐门墩儿，哭哭啼啼要媳妇儿……"

买饭的郭闹闹回来了，看见开北方高兴的样子，说："老板，有啥球喜事了怎高兴？"郭闹闹把包子放在柜台上，"快吃包子吧！"

"里边！"开北方说。

郭闹闹拿着包子又往里间里走。就在这时候，冥衣铺响起了敲门声：笃笃，笃笃……

开北方听见，连忙就躲。

郭闹闹狐疑地看一眼开北方，应一声："来了！"慢慢地走上前去开了铺门。

"哎哟！先生请进！"郭闹闹扭脸又是一嗓子，"是廖先生！"

开北方整了整衣裳，赶紧出来了："廖先生！"

"坐坐！刚买回来的包子！"郭闹闹让着。

廖响坐下来："有啥进展吗？"

开北方刚才被吓了一下，但兴奋之情还没有过去。他神秘地对廖响说："球，弄好了！"

廖响看着开北方："啥球弄好了？"

开北方于是就把他和翁世界刚才商量的事情说了一遍。

刚坐下来的廖响，兴奋地站了起来："天助我也！天助我也！千秋大业，在此一举呀！"廖响一扭脸，喊了一声，"四一二，你过来！我们要好好合计！"

郭闹闹关了铺门，插紧门闩，应着跑了过来。

"二三七做得太好了！从现在开始，我们可以真正地为这惊天动地的事业做准备了！"廖响在屋里走了两步。

"廖先生，您的话真的很有道理，很鼓舞人。"开北方真诚地感慨。

"是吗？"廖响看着开北方，他想看看他的哪些话鼓舞了人。

开北方说："您说，我们要干成事，就要像蚊子进蚊帐那样的，一趟一趟地飞着找眼儿。只要蚊帐上它有一个眼儿，我们就能找到钻进去。要是没眼儿呢，也要找机会飞进去。现在，我们真的是在没眼儿的地方找到了眼儿。"

廖响说："有眼儿。什么事情都有眼儿，什么地方都有眼儿。就看你愿意找还是不愿意找，真愿意找还是假愿意找。只要真找，想找，终会找到眼儿！"

"球！我看还是廖先生有福，是贵人！我小时候算卦……"郭闹闹大声说。

廖响截断了他的话："别说算卦，就说我们这个惊天动地的大事业！"

郭闹闹说："廖先生，您说咋做吧，您咋球说，我咋球干！"

"二三七！"廖响喊。

"有。"开北方应着。

"四一二！"廖响又喊。

郭闹闹学着开北方的样子，也应了一声："有。"

廖响说："从今天起，不，从现在起，我再带你们复习复习'定时'的使用方法。"

开北方使劲儿点头："对对，这个最重要！"

郭闹闹说："那是，我快球忘光了。你说，要是到时候有机会了，一急慌，忘了咋球弄，不是太遗憾了嘛！"

"我们先从理论上复习一下，随后，我再把炸弹拿过来，实物考试。"

"好，好！"开北方和郭闹闹齐声响应。

廖响掏出小本，打开，拧开水笔，在本子上画着，三下两下就把定时炸弹的样子画好了:"你们看,这是定时装置……"

两个人一齐点头:"这个知道!"

9 洛德开着一辆小货车出了大门。驾驶室的玻璃窗开着呢,洛德的泛着红霞般的大胖脸看得很清楚。

汽车一拐弯,不见了踪影。

紧盯洛德的小海快走几步,在离开佛德皮货公司的视线后,飞跑进一家公用电话间:

"我是小海……他开着汽车出去了。我不知道他要到哪儿去,我也没有车能跟上他……对,对,就是那个车号……沿途监视?好,好!……明白,我在公司继续监视着!"

小海放下电话,才发现自己出了一头的汗。他不知道是因为天热,还是因为紧张。

洛德的汽车沿着大街向东开去,眼看着出了北平,驶往天津的方向。车行两个多小时,在海边的天津海运码头停下来。洛德下车办了手续,就让工人们往车上装箱子,箱子上写着粗大的汉字:

佛德公司皮鞋

天津市公安局接到保卫处的电话,立即派出保卫人员跟上了洛德的车子。就在他装车的时候,一辆黑色摩托车正停在不远处,戴着墨镜的保卫人员悄悄地监视着他。只是,这个保卫人员警惕性不够或者说经验不足,他在洛德走后,查看了装车的货物,没有发现可疑之处。货单上写的是意大利皮鞋。他立即报告了天津市公安局:

"洛德拉的皮鞋,一共四十箱。"

这个报告误导了沿途的检查,使洛德能够安然回到北平。

马斯利每次走进公司,都习惯性地在大门口停住,像是要检查一下自己的衣服是不是得体似的,瞅一瞅身后和四周。只是今天的"检查"被身后不远处正停在书摊儿边翻看小人书的罗山看了个仔细。

马斯利走进办公室，端起咖啡正要喝，翻译颜成坤走了进来："马先生，您早！"

马斯利没接话，而是反问了一句："村田先生的情况怎么样？"

"我正要向先生汇报这个事情。炮筒已经运走，马上即可组装。"颜成坤故意说得轻松。

"好！"马斯利兴奋地喊了一声，接着又用加重的语气重复着，"真是好！真是好得很！"马斯利跳着舞步，把昨天的日历撕下一页，故意大声地感叹着：

"一九四九年九月二十六日，又是一个灿烂的日子啊！"

洛德按了声喇叭，汽车开进了公司。

颜成坤说："洛德回来了！"

"快喊他上来！"马斯利大声说。

"是！"颜成坤应着跑下去。

马斯利连忙拿起咖啡壶，他要亲自给洛德煮咖啡。

牛一样的脚步声，熊一样快地奔上楼来，洛德兴奋地喊一声："老板！"

马斯利迎到门口，歪头看着洛德："怎么样？"

"一切正常！"洛德站下来，把账单递给马斯利。

马斯利打了个响指："好！中国有句俗话，巧妇难为无米之炊。现在米有了，下边就看巧妇的手艺了。洛德，我要给你请功的！"

"谢谢老板！"洛德说，"嗯？这么好闻的气息啊！"

"中国有句老话，叫馋猫鼻子尖。瞧！"马斯利指着桌上的咖啡，"我已经给你煮好了，新鲜的咖啡！"

"谢谢老板！"洛德学着中国人行礼的样子，身子弯成了九十度，夸张地鞠了一躬。

马斯利哈哈地笑起来："这样地热爱着她，以后我们还怎样离开中国呢？"

洛德也笑了："那就不离开，永远不离开！"

"坐！"马斯利说，"路上有检查吗？"

洛德坐下来，说："当然有。不过一看是皮鞋，就都放行了！危险还是有的。上帝保佑！"洛德在胸前画了个十字。

马斯利说:"让工人们都走,你把车直接开到仓库,和颜先生一箱一箱地放好!放到最安全的地方。哎,多少发?"

洛德说:"账单上有标记。"

马斯利要去桌子上找花镜,走了两步又停住了,说:"你给我念念就行了。"

洛德接过账单:"有标记的共五箱,一箱四发!"

"一共五箱,一箱四发。"马斯利说,"一门炮连发二十颗,时间允许吗?最高极限了吧!"

洛德说:"有五颗落上就行了!"

"什么?五颗?"马斯利被烧了一样,"你太贪心了吧!有一颗、两颗打上去,那就是天底下最大的事件了!想想看,共产党的最高领导齐聚天安门,哪一颗炸弹不炸死个十人八人!洛德先生,历史将记住我们,你我将永载史册,想抹都抹不掉!"

洛德站起来:"谢谢马先生!"

马斯利在胸前画了个十字:"上帝保佑我们!"

遵照马斯利的命令,颜成坤和洛德下了楼,把搬运的工人全部遣走,洛德把汽车开进了仓库。

颜成坤关上大门。

洛德跳下车来,打开货箱,和颜成坤合力抬着,把二十发炮弹运到了地下室。

马斯利站在院子里等着。

洛德和颜成坤放完了,一起走出来。

"马先生,请放心,都弄好了!"洛德夸张地搓着手上的土。

颜成坤谦卑地笑着,交替地抹着手背。

马斯利骄傲地一笑,郑重地点了点头。

洛德说:"我现在就去给客户送货!"

马斯利说:"好!一定要大张旗鼓,让客户们知道,我们的皮鞋是天下最好的。历史将记住我们!"

洛德说："马先生，请放心，我们一定会做到的！"

"威廉姆斯大街的比尔先生，就说我向他问好！"马斯利说。

洛德说："放心老板，不花钱的问候我一定带到！"

"聪明的洛德，你会发财的！"马斯利做一个请的动作。

颜成坤笑了。

此时的北平，外国人多住在东交民巷，他们悄悄地把北平的地名换成了他们认可的洋名。王府井因为英国人威廉姆斯的经营而被他们称作威廉姆斯大街。洋人的经营，带动了此地的商业和文化，像平安电影院和光陆电影院都在东城。比尔，就是马斯利的皮鞋经营人。

洛德开着汽车，把海运而来的意大利皮鞋从天津送到了各个营业点。每到一处，洛德就兴奋地喊着同样的话：

"意大利的皮鞋，闻名天下的名牌！历史将记住我们！"

洛德一走，马斯利就带着颜成坤到了仓库。

"打开！"马斯利用命令的口气大声说。

颜成坤吓了一跳，连忙走上前，打开了一箱。

四颗黄铜壳的炮弹睡在箱子里，明晃晃的弹皮上映出四个幽暗的光晕，像从下边望上来的几只眼睛。

马斯利高兴了："全打开！"

颜成坤把五个箱子全部打开了，二十个幽暗的光晕映成了一片浑黄的光亮。

马斯利弯下他龙虾似的瘦身躯，抚着那一颗一颗幽暗的光影，呢喃着："你们都是我年轻时的朋友，我想你们了！"马斯利说着，竟不可自抑地啜泣起来。

颜成坤看着，一时有些难为情。

马斯利直起腰，拭了一下眼睛，看着颜成坤又笑了。

又哭又笑的，颜成坤颇感奇怪地看着他。

"颜，帮一下我的忙！"马斯利说过，再次弯下龙虾似的腰了，他要抱炮弹。

颜成坤以为要他抱，抢着去搬。

"不！箱子！"

颜成坤明白了，连忙撑开箱子。

马斯利一用劲儿，搬起了一颗炮弹。"是它们，让我想起了我的青春岁月。颜，我从二十一岁来到中国，什么样的炮弹都卖过，什么样的炮弹都打过。你知道，作为一个军火商，一定要知道你的货物的性能和特点。这些炮弹虽然是杀人的利器，但它们也是商品，只不过有些特殊罢了！我卖过迫击炮，炮弹就是这种，只是那时候的炮弹没有今天的威力大。我卖过超级大炮，就是贵国在上海给日本人开打时用的，能打三十六里远的那种炮。还卖过各种各样的武器，只是从没有卖过这种专为贵国的国家高级领导人准备的炮弹。我老了，我多想亲自操炮，对着目标痛快地射击啊！颜，你打过炮吗？"

颜成坤摇头："没有！"

"那是很震撼人心的！这边一拉，轰，远处就有一个大坑出现。"马斯利放下炮弹，喘着。

颜成坤说："听着你说，就很激动！"

马斯利真诚地叹了口气："这个福分看来真的要请村田成一享受了！我很忌妒的！"

10

金葵花的眼泡肿了，她在镜子前化妆，努力地掩盖着自己。昨晚上她和小荷说了一夜的话，她知道女儿被褚一魁强奸了。褚一魁打着教导小荷的幌子强奸了自己的女儿。她没有看透这个魔鬼，可他却利用了她的善良。她明白女儿恨褚一魁。在哄女儿的过程中，金葵花明确了接下来的事情。她要掩盖自己的情绪，伺机毒死这个恶魔。

褚一魁过来了，他一声不响地站在她的身后，伸手摸一下她的前胸。金葵花忽然聪明起来，她知道他是在试探她。她本能地想打开他的手，可她没有动。好在褚一魁的手也仅仅到此，并没有往下进行。她轻轻地，甚至可以说是温柔地挪开了他的手。就在这时候，电话铃猛烈地响起来。

褚一魁扭身就走。

"您好！……好的，好的好的，你啥时候到？……明天上午？……好的，非常好！"

金葵花在水池边吐了几口。

褚一魁穿戴整齐，走了出来："金，杜津卫明天上午来看牙。我去一趟银行。"

金葵花头也不抬，"嗯"了一声。

褚一魁走到她跟前，伸头对着她做了个鬼脸儿，这才大步走出屋子。

褚一魁一走，金葵花马上进了厨房："杜兄，我想跟您商量个事情。"

杜雅抬起头。

"是小荷的事！"

"哑巴"下意识地往外看了一眼。

金葵花说："他去银行了。"

"哑巴"点头，表示知道。

"我想杀了他！"金葵花说得咬牙切齿。

"哑巴"看着金葵花，一脸惊讶。

"您和小荷的爸爸是朋友，是兄弟，又是小荷的干爹，您是看着小荷从小女孩儿长成大姑娘的！您说，如果有一个歹徒欺负了您的女儿，您会怎么办？"

"哑巴"不动声色地说："杀掉他！"

金葵花忽然哭了。

"哑巴"没有安慰金葵花，他走出去，关上院门，又拐回来。

金葵花还在哭。她一手拿着眼镜，一手擦拭眼泪。

"是姓梅的欺负了小荷，还是姓褚的欺负了小荷？""哑巴"的声音很低，低到仅能让对方听见。

这下轮到金葵花惊讶了。她戴上眼镜，看着"哑巴"："您知道？"

"我不知道。我问你，是姓梅的还是姓褚的？"

"姓褚的！"

金葵花又哭了。

杜雅说："不是我知道，而是我猜到。前天我就告诉你，要给孩子好好谈谈，你谈了吗？"

金葵花说："杜兄，您不要说这个。我只是想跟您商量，我们该怎么办？"

"得逞了？"杜雅不看金葵花。

金葵花犹豫着。

"姓褚的得逞了？"

金葵花轻轻点头。

"啥时候？"杜雅的声音一点儿也没有变化，仍是仅能听见。

金葵花犹豫了一下，说："昨天下午，他趁我去理发，您去送信的时候，小荷正在屋里备课，他、他……这个禽兽！"

"你准备怎么办？"

金葵花说："我已经擦好了手枪，如果他再欺负小荷，我就和他同归于尽！"

杜雅说："不！"

"为什么？"金葵花有些惊讶地看着他。

"共产党的建国时间就在十月一日，这应该是肯定的。今天已是二十六日，我们再等几天。若是成功了，我们一起赶往台湾，他要是真对小荷好，或者小荷真的不烦他，准备和他好，那也就只能这样了。如果小荷坚决不和他好，或者他是在玩弄小荷，那我们三个人呢，就在半途上想办法解决他。"

"还要等？"

"对。"

"如果他再对小荷下手，怎么办？"

杜雅一时无语。

"听之任之？"金葵花看着杜雅。

"你一定要跟小荷再谈！"

"谈啥呀？我跟孩子谈了一夜，她恨死他了！"

"最好谈谈！"

"还有个办法，药死他！"

杜雅摇头："再等等！"

金葵花说："药他很容易。他爱喝咖啡……"

杜雅不说话。

"杜兄？"金葵花死死地看着杜雅，"您是她的干爹！"

"再等等吧，大夫！我们，可能会胜利！这时候，还离不开他！"

金葵花看着杜雅，一行泪水淌下来。

第二十五回　美食家妙论品佳肴　马斯利运弹地道口

> 天下无人
> 目空四野
> 平生争做第一
> 终了难逃第二
> ——打一字

1　梅东岭、孙觅陪着胡一能，三个人边说边往厨房走。

"科长啊，我还是想提醒一下，一定要事先走一走场子。六七十桌，桌与桌之间的距离，上菜员各自的路线，这些都要定好，每一个人都要熟悉。万一到时候端菜的人不小心摔了一盘，临时再补就晚了。"胡一能比画着。

"是是，很有道理！"梅东岭扭脸看一眼孙觅，"胡先生说的都要记下来。"

孙觅问:"桌与桌之间的距离,胡先生,您说多远正好呢?"

胡一能说:"五尺半到六尺。"

孙觅记下来。

"为啥要这么远呢?"胡一能自问自答,"一把椅子一尺五,往后一展又是一尺多。这不就接近三尺了嘛!两桌相邻都往后展,可不就接近六尺了。"

孙觅一脸的佩服:"这真是经验!我还真没想过这些事。"

"逼出来的本事,错出来的能耐。不出点差错,谁会长进呢!不过,这是建国大业,那是不能出错的,要万无一失啊!万无一失,万以后是不是可以有一失,也是不能允许的!"

梅东岭伸手示意:"胡先生,厨房在这边。"

三个人一拐进了厨房,刘三刀师傅鼓了一下掌,说:"好,我们的美食家来了。"

胡一能对着众人深致一礼:"吃货来了,大家包涵!"

亚洲饭店的梁生泉书记和几个师傅已经在等了。

刘三刀看了一下腕上的手表,立即端下锅来,稍停,揭起锅盖。一个白色青釉瓷盘上,摆放着十只大小相同的青色螃蟹,敛足收爪,像训练过似的。

刘师傅飞快地切了一撮细小精致的姜丝,放进白色青釉的小碟,然后倒了些山西米醋,轻轻端过来,请胡一能品尝。

胡一能对着刘三刀师傅一拱手:"得罪!"

孙觅悄悄地笑了。

胡一能端起水杯漱了漱口,伸手拿起一只,折了蟹足,取出蟹肉,在小碟里蘸了一下,慢慢放进嘴里。

孙觅想问:"怎么样?"话到嘴边,没有说出口。

胡一能面露喜色:"嗯,鲜嫩可口,真是人间美味!活蟹吧?"

刘三刀点头:"嗯。"

"十只全是?"

"十只全是!"

胡一能说:"这是河蟹。河蟹肉鲜,肉嫩,最易串味儿,所以,越是调料简洁、精致,就越是味道醇美。"

刘三刀说:"就是大师,一尝就明白。"

"过奖!"胡一能说,"不过呢,我有个小小的提议。"

孙觅又要记录。

胡一能说:"你们看,我吃一只螃蟹,就会有很多个动作:首先,要剥,自己剥。这一剥,就脏了手,得用餐巾擦。蟹六跪而二螯,加上这么个壳,至少得动十次手。要是剥一次就擦一下,至少得十下。要是不擦,那就不雅了。其次,是吃。因为有壳,有皮,得边吃边吐。这又有点不雅。考虑到参会的人员年岁稍长,牙口欠佳,这咬、吮,都有不便。最后,吃过这道菜后,就得有人上前收拾,不然,一桌子都是蟹壳。要收拾,这么多桌,服务不便;不收拾,这么多人,用餐不便。所以,我建议,我们能不能选一个既没有蟹壳,又让毛主席和代表们能吃上新鲜的螃蟹的做法?"

梁书记看看众位师傅。

"要是换一个既不用剥又能吃鲜的做法,那就用炸烹的做法,咋样?"刘三刀看一眼梁书记。

胡一能笑了,说:"请刘先生讲解一番。"

刘三刀说:"我们取河蟹三斤,这是主料。配料用鸡蛋四两,香菜一两。调料则是精盐、绍酒、香油、米醋、胡椒粉、生菜油、葱、姜、奶汤、面粉。"刘师傅说着,一一把这些东西挪到面前。

胡一能点头。

刘三刀继续说:"河蟹洗净,从腹部下刀,一剖为四,每一块都要有爪……"

梁书记截住刘三刀的话,说:"刘师傅,做一次!"

刘三刀真不含糊,变戏法似的,将一群大小相等的河蟹洗净,放案上一切四块。鸡蛋磕进碗里,加面粉和水调成稀蛋糊。油锅放置火上,加上菜油,油热欲沸,将螃蟹蘸了稀蛋糊放进油锅,渐透至金黄颜色,立即捞出。倒出热油,少留底油,下入葱丝、姜丝,稍煸一下,复又把炸过的螃蟹倒入,颠翻两下。"清汁！"刘师傅轻喊一声。旁边的徒弟立即将制好的清汁递上。所谓清汁，是用精盐、绍酒、奶汤、米醋、胡椒粉、香油混合制成的。刘师傅将清汁倒入再烹，随后，撒上香菜段，翻拌均匀，盛入瓷盘。

整个过程很像是一场舞蹈表演，看得众人目瞪口呆。

孙觅说："看着刘师傅做菜，我都想当厨师了！"

梅东岭说："我只是想到了流口水。"

"胡先生，请！"刘三刀师傅再一次颔首示意。

"包涵！"胡一能对着刘师傅回了一礼，端坐桌前，伸手拿起一双干净的筷子，夹起一块，看了看，慢慢放进嘴里。

孙觅忍不住问了一句："怎么样，胡先生？"

胡一能说："真是高手。这螃蟹跟那螃蟹又有不同，那螃蟹软而清香，这螃蟹软中有硬，准确说是有软有脆，软的是蟹肉，味道鲜美不改；脆的是蟹壳，焦香爽口可用。"

"如果有的代表吃不动，餐桌不是也有壳吗？"孙觅问。

胡一能说："这就不一样了。首先是不用手剥，不脏手了。其次是吃着容易了。软的肉，焦的壳，软硬随便。最后是省得有人收拾了。梁书记，我感觉这个炸烹螃蟹比清蒸螃蟹更好些！"

梁书记说："好！这个我还得跟上级汇报后才能决定！"

胡一能又换了一双筷子，在清汁碗里捣了一下，放进嘴里。

孙觅忍不住又想问。

胡一能又品了品："味儿略有出头。盐呢？让我看看！"

刘三刀端来了盐盂。

胡一能逆光看了看盐粉："盐粒有些大了，再细一些，就好掌握了！"

孙觅禁不住喊了一声："你这么厉害！"

胡一能看着孙觅："美食最讲究的是什么呢？就是个盐。俗话说，一盐调百味。如果味儿重了，那就是盐多了。味儿有点儿寡呢，就是盐少了。恰到好处的味道呢，是吃盐不见盐。这就像我们的身体，感觉到哪儿了，哪儿就是不舒服了。舒服的地方都感觉不到！"胡一能说过，又抱拳说声："见笑！"

杜津卫看着梅东岭。

梅东岭说:"杜师傅,看你的了,也让大家开开眼!"

杜师傅说了声:"献丑!"转身去了另一间厨房,很快,就用一个白瓷钵端来了一个青皮冬瓜,冬瓜上雕刻了两只喜鹊,上边的一只敛翅欲落,下边的一只伸颈相迎。看上去和谐而美丽。

杜津卫把白瓷钵放在桌上,说:"这是我做的冬瓜盅,请大师批评!"说着,轻轻地拿掉了上边的冬瓜盖子。

又是一个艺术品!

这个冬瓜,顶部被削下来,做成了一个盖子。如果不拿下来,你还以为那一圈儿优美的锯齿状是一个装饰呢!当杜津卫把上边的盖儿取下,那一圈儿或长或短的锯齿竟像一个很抽象的游龙在冬瓜口舞动。

"啊!"孙觅一声轻喊,禁不住耸了耸鼻子。

梅东岭看她一眼。

孙觅说:"我以前从来没感觉做饭有啥好,一闻这味儿,我真想学着做饭了!"

杜津卫说:"我这是'冬瓜盅'。老菜名,老做法,请!"

胡一能对着杜津卫又一拱手:"得罪!"

孙觅这一回没有笑。

胡一能漱了口,拿汤勺盛了一点儿,用嘴唇轻嘬了一下:"醇厚、清鲜、地道。"

杜津卫有些紧张,他知道下边就要说不足了。

"只是火腿的燥劲儿还没有完全中和。传统的'冬瓜盅'里边有鸡脯、鸭肫、熟火腿、干贝、青虾,还有冬笋、冬菇、鲜莲子,对了,还要有鸡蛋清,这个太讲究了。哪一味的多少、产地,都对这个菜有影响。杜先生,您是……?"

杜津卫一听,连忙报出了所用的材料:"我用的是鸡脯肉三两,鸭肫四两,熟火腿三两,青虾五两,干贝五钱,鸡蛋清二两,冬笋、冬菇、鲜莲子各为一两。"

胡一能像个看病的郎中在闭着眼睛诊脉似的,他坐着,一动不动,听杜津卫说完了，说："可以把熟火腿改成二两，这样或许就会好些！因为啥呢？这个'冬瓜盅'，慈禧太后还真吃过，可她不喜欢这个菜，就因为口味重了，火腿量多，味儿稍有点儿腥。为此，我被罚了两个月的月银。可我不死心，这么好的菜味儿老佛爷咋不喜欢呢？我分析了她的特点，年纪大了，加上那几天她心情不好，于是我就减了三分之一的味道，再让老佛爷……"

梅东岭提醒："胡先生，又跑题了吧？"

胡一能说："这个没跑。结果我被表扬，又奖了一个月的月俸。"

孙觅说："等于被罚了一个月。"

众人都笑了。

胡一能说："你不知道，姑娘，慈禧太后喜罚不喜奖，奖一回不容易！"

众人又笑。

"那就减三分之一味。"梅东岭说。

孙觅连忙记录。

"该胖师傅了！"梅东岭又说。

"好的！"胖鹿哥师傅连忙操勺。

胖师傅做的是一品豆腐，这也是一个经典名菜，虽然听起来像是一味彻底的素菜，其实也是荤素搭配。除要备豆腐外，还要有鸡脯、火腿、冬笋、冬菇、海米等做配料。虽然复杂，但此菜是胖鹿哥的拿手菜，一试就通过了。

梅东岭和孙觅陪着胡一能走出厨房。孙觅看了一眼胡一能，禁不住笑了起来。

梅东岭说："笑啥呢，孙觅？"

"我笑胡先生！"孙觅说着，又笑。

胡一能"啊"了一声，站住脚，扭着身子看自己。

孙觅笑得更响了。

胡一能看了一阵，肯定不是因为自己的衣服啥的，问："哪儿惹得姑娘发笑？"

孙觅说："你整天吃最好的东西，都是饭尖尖，为什么还这样瘦呢？"

胡一能确实太瘦了，衣服在他身上不是穿，像是挂。

胡一能停下来，看着孙觅，很认真地回答："你知道，姑娘，我天天尝的都是奇鲜之味，奇鲜难恒久，一吃就饱。粗淡难下咽，一吃就烦。我被我的舌尖害了！你看看，你看看！"胡一能晃着自己的胳膊，"整个人还不到一百斤。"

孙觅问："您是啥时候开始做这个工作的？"

"二十一岁零两个月的时候。"

孙觅笑了，问："慈禧太后每次吃饭您都得先尝尝？"

"你是不知道，姑娘，我就是个口感好。不管是啥东西，我用舌尖只这么轻轻一触，就知道它们的分量和差别。百一不错！我师父说，我是个天生的试味人！"胡一能说着，下意识地伸了一下舌头。

"您是个天才！"孙觅真诚地说。

"也可以这样说。"

"哎，您还没有回答我的问题呢！"

"啥问题？"胡一能真忘了。

"每次吃饭前，您都要替慈禧太后先尝尝？"

"差不多。慈禧太后的口味我都能给你复制出来！"胡一能得意起来。

孙觅禁不住又笑。

胡一能做了个戏剧道白的动作："姑娘焉何又笑？"

孙觅说："慈禧太后的口味不就是您培养出来的吗？"

胡一能一脸惊诧："哎！话还能这么说？我培养了慈禧太后的口味？话不敢这样说！"

梅东岭和孙觅全都笑起来。

胡一能想了想，也跟着笑了。

2 吴邑处长把罗山的建议当成了处里的例会内容。人到齐后，吴处开门见山，大声说："罗山同志，请给大家讲讲你的建议！"

罗山站起来，说："对马斯利监视了两天，我发现这个人表情丰富，热情,其实狡猾、冷酷。佛德公司虽然不是以他的名字开的,但当家人的确是他。他每天去公司转一下,根据监听的情报,他是在指挥队伍。因此我建议,可以用查户口的名义去他家里检查,或者偷偷地探一下他的住处,以便得到更多的线索。尤其重要的是,看一看他那里是不是真的有炮!"

吴邑点头,说:"于兵?"

于兵说:"我同意罗山同志的提议,应该偷偷地去查。这样,既了解了情况,又不至于打草惊蛇。"

"鲁战凯?"吴邑又问。

鲁战凯说:"炮的情况,我们一定要尽快掌握。如果真的就在他的屋里,我们可以马上逮捕他。如果没有,那就得耐心寻找。"

吴邑说:"我的意见,查户口可以,但效果不会好。这些人一个个老奸巨猾,反侦探能力极强,他们不会把东西放在外边。偷偷地进去,这个好!但也有不足之处,白天进去,容易暴露;晚上进去,容易出事。所以,我的意见,耐心一点儿,一定要等到那个村田成一。我分析,马斯利屋里即便有炮,也不一定就能使用。一是离天安门距离太远,二是马斯利年纪大了,打炮是需要体力的。"

于兵说:"哎,村田成一会不会在马斯利屋里?"

鲁战凯说:"在他屋里有啥用呢?"

"帮助打炮啊!"

罗山摇摇头,说:"如果真是那样,这门炮的射程就要超过六公里才行。"

"我的意见:一、继续监视;二、加强联系。像这次洛德去天津拉皮鞋,我们就做得比较好。"吴邑说过,又喊,"孙觅!"

孙觅说:"处长,这个谜语我猜到了。"

大家一起扭脸看黑板。

"说说!"吴邑面带笑意。

孙觅站起身,走到黑板前,大声读:"一边熊熊燃烧,一边杂面肉包。一边惊天动地,一边云散烟消。"

于兵和鲁战凯也都轻声念着。

鲁战凯说："我就猜谜不在行！"

"是不是个'炮'字啊？'炮弹'的'炮'，处长？"孙觅念过，说了出来。

于兵最先响应："对！是个'炮'字。'一边熊熊燃烧'，取个'火'；'一边杂面肉包'，取个'包'。对不对，处长？"

吴邑笑了："孙觅是个聪明的姑娘，将来你会成为一名出色的公安战士的！"

孙觅猛地往上一跳："处长，你可得给我多派工作啊！"

吴邑说："千分之千地保证！"

"谢谢处长！"孙觅举手又是一跳。

"这个'炮'，还有那个'廖'，都需要我们加倍关注，牢牢盯死。"吴邑指着黑板边的那一溜儿谜底。

孙觅学着吴邑的口气："百分之百地保证，千分之千地完成！"

大家一起表态："百分之百地保证，千分之千地完成！"

孙觅悄悄地数着黑板上曾经猜到的谜底，说："我们猜过二十四则谜了！"

"很有成就感啊！"鲁战凯感慨。

孙觅拿起黑板擦就要擦，"慢！"吴邑伸手止住。

孙觅放下黑板擦，拿起桌上的粉笔："处长？"

吴邑接过来，思考了一下，把一则新谜写了上去：

　　第二十五谜
　　天下无人
　　目空四野
　　平生争做第一
　　终了难逃第二
　　　　——打一字

"又是个难斗的！"鲁战凯悄声说。

会议结束，罗山一出门，于兵就问了下边的问题："师父，偷偷潜入马斯利住处，您感觉把握多大？"

罗山说:"这不是把握问题,这是决心问题。"

"我感觉,如果冒险不大,可以进去看看!"

罗山说:"再观察一下,我们再决定!"

"好!"

3 金葵花回到住室,取出藏在首饰盒里的柯尔特转轮手枪,往弹仓里压满了子弹。她很想试一下手枪的性能,但她知道,转轮手枪的好处就是不怕卡壳。拿着这把枪,她忽然就感觉有了胆量。坐了一会儿,她把枪关了保险,又重新藏在了她的首饰盒里。把枪放起来的同时,她想起了瘸腿张广才,他是被她和褚一魁共同害死的。主谋是褚一魁,她是帮凶。她又想起了"善有善报,恶有恶报"的佛家话语,还想起了"以其人之道还治其人之身"的儒家话语,也想起了"让他三尺又何妨"的民间故事,可是,她最终还是选择了妥协,选择了听从"杜兄"的劝告,再等等!她需要杜雅的帮助和支持。

杜雅坐在厨房里择菜。他择着择着就停下了,坐在小凳子上发呆。他一直怀疑张广才的死,怀疑紫姐一次都不来诊所的决绝。他很想问一下金葵花,多了解些情况,或者讨论一下、汇总一下情况。可是当他发现金葵花真的倒在了褚一魁怀抱里的时候,他知道,他无法和金葵花讨论问题了。女人一旦与男人有了肉体关系,就会变得不可理喻。于是,他就真的成了哑巴,褚一魁和金葵花不说,他就一句也不问。

"哑巴"发现褚一魁对小荷的图谋,还是在半个多月前吃饭的时候,他的眼睛老往小荷的胸脯盯,虽然只是游移似的盯一下,但还是让敏锐的"哑巴"感受到了。可以这样说,杜雅是从自己的内心出发发现了褚一魁的图谋的。十九岁的金小荷真是熟透了,她像一只苹果,红得鲜艳,肥得饱满,正可谓一掐就会流水。这是哪一个男人都想得到的。虽说他是干爹,可干爹也是男人。他是从自己的内心发现了褚一魁的内心。他知道,褚一魁也一定会从自己的内心发现他的内心的。所以,他努力地用"干爹"做掩护,来排除褚一魁视他为"情敌"的设定。可以说,糊涂的只有金葵花。其实,金葵花也没糊涂,她满足褚一魁,在一定程度上也是为了保护金小荷。从社会角度上看,他是义父;从生理角度上看,他有了女人。她把褚一魁想得太好了。她的吃亏就在于她的浅薄,她的浅薄又害了她的女儿。

褚一魁回来了,手里拿着一摞报纸。他大步走进正屋,含情地轻喊一声:"金!"

金葵花走出住室,佯装什么都不知道,轻声问:"回来了?"

褚一魁把一摞纸摔在桌子上,又掏出一叠钱给金葵花,说:"发饷!"

金葵花接过钱来,攥在手里。

"你不点一点?"

金葵花抬头看他一眼。

"你的钱多了5万元!"

"为什么?"

"因为我们的努力!"褚一魁一笑,"我们马上就要成功了!我们要鼓励每一位同志!"

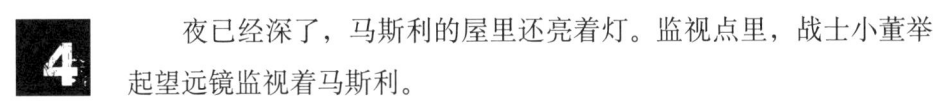

4

夜已经深了,马斯利的屋里还亮着灯。监视点里,战士小董举起望远镜监视着马斯利。

罗山坐在地上的席子上,凑着灯光正记东西。孙觅悄悄地走了进来,手里拿着三块儿冰糕:"罗山!"

罗山抬起头:"你咋又来了?这么晚了!"

"跟着老师学嘛!你不喜欢?"

罗山笑了。

"给!"孙觅把冰糕递给罗山。

罗山拿起来欲送小董。

"有他的。小董!"孙觅举着冰糕送给小董。

小董接过来,说了声:"谢谢孙姐!"

孙觅不依了："嗯？谁大呢？"

小董指一下自己："二十！"

孙觅问："哪月生？"

"六月。"

"你是哥呢！我八月！"孙觅很得意。

"谢谢孙妹！"小董一笑，露出一排细白的牙齿。

孙觅惬意地笑了。

"哎哎，出来了！马斯利出来了！"小董忽然轻声喊起来。

罗山闻言站起身来，果见马斯利拄着拐杖走出院门。

小董说："手电筒也没打啊！"

罗山说："小董，你在这儿，我跟着他！"

"是！"小董应。

"我呢？"孙觅轻声问。

罗山不说话，伸手拉了孙觅，一起出了屋子。

马斯利去公司了。他拄着拐杖，一步三摇地走着。罗山跟在他的后边，老远就发现，佛德公司二楼的灯还亮着。

马斯利轻轻推开公司的院门，进去后，转身把门拴上，喊了一声："洛德！"

洛德应一声，从楼上跑下来接他。

"半夜三更的不睡觉，他们来公司干啥呢？"孙觅问。

罗山看一下表，已近十点："夜里睡不着觉，可见是有事情。"

孙觅点头。

罗山附在孙觅耳边："你在这儿别动。我进去看看！"

孙觅说："他把门拴上了。"

罗山笑了。他走近门边，轻轻一跃上了墙，似乎一眨眼，他的身影就不见了。

马斯利没有上楼，他拄了拐杖走前边，洛德大步在他身后。两人拐个弯儿，到了库房门口，马斯利掏出钥匙，洛德打亮手电筒。

"哗啦"一声,库门开了。

两人走进库房,在光圈的引导下一步一步地往里走。

罗山来到仓库外,蹑起手脚跟上两人。

前边又是一个窄门,洛德的手电筒照在门上。门上有四个字清晰可见:

　　危险!勿进!

马斯利走上前,在一串钥匙里挑选着。

洛德用手电筒照着。

马斯利用意大利语说了句什么,洛德笑了。

窄门开了。

洛德先走进去。他在里边用手电筒照着路。

马斯利也跟着走了进去,转身又把小门关上了。

罗山跟到门边,贴耳朵听了听。

里边的声音很小。

罗山试探性地推了推。

门很紧。

罗山再听。

一点儿声音也没有了。

罗山从兜里掏出钥匙,尝试着往里插,锁孔小,钥匙大,怎么也插不进去。

5 夜晚十点,小荷又来找梅东岭了。梅东岭搬到了亚洲饭店,但到了夜里十时他仍然想出来走走,刚一出门,就听见了小荷的喊声:"梅哥哥!"

梅东岭站住了,脸上都是兴奋的笑意。

小荷欲挽梅东岭的胳膊,梅东岭仍然有些紧张,下意识地躲了一下。小荷笑了。两个人在街上并排走着,把昏暗的路灯走出了很多影子。

小荷站下来,说:"梅哥哥,这是我给你画的素描,不知道你喜欢不喜欢。"小荷说着,掏出一卷画像,两人在路灯下展开。

小荷画的是梅东岭的头像，看上去英俊而成熟。

梅东岭问："谁画的？"

小荷笑了。

"你？"

小荷点头。

梅东岭惊喜地说："你把我画得太好了，我照过镜子，至少比我的真实面貌要好！"

小荷摇头："不！没有你长得好！"

梅东岭嘿嘿地笑了。

小荷却忽然哭了。

"哎！小荷，你怎么哭了？"梅东岭不知所措。他想安慰她，又不知道如何安慰。

小荷抱住双肩，哭得更厉害了。

梅东岭一时有些紧张："小荷，小荷！不是我伤住你了吧？"

小荷浑身直抖。

梅东岭紧张了："小荷，你哪儿不舒服吗？"

小荷努力地止住泪，抬起头看着梅东岭。

梅东岭看她不哭了，低下头，很温柔地看着她："小荷，不许哭了啊！"

小荷大胆地看着梅东岭："梅哥哥，我爱你！"

梅东岭一愣。

小荷忽然泪流汹涌。

"我们……我们要保卫……"梅东岭忽然语无伦次。

"我知道。哥哥，我知道！"

梅东岭下意识地往外边看看。

"梅东岭哥哥，我真的爱你。从见到你的那一刻我就爱上了你。"

梅东岭突然像一个犯了错误的孩子，手足无措地站着，嘿嘿地傻笑着。

小荷说："如果，如果你不爱我，那今天，今天就是我们的最后一见！"

梅东岭急了，问："为什么？"

"因为，我爱你。我让你知道了我爱你！"

梅东岭忽然把小荷抱在怀里。

小荷又哭了，说："你、你还没说，你爱我呢！"

梅东岭忍了忍，终于小声说："我，也爱你！"

小荷忽然仰起脸来，把自己的嘴唇举给梅东岭。她用只有两个人能听见的声音说："我爱你！梅哥哥。"

梅东岭的眼睛忽然湿了。他抱着她，却没敢俯下他的嘴唇。

6

罗山出来了。

孙觅迎上来："怎么样？"

"仓库连着一个暗门，他们进去了，我进不去。这个钥匙大，插不到里边！"罗山轻声解释。

"你猜猜，暗门里会有什么事情？"孙觅悄声问。

罗山没回答。

罗山回答不出来，因为他还不知道此时的马斯利正和洛德走进了藏着秘密的夹道里。

夹道本来就窄，却又堆了几个硬纸箱子。马斯利搬起一个放外边，又搬起一个摞在前一个的上边。当他搬了第三个箱子的时候，一把铁锁从地面露出来。

马斯利再一次在那串钥匙上挑选着。

马斯利选了一把钥匙。

锁开了。

马斯利用力拉起盖板，一个洞口猛地张开，用比黑夜还要黑的眼睛看着他们。

洛德小声问："全放进去？"

"对，全放进去。五个箱子，二十颗，我点过了！"

"明白！"洛德按动开关，洞里亮了。洛德踩着向下的梯子，走到了洞底，

"马先生,往下递吧!能行吗?"

"能行!"马斯利在洞口上应着,弯腰搬起一箱炮弹。装了四颗炮弹的箱子实在太沉,马斯利几乎是呻吟着,把箱子递了下去。

洛德接了,往里走几步,码在一个矮架子上。在矮架子的旁边,是波光粼粼的水沟。洛德知道,这是北平市最为宽阔的一段下水道。虽然臭气很足,但却是极好的密藏之地。

罗山和孙觅藏在公司对面的隐蔽处等着马斯利。

孙觅说:"罗山,我发现我一辈子也赶不上你了。"

"为什么?"

"你身手那么轻快,那么矫健,就这么轻轻一跃,那么高的墙都过去了。你教教我呗,让我也跟着一跃而过。你还那么胆大,什么都不害怕。那么有办法,什么都难不倒你。"

就在这时,佛德公司的大门响了。

"别说话,出来了!"罗山小声说。

马斯利走出大门,洛德将他送出来。

马斯利不走了,他停住脚,问洛德:"哎,最近他们唱的那个什么有力量,那词是咋说的?"

"哪个有力量?"洛德没弄明白马斯利的话。

马斯利哼了两句:"像吵架的那首歌……啊啊,《咱们工人有力量》,我想起来了!"

"对,对!有这个歌。"洛德说,"鄙人不喜欢的都记不住。"

马斯利说:"不行啊洛德先生!干我们这行,跟喜欢不喜欢没有关系。不喜欢的也得学。'发动了机器轰隆隆地响,举起了铁锤响叮当……'"

洛德说:"您好像天天都心情极好。"

马斯利说:"我是好不好都是好。中国有句话我很喜欢,叫'日日是好日'。"

"'日日是好日',什么意思?"洛德不明白。

"天天都是好日子!"马斯利说,"还可以理解为更好的日子在后头呢!

晚安!"

洛德连忙还礼:"晚安,先生!"

马斯利敲响拐杖,边走边扭动老腰,故意学着年轻人跳秧歌时的样子:"发动了机器轰隆隆地响,举起了铁锤响叮当……"他只会这两句,翻来覆去地唱个没完。

7 金葵花和女儿躺在小荷窄窄的单人床上。她把那把转轮手枪放在枕头下边,扳过女儿的头,用极轻的声音问:"你真的恨他?"

小荷坐起来:"真的恨!"

金葵花也坐了起来,说:"小声点儿。"

小荷说:"妈,把你的枪借我用用,我要枪毙他!"

金葵花欲捂女儿的嘴。

"他欺负了你的女儿,夺走了你女儿的贞操,作为母亲,你怎么能够容忍?要是爸爸在,他会怎么样?"

金葵花突然哭了。

"妈,你告诉我,为什么要当特工?"

金葵花停了停,说:"不是为什么,是党国选择了我!"

"党国在哪儿?"

金葵花指一下胸口:"在心中。"

"你的党国连你的女儿都保护不了,你的党国有啥用?你的党国在带头欺负你的女儿,你的党国还值得让你去牺牲吗?把枪给我,我要消灭你的党国!"

"小荷!"金葵花狠狠地喊了一声。

小荷猛地躺倒在床上,看着天花板。

金葵花看一眼女儿,扭过脸,坐着发呆。

小荷问:"你爱爸爸吗?"

金葵花很快地回答:"爱!"

"那你为什么还要和毕好？这个人面兽心的东西！"

黑暗中，金葵花瞪大眼睛。

小荷说："一个女人爱上一个人，难道还可以跟另一个人好吗？"

金葵花说："你不懂，孩子，你还不懂！"

"我是不懂，或许我永远都不会懂。"

小荷躺着，一时无语。

金葵花也不说话。

小荷忽然又坐了起来："妈，我要嫁给梅东岭！"

"什么？"

小荷又重复一句："我要嫁给解放军战士梅东岭。"

金葵花恶狠狠地说："你真是疯了！"

小荷不躲避，说："我爱他。我在见到他的第一天就爱上了他！"

金葵花下意识地掏出枪来。

小荷说："你要枪毙我？你要枪毙你的女儿吗？"

金葵花发现自己失态，连忙又把枪收了起来。

小荷说："爸爸走了，你也保护不了我。我要嫁给梅东岭，让他把毕，把你们，统统地……"

金葵花再一次捂住了女儿的嘴。

小荷挣了几挣，妈妈把手放开了，说："小声点儿，小荷，我们是有危险的！记住，危险！"

小荷再次躺下来。妈妈也跟着躺了下来。

小荷说："他会帮我们报仇吗？他只会欺负我们！"

金葵花说："明天杜津卫就来镶牙了。"

"就是那个杀死我爸爸的人？"

"嗯。"黑暗中金葵花点了点头。

"妈，不要放过他！"小荷说着，就去找妈的枪，"不要以为我们是孤儿寡母的就报不了仇！"

金葵花挡住小荷的手："妈有办法！"

今晚母女俩的争论，让金葵花发现了小荷一个微妙的现象，平时女儿喊她"妈妈"，可在今天争论的时候，她不再用叠字的"妈妈"，而是变成了单字的"妈"。妈或者妈妈，这是一个问题！

8

褚一魁没睡着。他坐起来，摸索着寻找东西。黑暗中，他找到了杯子。

褚一魁去水池边刷洗完，回到屋里，倒了杯水，浅浅地喝了一口。他忽然想到了窃听器，连忙去床下的箱子里拿出来，逆着窗户的微光看了看，试了试电池，又悄悄地放回到箱子里。

"哑巴"也没睡着。他躺着，瞪着眼睛想事。他的听力极好，他很自信自己的耳朵。有一次，一只母猫来偷他没炸的食品，他竟然听到了猫走路的声音。"哑巴"想听见金葵花和女儿的说话声，至于为什么想听，他自己也没有想清楚。他侧坐着，把头伸到窗下，声音模糊。除了听见两个不同的声感，什么也听不清。

金葵花起来了，她从小荷的屋里走出来，大步上了二楼的实验室。她要挑灯夜战，为杜津卫准备牙套。

妈妈走后，小荷在屋里坐了一会儿，忽然感觉到了屋外黑暗中的眼睛。她知道是因为自己害怕，于是穿上衣服，快步蹿过一楼的诊室，跑到了妈妈的身边。

此时的金葵花正拿着两个相连的牙套在试。

"妈妈！"小荷努力地装出不害怕的样子，轻声喊。

妈妈站起来迎接她。

小荷说："这是为党国准备的？"

金葵花点头："嗯。"

金葵花又拿起单个的牙套。

"这个呢？"小荷又问。

金葵花小声说："给我们的仇人！"

"怎么样能杀掉他呢？"

金葵花拿起牙套相连的那只表演了一下。

"我不明白。"小荷对杀人忽然大有兴趣。

金葵花说："他装作牙不舒服，从嘴里掏出来，叭地打开，药就撒进了菜里，他可以把它扔在垃圾箱里，也可以在水里涮一下再塞进嘴里。"

小荷问："没危险吗？"

"洗过了，就没有危险了。"

"嗯。这个呢？"小荷问得很仔细。

金葵花说："这个牙是单独的。表面上只是一颗牙，其实这种材质顶多戴一周，它自己就会轻轻地裂纹。"

"我知道了。里边的药渗出来，他就完了。"

金葵花重重点头："对。"

"它要是在外边裂开了呢？"

金葵花说："这种材质只有在水里才会裂。"

小荷在妈的额头上亲一下："妈妈，我爱你！"

金葵花忽然哭了："小荷，妈是为你活的！"

母女俩都哭了。

完成了牙套，母女俩又回到了小荷的屋里。小荷问："妈，可不可以说，我们的成功之日，就是梅东岭的死亡之时呢？"

金葵花一时没听明白："什么？"

"因为，他是亚洲饭店的食品科科长啊！"

"我们要争取梅东岭，你一定要约他来咱家！"金葵花知道女儿的心思，她要稳住她。

"他要不从呢？"

金葵花说："妈有办法。"

"妈，你啥办法？能让我知道一些吗？我好配合你！"

金葵花说："别的你都可以忘记，只此一条你要记住：不能告诉梅东岭。"

小荷看着妈。

金葵花说:"这是大爱。党国之爱。个人的私情只是小爱。"
"你和爸爸的爱也是小爱吗?"
金葵花说:"这个问题,我们慢慢说!睡吧,天要亮了!"
小荷躺在床上,睁大两只美丽的眼睛,说:"我想知道!"
"睡吧!"妈妈不说。

9 马斯利在路上走着。
罗山和孙觅在远处跟着他。
马斯利走进了独院,又轻轻地锁上门。
"看来他要睡了!"孙觅说。
"走,我们转转去!累吗?"罗山问。
"不累!"孙觅挎住罗山的胳膊,小声说:"我想告诉你个事!"
罗山站下来。
孙觅在罗山耳朵上亲了一口:"我饿了!"
"就这个事?"
"嗯!"
罗山小声说:"我也告诉你个事吧?"
孙觅站下来。
罗山在孙觅脸蛋上亲一口:"我们去吃夜宵?"
"太好了!你再告诉我一回!"
罗山笑了。
"不嘛!你必须再告诉我一回!"孙觅耍起赖来,站着不走。
罗山站下来,在她脸蛋上又亲了一下。
恋人都是精神的。两人在街上吃过夜宵,又在街上走了很远。"瞌睡吗?"罗山轻声问。要是平时,这句话等于白问,此时的孙觅肯定瞌睡。恋爱心理学告诉我们,恋爱中的人们有着超强的精神力量,他们不怕冷,不怕热,不怕熬夜受累。果然,孙觅轻松地回答了一句:"不瞌睡!"

罗山笑了。

孙觅也笑了。

两个人又走了两条街，罗山说："把收音机给我！"

孙觅很高兴地应一声："嗯！"

收音机里忽然传出被干扰的声音。

"注意！"罗山兴奋起来，"往这边！"罗山举着收音机。

两个人循着被干扰的声音，顺着胡同慢慢地寻找。

"应该是这边！"两人一拐弯，又往旁边走去。

罗山说："记下时间。"

"记着呢！"

两个人在街上、胡同里、公园边校正着信号……

"罗山，停了！"

罗山看一下表："记住，四点十分。"

孙觅掏出小本记下来。

天空渐渐地亮起来，开始是黛黑色，随后是淡青色，再接着是寡白色，鸟的声音多了起来，秋天的天空像秋天的果园，一抹浅红涂亮了所有的果子。

罗山说："我告诉你件事！"

孙觅抬起头。

罗山在她耳边亲了一下："渴了吧？"

孙觅说："我也要告诉你一件事！"

"我知道。"

孙觅说："你肯定不知道。"

罗山停下来。

孙觅在他脸蛋上亲一下："我爱你！"

罗山禁不住也亲了孙觅一下。

两人在早晨的小摊儿上吃过早点，天已大亮。银色的鸽群从蓝天上自由地飞过，带来了农历八月北方的凉爽。

"再见！我要去换小董的班了！"罗山说。

孙觅看了一下表："我先送你，回来再去上班。"

"你太辛苦了！"

"我不辛苦！"孙觅说着，打了一个长长的哈欠。就在此时，她忽然想起来了处长新谜的谜底。不过，只是一闪，她立即又否定了，她感觉有点儿不好意思，就没有说。

10　　开北方正打扫铺面，翁世界过来了，手里掂着一个布兜："开老兄！"

开北方一喜："哎哟，你早啊，翁老弟！"

翁世界说："开老兄，我给师父说了，师父不同意我离开。师父说，抓紧点儿，三十号一早就做完了，然后挂灯、离开，他要和我一起去家里庆祝呢！"

开北方脱口而出："哎哟，那咋办？"

翁世界说："这好办嘛！我们一起回来嘛！"

开北方傻了。

"你不用难过，情我领了。这是两瓶二锅头，我看你爱喝两口，不成敬意啊！"翁世界说着，从布兜里拿出两瓶二锅头。

开北方连忙推辞："哎哟，这怎么行？"

翁世界把酒放在柜台上："笑纳，老兄笑纳啊！"

翁世界走了。开北方过不成日子了，他呆呆地站在原地，嘴里喃喃着："这可咋弄？这可咋弄呢？"

郭闹闹来了："老板，早啊！"

"闹闹！"开北方拉住郭闹闹，用劲太大了，郭闹闹猛往后一退："咋球回事啊，老板？"

开北方不松手："闹闹，你说，这该咋弄？"

郭闹闹盯了开北方一眼："球，出事了？"

"真球出事了。"开北方松开郭闹闹，"出大事了！"

"究竟是球啥事？"郭闹闹让他弄蒙了。

开北方稳稳神,指着两瓶二锅头:"翁世界给我送了两瓶酒!"

"给咱送酒?球好事嘛!"

"啥球好事啊!"开北方把翁世界刚才的事情说了一遍。

郭闹闹听完也傻了:"这可球咋办?这可咋球办!"

两个人坐在板凳上,谁也不看谁,像僵住了似的。

廖响来了。廖响今天起得早,吃过早饭,他拿起皮包正要走,被同居的中学地理老师苗蓝拉住了。她先在他的脸上亲一下,又拿起皮鞋油抹在了他的皮鞋上。

廖响知道她爱他,恨不得把肉割给他吃,于是他就停下来,任由苗老师折腾。

苗蓝搬来个小兀子让廖响踩上,抹匀了鞋油,这才拿起擦鞋布,一下一下地给廖响擦鞋。她要让她喜欢的男人出去时风光。她中学时暗恋的男人从天而降,让她喜出望外。他答应娶她。她已经和他同居。他就是她的男人。她太高兴了,天天都高兴。她一边擦,一边轻声哼唱着歌曲:"解放区的天是明朗的天,解放区的人民好喜欢。民主政府爱人民呀……"

廖响的眉头一直皱着,他是在讨厌的歌声中离开他暂时栖息的小居的。他喊了辆人力车,一路上都有些不快。

廖响一走进来,郭闹闹立即嚷了一声:"廖先生,不好了,出球大事了!"

廖响一惊,退在了门外,不敢进了。

开北方说:"廖先生,你咋不进来?"

廖响警惕地看着开北方。

开北方看看廖响,看看周围,一脸的莫名其妙。

廖响退了两步,神情很紧张。

郭闹闹说:"廖先生误会了,不是啥球大事,是……您进来吧!"

"翁世界说,三十号的事变了。"开北方终于把事情说明白了。

"啊!"廖响一时没醒过来,他犹犹豫豫地走进来,下意识地看着屋里,他没有发现屋里有何异样。"究竟怎么回事?一惊一乍的,吓人不是?"

开北方又把翁世界说过的话重复一遍。重复了一遍,开北方发现自己不紧张了。重复很重要!

"这么说,是翁世界正式向你说的?"廖响明白了。

开北方点头:"对。"

廖响自言自语似的说:"若是三十号不能上去,那我们所准备的一切都有可能泡汤了!"

"不是是球!"郭闹闹喊了一声,忽然有了想法,"球,我们咋给他破坏破坏?"

开北方被启发了:"这倒可以动动脑筋。"

"咋破坏?"倒是廖响皱起眉头了。

郭闹闹说:"哎,把他老婆吓病咋样?他老婆一病,他不球又慢了吗?"

开北方点头:"这还真是个主意呢!"

"咋吓她?"廖响盯着郭闹闹。

开北方紧皱眉头。

郭闹闹的头往这边歪歪,往那边歪歪。

廖响不喜欢郭闹闹,一会儿球,一会儿乱动,毛病太多。

"我有个主意!我有个主意!你们看球行不行。"郭闹闹很兴奋地看着两人。

廖响说:"说!好了奖你!"

郭闹闹急不可耐:"魏老婆儿不是怕死吗?我们就把冥衣送到她家,她一害怕,不就该生病了?"

"你好好说!"廖响看着郭闹闹。

郭闹闹比画着:"咱买通一个人,装作是给球送定做的冥衣,因为是晚上,送错地方了,送到隔壁去了。或者,咱都出去,叫他拿球冥衣去他家打听咱,这总可以吧,然后,把冥衣忘到他家。那老婆儿害怕,一准儿生球病!"

"好主意!"开北方一拍手,"真是个好主意!"

"那就这样弄!"廖响问,"需要多少钱?"

开北方说:"钱不用多少。闹闹,你来办这个?"

郭闹闹点头:"可以!"

"你准备咋办？"廖响问。

郭闹闹翻起眼睛想人："我就给朋友说，恶心他呢！"

开北方说："闹闹这水平，小菜一碟！"

廖响从包里掏出一摞钱，递给郭闹闹："成了再奖！"

郭闹闹不客气地接了，大言不惭地说："廖先生，你就等我的好消息吧！"

11 杜津卫来到金口牙科诊所。褚一魁把他接到会客室，"哑巴"杜雅泡上香茶了，这才把二楼上的金葵花喊了下来。金葵花走进来，杜津卫立即站起来："金大夫，您好啊！"他想和她握手，金葵花只点了点头，并没有伸过手来。

"坐，坐！"褚一魁轻声说。

四个人都坐下来了。

"国宴的事情怎么样了，杜先生？请跟大家说说。"褚一魁说过，示意杜津卫喝茶。

杜津卫端起茶杯："国宴的菜谱出来了，八凉菜，八热菜，两甜点，两咸点，一甜汤，一咸汤。完了！"

"八凉八热，一共十六个菜。就这么多？"褚一魁有点儿怀疑似的。

杜津卫说："就这么多！"

"哑巴"一笑。

杜津卫说："真是穷人党。开国的宴席如此寒碜，也不怕人笑话！作为大厨，我都不好意思了！"

褚一魁叹了口气："共产党，厉害呀！一看这菜谱就知道，是要过日子的样子了！我们请客吃饭，大凡重要一点儿的客人，咋着不弄它几十个菜！国宴啊！毛泽东一直在要求全体共产党员做到'两个务必'，哎，'两个务必'，你们知道是什么吗？"

金葵花一脸懵懂。

杜雅也摇头。

杜津卫接上："'务必使同志们继续地保持谦虚、谨慎、不骄、不躁的作风,务必使同志们继续地保持艰苦奋斗的作风'嘛!"

褚一魁笑起来："我们的杜先生真的成共产党的模范党员了,你们看,背得多熟啊!"

杜津卫说:"天天学习嘛!这个共产党,就靠这个'学习'。一天三学。你想想,天天这么学,就是木头人也学会了。咱们这个党,就缺少这个学习的精神……"

"好好,等咱们到台湾了,一定给毛局长,不,给老头子提提这个加强政治学习的建议。"

杜津卫说:"金大夫,请您给我看牙吧。"

"好的。请吧!"金葵花仍然不苟言笑,她站起来就往外走。

杜津卫站起来,大家陪着他走到外屋。

金葵花摇下牙床。

杜津卫躺了上去。

金葵花拿着针管走过来。

杜津卫问:"这是……?"

金葵花说:"麻药。"

杜津卫看一眼褚一魁。

"不打麻药,你受不了的。这一针要很多钱呢,〇五!"金葵花知道他不信任她,可现在是大敌当前,他们要同舟共济,谁也离不开谁,所以,他不信任也得信任。

杜津卫说:"好好,我不是怕,我是……"

金葵花禁不住接上:"害怕!"

杜津卫苦笑一下。

金葵花把针扎了上去。

打上了麻药,接着就是锯牙。

金葵花踩动机器,牙锯吱吱地响起来。虽然打了麻药,但杜津卫还是难受至极。金葵花的操作是把杜津卫的两颗好牙锯下来大半截,然后装上藏着毒药的假牙做掩护。如果是病牙或者是拔牙,或许就不会那么难受。但病牙得有啊,杜津卫没有。拔牙更不行。牙拔了两个血洞,至少得半年才能镶上。锯牙,还真是个专家级的无奈之举。金葵花要先在杜津卫的牙上量好刻度,脚踏机器手持牙锯,用镜片后边的两只眼睛死死地盯着面前的牙齿,专心而细致,一丝而不苟。不知是脚踏的劳累还是专注的紧张,她的额头上浸出了油油的汗水。而杜津卫则双目紧闭,钢锯细密的锯齿快意地啃啃着他长了五十三年的坚硬牙齿,尖利的噪声像密集的蜂群钻进了他的脑袋,像是马上就要爆炸。这种经历会改变一个人的信念。此时的他,真的不希望牙齿长得太结实!站在旁边的褚一魁伸头看着,额头时而舒展时而紧蹙,像是表演着一场内容丰富的哑剧。

"疼吗?"褚一魁趁着锯牙的间隙小声问。

杜津卫轻轻点头。

金葵花用哄孩子似的语气说:"忍着点儿,马上就好了!"

第二十六回　郭闹闹吓病魏太太　褚一魁再施窃听器

乌云如盖雷声起
长天万里无消息
魔鬼岂走青云道
不用窃窃尽私语
——打一物

1

郭闹闹立即去找了他早年认识的一个无赖笑三哥。笑三哥年轻的时候跟人打架，破相了，一只眼歪了，视力大受影响，人称"瞎子"。其实他还可以看见点儿光。更难看的是他的嘴歪了，总像是在夸张地嘲笑着这个世界。他姓肖，正谐了这个"笑"音，因此得名笑三哥。笑三哥只是无赖，不属于任何帮派，因此老受欺负。他当然也欺负别人。这天，他正在老槐树下乘凉，郭闹闹过来了。

"三哥！"

笑三哥嘴一歪："闹闹，你弄啥球哩？"

郭闹闹笑了："能有啥球！想请三哥喝一杯呢！"

"真的？"

"这球会假！得空吗您？"

笑三哥说："只要是喝酒，啥时候都有空！"

"走吧！"郭闹闹一挥手。

笑三哥站起身，跟着就走了。

两人来到开来饭馆，找了个安静的角落，四个菜，一壶酒，开怀畅饮。

郭闹闹说："不瞒三哥说，最近老弟我光受球欺负，我找了个算命的师傅算球一卦，说我该有一劫。"

笑三哥端杯喝干，说："算卦的口，无梁的斗，算福没有算祸有。我就不相信！小时候我爹请人算过，说我将来官拜四品，球哩，我现在就差要饭了！"

笑三哥说过，自己端起酒壶就要斟。郭闹闹连忙抢过来，给他斟满。"不过算卦的说，要有贵人相助。我想了半天，谁是贵人？球，就是笑三哥你呀！"

"我？"笑三哥的嘴都快挂到了耳朵上，他右手指着自己的鼻尖，左手又把酒杯端起。

"啊！"郭闹闹也张大了嘴，使劲歪着，似乎是为了配合笑三哥。

"贵人？"笑三哥又指一下鼻尖。

"啊啊！"郭闹闹不仅歪着嘴，还使劲地点头。

笑三哥哈哈地笑起来："咱弟兄俩穷货，还贵人！哈哈……"笑三哥笑完了，又饮下一杯。

郭闹闹不失时机，忙又给笑三哥斟了："三哥，你球真不明白！贵人，不是说当官的是贵人，有钱的是贵人，是说能帮你忙的都球是贵人！"

"我能帮你？"笑三哥又指鼻尖。

"哎呀！你没听那戏文里唱的，鸡鸣狗盗之徒皆堪大用。三哥岂不比那鸡鸣狗盗之徒厉害！就看你帮不帮了。"

"三哥我既不能鸡鸣，又不能狗盗，我想帮兄弟你，能吗？"

郭闹闹一笑:"咋球不能!"

"好!咱再干一杯!"笑三哥主动起来。

两人又干。

"说吧,闹闹,拣我能帮的!"

郭闹闹把身边的一包衣服提起来。

笑三哥看着他:"啥?恁大一包。"

郭闹闹把衣服打开,一抖:

一件典型的冥衣跳了出来。

笑三哥吓了一跳:"送老衣?"

郭闹闹点头:"啊!"

"拿死人的送老衣干啥?"

郭闹闹又把衣服收起来,说:"算卦的说,只要把这球冥衣送到加害我的人家里,我的灾自然就破了。"

笑三哥说:"人家会要?"

郭闹闹面现忧愁:"当然不会要了。"

"那你咋送?"笑三哥问过,就开始帮忙想办法,"只能硬送到他家。或者夜里他睡着了,往他家里一扔了事。第二天早晨,他一起来,'哎哟!'这事就成了。"笑三哥边说边表演,动作、表情都恰到好处,一看就是个无赖老手。

郭闹闹摇了摇头,说:"笑三哥,我想这样干,您看看行不行?"两人又碰一杯。郭闹闹就把他的想法和盘托了出来。

2

杜津卫的牙镶好了。

杜津卫下了牙床,走到水池边漱了漱口。

"杜先生,你感觉咋样?"褚一魁关切地问。

杜津卫痛苦地皱着眉头:"我从来不知道锯牙这么疼。"

金葵花擦了擦头上的汗,说:"给你打的是进口的麻药。"

杜津卫深吸一口气:"牙坏了拔掉,不会这么疼。牙不坏硬锯,真是难受得很啊!"

"〇五,你可以试试了!"金葵花边说,边给他示意了一下。

杜津卫把镶嵌的假牙取掉。

"紧吗?"金葵花又问。

杜津卫说:"松紧还可以。只是疼!"

金葵花端来一盆水:"放里边试试,看漏气不漏。"

杜津卫把假牙放进去,一点儿气泡没有。

"美国货,绝对安全。"金葵花用钦佩加肯定的语气说。

杜津卫说:"我还真怕它漏,任务没完成,自己先牺牲掉了。"

金葵花说:"不可能!安全要保证不了,岂不误了党国大事!"

杜津卫开开合合地试了几次,又把牙扔进水里。

牙漂着,仍然不漏。

杜津卫捞出来,甩了甩水,使劲吸了一口气。

金葵花把一包药递给他:"这是止疼片。若是忍不住,就吃两片。不要多吃啊!"

杜津卫接过药。

褚一魁说:"大夫,啥时候还让杜先生来?"

"这两颗牙已经镶好了,不用来了。为了让〇五有理由,那颗烂牙下次再治。"金葵花不愿意唤他"杜津卫"或者"杜先生",她坚持喊他"〇五"。

杜津卫说:"那颗坏牙没治啊!"

褚一魁说:"留点理由嘛!需要时随时过来。这两颗牙没装药吧?"

金葵花点头。

"装吗?"褚一魁问金葵花。

"走,到实验室!"金葵花说过,前头走了。

褚一魁和杜津卫跟着上二楼,进了实验室。

金葵花打开一把锁,从抽屉里拿出一个玻璃瓶放桌上,又拿出一个玻璃杯子。

金葵花把玻璃瓶里的药倒在杯子里。

金葵花轻唤一声："牙。"

杜津卫连忙送上去。

金葵花拿出镊子，从玻璃杯里一粒一粒地夹出五粒，放在一颗牙里，嵌上机关，又夹五粒放进另一颗牙里，嵌上机关，然后顺手把牙扔进桌上一个盛有水的玻璃盏里。

褚一魁和杜津卫伸头看着杯子的变化。

杯子里一点儿变化也没有。

"看见了吧？不会漏的！"金葵花换了旁边的一把镊子，把牙从杯子里夹出来，喊了一声："〇五！"

杜津卫接过来，却不敢往嘴里放。

金葵花大声说："没问题！"

杜津卫说："杜工部的诗我背过很多，你们知道，这时候我想起来了哪一句吗？"

褚一魁看着他。

"出师未捷身先死，长使英雄泪满襟。"杜津卫背着，眼睛里忽然就有了泪花。

金葵花说："〇五，在我的心里你早已是英雄了，谁知道，面对险境，我忽然发现，每个人都是可以被鄙视的……"

杜津卫一笑："为了不让我们的英杰鄙视，我就把它吃下去了！"

杜津卫戴上牙，又使劲磕了两下，一扭脸："组长、大夫，我走了！"

褚一魁伸出手："杜兄，祝您成功！"

金葵花也伸出手："〇五，祝您好运！"

杜津卫握住金葵花的手："一定的，金大夫！我不会让您鄙视的！"

3 院子里一片安宁，两只喜鹊落在马斯利的窗户前的石榴树上。罗山的望远镜追着喜鹊走。罗山小时候就喜欢喜鹊。"听见喜鹊叫，必有喜事到。"这是娘说的话。罗山想起娘，心里忽然就有些难过。这一段儿他老想起娘。娘走了十八年了。娘的面容在他的心中已经模糊了。有两次，他梦见自己扯着弟弟追着喊娘，娘却决绝地向前走，一次也没有回过头。弟弟哭了。他也想哭，但他知道他是哥，他不能哭。他抱起哭泣的弟弟，弟弟太沉，他走得更慢了。娘走了。不是娘愿意走，他亲眼看见了娘的眼泪。醒来的时候，他想，为什么老想起娘呢？一定是和他与孙觅恋爱有关系。那场伤寒是爹先得的。爹得了伤寒娘侍候他，娘也染上了。爹先走，娘后走，娘走的时候已经无力说话。她用了很大的劲儿，说："照顾好你弟弟！"其实娘知道，他照顾不好弟弟。他才八岁，他还需要有人照顾呢！娘说过就哭了，他看见娘哭，却没有看见娘的眼泪。濒死的人，连眼泪都流不出来了。他没有照顾好弟弟，他一直自责。其实，那时的他也已经染疾。只是他活了下来，弟弟没能撑住。

喜鹊嬉戏着，一只在前，一只在后。前边的一只在树上蹦跳，把石榴树上的枝条踩得一片迷离。后边的喜鹊很镇静，老是等前边的喜鹊停稳了，才猛地飞过去。

值夜班的小董还在席子上睡觉，沉重的鼾声报告着他睡眠的深度。

丁兵悄悄地进来了，对着独院一扬脸："走了吗？"

"还没有。"罗山说，"我观察了两天，马斯利虽然年纪不小了，但一直是一个人住。白天十点以后他去公司。你那儿都安排好了？"

"安排好了。"于兵的话音未落，石榴树上的两只喜鹊忽然飞走了。

罗山立即警觉起来。

马斯利走出屋来。他拄着拐杖，西装革履，满面春风的样子。罗山知道，这是马斯利的特点，他总是把自己打扮得精神十足的样子，虽然年近七十，但还不愿意向岁月服软。

马斯利锁了屋门，拄着拐杖走到院子，在门外站定了，气宇轩昂地瞅了瞅四方，一副很满意也很得意的样子。

罗山对于兵说："你跟他一段儿，若是去他的佛德公司，你立即回来。"

"是！"

二十分钟后，于兵回来报告："马斯利去了公司！"

"好！"罗山来了精神，"稍等一会儿，我们去他屋里搜一搜，看看究竟藏了什么牛黄狗宝！"

于兵问："都需要准备些啥？"

"我都准备好了。"罗山说着，把西服和眼镜以及软底布鞋都拿了出来。最后，他掏出一把哨子交给于兵。"万一有动静，你就吹响哨子，喊操：一，一，一二一……"

"好的！"

罗山换了装，一身西服，浅色墨镜，白色太阳帽，如果仔细观察，他这身行头就有问题，因为他脚上穿的是一双软底布鞋。

罗山出现在马斯利的独院门前。

街上行人稀少。

罗山掏出钥匙，捅进锁孔，旋着。

锁不开。

罗山调换了一把，再旋。

锁开了。

罗山摘下锁，开了门，快步进院，把门轻轻关上。

罗山大步越过院子，再用钥匙捅开了房锁。

四周安静。一群麻雀飞过来，落在石榴树上，喊喳着。旁边美术社姑娘们的笑声不时传来。

屋门开了。

罗山轻轻推开门，却不进屋。站在门外听动静。屋子里一片沉寂，一只老鼠从当门处窜出，长长的尾巴告诉罗山，它是一只家鼠。

罗山小心地走进去，静静地观察着。

屋子很大，很干净。一摞报纸整齐地放在茶几上。报纸上有马斯利用意大利文记的东西，但明显又画掉了。

罗山走进里间，摆设简洁。一面干净的墙壁边，立着一个中国风格的乌木衣架。

罗山轻轻挪一下衣架，墙上出现了一个暗锁。

罗山拿钥匙轻轻触动，钥匙进去了。

罗山再拧，暗锁开了。

三个叠在一起的箱子，罗山打开上边的一个，四颗迫击炮弹忽然明亮，像是四只沉睡的眼睛猛地张开。

罗山逆光看着，他发现墙上的一张地图似乎盖着一个暗锁。地图用圆圆的图钉钉着。

罗山小心地抠下图钉，揭下地图，再次把暗锁打开，一件青色的布套盖着个东西，罗山轻轻一掀，布上的灰尘在金色的光带里翻起跟头。锃亮的迫击炮出现了！

"啊！"尽管有准备，罗山还是轻哨了一声。

4

褚一魁感觉到了金葵花的变化。她不仅不愿意和他做爱，甚至连跟他亲昵的行为都没有了。她老是和小荷住一个屋子，不是在小荷的屋里，就是在她的卧室里。如果金葵花跟他闹一场，他感觉这很正常，可是，金葵花没有跟他闹，不但没跟他闹，连强烈的行为都没有。这让他感到了困惑和不安。他知道，在这个金口牙科诊所，虽然表面上他是组长，但杜雅是小荷的干爹，也就是说，真的发生了争斗，他就是孤家寡人一个。他本来是想用性征服小荷，据他的经验，一个年轻的女人，即便第一次表示了反抗甚至强烈的反抗，但只要尝到过男人的滋味，她就会把持不住。她的意志或许在反抗，她的身体却已经强烈地需要了，因为她被唤醒了。他等着小荷找他。可是，两天过去了，小荷不但没来找他，反而连正眼看他一次都没有。他感觉到了小荷对他的厌恶。褚一魁决心要再一次征服小荷。只有征服了她，她才能成为自己的人。她成了自己的人，她妈妈本就已是自己的人，就更不可能离开他。四个人，他有三个，他就不怕"哑巴"了。也就是说，他就没有危机感了。

杜津卫走后，褚一魁走回他的卧室，从抽屉里拿出了那台小型窃听器，悄悄地装上了电池。坐在桌后，他一脸阴云地盯着窗外。他在想事。他在想事时都是一脸阴云。

"哑巴"掂起篮子走进主房。褚一魁拿起报纸盖住窃听器，空着手走到外边的会客室。

"所长，我去买点儿菜！""哑巴"大声说。

褚一魁点头："好！"

"哑巴"站在屋里，犹豫了一下。他想问金葵花需要不需要特殊的东西，但他忽然感觉不应该，一扭脸，走出了屋子。

金葵花正在二楼的实验室里忙着，她已经把那只给杜津卫的独牙做好了，正用小锉子细细地打磨。实验室的门开着呢，杜雅的话可以清晰地听见。她想着杜雅会问她，可杜雅没有说话。她知道，杜雅这几天警惕着褚一魁。他努力做出平和的样子，不刺激褚一魁。

"哑巴"挎着篮子走出院子。

金葵花还是走了下来，"老杜！"她喊。

杜雅没有听见，大步走出院子。

金葵花追出院子："杜兄！"

杜雅站住了。

"你今天买点儿水果吧，我想吃水果了！"

"想吃啥水果？"杜雅声音不高。

金葵花说："你随便买吧！这几天嘴老是馋。"

"好吧！"杜雅站住说，"枣梨瓜果都熟了，您还是……"

"买点儿葡萄吧？看看有没有！"

"好的。"

"杏也可以。"

杜雅说："这都是农历八月了，杏咋还会有！"

"你看着办吧！"金葵花说过，回到了院里。

杜雅禁不住嘟囔了一句："嘴馋！"

两个人都没有想到，在他们站在门外商量买啥水果的时候，褚一魁拿张报纸做掩护，推开小荷的屋门，把那台曾经窃听过张广才的窃听器偷偷塞进了小荷床头下的木箱子里。

5

笑三哥提着郭闹闹给他的那一包东西，深一脚浅一脚地来到了冥衣铺前，把嘴歪眼不亮的样子发挥到了极致。

冥衣铺大门紧闭。

笑三哥拍着店门："老板！老板！"

无人应声。

笑三哥往后退几步，扬起头，眯着眼，使劲看了一会儿，又上前拍门。

仍无人应。

按照两人合写的剧本，笑三哥提着那包东西拍响了魏家的院门："家里有人吗，请问？"

小丰出来了："你找谁呀？"

笑三哥说："我来隔壁开老板这儿办事，没人。我想问问，他们去哪儿了？"

小丰说："我们虽是邻居，但也很少来往。"

"你是说不知道？"

小丰点头："是不知道。"

"我是远路，一大早就往这儿赶，累坏了。我能不能在这儿坐一会儿啊，姑娘？"笑三哥说着，翻了小丰一眼。

在他翻小丰的时候，小丰也看见了他。这人的嘴很荒谬，像是嘲讽她似的。小丰本能地有点儿害怕。

"你们不认识？"小丰还没有回答，这人又问了一句。

小丰说："认识认识，咋不认识！"

"那我就在这儿坐一会儿，行吗？您这儿有门楼，能遮住太阳。不晒！"

小丰听了，忽然就有些同情他。大老远的来了却见不到人。小丰是个懂事的孩子，说："好吧！我给你端杯水喝！"

笑三哥连忙称赞："姑娘好心！"

小丰的水端来了。

笑三哥一气儿喝光，谢过小丰的茶水，又夸小丰善良、好看。

"他们在营业，不会停大会儿的，你耐心地等一会儿吧！"小丰心里美滋滋的，忽然想起了看过的老戏："良辰美景奈何天，赏心乐事谁家院……"她也不知道唱得对不对，但她听爹也唱过，就记住了这两句。刚哼完，魏太太说话了："你刚才跟人说话了？"

小丰说："有个远客找隔壁开老板呢，他们的铺子没开门，他就想在咱这儿歇一会儿。"

"啊！"魏太太慢应一声。

小丰问："奶奶，咱出去吗？"

魏太太说："你看看那人走了没有，我不想见生人。"

"好的。"小丰应着，走到外边，看看没人，正要往回走，忽然发现那人的东西丢在了地上。

小丰走到门口，往外看看，她想找到那个嘴歪的男人。

门口无人。

小丰跑到冥衣店，店门仍然关着。

小丰再跑回来的时候，魏太太自己正往外走。小丰见了，连忙上前搀扶。到了门口，魏太太一笑："人呢？"

小丰说："不知道啥时候走了。您看这，人走了东西却忘这儿了！"

魏太太问："啥东西会忘这儿？"

小丰说："我给他放到门边吧，啥时候他想起来了，就会过来取走！"

魏太太说："打开看看是啥，别到时候，人家来取了，你连是啥都不知道。早年有个戏就是说的这，有人捡了钱，在那儿等丢钱的人。结果有个无赖知道了，说是他的钱。他刚把钱领走，丢钱的人来找了……"

"我知道了，奶奶。"小丰说着，走上前，打开了包裹。

小丰说："是件衣裳。"

"啥衣裳？拿来我看看！"魏太太伸手要了。

小丰拿着过来了。

魏太太一抖,一件冥衣展开了。

"呸!呸呸!扔了,快扔了!"魏太太忌讳这个。

小丰也知道不好,连忙收拾起来。

魏太太站起来,急急往屋里走。

小丰放下衣裳,连忙去搀她。

魏太太喊:"别碰我!快去洗手!"

小丰应着,连忙去端洗脸盆。

魏太太又问:"香炉呢?"

小丰说:"奶奶,别害怕,我马上烧香!"

魏太太回到屋里,坐在椅子上。

小丰端来水,让她洗。

魏太太"呸呸"着又吐了几口,这才把手放进盆里。

小丰紧张地看着她。

魏太太说:"小丰啊,你去在那不吉利的地方画俩十字,吐几口唾沫,再用脚踩几下,啊!"

"好的,奶奶没事!您老一福压百祸!"小丰说着,把手巾递过来,给魏太太擦手。

魏太太说:"以后,再有人找隔壁的,死活不让进来啊!晦气死了!快,扶我去歇歇!"

"好好!"小丰应着欲扶。

魏太太说:"你洗净手!"

小丰连忙又去洗手。

魏太太大声说:"那儿有洋胰子。"

"知道!"小丰应着,拿来了香皂,一遍一遍地洗着。不仅仅是老太太说,小丰其实也忌讳。洋胰子就是香皂,它是旧时的叫法。

6 吴邑处长听了罗山的汇报，感觉事情严重多了。他想和大家讨论一下接下来的行动。

"迫击炮、炮弹，都找到了。大家都要发言，谈谈自己的看法！"这是吴邑的经验，遇到问题，他会让处里的每一个人都说说意见，一则兼听则明，再则，他也借此了解各自的能力。

于兵说："一门迫击炮，十二发炮弹，炮轰天安门的准备足够了！我建议，立即逮捕马斯利和他的同伙。今天都二十七号了！"

梅东岭也感到紧张："我在饭店一直忙，这边的事听得少，但我感觉抓起来好。至少，不至于再危害我们了。"

鲁战凯说："我满脑袋都是敌台……抓吧，我同意抓！"

吴邑看一眼孙觅。

孙觅说："抓！"她表过态，站起来，走到黑板边，大声念："'一边熊熊燃烧，一边杂面肉包。一边惊天动地，一边云散烟消。'这个'炮'，不抓能行吗？"

"啊！我们找到了炮！"于兵喊一声。

"那个炮是你们找的，这个'炮'是孙觅找到的！"梅东岭说。

"擦不擦？"孙觅举着黑板擦。

"不！"吴邑皱着眉头，"我们是找到了炮，但我感觉，我们没有找到打炮的人。从马斯利的住处到天安门有将近六公里，也就是上次我们分析的，从这儿是打不了天安门的。他们必须把炮挪出来，挪到一个能够够得着的地方。这个地方，他们现在还没有找到。当然，我们现在也不会找到。能打炮的人共有三个，马斯利、东口夷人、村田成一。马老了，可以排除。东口夷人算一个，但我们可以抓他。威胁最大的是村田成一。这个人为什么一直没出现？大家想想，他应该就是炮打天安门的一张王牌。所以，我认为，在村田成一出现之前，我们最好不要抓人。因为你一抓，村田被惊动，他就可能逃跑或者隐藏。他们是只有一门炮，还是另外有炮？我们还没掌握嘛！罗山，你的意见呢？"

罗山说："我同意吴处的意见。但我想，我们最迟不能晚于二十九号上午，到时候，不管村田成一出现不出现，我们都得抓。这些人能量巨大！"

吴邑点头："我会把情况报告上级，我们听上级首长的指挥。加强监视啊！"

孙觅说："这谜，那就不擦了！"

于兵说："不擦好！起个警醒作用！"

鲁战凯看着吴处说："说说敌台吧，处长？"

"好！"吴邑处长说，"大家听鲁战凯说！"

鲁战凯站起来："我们基本摸清了敌台的规律，原来以为会有几个电台，现在看来不是。很可能只有一部。很可能是发报完就挪地方，一天或者两天就挪一个地方。因为这么多电台的频率一样，波段一样，出现的时间也一样。"

吴邑一笑："动脑筋了！"

"这是我们画出的敌台活动规律图。"鲁战凯把手绘的地图递给处长。

吴邑看了，摊开来，放在桌上。

罗山走上前，仔细看了一下："我认为很有道理。我和于兵、孙觅，都用收音机监测过电台的规律，你看，我们监测的几个时间点和战凯他们记录的完全一样！"

于兵接过来看："是是！"

孙觅看了，也点头。

吴邑说："战凯，以你们的预测，今天夜里敌台会移动到哪个方位？"

鲁战凯看着规律图："应该挪在东城区。"

罗山看着表，又在心里想了一会儿："是！今天夜里，严格说来是明天凌晨，大概四点钟左右，会在东城的朝阳门附近发报。"

吴邑笑了："这么说，我们可以实施抓捕了！"

"我们只能测准大致的方位，但是居民区里的人太多，很多家里有天线。怕弄不准，万一惊动了特务就不好办了。所以我建议，最好请罗山同志出马！"鲁战凯说过，看着罗山。

吴邑"啊"了一声，问："为什么？"

鲁战凯说："罗山同志不仅责任心强，而且热心这个事情。他本来是负责抓捕'云中飞'等歹徒的,可他一直关心着敌台。更重要的是,他本领高强,擅长夜间活动。我想,请他出马查找到敌台,才能保证我们准确地把特务一举抓获!"

吴邑说:"罗山同志,你看呢?"

罗山站起来:"感谢战凯对我的信任,我认为可以!"

"这样吧,"吴邑看着罗山说,"监视工作,罗山同志可以暂时脱离!有什么要求你可以提出来!"

罗山说:"让于兵跟我去吧!"

吴邑问:"于兵同志,你的意见呢?"

于兵站起来,对着吴邑和罗山叭地一个敬礼:"是!"

孙觅悄悄地把手举到桌边。

罗山装作没看见。

吴邑问:"梅东岭,饭店有什么情况吗?"

梅东岭站起来:"饭店一切正常。这几天正忙着国宴的准备,从菜谱的选配到场地的安排,忙得焦头烂额。"

吴邑说:"既分工,又合作。这是我们的基本原则。有什么情况要及时通报!"

"是!"众人应着,就要往外走。

"这则谜我猜了个字,不知道对不对?"孙觅站在了门边。

大家听见,都停了脚步。

"很少见孙觅犹豫啊!"鲁战凯先接了话。

"哪个字?"于兵问。

孙觅说:"二!"

"'二',啥意思?三心二意吗?"于兵说,"你咋能想起来这个字?"

"你们看,"孙觅比画着,"'天下无人',不就是个'二'吗?'目空四野',去掉四边框,还是个'二'。'平生争做第一,终了难逃第二',明白了吧?"

说实话,孙觅是在早晨送罗山换小董值班时想起来的,她当时想到"二",自己的脸红了一下。她感觉,这个谜底像在讽刺自己似的。罗山一个,她一个。他们两人不就是个"二"吗?想到这儿,她知道自己自恋了,也就自觉地放弃了。刚才,就是在她走近黑板的时候,她忽然感觉,这个谜底还是个"二",虽然她仍然有点儿犹豫。

"'二',是什么含义?"于兵问。

"既找炮,又找敌台。两件事嘛!"鲁战凯的回话启发了她。

"有道理!"孙觅点头,一扭脸,大声说,"处长,您给解释一下呗!看我猜的对不对。"

吴邑走过来:"是个'二'字。我们面对着国民党蒋介石的国内特务,我们还面对着美国中情局的国际特务,两条战线的斗争啊!我想提醒大家,要有清醒的头脑!"

"褚一魁、马斯利,可不就是两条战线!处长,您的谜太有价值了。您再出吧!"孙觅真诚地要求。

吴邑笑了,说:"我真有一则好谜语,你们要好好动脑筋啊!"

同志们都过来了,站着看处长写谜,他写一句,孙觅就大声地念一句:

第二十六谜

乌云如盖雷声起

长天万里无消息

魔鬼不走青云道

不用窃窃尽私语

——打一物

写完了,吴邑读了一遍,把"魔鬼不走青云道"改成了"魔鬼岂走青云道"。

"为什么要改这个字啊?"孙觅问。

吴邑看着黑板,说:"最好的谜语应该是一首好诗,既有诗的意境,又有优美的词句。改一个字,就不重复了。"

"您真是个好老师!"孙觅由衷地赞叹。

"我当了两年的中学历史教师。"

"同学们肯定很喜欢你!"孙觅说。

吴邑笑了，说："我是十八岁当的老师，有的学生比我还大呢！你说对了，他们个个都喜欢我！"吴邑说着，现出了憧憬的样子。

7

在佛德公司里，马斯利喊来了洛德，眯起细长的蓝眼睛问："从公司下边能通到村田成一先生的住处吗？"

洛德摇头："我试了几次，通不到。"

"为什么？"

"老北平的地下道不像我们德国，也不像你们意国那样宽大，他们的水道很窄，有的地方人只能爬着走。"

"啊！"马斯利说，"疏通一下行吗？"

洛德说："行倒也行，那要费很大的力气和很长的时间。"

马斯利叹口气说："为什么要选地下呢，地下安全啊！"

"那当然！"洛德说，"要不，我会一次又一次地寻找路线。"

马斯利说："越是临近建国，他们越是查得严。如果我们走地面，万一被发现，那就彻底完蛋，前功尽弃了！洛德先生，你有什么办法吗？"

洛德说："我想，等到早晨时候，我们开着车，装着送货的样子，把这五箱炮弹送到村田成一的住处。"

马斯利说："可靠吗？"

洛德摇头。

"是啊，即使我们送到了，万一被发现，他们一搜，来个人赃俱获……再想办法。再想想办法，我聪明的洛德！"

洛德说："为了安全，我们可以试探一下。"

马斯利盯着洛德："咋试探？"

"我们开着车给村田成一送一次东西，如果没人查，我们就接着送。如果有人查，我们就改办法。"

马斯利又摇头："那些当兵的，谁知道他们啥时候查呢！还是要想个万无一失的办法！要万无一失！"

洛德说："我在地下道里再找找吧？"

"好！"马斯利连连点头，"这个办法好！好办法都不容易。"马斯利在屋里走了几步："哎，上次的炮是咋弄过去的呢？"

"对，问问村田成一。"洛德说。

马斯利说："你马上就去问，村田成一先生会有办法的！"

洛德没开车，他嫌开车目标太大，他选择了有轨电车。一出公司门，正好有轨电车过来了，他猛跑了几步，跳上了车子。

洛德一露头，小海就看见了，他看见洛德对着电车跑，就知道他要坐电车。小海顾不了太多，也跟着跑起来。他还是晚了一步，等他跑到电车跟前的时候，电车已经开动了。

小海犹豫了一下，拦住一辆三轮车："师傅，能不能追上电车？"

"啥？"

"能不能追上电车？"小海以为他没听清。其实他听清了，他只是对小海的这个提议表示不满，他使劲摇了摇头："哪能追上电车！咱的车上可没有电！"

小海着急了："我骑咋样？"

"你骑？"车夫仔细地看了他一眼。

"啊！"小海点头。

"你骑可以，可是要追上电车，难！"师傅下了车，又嘟囔一句，"你试试吧！"

小海跳上三轮车，拼命地蹬起来。

洛德坐了两站路，急忙下了电车，就往豆腐巷胡同里走。

小海追到电车站的时候，那辆车已经跑远了。小海停下来，擦着头上的汗判断着。

师傅问："同志，丢东西了？"

小海胡乱点了个头，掏钱付了账。

师傅似乎明白了，他站直身子，指着四边的路对小海介绍："这儿一共四条路，前、后、左、右，你看见他往哪儿去了？"

小海说声"谢谢",对着一条胡同追下去。

洛德敲响了豆腐巷七十八号院的暗号:笃,笃笃笃;笃,笃笃笃……

村田成一开了门。

洛德走了进去。

村田成一关上院门。

小海走过来了,他是从村田成一的门前经过的,但他晚了一步,没有看见洛德,也没有看见村田成一迎接洛德。

8 满天夕阳像偌大一张玩耍得红头涨脸的孩子面孔,鲜艳而欣喜地观看着下边的世界。

翁世界披了一身晚霞,和同样披着晚霞的宫医生一起从冥衣铺的门前的晚霞里走过。

冥衣铺的门还关着。

翁世界边走边对医生介绍:"吃了先生的药,师母好多了。听小丰说,今天惊了一下。"

医生停下来:"咋惊住的?"

"说是因为一件衣裳。"

"你师母这个人,特别神秘;你师母这个病,也最怕惊吓!"宫医生想了想,说,"还是得安神!"

翁世界点点头。

此时的魏师傅已经从天安门城楼上回到家中,正坐在老婆床头问病:"咋样了啊你?"

"我心里慌得很,像是有一百只兔子一起在我心里跳。"

魏师傅劝她:"你不要老犯疑惑,一件衣裳它能碍什么!"

"哎呀,你别说这个行不行?我最讨厌的就是这个王八蛋冥衣铺子。政府请你给天安门扎灯笼哩,你能不能给政府说说,让他们把这个王八蛋撵走。别让他在咱家门口整天卖死人衣裳。给你说多少遍了,我一出门,就闻见有死人气！"魏太太说过，使劲闭上了眼睛。

"好好好，回头我跟那个开老板商量商量，让他再在别处找个地方中不中？他现在光想跟咱做朋友……"

魏太太说："啥啥？跟你做朋友？千万不做，我咋感觉他身上有股子邪气！"

魏师傅说："好好好，不做！"

"真不做啊！"

"真不做！"魏师傅站起身。

魏老婆又拉住他："你天天在天安门上干活，你在我身边多坐会儿不好吗？"

魏师傅说："我去给你端药呢！"

魏太太不让，她高喊一声："小丰，把药给我端过来！"

魏师傅说："这会儿我感觉你好多了！"

"你是不是今晚还想走啊？你多陪我一会儿吧，万一我要是死了，你难道就不后悔？"

魏师傅笑了："我不走了，我陪着你！"

魏老婆一咧嘴，孩子似的哭了："老头子啊，我从十六岁嫁到你魏家，我跟着你五十六年了呀……"

魏师傅掏出手帕，连忙给老婆擦泪。

翁世界带着宫大夫走了进来。

魏师傅见了，连忙站起身。

9 开北方专门请郭闹闹吃饭，两人挑了个安静的角落。开北方举起酒杯："闹闹，来，敬你一杯！"

郭闹闹很得意："古人咋说，下下人有上上智。咱这一手，廖先生未必能球想到！"

开北方说："留过洋的人，他会那些洋手艺、洋礼节，要说弄这阴的，他还真不一定行！魏老婆儿这一病，咋着不耽误他半天时间！三十日，我看还是有希望的！"

郭闹闹端起酒杯："老板，来，再弄球一杯！"

两人又喝一杯。

开北方说："花了多少钱，闹闹？廖先生那儿出。"

郭闹闹说："我给球笑三哥十万元。"

"十万元就搞定了？"开北方有些吃惊。

郭闹闹一笑："表面上看，我不厚道是不是？可是老板，你还真不能给球多，多了起疑心。为啥恁球多？是不是事儿大啊？麻烦了！"

开北方说："给廖先生说，可不能说只给了十万元。要说一百多万！"

郭闹闹哈哈地笑了，说："我听老板的。咋着也得弄球个酒钱嘛！再说，这哪是钱的事儿啊！"

开北方说："那是！弄成了，我们还不都一步登天啊！"

"来，为球一步登天，干！"郭闹闹端起酒杯。

两人又干一杯。

两瓶二锅头下肚，郭闹闹喝多了。郭闹闹属于兴奋型的。他喝多了不睡觉，话多得像风，管不住嘴！

开北方死死地扶着他。

郭闹闹腿软，一走一倒。"老板你说，要是球成功了，我能做个、做个啥球好官？"

开北方猛往他嘴上打了一掌："别胡说！"

"胡说？你说我这是胡说？那、那球我不干了！哄我呢？哄吧，我，不干球了！"郭闹闹身子一软，倒在地上，"不干球了，不干球了……"

开北方揪住他的耳朵："不让你喝不让你喝，你非得喝这么多，喝成这种样子！"

两名夜巡的保卫过来了："怎么回事？"

开北方说："没事，喝醉了！"

一名保卫弯下腰："我们能帮帮你们吗？"

开北方连忙致谢:"谢谢同志!不用。我陪陪他,一会儿就好了!"

保卫走了。

郭闹闹睁开迷离的眼睛:"球保卫,干什么来了?"

开北方说:"抓你哩!"

郭闹闹猛地一挣站起来,扑通又倒在了地上。

10

在豆腐巷七十八号,村田成一为洛德泡了一杯苦丁茶。透明的玻璃杯里,绿莹莹的茶叶被水泡软,一片片舒展开活着时的样子,看上去像是要冲破杯子长出杯沿。

洛德喝了一口:"这可比咖啡苦多了。"

村田成一一笑:"茶苦。茶清心。茶提神!你喝完这个,我再给你换一种。"

洛德说:"不用不用,村田先生,要是挑一种饮料喝了就死,我还是想挑咖啡!"

村田成一阴阴地笑了,端起面前的茶盅喝了一口:"货备好了?"

洛德又啜一口:"备好两天了。街上查得紧,如之何送得过来?"

村田成一说:"必须送过来!不然,要炮弹何用?"

"马斯利先生让你想办法。"洛德皱一下眉,"村田先生,迫击炮是如之何送的?"

村田成一轻蔑地一笑:"我雇了两辆人力车,大摇大摆就拉回来了!"

洛德一伸拇指:"噢,村田成一先生,你真了不起!"

村田成一说:"我观察了一下,人力车最好混!"

"那我们还用人力车?"洛德看着村田成一。

村田成一摇摇头:"不过,我发现,这两天北平城里查得严了。万一被发现,就前功尽弃了!"

"是啊!马先生要求我们保证万无一失!"

村田成一又是一个轻蔑的笑:"你准备咋保证?"

洛德发现了村田成一的傲慢:"我这不请教你嘛!"

村田成一得意地笑了:"我还真有办法!"

"太好了!啥办法?村田成一先生,请您快讲!"洛德有些失态,竟然抓住了村田成一的双手。毕竟,炮弹都运来四十八个小时了,他都无法送出去。不送出去,炮弹响不了,他们的任务如何完成?他们如何能青史留名?"如之何?如之何?"洛德学的是古汉语,总是说得似是而非。

村田成一站起来,"来!"他一招手,带洛德走进里间,挪开一张单人床,打开靠墙的暗门。

村田成一说:"从这里出发,到你们公司,正好是一千三百米。"

洛德看着村田成一,"能通?"

"能通!"村田成一斩钉截铁。

"你试了?"

村田成一又是傲慢地一笑。

洛德急了,说:"我可是走了三次,哪一次都没有走通……"

"啥时候?"

"前天!"洛德说得信誓旦旦。

"我昨天刚刚疏通!"

"你太了不起了,村田成一先生!"洛德由衷地称赞他。

村田成一说:"洛德,你知道,共产党是支那人的精英。在与皇军作战的时候,他们从不按规矩出牌。一个连可以跟皇军打,一个排可以跟皇军打,一个班,甚至一个人,也敢跟皇军打。他们正面不敢打,就躲在暗处打伏击。他们个个都是机会主义者,只要有利,立即就打。蒋介石为什么打不赢共产党?"

"因为蒋介石不代表广大人民的利益。"

"这是政治,从大方面说的。就从军事上说,国军也有很多问题。解放军更主动,更积极。你看看现在这街上,到处都是眼睛,到处都是警惕。那炮是不得不冒险。这炮弹就不能再冒险了。走,我带你走一趟。"村田成一从旁边的箱子里拿出两副胶靴,自己穿一双,另一双给了洛德。

"管用吗？"洛德有些怀疑。他有钻下水道的经验。

村田成一点头："管用！村田成一的靴子，哪一只都管用！"

洛德笑了。

村田成一没有笑，说了声："走！"

11

小荷打扮整齐，正要出门，妈进来了。"你要出去吗？"

小荷站住，应了一声："嗯。"

"今晚不要去了。"

"为什么？"

"不为什么。休息一晚上，我有话跟你说。"

小荷坚持着："我想去见梅。"

金葵花用哄她的口气小声说："听话！"

小荷坐到床上，不说话了。

金葵花做了艰难的选择，她在心里想了一百遍：如果能这样，她就这样；如果不能这样，她就那样……究竟怎样，她要以女儿的主意而定。丈夫死了，她要努力地对得起女儿。

金葵花把小荷拉到床上，坐下，小声说了她的想法："如果他答应娶你，你愿意跟他好吗？"金葵花说着，眼神往褚一魁的房间扫了一下。

小荷明白了妈妈的话，很吃惊地看着她："你都跟他好了，还能问女儿这样的话吗？难道妈妈和女儿可以和同一个人上床吗？"

金葵花愤怒地看了女儿一眼，随即现出可怜的表情："记住，我是为你着想！"

"是为我着想。"小荷大胆地看着妈妈，"可是，我不领情！"

金葵花一时无语。

小荷一低头，哭了。

金葵花也哭了。

小荷忽然抬起头，看着妈："他有老婆，有孩子，我怎么和他好？退一万步讲，他的老婆、孩子都死了，被一颗炸弹炸死了，我也不会和他好！"

妈抬起泪眼看着女儿。

"我不喜欢这样的男人！"

金葵花输理似的小声说："妈知道了。"

"我憎恨这样无耻的男人！既好了妈妈，还要好妈妈的女儿！他是人吗？禽兽都不如！"

妈妈低下头来，不再看女儿。

"妈，你还有话吗？我想歇会儿！"小荷说，"我死活都不会嫁给他！"

金葵花知道女儿在赶她走，她犹豫了一下，说："妈知道了！妈决不允许他再欺负你！"

小荷站起来："妈，把你的枪给我！"

"不用。如果他敢再欺负你，我就让它做你的爸爸！"金葵花掏出枪来，做一个射击的动作。

小荷扑哧笑了："我愿意让它做爸爸！给我，我要和'爸爸'一起杀死他！"

母女俩不知道，褚一魁正坐在屋里，对着窃听器，倾听着金葵花母女俩的对话。当他听到"如果他敢再欺负你，我就让它做你的爸爸"时，不禁皱起了眉头。再听到"我要和'爸爸'一起杀死他"，他脸上猛地一惊。他只想到她们会反抗，没想到她们会在讨论杀死他。褚一魁掏出钥匙，轻轻打开抽屉，从里边拿出一个小玻璃瓶，那是金葵花生产的第一批毒药。毒死瘸腿老张的就是它。

褚一魁从本子上撕下一页纸，叠了个小碗，他把药倒进去一粒。

金葵花压低声音，趴在女儿耳朵上："我和你干爹商量过，如果你不同意，如果他真的再欺负你，我们就……"金葵花做了一个杀人的动作。

小荷哧哧地笑了："我喜欢干爹！"

褚一魁站起来，只犹豫了一秒钟，便捏着纸包走过中间的工作间，走进了金葵花的屋子。

褚一魁看见了金葵花桌上的茶杯，把毒药悄悄地倒了进去。他往外看一眼，院子里安静如寂。他端起杯子，轻轻地摇晃了几下。

金葵花和金小荷从没有感到如此亲近，她抱着妈，妈抱着她。两个人窃窃着，直到过了午夜，还没有停止。

在这个院子里，曾经有三个男人、一对母女。三个男人中已经有一个男人被另一个男人毒死了，剩下的两个男人中，这个男人防着那个男人，那个男人也防着这个男人。而最紧张的是这对母女，她们被同一个男人占有了，她们要反抗。她们怎么也不会想到，她们被那个占有她们的男人监听了。她们更不会想到，她亲手制造的毒药正在杯子里等着她饮用。

她们没有睡。这两个男人也都没有睡着。"哑巴"侧坐在床上，两只耳朵伸出两个长长的触角，一只对着金葵花母女，一只对着组长褚一魁。

金小荷屋里的声音没有了。

褚一魁屋里的声息没有了。

"哑巴"还睡不着，他掏出烟，在鼻子上闻了闻。他想吸烟，但他知道，他不能吸。他不能暴露自己。

12

村田成一带洛德在下水道里走着。两个人都穿着胶靴，戴着口罩。

这是老北平的排水道，高低不一，宽窄不一。村田成一打着手电筒走在前边，他个子低，走得还算顺利，而洛德个子太大，腰又粗，弯腰低头地跟在后边，就显得笨多了。地下道里很安静，只有哗哗的流水声和不时扑上来的蚊子进攻的飞动声。

村田成一站住，指着壁上的粉笔箭头："这是两条路，通往公司的距离是一千三百米，通往炮屋的是一千二百米。这边我专门做了标记，地下道里方向感很差。"

洛德由衷地称赞："您做得真好，村田成一先生！"

"我是炮兵，对距离和方位有精准的判断和要求。"

村田成一和洛德又往前走，又是一个粉笔箭头。

村田掏出粉笔在旁边又画了几道。

洛德问："如何又画？"

村田成一说:"地下道里水汽重,这里的标记很快就模糊了。"

洛德很佩服地点头:"嗯嗯!"

两个人时而弯腰低头,时而侧身欹行,时而几乎是爬行。没走多远,都被弄得一身烂脏。

按着箭头的指引,村田成一和洛德一步一步地来到了洛德熟悉的地方。"啊!这是我们公司的旁边!"洛德兴奋起来。

村田成一笑了。

"您如何找得如此准?"洛德开始学习的汉语是古汉语课本,尽管他已经来华多年,但还是时不时地出现古汉语的句法。

"记住,洛德先生,我是炮兵!"村田成一很自豪。

又转过一个弯儿。

"炮弹!"洛德喊一声,伸手指着,"瞧!"

并排而立的两个箱子,一个摞了两层,一个摞了三层。

"啊!"村田成一紧走两步,伸手摸着装弹的木箱。

"看到了吗?"洛德有点儿炫耀。

村田成一喘着粗气。

洛德问过就后悔了,没等村田点头,又说了一句:"村田君,我们上去吧?透透空气!"

"哟西!"

两个人沿着洛德曾经走过的路爬了上去。到了洞口,洛德忽然一声感叹:"坏了!"

"怎么回事?"

"上不去!"

"为什么?"村田成一问得很抵抗。

洛德说:"我们只想到往下送东西,送过后就锁上了!从没有想过会有人上来。"

"你什么意思?"村田成一故意问。

"上边锁着呢,我们出不去!"

"这么说，我们白来了！"村田成一指着一身的污秽。

洛德两手一摊，做了一个无奈的姿势。

村田成一用手电筒照着："试试！"

洛德走上前，使劲推着洞门。

洞门纹丝不动。

"我们，回？"洛德灰心了，忽然就感觉闷得慌，似乎一刻也撑不下去了。

村田成一不死心，手电筒的光亮告诉他，这个木门是用螺丝钉拧上的。"哼！"村田成一一笑，从兜里掏出一个螺丝刀，"帮我照着！"

洛德接过手电筒。

村田成一走上前，把螺丝刀插进螺丝槽里，用力地拧起来。

"您真了不起，走动还带着工具！"洛德禁不住夸赞。

"那炮就是我装起来的啊！"

"你们炮兵，真是厉害！"

村田成一停住手，看着洛德，说："不是厉害，是大大的厉害！"

两个人都笑了。

螺丝钉掉了一个，村田成一放在耳朵根夹住，又去拧第二个。

门开了。村田成一用头一顶，一股清新的空气扑进洞里。村田连打了几个喷嚏。

两个人钻出洞，再也不想挪窝，坐在这个狭小的过道内，贪婪地呼吸着潮湿腐霉的空气。"要想让他吃下苦药，就先让他吃更苦的药。"村田成一小声咕哝了一句。

洛德听懂了，说："出来了，我才闻见了洞里的臭味！"

两人在过道里坐了四十分钟，"走！"村田成一站起来。

"走！"洛德也站了起来。

村田在前，洛德在后，两个人再一次钻进北平的下水道。

"一人一箱。走！"

"没事，我可以扛两箱！"

迷宫似的，尽管村田成一画了很多箭头，两个人还是走错了两回。好在村田成一路熟,他们很快就纠正了过来。当两人从下水道里爬出来时,就成了两只泥母猪。两个人都臭气熏天,只是谁也闻不到对方的臭了。

"打开打开!"村田成一嚷着,和洛德一起,把三个箱子全打开了。

三箱子,十二发金灿灿的炮弹!

村田成一对着三箱炮弹,猛的一个九十度的鞠躬。

洛德看傻了,禁不住小声呢喃:"为什么?为什么?"

村田成一又鞠一躬,直起身子时,说了一句:"拜托了!"

第二十七回　罗山智擒活电台　廖响阴谋备节礼

后羿有巨矢
张弓射九日
口诵降妖诀
英雄也念兹
——打一字

1 　　这是一个紧张的夜晚，侦察员们既要为黎明时的抓捕做准备，还要在允许的情况下抢时间小憩。

　　这是一个不眠的夜晚。在保卫处的办公室里，同志们都在抢时间睡觉。他们各趴在自己的办公桌上，一声不响，像是进行着一场看谁入睡最快的比赛。

　　紧张与放松，不眠与入眠。战士们必须锤炼得像钢铁般的机器一样，才能适应极限斗争的残酷。

　　于兵睡不着，他感觉应该做点儿什么，悄悄地直起身。他知道罗山也没有睡着："我们应该咋样准备？"

罗山闭着眼，说："准备点儿吃的。"

于兵一笑："好！我现在去买。"

"还有休息。睡不着也要闭上眼睛！"罗山仍然没有睁眼。

"是！"于兵应着，小声嘟囔了一句，"十一点睡觉，总感觉早了点儿！"

于兵刚走，孙觅过来了，手里掂着一兜吃的，还拿着三块冰糕。从脚步声中罗山就知道谁来了，小声问："你没有值班？"

"谁说我值班了？"孙觅扭头寻找着，伸手在罗山额头上摸了摸。

"干啥呢？"罗山仍不睁眼。

"你不舒服？"孙觅有些着急。

罗山睁开眼睛："孟子说，我善养吾浩然之气！"

"啊，那你养吧！于兵呢？"

于兵掂着一兜子吃食进来了："在这儿呢！"

孙觅说："你买的啥？叫我看看！"

"六个烧饼，两个咸蛋。"

"你看我的！"孙觅撕开兜子。

于兵伸头去看："一二三四……哎哟，六个面包，还有火腿片！师父，咱的不用带了，我想吃孙觅买的。"

孙觅很得意："给！还有冰糕呢！"

孙觅把三根冰糕每人发了一支。

"我最喜欢孙觅去，孙觅光买冰糕！"于兵吸了一下嘴唇。

孙觅说："以后你要好好表现，我天天给你买冰糕！"

吴邑走了进来："孙觅，发福利了？怎么没有我的？"

孙觅惊讶地问："处长，您怎么也来了？"

吴邑说："我来值班，配合你们的行动嘛！"

孙觅把自己的送给处长："太好了！这个给您！"

吴邑不接，他看看这个，看看那个："吃不了这个，牙疼！"

于兵大声喊："处长，您吃我的吧？我的不牙疼！"

"你的冰糕是热的吗?"吴邑指一下自己的嘴,"上火了,是我的牙疼!"

四个人全笑起来。

吴邑看一下手表:"抓紧时间休息!"

"您也要休息,处长!"孙觅说。

"嗯,我睡十分钟!"

孙觅伸一下舌头:"十分钟,我还没有睡着呢,您可就睡过来了!"

"知道吗?我们长征时打仗,三天三夜都没有睡觉……"吴邑说。

"啊!"三个人一起惊呼。

"说没有睡觉也不准确。我们是边走边睡,腿机械地走着,前边的一说休息,注意,说的是'休息',我们往地上一躺就睡着了。"

"走着还可以睡觉?"孙觅更加惊讶。

吴邑又看一下表,说:"回头再说,你们都快点儿给我睡觉!"

深夜十二时整,载着测向仪的汽车驶过北平东城的大街。鲁战凯带着几个战士坐在卡车里。大家都习惯了战前的空隙,一个个靠着车箱,抱着枪打盹儿。

此时,在办公室内的罗山、于兵和孙觅还在睡觉。于兵的睡姿是趴,两肘叉开,头埋在胳膊里,毫不客气地让口水流上桌面。罗山是靠,两腿分开,紧紧地倚在椅背上,头歪向左侧。孙觅也睡了,形容她的睡姿可用一个字:枕。她坐的也是椅子,只是身子太软,斜枕着罗山的腰。

办公室的里间,吴邑处长也在睡觉,如果必须挑一个字来形容他,那就是:躺。他的椅子是一个圈椅,本来这种椅子是不会在办公室的,因为椅子不够用,不知是谁就弄来了这把椅子。又因为它特殊,就分配给了处长。吴邑的双手放在两边的扶手上,叉开的两条腿跷在桌上,一看就很享受。

罗山先醒了,他擦了一下口水,抬腕看一下手表,把孙觅的头轻轻挪到椅子上,然后站起来去洗脸。

于兵也醒了,起来时碰响了椅子。

趴在椅子上的孙觅醒来了,看屋里没人了,连忙起来,生怕被落下似的。

罗山回来了。

孙觅说:"你为啥不喊我?"虽然声音小,但有责备的意思。

罗山说:"时间来得及,刚到一点钟。快去洗吧!"

孙觅应一声,就往外跑。

吴邑出来了:"罗山,你们都吃点儿东西啊!"

罗山应:"是!"

于兵洗了脸也回来了。

吴邑说:"你们吃饱了再去啊!这是战斗!"

"谢谢处长!"孙觅过来了,她把面包和火腿片都拿过来,"给,吃了再去!"

虽然鲁战凯早一小时就来到东城区的牌楼下,但敌台还没有工作,车载测向仪并不能找到电台的位置。

人睡着了,城市也就睡着了。凌晨两点的北平大街一片安静,显得空阔而荒凉。罗山、于兵和孙觅三个人骑了三辆自行车,影子似的从大街上穿过。影子是不会有影子的。他们被影子追着,在明明暗暗的灯光下断断续续地明暗着。

三个人在东城区的牌楼下把自行车扎住,锁了。

罗山轻声问:"收音机打开了吗?"

于兵和孙觅同时回答:"打开了!"

鲁战凯过来了:"都来了?"

三个人点头。

孙觅连忙送上面包:"老鲁,嗯!"

鲁战凯也不客气,拿了一个便吃。

罗山说:"都吃点儿吧,趁这会儿还有时间。"

少有的路灯勾勒着东城区黑魆魆的轮廓,把树梢、围墙和建筑物的边缘抹上了一层浅浅的光亮,像是正有神秘的东西沿着光边悄悄地经过。巡逻的士兵走过来,整齐的脚步声把这些光边震动得摇摇晃晃。

四个人吃完了。

罗山问:"战凯,你的车停在这儿不动吗?"

鲁战凯说:"我们围着这一带,一直在游动。"

罗山"嗯"了一声,说:"于兵,你和孙觅一起,用一台收音机监听,不要离我太远。"

"是!"于兵轻应。

"你呢?"孙觅问。

罗山说:"把你的收音机给我,我到房上去监视。"

鲁战凯说:"这就对了!请罗山同志来的意思就在这儿。你想,这一片六百多户人家,光有收音机的就有八十多户,万一我们的意图被敌台发现,后果就严重了!"

"我去了!"罗山一跃上墙,沿着墙头上了一家的屋顶。

于兵和孙觅在墙下跟着。

罗山沿着房坡,走到屋顶的最高处,轻轻坐下来,看了一下腕上的表,时针正指向四点。他拧了一下收音机的旋钮。

收音机里一片轻微的沙沙声。

罗山直起头,静静地观察着:

这一带都是民房,楼房只有两座。鳞次栉比的屋瓦像美丽的鱼鳞,而这些房子就像是一群在黑夜中游动的鱼。两座楼房则是鱼群的引领者。

正如鲁战凯所说,不少人家都有有线收音机,一家一家的天线伸出来,在夜空的星光下影影绰绰。

于兵和孙觅在墙下等着。

"于兵,你跟着罗山学了这么多天,你学会点儿什么没有?"

"当然学会了。"

"你都学会啥了?"

"以前我一到夜晚就瞌睡,现在,一到夜晚就精神。"

"这也算?"黑暗中孙觅撇了一下嘴。

于兵说:"当然算了。不然,一到夜里你就瞌睡,还能抓捕'云中飞'?"

"这样说,我也学会了呢!"

"第二,虽然我仍然不会轻功,但我再上房,不像以前那样恐惧了。你知道，在地上你跑得飞快，那是因为你知道你掉不下去。而在房上就不同了，虽然你仍然跑得快，但你感觉弄不好你就会掉下去。"

"这个也算？"孙觅又要撇嘴了。

于兵说："那当然了。要不然，你在房上不敢跑，还咋能抓到敌人？"

孙觅问："你在房上跑过几回？我好像没见你跑过啊？"

"一会儿你看看，保准让你佩服！"

孙觅做一个吹炸的动作。

房顶上的罗山警惕地观察着。

不远处，一家的电灯亮了。

罗山站起身，沿屋顶悄悄地接近。

罗山伏在屋檐上观察。

这是一家磨豆腐的。

毛驴绕着磨道转。

男人一边咳嗽，一边追着毛驴走。

女人禁不住感慨："毛娃他爹，你听过人家咋说咱磨豆腐的吗？"

"啊。"男人木讷地应着。

"我跟你说个顺口溜吧？"没等男人应答，女人就说了起来，"'呼噜噜，呼噜噜，半夜起来磨豆腐。两眼熬成鸡屁股，没敢吃块热豆腐。'这不就是说的咱吗？"

"不是说咱那是说谁？"男人说过，又吆喝起毛驴来。

罗山直起身。在他的记忆里，他小时候，家附近也有一家磨豆腐的。那家的男人是个老人，好像叫捞爷。小小的罗山过去，捞爷总爱掰一块热豆腐给他。热豆腐的气味飘过来，罗山忽然感到亲切。

旁边，又有一家亮起了电灯。

孩子的哭声响亮地传出来。

年轻的女人哄着孩子："不哭不哭，妈把你尿！可别尿床了啊！"

小孩儿的哭声小了。

罗山歪了头，用右手托起腮帮。一颗流星从西天边掉下去，像一枚带着火光的子弹。

又是一家的灯亮起来。

罗山悄悄走过去。

这是一家做早点的。煤火上放一口大锅。

三个人在厨房忙着蒸包子。

男人说："看着桌上的钟表啊，十五分钟一笼！我试验好的。"

女人说："没见过蒸个包子还得看钟表！"

"这是科学知道不知道？十五分钟！"

"那你教我认认！"

天色渐渐地亮起来。如果之前是四周一片灰黑，分不出东西南北，那么现在，可以看得出方向了，因为有一边的天空开始把灰黑变成黛青。同时，居民房上的天线也渐渐地清晰起来，如果你发现谁家的天线轮廓分明，结实的黑色被镀上了空灵的光边，那他家一定和黛青色同属于东方。

于兵和孙觅追着罗山的身影走过来。

街上，偶有人影一闪而过。

远处，一个二层楼上，灯光忽然明亮起来。

罗山坐直身子观察着。

居民区里的电线虽然很多，但都很短、很细，唯有刚刚亮起灯光的这家的天线又粗又高。因为逆光，罗山很容易发现这户人家天线的特点。

罗山再一次打开收音机，坐等信号。

收音机正沙沙响着，忽然有了干扰声。

罗山兴奋起来，他猫下腰，迅速往灯光处移动。

收音机的干扰声更强了。

罗山怕被发现，连忙关了收音机。

罗山在房顶上轻捷地运动着，悄悄地接近了这户人家。

罗山躲在对面的屋顶上看着。

汽车上的测向仪忽然有噪声。

"瞧，指的这边。三百米啊！"负责测向仪的小战士一脸兴奋。

2

吴邑说"睡十分钟"。他真的睡了十分钟就醒了。这是他特有的本事，只要真的想睡，他就会立即睡去，像是有一个开关在身上。醒来后，他关上套间的门，工作到十一点半，又睡了半个小时。他站起身，去水房洗了脸，就坐在桌前整理工作笔记。整完了，看看还有时间，略一沉思，忽然就有一则谜语跳了出来：

第二十七谜

后羿有巨矢

张弓射九日

口诵降妖诀

英雄也念兹

——打一字

他在笔记本上写了，又小声地吟诵了两遍，音韵还算和谐。他想往黑板上抄写，但外间里，罗山、于兵和孙觅还在睡。侦察员们的警惕性都很高，他一开门，他们准醒。他不忍心打扰他们。

吴邑坐下来，又梳理未来几天的工作思路。"你为啥不喊我？"他还以为这是孙觅的梦话，一看表，已经过了凌晨一点。

送走罗山等三人，吴邑很想在椅子上再眯会儿，但一想到马上就要抓获敌人的电台，他就有些兴奋。一兴奋，就睡意全消。他站起来，伸开胳膊做了两次扩胸运动，然后，走到黑板前，拿起粉笔，把新造的谜语抄了上去。

3

这是一座两层小楼。二楼的窗帘拉着，但是没有拉严，露出一道缝隙，灯光像砍出来的一张飞薄锋利的刀片，警告着可能产生的进攻。

罗山在对面的屋脊上藏好，认真观察着对面的窗户：

一个男人的背影，宽阔的双肩，坐在桌前，背对着窗户，正俯身干着什么。

罗山瞅瞅周围，他发现这座房子连着一道高墙。

罗山沿墙爬到二楼的楼顶，用脚挂住屋脊吻，倒挂金钩，伸头向屋里看去。

男人确实是在发报，电台的脉冲声音清晰地传出来：嘀嘀，嘀，嘀嘀嘀……

罗山折起身，迅速下楼。

于兵和孙觅追到了小巷里，在这座二层小楼的下边停住脚。两人的收音机还都开着，干扰的声音十分清晰。

鲁战凯的汽车停在了旁边小巷口的槐树下。测向仪准确地指向这座小楼。目标已经明确。鲁战凯下了车，大步走了过来："怎么样？"

于兵和孙觅指了指楼上。

罗山从旁边走过来。

于兵迎上去："师父！"

罗山指一下身后："就这一家！"

大家都兴奋起来。

罗山说："这是一个四合院，主房是一个二层楼。楼上三间。电台就在二层的东边一间。"

鲁战凯问："现在能抓吗？"

罗山轻轻摇头："现在不能抓！"

"为什么？"孙觅小声问。

罗山说："如果我们现在进去，惊扰了报务员，信号突然中断，对方就知道这个电台出事了，这样的电台只是个死电台，对我们帮助不大。我们应该等他们这次的发报结束后再抓。这样，我们就抓了个活电台，以后就可以好好地利用它！"

"师父，你真行！"于兵伸一下拇指。

孙觅轻拍一下罗山，喜形于色。

鲁战凯说："罗山，你说咋办吧！"

"大家准备好，等灯一灭，我们就进去。"罗山看了看表，"现在是四点二十分,估计特务发报结束,还会再睡个回笼觉呢!"

大家点头。

罗山说:"我去继续监视,大家准备!"

"是!"黑暗中,三个人一起轻应。

天空越来越亮。

罗山坐在对面的屋顶上,耐心地等待着二楼的灯光。

这是个小四合院,临街的房是门面,西厢房是厨房。东厢房里应该有人住,正房的一楼也应该有人。

黎明的城市,一片灰蒙蒙的薄雾。

天空,又有一颗流星,这颗星比较大,拖着一条长长的尾巴。"天上扫帚星,人间动刀兵。"罗山想起了小时候的儿歌,不禁又看了一眼。

二楼的灯光像被刀砍了似的,一眨眼就灭了。

罗山走下屋顶。

于兵、孙觅和鲁战凯及两个小战士都拔出枪来,上了子弹。

罗山走过来。

鲁战凯问:"行动吗?"

罗山说:"敌人刚刚发完,正在收拾电台。我们要迅速进去,不让对方有隐藏的时间!"

"是!"

"我估计,这是一个行动小组,肯定不是一个人。"罗山说过,就开始部署力量。"于兵。"罗山轻唤一声。

"到!"

"你跟我上楼,抓捕报务员!"

"是!"

"战凯。"罗山又是一声轻唤。

"到!"

"你带两个战士堵下边的主房。"

鲁战凯等三人齐应:"是!"

"我呢？"孙觅等不及了。

"孙觅。"罗山忘不掉她。

"到！"

"你在院子里机动，相机增援！"

"是！"

罗山布置完，说声"走！"拍了一下于兵，一个箭步上了墙，轻轻一缩身子，人就不见了。

紧跟着，大家面前的院门被罗山打开了。

罗山轻声喊："快！"

大家迅速向着各自的目标扑了过去。

果如罗山的判断，二楼室内的发报员"扁嘴"把发报机放进箱子，又收拾桌上的电报稿。他轻轻地哼着歌，有一种完成任务的轻松感。

一阵楼梯的响声使他警惕起来，正想伸头看一看外边，罗山猛一脚踹开了屋门："不许动！"

"扁嘴"的头还在窗户边。

"举起手来！"罗山的枪抵住了"扁嘴"的后背。

"扁嘴"很乖，两只手立即举了起来。

院子里，鲁战凯带两个小战士也把屋门踹开了。

屋子里，一片杂乱的磕碰声。

鲁战凯大喊："不许动！"

两个小战士："不许动！动就打死你！"

屋里的灯亮了！

孙觅在院子里站着。

她忽然发现东屋里也有响动。

孙觅大喊一声："开门！"一脚踹开了屋门。

当所有三个特务被全部抓捕完毕，罗山看了一下腕上的表，整个过程没有超过五分钟。

罗山看桌上有电话，他拿起来，拨通了政治保卫处办公室的电话："报告处长！敌台破获了！"

吴邑禁不住一声高喊："好！我要亲自审！"

罗山说："这是一个电台小组，一个组长，两个组员全部被抓！更重要的是，我们抓的是一个活电台！"

"太好了！我要为你们请功！"

4 郭闹闹的任务完成得好，廖响特意奖励了他。在冥衣铺里的里间里，廖响掏出钱来：

"四一二任务完成得好，这是奖金三十块大洋。但喝醉后险些误事，又必须坚决惩罚，扣掉十块大洋！四一二，你讲讲！"

郭闹闹说："我一高兴，就喝球高了！我不对。罚十元太球少了。我请求，再罚十块给开老板，要不是他，我真要误事的！"

开北方说："我也有错误，因为我也是太高兴了！"

"我们还没有胜利，就有了这么一丁点儿成绩，还不知道人家让不让我们上天安门呢，你们就高兴成这样，真没出息！"廖响看着二人。

两个人都不说话。

廖响说："二三七配合得好，本来要奖二十块大洋呢，因为这个错误，只能奖十块了！四一二，把你的收起来。"

廖响说着，掏出十块大洋拍在桌子上。

开北方和郭闹闹一起站起来："谢谢廖先生！"

廖响说："下边，商量一下我们的计划！"

两个人复又坐下。

廖响说："马上就中秋节了，我们要想办法利用这个节日。"

两人连连点头。

"二三七，给魏老头儿的中秋礼物准备得怎么样了？"

开北方说："我看好了，王府井大杂货店里刚进了一款月饼，包装很漂亮。不仅有月宫有玉兔，还有祥云缭绕，喜鹊翻飞……"

"好！"廖响点头，"有情不如早做。今天是阳历的九月二十八日，农历的八月初七，离中秋节只有八天时间了。你今天就去买，看看还有啥，只要和中秋节沾上边，多多宜善！要知道，没有一个人不喜欢收礼。人性贪婪，这是我们共同的弱点！"

开北方说："放心！今天一定买过来。"

廖响说："买了就送，立即送，不要等！"

"魏老婆儿会不会不喜欢咱啊？咱刚给她弄病！"开北方看一眼廖响，"要不，晚一两天？"

廖响说："咱就装作不知道！又不是咱让人家放她家的，对不对？"

郭闹闹笑了："不是是球！又不是我们故意放她家的！"

三个人都笑了。

廖响说："记住，多多宜善！"

开北方点头："多多宜善！"

"谋大者不计小利！"廖响又说。

"谋大者不计小利。"郭闹闹重复一下，"啥事叫廖先生一球说，立即就变得有水准了！"

5

老翟头儿又来看牙，敲响了金口牙科诊所的大门。

"哑巴"出来开了门。

老翟头儿像老朋友似的问："老张呢？好久没见他了！"

"哑巴"说："老张走了。"

老翟头儿问："回老家了？"

"哑巴"点点头。

"老张的老家是哪儿的？听他说话，好像是湖北一带的吧？"老翟头儿说，"湖北虽然不近，但通着火车呢，也就不嫌远了。"

"哑巴"应付着："啊啊，那是！"

老翟头儿走进正屋。

金葵花端着个茶杯迎出来："翟大伯，又不舒服了？"想起来早先要拿老翟头儿试药，金葵花就有点儿对不起他似的，说起话来，不觉地就软了很多。

老翟头儿说："那个牙是好了，这边的牙又松动了！哎呀，这人老了真是不好，就像是辆破车，不是这儿朽了，就是那儿松了。"

"您先坐下吧，一会儿我给您看看！"

老翟头儿坐下来："女儿呢，上班了？"

"是的，学校也是个忙！"金葵花走到水池边，把杯里的残水倒进了池里。

正房的东间里，褚一魁坐在桌前，翻看着当天的《人民日报》，眼睛却不时地往外瞟。他看金葵花在洗刷杯子。她洗得那么仔细，那么认真，他感觉到她似乎感觉到了什么。

褚一魁用报纸遮住脸，从缝隙间偷看。

金葵花早就不想再看他一眼了。他在看她，她却没有看他。

金葵花犯的最大的错误，就是轻信与软弱。她没有想到这个睡过她多次的褚一魁会再睡她的女儿，更没有想到视她为心腹的褚一魁会对她下毒手。她讨厌他，恨他，也说要杀掉他，但她终究是没有下手。

"您躺下吧，翟大伯！"金葵花洗完了，拿起旁边的暖水瓶倒了一杯开水。

老翟头儿躺在牙床上。

褚一魁又从藏着毒药的小瓶里倒出一粒，再撕一张纸包住。他已经熟练了，做得很快。

褚一魁包好了，把小包放在桌头的书里夹住，这才拿起报纸继续看报。

金葵花给老翟头儿收拾了一下，说："翟大伯，您再磕磕牙！"

老翟头儿磕了几下："舒服了！舒服多了！"

老翟头儿起来，到水池边漱口。

金葵花忽然走出屋子。

老翟头儿又漱了几口。

里间的褚一魁透过窗户看着金葵花去了厕所，他知道机会有了。机不可失，时不再来。他站起来，装作若无其事的样子走到当间，把那枚小小的药丸放进了金葵花正冒着细烟的茶杯里。

正漱口的老翟头儿一扭脸："哎哟，所长，您在家呢？"

褚一魁一笑："好了吧，翟大伯？"

老翟头儿说："好是不可能，舒服就行了！早晨我起来，说牙不舒服。我那开出租车的儿子说，我拉你去吧！我说，我去金口诊所，近得很！其实不近，我不想麻烦孩子，我自己能走！"

褚一魁一笑，走了出去。

褚一魁走进厨房，说："老杜！"

"哑巴"正洗涮，连忙停住手。

"急件！"褚一魁把一个纸条递给杜雅。

"哑巴"点头："立即？"

"立即！"

金葵花回到屋里，在水池边洗了手。

老翟头儿没话找话："金大夫，您这手艺就是高。说实话，在这之前，我也去过北平别的医院，哪都不如金大夫治得舒服。"

金葵花一笑："舒服是暂时的，不舒服才是正常的。"

老翟头儿说："这我知道，人老了，坏一件修一件，修一件坏一件。最后坏光了，人就死了。舒服就行，好是好不了了！"

褚一魁走进来："那更要抓紧时间舒服一会儿！"

"那是。古人咋说的？白驹过隙，转眼就是百年！"

金葵花擦了手，端起茶杯喝一口，在嘴里咕嘟几下，吐在水池里。然后又喝了一口，咽了下去。

褚一魁偷眼看着金葵花，禁不住用鼻子哼了一下。

6 抓住了三个特务，吴邑处长连夜审讯，好在三个特务都想立功，审讯进行得十分顺利。早晨八时，第一波的审讯一结束，吴邑处长就立即召开了全处的会议，汇总情报，安排工作。

"我们已经取得了阶段性的胜利,我们破获了敌台。我们破获了一个活的敌台!罗山同志的想法对极了,我们可以好好地利用这个活电台,我们要让这个活电台为我们的革命事业做贡献!我告诉大家一个好消息,经我们突审,三个敌台人员都愿意立功赎罪,配合我们的工作。"

大家都高兴起来。

吴邑处长说:"可以鼓一下掌!"

大家就一起鼓起掌来。

吴邑处长早年当过中学的历史教员,老师的身份一直未能彻底放下,总喜欢把年轻人甚至是比他年轻的人当成中学生。用他自己的话说,就是"忘不掉了"。

孙觅更像他的学生。因为有老师提问,就得有学生回答。孙觅问:"处长,我们是不是就可以挖出褚一魁了?"

吴邑说:"我们'不但',还'而且'呢!"

孙觅皱起眉头:"这啥句子?病句吧?"

"我们不但要挖出褚一魁,而且还要挖出所有的国民党特务。孙觅同志,这个句子不是病句吧?"吴邑一高兴,金句就特别多。

孙觅思考着:"那个句子好像也不是病句!'我们不但,我们而且!'多简练呢!"

大家笑起来。

"据特务'扁嘴'供认,是金口牙科诊所的瘸腿老张和'哑巴'杜雅给他发送情报,然后由他发往台湾。台湾的情报也是经过他传给瘸腿老张和'哑巴'。这是我们刚刚破获的电文。"吴邑举起一份打印出来的电文,朗声又念:

> 共党拟于十一建国,着命刺天

孙觅说:"国民党咋知道我们十一要建国?是不是我们中间有他们的特务?"

吴邑说:"敌中有我,我中有敌嘛!再说,国民党养了那么多的秀才干什么用的?研究嘛!这份电报说明,我们的建国之日,一定是敌人的破坏之时。据分析,金口牙科诊所很可能就是他们的大本营。大特务褚一魁很可能就在这个诊所里!"

梅东岭接上:"啊,这个诊所我去过。"

"是吗?"吴邑看着梅东岭。

梅东岭说:"是落实大厨杜津卫的证明材料。"

吴邑说:"褚一魁很狡猾,他不和电台直接联系,也不和电台住在一起。他感觉和电台在一起有危险。更狡猾的是,他在北平市的东西南北租下了四处相同的房子,让电台每隔一两天就挪一个地方。这也就是总让我们感觉北平的敌台有很多的原因。"

孙觅问:"褚一魁现在会在牙科诊所吗?"

吴邑兴奋地点一下头:"下边的任务之一,就是抓捕褚一魁。"

大家兴奋起来。

吴邑说:"我们要好好利用敌台,迷惑敌人,诱惑敌人,误导敌人,让它乖乖地为我们服务。我们组成情报小组,我亲自当组长,鲁战凯为副组长,再调四名战士过来。罗山、于兵,仍然负责抓捕。"

"是!"罗山和于兵站起来接受命令。

"梅东岭继续做好亚洲饭店的食品安全和保卫工作。"

"是!"

"孙觅继续做好办公室的工作,并同时协助亚洲饭店。"

"是!"

"还有,立即对金口牙科诊所的电话实施监听!"

"是!"

吴邑处长说过,扭过头来看着门口的黑板,说:"又有新的谜语了,看看谁会有灵感。"

大家看了,一时都不说话。

孙觅走上前又念:"'乌云如盖雷声起,长天万里无消息。魔鬼岂走青云道,不用窃窃尽私语。——打一物'。感觉可亲切啊!"

仍然无人接话。

孙觅又念一则:"'后羿有巨矢,张弓射九日。口诵降妖诀,英雄也念兹。——打一字'。很有气势啊！"

孙觅说过，又感慨："一打物，一打字。大家注意，不一样的啊！"

于兵小声地咕囔着："'乌云如盖雷声起……'"

"罗山！"处长点将了。

罗山站起来，说："'乌云如盖雷声起'这一则，应该是说的电台吧？"

"啊！"众人齐叹。

"长天万里无消息，因为魔鬼不走青云道，'窃窃私语'是平常时候秘密的话语，而电台呢，虽然说的是'私语'，但却不用'窃窃'。处长，不知我猜的可对？"

"可以鼓个掌！"吴邑大声说。

大家一起鼓起掌来。

"这一则呢，也和今天的工作有关系啊！"吴邑显然要把谜底说给大家了。

孙觅说："处长，您直接说吧，别让我们猜了！"

"对对！"大家附和着。

"如果你们都同意，那就说明，以后我可以不用再出谜语了！"

"为什么？"鲁战凯问。

"厌倦了嘛！"处长笑着。

"没有没有！"众人又喊。

"孙觅再读！"吴处高声说。

孙觅又读一遍。

"我还说吧？"罗山笑着。

众人立即鼓掌。

"是个"智"字！"

"'英雄也念兹'，啥意思？"孙觅问。

"英雄也要智慧嘛！"罗山说。

"我们不是破获了敌人的电台，我们是抓了一个活的电台。这是需要智慧呀，同志们！"吴邑感慨着，"这个活电台一定会给我们带来很大的便利，让敌人受到莫大的损失。这就是智慧！"

吴处的话一停，办公室里再次响起了热烈的掌声。

7

马斯利坐在办公室里磨咖啡。他打好了咖啡末，又用电热壶烧热水。

洛德走进来："马先生，我弄如何？"

马斯利说："你们德国和我们意大利煮咖啡的方法是不同的，你们是先放咖啡再冲水，我们是先放水再冲咖啡。"

洛德笑了："先放咖啡和后放咖啡就差那么一会儿时间，会有什么明显的不同吗？"

马斯利说："当然会有的。"

"啊，真的？"

马斯利说："先放咖啡再冲水，咖啡被热水猛冲，味道是硬的。用中国人的话说，就是脾气大，有劲。先倒热水再放咖啡呢，咖啡是一点儿一点儿进去的，味道显得软和。用中国人的话说，就是脾气好，有味道。"

"是吗？"洛德佩服马斯利，不仅中国话说得好，还掌握了很多中国文化知识。

"那今天，我就请你喝一喝意大利式咖啡！"马斯利说着，放洛德面前一杯开水，然后把打好的咖啡末慢慢地倒了进去。

洛德端起来欲喝："我尝尝意大利的好脾气咖啡！"

马斯利伸手挡住："哎，慢，慢！"

"为什么？"洛德不明白。

"稍等片刻！要稍等片刻，这叫醒醒。醒一醒，好喝！"马斯利说，"片刻是多少呢？一，二，三，你在心里数到二十，片刻的时间就到了。"

"现在可以吗？"洛德说，"虽然没有数，感觉差不多了！"

马斯利点一下头。

洛德端起来，小心地啜了一口。

"怎么样？脾气好吗？"马斯利孩子似的看着洛德。

洛德放下杯子："脾气好多了。好到我都不喜欢它了！"

"这就是特点。"马斯利说，"哎，有什么进展吗？"

洛德大声报告："解决了！"

"送去了？"这次轮到马斯利大声了。

洛德说："昨天晚上我和村田成一先生先搬了一趟。"

"咋搬的？"

"我们把地下道打通了！"

"哇！太好了！"马斯利像欢呼足球进门的动作那样举起了双臂，"洛德，我要给你泡德国咖啡！"

洛德站起来，说："谢谢马先生，还是我自己来吧！"

马斯利很激动："日本人打中国人的时候，中国的老百姓发明了地道战，把日本人打得晕头转向。中国人胜利了，日本人又给中国人打起了地道战。看来，地道战是制胜的法宝，谁使用它，谁就能取得最后的胜利，是不是？"

洛德泡好了，放在马斯利面前一杯："德国风味！"

马斯利还在感慨："中国人打日本人的地道是中国人挖的，日本人打中国人的地道也是中国人挖的，地道不认识人，谁用它它为谁服务！"

"那是。"洛德啜了一口。

马斯利问："五箱都运走了？"

洛德摇头："还有两箱。"

"越快越好！我的洛德先生！"马斯利说，"先运到村田成一的住处，还要再运一次才行啊！时间已经很紧了，这两天一定要全部运过去，准备好！"

洛德说："您放心，我和村田成一已经商量好了！"

8 按照过去的行动方式，"扁嘴"要在上午去菜场买菜，借此和老乡或者"哑巴"接送情报。"扁嘴"又来买菜了，只不过，今天跟随他来的，一个是鲁战凯，一个是政治保卫处的处长吴邑。他想亲自看一看国民党的特务究竟是如何接头的。"扁嘴"很卖力，他想立功。他一边买，一边往四周注意。

"扁嘴"掂了个布兜,里边的芹菜水灵灵地露出半截。

吴邑和鲁战凯在不远处跟着"扁嘴"。

"哑巴"掂了个布兜,晃晃荡荡地过来了。

"扁嘴"走上前:"老师傅,来买菜?"

"哑巴"问:"这菜在哪儿买的,这么鲜?"

"扁嘴"停住脚,打开布兜,让"哑巴"看。

"哑巴"拿起"扁嘴"的菜看着,把自己兜里的纸条塞进"扁嘴"兜里。又把另一张纸条取走。

"扁嘴"说:"我领你去看?"

"哑巴"说:"谢谢,不用!"

"哑巴"说着,又往前走去。

吴邑对鲁战凯说:"跟上他!"

"是!"鲁战凯轻应一声,追上了"哑巴"。他要看一看号称"哑巴"的杜雅是什么模样。

9　村田成一和洛德再次扛起了炮弹箱子。每人一箱,扛着并不吃力。村田成一拿着粉笔,每到一个拐弯处,他就往上画几道。

当洛德送完炮弹从仓库的地下道口钻出来的时候,马斯利已在洞外等待多时。

洛德一伸头,大喊了一声:"马先生快离开!"

马斯利吓了一跳,后退了两步:"怎么回事?"

洛德说:"下水道太脏,臭住您了!"

"啊!"马斯利又走了过来,"你在北平的下水道里臭了半天都不怕,我才这一会儿怕什么?快出来洗吧,我给你弄好水了!"

马斯利在前,七扭八歪地走到仓库的宽阔处。

洛德在后,也跟着七扭八歪地走。

马斯利指着一个大木盆："快！"

洛德说声"谢谢"，连忙就脱衣服。

马斯利站在旁边："这真是太好了！神不知鬼不觉就把事办了！"

"是马先生谋划得好！"洛德脱下衣服，跳进木盆，"舒服！"

马斯利得意地笑起来："中国人好讲，天助我也！我感觉我们现在，就是天助我也！是中国的天助了西洋的我啊！"

洛德说："中国的天历来助的都是西洋的我呀！"

"说得好！"马斯利哈哈地笑起来。

洛德洗好了，换上了干净的衣服。两人一起走进马斯利的佛德公司。马斯利指一下座位。洛德坐下来。马斯利倒上咖啡："德国咖啡！"

"谢谢马先生！"洛德端起来喝了一口。

马斯利也端起咖啡："洛德！"马斯利往沙发上一仰，"我想，我们应该准备撤退了！"

"撤退？为什么要撤退？"洛德放下咖啡，"我不太明白！"

马斯利喝了一口："你应该明白。你想，我们做出这么大个动静，共产党当局会放过我们这些外国人吗？中国有个三十六计，知道吗？"

"听说过。"

"能说出来几计吗？"

洛德说："这个，我还真没有研究。"

马斯利又喝一口，把杯子放在咖啡桌上："三十六计就是三十六种计策，什么胜战计，败战计，美人计，离间计，借刀杀人，抛砖引玉，打草惊蛇，浑水摸鱼……那是中国人几千年的智慧结晶。我最喜欢的是哪一计知道吗？"

洛德摇摇头。

"三十六计，走为上计。'走为上计'，是三十六计的最后一计。没办法了，走嘛！走，在中国的古话里是'跑'的意思。三十六计中，这是最具特色的一计。这个跑，不是逃跑的跑，是主动离开的跑。既然要走，那就越快越好。"

洛德说："啊，我明白了先生的意思，我们要快点儿逃跑……"

"不是逃跑。是'三十六计，走为上计'的'走'！我再说一句，走，不是逃跑，是主动地撤退！主动地，明白吗？"

"对对，我们要快点儿主动地离开！"洛德说着，连连点头。

马斯利也跟着点头："对了，这才叫明白！明白了好做事！现在，我给你一个任务……"

10

洛德一走，村田成一洗刷过，就穿上新衣服、戴着太阳帽去了天安门。他坐的是公交电车。他在离天安门最近的一站走下电车，像一个游客一样来到金水桥边，忘情地观看着粉刷一新的天安门城楼。

天安门上的工人们正在拆脚手架，而握着长枪的小战士庄严地守卫在天安门下边。

村田成一目测了距离，转身沿广场的中线大步向南走去。他走得很直，完全不像个游客的样子。

村田成一走完了天安门广场，他装作吸烟，掏出烟盒，把数字记在烟盒的封口处，一折，盖住了数字。

村田成一今天很累，他不仅测量了天安门广场，还步测了从天安门广场到他住所的准确距离。为求万无一失，他走了两个来回。他是一人完成的，没有助手，也没有吃饭，只在途中喝了一杯瓶装的酸奶。当他独自一人走进豆腐巷七十八号院的时候，彩霞已经下去，无边的黑暗正欲覆盖北平。

村田成一很有成就感，为了给自己一个肯定或者说奖励，他一连喝了半瓶北京的二锅头。

第二十八回　美女英雄热相恋　恶男寡女死相拼

夫子养条狗
蹲在家门口
谁要进孟宅
咬着不让走
——打一字

1　吴邑和鲁战凯一身便衣，骑着自行车从金口牙科诊所门前走了一趟。吴邑想亲自看一看这个特务的"司令部"究竟长得啥样，以便部署战斗。

金口牙科诊所的门闭着。

吴邑的车子走得很慢。有那么一闪念，他忽然想以看牙为名，直接进去见识一下这个特务机构，因为他的牙这一段一直上火，齿龈都肿了。不过，他还是忍住了。回到办公室，他立即通知大家开会。

吴邑点了梅东岭的名：

"梅东岭，你谈的那个女朋友是不是金口牙科诊所大夫金葵花的女儿？"吴邑的眼睛直视过去，像两道灯光似的照着梅东岭。

梅东岭站起来："应该是！"

吴邑一听恼了："什么应该是？是就是是，不是就是不是。什么叫应该是？"

梅东岭说："我没有确定跟她谈恋爱，也没有认真问过她家的情况。她一直想让我去她家看牙。"

"那你们是什么？天天晚上接触，那是什么？真是乱弹琴！还看牙？她为什么请你去她家看牙？你给她说过什么机密没有？"吴邑的话语像子弹。

梅东岭大声说："没有！"

"没有？你说的什么话对特务来说都是机密，怎么能说没有？"

梅东岭一脸通红。

"你要检讨的！"吴邑手指梅东岭。

梅东岭挺起胸膛："是！"

吴邑又问："在亚洲饭店，都有谁和金口牙科诊所有关系？看过牙的也算。"

梅东岭说："大厨师杜津卫。他不仅去看过牙，还让金葵花出面证明过他的清白！"

"什么？金葵花做证明？"吴邑一听就火了，"嘀嘀，毒蛇写证明，证明另一条毒蛇是无毒的！好啊！这个杜津卫，立即监视起来。或者说，立即抓捕。"

梅东岭又挺胸："是！"

吴邑说："你不是去过金口牙科诊所吗？金小荷那个父亲毕应冬你见了吗？"

"见了！我和孙觅，还有胡所长都见了。"

"长得啥样？像不像褚一魁？"吴邑指着墙上的画像。

孙觅看着墙上褚一魁的照片："好像哪儿有点儿像。"

"你坐下！"吴邑示意梅东岭，"我是相信梅东岭同志的，参加过两万五千里长征的同志是不会有问题的。但是，我们进了城，革命意志是不是就不那么坚定了？看见美丽的女孩儿是不是眼睛就花了？敌人瞄准了我们的要害，专找我们革命意志薄弱的同志。敌人举起了屠刀，就要对我们下手了，可我们还给人家微笑呢！惊心动魄啊，同志们！毛主席说，要警惕露着毒牙的蛇，也要警惕那些化装成美女的蛇！"

电话铃响起来。

孙觅抢过电话。

电话里的声音："报告首长……"

"处长？"孙觅把电话递给处长。

吴邑接过电话："……好的，知道了！"

吴邑放下电话，看着梅东岭，大声说："梅东岭，你既然跟金小荷谈了恋爱，既然我们现在知道了金小荷是特务，那么，我们就将计就计，现在给你一个任务！"

梅东岭马上站起来，挺胸立正："是！"

"你立即答应到金小荷家看牙，一定要见到她的那个父亲，看他是不是我们要找的褚、一、魁！"

"是！保证完成任务！"

孙觅小声问："我还跟着去吗？"

吴邑大声说："你跟着干什么？让他自己去！他现在是金小荷的男朋友！"

梅东岭窘得汗水直流。

2 洛德接受了马斯利的任务，驾着汽车出了公司。洛德壮得像头牛，喜欢开着车窗。负责监视他的小海看见了，立即就跑到电话亭打电话："报告首长！我是小海。洛德开着汽车出去了。请领导调人监视！报告完毕！"刚才吴邑处长接的，就是他的电话。

吴邑处长立即把他的车号转告了北平市公安局，要求对洛德的汽车展开监视。

洛德去了天津。

三个多小时后,当一处的电话再次响起的时候,处里的会议还没有结束。吴邑处长从孙觅手里接过来电话,立即就明白了洛德此行的目的。

"我是吴邑……一共买了几张?"

天津方的报告:"洛德买了五张船票。从天津去广州的轮船S125次,十月一日晚上八点起航!"

吴邑说:"五个人的名字都谁,请报一下。"

电话里的声音:"马斯利、东口夷人、村田成一、洛德、颜成坤。"

"辛苦了!谢谢天津公安局的同志们!"吴邑放下电话,转头对大家说:"同志们,马斯利等五人是一伙的,他们的任务就是炮击天安门。他们感觉到他们已经稳操胜券,所以在做逃跑的准备。我分析,他们的行动是在十一当天。一结束,他们就开车出城,逃往天津,上船,南逃广州。大家要加强监视,沉着冷静,争取把他们一网打尽,一个不剩!"

"是!"所有的人都站了起来。

3

会议结束了,吴邑把一页文字递给鲁战凯:"这是我给毛人凤拟的电文,让'扁嘴'立即发过去。"

"是!"鲁战凯接过来,看了一眼。

这是征服了特务的电台后,首次向毛人凤回发的电报。效果如何,还不得而知。但根据审讯的情况和特务组长叶生及其两位下属立功的热望,在请求过上级的同意后,吴邑处长还是决定试发一次。他知道,这个活电台用得好,会对我们的工作有很大的助益。

两个战士押来了报务员"扁嘴"。

鲁战凯说:"今天是不是该到城西了?"

"扁嘴"讨好地一笑:"领导记得真清!"

鲁战凯说:"按你们的要求,是几点过去?"

"五点多钟。"

"为什么定这个时间?"鲁战凯又问。

"因为这个时候正下班,比较安全。"

鲁战凯把电文递上:"现在发这封电文符合不符合你们的工作要求?"

"扁嘴"一脸讨好地回答:"符合符合。毛人凤要求我们,只要情况紧急,可以随时发他。"

鲁战凯说:"这份电文就紧急,你把它快点儿发走!"

"是!""扁嘴"连忙打开发报机。

鲁战凯和两个战士看着"扁嘴"工作。

"扁嘴"拿起电文看了一眼:"鲁领导,你最好让叶主任审一审。"

"叶主任?"

"啊啊,对不起,就是罪犯叶生。""扁嘴"连忙纠正。

鲁战凯说:"为什么要让他审?"

"扁嘴"说:"电文是有要求的,叶生知道哪些话该咋说,毛人凤是个多疑的人,最好不要露出破绽。"

鲁战凯看了"扁嘴"一眼。

"扁嘴"说:"叶主任之前就跟我说过,他知道国民党战不胜共产党,要我们早点儿做准备……"

"好吧!"鲁战凯接过电文,对小战士说:"你去把叶生押来!"

叶生押来了。

鲁战凯说:"请叶主任修改电文!"

叶生颔首:"不敢。罪犯叶生!"

鲁战凯把电文递给他。

叶生看着,渐渐恢复了审稿的感觉,一伸手:"笔!"

鲁战凯连忙掏出钢笔递给他。

叶生说:"领导这电文写得简洁明快,文风很好。不过,毛人凤有他的精细。他要求电文中要突然出一个衍文。"

鲁战凯问:"衍文是什么文?"

叶生说:"就是多余的字。而这个衍文又必须是他规定用的。比方领导这电文说,策反了共产党的高官,需要十万美元的活动经费,这句话就不对。"

"为什么?"鲁战凯有了兴趣。

"毛人凤喜欢共产党人被贿赂,你就直说贿赂,不能说成是活动经费。同时,还要在句子中间加一个'洁'字。"

鲁战凯问:"为什么要加'洁'字?"

"这个我也不太明白,大概是说国民党比共产党纯洁?不知道。反正是只要说到钱,一定要在后边加这个字。"

鲁战凯放心了,说:"好的,叶主任,你修改吧!"

叶生说:"放心,鲁领导,罪犯叶生和罪犯'扁嘴'早就想投奔共产党,只是怕……"

鲁战凯说:"知道了,你们好好做,就是在争取立功!"

叶生和"扁嘴"都连连点头:"那是那是!"

"我拟好了,请再审查!"叶生的电文改好了,又默念了一遍,这才把电文呈给鲁战凯,面露得意之色。

鲁战凯接过来,禁不住读出声来:

  高官已通 刺天可期 需美金十万洁 账号为……

叶生点头。

鲁战凯用命令的口气说:"发吧!"

"扁嘴"接过电文,立即坐在了电报机前。

电报机工作起来,长长短短的信号声撞击着四面的墙壁,也撞击着鲁战凯的内心。毕竟,这是活电台的第一次活动,他真的不知道结果会如何。他有些激动,也有些紧张。

4 冥衣铺子闭着门。廖响和开北方在店内商量着下一步的阴谋,而郭闹闹正站在门后,隔着门缝观察外边的动静。果然,陪着大夫的翁世界和宫大夫一起走了出来。路灯下,他们的身影渐渐模糊在远方的夜色里。

郭闹闹大步走了过来,颇显神秘地说:"翁世界跟球大夫拿药去了。"

廖响抬起头:"你咋知道?"

郭闹闹一乐:"球,瞒天瞒地,瞒不住隔墙邻居!"

开北方说:"这是个老郎中,魏老婆儿都吃他的药。每次都是翁世界跟着取药。"

"中秋节的礼品要尽快送过去啊!"廖响又想起了礼物。

开北方说:"今天送恐怕不妥。"

"为什么?"廖响有些不满。

开北方说:"刚被咱吓病,你送她会要?"

郭闹闹说:"我有个办法,一会儿翁从咱门口过,咱球让他捎走咋样?"

开北方说:"他要不捎呢?"

廖响说:"试试嘛!"

"就是嘛,试球!"

"四一二,你继续监视翁世界!"廖响说。

"好咧!"郭闹闹应着,又走了出去。

监视最是个百无聊赖的事,郭闹闹打开店门走出去,他知道,翁世界不会回来这么快,他往外走几步,又从外边走回来。天已经黑透了,路灯昏黄的光线像是无数的尖刺,你往哪儿走,它们都能追上你,无论你走多快!郭闹闹在门外走了几趟,又在屋里坐了一阵儿,就看见翁世界掂着一大包中药从街上走过来。

郭闹闹跑进屋子,兴奋地喊:"回来了,回来了,快点儿!"

开北方像是听见了舞台上急急风的敲打,几乎是踩着郭闹闹的鼓点走了出来。他掂着几封果品走出店门,才发现翁世界还有几十步路。

开北方整了整衣服。

翁世界大步走了过来。

"翁老弟,你这是……?"开北方走上前。

翁世界说:"师母又病了,我去抓的药。"

开北方说:"不是好了吗?"

翁世界摇了摇头:"老人家那病,好犯疑惑,惊着吓着都不行。哎,还偏偏地好被惊吓。"

开北方说："啊！这样翁老弟，这是给魏师傅的中秋礼品，这包小的，是送给老弟你的。本来我要亲自送的，老人家一病，不好过去打扰了！"

翁世界说："不行不行，这怎么行！"

开北方说："魏师傅，那是德高望重，不知道多少人想高攀他老人家，能给我面子就感激不尽。你老弟，又厚道又帮忙，让我光荣得不行，礼品不在多少，聊表心意，万望笑纳！"

翁世界说："开老兄，听你这么说，我要再推辞，就是不通人事了。这样，东西我收下，等这个大事过去了，我请老兄吃饭行不行？"

开北方说："好好好，那我就盼着吃老弟的请了啊！"

翁世界接了，手里就又多了两个包。

5 金葵花懒洋洋地躺在床上，既困又乏。电压低，灯的光线并不明亮，但她还是感觉光强。她闭上眼睛，上午的事情清晰地浮现出来：

她正洗手，总有些想呕，要吐又吐不出来。褚一魁走过来，站在她的身后。金葵花不看他，又呕了两口。

褚一魁小声说："有喜了？"

金葵花猛地一惊，虽然和他做爱，但她从没有想到会怀孕，她已经四十有四，听了褚一魁的话，她忽然就感到有些惊讶。

"你一定是怀孕了！"褚一魁也不会相信她会怀孕，他是在用这个事情来麻痹她。因为他亲眼看见她把放有毒药的水喝到了肚里。她咽了两口。

金葵花挥掌欲打，手到空中又停了。

褚一魁哈哈地笑起来："好事啊！我们又有了'拼命后代'呀！"

金葵花又吐了一口。

褚一魁讨好地上前去拍她的后背。

金葵花真的厌恶至极，猛地向后甩了一掌。

褚一魁不恼，对她笑着。

金葵花正想着，女儿回来了："妈妈！"

金葵花睁开眼睛。女儿喊"妈妈"的时候，就说明她心情平静，情况正常。

小荷问："你不舒服？"

妈点头："歇歇就好了！"

小荷往外狠狠地看了一眼，坐在妈的身边，不再说话。

金葵花扭脸看女儿一眼："今晚还去见梅吗？"

小荷点头："嗯。"

金葵花说："我想让你陪我一会儿！"

小荷犹豫了一下，说："那我快点儿回来。"

"嗯。"金葵花同意了，她闭了一会儿眼睛，再次睁开的时候，说："去吧！"

"嗯，我会早点儿回来的！"小荷在妈的额头上亲一下，就像她小时候妈妈离开时亲她的样子。

6

"很安宁啊！"小董在监视马斯利，可已经夜里九点多了，马斯利的电话一个都没有。他自己一会儿喝咖啡，一会儿在屋里走动，看上去真的不像会有大动静。

罗山说："安宁说明问题更大，我总感觉不放心得很！"

小董看着罗山。

"村田成一没露面，这就是个大隐患！"罗山的话音刚落，马斯利的电话响了。马斯利的电话机声音小，他用的是蜂鸣的声音，不是那样夸张的吵闹的铃声。

罗山走上前，看着电话。

小董说："咋不接呀？"

电话响了四声后，罗山这才轻轻抓起听筒。

听筒里的声音立即传了出来："马先生，您好啊！"这是一个陌生的声音，罗山以前从没有听过。他立即警觉起来。

马斯利的声音:"我亲爱的村田成一先生,准备好了吗?"

果然是村田成一!

村田成一说:"第一阶段的事情已经好了,正在进行第二阶段。特向先生报告!"

马斯利说:"好啊好啊!真的好啊!今天是二十八号,'多乎哉?不多也!'尚有时间,尚有时间!"

村田成一哈哈地笑起来:"马先生真是中国通!鲁迅的小说读得这么熟!"

"我喜欢鲁迅,狠!"

"放心马先生,一定把事情办好!"

马斯利哈哈地笑起来:"我没有理由不相信大日本皇军关东军的炮兵队长!"

村田成一也笑了:"嘿嘿嘿嘿……"他笑得很收敛。

罗山放下电话:"听明白了吧?这个电话,就是村田成一打的。说他已接近准备好!我们要立即向领导报告!"

小董:"好的,你去吧!"

罗山正要出门,孙觅来了。

"你咋过来了?"罗山问。

"我给你们送点儿吃的。"孙觅说着,把买的面包送上来。孙觅喜欢面包,甜中有酸,味道清新。

罗山接过来,递给小董:"小董!"

小董接过来,咬了一口,举起望远镜盯着马斯利:"快快!"

罗山接过望远镜看去,马斯利正兴奋地在屋里跳舞。他跳的属摇摆舞,扭屁股拧腰的。罗山说:"不是他不兴奋,是没有让他兴奋的事。你看他现在这个样子,倒像是个疯子!"

罗山和孙觅先去了电话局,请求帮忙。一会儿,一个姑娘走出来了,小声说:"一个小时前打给马斯利的电话,是一个公用电话。"

"哪个地方的公用电话?"罗山问。

"前门第五电话间。"

"谢谢！"罗山和孙觅走出电话局，立即赶往处里。

7

夜十点，梅东岭准时走出亚洲饭店，抬头看去，金小荷正沿着五十米外的街道翩翩而来。

梅东岭迎上去。

"梅哥哥！"金小荷真诚地笑着。

梅东岭忽然感觉不自然。他看了一眼金小荷，怎么也不相信她是一个害他的人。他轻声说："你来了？"

"嗯。"小荷应着，挽住了梅东岭的胳膊。

梅东岭下意识地一躲，又往饭店的方向看了一眼。

小荷显然发现了，她看梅东岭一眼，也扭脸看向饭店："梅哥哥，饭店里的工作还没完吗？"

梅东岭说："真是太忙了！马上就要……这两天牙不舒服，我想明天去诊所看牙，不知道家里方便不方便？"

小荷迫不及待地回答："方便方便！你只要去，什么时候都方便！"

"好，那我明天过去？"梅东岭发现他没有了会见的激情，他知道，在他的不远处，说不定正有人监视着自己。

小荷说："明天好！几点？我让妈妈准备。"

"九点吧！"梅东岭故意装出激情满怀的样子。以前梅东岭是努力地把激情藏起来，今天他发现，他是要努力地表演激情。可恋人都是瞎子，小荷竟然看不出来。

"好的！"小荷高兴地应。

梅东岭说："那我先回去？"

小荷努起嘴："哥，你陪我走几步呗！我昨天就没见你，人家想你嘛！想得想哭！"

梅东岭僵硬地一笑："是吗？"

"嗯！"小荷夸张地点头。

梅东岭努力地一笑。

小荷说："你不想我？"

梅东岭说："我还是回去吧，饭店里还要开会！"

小荷很认真地看着梅东岭："真的，哥哥？"

梅东岭郑重点头："真的！"

"好吧！"小荷用了哭腔。

梅东岭欲往回走，小荷挽住他的胳膊不放。

梅东岭站下来。

小荷说："我去送你，好吗？"

梅东岭有些勉强："好！"

小荷真诚地高兴起来："走！"

小荷脚步轻快地走着。

小荷一边走，一边扬脸看着梅东岭。

梅东岭一脸僵硬。

金小荷满面春风。

"梅哥哥，你今晚不高兴？"

梅东岭想否定，可他的回应却是点头。

"嗯。"小荷放开手，懂事地看着他。

"再见！"梅东岭一笑。

"再见！"金小荷也一笑。

梅东岭转身走回亚洲饭店。

金小荷站着，看着梅东岭劲健的身影消失在亚洲饭店的大门里，忽然流下了滚滚热泪。

8 藏在矮狮子石墩儿院落里的村田成一并不放心自己的房子。他在房子下边的下水道里找到了一个高台，这个台子可以放些东西。

虽然臭，虽然潮湿至极，但短时间内还可以对付。他把迫击炮拆开，装箱，扛到高台上，再把五箱子炮弹也都装箱，放上高台。他每天都扛一个来回，扛回来，是为了练习迫击炮的装卸，虽然他已经十分熟练，可他还是不敢放松。他不能让它关键时刻出问题。装完了，他再把扛回来的炮弹也试一试。他已经试了两天。他决心只要共产党不建国，他就一直扛下去，装卸下去，练习下去。今天，他已经完成了自己的练习。

村田成一爬出洞口，在屋里看了一遍。这是一个明三暗五的大房间。窗外还黑着，街上微弱的灯光透进来，可以看见外边的院子。这是几天前那个放鸽子的孩子曾经进来的院子。

村田成一从门缝儿里往外看了看。

旁边邻居家里的鸽子显然听到了什么，咕咕地叫着。

"八格！"村田成一小声骂了一句。他讨厌这些鸽子，北平人喊它们"和平鸽"。哼，和平？你们能和平？我岂能让你们和平！？

村田成一想洗澡，可他忘了打水，他也实在累了，一屁股坐在地上，眼皮就开始打架。

9 小荷回来了，轻轻一推，院门开了。

她走进去。褚一魁正站在院子里："小荷，情况怎么样？"

"去妈妈房间里说吧！"小荷说着，就往屋里走。

褚一魁跟着小荷走进正房。

金葵花躺在床上，她感觉自己是因为生气、愤怒而得的病，她要劝导自己，安慰自己，让自己尽快好起来。这不是生病的时候。虽然小荷被褚一魁强奸了，可女人终是要……

小荷走进来："妈妈，你还是不舒服？"

"我感觉老想吐。"金葵花摸一下肚子，"胃里隐隐作疼。"

小荷端来一杯水："你喝口水吧！"

"嗯。"

小荷给妈倒了水,要端着喂她。

妈妈坐起身来:"我自己喝!"金葵花是个要强的女人,即使是在女儿面前。

褚一魁走了进来:"好了吧?"

金葵花点头:"谢谢!"

褚一魁看着金小荷,说:"情况啥样?小荷说说吧!"

小荷说:"妈妈,梅东岭答应明天来诊所看牙了!"

妈看着女儿,不说话。

褚一魁故意用欣喜的语调说:"好事!这是小荷这一段最大的成绩之一!"

小荷说:"我们该怎样准备啊?你能给他看牙吗,妈妈?"

金葵花说:"明天,我想去医院看病。我感觉,我这次病得有点儿重。"

小荷看妈一眼,忽然哭了。她连忙背过脸去。

褚一魁说:"金,明天我带你去看病。哎,梅东岭几点来?"

褚一魁看着小荷。

小荷沉下脸:"约的九点。"

"九点?你给梅看完了,我立即带你去医院,好吗?这是个任务,啊?金!"褚一魁语气软和。

金葵花点头,说:"好吧,我努力!"

"晚安吧!"褚一魁说过,就悄悄地走了。

小荷守着妈妈。金葵花睡的是张大床,妈妈睡在这头,女儿坐在旁边。

金葵花说:"我从下午就感觉不舒服,想着是生气了,劳累了,吃点酵母片就好了。谁知道并没有见轻。"

小荷说:"妈,明天你一定要去看。不能老在家里自己给自己开药。你不是说医不自治,医生都不会看自己的病吗?"

金葵花努力地笑了一下:"那倒也不是。这么多年了,我都没去过医院,有病了,都是自己弄点儿药就好了。"

门房里的"哑巴"瞪大眼睛,看着天花板。他不知道下边该怎样办,他只想着，快点儿离开这个危险且尴尬的地方。

蛐蛐儿的叫声清晰传来，有点儿温暖，也有点儿凄凉。

"哑巴"没有睡着，或者说，他根本没睡。他闭起眼休息了一下，忽然看见瘸腿老张穿过门板向他走来。

"哑巴"一惊，猛地睁大了眼睛。

瘸腿张广才显然被他惊住了，他一扭脸，走了。

"哑巴"坐起身，再也不瞌睡了。

褚一魁虽然道了"晚安"，他自己并没有晚安。他躺在床上翻来覆去睡不着。他有些恶意的快感，但他又害怕金葵花撑不下去误事。他侧耳听着西间里金葵花母女的话。声音太小，他听不见。

褚一魁起身，穿上拖鞋，开了门上厕所，走过"哑巴"窗前，站住脚停一下，他想听到里边的动静。

"哑巴"被张广才惊这一下，让他确信了张广才死去的隐情。他感觉到，张广才一定有冤！但究竟什么冤，他问过大夫，金葵花竟然不愿意探讨。他怀疑金葵花可能知道。褚一魁在窗外的脚步声，让他徒然警觉。他连忙闭眼，使劲地打起了呼噜。

小荷瞌睡了，在妈妈身边一栽一栽地流口水。

金葵花坐起来，轻轻一拉女儿，小荷醒了："妈！你……？"

金葵花说："你去睡吧，我没事！"

小荷说："我不瞌睡！"

金葵花说："要不，你就睡我脚头吧！"

褚一魁穿过院子，走回屋里。他穿着背心、短裤头，趿拉着鞋，一推门走了过来："金，你好些了吗？"

小荷吓了一跳，连忙站起来。

金葵花说："谢谢！好多了。你去睡吧，老毕！"

"好吧！如果明天还不好，我一定带你去看！"褚一魁说过，关上门，走了。

小荷看一下手表，仍然坐回到妈妈身边。

金葵花显然感觉到了什么，她忽然睁开眼睛："小荷，你去睡吧！明天还得上课呢！把门拴好啊！"

"好吧！"小荷站起来，"你要难受了，就喊我！"

金葵花点头："嗯，去睡吧！不会那么严重！"

小荷站起来，看着妈妈。

金葵花故意一笑，表示病轻了。

小荷在妈妈额上亲一下，走出屋门。

金葵花翻身向墙，蜷缩起身子。

"哑巴"听见正房的门响了，接着听见了小荷轻弹的脚步声。

10

夜深了，北平大街上很少有人走动。虽然建国在即，虽然有解放军的战士在巡逻，北平市的人们还是自觉地少找麻烦。

罗山和孙觅在大街上走着。罗山禁不住提出了个低级的问题："孙觅，你为什么喜欢我呢？"

"这个都不知道？"孙觅调皮地一笑。

罗山也笑了："真不知道。"

"美女爱英雄嘛！"

罗山哈哈地笑起来。

"你笑什么？"孙觅看着罗山，"不对吗？"

罗山又笑，说："一句话表扬了两个人。我看，你可以去做广告了。"

孙觅说："真的！你抓'云中飞'，逮'金钱豹'，算不算英雄？你抢东口夷人，偷查马斯利，算不算英雄？"

罗山说："前边那两项，还说得过去。后边这两项，可以去掉。"

"为什么？"

"因为这是没有办法的办法。"

"没有办法的办法，也是办法。全保卫系统，只有你做到了，这咋不算？反正我算！"

罗山逗她："还有吗？"

"当然有了。"孙觅说,"我今年二十岁,端庄漂亮,思想先进,跟着同志们立有功劳。重要的,我是美女。对不对,罗山同志?"

罗山哈哈地笑起来:"还有吗?"

"当然还有了!你的爸爸妈妈都没有了,你的弟弟也死了,不管多么成功,你都是个孤儿。我的爸爸妈妈也没有了,我也没有一个兄弟姐妹。不管多么不成功,我也都是个孤儿。如果我们不在一起,你依然是个孤儿,我也仍然是孤儿。我们两个在一起了,你拥有了我,我拥有了你,我不是孤儿了,你也不是孤儿了,我们孤儿了多少年,忽然一下子就都不是孤儿了……"孙觅说着,忽然哭了,泪水晶莹而出。

罗山认识孙觅两年了,从没有见过这个女孩子掉过泪。今天,在北平夜晚的大街上,作为战士的孙觅掉泪了。罗山也很感动,禁不住抱住孙觅。

孙觅说:"我爱你!爱你和我一样的孤独!"

罗山的泪水下来了,他紧紧地抱住了孙觅。

罗山说:"孙觅,你不知道,我多么庆幸我遇上了吴邑,他是我的领导,也是我的老师。是他带领我走上了革命道路,培养了我战士的品质,让我改掉了很多毛病,提高了阶级觉悟。"

孙觅说:"罗山,我也很感谢吴处,但我更感谢的是他让我和你在一起!"

两个人说着,四只手紧紧地握在了一起。

这是老北平的东长安大街,是东长安大街北边的黑槐树下,两个曾经的孤儿相拥在一起。他们都是战士,甚至可以算英雄,可是现在,他们像两个走失了很久的孩子忽然找到了自己的亲人。

11

金小荷关了正房的门,几步就到了自己房间的门口,她推开屋门,拉亮电灯。她有些累了,尤其是梅东岭今晚的表现,让她感觉一定是有了什么情况。她脱下裙子,正要闩门,门却忽然自己开了。

小荷一惊,正要再闩,褚一魁挤了进来。

"你?"小荷差一点喊出声来。

褚一魁压低声音："小荷！我爱你！"

褚一魁说着，上前抱住了小荷。

小荷挣扎着。

褚一魁伸手捉住小荷的乳房。

小荷停住挣扎，压低声音："褚一魁，我告诉你，你是我的义父，你和我妈好了，又来玷污你女儿的身体，你禽兽不如！"

褚一魁一笑，声音很低："小荷，我是和你妈妈好了，可那是工作。跟你好，才是我的内心！"

"你放屁！松开手，我有话说！"小荷挣扎着。

褚一魁不放开，他的手反而更为有力。

小荷低声说："你放开不放开？"

褚一魁说："小荷，我真是爱你的！"

小荷说："我喊了！"

褚一魁仍然不放，腾出手来，拉灭了电灯。

小荷张嘴要喊。

褚一魁猛地把一个毛巾塞进小荷的嘴里。小荷立即明白，他是做了准备的。

小荷"啊"不出来了。

褚一魁把小荷按倒在床上。

小荷拼命反抗。

褚一魁坚决不放。

两个人在床上滚成一团。

褚一魁把小荷骑在下边，伸手欲扒小荷的内衣。

小荷腾出手来猛地揪出嘴里的毛巾："啊——"

小荷虽然被压着，她的声音还是传了出去。

褚一魁再次欲堵，被小荷咬住指头。

褚一魁捏住小荷的鼻子。

门房里，"哑巴"猛然坐起来，伸手掀开了窗帘。

金葵花也听见了,她猛地坐起来,顺手抓起手枪,立即恢复了一个女特务的刚毅与勇敢,她一手捂着肚子,一手掂着手枪,大步走出了正房。

金葵花走进女儿房间,叭地打开了房灯。

光屁股的褚一魁骑在还未被扒掉内衣的小荷身上。

灯光让褚一魁僵住了。

金葵花叭地打开枪机,对准了褚一魁的脑袋:"毕应冬,你这禽兽!老娘今天送你上西天!"

褚一魁听着清晰的手枪上膛的声音,大喊:"不要开枪!不要开枪啊葵花,我是爱你们的!"

金葵花的手哆嗦着。

褚一魁慢慢地从小荷的身上下来了。

"哑巴"从后边走过来,猛地夺走了金葵花手中的枪。

褚一魁挤出屋门,渐渐恢复了镇定。他在门外站定,大声说:"我爱小荷!"

小荷爬起来,整理着衣裳:"放屁!"

褚一魁耍赖地喊了一句:"我爱金小荷!我不想让那个满脑袋高粱花子的梅东岭占了我们纯洁的小荷的便宜,我、我要先……"

金葵花身子一软,忽然倒在地上。

小荷冲上去:"妈!妈——"

褚一魁转身跑回自己的房间。

"妈妈——"小荷再喊。

金葵花的身体忽然抽成了一团。

小荷哭了,她用哀求的声调说:"干爹,帮忙把妈妈抬我床上吧!"

第二十九回　这电报并非那电报　毕应冬就是褚一魁

> 林中一木非新苗
> 个子未超一寸高
> 只应拿锄砍
> 无须用水浇
> ——打一字

1 天一亮，罗山就向吴邑处长汇报了发现村田成一的重要消息。

吴邑处长电话邀请来一位神秘人物，他是个中年人，个子颀长，慈眉善目，戴着细边白框眼镜，一看就是个文雅之士。可是听吴处一介绍，此人的形象立即反转了一百八十度。

吴处说："这是刘懿同志，高炮专家。"

罗山上前握手："刘懿同志，你好！我是罗山！"

"你还没来，吴处就给我介绍过了。佩服！"刘懿的手铁爪似的抓住罗山的手。罗山立即就知道，刘懿是练过功的。

"罗山同志，你先说吧！"吴邑示意罗山坐下。

罗山坐在吴邑对面，说："昨天晚上我去电话局查问了，电话局的同志说，村田成一打给马斯利的电话是在前门第五电话间。我总感觉，这个村田成一，是下了决心要打天安门的，所以，他努力隐藏，决不出头。他也怕，甚至他怀疑他们已经被我们监视，所以马斯利也不要求他见面。我认为，村田成一这个鬼子，才可能是最致命的人物！"

吴邑说："从我们获取的敌台电报材料看，这次运过来的炮弹毛人凤是知道的。也就是说，美帝国主义和国民党反动派是紧紧地勾结在一起的，情报是共享的。这批炮弹是高爆炸弹，是一次运来的，一共是二十颗。我们一定要找到村田成一这个老鬼子，找到迫击炮和这些炮弹。"吴邑说着，习惯性地伸出食指敲了一下桌子。

罗山说："既然村田成一是在前门一带打的电话，那就是说，他可能就住在前门一带。因为只有在这儿，他才好向天安门开炮。"

"这就要听刘懿同志的了！"吴邑一笑，转向刘懿。

刘懿掏出东口夷人炮打天安门画图的复印件："要把迫击炮弹打上天安门城楼，四个方向都可以，但最具威胁的是南边。为什么呢？从南边打炮，可以一炮打上天安门城楼。再差一点，就是东南方或者西南方。这对天安门也有同等的威胁。我仔细看了，东口夷人的这幅画图，就向我们透出了敌人打炮的方向。你们看，他的方向是从天安门的前边打过来的。前边是哪儿？就是南方嘛！所以我同意罗山同志的看法，重点查南边。其他三个方向当然也可以打，东、西两个方向都有障碍。也就是说顺着大街打过来，非常难于打上天安门城楼。北边，当然也重要，比方说，从煤山一带向天安门打炮后果也十分严重，但要一炮打上天安门城楼，就要困难得多。迫击炮的最佳射程是三千五百米，敌人必须在四千米内实施犯罪，不然，他就不可能阴谋得逞。所以，为了绝对的安全，我们要以天安门为中心点，向外辐射四公里，在此之内，进行地毯式搜查，决不允许出任何差错！"

吴邑说："刘懿同志的意见很科学、很正确，我们已经搜查过一次了，我马上给上级领导汇报，请求调动大批力量，对这片地区进行地毯式搜查。前门一带要随时搜查，不计次数，不计时间。"

"太好了！"罗山禁不住插话。

吴邑说："刘懿同志，您还有什么要提醒我们的吗？"

"迫击炮的射击最佳配合是二至三人，有人瞄准，有人填炮，这样打得快，瞄得准。按说，打炮还要专有第三方进行校准。如果第一炮没有打准，第三方会提醒他，第二炮就会准确。不过现在看来，这一切，特务都不一定能做到。尤其是第三方校准。"

吴邑说："你这样一说，倒提醒了我，那个东口夷人，也是关东军的炮手，他是不是会和村田成一合在一处啊？或者填炮弹，或者帮着校准。"

罗山说："有可能。但是，村田成一一直不露面，而东口夷人可是早就出来了。"

刘懿说："人越少越保密，越容易成功。从这个方面看，很可能打炮的是一个人。但是，他要想达到最佳效果，也有可能是二至三人。"

吴邑说："严密监视东口夷人，一有命令，立即抓捕！"

2

"哑巴"杜雅把早饭端上了，厨房里却没有一个人来。"哑巴"走进正房，喊了一声："所长，吃饭了！"

褚一魁应一声，阴着脸走出来，把一份电文递给"哑巴"："马上发走！"

"哑巴"点头："是！"

褚一魁谁也不看，穿过院子走进厨房，好像整个诊所都得罪了他似的。杜雅知道，他要么是故作高垒以求自安，要么就是十足的无赖行径。

"哑巴"走到小荷门前，轻声喊："小荷，吃饭！"

小荷走出来了，虽然她洗了脸，还上了点儿淡妆，但还是掩不住一夜未眠造成的青眼圈儿。

"哑巴"问："你妈好些了吗？"

小荷转脸问妈："妈妈，你好些了吗？"

金葵花说:"叫你干爹过来!"

小荷说:"干爹,我妈让你过来一下!"

杜雅走了进去,站在床前。

这是一张单人床,一米宽窄,金葵花占据了整个床铺。

金葵花说:"杜兄,我感觉我这次病得很重,可是,可是我,不知道,我为什么病得这么重。"

金葵花这句话,让杜雅再次看见了瘸腿老张暗夜里向他走来的样子,他打了个冷战。

杜雅说:"一会儿,我们带你去看!"

金葵花说:"梅,不是要来吗?"

"你还记着这个?"杜雅轻声说。

金葵花:"这是工作。"金葵花说过,突然又要吐。

杜雅说:"大夫,为了工作,你要吃点儿东西。你想吃啥,我给你做?"

"我不想吃,一点儿胃口都没有!"金葵花说过,又要呕吐。

3

梅东岭的检讨书还没有写好。他已经熬了半夜。他只睡了三个小时。不是他不想睡,而是他睡不着。他的眼睛里布满了血丝,显得疲惫而沮丧。

"老梅!"孙觅过来了。

梅东岭赶紧合上本子。

"时间快到了,你该去金小荷家了!"孙觅提醒他。

梅东岭把本子锁进抽屉,说:"孙觅,你看我多么傻,竟然相信了素不相识的金小荷!"

"毛主席教导我们,吃一堑长一智。"孙觅忽然变成了姐姐,"再说,北平一百六十万人,光特务就有两万多人,你没听处长说吗,每八十人不到就有一个特务呢!"

梅东岭掏出褚一魁的小照又看了一遍。

孙觅说:"他再整容,不会整眼睛吧。你主要关注他的眼睛,眼神、目光!"

"好的,谢谢提醒!"梅东岭这个钢硬的汉子,忽然变得软和起来。

梅东岭推着自行车走出亚洲饭店的大门,正是上班时间,人们各拿出自己的证件,请门口的卫兵检验。出了大门,梅东岭一跨骑了上去,之前和小荷一起走这段路,虽然并未感觉路长,但总是要走一会儿,完全不像今天,只蹬了几脚,车子就到了金口牙科诊所的门前。

梅东岭把自行车扎在门外,整了整风纪扣,这才抬起手来,敲响了诊所的院门。

小荷飞跑着迎出来:"梅哥哥!"

"小荷,你没去学校?"梅东岭明知故问。虽然他知道了金小荷的身份,但看到她喜笑颜开的样子,他还是感觉喜悦。他忽然发现了自己的危险:竟然喜欢一条化装成美女的蛇!

小荷一笑:"我请了假的,专等你来呀!"

梅东岭点头,说声:"谢谢!"

"你请——" 小荷客气地做了请的动作。

梅东岭挺着胸脯往里走,小荷欢喜地走在他的身边。

褚一魁从卧室的窗户里看着两人,他发现,小荷是真的喜欢这个大兵梅东岭。他站起身,整理了一下自己的衣裳,从卧室走出来,穿过客房,到了正房的当间。

"请!"在正房门口,小荷再次停下来,请梅东岭先进。

梅东岭点一下头,走进屋里。

"梅科长,您好!"褚一魁大步走上前,热情地伸出手来。

梅东岭握住了褚一魁的手:"您好,毕所长!"

梅东岭感到,褚一魁的手粗壮有力,并非柔弱的文士之手。褚一魁也发现了梅东岭优秀的军人品质,胸挺背直,手感劲健。

"请坐!"褚一魁把梅东岭让进客厅,抬头轻喊一声:"上茶!"

"哑巴"听见,立即端着茶盘走进来,把茶给三个人斟上。

"谢谢！"梅东岭伸手示意。

梅东岭坐在褚一魁的对面。

小荷紧挨着梅东岭坐在旁边。

坐在梅东岭正对面的褚一魁立即就感到了，对面的这两个人才更像一对。他为自己先下手为强的行为感到一丝恶意的快感。

梅东岭看着褚一魁的眼睛，这双眼睛立即和照片上的眼睛重叠在一起。

梅东岭喝了一口，对着褚一魁："毕先生，我想请金大夫看牙。"

"小荷昨天回来就说了。"褚一魁一笑，露出一排整齐的牙齿，"只是你金阿姨生病了……"褚一魁故意把"大夫"说成"阿姨"。

金葵花弯着腰走了出来："不好意思，梅科长！"

梅东岭连忙站起来："大夫，您好！"

金葵花病得很重了，她站着，根本直不住身子。

"妈妈！"小荷连忙站起来，搀住她。

梅东岭说："金大夫，小荷喜欢我，喊我梅哥哥，我，也喜欢小荷，她单纯、活泼、美丽、可爱。只是，现在正忙，等再过几天，我会专门来看您和毕所长！"

金葵花忽然感动，泪水流了下来。

梅东岭说："金大夫，您休息吧！我的牙也没有什么太大的问题，就是被鬼子的刺刀尖扎坏了，后来就掉了。不影响吃饭，也没有痛苦。等您好了，我再来麻烦您！小荷！"

小荷会意，马上挽起妈妈送她回屋。

金葵花说："谢谢！谢谢您的善意和理解！您，喝茶吧！"

褚一魁说："我是空有个所长的名字，其实，我真的不会看病。"

梅东岭说："听小荷说，您是金大夫的同学，不是也学过牙医吗？"

"早年学过，多少年不干，不敢做了。你知道，现在的技术突飞猛进，一日千里的！"褚一魁很谦虚。

梅东岭点头："那是！"

褚一魁看着梅东岭："听小荷说，你挺忙的。"

梅东岭看着褚一魁的眼睛:"是!"

"听小荷说,你是专门负责中央首长们的食品安全?"

梅东岭盯着褚一魁的脸形:"是!"

"光荣啊!我们小荷能和你交上朋友,那是我们毕家的荣耀啊!"褚一魁双手端起茶杯,"您用茶!"

梅东岭说:"哪里!我一个穷当兵的。"

褚一魁说:"建国是天大的喜事,有喜事必有喜宴,有喜宴必有宾客……"

小荷送走妈妈,又过来了。

梅东岭站起身:"毕所长,告辞!等金大夫好了,再来叨扰!"

褚一魁还想说什么,此时的小荷已经站了起来。

褚一魁说:"本来想留你吃饭的,看你忙的,那就留待——"

小荷说:"我送梅哥哥!"

梅东岭伸出手:"再见,所长!"

褚一魁连忙跟梅东岭握手。

小荷猛地挽了梅东岭的胳膊。

褚一魁送出屋子,站在院子里看着两人的背影。

"哑巴"从厨房里看着他们的侧影。

两人走出院门。

"再见,小荷!"梅东岭开了车锁。

小荷抓住梅东岭的手,忽然哭了。

梅东岭看她一眼,生硬地又说一句:"再见!"推着车子就走。

小荷下意识地追了两步。

梅东岭骑上了车子。

小荷咬住自己的嘴唇,眼看着梅东岭越走越远,眼泪无声地流了下来。

4

苗蓝老师把地理课本装进蓝色的布包,轻轻地背在肩上。

廖响正换衣裳,喊了一声:"慢!"

苗蓝停下来等他。

廖响走上前，在苗蓝的额头上亲了一口。

苗蓝仰起脸。

廖响一笑，又在她的两个脸蛋上各亲了一口。

"去吧！"廖响说。

苗蓝说："你啥时候回来？我想请你去吃全聚德烤鸭。你回来这么久了，一直没有顾上请你正经吃一顿饭呢！"

"这两天都忙，过了'十一'吧？"

"你答应了啊！过了'十一'我就请！"苗蓝停下来，故意提醒他，"今天二十九，明天三十，后天……"

"忘不了！"廖响深情地望着苗蓝。

苗蓝歪过头，像一个小学生的样子："学校通知了，十月一日要去天安门游行，我们这两天也可忙。再见！"

"再见！"看着苗蓝走出院子，廖响一转身回到屋里，从床下的箱子里拿出两颗饼子式炸弹装进皮包。

廖响又拿起两颗。包小，炸弹大。他把里边的笔记本也掏了出来。

廖响掂着皮包走到街上，立即跳上一辆电车，行三站，又跳下车，直奔电话间。之所以要走三站再打电话，主要是出于安全考虑。他不能在离他住所太近的地方打电话，他怕被人监听，他怕监听他的人易于找到。走进电话间，他拿起听筒，摇响了电话。

政治保卫处处长吴邑的办公桌上，现在有了两部电话，一部是原来的红色电话，现在又加上了一部黑色的。这是专为监听褚一魁而临时装设的。

黑色的电话响起来，吴邑略一停，伸手抓起了黑听筒。

电话里传来一个男人很有磁性的声音："所长好，我的牙一切正常，可望如期进行。"

褚一魁的声音响了："你的药还有一些没有拿走啊！"

磁性的声音："没问题，需要的时候我会去取的。"

褚一魁说:"务必安全!"

"谢谢所长!"

吴邑放下电话,在本子上记下了电话的内容。

5 小荷回来了。

送走梅东岭,小荷站在院外流了一场眼泪,她回到屋里洗了把脸,就又走回到妈妈的床前:"妈妈,你吃点儿饭吧?我干爹做得多好啊!吃了饭,我们去医院看病!"

金葵花努力地一笑:"好,我不想死!"

小荷笑了,说:"妈妈,你不会死的。人吃五谷杂粮,谁没个病啊灾的呢!这可是你说的话,你怎么自己一害病就灰心了呢!"

金葵花说:"妈不是灰心,妈是,不放心……"

"不放心什么呢?不放心我吗?"

金葵花轻轻摇头。

小荷把妈妈扶起来,拿被子垫了后背,又拿了毛巾垫在妈胸前,这才端起桌上的米粥,舀了一调羹。

金葵花不让喂:"我自己喝。"

小荷端着碗。

金葵花舀了一调羹,喝下去。

"好喝吧?"小荷夸张地问。

金葵花苦笑了一下,摇头。

小荷看着妈。

金葵花说:"这次的病生得蹊跷,好好的忽然就病了。"

小荷说:"你不是说,病来如山倒,病去如抽丝吗?"

金葵花又喝一口,还想吐。

小荷说:"妈妈,走,我要带你去看病。"

"好吧!"金葵花无力地点了一下头。

"我去叫出租车了!"

医院里人不多。戴着眼镜的老医生让金葵花化验一下血液。

化验单很快出来了。小荷取了单子走过来,说:"妈,你在这儿再坐一会儿,我让大夫看看。"

金葵花伸出手:"让我看看!"

小荷把化验单送给妈妈。

金葵花看了,忽然头一晕,天地旋转起来。

小荷扶着妈妈坐在医生面前。

戴眼镜的老医生看完化验单,问:"你吃过什么药吗?"

小荷抢着回答:"酵母片!我妈想着是没吃好生的病……"

老医生摇头:"不会,酵母片咋会出现这种症状?我建议,您要立即住院!"

小荷问:"大夫,这是啥病?"

老医生小声说:"可能是中毒!建议马上住院!"

"好的,妈妈,我们住院!"小荷大声说,"我马上去办入院手续,行吧,妈?"

金葵花指了指外边。

小荷把妈妈又搀到了外边的长椅上,坐下,再次劝妈:"住院吧,妈妈!您没听见?医生说可能是中毒!"

"我知道。"金葵花的声音几乎听不到。

小荷一听,急了,大声说:"你知道?"

金葵花伸手止住女儿。

小荷说:"我知道了!妈,是不是你天天摆弄那些药,不小心进到嘴里了?一定!常在河边走,哪有不湿鞋?妈妈,那咋办?你有办法吗?"

金葵花的泪水忽然流了下来。

小荷说:"妈妈,你是不是也没有好办法?"

金葵花擦一下泪,说:"小荷,我们回去!"

"回去?"金小荷瞪大眼睛。

"回去!"

"哑巴"杜雅过来了。

"干爹!"小荷迎上前。

杜雅问:"看了吗?"

小荷说:"看了。"

"怎么样?"

小荷拉着"哑巴"到旁边,小声说:"中毒!"

"哑巴"脱口而出:"又是中毒!"

小荷看着干爹:"难道还有谁中过毒吗?"

"哑巴"说:"瘸腿老张就是中毒死的!"

"啊!"小荷一声高喊,"我怎么才知道?你们都告诉我说,老张去天津时突然吃坏了肚子,死了。这么说,他和我妈妈是一样的病了!医生要我妈妈住院,我们住吗?"

"哑巴"问:"你妈妈愿意住吗?"

"她不愿意。"

"哑巴"说:"她不愿意,那我们就走!"

"不治了?"小荷的泪水都要下来了。

"哑巴"看金葵花一眼。

金葵花从长椅上站起来,慢慢地走了过来。

小荷连忙上前搀她。

金葵花说:"回!"

"回?"小荷喊,"妈妈,你真的不治了?"

"回!"金葵花忽然提高了声音。

6

打完电话,廖响雇了辆人力车,直奔冥衣铺。他要考试开北方和郭闹闹定时炸弹的使用方法。

开北方和郭闹闹都是好学生,当廖响走进冥衣铺的时候,两个人刚进行完理论复习。

"准备得怎么样？"廖响一坐下来，直奔主题。

郭闹闹说："长这么大，还没有这样认真过。球，老了老了认球真了！"

廖响不满地说："你才多大呀就老了！"

"四十四了，还不老吗？"郭闹闹大大咧咧地说过，又说了句俗语，"'四十四，眼里别根刺。'我还真球不知道眼花了呢，一看'定时'，真球模糊了！"

廖响从皮包里拿出一颗炸弹，说："这次是实弹考试。我们所干的工作要求又快又稳，所以，必须熟练、准确。你们，谁先考试？"

"老板，你球先考！"郭闹闹一副让贤的样子。

"好的！"开北方应一声，走上前去。

廖响把炸弹放在桌上，眼瞅着开北方操作定时炸弹的开关设置。郭闹闹在旁边看着。

开北方弄完了。

"四一二！"廖响喊。

"到！"

郭闹闹不是个笨人，他弄得比开北方还快，还准确。

"过关了！"廖响很满意。"来来！"他在桌子上铺开手绘地图，给两个部下布置任务：

"这是我最近一次的手绘地图，看见了吧，天安门广场正在进行庆典的布置，东西长安街上要摆放花盆，还要专门放置垃圾箱。看好了，这些地方都是我们布弹的绝佳之地啊！"

郭闹闹说："这么大个炸弹，这么小的花盆，咋球放呢？"

廖响说："是有小花盆，但也有大花盆。大炸弹放大花盆，小炸弹放小花盆嘛！"

开北方伸手阻止郭闹闹："四一二，你别说话，听廖先生给我们安排。"

"你们看，还有垃圾箱。"廖响指着画。

郭闹闹说："这个好弄，往里一丢就行了。"

廖响大声说："不行！一定要做掩护，要用烂纸包一下。"

郭闹闹说："这个我知道。上次，我和老板炸球杨四奎，就是用烂布告包的！"

"啊，我忘了，你们实习过了！"廖响故意拍了一下脑袋，用半是认真半是嘲讽的话语说。

两个人都笑了。

廖响说："为此，我们必须准备一些垃圾。"

开北方说："把这些冥衣全撕掉。"

"不球卖钱了？"郭闹闹吸了一下嘴。

开北方说："四一二，我们马上要成功了，黄金是按体重称的，当官是我们随便要的。万丈高楼平地起，一步登上九重天啊！"

"球！"郭闹闹双手一击，"廖先生，你指球哪里，我们就打球哪里！"

廖响说："四一二啊，你这个'球'，原来听着怎不顺耳，现在听顺了，倒感觉很有劲呢！"

郭闹闹笑了："只要能球胜利，咋球它都好听！"

开北方笑起来。

廖响也嘿嘿地笑了。

"我的想法，我和四一二上长安街放置'定时'，二三七一定要想方设法上去天安门。这个地方太要害，奖不奖钱，升不升官，能不能一步登上九重天，就看二三七你能不能登上天安门了！我和四一二的'定时'，倒是要凭我们的运气。"廖响态度坚定，语气给力。

开北方率先表态："廖先生放心，我一定想法上去。"

郭闹闹说："魏老婆儿让咱吓球一场，肯定是把天安门挂灯笼的时间给延迟了。"

廖响说："二三七，这个你一定要盯住啊！"

开北方说："放心吧，廖先生！上天堂还是下地狱，就此一举了！"

郭闹闹说："我建议，咱球好好喝一顿，酒壮英雄胆！"

开北方开心一笑："我看可以！"

廖响说："那就喝一顿？"

开北方和郭闹闹宣誓似的喊："那就喝一顿！"

"球，我去准备！"郭闹闹说过，站起来就往外走。

廖响说："四一二，你记住，坚决不能喝醉啊！"

7

毛人凤回电了。

鲁战凯拿着电文飞跑进办公室："处长！"

吴邑从文件上抬起头，看见了鲁战凯兴奋的样子。

"报告处长，毛人凤回电了！"

吴邑倒不激动，好像这就在他的意料之中。他往椅背上一靠，双手托住脑袋，说："读！"

鲁战凯大声读："飞机待命轰炸。果能策反，功莫大焉。美金洁如数发出，收后盼复。"

吴邑一挺身站起来："这是个好消息！你马上联系银行，看钱何时到账。"

"是！"鲁战凯应过，并不走。

"还有事吗？"吴邑问。

鲁战凯又呈上一个电文稿。

这是经"哑巴"转给"扁嘴"，"扁嘴"转给鲁战凯的褚一魁向台湾发去的电文。这个电文以前是直接发，现在改成了吴邑签发后再发。电报仍是发给毛人凤的。

吴邑接过来看了。电文没有具体的内容，只有短短的八个字：

　　一切正常　刺天可期

这算是褚一魁向毛人凤的工作汇报。吴邑在电报上签了个"吴"字，鲁战凯转身就走。吴邑禁不住感叹："这个褚一魁，虽然身处险境，还保留着随时汇报的工作习惯啊！"

8

搜查开始了。围绕天安门广场周边五公里之内,解放军战士在各派出所的配合下,再一次对各个可疑之处进行了更为严格的排查。

"要一寸一寸地摸一遍。"前门派出所所长胡长寿对他的部下要求着,"不要说特务藏不住,就是蚂蚁我们也要知道几只是公的几只是母的!"

他们再一次来到了村田成一即将实施犯罪的这个带着矮石狮门墩的小院子。

院子的门仍然锁着。跟着他进行检查的是解放军的王排长。"这是谁家?"王排长问。

"这是刘长庆家。"胡所长说,"了解过了,这家人搬走三个多月了!"

王排长说:"我们要进去看看!"

胡所长问郭天:"有人租房吗?"

郭天回答:"不清楚!"

"那怎么能进去看?"

"把锁撬了吧!"胡长寿所长说。

郭天上前欲撬。

"回头专门给他换把锁,郭天,你管住钥匙啊,他家的回来了再给他们。"所长大声安排。

村田成一想最后确认一下他将实施轰炸的这所房子,是不是真的和他测量的完全一致。他也知道,他所执行的任务是没人配合的。他必须精益求精,万无一失。当他从这家院落的门前走过的时候,正赶上胡所长带着王排长撬锁进院。他想停住脚步,又怕引起怀疑,急中生智,他把一枚硬币扔进了墙边的草丛,他弯下腰装作寻找,却支起耳朵听着战士们说话。

旁边的邻居家,养鸽子的小家伙正喂着他的雏鸽,他一边捏开小鸽子的嘴喂食,一边尖着嗓子给小鸽子说话:"张大嘴,吃白菜。飞得高,长得快……"

鸽群在天空盘旋,嘹亮的鸽哨十分悦耳、悠长。

罗山骑着自行车从胡同口走来,在矮石狮院落的门外下了车子:"胡所长!"

郭天把院门上的锁拧开了。

胡长寿一扭头:"啊,罗山同志!"

罗山问："怎么回事？"

"这家人搬走了。"胡所长指画着，"虽然不住人了，王排长，啊啊，这是王排长！我们还是想进去看看。"

"啊啊，应该！"罗山和王排长握了手，便和他们一起走进院子。

"进屋吗，所长？要不，我把门锁也撬了！"郭天走上前，就要撬锁。

这是一个双扇门，胡长寿一推，打开一道门缝。胡所长扒住门，自言自语似的："走的时候不长，你看，屋里还不脏呢！"

罗山也趴上去看着屋里。

胡所长说："小郭，你问问，有人租没有？有人租，调查清楚是谁；没人租，我们就进去看看。"

"是！"郭天应着，扭脸看见了喂鸽子的孩子，他走了过去。

罗山站直身子，看着周围，这一带都是平房，如果有人在这里架炮，真的能威胁到天安门。

9

罗山的任务并不是直接参与检查，他是不放心，才骑着车子在前门一带游走。搜查很快结束了，除搜到了一些破烂的武器外，几乎没啥新的发现。这其实也很正常。建国在即，中南海和天安门等敏感之处都搜查了几次了，还会有什么东西呢？但罗山就是不放心，直觉告诉他，还是有危险的，尤其是村田成一直未露面，这让人非常不安。他一路走一路想，他要给吴处再提建议。走进办公室的时候，吴处正接电话，他就在外间坐了下来。

吴邑接完电话，出来了。"怎么样，罗山？"

罗山知道处长的意思，他是想了解"新闻"，了解最前沿的情况。"处长，我有一个建议。"

"好啊！讲！"

"这次对天安门周围五公里的紧急搜查结束了，虽然有些发现，但远非我们的目的。村田成一的威胁还在，可以说，还没有从根本上解除。"

吴邑说："这次可是一寸一寸搜查的呀！"

"是啊。"罗山点头，"但是，只要村田成一没抓住，我们的搜查就不能算结束！"

"你是说，村田成一肯定在这一带。或者说，肯定在天安门前边的这一片地方？"吴邑看着罗山。

罗山摇了摇头："这个我不敢肯定，我也但愿他最好不在这里。但是，万一他在这里，恰好又有炮，我们的保卫就会出现大的漏洞。所以我建议，能不能请示领导，在天安门周围，特别是炮击天安门的最佳位置的这些地方，每家每户住上一名战士。如果有群众的空房，我们就给他租过来，住上战士。像我去过的那个有着矮石狮门墩的院落，就没有人了，我们住上人，敌人就不敢出现了，即使强行出现，他也会立即完蛋。"

吴邑笑了："罗山同志，你的想法很好，但我想，我们的领导是不会答应的。"

罗山也笑了："为什么？"

"毛主席要我们相信群众相信党，我们在每一个家庭里住一名战士，这个本身就很扰民，影响不好。如果以后历届活动是不是都要这样？这个，我感觉不合适！"吴邑想得更长远。

罗山说："我建议您，还是要向上级反映一下，这是非常时期，并且有特务破坏啊！以后过上几年，安全形势稳定下来，还住战士干什么？"

"我考虑一下！"吴邑说过，转身回到里间，到了门口，他又停下脚步，对罗山说："警惕性很高，值得肯定！"

罗山看见了黑板上的谜语，他拿起粉笔，在"林中一木非新苗"的谜语下方，写上了一个"村"字。

吴邑出来了，看见罗山写字，说："这两则谜都不好猜。"

"我猜'村'字，村田成一的'村'，对吗？"罗山笑着。

"是'村'。这个呢？"吴邑指着"夫子养条狗"，"应该也有感觉吧？"

罗山轻声念："夫子养条狗，蹲在家门口。谁要进孟宅，咬着不让走。"

罗山摇了摇头。

吴邑笑起来，说："关键是'孟宅'，狗者，犬也。"

"啊啊！"罗山恍然大悟，"'猛'字？"

吴邑点头。

"勇猛，快捷，有力，果断。"罗山说了一串词语。

"对！写上！"

"好！"罗山应着，把两个谜底写在了下方。

10 在于兵监视着的五十三号院，一个二十五六岁的女人敲响了东口夷人的院门。

东口夷人走出来。

"请问，这是马斯利先生的家吗？"

东口夷人问："姑娘您是……？"

"我叫马莉，从香港带来了……"

东口夷人弯腰做一个请进姿势："啊啊啊，请进！"

马莉跟着东口夷人走进院子。东口夷人看了看周围，随后关上了院门。

几分钟后，被监视的电话打响了，于兵轻轻抓起电话，里边传来了东口夷人的声音："马先生，您的本家马莉小姐从香港来，给您捎了一封信，我知道您搬家了，找到了您留给我的地址，马小姐一会儿去见您，您有时间吗？"

马斯利很愉快的声音响起："我的本家马小姐？太好了，我会亲自恭候的！"

东口夷人哈哈地笑了："您还是那样'亲自'！"

马莉是被东口夷人送出来的。东口夷人很客气，在门外再一次弯腰致意："您好走！"

马莉扬了扬手里的纸条："有您给的地址，我一定会找到的！"

于兵对助手小丁说："你继续监视，我跟着马莉！"

虽然找错了地址，但是马莉受到了热情的接待，还是很高兴的，边走边哼起歌来："解放区的天是明朗的天，解放区的人民好喜欢……"

于兵在后边跟着她，她并没有感觉，或者说，她并没有想到会有人跟踪她。

于兵走到一个公用电话间，抓起电话，向吴邑处长报告了当前的情况："我想看一看香港究竟给他捎的什么信！"

"一定要向马小姐出示证件！"吴处在表示了同意后，特意指示了这一条。

"是！"当于兵追上马莉的时候，马莉正站在街头，向一个卖烧饼的小贩打听路线。

卖烧饼的人头都不抬："继续往前，见口右拐！到那儿了你再问个人就行了。"

马莉右拐，继续走着。在一个路口，马莉停下来往周围看，她想再找个人问问。

于兵追上来。

马莉说："同志，我想问问……"

于兵笑了："你是马莉？"

马莉一愣："啊啊！你认识我？"

于兵点头："我认识你！"

马莉顿感亲切："对不起，我咋想不起来在哪儿见过。不过，你真面熟啊！"

于兵掏出证件递上去。

马莉又一愣，接过证件，打开。

一张英俊的小照。

马莉自语着："于兵？"

"我是于兵。"

马莉问："政治保卫处的？"

"是的。"

"政治保卫处的——"马莉皱着眉头，"对不起同志，我真的想不起来在哪儿认识的你！"

于兵说："你是不认识我，但我知道你，我想请你帮个忙。"

"是吗？请我？"

"是的。我想看一下你从香港带给马斯利先生的信件。"

马莉一惊："这可以吗？"

于兵点头："我请示过领导了。建国在即，我们要审查所有从境外过来的信件。请您协助！"

马莉犹豫了一下，终于点了头："好的。"

马莉打开包掏出信件："不过，你是怎么知道的呢？"

于兵笑了："政治保卫处的任务就是知道天下所有的消息。"

马莉把信件递给于兵：

这是一个普通的信封，没有任何标记。

于兵一打便开，原来信封没粘。

一封折叠的信出来了。信里还夹着半张名片。

于兵打开信：

马：着急用钱，速卖钢琴！

October1！ October1！ October1！

此日务必出手！

下边是龙飞凤舞一个签名。

于兵说："马莉同志，这上面的字你都认识吗？"

马莉看了看，轻轻点头。

于兵问："这是什么意思？"

马莉念着：

马：着急用钱，速卖钢琴！

十月一日！十月一日！十月一日！

此日务必出手！

于兵说："这洋文是'十月一日'的意思？"

马莉点头："对！"

"谢谢！这一行是什么意思呢？"

马莉说："这是写信人的签名。"

"写信的人叫什么名字?"

"司——"马莉用力地看着,"我也看不明白。"

于兵问:"您在香港是做什么工作的?"

"我不在香港。我姐姐在香港。她昨天从香港回来,朋友托她带的信,她今天太累了,正休息,就托我来送。"

"啊,您做的什么工作?"

马莉说:"我在学校教书。"

"教的啥课?"

"英语。"

"怪不得您认识这些洋文!"

马莉笑起来。

于兵拿起那半张名片看着。

这是中英文对照的名片。

马莉看见了,指着名片:"这个写信的人叫司徒敏。"

于兵一喜:"您看出来了?"

"你看,名片上的字母和信上的一样。只是信上的是手写的!"马莉伸手指着名片。

"啊,这是香港的司徒敏写给马斯利的,要他快卖钢琴,十月一日务必出手!"于兵判断着。

马莉点头:"对!"

于兵掏出笔来,在本子上抄下上边的话。

马莉拿着信配合着。

于兵抄完了,原样把信叠好,把半张名片夹进去,装进信封。

马莉说:"不会被发现吧?"

于兵一笑:"只要你不告诉他。"

马莉说:"我是一个老师,我们天天在课堂上给学生讲反特故事,但从来没有真的经历过反特的故事!你今天给我上了一课呢,我不会说的。于兵同志,你说,这个马——马斯利会是个特务吗?"

于兵说:"我们正在调查。"

"我去他那儿不会有危险吧?"

于兵用肯定的语气说:"你去吧,保证不会。"

"真的?"马莉忽然有些害怕了。

"真的!"于兵的语气很肯定。

"我真有点儿害怕呢!"

"不用害怕,真的不会有事。不要多逗留!我在外边等你。"

"谢谢您,同志!"

"走,我送你去。"于兵说着,前头走了。

"您知道地方,同志?"

于兵一笑。

马莉也笑了。

两人大步往前走着。

于兵问:"你姐姐叫什么名字?"

"马莎!"

于兵说:"哎,马莉同志,我想见见你姐姐,可以吗?"

"可以呀!你不是在外边等我吗?我一出来就带你去!"

"好的!"

在马斯利的独院门口,马莉停住了脚步。听见敲门声,马斯利满面春风地迎了出来:"小姐,请——"

于兵看旁边不远处有一个电话间,他大步走进去,给吴邑再打电话。而此时的罗山刚提完建议还没有出去。听了于兵的电话,他马上骑着自行车赶了过来。

11 吴邑正写着电话记录,梅东岭走了进来:"处长,这是我的检讨书!"

吴邑接过来放在桌上,继续又写了几句,才停住笔:"情况怎样?"

梅东岭说:"我去了金口牙科诊所,金葵花病了,看上去不轻。那个毕应冬毕所长,看上去就是褚一魁。"

吴邑兴奋起来:"真的?"

梅东岭说:"真的!"

"你敢肯定?"吴邑站起身来。

梅东岭也兴奋起来:"他的眼神特别像褚一魁,年龄看上去比褚一魁要小七八岁。整容的人肯定是往小处整。个子比我稍低,应该是一米七五,与褚一魁的高低也符。"

吴邑说:"你敢不敢肯定?"

梅东岭挺胸说:"敢!"

吴邑往梅东岭肩上打了一拳:"太好了!"

梅东岭嘿嘿地笑了。

吴邑说:"你这个检讨先收起来,你给我好好表现,回头一总算账!"

梅东岭一个立正:"是,处长!"

"亚洲饭店的情况怎么样?有什么困难没有?"

"没有!"

12

苗蓝老师下课了。她回到家中,把书放下,端起一个花搪瓷洗脸盆走到廖响的房间。

廖响的脏衣裳搭在床头,苗蓝掂起来看了看,放进盆里。她弯下腰,又看床下。

廖响的皮鞋脏了,苗蓝去拿鞋,一揪才发现,上边有包压着呢!苗蓝欲掂包,提了两次都没有提动。苗蓝禁不住想打开看看是啥。一拉才发现,包锁着呢!

苗蓝的好奇心大动,她把包使劲掂起来,放到了当间的明处。

这是一个带拉锁的提包,锁包的锁很小,苗蓝轻轻一拉,才发现没有锁住。

苗蓝摘下锁,轻轻打开提包。

三排铁盒子露出来,每只盒子上印有相同的英文。

苗蓝拿起一盒,看着上边的英文。她以前学过两年英文,但是不认识这上边的字。

苗蓝拿起书架上的英汉辞典,在辞典上查找着解释的文字。她在一页上停下来,禁不住脱口而出:"定时炸弹!"

苗蓝又拿出一颗,打开盒子,掏出炸弹:"这是定时炸弹?我的天啊!他咋弄些这呀!"

苗蓝紧张极了,又从另一摞拿起一盒,再次打开。

乌亮的三颗炸弹放在屋子正中的地上。

苗蓝紧张地抱着肩膀。她忽然蹲下去,拿起一个,听听。

没有动静。

苗蓝又拿起一个,再听。

苗蓝把三个炸弹小心地装进盒子,再装进提包,拉住,挂上锁。

苗蓝不敢在屋里了,她走出去,坐在院子里。

苗蓝在院子里坐了一会儿,还感到紧张,她走出院子,下意识地走到了居委会的保卫组门前。

苗蓝在保卫组门前徘徊了一阵,她想走进去,但又感觉这样不恰当,走来走去,一连走了几趟,如果此时有人问她,她一定会毫不保留地说出来的。渐渐地,她冷静了下来,又慢慢地走了回去。她回到了院子里,却仍然不敢进屋,一扭身,坐在了院门口的石几上。

13 马莉领着罗山和于兵走进一座四合院,沿甬道拐了俩弯儿,在一处房子前停下。

"我先给我姐说一声。"马莉说过,就走了进去。片刻,她又出来了:"来吧!"

罗山和于兵在马莉的带领下走进屋子。

马莎出来了，深深地打了个哈欠。

于兵说："对不起，打扰您睡觉了！"

"没关系，我已经醒了，就是不想起。"马莎说着，又是一个哈欠，她连忙用手捂住嘴巴，"刚从香港回来，又是船又是车的，我又晕船了，真的很累。小莉，倒水！"

马莉应一声，把茶水端了上来。

"我叫马莎，在香港一家公司上班，不知道二位想了解什么？"马莎很配合。

"我叫于兵，他叫罗山，我们都是政治保卫处的。"于兵再一次把证件递上。

"马莉说了，我就不看了吧！"马莎说着不看，还是接过来，看了一眼，又还给于兵。

于兵说："马莎小姐，是这样的，您回来的时候给意大利人马斯利带了一封信，我们主要想了解送信的情况和您是在什么样的情况下接受带信托付的。"

马莎说："我的老板和美国人司徒敏是朋友。司徒在国内多年，很有名啊！司徒说，他曾经保存在马斯利那儿一架意人利钢琴，他听说我要回来，就捎了封信给马斯利，让他快点儿卖掉，他近段手头紧，想花钱，并说，卖掉了让我把钱带给他呢！"

于兵问："他让您看了信文吗？"

"他说让我看，我没有看。私人信件，我怎么好看！"马莎又打哈欠。

于兵说："也就是说，您不知道信的内容。"

"大体知道，就是卖琴嘛！"

"您只知道卖琴，其他就不知道了？"

"还有其他吗？"马莎问。

于兵点头一笑："那半张名片您知道吗？"

马莎说："知道。当时司徒掏了张名片，可名片被名片夹子夹住了，他使劲一撕，就掉了半张，他就把有名字和电话的那一半放在信里了。当时，司徒还自我解嘲说,这就叫拿着鸡毛当令箭!"

于兵看看罗山。

罗山问:"马莎小姐,您这次回来准备住多久?"

马莎说:"我是度假,一周假期。"

罗山和于兵告别出来,罗山从马莎的哈欠中感觉,她说的应该是实情。

"为什么?"于兵问。

"她的哈欠告诉我,她很放松。"

14 罗山和于兵立即回到办公室,向吴邑汇报。

于兵谈了自己的判断:"马莉和马莎姐妹跟特务机关没有什么关系,特务只是利用了马莎回大陆探亲的机会。"

吴邑不同意:"事情不会如此简单。马莎的老板和司徒敏关系好,司徒敏是中情局在香港和中国大陆的重要领导人之一,因为炮轰天安门的事情太重大了,所以他们也不敢用一般的办法联系了。于是他们就让马莎专程回来,马莎害怕她容易被监视,于是就让她的妹妹,这个中学英语老师去送信。妹妹是真的不知道,而姐姐马莎很可能是知道故意装作不知道。"

于兵说:"那她为什么要让马莉先到东口夷人的住处呢?他们是真的长时间没联系,不知道马斯利搬家了?"

吴邑说:"你问了没有,东口夷人看没看那封信?"

于兵说:"我没有问。不过,我打开时,那封信就没有封口。"

"噢?"吴邑警觉起来,"司徒敏会这样信任马莎?会让一个捎信的人捎一封不封口的信?"

罗山说:"我认为,也可能是故意不封口,这样谁拿住也不认为此信重要,无非是卖一架钢琴嘛!再说,他先送给东口夷人,一定是想让东口知道,十月一日要卖这架钢琴!这是个通知。东口夷人让她再送给马斯利,不知不觉中,最重要的这个命令就完成了。"

于兵说:"钢琴就是炸弹!"

吴邑点头："对！"

罗山说："它还说明，东口夷人也是执行炮击任务的人员之一。从他的画图到今天的指令，这个人都不可小觑！"

吴邑说："派人监视马莎！"

罗山点头："是！"

于兵说："是不是应该抓人了？"

吴邑皱起眉头："首长指示，除恶务尽，可这个村田成一不露面，对我们抓人的决心是个障碍。再耐心等一等！"

罗山说："村田成一是要出来的，他要进行这么大的行动，就不可能不露出马脚。"

于兵说："是不是我们印出来村田成一的照片，张贴了让大家一起找？"

吴邑说："现在还不行，一贴不就等于告诉了马斯利他们快跑吗？"

罗山说："可以印一些发给战士们，不张贴，让大家拿着暗暗地查找！"

吴邑问："还来得及吗？"

罗山说："今天二十九，明天三十，最好明天一早送到大家手里。"

"那就印三百份，让大家一齐查找！我现在就写单子！"吴邑说着，拿起笔来就写。

15

一辆人力车停在独院门口，村田成一掂了大大一包东西下了车子。

小董眼睛一亮："村田成一！"小董轻喊着，连忙掏出五个人在海边的照片比对着。

村田成一敲响了暗号：笃笃笃笃，笃笃笃笃……

马斯利开了大门，故作姿态地用日式鞠躬迎接村田成一，他很夸张地弯下腰："请——"

村田成一笑着，向他伸出手来。

马斯利拴上了院门。

小董激动得很："真他娘是村田成一！我们等你几天了，你个王八蛋终于出现了！"

小董想打电话向上级报告，但身边的电话不能用，此时又没有人可替，他激动了一会儿，就决定等着，好在村田成一出来的时候跟踪他，找到他的居所。

"我又实地做了一次测量，炮位正在天安门正南，直线距离两千八百五十米。"村田成一向马斯利做了详细的汇报。

马斯利激动地说："村田成一先生，你做得太好了！我也打过炮，我知道，本来打炮是要有指挥的。打远了，回一炮；打近了，远一炮。第三炮，怎么着也能打准了。可是现在的条件很恶劣，只能靠你自己了！"

村田成一说："中国有话叫养兵千日，用兵一时。日本国讲究武士道精神，讲杀身以成仁。我们准备了二十发高爆炸弹，我不会让它浪费一颗的！"

马斯利问："都运过去了吗？"

"都运过去了。五箱，二十发！等我回去，就闭关不出了。"

马斯利问："东西都准备好了？"

村田指了指身边那一包东西："吃的，喝的……"

马斯利说："好，我已经安排了撤退的路线和措施，炮一打完，你立即从地下道往公司去！"

村田成一说："今天，共产党又对天安门周围进行搜查，很细啊，把咱们租的那个三十号院的门锁都砸了。"

马斯利一惊："他们发现了？"

村田成一一笑："没有。"

"那为什么要砸门锁？"

村田成一说："他们的口号是，要一寸一寸地搜查，不放过一只蚂蚁！"

马斯利笑起来："共产党一寸一寸搜查的是地上，我们在地下，他如何搜查得到！中国人说，自古天意高难测。蒋公打不过毛泽东，我们来帮他打。谁赢谁输，那就叫中国的老天爷决断吧！"

村田成一说："今天都二十九号了，我感觉，这该是共产党最后一次对天安门周围的搜查了！"

马斯利一语双关地说："经过这一寸一寸的搜查,共产党的建国庆典就万无一失了啊!"

村田成一哈哈地笑起来："马先生,我来有两个意思。"

马斯利伸手示意："快讲!"

"一是报告准备完毕,一是报告我的内心。我决心杀身以成仁,请马先生鉴我忠心!"村田成一说着,把右手放在胸口上。

马斯利站起来："村田成一先生,我是一个意大利人,请允许我用意大利军人的名义向您致敬!"

马斯利站直身子,对着村田成一敬了一个军礼。

村田成一连忙还礼,他站直身子,对马斯利还了一个日本军礼。

第三十回　金大夫中毒不住院　中情局特务被抓捕

> 人生有八直
> 皆与善有缘
> 若求美与好
> 八直当为先
> ——打一字

1　出租车在金口牙科诊所的门口停下来。

小荷把妈妈搀出来。

"哑巴"付了钱。

小荷搀着妈妈一步一步往院里走。

褚一魁迎出来："大夫怎么样？"

金葵花不理他。

金小荷也不理他。

"哑巴"进了院子。

褚一魁又迎上来问："金大夫厉害吗？"

"啊，所长！""哑巴"回答，"不厉害！"

"真不厉害？"褚一魁盯着"哑巴"。

"真不厉害。""哑巴"不愿说实话。

"啊，不厉害就好！"褚一魁叹了一声，"正是用人之际，我真怕会出点儿啥情况！"

金葵花躺在床上，闭着眼睛。

小荷端着水过来："妈妈，你得看病啊！大夫让你住院你为什么不住啊？"

金葵花睁开眼："把你干爹叫来。"

小荷嗯一声，就去喊"哑巴"。

金葵花拿出枪来，把子弹压上，放在床头。

褚一魁走进屋子，一直走到金葵花跟前，小声说："金，是不是怀孕了？"

金葵花冷笑一声，忽然举枪指着他："你给我滚出去！"

褚一魁真怕她歇斯底里，急忙往外走。

"哑巴"和小荷走了进来："妈妈！我干爹来了。"

"大夫！"杜雅低声唤。

金葵花痛苦地一笑："真是讽刺啊！我这个大夫，却遭了不是大夫的人的暗算！杜兄，请你把褚一魁喊过来！"

"有话跟他说？"杜雅的声音仍然很低。

"我要问他，为什么要下毒害我？"金葵花的泪水忽然出来了。

杜雅伸手阻止她："不要这样说！"

金葵花摇了摇头："不是我要这样说，是我必须这样说！你喊他来吧！"

"好的！"杜雅应。

褚一魁出现在门口："我都听见了，不用喊！大夫，你不能这样诬陷我！"

金葵花说："我没有诬陷你。掌握毒药的只有你和我，我会往我自己的茶杯里放毒药吗？我刚刚去了医院，大夫让我住院，说我中了毒。为了保护你，国民党北平特别行动小组组长，我选择了放弃！"

褚一魁一脸庄严："你不能这样说。我以一个国民党党员的身份发誓，我没有毒你！你是我的拼命太太，为党国出了这么大的力……"

金葵花说："那么好吧！我相信你。现在，让杜雅和小荷去小荷的屋里查查，看你有没有安装窃听器，监听我们娘儿俩。小荷，和你干爹去查！"

小荷点头："好的，妈！干爹！"

杜雅看一眼褚一魁。

褚一魁没有态度。

小荷扯着杜雅走了出去。

褚一魁说："金，我会对你好的！我会对小荷好的！我要娶小荷做妻子，让她生儿育女……"

"别做梦了！"金葵花咬牙切齿。

褚一魁一副赌咒发誓的样子："我是真的！"

金葵花说："我只告诉你一句：比'刺天'还难！"

"哑巴"在小荷的床头下边，看到了一卷报纸。

"哑巴"拿起报纸，一个小型的窃听器出现了。

"哑巴"拿起来，举给小荷看。

"这就是窃听器？"小荷一脸的惊讶。

"哑巴"点头。

小荷接过来，翻来覆去地看着。

这么小巧的东西！这是她第一次看见："他一直对我们不放心？"

"哑巴"又点头。

小荷说："所以，他才对我妈妈下了毒手！"

"哑巴"再点头。

"所以，他才在我妈妈的茶杯里投毒。"

"哑巴"还是个点头。

小荷忽然放声大哭："干爹！"她像受到了再一次的强暴。她最相信的人变成了她不能相信的人。她最依赖的亲人变成了她最危险的敌人。

小荷和"哑巴"拿着窃听器走进金葵花屋里。

金葵花猛然坐起来，大喊一声："毕应冬！"

褚一魁在向金葵花发过誓之后就回到了自己的卧室，他听到了小荷和杜雅在小荷屋里的对话。准确地说，是他听到了小荷的话，"哑巴"太狡猾，他一句话都没说。褚一魁真的感到了危险，他把手枪拿出来，佩带在腰上。

听到金葵花歇斯底里的喊声，褚一魁犹豫了一下，还是坚定地走了过来。他知道，只有自己的坚定才能保护自己。

金葵花说："你用它监听了张广才，用毒药毒死了张广才。现在，你用相同的办法对付我来了。毕应冬，我哪儿对不起你？我有背叛党国的行为吗？你为什么要如此地对待我？你今天必须说清楚。不然，我就和你同归于尽！"

金葵花用枪指着褚一魁。

褚一魁镇定地说："首先，我声明，我没有给你投毒。我也没理由要毒你！第二，安装窃听器确实是我太爱小荷了。她天真烂漫，生机勃勃，对我老朽的生命是一种点燃。当然，我是自私的，我想等'刺天'成功，正式向可爱的小荷求爱，向您求婚，请您做我的尊长！大夫，请您相信我！"

金葵花说："小荷的事，退一万步说，那是她自己的事。她要同意你，我不同意也没有办法。她要是不同意，谁也别想强迫她。谁强迫她我就和谁拼命！"

小荷说："妈妈，我明确告诉你，我死也不会嫁给我的义父毕应冬！"

褚一魁说："我告诉你小荷，我不是你的义父，你也不是我的义女。我和你妈妈是特殊坏境里的假扮夫妻。你可以做我的妻子，不要有心理障碍！"

小荷说："那更好，我真的是有心理障碍的！现在，我没有心理障碍了！我明确地告诉你毕应冬，金小荷死也不会嫁给毕应冬，嫁给一个咬她，掐她，强暴她，却又满口说如何爱她的人！毕应冬，你听清了吗？"

褚一魁下意识地点头："听清了！"

金小荷咬着牙，几乎是一字一字地说："还想娶吗？"

褚一魁点头："想！"

"呸！"金小荷朝地上吐了一口。

褚一魁冷笑一声，把脸扭到外边。

金葵花说："我是中毒了，头一天懒，第二天病，第三天死。七十二小时就走人了。我制造的药，用在我身上是再恰当不过了。这是报应！在这有限的时间里,我要解决两个事,小荷的事解决了,下边,就是我的事了!毕应冬,我问你,如果不是你下的药,那是我自己毒死我自己的吗?"

褚一魁说:"如果医院检查说,真的是你中毒了,你又真的是中毒了,我只能说,那是你自己在配药的时候不小心造成的,而绝不是我毕应冬下的毒!"

金葵花举起枪来,指着褚一魁:"你对天盟个誓,让我看看!"

褚一魁把手掌放在心口,指天发誓:"如果是我下毒要毒死金葵花大夫,那就请上天惩罚我,让我死无葬身之地。"

金葵花说:"让你被共产党抓住,枪毙,炮头!"

褚一魁犹豫了一下,说:"好,如果是我毕应冬下毒要毒死金葵花大夫,那就请上天惩罚我,让我被共产党抓住,枪毙!炮头!死无葬身之地!可以了吗?"

金葵花说:"不可以!我不相信你!"

褚一魁大喊一声:"葵花!"

金葵花把枪放下:"你,滚吧!你可以滚了!"

褚一魁摇摇头,故作委屈状,退到门口,又说了一句:"大夫,我已经安排了十月一日上午去香港的船票,我买的是四张。"褚一魁用指头指了指"哑巴"和她们母女。

金葵花喘着:"滚!人面兽心的东西。"

褚一魁装作无辜的神色,轻轻摇了摇头,倒退着走出去了。

小荷扑上来:"妈妈!你要看病!"

金葵花一脸垂死的样子,盯着天花板。

"妈妈!"金小荷哭了起来。

2

村田成一走出马斯利的独家小院,小董立即骑上自行车尾随追踪。骑车毕竟快。小董从村田成一身边骑过,在前边的路边买了块冰糕。

一辆有轨电车停了下来。村田成一瞅了瞅四周，猛地跳了上去。

小董急了，他努力地做出悠闲的样子，边吮冰糕，边时快时慢地追着电车。

村田成一下了车，转身向一条小巷走去。

小董把自行车锁在路边，也跟着往巷子里走。

村田成一停在了七十八号院的门口，小董过来了，但他脚下没停，从正开门的村田成一的身边走过去。

村田成一开门进院，警惕地看了看身后，又看了看走远了的小董。

在同一时间里，吴邑正和罗山商量工作。

吴邑说：“我们面前有两拨特务：一拨是毛人凤的保密局，以褚一魁为首；一拨是美国中情局，以马斯利为首。褚一魁有两个重点我们没有完全掌握，一是弄炸弹的廖响，这个人在打伤于兵、炸亚洲饭店的阴谋败露之后就一直没有露面，我们带着王富团找了十几天都没有见到，他隐藏得非常深。再一个就是饭店里的杜津卫，我们知道他去金口牙科诊所看过牙，但他们的阴谋是什么？爆炸，还是投毒？我们也不清楚。”

罗山说：“饭店的危险主要是投毒。”

吴邑说：“对！毒品在哪儿？我给梅东岭做了安排，一定要尽快查出来。”

罗山说：“为什么不立即抓捕？抓捕了审问嘛！”

吴邑说：“当然可以立即抓捕。我想，在这个当口，特务们一定联系频繁，我们把他们一个一个都监视了，等摸清楚了，一网将其捕光。首长的意思是除恶务尽。我们一定要利用好我们的监视，只有这样，才能达到除恶务尽的目的！”

"明白！"罗山点头。

吴邑说：“马斯利这帮特务的主要问题就是村田成一。”

罗山说：“我们一定想办法尽快找到他！”

吴邑皱起眉：“是啊！时间这么紧，觉都睡不着啊！”

就在这时候，电话的铃声骤然响起，吴邑伸手拿起听筒。是小董的报告："报告处长，村田成一出现了！"

"什么？"吴邑一听就兴奋起来，"村田成一出现了？……在哪儿？"

小董报告了位置。

"……好，好好！你监视好，我们马上过去。"吴邑放下电话，对罗山说，"村田成一去了马斯利处，小董跟踪到了村田的住处。豆腐巷七十八号。"

罗山一击手掌："这就好办了！我立即过去。"

吴邑说："好，你现在就去。我马上给首长请示！对马斯利这帮外国特务立即实施抓捕！"

3 郭闹闹想找个大酒馆，廖响不让，"能喝酒就行！"

三个人来到了义利饭店。廖响在门口的木刻对联前停了下来：

东不管西不管酒管

南也罢北也罢喝吧

廖响看着，不觉就读出了声。

"廖先生！"郭闹闹回来喊他。

"为什么这样写？我好像在哪儿见过这样的对联。"廖响问。

"你这个问题，我还真球知道！"郭闹闹拉住廖响的胳膊，"走，里边我球跟你说！"

三个人坐下来，要了一瓶汾酒，四凉四热八个菜。凉菜快，和酒一块儿过来了。

"四一二！"廖响轻喊一声，往外使了个眼色，他显然还想着门前的对联。

郭闹闹倒了酒，说："球，先喝一杯！"

三个人举起杯。

"发财啊！"开北方祝酒。

"发财！"廖响和郭闹闹一起说。

三个人饮下了第一杯酒。

"这家老板开饭馆，这球地方正好是两个派出所的接合处，所以，他就把球一副老对联刻在了这里。"郭闹闹端起酒杯，"来，再干一杯！"

"干一杯！"廖响说，"只饮三杯啊，等任务完成，我请两位弟兄好好喝!"

"好的,三杯!"开北方率先响应。

"三杯就三杯!"郭闹闹又给两人倒上酒,"'刺天'成功了,我球一定把自己泡在酒缸里!"

廖响说:"你这要求是小菜一碟!到时候,你跳到法国女郎的红葡萄酒缸里都可以!"

郭闹闹说:"那就红葡萄酒的酒缸!球,再来一杯!"

开北方说:"最后一杯啊!闹闹现在见酒就醉!"

"放心球,今天一定不醉!"

三个人又饮一杯。

郭闹闹说:"哎,廖先生,你在红葡萄酒的酒缸里泡过球没有?红葡萄酒泡澡,会不会把全身都泡球红?"

开北方说:"有醉意了吧!"

"老板,小瞧人了不是?"郭闹闹举着酒杯,"球,三杯酒会醉人?我只是想起来法国女郎的红球葡萄酒了!"

"'东不管西不管酒管,南也罢北也罢喝吧。'二三七,今天我们奖励一下四一二,四杯吧!"

三个人再次端起酒杯来。

4

上级的命令下达了:

立即抓捕以马斯利为首的美国中情局特务!

吴邑处长马上部署战斗任务,全处的同志们迅速到齐。

"同志们!"吴邑处长一声喊。

"到!"所有的战士一起立正站定。

"马斯利、东口夷人、村田成一、洛德、颜成坤,现已经查实,他们是美国中情局的特务小组,任务是在我们建国大典时炮击天安门,破坏建国大业。上级命令我们,立即对之实施抓捕。除恶务尽,不使一人漏网!"

"坚决完成任务！"全处的同志们再次高声保证。

"现在，我命令。"吴邑面对大家：

"罗山！"

罗山挺胸："到！"

"你带两名战士，抓捕村田成一！"

"是！"

"于兵！"

"到！"

"你带两名战士，抓捕东口夷人！"

"是！"

"鲁战凯！"

"到！"

"你带着两名战士，抓捕洛德！"

"是！"

孙觅挺胸看着吴邑。

吴邑终于喊了她："孙觅！"

"到！"

吴邑问："你监视过马斯利吗？"

孙觅朗声回答："监视过！"

"好！"吴邑喊一声，"你带两名战士，抓捕马斯利！"

"是！"

吴邑问："谁在监视颜成坤？"

罗山说："小金和小林。"

吴邑说："通知小金和小林，由他们抓捕颜成坤！"

"是！"罗山回应。

吴邑看一下表："现在是下午三时，大家对一下表。"

罗山等摘下手表，迅速地校准了时间。

吴邑说："三个小时的准备，六时整，同时抓捕！"

众人齐应:"是!"

吴邑一挥手:"出发!"

众人鱼贯而出。

5

豆花巷五十三监视点里,于兵终于等到了从外边回家的东口夷人。"出发!"于兵一声轻喊,两个战士悄悄地出了屋门。

日籍特务东口夷人左胳膊夹着黑色的公文包,迈着沉稳有力的步伐走到了豆花巷五十二号的院门口,掏出钥匙,插进锁孔,刚刚把门打开,冲到身边的于兵掏出手枪,对准了他的脑袋:"举起手来!"

两个战士不由分说,上前将其抓捕。

东口夷人转过脸来:"你们是——"

于兵掏出证件:"我们是政治保卫处的保卫人员,你被捕了!"

鲁战凯的任务是抓捕洛德。当他们来到佛德公司的时候,洛德正开着汽车从公司出来。

小海上前,示意停下。

洛德停住车:"干什么?"

鲁战凯来到驾驶室边,掏枪对着洛德:"下来!"

洛德想跑,脚踩油门。

鲁战凯猛地拉开车门,一把将洛德拽了下来。

小海等上前,将其制伏。

抓捕颜成坤的是北平市公安局的警官林正和战士小金。小金就是负责监视的那个战士,当接到抓捕命令的时候,他正在王府井的街上跟踪颜成坤。

"站住!"小金一声喊。

颜成坤吓坏了,转身就想跑。

林正一个饿虎扑食,将颜成坤按倒在地。

"光天化日之下,你们要干什么……"颜成坤无力地嘟囔着。

林正将其绑了:"让他看看!"

小金掏出逮捕证，送到颜成坤眼前："你被逮捕了！"

最好玩儿的是马斯利。

当孙觅带着战士轻轻敲响马斯利院门的时候，马斯利正在屋子里擦拭着他的左轮手枪。听见敲门，马斯利先是一惊，当他透过门缝儿悄悄观察的时候，孙觅的喊声传来了："马先生！"

马斯利听是女声，连忙把手枪放在沙发垫下。这才跳着往外走，到了门边，他问："哪位姑娘？"

孙觅软了声音："我，你认识。请开门，马先生！"

"美术社的姑娘吧？"马斯利又问。

"您真好记性！"孙觅声音安详、甜美。

"美丽的姑娘们，你们的国旗绣好了？"马斯利开了门，弯腰做一个请的动作，"请——"

三个人一拥而进。

马斯利急了："哎，你们——"

孙觅掏出逮捕证："马斯利，你现在被逮捕了！请放老实点！"

马斯利听了，反而不急了，说："姑娘，你们是不是抓错人了？我是意大利人马斯利，是奉公守法的良民啊！"

两个战士上前把马斯利抓住，戴上了手铐。

孙觅轻声说："搜！"

"姑娘，你不会有收获的！"马斯利努力保持镇静，但声音一下子疲劳了很多。

最麻烦的还是村田成一。当罗山带着战士小董、小策敲响七十八号院门的时候，院子里一直没有应答。

罗山知道危险，说："我先进院打开门，你们再进去！"说过，一跃过了院墙，猛地拉开院门。

三个人直扑主房。

罗山猛地一推，屋门开了。

三个人举枪冲进屋里。

"村田成一,你被逮捕了!缴枪不杀!"罗山喊过,一跃换了个地方。

仍然没有回音。

村田成一的住室是一个榻榻米,推拉门关着。

小董猛地推开屋门。

屋内仍然没人。

被褥整齐地叠着。

罗山冲进另一间屋子。

室内一张书桌,桌子上散乱地扔着些报纸。

罗山伸手在椅子上摸一把,椅子上竟有尘土。

后墙上是一张高腿床。床上被褥整齐地叠着。

小策冲进东厢房,厢房是一个厨房,饮具都在。

三个人回到当间。

桌上的座钟还在走着。

茶几上的茶杯里还泡着茶水,罗山上前摸了摸。

小董问:"还热吗?"

罗山摇头。

"村田跑了?"小董很惊讶。

罗山说:"院门闩着。屋门开着。这说明,他就在室内。再搜!"

6

保卫处办公室的电话铃声相继响起:

"报告处长,洛德落网!"

吴邑大声喊:"祝贺你们!"

吴邑刚放下电话。

铃声再起:"报告处长,东口夷人落网!"

"祝贺你们!"

"报告处长,颜成坤已被抓捕!"

"祝贺你们!"

"报告处长，马斯利落网，在他屋里发现一门迫击炮和十二发炮弹，还有八支步枪，三支手枪，三百多发子弹……"

"做得好孙觅！表扬你！"吴邑放下电话，在屋里来回走动。

说实话，该抓的人相继落网，这在吴邑处长的判断和掌握之中。他有这样的习惯，在没有彻底完成任务之前，他不敢有一丝一毫的放松。这次的抓捕，本应该悬念不大，但他最担心的还是那个可能执行打炮任务的日本人村田成一。真可谓，怕鬼有鬼，罗山的抓捕还是出了问题。

罗山带着小董、小策搜遍了豆腐巷七十八号的角角落落，始终没有发现村田成一。罗山的眉头越皱越紧。

小董也很纳闷儿："没有发现他逃跑的痕迹啊！"

罗山说："一定会有地洞！"

小董等二人点头。

"寻找地洞！"罗山说。

"是！"小董和小策应着。

"小董，你找院子！"

"是！"

"小策，你找厨房！"

"是！"

罗山自己走进正房里挪动了榻榻米。

小董拿了根棍子，在地上捣着。

小策是河北人，有过钻地洞躲鬼子的经历，他来到厨房，猛地掀开锅盖……小策感觉哪儿臭，一扭脸，看见了地上的脏衣服："罗山同志，这里有几件臭衣服！"

罗山和小董走过来。

"一股下水道的味道！"小董说。

罗山说："你们两个在这儿蹲守，如果村田成一知道我们在抓他，他就会一去不返。如果他不知道我们在抓他……"

小策说："他怎么会不知道，人都跑了！"

罗山问:"小董,你从监视他来这屋,到打完电话再回来,一共有多长时间?"

小董想了想:"大概四十分钟!"

"怎么用了这么长的时间?"

小董说:"这个地方公用电话间很少,我跑了十八分钟才找到。"

"啊!"罗山皱起眉峰,"会不会是他发现了你在跟踪他,他于是在你打电话的时候跑了呢?"

小董下意识地摇头。

罗山分析着:"这很有可能!你看,他发现了你在跟踪,他就知道自己有危险了。然后,他来了个反跟踪。当发现你去打电话报警的时候,他逃跑了。"

小策说:"他会跑到哪儿呢?"

小董说:"是啊!他们的同伙在同一时间都被抓捕,他会逃到哪儿呢?逃到哪儿会不被抓捕呢?"

"这样,你们两个在这儿坚守,我回处里汇报!"罗山说。

"是!我们继续寻找!坚决不能让他跑掉!"小董说过,拿着棍子又去院子里捣起来。

罗山一头汗水进了办公室。

吴邑看见,马上站了起来:"怎么样,罗山?"

"报告处长,村田成一没有抓到!"罗山说过,面现赧颜。

"为什么?为什么没有抓到?"吴邑忽然火了。

罗山面现难过之情,说:"当我们冲进屋子的时候,人早就没影了。"

"是小董监视的地方错了吗?"吴邑处长太紧张了,这会儿他忽然意识到了这一点,缓和了语气。

罗山说:"不是。我怀疑,村田成一从马斯利住处离开的时候,发现了小董的跟踪。于是,在小董外出打电话的时候,他逃走了。"

"这叫失监!这要追查小董责任的!"

"处长……"

"为什么不一直监视下去,等到有人接应。这给我们的工作造成了极大的被动。"吴邑的怒气又起来了。

罗山正要解释,吴邑处长忽然问:"罗山同志,你准备下边的工作如何进行?"

罗山说:"处长,我的意思,虽然村田成一跑了,但我们还是发现了他。所以我建议:一要印他的画像,贴在街上,让每一个北平人都能监视他,这样,他就没有了活动余地。更何况,马斯利等人都已落网,满城张贴村田成一的画像,也不至于影响案情。二要在天安门附近的居民区加强警戒,如果不能每家每户住上一名战士,那也要让更多的战士在天安门附近巡逻,一有情况,立即处理!三要仔细搜查村田成一的住处,希望能有新的线索。"

吴邑想了想,说:"好吧!"

7 开北方坐在冥衣铺的椅子上发呆,准确地说是发愁。

郭闹闹走了过来,说:"老板,还是要说服翁世界,让他给他爹亲自过球六十六大寿!"

开北方说:"我就是在想这个事!可是,他要是不同意咋办呢?魏老头儿要是非得让他去咋弄呢?咱又不能硬做!"

"不急,咱再想想!"

"咋不急?马上就到时间了!"

郭闹闹笑了,说:"要不,咱俩再喝两杯?"

开北方说:"喝两杯就喝两杯,反正酒还有呢!"

开北方一答应,郭闹闹立即把酒拿来,又把原来没吃完的菜也摆上。

开北方说:"喜酒闷烟。可他娘的咱哪有喜呀?"

"啥球喜!喝酒就是喜!"郭闹闹把酒斟上。

两个人干了一杯。

郭闹闹又斟。

冥衣铺忽然响起敲门声:笃笃笃,笃笃笃……

开北方小声:"谁?"

"你先躲一下，我去看看。关键时间，只要不是王反水！"郭闹闹嘟囔着走过去，"谁呀？"

"我呀，开老板！"

声音很熟悉。

郭闹闹一开门："哎哟！翁师傅！"

"打扰了！"翁世界一抱拳。

郭闹闹一扭脸："老板，翁师傅找！"

开北方连忙走出来："翁老弟，这么晚才回来？快进来快进来！"

翁世界走进来："可不，我是回来看看师母。师母一病，师父心里着急，也跟着感冒了，扎彩灯的速度就受了影响。后天就是'十一'了，天安门要使用了。所以，今天夜里是要争取绘完的。如果绘不完，也不会过了明天上午十点钟。"

开北方专注地看着翁世界。

郭闹闹捅捅开北方。

开北方回捅他一下。

好在是夜晚，他们的动作也不大。

开北方说："魏师傅亲自绘吗？"

翁世界说："师父感冒了，现在主要是我绘。正因为是我绘，所以我才说争取夜里绘完呢！"

开北方说："辛苦辛苦，辛苦翁老弟您了！"

郭闹闹捅一下开北方："老板，你不是也会绘几笔吗？"

翁世界说："不用不用。我的意思是这样的！"

两个人都不说话，紧张地看着翁世界。

"我要是把彩灯绘完了，就想赶着挂上去。可师父说，刚绘完，还要等色彩干一干再挂，这样，时间就晚了。我父亲不是六十六大寿嘛……"

开北方说："翁老弟，能不能让我去挂？你为新中国的建立绘了一夜彩灯，挂灯的光荣你就让给我行不行？别的我不会，挂挂灯，出出力，这还是胜任的！"

翁世界笑了："我的意思，也是想请您过去帮忙！"

开北方高兴地说："太好了！"

郭闹闹说："天助我也！"

开北方拍了郭闹闹一掌！

郭闹闹说："老板一直想为新中国的建立出力，这下子该球光荣了！"

翁世界说："本来我还想坚持一下，你知道这一段时疫病，我两个弟弟都病了。我弟兄三个，我是老大。师父也受不住了，特地批准我给老爹祝寿！他说，只要彩绘了，挂灯找两个战士帮忙也行。我想，解放军战士日日站岗，夜夜值勤，最好还是不麻烦他们！"

开北方说："那是那是。翁老弟，我发现你最会虑事。咱自己去，肥水不流外人田，又做事了，又光荣了！打虎亲兄弟，上阵父子兵。哪胜咱自己呢！"

翁世界说："您说，您不介意？"

开北方说："介意？我求还求不来呢！"

"来来来，翁师傅，喝两杯，喝两杯再走！"郭闹闹说着，上前拉住翁世界。

翁世界说："不不不，我现在马上还要走！"

开北方也上前拉住："翁老弟，我们正没事喝闷酒，你这一来，我们不闷了，无论如何你得喝两杯再走！"

翁世界犹豫了。

郭闹闹拉住他左胳膊，开北方拉住他右胳膊，把翁世界拉到了酒桌边。

开北方亲自倒了酒，端给翁世界。

郭闹闹说："来，干一杯！"

开北方也举起酒杯："干一杯，翁老弟！"

翁世界端起来，三个人一仰脸，喝了。

开北方再劝："坐坐！"

翁世界不坐。

开北方说："三杯！喝三杯再走！"

郭闹闹站起来又拉翁世界："古人云，见酒不喝有罪！球，三杯！"

开北方忙又斟酒。

翁世界坐了下来。

8

审讯连夜进行。第一场是马斯利。

吴邑主审。罗山副审。于兵记录。

吴邑问:"马斯利,知道我们为什么要抓你吗?"

马斯利抬起头:"因为我是意大利人,你们害怕我们在你们新中国建国的时候搞破坏!"

吴邑一笑:"说得好!你准备搞些什么破坏?"

马斯利说:"我没准备搞什么破坏,我只想试一试屋里的这门旧炮,看是不是还可以派上用场。"

吴邑说:"这么说,你承认,你准备在我们新中国建国的时候攻击新政权了?"

马斯利说:"我只是想,还没来得及把想法付诸实施,就被你们请到这儿了!"

吴邑问:"你的同伙都有谁呢?"

马斯利说:"我没有同伙。我是一个军火商人,什么样的火炮都会使用。"

"你是说,你自己就可以了,是吗?"

马斯利点头:"是的。"

吴邑哼了一声:"马斯利,马先生,你真是不老实!那我问你,东口夷人和你是什么关系?"

马斯利也用鼻子哼了一下,说:"东口夷人是我的朋友。不过,他答应帮我一起行动。"马斯利一听吴邑的话,知道东口夷人也被抓起来了,于是就顺水推舟。

吴邑问:"你们准备炮击哪些地方?"

"计划当然是天安门了。因为这个地方影响大!"

"什么时候炮击?"

马斯利骄傲地说："十月一日！"

吴邑尽管猜到了敌人的阴谋，内心还是吃了一惊："为什么选择这个日子？"

马斯利一笑："你们比我更清楚，因为这天是你们新中国的建国之日嘛！"

吴邑又用鼻子哼了一声："你们准备的什么炮？"

"德国造迫击炮。"

"准备了多少发炮弹？"

马斯利想了想："十一发吧！"

"为什么是十一发？"

马斯利又一笑："因为那天是'十一'嘛！"

"你的同伙都有谁？"吴邑忽然转了方向。

马斯利看着吴邑，似乎想从他脸上判断出案子的内情。稍停，回答说："四个人。"

吴邑提高了声音："哪四个？"

马斯利说："日本人东口夷人，德国人洛德，贵国的颜成坤和鄙人。"

"分工呢？"

马斯利说："我和东口夷人负责打炮。洛德负责联络。颜成坤负责翻译和沟通。"

"还有其他人吗？"

马斯利又笑了，说："我当然希望再有几个人。可惜，就只有这几个人了！如果不是被贵党抓获，几个人也可以搅动天下了！"

"哼哼！"吴邑又一笑，就让人把马斯利押了下去。

9 金葵花不想死，但她又不敢到医院看病。她知道她真的被投了毒。她知道她谁也靠不住，在小荷的催促下，她决定连夜动手，自己配药解救自己。小荷搀着金葵花走进实验室。

金葵花捂着肚子，但她勉强撑着。

小荷说:"妈妈,你说我配,行吗?"

金葵花坐在椅子上喘着,点了点头。

小荷走上前。

金葵花指着一个瓶子:"打开!"

金小荷连忙打开。

金葵花也不知道能不能救自己,她在做最后的努力,或者叫挣扎。

药配好了。小荷在玻璃杯里把药水摇匀了,递给妈妈,轻声说:"妈妈,喝吧!"

金葵花接过来,猛地泼在地上。

小荷高叫一声:"妈!"

金葵花身子一歪,靠在椅子上。

小荷抢过杯子,又从那只玻璃瓶子里倒了半杯。

金葵花坐在椅子上喘气。

小荷再一次端起药来,小声劝妈:"妈妈,喝了吧!"

"医不自治。我治不好我的病!"金葵花无力地摇了摇头。

小荷说:"自己配的自己喝,你知道咋治。为了你和爸爸的女儿,妈妈,你一定要喝下去!"

金葵花接过来,孩子似的看一眼女儿。

小荷两眼含泪,她努力笑着,用鼓励的眼神看着妈。

金葵花一扬脸,把半杯药喝了下去。

小荷哭了,说:"走,妈妈,咱去休息!"

金葵花在椅子上闭眼又休息了一会儿,这才在女儿的搀扶下站了起来,说:"药!"

小荷点头,说:"知道!"小荷应着,拿起那半瓶子刚刚配好的药水。

金葵花用目光示意:"防着……"

小荷使劲点头:"嗯!"

小荷扶着金葵花再次回到一楼西间的卧室里躺下,小声说:"妈妈,既然他说他没有下毒,既然医生说你是中毒,那我们还是要进医院治疗,用不着再这样折磨自己。"

金葵花没有接女儿的话，她问："你给梅东岭又打电话了吗？"

小荷摇头："没有。"

"你真的喜欢他吗？"

小荷压低声音："真的喜欢。"

金葵花一笑："他真的喜欢你吗？"

小荷声音更低："我不知道……应该、肯定喜欢……"

金葵花看女儿一眼："他和你待在一起的时候高兴吗？"

小荷点头："高兴！"

"是真的高兴？"

"是真的高兴！"

金葵花累了，闭上了眼睛。

"他和我在一起的时候特别兴奋，他的眼睛闪闪发光，他给我唱歌，"小荷忽然停住，小声问，"妈妈，你问我这个干什么？"

金葵花睁开眼："我是你妈妈，我想问……"

小荷趴在金葵花耳边说："梅东岭是个好人！"

妈不吭声。

小荷说："妈妈，你答应我，让我带你去医院看病。"

金葵花仍然不吭声。

"妈妈，明天一早，我一定要带你去看病。你不能老这样挺着！"小荷说着，泪水就出来了。

金葵花看见了，扭过头去。

10

马斯利被押走了。

罗山说："看来，这个马斯利还是配合的。"

吴邑说："他为什么不说村田成一呢？他们真的不是一伙吗？"

"是啊！看看东口夷人咋说！"

吴邑说："带东口夷人！"

于兵走出去，大喊一声："带东口夷人！"

东口夷人被带了过来，这是个典型的军人，在凳子上坐得笔直。

吴邑仍是主审："东口夷人，知道为什么抓你吗？"

东口夷人摇头："不知道。"

吴邑把从他屋里搜出来的东西摆上桌子，举起那份炮击天安门的草图："这是你画的吗？"

东口夷人面无表情："是。"

"画的什么意思？"

东口夷人说："我是画的想象图。"

吴邑说："东口夷人，我们共产党的政策你应该知道。坦白从宽，抗拒从严。何去何从，这是给你的最后机会。你以为我们不知道你犯罪的事实吗？如果我不知道，为什么要抓你？你们的情况我们监视了很久，想逃过我们的眼睛是不可能的。说，你们的真实意图是什么？"

东口夷人想了一会儿，他抬起头，开始配合："这是一张犯罪的草图。我们的意图是炮轰天安门。那个抛物线，是指炮弹的抛物线。"

"天安门城楼上的这个人呢，指的是谁？"吴邑指着图画正中的那个简笔小人像。

东口夷人毫不避讳："毛主席。"

吴邑禁不住冷笑了一声："你们小组一共几个人？"

"四个人。"

"都是谁？"

东口夷人停一下，似乎是想了想，说："马斯利是组长。组员有我、洛德和颜成坤。"

"还有人吗？"

东口夷人摇头："没有了。"

"你的任务是什么？"

"我是主炮手，马斯利是副炮手。"

"炮在哪里？"

"炮在马斯利组长的住处。"

"炮弹准备了多少发？"

东口夷人又停一下："二十多发吧！"

吴邑大声问："究竟多少？"

东口夷人说："这由马斯利组长负责！"

"村田成一你认识吗？"吴邑忽然转了方向。

东口夷人很狡猾，说："听说过名字。"

吴邑盯着他："没有见过？"

东口夷人点头："没有见过。"

吴邑掏出他们在海边的那张照片，指着东口夷人和村田成一："这两个人是不是你和村田成一？"

东口夷人头上的汗出来了："你、你们从哪儿弄到这张照片的？"

吴邑一笑："还记得你的皮包被抢吗？他，就是抢你皮包的人！"

吴邑指着罗山。

罗山轻蔑地一笑。

东口夷人愣了："啊！"

"休想蒙混过关，狡辩抵赖，你必须好好交代，不然，只有死路一条了！"吴邑说着，又是一笑。

东口夷人急了，说："我交代！我交代！可是，村田成一我不认识。这上边的人叫五步川新彦。"

"噢？"吴邑一愣，"五步川新彦是干什么的？"

"他是我的朋友，已经回国了。这张照片就是送五步川新彦回国时照的。"照片上的人影太小。东口夷人想蒙混过关。

吴邑冷笑一声："东口夷人，你真是不到黄河不死心啊！我们再给你半天时间，想好了给我说！"

东口夷人点头："嗨依！"

吴邑一声喝："押下去！"

东口夷人被押走，于兵问："还审吗？"

"审！全部审一遍！"

"是。现在带人吗？"

吴邑往椅子的后背上靠了一下，说："我睡十分钟！"

"好的，我们出去！"罗山示意于兵，两个人轻轻走了出去。

吴邑在椅子上靠实，双腿跷上桌面，闭上了眼睛。

11 亚洲饭店的夜里，梅东岭和梁书记都没有休息。今天是二十九日了，还有重要的事情没有定下来。

"遵照吴处的指示，我以看牙为名，专门去了一趟金口牙科诊所，见到了毕应冬。"梅东岭给梁生泉书记汇报。

梁书记很关心这件事，连忙问："像褚一魁吗？"

"面容真是大变了样子，只是有两个地方没有改，脸盘子没改，还是那个大方脸，眼睛没有改，还是那个豹子眼。"梅东岭比画着，他还在为他的发现高兴着。

"太好了！"梁书记呼地就站了起来，"我们找了他多少年你知道吗？他破坏了我们在北平的地下电台，你知道，那是国共谈判委员会撤销后党中央留下来的地下电台。我们有一百多个共产党员惨遭毒手。这下子好了！哎，我们饭店和褚一魁的关系密切吗？"

梅东岭说："我给吴处进行了汇报。吴处认为，亚洲饭店是褚一魁关注的重灾区！"

"噢？"梁书记一愣，他一直以为亚洲饭店的工作是很好的。

梅东岭说："大厨杜津卫就是个特务！"

"确定吗？"

梅东岭点头："确定！"

梁书记立即站了起来："我建议，立即把杜津卫抓起来，免得他狗急跳墙，给我们搞破坏。亚洲饭店可是不能出丁点儿差错的地方啊！"梁书记一直沉稳，没想到他这时候急了。

梅东岭说："那是一定的！不过，吴处还想让再等一等。"

"为什么？"梁书记激动起来。

"吴处认为，只要是特务，他们就得来往。我们发现了他们，严密地监视着他们。可他们并不知道。吴处的意思是，张开大网，争取将他们一网打尽。"

梁书记吸了一口气："这太可怕了！他就在饭店。他天天给领导做饭。这真是太可怕了！我建议，还是要立即抓起来！"

梅东岭说："我也是这样想，但既然领导这样考虑，那我们就只有执行。"

梁书记在屋里走了几步，说："作为一个党员，我保留建议的权利！我要给组织上写信！"

"太紧了，来不及了！"梅东岭说，"明天就是九月三十日啊！"

"那也要写！"梁书记站起身，"我现在就写！"

12

冥衣铺里，开北方躺在床上，大睁双眼睡不着。

在他旁边，郭闹闹临时打了个地铺。天热好将就，郭闹闹躺在地上，努力地闭起眼睛。

开北方翻了个身。

郭闹闹也翻了个身。

开北方猛地坐了起来。他身下的床吱扭了一声。

"球，你不睡了？"郭闹闹睁开了眼睛。

开北方说："睡不着！"

郭闹闹说："你说怪球不怪，以前我沾床就睡，今天夜里邪球门了，眼睛涩都不涩一下。右眼皮还老是跳。你说是球好还是不球好？"

开北方说："啥球好球不好，我的眼皮也跳。睡不着，眼不舒服嘛！"

郭闹闹也坐了起来："不是不是。俺那儿说，是左眼跳福，右眼跳祸。我球就是右眼跳。"

开北方说:"明天一早我就去天安门了,可是廖先生还不知道翁世界找了咱。他会不会耽误炸弹的事啊?"

黑暗中,郭闹闹摇了摇头,说:"你是操心这球事啊,不会耽误!廖先生那可是个精细的人,保准一早就到。"

开北方站了起来:"那当然更好。我就怕咱还没起,翁世界来喊了。你没看,那家伙可是个勤快人啊,腿又细又长,一看就麻利!要是狗,也能抓住兔子。"

郭闹闹说:"那你早点儿出去。廖先生不来你别球回来。哎,你说,廖先生为啥非要走恁早干球哩?以前老在这儿吃饭喝酒!"

开北方说:"他也得回去准备不是。"

"也是哩!"郭闹闹说,"廖先生住在哪儿?我看他老球有鼻子有眼儿的,看上去很干净,身上老有个女人的怪味,甜乎浓浓的。肯定有球女人打理他!"

开北方说:"留学美国的人哪能像咱,人家到哪儿都有人招待。"

"老板,你说咱要球成功了,会不会也像廖先生一样有鼻子有眼儿,到哪儿都有球女人?"

开北方声音忽然高了:"那是肯定的!"

"真球肯定?"

"肯定真球肯定!"

郭闹闹也站了起来:"看来,真得好好干球一火!"

两人说了一会儿,开北方打了个哈欠,连忙又躺下了。

哈欠染人。郭闹闹也打了一个。跟着开北方也躺下了。

开北方问:"闹闹,你家里有多少地?"

郭闹闹说:"我家地不多。早几天我回家,其实没球进村。"

"为什么?你不是见老人家了吗?"

"我是躲在我姐家,请我姐把老爹接过去见的。"

开北方"啊"了一声,语气里似有遗憾的感觉。

郭闹闹叹口气:"我早年杀过人!"

开北方又"啊"一声。语气是"理解"或者"平常"的感觉。

郭闹闹不管开北方的感觉，他自顾自地说下去："日本人在俺村修了炮楼，胆儿小的都当球保安队，跟着日本人干事。胆儿大的就当球游击队，跟着共产党打鬼子。我正好夹在中间，我胆儿不大，但也不算小，一时成了他们争取的对象。双方都说我重要，我球会重要？可是双方都找我。我有个表哥是保安队的副队长，他到我家来说，又给我送了两盒球鬼子的洋烟，烟盒上一个大闺女，头发弯着的那种。我当时也拿球不定主意，跟着鬼子不踏实，跟着游击队就踏实了？一进保安队，遇上了一件事，游击队的小队长钢蛋儿受伤被球抓了。他想策反我。我感觉他说得也对，跟着鬼子干，这名节算啥哩？早晚非出事不可。他策动我和他一起逃跑，我也答应了。谁知道隔墙有耳，刚想跑被汉奸歪八圈带球鬼子抓住了。我坚决不承认。我表哥也保我。鬼子听不懂中国话，我表哥又会几句日本语。鬼子相信我表哥，可他又要我证明我不是逃跑，这球鬼子也狠，他把枪上了膛，比画着要我枪毙钢蛋儿。我他娘的好为难！游击队的人都他娘的人物，钢蛋儿说：'兄弟，咱俩咋着也得活一个啊，你就开枪吧！'鬼子问他说球啥，我表哥说是骂我的。一横心，我就开枪把钢蛋儿球打死了。那么多人都在场，我亲手球打死了八路军游击队的小队长，你说，我还能回去不能？"

　　开北方叹了口气，说："你当时也是没有办法了！"

　　"不是是球？"郭闹闹也叹一声，"逼住了吗？你说，我要是不开枪，我们俩，甚至连我表哥都球得完蛋！"

　　开北方又说："要说，这不能怪你！"

　　郭闹闹说："说是不怪我，可是不怪我怪球谁呢？后来我多次想，要是我一调枪头，一枪把球鬼子打死了，那该会是啥样呢？"

　　开北方说："啥样？你当时就被鬼子枪杀了。"

　　郭闹闹说："也不球一定。当时就两个鬼子，一个鬼子把枪给我了，一个鬼子端个枪比画着。我要是掉过头，先打死拿枪的那球货，再调过头打这球鬼子，说不定，我还是抗日英雄哩！这一回，球！成罪人了！"

　　开北方说："闹闹，谁说的，都是天涯沦落人，相逢何必多叹气。咱攒住力气再弄这一回，赢了，上天堂，吃香喝辣，用葡萄酒洗澡。输了，下地狱，愿杀愿剐，下油锅。孬好就这一锤子了！"

郭闹闹说："你说我这右眼皮老球跳！"

开北方说："你闭上眼睛，使劲闭，一会儿就好了！"

郭闹闹使劲闭上眼睛。

"谁也不准再说话啊！"开北方说。

"球哩，不说话！"

13

吴邑处长发火了，他说"睡十分钟"，可他醒来的时候竟然过去了二十分钟，罗山和于兵竟然没有喊他。"我的话你们听到了吗？二十分钟是十分钟的两倍知道吗？"

罗山不是不知道。"睡十分钟"是处长的口头语。这几天处长太累，他几乎是没有睡觉。罗山真的不忍只让他"睡十分钟"，他是真的想让他多睡一会儿。

好在，时间并没有损失太多。洛德被带来了。

吴邑问："洛德，知道我们为什么抓你吗？"

洛德答："知道！"

"为什么？"

"因为我参与了破坏新中国的建国活动。"

吴邑笑了，问："你们的小组一共几个人？"

洛德想了想，说："五个。"

"都是谁？"

洛德的脸更红了，他侧过头，做出想的样子："组长是意大利人马斯利，组员是日本人东口夷人，日本人村田成一，德国人洛德，中国人颜成坤。"

真是德国人，回答得准确明晰。

吴邑拿出照片："你认认这张照片上的人都是谁。"

于兵接过照片，走到洛德面前，让他辨认。

洛德指着照片："这是我，意大利人马斯利，日本人东口夷人，日本人村田成一，中国人颜成坤。"

吴邑说："你确认不会错？"

洛德点头："肯定不错。"

于兵把照片送到吴邑面前的桌上。

吴邑说："洛德，你们准备怎么样破坏新中国的建国活动？"

"用迫击炮炮击天安门。"

"迫击炮在哪儿？"

"马斯利的住处。"

"你见过吗？"

洛德摇头："没有。"

吴邑问："炮弹准备了多少发？"

洛德摇头："不知道。"

"你的任务是什么？"

"联络。"

吴邑问："你都联络过谁？"

"我去天津买过船票，给商店送过鞋子。"

吴邑问："还给谁送过东西？比如给村田成一？"

洛德想了想，使劲摇头。

洛德一押走，颜成坤坐在了被审的位置。

主审仍是吴邑处长。

"你叫什么名字？"

"颜成坤。"

"做什么工作？"

"在意大利佛德公司的办公室，主要从事翻译工作。"

"知道为什么抓捕你吗？"

"知道。参与了特务集团的反革命工作。"

吴邑大声说："具体点。"

颜成坤说："马斯利他们要破坏新中国建国的伟大事业，我跟着他们跑了。"

"特务集团一共有多少人？"

颜成坤抬起头："五个人。马斯利、东口夷人、村田成一、洛德和我。"

"你们准备着怎么破坏？你要老实交代！"

"我交代！我一定都交代！"颜成坤大声说，"马斯利猜着新中国要在十月一日宣布建国，他到处打听，还到过隔壁的美术社打听过绣国旗的姑娘们。他们想在这一天炮击天安门，阴谋杀害新中国的开国领袖。"

"炮在哪里？"

"在马斯利屋里。"

"你见过吗？"

"没有见过。但我知道。"

"没见过你为什么知道？"

"因为马斯利多次说过。"

吴邑提高了声音："谁负责打炮？"

"村田成一和东口夷人，以村田成一为主。"

"为什么？"

"因为村田成一是关东军的特等射手。他多次去天安门广场进行过实地测量。"

"噢！"吴邑轻叹一声，"村田成一现在在哪儿？"

颜成坤抬头问："你们没有抓住他？"

吴邑说："我问你呢？"

颜成坤摇了摇头，说："我也不知道。最后的几天，根据马斯利的指示，他就不再露头。因为据他们分析，如果东口夷人的包是公安人员抢的，他们可能就暴露了。为了防止被一网打尽，必须有一个人藏起来，不能再暴露。这个人就是村田成一。据说他很厉害。马斯利说他打炮万无一失，不知道是不是吹牛。"

吴邑问："村田成一住在哪儿？"

颜成坤说："豆腐巷七十八号。"

吴邑说："他还有别的住处吗？"

"应该还有。因为我听马斯利说过，说有一个地方很重要。"

"这个地方在哪儿你知道吗？"

"这个我真不知道。"颜成坤说过，又重复了一句，"如果我知道，我一定会向您报告的！"

当九月三十日第一缕晨曦挑开天幕的时候，四个特务的第一轮审讯全部结束。

"抓紧时间休息，上午还有会议！"吴邑的眼睛里都是血丝，他关切地对罗山和于兵说。

"处长，你也要休息！"罗山说。

"我没事。长征的时候，我们三天三夜……"吴处在太阳穴上按了两下。

第三十一回　女教师越陷越深　金葵花越病越重

> 主宰三界非为主
> 酷学母仪不是母
> 皇帝忌惮费口舌
> 宰相也怕入了腹
> ——打一字

1

廖响回来了。

廖响回到了苗蓝老师的住处。自从他来到北京，找到苗蓝，他就一直住在这儿，他是苗蓝的男友。苗蓝对人家说，这是她表哥。

廖响掏出来两件上衣："蓝，我看上了两款上装，买过来你穿穿，看合不合身？"

苗蓝接过来，在身上比了一下。

廖响笑微微地看着她："你试试！"

苗蓝穿了一件，这是一件列宁装，大翻领的天蓝色上装，像一片蓝天飘进了屋里。

廖响说："真漂亮！走一走。"

苗蓝露出笑容，在地上走了几步。

"好！"廖响伸了一下拇指，"再试试这件。我给店主说了，如果不合适，一周内可以换！"

苗蓝脱下那件，又穿上这件。

这是一件艳红色夹衣，穿上去一片明丽，像飘进了一朵鲜艳的朝霞。

没等廖响要求，苗蓝就在屋子里走了两趟。

廖响鼓了一下掌："好！就是专为你做的，真是太好了！"

苗蓝脱下来。

廖响说："不用脱了，你只管穿着吧！"

苗蓝还是脱了，她端了一盆热水过来，放在廖响脚下，说："响，你洗洗脚吧！"苗蓝喜欢喊一个字：响。"响"既是男友的名字，又与"想"同音，说明她一直在想他，想着他，想念他。这个字的含义太丰富，丰富得让人想掉泪。

廖响脱下皮鞋，坐在小凳子上。他太想洗脚了。虽然他总是坐车，可他要测量，要目测，要步测，还要寻找炸弹的安放之处。他不能光坐车，他走了很多路。苗蓝真的疼他，她是用手试过的水，温而不烧。

廖响坐下来，双脚伸进盆子里，温热的水躲闪了一下，便立即从四面扑上来，紧紧地抱住了他的脚。"嗯嗯，"廖响轻声呻吟了一下。

"热吗？"苗蓝连忙弯下腰来。

廖响摇摇头，说："太舒服了！"

苗蓝哈哈地笑起来。

廖响洗完了。苗蓝端起来洗脚水。

廖响站起来，上前要抢："蓝，水是你端来的，再让你倒脏水，我心里不安！"

苗蓝说："你哪那么多道理啊！"

廖响不听，抢在手里，走出去泼掉了。

廖响拿着空盆回到屋里的时候，苗蓝接过来盆子，忍不住要向廖响问话："响，我想跟你说说话。"

廖响打了个哈欠。

苗蓝说："你累了？"

"有一点儿。"廖响应着，又打了个哈欠。他真的不是应付苗蓝，一回到这里，他就全身放松了。一放松，他就想打哈欠，闹瞌睡。

苗蓝说："我想问你一件事，请你如实回答我。"

"噢，什么事，这么严重？"廖响笑了。

苗蓝不笑。苗蓝说："今天上午我给你洗衣服，刷鞋子，你的包压住皮鞋了，我一掂，这么沉。你没把包锁住，我就看见了里边的东西。我一直不问你的事，因为你是做买卖的人，不定要干什么事呢，可是我一看，吓了一大跳。那上边的英文竟然说都是'定时炸弹'。"

廖响的脸僵住了。

苗蓝继续说："我吓得一天没敢进屋，后来，我问了俺学校的一个工友，他原来在国军里当军官，他说定时炸弹要设定时间，不设定就不会爆炸，我才敢进屋。"

廖响为自己的松懈与失误深感懊悔。可是，他很快就反应过来了。专业训练课，就有一堂是"突发事件之应对"。对付苗蓝，他感觉还不算是突发事件，不过，她要到处问人，可就让他紧张了。廖响说："就问了他自己？"

苗蓝点头："就问了他自己。"

廖响又问："你还跟谁说了吗？"

苗蓝摇头："我跟谁都没说。"

"那个工友也没说？"

苗蓝又点头："没有。"

廖响禁不住叹了一声："聪明的姑娘！"

苗蓝看他不着急也不紧张，自己也放松下来了，又问："这究竟是怎么回事啊？"

廖响说："本来我想告诉你呢，又怕你不懂，解释不清，反而不好，我就没有告诉你。我是共产党的特工,负责破获一批敌特的炸弹。国民党和美国人在北平埋伏了二万多特务,需要我们一个一个清理。这是我找到的第一批炸弹,还有几批需要我们寻找。我不敢告诉你我的工作,因为这有危险,怕你害怕。不过不要紧,十月一日就要建国了。过了这几天,我们完成了保卫工作,我就带你回老家结婚去!"

"我的爱人,我太爱你了!"廖响在苗蓝额上亲了一下。

苗蓝说:"你真的应该早点儿告诉我,我会感到光荣的!"

廖响说:"这是秘密,千万不能对人说,最亲近的人也不能说!我这样跟你说,已经算违反了我们的纪律!"

"我知道。我一定给你保密!"苗蓝有些撒娇。

"多好的乖乖啊!"廖响抱住苗蓝。

"我要好好地爱你,给你生好多好多的孩子!我要让我们的孩子知道,他们的爸爸是共产党的特工!为新中国的建立做出过贡献!"

"说得好!"廖响说,"我爱孩子!尤其爱我和苗蓝生的孩子!"

苗蓝好感动,她一下子扑倒在廖响的怀里。

2 小董拿着木棍在豆腐巷七十八号院的地上一点儿一点儿地敲着,捣完了,又在墙壁上敲。

小策跟在他的后边:"小董,地洞可以这样敲吗?你给我,让我敲!"

小策从小董手里接过来,使劲地敲打着墙壁。院子捣完了。墙壁敲完了。不要说洞口,连可疑的地方都没有。

小董说:"我再捣一遍吧!反正这么长的夜也没事,万一找着了,那就是咱们的功劳!"

小策说:"这是北平,是大城市,上哪儿挖地道去,又不是我家乡的冀中平原。"

小董说:"我当然也不相信有地洞。可是,他会到哪儿去了呢?我就出去一会儿。难道这个老鬼子真像罗山说的,对我进行了反跟踪?趁我打电话的时候逃跑了？"

小策说："反正咱也没事，闲着也是闲着，你要真想找，我们接着捣就是了。"

罗山和于兵走进院子，两个年轻人连忙迎了上去。

罗山说："小董，你们这是干啥哩？一人手里一根棍。"

小董说："我怀疑地下有洞，就想找找洞口！"

于兵说："怀疑地洞是有道理的。"

小策说："这又不是冀中平原，到处可以挖洞。北平城里到处都是路，结实得很，咋挖呀？我看可能性不大。"

小董问："有啥指示吧，罗山同志？"

"没啥指示。"罗山说，"我们两个来，是为了进一步清理村田成一的东西的。"

3

饭做好了，"哑巴"往桌上摆着饭菜。褚一魁走了进来，把一份电文递给"哑巴"，说了句"速发"，扭脸就走了。金葵花病了，不吃饭了。小荷没有病，也不怎么吃饭了。褚一魁心事重重，好像胃口也有了问题。

"哑巴"走出厨房，正要出去送情报。小荷从正屋里出来了。

"哑巴"停下来，问："你妈妈咋样了？"

"我妈妈睡着了。"小荷的眼睛围了一个黑圈儿，一看就是夜里没有睡。

"哑巴"说："饭好了姑娘，趁你妈睡着，你赶紧吃点儿饭吧！"

小荷吃了几口，忽然想到了什么，立即就不敢吃了。是啊，她有怀疑的理由，这桌饭，干爹不吃，褚一魁不吃，为什么非要她吃？小荷紧张起来，往地上连吐了几口。她站起来，走回到正屋里。

金葵花醒了。她睁开眼，无神地看着。

小荷一喜："妈妈，你醒了？"

金葵花看着小荷："我是在哪儿？"

小荷说:"你在家里呀,妈,就在咱们自己家。"

"啊,你爸爸呢?"

小荷傻了:"我爸爸?我哪个爸爸?"

金葵花倒是清醒了:"你有几个爸爸?"

"啊啊,我只有一个,我爸爸叫徐莫烈。"小荷说。

金葵花一笑:"你爸爸陪着我去逛公园。那是天国的公园,花朵好大好大的,颜色鲜艳无比。那么大的桃子,你爸爸摘了一个给我,我咬了一口,从来没有吃过这么好吃的桃子……"

小荷问:"你吐了没有?"

金葵花又一笑:"没有。那么好吃的桃子,我为什么要吐?"

小荷也笑了:"妈妈,这说明你的胃好了。想吃东西了。我去给你端粥喝!"

"喝粥?"

小荷笑着:"嗯。"

"我不喝粥。我要吃你爸爸给我摘的鲜桃!"

金葵花忽然哭了。

"妈妈!"小荷轻唤一声,也掉了眼泪。

4

罗山和于兵带着从村田成一处搜来的东西走进办公室的时候,吴邑处长正打电话:"……是!……请首长放心,一定抓住村田成一!"

吴邑处长一放下电话,罗山把搜来的东西呈了上来:"处长,这是我们从村田成一屋里搜出来的东西。"

吴邑的眼睛里都是血丝,一看就知道审完特务颜成坤后他没有睡成:"有什么重要的线索吗?"

"有!"罗山点头,"可以肯定的是,村田成一是炮击天安门事件的执行者,这是他的记录,是用日文写的。我和于兵都不懂日文,但大体可以看出几句话,您看!"罗山说着,把几张碎纸片拼在一起。

吴邑问:"怎么回事?"

罗山说:"这是从他的废纸篓里拣出来的。我给它拼起来了。"

吴邑接过来,小声读着:"东口配合?"

吴邑翻过来,这边还有字:"要靠自己!"

吴邑再看看,没有字了。

吴邑边看边分析:"这是他的信笔记录,可能是打电话时记的,也可能是他给人谈话时记的,或者是他自己想事时记的。你们看,这面他写了四个字,'东口配合',画了个问号,说明什么呢?他有怀疑,或者,他问马斯利。翻过来这四个字是'要靠自己',写了个叹号。这说明,不管是别人要他自己干,还是他要自己干,总之,就是他自己要干了!"

于兵轻声问:"炮击天安门?"

吴邑一点头:"对!还有吗?"

"还有一些东西,都是剩下的东西和他吃过的东西。"罗山说着,又把一些东西拿出来:

金华火腿包装;

变蛋壳;

俄国大列巴……

吴邑问:"有什么看法?"

罗山说:"说明这家伙几天来都没有怎么出门,他可能主要靠吃这些!"

吴邑轻轻点头:"这也就是我们很少见到他的一个原因。村田成一是军人出身,特别能吃苦,刚才是首长的电话,要求我们一定要抓到他。可是到现在,我们还没有他准确的消息。这个很要命啊!"

鲁战凯走进来:"报告处长,褚一魁的电文。"

吴邑接过来,看着,不禁小声念了出来:"一仍其常,成功可期。"

罗山和于兵看着处长。

吴邑嘲讽地一笑:"他说'一仍其常,成功可期'。可见,他还没有觉察到我们的行动,这很好!这样,就会有更多的人跟他来往。"

吴邑想了想,拿起笔,在此纸的下面写了两个字:

可发

几个人都笑了。

鲁战凯接了转身就走。

吴邑说:"哎哎,战凯,十万美金到账了没有?"

鲁战凯说:"刚才和银行联系,说是十点可能到。"

吴邑想了想,又写一封电文:

金洁收悉　旋取旋授　掌握之中

吴邑把电文念一遍,对鲁战凯说:"一接到钱,立即安排发报。"

"是!"鲁战凯响应后,又说,"叶生说,以前发报总是胆战心惊,现在发报,总有如释重负之感。"

吴邑笑了,说:"现在是代表人民发报,以前是代表国民党反动集团发报。性质不同嘛!"

众人都笑起来。

吴邑说:"快去吧!"

鲁战凯转身而去。

望着鲁战凯的背影,吴邑又说:"哎,让叶生看看电文啊!"

黑色的电话铃响了。吴邑停一下,抓了起来。

电话里的声音传出来:

"金大夫在吗?"一个女人的声音。

"金大夫病了。"是一个男人。

"您是毕所长吧?"

"对对,你是?"

"我是金桂。牙又疼了!"

"金桂啊,改日再来吧!最好过了'十一'。"

"行行,啥事都搁在'十一'后了!"女人轻声地叹着。

电话完了。

吴邑判断着:"这应该是个正常的电话!"

于兵说:"不会是暗号吧?"

"像是个正常电话。"罗山判断。

吴邑按一下,拨通了电话局:"刚才那个电话是从哪儿打来的?"

"东大街的公用电话。"

"知道了。谢谢!"吴邑放下电话。

5

苗蓝穿好了衣裳,对着镜子检查自己。

廖响走进来,在苗蓝后颈上亲了一口。

苗蓝扭脸对他努起嘴来。

廖响又对着她的嘴唇亲一口:"这么早啊蓝?"

"说好的嘛,我们今天要练大型体操,明天要去天安门,路上边走边做体操。"苗蓝收拾好了,很有展示欲地对着廖响舞了几式。

廖响说:"好看!走,我去送你!"

苗蓝急了:"不用了!知道为什么我要早起十分钟吗?就是我要自己走,把自行车给你用。"

"所以嘛,我要送你!"

苗蓝想了想,幸福地一笑:"那好吧!"苗蓝说着,又在廖响脸上亲一下。

廖响说:"蓝,我有了新任务,晚上就要出发去上海。"

"你不是说过了'十一'就带我回家结婚的吗?"苗蓝看着他,"我正考虑着如何向学校请假呢!"

廖响说:"这个不影响啊!我很快就会回来的。"

"今晚就走?"

"今晚就走。"

落寞情绪从苗蓝的脸上浮现出来:"那好吧!你要快点儿回来。"

廖响一笑:"那边的事一完,我立即就回来接你!"

苗蓝说:"好,你再亲我一下。"

廖响笑了,很轻地亲了她一下,说:"走,我送你!"

苗蓝幸福地应了一声:"哎!"

廖响骑着自行车载着苗蓝在街上飞快地跑起来。苗蓝搂住廖响的腰，把脸埋在他的后背上。她是老师，她怕被人，尤其是她的学生看见，但她太幸福了，她真的忍不住不这样。

苗蓝下了车子，在廖响的脸颊上亲了一下。

看着苗蓝进了学校，廖响扎住车子，立即走进了学校旁边的电话间。

6 罗山把自己的建议再一次向吴邑处长提出来：

"处长，我仍然感觉，应该在前门一带多派保卫人员。虽然不能一家一人，但要保证重要的地方有足够的人员密度。"

吴邑说："罗山同志啊，我正要告诉你呢！你的意见，我昨天就上报到首长那里。首长也很重视，又增派了一个营。"

"太好了！"罗山高兴起来，"这样，我们就感觉安全多了。"

黑色电话的铃声又响了。

吴邑轻轻抓起电话。清晰的声音传出来：

"喂，毕所长吗？"很有磁性的男人声音。

"你好！我是毕应冬。"

"我的牙已经好了，药够用，今天就不去拿药了！"

"明白！祝你成功！"

"所长请放心！"

"顺便告诉您一下，您要的票正在托人买。"

"会有困难吗？"

"应该不会。"

"谢谢所长！"

吴邑放下电话，马上又打接线员电话："我是吴邑，刚才这个电话是哪儿打的？"

电话局报了地方。

"刚才的电话你们都听到了，这个电话是不是有问题？"

罗山说:"如果我们把治牙的药换成炸药,那就把这个问题讲清楚了。"

吴邑说:"这个人的声音很有磁性,这是我第二次听到他的声音了。从他的口音判断,这个人就是廖响。"

于兵大声说:"打了我一拳的就是这个'一点一横一大甩'。这么多天他一直没露面。"

吴邑说:"不是没露面,而是我们没有抓住他。从他的电话看,他一直活跃着。我已经请求部里,要求把每部公用电话都监视起来。"

于兵说:"这个好!这就容易抓住他们了。"

吴邑说:"不过,首长也表示了顾虑,说公用电话是市民用的,不能因为要抓特务把电话都监视起来,这有悖于对广大人民群众的尊重。"

于兵说:"我们所做的一切也都是为了人民利益嘛!"

吴邑说:"我们还是要服从领导的!"

"不监视了?"于兵小声问。

吴邑说:"不是每一部都监视,而是加强了管理。包括刚才的电话,我一问,他们立即就知道这部电话是哪个嘛!"

罗山说:"廖响是个大患,千万不能轻视!"

于兵说:"看来,处长早几天的谜语还一直有用啊!'一点一横一大甩,拐个弯,甩两甩,拐个弯,甩两甩。左一甩,右一甩,一甩一甩又一甩!'"

吴邑一笑:"廖响,廖响,我们一定要让他'撂不响'啊!"

罗山和于兵都笑了。

于兵说:"好像他们已经在谋划着逃跑了?在说订票?"

吴邑说:"我们一定要严密监视。对,还有,褚一魁的监视力度应该再加大!包括'哑巴'、金葵花、金小荷,一个人要配备四个人监视,一分钟也不能离开视线!"

于兵一扭脸,看见了黑板上的谜语:"哎,都解决了?'猛','村',这个'村'应该是村田成一。抓捕村田成一!这'猛'指的啥?"于兵看了看吴处和罗山,接着又自言自语似的读起来,"'人生有八直,皆与善有缘。若求美与好,八直当为先。'这很像佛教的偈子啊!"

吴邑听着，忍不住笑起来："于兵，你读过多少佛教的偈子？"

于兵说："'菩提本无树，明镜亦非台。本来无一物，何处惹尘埃！'算不算一个？"

罗山说："处长，您这个还真的不好猜呢！"

"'人生有八直'啊！"吴邑大声念，"'八直'很重要！"

"'八直'都是啥？正直，笔直，板直……"于兵掰着指头。

罗山笑了，说："八直者，真也！"

"真也？"于兵在手心里写了一下，"啊啊，是'真'！"于兵说过，使劲地笑起来，"处长，您真会迷惑人！"

处长大笑起来。

"真，指的什么？"于兵自问自答，"革命真理；事实真相；真实的口供……我得抄起来啊！"于兵说着，就在本子上抄写。

"于兵，你在进步啊！"处长表扬他。

"处长您这样的培养，叫谁谁不进步啊！"于兵说过，三个人都笑了起来。

7

郭闹闹买来了早点，包子、油条，提溜着走到冥衣铺里。

开北方正在洗脸。

郭闹闹说："老板，算叫你猜球对了，廖先生还没来啊！一会儿翁世界来喊，你咋办？还是躲一会儿吧！"

开北方说："躲一会儿？我看，还是不躲好。他来了，我就说，一会儿就去不行吗？让他把他的通行证摘给我就行了。"

郭闹闹说："他要临时改口了咋办？我看翁世界和你很球客气的！"

开北方想了想："虽然客气，但这是正事。他爹过六十六大寿，那是不会改的。"

郭闹闹一笑："是球。"

开北方洗完了，他边擦脸边说："廖先生是个办事的人，不会来太晚。

这么大的事！"

郭闹闹说："也是球！"

廖响打完电话，骑着车子飞快地跑来了。他不敢把装着炸药包的黑包放在车子后架。他总感觉，车子的震动对炸药包不好。

饭放在桌上，开北方和郭闹闹两个人都没有吃。

郭闹闹说："老板，吃球！"

"吃球？吃不下去啊！"

"你别急，一会儿廖先生准球会来！给！"郭闹闹拿起一根油条递给开北方。

开北方接过来，咬了一口，使劲嚼着。

郭闹闹也拿起来一根。

开北方说："闹闹，你这油条是在哪儿买的？"

"咋了？"郭闹闹停止咀嚼。

"咋这么难吃呀？"

"啥球难吃呀，你心里急得慌嘛！你看我，吃了半天，半根油条没下去。那戏文咋球说的，每临大事有静气。球，每临大事谁会有静气啊？我敢说，谁都做不到！"

开北方笑了："闹闹，你粗中有细啊！咱真是心里有事，静不下来，吃不下去。"

"来，吃球！"郭闹闹说着，又把一碗小米粥递上来。

开北方趴上喝了一口。

廖响过来了，他把自行车扎在门外，满头都是汗。

"廖先生！"对门坐着的郭闹闹先看见了。

开北方站起来："廖先生吃饭没？"

"你们还饿？"廖响说着走进屋里。

开北方说："我们不饿，我们是问你吃饭没有。"

廖响说："昨晚就吃过了，今天早晨起来，一点儿食欲也没有！"

开北方笑了："你也这样？"

廖响坐下了："怎么？"

郭闹闹说："别说了，一个病！咱三个还是一块儿都吃点儿，免得到时候要球力气，咱没有了！"

廖响说："真球对，吃！"

三个人拿了油条吃起来，但一个个都咽得很艰难。

开北方发现汤好喝，不用努力就下肚了。油条平时那是好东西，可今天里，人人嫌它，硬是吃不下去。

郭闹闹说："廖先生，每临大事有静气。这句词是哪出戏上说的呀？真球难啊！你看看，两个人的饭，咱仁球都没吃完。说明什么呢？"

廖响说："四一二，你不知道，我满脑袋里都是炸弹。我们不但要能把炸弹放好，弄响，还要能安全地撤退，知道吗？"

郭闹闹鸡叨米似的点头："对对对对，这球最重要！"

"我们是把炸弹弄响了，可我们全都被弄进去了。这也不是完全胜利对不对？"廖响比画着。

开北方连连点头："廖先生想得对，我们听你的。"

廖响说："我已经在安排买票，一旦成功，立即撤退！"

"怪不得廖先生也不吃饭，你比我们操的心又多了一层。"开北方禁不住感叹。

廖响说："你们不是说，昨晚翁世界专门来商量，求你去天安门城楼帮忙吗？现在都八点多了，他为什么还不来啊？"

开北方说："要不，我去问问？"

"别球恁积极，老板！"郭闹闹说，"等吧，你问球谁去？"

开北方说："趁这个时间，廖先生，你再教教我？"

"四一二，你看着门！"廖响小声说。

"好的！"郭闹闹走出去。

廖响拿出一枚牙膏炸弹，放在饭桌上，说："二三七呀，你只能用这种炸弹了。虽是软管炸药，但是威力很大。我给你准备了三管，根据上次的经验，他要问你，你就说是彩灯要用。"

开北方点头:"我知道。"

"夜里睡不着,我反反复复地想了无数遍,最好把这管牙膏绑在彩灯上,这样一爆炸,才有威力。如果都放在下水道里,威力可就大打折扣了。"廖响真诚地看着开北方。

开北方说:"廖先生想得是好,可是怎么样才能放进彩灯里,这确是个本事。再说,我也没扎过彩灯,还真不知道行不行?"

廖响说:"退一万步说,只要能上去,能把这三管牙膏弄响,不管是炸死几个还是炸伤几个,那都是伟大胜利。"

"不是是球!"郭闹闹虽然人在外边,耳朵还在屋里。

廖响说:"我只是想想,具体咋弄视情况如何你自己决定。古人咋说的,将在外,君命有所不受!就是说,要根据具体的情况采取具体的方法啊!"

开北方往外瞅一眼:"关键是,到现在,还不见人啊!"

8

梅东岭科长和梁生泉书记一起走进了一处办公室。

"坐坐!"吴邑处长一边让座一边倒水。梅东岭看见了,连忙把处长的水瓶抢了过来。

三个人坐下来了。梅东岭马上说了意思:"吴处,梁书记的建议是,立即把杜津卫抓起来,免得他生出事儿来。给中央首长做饭,这个事比天都大。"

吴邑处长看着梁书记。

"吴处长,这个事真的大!"梁书记郑重地说,"你想想,虽然择菜有人专管,做饭有人监督,饭好了有人先尝。可万一要是出个啥事,咱谁也担不了责任啊!"

吴邑说:"你的意见,梅东岭都给我说了。但我认为,我们要从全局考虑,不能仅从一个地方想事。首先,首长要求我们除恶务尽。亚洲饭店的问题究竟多大,是只杜津卫一人,还是有其同伙?其次,杜津卫要破坏,最直接的方式是投毒,可他的毒源在哪儿?你们不是搜查过了吗?"

梁书记说:"搜查过了。没有发现任何线索。但是,特务那都是狡猾的。万一……"

吴邑说:"第三,这个第三最重要。褚一魁被我们掌握了,他的行踪,包括他的电话,我们都在监视和监听,我们一定要尽最大努力掌握北平更多的特务线索,力争把他们一网打尽。"

梁书记说:"我们抓捕了杜津卫,不是他也不知道吗?"

吴邑说:"他们一定有其联络方式和联系纪律,根据我们掌握的褚一魁的工作情况分析,他的部下一定会给他汇报的。因为他每天要给他的毛局长一个工作汇报,这样,他也会要求他的部下给他这样。有一个廖响……"

梁书记说:"就是进了你谜语的那个特务?"

"对!"梅东岭说,"一点一横一大甩……"

梁书记笑了:"我听一遍就记住了,'拐个弯,甩两甩,拐个弯,甩两甩。左一甩,右一甩,一甩一甩又一甩。'"

吴邑说:"为什么要给这个人专门制作个谜呢?就是说这个人厉害!一定要大家都重视!就是这个廖响,也是过两天就打一个电话,汇报他进行得怎么样了。"

梁书记说:"这么说,杜津卫也是要联系的。"

吴邑点头:"他不给我们说的事情,他会给褚一魁说。褚一魁知道了,我们不也就知道了吗?"

"啊,这一听我就完全明白了。但我还是感觉应该把他抓起来!"梁书记说,"我只是不放心!"

"这就像赌博,是有赌注的。只是我们看上去押得大,其实不大。因为我们知道,我们能赢!"梁书记和梅东岭听着,都点着头。

吴邑继续说:"你们俩回去,还是两件事。一是监视好杜津卫,也可以把这个监视任务给可靠的大厨说一下。"

梁书记说:"不会把大厨给吓坏了吧?"

"这个你们看,真不行,就不说。因为大厨们天天在一起,如果他们监视他,杜津卫就太不容易作案了。"吴邑看着梅东岭。

梅东岭说:"我看刘师傅就可以。他以前还当过咱们共产党的地下交通员呢!要没有足够的胆量和信念,交通员可不是好做的。"

梁书记说:"回去你先跟他谈谈。"

"好的。"梅东岭点头同意。

吴邑说:"第二,要想办法弄明白特务的破坏方式。重点防范投毒。千方百计查找出毒源。这也是抓杜津卫的铁的证据。"

梁书记说:"现在是他和刘师傅一个屋,用不用给他们调到大屋住。这样人多些,好监视!"

梅东岭说:"今天就是三十号了,国宴明天就开了,最好不要调。给刘师傅说,要他用心监视就是。"

梁书记说:"国宴让杜津卫参加吗?"

吴邑说:"这个肯定不行!我们会在建国前抓捕他。你们一定要找好替换他的大厨!"

"是!"两个人同时保证。

9

在金口牙科诊所的对面,一个新的监视点建立起来了。

罗山和于兵骑着自行车从诊所门前经过,到街头一拐,进了一个院子,胡长寿所长正做最后的安排。

"胡所长,怎么样?"罗山走进来。

胡长寿一指:"都安排好了!你们检查检查!"

两个人在屋里看着。

胡所长比画着:"你们看,特务从那边跑过来,一到这儿,开枪,他必然完蛋。抓捕,他必然就擒。"

罗山趴窗户上看了看,表示满意。

胡长寿又比画:"街那头还有一个,也安排好了。派出所啥干不成,弄个这事还是可以的!"

罗山满意地点了一下头。

胡长寿很爱表现："我们去监视点儿看看？"

罗山和于兵一点头，胡长寿就领着两人来到了诊所对面的监视点。

三个人刚站稳，老翟头儿来到了诊所门前，抬手敲门。

"打起招军旗，就有吃粮人。瞧，来了一个！"胡长寿所长说。

负责监视的小战士立即警惕起来，连忙在小本上记录着。

"这是老翟头儿？"胡所长说，"他来凑什么热闹？"

门没人开，老翟头儿一推，门自己开了。老翟头儿进了院子。

小荷从屋里走出来。

"姑娘！"老翟头儿是个快乐人，这么危险的时候，老翟头儿的声音安详而活泼。

"翟爷爷，您早！"小荷问。

老翟头儿说："我想请大夫再给我看看，牙还是有点儿问题。"

小荷皱起眉头："对不起翟爷爷，我妈病了。"

老翟头儿一惊："啊？厉害吗？你妈妈身体好着呢！自打我认识她，好像她总是精神饱满的样子。"

小荷一笑，说："不厉害。可是，她不能上班了。"

"啊，那我就等大夫好了再来！"老翟头儿说着就往外走。

"翟爷爷，你慢点儿走！"小荷送他。

老翟头儿说："好好，姑娘。吃五谷杂粮，害百样杂病。没听说过神仙害病，为啥呢？因为他不吃饭！"

观察着二人的，除了罗山等保卫战士，还有躲在屋里的褚一魁。褚一魁虽然还没有发现危险，但他一直感觉有危险。开始的时候，他是被金葵花吓着了。她用枪对着他的脑袋，那么近的距离，她要真的开枪，他肯定跑不掉。女儿被奸，作为母亲，她可能歇斯底里。后来，他成功地稳住了她。再后来，他就感觉，牙科诊所里四个人，可能三个人是一势，他自己是一势。要是他们团结起来对付他自己，他胜算是很小的。后来他发现杜雅还是顾全大局的。他放心了。可是今天，他忽然又紧张起来。越到最后的时刻，他心里越紧张。眼皮跳，耳朵跳，心惊肉跳。

"翟大伯！"褚一魁走了出来。

老翟头儿走到门口了又停下来："哎哟，所长！"

褚一魁走上前："翟大伯，你儿子不是出租汽车公司的师傅吗？"

老翟头儿一笑："啥师傅啊？机司！"老北京喜欢把"司机"叫"机司"。

"啊啊，机司！"褚一魁也笑了，他走上前，关了门，低下声音说，"翟大伯啊，我有个客人明天要来，我想在八点钟用车去接朋友。"

老翟头儿说："这好，我可以给他揽这个生意！明天早晨八点钟？"

褚一魁点头："对，八点整！"

"好！这个事我不会忘。哎？金大夫啥时候好啊？"

褚一魁说："累了，歇两天就好了！"

老翟头儿双手一捧，做一个祈福的动作。

褚一魁说："明天八点啊！"

"忘不了！所长安排的事，明天早上八点整！"

"再见翟大伯！"

"再见所长您！"

褚一魁轻轻打开院门。

老翟头儿走出来，意犹未尽地叹着："先生也会得病！"

第三十二回　炸弹带上天安门　特务藏进地下道

后羿一张弓
单挑十日凶
你敢定时间
随时可应战
——打一字

1　街上，胡所长正带着郭天张贴着布告，被通缉的特务画像清晰明白地印在布告上。许多市民站下来看，有人小声读起来：

缉　拿

日本特务村田成一

"这村田成一跟咱中国人长得差不多啊！"

"同种同源嘛！"

"乖乖，以前是日本关东军的特等炮手啊！"

"特等炮手咋了？没炮他也是啥球不成！"

"他要万一有炮呢！"

观看布告的群众边看边议论着，而此时，村田成一正在离此五十米的矮石狮门墩院落的下水道里往上爬,他轻轻顶起地上的盖板,倾听着外边的动静。

外边很安静,除了麻雀细碎的叫声,几无声响。

村田成一把盖板挪开,头伸出洞口再听。一只老鼠正跑着,忽然停在他的面前,绿豆大的眼睛发出幽幽的暗光。它在研究他。他轻蔑地看着它,嘴角慢慢地后缩。老鼠一定感觉到了他的恶意,一扭头,慢慢地跑了。

村田成一爬出洞口。

忽然有咕咕的声音传来。

村田成一又不动了。

几只鸽子落下来,在屋门外放松地叫着。

村田成一从床下爬出来,站直身子,伸了伸懒腰,又使劲打了个哈欠,这才左扭扭右扭扭地做起操来。

扭完了,村田成一站在窗户里边,透过花木格格的窗棂往外看,院子里阳光明亮,墙头上枯黄的草随风颤抖,院子忽然一暗,墙上的光没有了。村田成一知道,高天上正有一块厚云走过。他忽然想起苏东坡的一句词"也无风雨也无晴"。院子里,一只鸽子对着另一只鸽子咕咕着示好,他当然知道,那只咕咕叫着的是一只公的。两只麻雀从墙头上跳下来,跟两只鸽子抢食吃。

村田成一用日语咕噜了一句:"鸽子!"慢慢地走到门口,轻轻一拉,门哗啦一声,开了二指宽的一道缝儿。

这声音太夸张,把村田成一吓了一跳。但这声音并没有吓住鸽子,那只公的只是往外跳了一下,又低着头讨好母鸽子。

村田成一的目光往外探了探,四周静悄悄地,连一个人影儿也没有。他仰头看了看屋门上的锁,锁已被昨天派出所的人换成了新的。"派出所真负责!八格!"村田成一又咕哝一句。他立起脚来,伸出手,摸了下挂锁的门搭儿。

清亮的童音传过来:"大鼻子,快回来!开饭了啊!你们都听见了没有?"

清亮的童音让村田成一忽然感到振奋。他努力地笑了一下,嘴里又骂一句:"八格!"

旁边邻居家,十来岁的兴儿正喂鸽子。他把一把一把的粮食撒在院子里,鸽子们从房顶上、院墙头一拥而上。

兴儿边撒边唱着歌谣似的话语召唤鸽子:

  来呀!先来的,吃啥有啥!

  来呀!后来的,有啥吃啥!

  来呀!晚来的,吃啥没啥!

鸽子们都听懂了,一只只飞过来低头抢食。

村田成一的院子里还有鸽子没走。

兴儿走到矮墙边,对着它们扬了扬手。

鸽子们轰地飞了起来。

村田成一看着鸽子飞走了,就又悄悄地走到门边,隔着门缝看兴儿。兴儿剃了个小鳖尾,十来岁的孩子,小辫子长得像一根绳子,每当他扬手喂食的时候,小辫子就会在空中飞扬一下,像是让鸽子们记住这个符号似的。村田成一知道,这小子待得娇,也就是说,这户人家的男孩儿少。

鸽子们在天空中一圈儿一圈儿飞着,村田成一扬头看着,从门缝儿里掠过的鸽子全飞得断断续续。"晴空一鹤排云上,便引诗情到碧霄。"他又想起来一句中国诗。

村田成一不糊涂,为了安全考虑,他在呼吸了大量的新鲜空气后,又爬着退回床下,退到洞口,退进地洞。准确说,就是北平排水的下水道,举着地板盖住了洞口。

村田成一到了地下,打开手电筒,爬到高台的被褥上,看了看手表。他的手表是带着日历的。表盘上显示,现在是九月三十号的九点零三分,离十月一日的九点零三分还有二十四个小时,早着呢!

村田成一知道,他至少还要再潜伏二十五个小时以上。他吃了块儿面包,喝了水,就躺下来休息。他要养精蓄锐。

2

翁世界跑着过来了。

郭闹闹正装模作样地站在柜台后，看见翁世界，扭脸就喊："翁师傅来了！"

开北方三步并作两步地跑出来。

翁世界一见，大声说："开老兄，吃了吗？"

开北方说："早吃过了，就等老弟您呢！"

翁世界拱拱手："紧赶慢赶，还是差那么一点儿。现在，小潘正绘，我想，还是请老哥您再去帮个忙。小潘说，楼下当兵的有一个老乡，他想请他帮忙，我师父说，当兵的不容易，早起晚归的，别麻烦他们了。我只好再次求您了！"

"求之不得，求之不得呢！"开北方真诚地说着，连忙还礼。

翁世界从兜里掏出胸牌和别针，递给开北方。说："开老兄去过了，知道咋戴了，我就不陪你了。老爹这事，客人多！我两个弟弟又都染上了时疫，你说，真是越热越打铁，越冷越跳井。"

开北方忙不迭地接过胸牌，拍着胸脯说："翁老弟，你这样信任我，我一定好好做，决不会让师傅失望！"

"好好好！拜托拜托！"翁世界连连拱手。

开北方也忙着回礼。

翁世界走到门外，忽然又折回头来："开老兄，你只管去，我给师弟小潘说好了，你去的时候，他到门外接你。他叫潘晓添。"

开北方说："知道知道，太好了！"

翁世界说："你放心，小潘认识你！"

"放心放心！你快去忙吧！"开北方说着，连连摆手。

廖响从里屋走出来，禁不住大声感慨："天助我也！真是天助我也！"

郭闹闹嚷嚷着："真球要风有风，要雨有雨。刚说想娘家的人，小孩儿他舅就来了！"

开北方说："不给枕头都瞌睡，更何况又给了个枕头！"

廖响说："哎，我再说一遍。这三管牙膏，一定好好用，我已经定好了时间，都是明天上午的十一点。"

"为啥要定球十一点？"郭闹闹说，"有准确消息？"

廖响说："我朋友说，她们明天要求 7 时出发，到天安门广场要走一个多小时。也就是说，九点前肯定能到。这样，大家再等等，十点，最迟十一点肯定进行。那时候，共产党的高官和各民主党派的代表陆续登上天安门，刚刚站稳，轰轰轰，连响三声，你们想想，那该是何等样的场面？"

郭闹闹哈哈地笑起来："全跑球了！"

廖响说："你去上天安门，等一会儿，我和四一二再往长安街上那些花盆下、垃圾箱里再放它几颗……"

"时间也定球十一点！"

"对，全部定成十一点！"廖响比画着，"想想看，天安门城楼上三声巨响，广场上再有十几声巨响。死多少人不说，光这个影响，就让共产党大丢其脸了！"

郭闹闹说："廖先生，我看你完全可以当大官。你说的真球美！"

廖响说："不耽误了，快去吧！"

开北方掂起小包，又把三枚"牙膏"一一掏出来看了看："我就不管定时间了？"

廖响说："去吧！祝你好运！"

"哎？"开北方忽然停了下来。

"怎么回事？"廖响问。

"虽然能蒙混站岗的，可蒙混不了他们师徒啊！上次他们都没有要，这次为啥又要拿三管牙膏呢？"开北方说，"只顾兴奋了，忘了这个了！"

"球，就因为上次没有要，所以这次才要拿。再表敬意嘛！"

"嗯，还真是个问题呢！"廖响说，"别慌，想想办法！"

开北方和郭闹闹一时都没有话了。

"可不可以这样？"廖响说，"你拿着布袋装着三管牙膏，到了天安门城楼下，把袋子扔了，有垃圾箱吗？"

"好像有。"开北方说。

"然后，把三管牙膏装进衣兜，带上天安门。要是他们万一看见了，你就说是再表敬意。"

"球，直接装衣兜里不行吗？"郭闹闹说。

"怎么样？"廖响看着开北方。

开北方摇摇头："万一他们要搜身呢？"

"上次他们搜身了吗？"廖响问。

"那倒没有。"

廖响说："这样，你把三管牙膏都带在身上，不搜就上去了。搜了，就说是扎制灯笼用的。"

开北方想了想，说："那得多穿一件衣裳！"

"只要能弄成事，穿上棉袄也球合算！"

开北方连忙翻出来一件外衣穿上，把三管"牙膏"装进了衣兜。

廖响前后左右地看了一遍，说："挺好！"

"真挺好？"开北方还不放心。

"真球挺好！"郭闹闹一伸拇指。

开北方深吸一口气，说："我去了！"

廖响又看了一遍，说："好运！"

"当然好运了！这细节都想球好了，还不好运！弄成了，咱球得天天喝酒啊！"郭闹闹大声说。

廖响挤出一个笑，说："我管你们喝。爱喝多少喝多少！"

开北方伸出手，先和廖响握了："再见，廖先生！"

廖响紧握着他的手："等你的好消息！"

开北方又给郭闹闹握手："再见，兄弟！"

郭闹闹的眼睛忽然红了："球，跟真的似的！"

开北方又说一遍："再见！"

郭闹闹点头："再见，老板！"

廖响说："哎，今天晚上十点，我还请两位喝酒，好不好？"

郭闹闹说："今天晚上十点？这倒是个好时间。我们肯定都已经回来了！老板，你球肯定回来得早，你买菜啊！"

开北方说:"放心!我买老北平最地道的酒和菜!"

廖响一笑:"那就再见吧!"

开北方走出冥衣铺,一眼也没有回头看。

廖响和郭闹闹站在门外的台阶上看着他,真希望他能回望一眼,最好能招一招手。

开北方拦了一辆人力车。

开北方上了人力车。

人力车夫跑动着,一会儿就不见了踪影。

3 金小荷又要向学校请假。她摇了电话,抓起听筒:"……校长吗?我是金小荷,我妈妈病得很厉害,要住院了。我今天去不成学校,特向您请假!"

电话里的声音一听就很无奈:"小荷啊,你可是歌舞队的领队,你不能去了,感觉谁可以替你?"

小荷深感内疚:"对不起校长,我妈妈真的病得很厉害。您知道,我家里……"

校长依然不依不饶:"时间太紧,你快说咋办吧?"

小荷说:"叫陈小芊老师替我吧,她的指挥能力可棒了!"

"陈小芊,她行吗?"

小荷说:"行行!如果她有啥不明白的,让她再给我打电话。"

"好吧!"校长先挂了电话。

小荷若有所思地放下电话。

褚一魁进来了。

小荷要走。

褚一魁挡住她:"小荷,我是真的爱你!"

"我要出去!"小荷声音很低,但是语气坚定。

褚一魁说:"我是真的疼你的妈妈!"

小荷恼了:"你要让我喊吗?你不怕我妈妈真的会开枪吗?"

褚一魁说:"国民党的女人,不能让共产党操!所以我才先走一步……"

小荷对着褚一魁的脸猛地一掌。

褚一魁一躲,巴掌在他的脸上扫了一下,一个指头划过鼻头,留下一个印痕。

小荷夺门而出。

褚一魁低声骂了一句:"操,你逃不掉!"

小荷跑进金葵花屋里。

金葵花很弱地喊一声:"小荷!"

小荷低下头:"妈妈,您感觉好些了吗?"

金葵花说:"我感觉屋子在转,它转了吗?"

"妈妈,那是你晕了。昨天你配的药,您再喝点儿吧?"

"好!"金葵花的声音很果断。

小荷先把妈妈拉起来,拿被子垫在腰下。才两天,四十四岁的金葵花已经虚弱不堪,坐都坐不稳了。

小荷从瓶子里倒出半杯,递给妈妈。

要强的金葵花接过来,手不停地抖着,药水就要洒了。

小荷连忙去扶。

谁知道,妈妈的手忽然稳了,她一扬头,猛地灌了下去。

"妈妈,我还是带您去医院吧?"小荷像哄孩子似的说。

金葵花不回答。

小荷换了问法:"妈妈,您感觉好些了吗?"

金葵花摇摇头。

小荷说:"我感觉您比昨天还好呢!"

"是吗?"金葵花抬起眼皮。

小荷笑了,很坚定地说:"是!"

金葵花伸出手,摸着什么。

小荷问:"妈妈,您找什么?"

金葵花摸到了枪。她抓住，试着想举起来。连试几次，都没有成功。

小荷说："妈妈，您累了。再喝一碗粥，肯定能举起来。"

金葵花说："我是说，我不胜昨天。因为……"

"妈妈，我让干爹再给您做碗饭。您想吃点儿啥？您吃了饭，肯定能举起来。人是铁，饭是钢，一顿不吃心发慌。您都几顿没有吃了，妈妈！"

金葵花突然想吐。

小荷说："好了，不喝粥了！"

金葵花止住吐："我只想吃、你爸爸的鲜桃！"

小荷一背脸，忽然红了眼睛。

4

遵照吴邑处长的指示，梅东岭回到亚洲饭店，立即找来了刘三刀师傅。他和刘三刀师傅的谈话是这样开始的：

"刘师傅，您老以前当过我们党的交通员？"

刘师傅一笑，说："我在太行山上干了三年。"

"那时候你不害怕吗？"

"害怕有什么用呢？那时候，日本人让我给他们做饭，我有个表兄是汉奸队的大队长，他保举我的。我后来把他也策反到八路军里了！哈哈哈哈……"

梅东岭也笑了，说："如果现在再有任务给你，你还敢不敢干？"

"那时候是生死一线悬，只要让鬼子知道了，立即就要了你的命。你说现在干？现在还有啥事干？革命成功了，到处都是我们的队伍！想干也干不了了！"刘师傅两手一摊，表情很无奈。

"刘师傅，"梅东岭的声音低下来，"我告诉你个事情……"梅东岭就把杜津卫的情况和盘托出了。

刘师傅先是一惊，但他很快就平静下来。他说："这个人很斯文啊！早晚刷两次牙，一天漱三次口。"

梅东岭说："是斯文，可他真是一个大特务。他和潜伏在北平的特务头子褚一魁是上下线关系。"

"那为什么不抓捕？这个地方可是太危险了！"

"你认为最危险的是什么？"

"投毒啊！早年，日本人要扫荡，八路军多次策划投毒，都没有成功。那时候毒药太少，无非是砒霜。我听说，现在毒药的种类可就多了去了。"

梅东岭说："你认为，他要投毒，会把毒品放在哪些地方呢？"

刘师傅想着，不住地翻眼睛："我们那时候，就想着把毒药放烟盒里，趁抽烟的时候，往里一弹，毒就进去了。现在，还真不知道放在哪儿。领导估计呢？也好给个参考！"

梅东岭说："他去金口牙科诊所看过病。说是看病，其实是联络。"

刘师傅说："这个我知道，他要请假，得先给我说不是，组长嘛！他说他要去看牙，但他没说是去了什么医院。现在看来，他是不想告诉我，怕引起我警觉。"

梅东岭说："我也只知道他去看牙了，还真想检查检查他看的哪个牙，我看他说话挺利落，并不缺齿跑风的呀！"

刘师傅说："你说这，我还真没注意，他的牙是镶了，补了，换了，还真不知道。"

梅东岭说："你注意一下。"

刘师傅说："要说，他牙里会有啥事？要真是毒药，死活也不能放到嘴里。"

梅东岭说："我想也是！放嘴里的都是想死的！"

"那他会放到哪里呢？"刘师傅皱起眉头。

梅东岭说："今天给你谈，主要就是说的这个。"

"要是没有毒药，他再能也不会造成多大的破坏。你看，菜是专人送，专人择，专人洗。料是专人买，专人配。炒菜有人看着，菜好了有人先尝，光那个胡一能师傅，如果菜味儿变了、串了，能过了他的关吗？"

梅东岭说："饭店作案，主要就是投毒。我们严密监视这个就行，决不能掉以轻心！"

"那是那是，要是真有毒药，你把菜炒了，端着上菜的路上他就能放进去！"

"哎哎，你说这个还真厉害，我只想防着炒菜了，还真没有想到端菜路上的危险呢！"

刘师傅说："是啊，有一回，药日本鬼子，我们就是在端菜上桌的时候完成的。我为什么逃走了，就是因为药倒了鬼子，我待不住了，才跑到太行山上打起游击来。"

梅东岭说："啊，刘师傅还有这么光辉的经历啊！"

刘师傅说："啥光辉啊，逼上梁山啊！那时候，天天看日本鬼子杀咱中国人，砍头，挖心……难受得很啊！"

梅东岭说："好，我的刘师傅，把监视这事交给你，我是放心了！"

就在梅东岭和刘师傅商量事情的同时，梁书记正带着孙觅、胡一能对所有饭菜做最后的品尝。

杜津卫正做的这道菜是"豆渣鸭脯"，菜已经快要完成。梁书记等人走进来的时候，鸭子正被蒸好从扣碗里往盘里放，异香扑鼻。

胡一能站在旁边，看着杜津卫的最后一道工序。

只见杜津卫变戏法似的将炒好的豆腐渣浇上鸭脯，又把调制好的菜心围在了鸭子的旁边。红亮的鸭脯，青黄的菜心，看上去像是一幅美丽的图画。

杜津卫谦虚地退到旁边，小声说："胡先生，这是改进后的配料，请您老批评！"

孙觅递过来一杯水。

胡一能接过，喝了一口，漱了，吐在水池里。

胡一能夹了一筷放嘴里，浅浅地咬了一下。

孙觅禁不住问："怎么样？"

胡一能把嘴里的菜放在盘子里，说："鲜嫩，味正。'鸡是鸡，鸭是鸭。螃蟹不能当王八。'做啥有啥味儿！菜最怕串味儿。啥都一个味儿，那就不是菜了！"

孙觅笑了："做啥当然有啥味儿，这也算一个标准吗？"

胡一能说："你莫笑，姑娘。猛一听，这做啥有啥味儿有啥难？难道做鸡还非得有鸭味儿吗?话不是这么说的。你们都尝尝这个豆渣鸭脯!它把鸭的美味都调起来了。吃一口,就再也忘不掉了。或者说,你吃了这一盘豆渣鸭脯,再吃天下的鸭那都不是鸭了!"

孙觅禁不住夹了一口放嘴里,品了一下:"是好吃!这么大的鸭块怎么没骨头啊?"

胡一能说:"要说鸭有骨头,豆渣鸭脯咋能没有骨头呢?这也是这个菜之所以能入选的原因。为什么呢?参加国宴的人大多上了年纪,你说,一筷子下去夹了块带骨头的鸭块。不吐骨头,咽不下去。吐骨头吧,这么多人,你吐一块放桌上,我吐一个掉地下,这多不雅观。吃相难看,就这一条,那就不行。你不知道慈禧老佛爷那个讲究,吃一顿饭,谁面前都没有一点儿骨头。连鱼都是剔好的呀!有一次,老佛爷……"

梁书记也夹了一筷,截住胡一能的话:"胡先生,还说这道菜!"

"一言以蔽之,这道菜行了。就用这种鸭,就配这些料。杜师傅,祝贺啊!一道菜一道菜地做,又要好吃,又要节俭,不容易啊!祝贺!"胡一能说着,拱了拱手。

大家鼓起掌来。

胡一能和梁书记、孙觅等人检查完走出来。

杜津卫跟着也出来了,他追上梁书记,说:"梁书记,我这几个菜也都过关了,我又想起来自己的事了。"

"请讲!" 梁书记站下来。

杜津卫掏出请假条:"这是我的请假条。"

梁书记接过来,看了一眼,说:"你说啥意思?"

杜津卫连忙解释:"我想去医院把我的牙装上。约好的,牙应该做好了。"

"需要多长时间?"梁书记问。

"半天时间,或者两个小时。反正离得不远!"

"好吧。我给梅科长说一声,应该没问题。"

"谢谢!"杜津卫谢过又说,"要不,我先打个电话问问,弄好了,我就去,弄不好,我就等过了'十一'再去装也不迟。"

"先公后私,精神可嘉啊!"梁书记笑着。

杜津卫也笑了:"谢谢梁书记体谅!"

梁书记说:"你去我办公室打吧!"

"谢谢!"

杜津卫跟着梁书记到了他的办公室,打响了给金口牙科诊所的电话。

5 开北方走后,廖响立即把地图拿出来,摊在了桌上:"四一二,我们再说一遍,你好好记住!"

郭闹闹使劲点头:"记着呢!"

廖响指着地图:"这是东西长安大街,我从东边往西走,你从西边往东走,我们一起走向中间。别把炸弹放完了,要留下一到两颗,放进天安门广场。白天人多,容易被发现。我的意思,我们要在黄昏的时候放。我观察过多次,黄昏时,也是下班的高峰时。本来,六点可以下班了,可是我发现,人们都喜欢加班加点以表示积极,所以下班的时间就到了黄昏。这时候人又多,人又乱,并且下班的时候人们都想着回家,警惕性也是最差的时候。"

郭闹闹说:"您放心廖先生,到时候,开老板恐怕就球胜利了。"

廖响说:"可以这样说!"

郭闹闹说:"我以为是让早点放呢,一球激动,饭都不吃了。你一说黄昏,我忽然又饿了。"

廖响掏出几块钱递给郭闹闹:"这样,你去长安大街转一圈,想一想黄昏的时候怎么放。"

郭闹闹说:"这叫踩点儿!"

"对,你去踩踩点儿,做做功课!"

郭闹闹接过钱,装起来:"我现在就去。"

"好!"廖响的语气里都是赞赏。

"您呢廖先生?现球干啥?"

廖响说:"我得睡会儿。夜里只顾说话了,没有睡成。"

"好的！"郭闹闹把钥匙递给廖响，自己大步往外走去。

郭闹闹要了一辆人力车。

"先生去哪儿？"人力车夫态度客气。

郭闹闹装作财大气粗的样子："我想逛球东西长安大街。"

人力车夫说："先生是外地的吧？"

郭闹闹说："对头。"

"四川人？"车夫又问。

"你咋看出球我是四川人呢？"

车夫说："你这一说，我听出来了，河北的？"

郭闹闹说："对头！"

"是你这个'对头'把我给弄糊涂了。四川人好说'对头'。"

郭闹闹说："你不用跑球恁快，我是出来溜溜！"

"知道，先生是做啥工作的？"

郭闹闹说："你看呢？"

车夫扭脸看了一眼："小老板？"

郭闹闹说："球，你看我咋球弄也弄不成个大老板的样子是不？"

车夫说："啊！对不起了，俗话说，人不可貌相，海水不可斗量，先生是大老板啊！"

郭闹闹说："我要说，我有像我身体一样重的黄金，你信球不信？"

人力车夫停下脚，扭脸看了一会儿："恕我直言，还真不像！你有多重？"

郭闹闹说："一百三十六斤。"

"一百三十六斤重，一百三十六斤的黄金。"车夫自言自语地嘟囔着，摇了摇头，"不过，也许，可能，或者……这世界，谁知道呢！"

郭闹闹说："你真看对了，我还真球没有像我身体一样重的黄金！"

人力车夫如释重负般"啊"了一声。

"不过，再过几天，或许我球就会有像我身体一样重的黄金了！"

人力车夫转过脸来，忽然哧哧地笑了。

"你球，不相信？"

"我球，相信！"人力车夫说过又笑。

6 保卫处的电话铃声忽然响起，吴邑犹豫了一下，抓起了那支黑色听筒，杜津卫和褚一魁的对话传出来：

"金口牙科诊所吗？"是杜津卫。

"是的。请问？"这是褚一魁。

"请问，我的牙配好了吗？"

"你是——"

"我姓杜，就是那个做饭的大师傅。"

"啊啊啊，我们等你几天了。早就做好了！"

"我今天去，能装上吗？"

"可以呀！你啥时候能过来？"

"我刚刚请了假，十点以后吧！"

褚一魁不说话了。他想了一会儿，说："大夫病了。你来了恐怕也装不上！"

"是吗？"

"是的，病两天了。你的药用了吗？"

"没有！太忙，哪有机会！"

"记住，用药是关键。至于装牙，等过了'十一'吧？"

"好吧！谢谢了！"

"病是要用药治的。不用药，谁也没有办法！记住，一定用药啊！"

"放心放心，我一定用药！"

"用药后的效果如何，一定要告诉我。我会转告大夫的。"

"马上就国宴了，我也要准备了。要忙起来了！"

"那就是为你的国宴准备的药，你用了才会有力气干好工作嘛！"

"谢谢大夫！"

"记住，一定用药！"

"明白，一定用药！"

听完两个特务的电话，吴邑处长立即召开了全处的扩大会议，亚洲饭店的梁书记也一同参加了。

吴邑处长问梁书记："杜津卫要去金口牙科诊所配牙，你们知道吗？"

梁书记说："知道。是我同意他打的电话，并且就是在我的办公室打的。"

"啊！他的电话是这样说的。"吴邑处长拿起电话记录，将两人通话的内容和语气学说了一遍，然后问，"杜津卫说，他请过假了，十点以后去！你们批他假了吗？谁批的？"

梁书记说："我批的。我说他可以去。"

吴邑说："奇怪的是，褚一魁不说话了。他过了一会儿才说：大夫病了。你来了恐怕也装不上！接着就问，你的药用了吗？"

梁书记说："药？啥药？"

吴邑接着学："杜津卫说，'没有！'注意，杜津卫去金口看病已经过去几天了，他拿的药不可能不用。可是他说'没有！'"

罗山说："这个'药'要严密监视！"

吴邑说："褚一魁很郑重地说，'记住，用药是关键。至于装牙，等过了十一吧？''记住，一定用药啊！'杜津卫说放心。褚一魁又强调，'用药后的效果如何，一定要告诉我。我会转告大夫的。'杜津卫说，'马上就国宴了，我也要准备了。要忙起来了！'褚一魁说，'那就是为你的国宴准备的药，你用了才会有力气干好工作嘛！'大家注意，这后边的两句话，充满着杀机啊！这充分说明，杜津卫的药就是毒药啊！"

大家点头，齐表同意。

梅东岭说："哎，杜津卫这次打电话的目的是装牙，可是褚一魁为什么又不让他去了呢？"

罗山说："可能他这次装牙只是个借口，他是利用这个借口商量事情。"

"那他们为什么又放弃了这个借口了呢？难道他们发现了什么？"

吴邑说："我分析，首先，杜津卫打电话是一次联络，看牙，一是借机说事，一是装备毒药啥的，因为上次给的毒药还未用上，因此，没让他再来！

其次，用药重要，装牙不重要。也就是说，这次的装牙我们可以忽略，只当成借口。第三，注重用药后的效果，并且强调一定要告诉他，强调是为国宴准备的毒药。这一条是整个电话的关键。国宴就是十月一日的事，也就是说，十月一日的宴会，他们是一定要实施破坏的。最后，还有一条：金葵花病了。已经病了两天了。"

于兵说："是的，根据监视的情况看，金葵花病是真的。因为小荷带她去过一次医院，以后再也没有出来。"

吴邑问："什么病知道吗？"

于兵说："金葵花才四十四岁，不会是啥大不了的病吧！"

吴邑说："这个也要关注。你们去医院查一查，看看究竟害的啥病。"

"是！"于兵应答。

吴邑说："马上就去查啊！"

于兵说："是，我亲自去查！"

梁书记说："吴处，我仍然坚持先把杜津卫抓起来。这样，我们就绝了心头大患。不管他有没有毒药，也不管他的毒药究竟在哪儿。"

梅东岭说："抓起来也行。要不然，真不敢保证能彻底看住他。"

罗山说："我的意见，可以先不抓，今天是三十号，明天是建国大典。既然他们商量是为国宴准备的，那就是说，国宴之前他们也不会轻易出手。他们要效果最大化。抓起来的好处是，立即控制了敌人。坏处是，我们就只能到此为止，扩大战果的可能性就小了。"

梅东岭说："那也不一定。我们审他，说不定还快呢！"

于兵说："现在的问题是，他的毒药藏在哪儿了？"

梅东岭说："是嘛！只有抓起来了，一审，他就会说出来。即使他抵抗不说，毒药也不会自己跑出来危害首长的。"

罗山说："毒药是不会自己出来，可他要有同伙呢？如果这药在他的同伙手里呢？还有，抓住了他，就可能惊动褚一魁。惊动了褚一魁，就影响抓住炸弹专家廖响啊！"

吴邑说："我基本同意罗山的意见。暂时不抓。啥时候抓，如果我们真的找不到可以利用的东西了，就在十月一日早饭后抓捕。梁书记和梅东岭，你们要做好师傅的安排，千万不要因为抓捕杜津卫影响了宴会的进行。"

"是！"两人同时答应。

吴邑说："回去想办法查毒药。看他究竟放在了什么地方。他和刘师傅一个房间，平时又一天洗一次澡，换一次衣裳，就那么一片地儿，你们动动脑筋，一定要给它找出来。另外，注意他来往的都是谁，监视起来。这样，即使他有毒药也让他使不出来。"

"是！"两人又应。

罗山说："上个月我们抓捕'金钱豹'，'金钱豹'的毒药就是在牙里面。我们是不是重点查一下杜津卫的牙呀？"

于兵说："我刚才也想到'金钱豹'的牙了。可是，我们的监听电话说，杜津卫的牙要到十一以后才装。看来这牙和毒关系又不大了！"

梅东岭说："把毒药全部放在牙里，恐怕也未必能做……"

吴邑说："回去立即就查！杜津卫以前有没有假牙？"

梅东岭看看梁书记，梁书记看看梅东岭。

吴邑说："别看了。回去查一查再说。一定要快啊！我就在办公室呢，随时电话联系！"

"谁还有事？"吴邑想结束会议了。

"我！"孙觅举手。

"说！"

"这则谜我猜出来了！"孙觅一句话，把大家的目光全吸引过来了。

"哪则谜？"鲁战凯率先反应过来。

"就这个啊！"孙觅指着最新一则，大声念："主宰三界非为主，酷学母仪不是母。皇帝忌惮费口舌，宰相也怕入了腹。"

于兵说："这则谜语一看就不好猜，我都没敢碰。快说说，是个啥字？"

"毒！"孙觅说过谜底，反而不说话了。

"毒？"这下轮到于兵瞪眼了，"'主宰三界非为主'，啊——对！'酷学母仪不是母'，'毋'嘛！'皇帝忌惮费口舌，宰相也怕入了腹。'太高妙了！好好寻找特务的毒药吧！"于兵真诚地感叹着，大声说，"这得给处长鼓掌！"

大家忽然使劲地鼓起掌来。

"我看，还得给孙觅鼓鼓掌呢！"鲁战凯感叹着，"这么难猜的谜都能猜出来，前程无量啊！"

吴邑带头，又给孙觅鼓掌。

7　　开北方提着个布包来到了金水桥边，修葺一新的金水桥像穿上了新衣一样漂亮了许多。开北方看了一眼，故作大方地往里走去。

站岗的士兵拦住他。

开北方微笑着停下来。

士兵走上前，仔细辨认了他的胸牌，一挥手，就放他进去了。

开北方继续往里走。几十米的路程，又有了一道岗。开北方被站岗的士兵再次拦下。

开北方有了经验，连忙上前，主动让士兵看胸牌。

"你是干什么的？"

开北方往天安门一指："挂彩灯的！"

"我怎么没有见过你？"站岗的士兵确实没见过他。

开北方说："我是魏师傅的三徒弟！大徒弟是悟空，二徒弟是八戒，我是最没本事的沙和尚。"

小战士笑了，挥手放行了。

第三道岗设在了天安门下边。站岗的小战士看他一眼，就放他过去了。

开北方放心了，正要拐弯上楼，小战士忽然高喊一声："停！"

开北方吓了一跳。人没扭脸，就停住了。

小战士跑过来："你兜里装的啥东西？"

开北方笑着掏了过来："牙膏。"

开北方拿出一管托手里让他看。

小战士很好奇："哪个牌子的牙膏？我咋没见过？"

开北方说："这是新牌子，你当然没见过。'解放区的天是明朗的天，解放区的人民好喜欢……'"开北方学着跳舞的样子舞了一下，"这是解放区新生产的牙膏！喜欢，给你一管？"

小潘听见下边说话，走了下来："开大哥！"

"哎！"开北方愉快地应了一声。

"快上来吧！"

"好！"开北方又应一声。

小战士说："我记住牌子了，回头买一管。好用吧？"

"解放区的天是明朗的天，好用得很！"开北方唱歌似的应着。

小战士对他一笑。

迎着他跑过来的小潘拉住了他的手，开北方跟着小潘沿楼梯往上走。

两个小战士扛着扫雷器从城楼上走下来，看见二人上楼，站住脚给他们让道。

开北方小声问："城楼上还有岗啊？"

小潘说："不是岗。他们负责安全检查，一天要扫两次雷呢！"

两个人上了城楼，开北方一见魏师傅连忙拱手："师傅您好！"

魏师傅说："开老板，辛苦你了！"

开北方说："哪里哪里，求之不得啊！"

"我说，我们两人也挂了，小翁非得说，请开老板帮忙！你先歇会儿，再有几笔就绘完了。我们接着就挂，这一共八盏灯，得会儿挂呢！"魏师傅说着，手指着屋檐让开北方看。

开北方说："魏师傅啊，我刚才斗胆充了一回您老人家的徒弟。二道岗的时候，那小兵问，我咋不认识你啊？"

魏师傅说："我们在这儿几十天，人都熟了。"

小潘问："你咋说的？"

"我说，魏师傅有三个徒弟。大的叫孙悟空，二的叫猪八戒，我是沙和尚……我这样一说，那小兵就放我过来了。"

魏师傅也笑了："你的嘴恁会说话，门神也不会不放你进来的。"

三个人都笑了。

魏师傅说："小潘，给开老板倒杯茶。"

"好的！"小潘应着，就掂起了暖水瓶。

"哎哎，我自己来！"开北方要抢暖水瓶，被小潘挡住了。

8

郭闹闹很听话，他坐着人力车来到了西长安大街上。

战士在站岗。工人在清扫。大街上，到处都是劳动的人们。游览观光的人们指指点点。

郭闹闹下了车，掏出一张大钱递给人力车夫："师傅，不球找了！"

人力车夫挺直腰，认真地看着郭闹闹："老板，算我看走眼了，你天庭饱满，地阁方圆，两道眉毛又粗又长，一看就是个要发横财的样子。"

郭闹闹笑起来。

"再见了老板！"又有人要坐车了，人力车夫跑着去接活。

郭闹闹站着，禁不住感慨："你说那是球！"

郭闹闹在街上走着，看着。他走得很慢，踩点儿需要细致。

街上，花盆，花树，一排排地已经摆好。大花盆有半人高。小花盆连成一片。郭闹闹站在一个大花盆前，伸鼻子嗅着。

养花的师傅过来了，满腔热情地问："香吧？"

郭闹闹问："这是啥花，开恁球大的朵朵？"

养花师傅说："菊花嘛！"

"菊花我会不认识，没见球这么大的！"

师傅白他一眼，忙着去浇水了。

郭闹闹在街上走着，他发现真如廖响所说，大花盆真的可以藏"饼子"，小花盆真的可以放"牙膏"。他看了一阵儿，感觉有了点儿把握，挥手又拦了一辆人力车，一迈腿坐了上去。

人力车夫问："先生去哪儿？"

"东单有个冥衣铺,你球知道不知道?"郭闹闹心情不错。

"先生要买冥衣?"

郭闹闹往地上吐了一口:"呸!咋球说话哩?"

人力车夫皱起眉:"那先生是?"

郭闹闹说:"我问你球知道不知道!"

"我当然知道。我是说,你问它不是要买吗?"

"我呸!"郭闹闹又吐一口,"我为什么要买?真扯球蛋!"

"对不起先生,你不买为什么要去……"人力车夫也不是个聪明人。

郭闹闹大恼,猛地走下车子:"不坐了!"

"哎哎,先生?"人力车夫上前要拉郭闹闹。

郭闹闹头也不回大步往前走去。

人力车夫站住了,小声咕哝着:"这人,有病啊!"

走了几步,郭闹闹又拦了一辆人力车。

"停停!"郭闹闹一伸手,迈腿坐了上去。

"先生去哪儿您?"

郭闹闹一听,就知道遇见老北平了,说:"东单知道吗?"

人力车夫一笑:"知道知道。跑八年了,不要说北平的大街小巷,就是旮旮旯旯的私处我都知道!"

"私处?"郭闹闹有兴趣了。

"对,北平的私处。像什么妓院啊,烟馆啊……"

郭闹闹说:"那东单的冥衣铺你球知道吗?"

"知道嘛!到那儿干啥?"

郭闹闹高声说:"不干啥。考球你!"

人力车夫又一笑。

郭闹闹说:"冥衣铺的老板叫啥名字?"

"我又不是工商局的,谁管这事呢?"

"他有个优秀的店员叫郭闹闹,你肯定又不知道?"

人力车夫不笑了。

"这才是北平的球私处!"

人力车夫知道遇见"刺儿头"或者"惹事精"了,也不夸口了,拉起车子就跑。

郭闹闹一走,廖响躺在床上等瞌睡,可精神头太好了,眼睛涩都不涩,咋也睡不着。廖响闭上眼,默默地数着数:⋯⋯一百三十五,一百三十六,一百三十七⋯⋯

睡觉实在是太难了。廖响不睡了,他爬起来,掏出小本,在纸上写了一行字:

亲爱的蓝:

刚写了一行,冥衣铺的门被人敲响了:啪啪啪啪,啪啪啪啪⋯⋯

廖响吃了一惊,连忙站起来。

"开门!开门啊!"是郭闹闹。

廖响轻手轻脚地走到门边,透过门缝往外一看,真是郭闹闹,并且,身后也没有人。

"来了——"廖响故意拖着嗓音开了门,张着大嘴打了个哈欠。

"廖先生睡好了吧?"郭闹闹问。

"球!"廖响猛然一字。

郭闹闹哈哈地笑起来。

"近朱者赤,近墨者黑!"廖响禁不住感叹着,"今天我算是服气了!"

"是球!"郭闹闹又笑了。

9 趁着上班的时候,梅东岭和孙觅拿钥匙打开了刘师傅和杜津卫的房间,从床上,枕头下,再到地板上,洗手间,两人配合着,一寸一寸地寻找了一遍,但是一无所获。

梅东岭又以开会的名义把刘师傅找来汇总情报。

刘三刀师傅说:"平时也没太注意,一接受任务,我才认真起来。这个人考究得很,原来我以为他一天要刷两次牙,谁知道,是三次!每次吃过饭都刷!"

孙觅在本子上记着。

刘师傅说："穿戴也讲究，他兜里装一把小象牙梳子，一没事就梳头。"

"不是都剃光了吗？"

"剃光了也梳。说是去痒的！"

梅东岭问："没有别的发现？"

刘师傅轻轻地摇了摇头，说："暂时还没有。"

梅东岭说："以您猜测，杜津卫要有毒药，他会放在哪些地方？"

刘师傅抬头看着天花板："以前，我们毒鬼子的时候，药都放到鞋里面。专门给鞋面上多贴一块，又好看，又能装药。毒药都很少！"

梅东岭啊了一声："就是，忘了查鞋了。"

孙觅马上站了起来："走，我们再看看！"

刘师傅走后，他们又去查了鞋，仍然没有发现。

午睡的时间，刘师傅和杜津卫回到了屋里。

刘师傅说："真是老了，每天中午要是不睡这么一会儿，整个下午都没有精神。"

杜津卫也跟着感叹："岁数不饶人。俗话不俗啊！"

"杜师傅，你比你媳妇大了二十多岁，身体吃得消吗？"刘三刀开了玩笑。

杜津卫故意叹了口气："这不，老打电话让回家！"

刘师傅笑了。

"这一生犯的最大的错误，就是娶了这么个小媳妇。你要是不好好打扮，她哪里会愿意，我不怕人家说我老，她怕人家说我老！谁要是一喊我老杜，她就不高兴，光想让人家喊小杜。你想想，我都这把子年纪了，可能吗？"杜津卫摸一下花白的鬓角。

刘师傅又一笑："怪不得杜兄你这般讲究！"

"不讲究不让上床啊。我还得去洗洗！"杜津卫说过，又走进卫生间。

刘师傅刻意地观察着他。

10

"哑巴"杜雅走出金口牙科诊所的院门倒垃圾,他装作漫不经心似的往四周的街上看了看,在腰上捶打了几下又走了回去。

褚一魁从厨房里走出来,说:"老杜,你把这个发走吧!"

"哑巴"接过来,装进衣兜。

褚一魁说:"哎,今天该到哪个方位了?"

"哑巴"说:"艮位。"

褚一魁点头:"嗯,那就快发吧!"

"哑巴"骑着自行车上了街。

负责监视他的小战士一见,也立即骑上了自行车。

墙上,缉拿村田成一的布告很多。"哑巴"跳下车子,停住脚看布告。他从布告上的内容推测,村田成一还没有被抓到。只是,他不知道,这个日本特务跟他们的任务有没有关系。

"哑巴"来到了艮位的四合院门前。这是个普通的院子,不同的是门上的门神画,一般人家贴的都是尉迟恭和秦叔宝,或者神荼和郁垒,或者关公与岳飞。而这家的门神画却是尉迟恭和关公,门神画的下方画了一个歪歪扭扭的三角符号。

"哑巴"上前敲响了暗号:笃笃笃笃笃,笃笃笃笃笃……

屋子里还是以前的布置,主任叶生住单间,发报员"扁嘴"住二楼。不同的是,叶生和"扁嘴"分别由两个战士看守。

听见敲门声,"扁嘴"本能地惊了一下,连忙站起来:"谁呀?"

回应他的仍然是五连击的敲门声。

"扁嘴"对身边的小战士:"你去里间,躺到床上啊!"

小战士连忙走进里间,拉被子盖住自己。

"扁嘴"上前开门:"老杜,进来吧!"

"哑巴"推着车子走进去,在院子里扎了车子。

正房里的叶生主任,按照规矩,一般是不打扰他的。

"哑巴"把急件递上去。

"扁嘴"接了,拆开看了一眼:"坐吧,喝杯茶!"

"哑巴"警惕地看看周围："不了，还有事呢！"

"好吧！保重！""扁嘴"一笑。

"哑巴"也笑了："你也保重！"说过，扭身出了屋子，到院子里推起车子。

看押的小战士轻声问："叶主任，你们以前都是这样转吗？"

叶生说："那当然了。要不然，褚一魁急着发报上哪儿找我们去，也得有规律不是！"

小战士说："可是这好几天了，也没见他们急着发啊！"

叶生说："小同志，要知道，急件历来都少。一般都是工作联络。"

"主任！""扁嘴"过来了，按照以前的样子把电报稿送到了叶生手里。

第三十三回　廖专家潜逃前门站 开北方被逮天安门

> 潇洒漂亮一夫人
> 出门衣袂抻三抻
> 平时也不多言语
> 偶尔言语吓死人
> ——打一字

1 金葵花又睡醒了。她睁开眼，神情茫然地看着四方，像是不认识这儿似的。

小荷正在旁边守着她呢："妈妈，你醒了？"

"这是哪儿？"金葵花问了一句，声音很缥缈。

小荷想着她是睡傻了，说："家呀妈！你在家里呢！"

"小荷？"金葵花看见了女儿，"我见你姥爷了！"

小荷说："妈妈，你别说这行不行？我姥爷都死十几年了吧？"

金葵花不听女儿的，她说："你姥爷在前边走，他牵着我的手，那时候我才五岁。你姥爷说，小荷呢？小荷咋没跟来？我说，我才五岁，还没有小荷呢！你姥爷说，啊，我忘了。那就不带小荷了！她还小呢，让她在那边吧！"

小荷倒了一杯开水："妈妈，您喝口水吧，看您的嘴干的！"金葵花的嘴干裂着，像久旱的泥沼。

小荷说着，拿调羹喂妈一口。

金葵花喝了，又闭上了眼睛。

妈配的瓶子里的药快喝完了，小荷又倒了半杯，端给妈："喝你配的药！"

金葵花显然还在梦里："你姥爷很瘦。我问他，爸，你咋恁瘦啊？他说，没啥吃啊，你们姊妹几个也不给我送点儿钱花。小荷，你今天就去买点儿纸，晚上到十字路口给你姥爷烧烧。他缺钱花了，在那边买不了东西……"

小荷说："妈妈，你是个洋学生，咋还信这个啊！"

"妈信这个，跟学历没关系。"金葵花彻底醒了过来，"我死了，你记住，也要多给我烧纸送钱！"

小荷说："妈！你别吓人行不行？"

金葵花说："记住没有？"

小荷不理。

金葵花执拗地再问："记住没有？"

小荷看着妈："记住了！"小荷说过，忽然哭了。

2

罗山把整理好的一摞材料拿过来，欲送吴处。

吴邑正埋头写着文字，罗山站在门边等他。

"有线索吗？"吴邑终于抬起头来。

罗山走上前，把材料递上，说："群众的揭发举报材料不少，但是真正有用的不多。"

"无人发现村田成一？"吴邑看着罗山，满眼里都是焦急。罗山忽然发现，吴邑的额上有了白发。他才三十六岁啊！

"是啊。从我们掌握的材料看,马斯利和村田成一肯定是一伙,这一伙共有五人。可马斯利和东口夷人都说是四人,对村田成一故意避口不谈。而洛德和颜成坤承认是五人,显然是实话。可洛德和颜成坤也没有提供更多的东西。我提议再审他们,希望能审出新的线索。"罗山提出建议。

"同意!"吴邑站起身,使劲伸了一下腰,说,"你和于兵去审吧!"

鲁战凯跑着进来了:"报告!"

吴邑一惊:"又有新消息了?"

鲁战凯说:"这是刚刚拿到的褚一魁欲发台湾的密件。"

吴邑不接,往椅子一靠,说:"读!"

鲁战凯大声朗读:"响必响卫必喂,回家事请妥安。"

"给我!"吴邑一伸手,鲁战凯把电文递上。

吴邑边看边解释:"嗯,'响必响',第一个'响',说的是廖响。第二个'响',说的是炸响。'卫必喂',是说杜津卫必然要喂毒药的。恶毒啊!后边六个字是要毛人凤安排他们撤退的事情。这说明,毛人凤是有要求的,一定要弄响炸弹,投下毒药,才允许他们回去的!"

罗山听着,点头表示同意。

吴邑问:"发了吗?"

鲁战凯说:"等您指示!"

"立即发!"

"是!"

罗山走到黑板前,在"后羿一张弓"的谜语下边,写上了一个"弹"字。吴邑看见了,但他没有出来,更没有和罗山讨论。

3 天安门城楼上,开北方和潘晓添抬着一盏大红宫灯走过来,宫灯不仅沉,而且体积大,既要使劲又要抬得平衡,两人一点儿一点儿走着,魏师傅在旁边帮扶。

到了廊上,魏师傅举起一个带着铁钩的竿子,挑着宫灯往上走。

两人在下边配合着，先是抬，后是举，凭感觉跟随着。

一盏灯挂上了。

三个人退到旁边，仰头看着。

魏师傅笑了："在地上恁显大，一挂上刚好，不大不小的！"

开北方喘着，说："我敢说，这么大的灯，全天下也只有这个地方配挂了！我敢说，这么大的灯，全天下，也只有师傅您会做了！"

魏师傅笑着："再挂吧！反正今天挂上就算完成任务，不急啊！"

开北方说："师傅您只管指挥，我们是磨道里的驴，听您老人家的喝！"

魏师傅说："走，挂两边！中间那俩是天安门的眼睛，最后才能挂呢！"

开北方问："为啥呢师傅？这有讲究吗？"

"当然有讲究了！"魏清智师傅咳嗽一声，清了清嗓子，"说是过去，有个人画龙，画得那个像啊，无与伦比！可是朋友们看了，说，你咋不画眼睛啊！画家说，眼睛不能画。大家都不依，说，画个龙没眼睛，再好，总是个遗憾不是！再三地催促。当然，也是天意。为什么这样说呢？他画龙画了那么多年，为什么没有人追着要眼睛呢？这时候，皇上来了，也说，画上眼睛吧！别人的话可以不听，皇上的话谁敢不听呢！这画家拿起画笔，这么轻轻地画上了两只眼睛。谁知道，一有眼睛，龙活了。咔嚓一声雷，雨下起来了。一气儿下了三天三夜。要说，也是好事！为什么这样说呢？据说那时候三年没下雨了，皇上愁得不行。这一场大雨，就把天下的大旱解除了不是！"

开北方说："这么说，晚点儿挂还真有讲究！"

魏师傅指着门外的两盏红灯："那是当然。啥时候这两只灯一挂，就是大功告成了！"

开北方说："这两只是眼睛？"

魏师傅点头："是眼睛。"

开北方仔细地看了几眼："您老人家做了这么久，有没有过啥奇事出现呢？"

小潘忙不迭地接上："咋没？师傅你再给我们说说呗！"

魏师傅摸着无须的下巴："再挂两盏我再说吧！权当休息了。"

开北方说:"好好,既给我们长了知识,也让徒弟休息了。师傅您真是智慧!怪不得慈禧太后年年请您!"

两人又抬起一盏灯。

魏师傅指挥着。

两人再次把灯挂上。

三个人后退几步,仰脸审视着。

开北方说:"真是好看!还没点着就把天安门照亮了!"

"你们俩歇歇,我去解个溲!"魏师傅自嘲似的笑着,"人老尿多。"魏师傅说过就往外走。

小潘对开北方点一下头:"我得跟去!"

"啊?好好!"开北方表示理解徒弟对师父的孝敬。

大好机会!

千载难逢!

开北方看着二人离去,急忙从布兜里掏出一管"牙膏"炸弹,塞进右前方的下水嘴里。

城楼上静悄悄的,几只鸽子飞过来,停在屋檐下,咕咕地叫着。

开北方警惕地看了一眼,掏出另一管,塞进左前方的下水嘴里。

开北方跑到城楼梯口,楼梯口空荡荡的,没有一个人。

开北方掏出最后一枚"牙膏",又从布兜里掏出一段事先准备好的细绳子,迅速把"牙膏"绑在了欲做"眼睛"的彩灯的横拳上。

小潘的歌声飞了上来。小潘喜欢唱歌。他唱的是《东方红》,"东方啊红,太阳啊升……"扯腔扯调,真把《东方红》唱成了陕北的民歌。

开北方慌忙绑好,急急地站起来。

小潘年轻,步伐轻快。他怕冷落了开老板,看师父解过了,就先走了一步,回到了城楼上。他回到城楼上的时候,慌里慌张的开北方刚刚绑好炸弹。

"您看啥呢?"小潘亲切地问。

开北方不自然地一笑:"魏师傅画得真好!"他装作看灯笼的样子。

小潘笑了。

4

罗山和于兵立即提审颜成坤。罗山主审。于兵记录。

罗山问:"颜成坤!"

颜成坤:"到!"

罗山说:"你是中国人,你应该知道共产党的政策?"

颜成坤连忙点头:"知道知道,我愿意提供所有我知道的一切。"

罗山说:"你写的罪状材料我都看了,但是还不够彻底。你给村田成一送过什么东西?"

"我没有送过东西。虽然我们是一个小组,但是我的任务是把德文和意大利文翻译成汉语。重要的事情他们并不相信我。"

罗山问:"怎么样不相信你?"

"他们从不让我送任何东西。"

罗山问:"洛德给村田成一送过东西吗?"

"肯定送过!"

"为什么?"

"因为洛德负责联络。"

"带下去!"

颜成坤一走,于兵立即带来了洛德。

罗山喊:"洛德!"

洛德抬起头:"到!"

"你都给村田成一送过什么东西?"

洛德皱起眉,抬起一张大红脸:"送过信,送过皮鞋,送过……我想想——"

罗山说:"想啥?你的情况我们都调查了。在这个组织中,你不是首恶。我们的政策历来是坦白从宽,抗拒从严,胁从不问,首恶必办。你要争取立功的。"

洛德点头表示明白:"我给他送过——"

罗山猛一声接上:"炸弹!你咋这么难说?我替你说了算了!你咋送的?"

洛德一急:"我、我没送过炸弹。"

罗山说:"你还想狡辩?不是你开的车吗?"

"是我开的车,但是、但是我给马斯利送过炸弹,还有那门炮……"

"从哪儿给马斯利送的?"

"公司。迫击炮和炮弹都在公司的仓库里,我就拉着送去了。我是他的部下,他让我送,我就得送嘛!"

罗山问:"上次审你时,你不是说你没有见过马斯利住处的迫击炮和炮弹吗?今天为什么又承认给马斯利送过炮和炮弹了呢?"

洛德一脸懵懂的样子:"我,忘了。"

罗山提高了声音:"别避重就轻了洛德,我们一审你给村田成一送炮弹,你马上就承认了给马斯利送过迫击炮和炮弹。洛德,你给村田成一咋送的炮和炮弹?"

洛德再皱眉:"我——真的没送过!"

罗山说:"洛德,我再一次警告你,如果你不说实话,我们是要从重处罚你的!"

洛德再次摇头:"我、我真的没有,送过,真的……"

5 廖响和郭闹闹又一起去了那个义利饭店。四个菜,两个汤,一瓶二锅头。这是郭闹闹要求,廖响批准的。

两人碰了一杯。

廖响小声说:"少喝两杯!"

郭闹闹说:"球!酒壮英雄胆!自古英雄皆爱酒!关云长温酒斩华雄……"

廖响说:"那也不能喝多!来,再干一杯!"

郭闹闹说:"早饭就没吃好,现在一喝酒,胃口反而开了。再喝一杯!"

"就此一杯啊！"廖响用了约束人的口气。

郭闹闹半真半假地说："廖先生，你真球小气！"

廖响瞪他一眼："不是我小气，事成了，我把你按到酒缸里！"廖响说着，把酒瓶拿到桌下。

郭闹闹一抹嘴："球，不喝了，吃饭！"

廖响说："晚上我再请你们！"

"晚上是晚上的。廖先生，怎么着也得弄球三杯啊！"

廖响又把酒瓶拿了出来："只三杯啊！"

郭闹闹乐了："只三杯就只三杯！"他拿起酒瓶，先给自己斟满，这才想起来给廖响斟。

廖响看着他，一脸的不屑。

喝过这杯酒，郭闹闹就不再吵酒了。两人吃过饭，廖响掏钱跟跑堂的结了账。两人走出小饭馆。

郭闹闹说："哎，一块儿走还是分开走？"

廖响说："就此别过！记住，你从西长安街往东走，我从东长安街往西走。"

郭闹闹说："忘不了。上午我就看球过了！"

廖响说："后会有期！"

"后会有期？"郭闹闹一愣，"晚上不是还要喝吗？"

廖响点头，转身离去。

郭闹闹看廖响走了，一扭脸又走回饭馆。

跑堂的正清扫桌子。

郭闹闹说："我的酒，桌子下！"

跑堂的弯腰捡了，递给郭闹闹。

郭闹闹接过来，对着酒瓶喝了一口。

6 魏师傅回来了。魏师傅好干净,每次解溲后,一定要洗手。洗完了不擦,慢慢地风干。有一年冬天,他洗完手没有擦,被北平的风冻伤了,一到冬天,手皮就裂口。这几年注意了,才慢慢地好起来。

开北方连忙迎上去:"师傅,你还没说你遇见的奇事呢!"

"我遇见的啥奇事呢?"魏清智师傅一笑,摸了摸无须的下巴,"慈禧太后去世那年,那是她老人家最后一次看灯了。"魏师傅望向天空,"她是猴年冬天去世的,就是戊申年冬天。看灯呢,是在羊年,也就是丁未年。新年挂灯,一入八月她就派人请来宫中准备了,从八月到腊月一共五个月呀,时间充裕。那年腊月二十八,开始挂灯了……"

开北方说:"不是三十啊?"

魏师傅轻轻摇头:"每年都是腊月二十八。为什么呢?清朝时候有个歌谣,从腊月二十三一直到大年三十都在唱。"

开北方说:"啊!和今天的一样吗?"

魏师傅说:"都差不多!歌子是这样唱的:'二十三,祭灶官。二十四,扫屋子。二十五,磨豆腐。二十六,蒸馒头。二十七,杀只鸡。二十八,贴花花。二十九,灌壶酒。三十儿赶个露水集儿。''二十八,贴花花'嘛,就是贴门神啊,对联啊,道西啊啥的。从这天起,要账的再急,也不能进欠债人家的门了。"

开北方明白了:"啊,贴上门神了!"

"二十八,刚挂完,天上出了一道彩虹,那个宽啊,简直像一条河流!从东天边一直来到宫中。当时就有人预言,说要出大事了!有人说是喜事,有人说是忧事。十冬大腊月出这么大的彩虹,不是吉兆啊!就在第二年,慈禧太后走了。"

开北方说:"这个女人不是个好女人,算是吉事了!"

魏师傅不说话。

开北方看看魏师傅,也就不再说话。

魏师傅感觉在这个地方议论圣上不合适,马上停住了,说:"还挂灯吧。就剩俩'眼'了!"

两个应声"好",就站了起来。

开北方和小潘站在灯前,魏师傅仍然举着个长竿准备挑动。

开北方说:"师傅,这就是您老说的让龙飞起来的'龙眼灯'啊!"

"那是,你们现在还看不出来,等会儿一挂上,你们就明白了!"魏师傅伸出长竿。

两个人弯腰就抬。

魏师傅说:"要小心啊,千万千万可别弄坏了!"

两人齐应一声:"好!"

那只"眼睛"灯就冉冉地升了起来。

7

郭闹闹提了个皮包,伸手拦住人力车夫。

郭闹闹先把提包放车上,这才一欠屁股坐上去。

"先生去哪儿?"

郭闹闹说:"西长安大街知道吗?"

"太知道了。门牌几号?"

郭闹闹说:"我哪记得清门牌?到时候我说停你球停下来就是了!"

"好的。您喝酒了师傅?"车夫说。

郭闹闹说:"毛病,就好这一口!"

车夫很会说话:"那是先生您有福,酒可不是谁想喝谁就能喝的!"

郭闹闹笑了:"球,想喝就喝,酒就是让人喝的!"

"有福,有福!"车夫恭维着。

郭闹闹拿出酒瓶,对着瓶嘴儿又是一口。

车夫架起车子,说了句:"西长安大街可长了。"

郭闹闹说:"再长也长不过你的腿!"

人力车夫禁不住笑起来:"一喝酒,就有趣了!"

郭闹闹没接话,对着酒瓶又灌一口。

车夫说:"师傅,酒瘾不小啊!"

"咋球说话的?"郭闹闹不满意了。

"不对吗?"

"当然不对了。"

"那该咋说呢?"

郭闹闹学了句戏剧道白:"酒量不小!"

车夫听明白了:"啊啊啊!酒量酒量,不是酒瘾。"

郭闹闹开心了,哈哈地笑着,把瓶里的酒一仰头喝光了:"我球,一斤半的酒量!"

"有福!"车夫放开步子跑起来。

8

"哑巴"回来了。他在院子里扎住车子,大步走进正屋。

褚一魁迎出来。

"哑巴"报告:"所长,送到了。稿子发出去了。"

"嗯。"褚一魁阴阴地应了一句,"马斯利一直没有电话,你最近听说什么了没有?"

"哑巴"说:"我正要给您汇报呢!"

"嗯?进来说!"

两个人走进客厅。

"哑巴"说:"街上贴了很多布告,通缉抓捕日本人村田成一。"

褚一魁问:"村田成一是个什么人?"

"好像是说他阴谋破坏天安门。"

褚一魁说:"这个人是马斯利的人吗?"

"哑巴"摇了头,摇过后又点了一下,说:"很有可能。因为美国中情局招募了不少的外国人嘛!"

"嗯,我给马斯利打个电话。"褚一魁抓起电话,正要拨号,忽然又放下了。

"哑巴"用询问的目光看着他。

褚一魁说:"马斯利一直没有来电话。我应该到街上去打!"

"哑巴"心领神会地点了点头。

褚一魁说过,就走出大门,要了一辆人力车。

看着褚一魁出了门,"哑巴"一转身去了金葵花的房间:"小荷,你妈妈今天怎么样?"

小荷说:"妈妈,干爹来看你了!"

金葵花睁开眼睛。

"哑巴"说:"大夫,您好些了吗?"

金葵花无力地摇摇头:"谢谢!"

"哑巴"扭脸问小荷:"你妈配制的药喝完了吗?"

小荷回答:"喝完了。我正问我妈妈要配方,我去给她配点儿去。"

"哑巴"说:"大夫,你真的认为是褚一魁给你下了药?"

金葵花点头。

"哑巴"说:"我感觉,他还不至于这样狠毒!"

金葵花说:"他窃听了我们娘儿俩的谈话。"

"哑巴"说:"那也不至于吧,我们可是在完成同一个任务啊!"

金葵花说:"我的任务不是完成了吗?我不是没用了吗?"

"哑巴"下意识地摇头。

金葵花说:"但愿不是!但愿他不是这么坏!"

"哑巴"一笑,说:"所长发了电报,请求台湾接我们回去呢!"

金葵花凄然一笑。

"大夫,我们一起回去!我和小荷一定好好照顾您!"

"谢谢!"金葵花的泪水夺眶而出。

褚一魁找了个公共电话间,接通了马斯利的电话:"喂,请问,这是马斯利先生的电话吗?"

接电话的是埋伏着准备抓捕村田成一的小战士:"是啊!"

褚一魁感觉不对,又问了一句:"请马斯利先生听电话!"

小战士说:"请问您是谁?有话可以给我说,我转告马先生!"

褚一魁放掉电话，立即就往外走。一出电话间，正赶上一辆公交车驶来，他跳上车，迅速离开。褚一魁感到了危险，他很快回到金口牙科诊所，暗暗下了决心，在离开北平之前，他一次也不再出去了。其实他还是太自信了，他不知道，在他去打电话的时候，所有的行为都在跟踪他的战士的掌控之中。

9 　　午睡起来，刘三刀师傅解过溲，到洗手间去洗手，正看见两颗相连的假牙放在洗手盆边。

刘师傅拿起假牙，对着窗外的光看着。

牙不透明，什么也看不清。

刘师傅把牙又放在水盆边。当他走出洗手间的时候，杜津卫已经出了屋门，刘三刀连忙追他。

两个人沿着饭店的甬道往厨房走去。

"牙！"杜津卫忽然喊了一声。

刘师傅还没有醒过神来，杜津卫转身就跑。

"怎么回事？"刘师傅问了一句，忽然明白，水盆边的假牙是杜津卫忘戴了。

杜津卫也不回话，他跑了几步，感觉不对，就改成了大步快走。

看着杜津卫失急慌忙的样子，刘三刀忽然感觉那两个假牙有问题！

杜津卫跑进屋内，冲进洗手间。

两颗并排的牙还在那里。

杜津卫深吸了一口气，伸手抓过来，戴在了口里，一转身，急往外走。

杜津卫追上来了，看刘师傅还在等他，自我解嘲地一笑，说："人一老，最怕牙掉，不但吃饭不便，又弄个老婆嘴，丑死了！"

刘师傅故意问："你镶牙了？"

杜津卫以为刘师傅不知道，故意说："是啊，医院的牙都给我准备好了，一忙，镶不上了。"

"镶牙能用多长时间？该镶还是要镶的！"

"那得有时间啊！我给医院约好了，等过了'十一'就专门去镶！"

刘师傅利用商量工作的时间，把刚刚发生的事报告了梁生泉和梅东岭。党委书记和保卫科科长都感觉，杜津卫镶了牙，却故意隐瞒，肯定牙有问题，决定于刘师傅不在的时候，由梅东岭寻找借口去检查杜津卫的假牙。

10

鲁战凯又送来了新消息："报告处长，有新情报！"

吴邑仰起头："读！"

鲁战凯大声朗读："飞机待起，轰炸在即。接电甚慰。果能践弹行药，吾将偃旗息鼓。"

吴邑接过来看了，把情报放在桌上："这个情报太有价值了！知道啥意思吗？"

鲁战凯大声说："听处长解释！"

"这像是蒋介石的话语啊！说他们的飞机已经做好了轰炸北平的准备，接到褚一魁的情报后甚为高兴，如果真的定时炸弹能爆炸，亚洲饭店能下毒，他们就可能偃旗息鼓，不再起飞了。"吴邑说过，感叹了一句，"情报就是战斗力啊！"

鲁战凯兴奋地说："这个真是太重要了！"

吴邑说："我们就要调动蒋介石的飞机了！"

鲁战凯高兴地一挥拳头："太好了！"

吴邑说："我刚去局里开了个短会，有重要的情报需要转告大家，你打电话让全处同志都过来开会。"

"是！"鲁战凯抓起电话，摇了起来。

全处同志很快到齐。

吴邑大声说："同志们，我刚去局里开了个短会，半个小时结束。会议通知我们，建国庆典的开始时间，定在十月一日的下午三点！"

孙觅惊叹一声："下午三点！不是上午啊？"

其他同志们也都现出奇怪的样子。

"对！下午三点。"吴邑环视一圈，"知道为什么要放在下午三点吗？"

大家抬起头，一齐看着吴邑。

"国民党蒋介石反动政权不甘心自己的失败，扬言要对我们的建国大典实施轰炸。他们说准备了一百多架飞机，准备从舟山群岛和台湾的机场同时起飞，对中国人民翻身解放的伟大庆典进行破坏。"吴邑一脸轻蔑。

大家的脸上一时都是愤慨。

"我们怕不怕呢？"吴处大声说。

大家齐应："不怕！"

"哼，当然不怕！我们打败了日本帝国主义，打败了国民党的八百万大军，几架飞机还能吓得了我们？不过，我们在战术上还是不能轻敌对不对？我们在蒋机飞行的路线上布置了大量的炮火和雷达，可以说，来一架，我们就打掉他一架，来两架，我们就打掉他一双。"吴邑说着，打开笔记本：

"首长算了一笔账，国民党执行任务的飞机主要是美国造的B-24轰炸机，最快时速为四百八十八公里，可装载四吨炸药，最远航程三千三百八十公里。从舟山群岛到我们北平的直线距离是多远呢？一千二百三十公里，一个来回也就是两千四百六十公里。也就是说，轰炸机是可以飞来实施破坏的。按最大时速飞，来一趟要三个小时，回去还要三个小时，加上我们沿途的高炮打，飞机追，那么，它没有七个小时是回不去的。B-24飞机有个缺点，就是不能夜航。这样一来，他们要胆敢进犯，我们就真的让他们有来无回！"

大家兴奋地鼓起掌来。

吴邑说："我再读一份今天截获的敌台情报：'飞机待起，轰炸在即。接电甚慰。果能践弹行药，吾将偃旗息鼓。'这应该是毛人凤接到我们的情报后，通过向蒋介石汇报，由蒋介石做出的决定。也就是说，敌人得到我们的情报，认为可以不用飞机就能实现他们的罪恶阴谋了。这也就是我们为什么不立即抓捕褚一魁的意义了！刚才战凯就感慨情报的作用。其实，情报在作战中的作用有时候能超过千军万马！"

梅东岭说："杜津卫我们又查了一次，仍然没有什么发现。刚刚我过来时，刘师傅给我报告，说杜津卫镶了牙，可他故意麻痹刘师傅，说他过了'十一'再去镶！"

吴邑说："噢，这个线索很重要，尽管过了'十一'再镶这个情报我们知道。罗山，审讯的情况有进展吗？"

罗山说："这次的审讯我们是和上次的顺序反着的，先审了颜成坤，接着审了洛德。"

"都审过了？"

"都审过了，但收获不大。"

吴邑说："重申一下，杜津卫等到明天上午十点前，不管发现没发现新的问题，都要抓捕。褚一魁等四人，时间相同。也就是明天上午十点前。还有两个人线索不够，一个是廖响，一个是村田成一。大家不可放松警惕！"

"是！"众人齐应。

吴邑说："这是建国大典前的最后一次全会了，谁还有什么问题，请抓紧提出来。"

孙觅说："处长，您再出个谜语吧？您看，'廖'虽然没抓住，但是我们知道了重点。炮虽然破获了，但我们还不敢放松警惕。这个'弹'，也让罗山破解了。您再出一个呗！"

于兵说："孙觅的谜语猜得可好了！"

孙觅说："处长说得好，这有利于锻炼脑筋，训练思维，提高破案能力！"

吴邑想了想，走到黑板前，拿起粉笔，又写了一个：

第三十三谜

潇洒漂亮一夫人

出门衣袂抻三抻

平时也不多言语

偶尔言语吓死人

——打一字

11 　　开北方和小潘抬着灯笼，魏师傅举起长竿引领着，三个人小心地配合，再一次把彩灯挂上。

天安门城楼上的两只"眼睛"灯挂正了。

魏清智师傅后退一步，仰脸看着，他用的是挑剔的目光，他不希望彩灯有问题，也担心彩灯有问题，更害怕彩灯的问题没有被他看出来。

真是"眼睛"灯！魏清智师傅清楚地知道，天安门城楼睁开了眼睛。天安门城楼在沉寂了几十年之后，忽然又睁开了欣喜的眼睛，满脸喜气地观赏着这个新鲜的世界。魏师傅看着，忽然流下了热泪。

潘晓添的心情不是这样，他是第一次做彩灯，第一次挂彩灯，他压根儿没想过师父做的彩灯会有问题。挂上了，就是成功了，就是胜利了。他的目光是欣喜的，欣赏的，甚至可以说是自豪的。他看师父掉泪了，忽然就有些惊慌，他不知道师父为什么要哭。难道，是有哪儿出了问题不成？

开北方的目光是担心的，紧张的，甚至可以说是恐惧的，如果人的心能被看出来，此时他的一定是一颗哆嗦着的黑色的心脏。他只想快点儿结束这件事，哪怕让他变成一只掠过天安门上空的鸽子，或者一只飞下城楼的麻雀，甚至蚊子。只要能飞走、离开，变成什么都行，一缕风也可以。

两个扫雷的小战士拿着扫雷器再次走上天安门城楼。

一个从东往西扫，一个从西往东扫。

西边的战士走得快，他忽然发现了地雷的信号。小战士一愣，喊了一声："有雷！"

几乎是同一个时间，东边的小战士也喊了一声："地雷！"

"好好的，哪来的地雷？"魏师傅抹了一把眼泪。

开北方往外退了几步，哆嗦了一下。

魏师傅最先醒过神来，伸手一指："开老板！"

开北方扭脸就跑。

两个战士放下扫雷器，喊一声："抓特务！"

跟着开北方追下去。

开北方跑到楼梯口，正看见站岗的士兵来抓他。

开北方返身回来，就要跳楼。他个子小，动作却还麻利。他爬上去，就往下跳。

人下去了，腿却被小战士死死抓住。

三个战士一齐使劲，把开北方又拉了上来。

两个战士拧住开北方的胳膊。

魏师傅走上来："真想不到啊！你这么积极，原来是想搞破坏的啊！"

小潘紧张得不行："破坏天安门，肯定枪毙你！"

小战士高喊一声："走！"押着开北方就往楼下走。

扫雷战士捡起地雷："快走！"两人飞快地跑下城楼。

魏师傅吓着了，坐在地上半天动不了。

小潘走过来："师父！"

魏师傅抚着胸口，小声地感慨："古人说，画虎画皮难画骨，知人知面不知心。领教了，今天真是领教了！"魏师傅站起身，说，"再检查检查吧！小潘，你去把梯子搬来，咱把这彩灯，再一盏一盏地看看。看看里边有没有地雷。"

小潘搀起师父，说："地雷它都是在地下，灯笼里哪会有地雷？"

魏清智师傅哪里懂地雷，但他本能地感到了危险，说："那也得看看，只要不是灯里的东西，一样都不能要！"

小潘说："师父，要不，我去请那两个小战士，让他们用扫雷器扫扫这灯！只要没地雷，没炸弹，咱不就安生了！"

"哎，有道理！你快去喊他们！万一有个啥闪失，可就不得了了！"师父点头同意了。

小潘应声"好"，正要往下走，两个战士端着枪走了上来。

小潘大声说："同志，我们正想请你们来扫扫这上边的灯笼呢，你们……"

战士把枪一横，威严地说："走，你和你师父跟我们走一趟，向组织详细说明情况！"

魏师傅走了过来，连连点头："好好好！"

一行人走到天安门的楼梯口，魏师傅站住脚，指着已经挂起来的红灯，说:"你们要一盏一盏都扫扫!"

12

抓住开北方是一个意外。

吴邑处长和罗山等一直不知道有开北方,也就是说,开北方和郭闹闹一直都没有进入一处的视野。他们只注意"云中飞"、"金钱豹"、褚一魁、马斯利和廖响了,却没有发现隐藏更深的小特务。话又说回来,当时的北平,特务实在太多了,只要是没有破坏行动的,暂时都没有抓捕。

在天安门城楼上捉住开北方,扯开了另一个抓捕的线索。吴邑处长担任主审,立即押来了罪犯。罗山仍是副审,于兵仍做记录。

吴邑一坐下来,立即开问:"姓名!"

"开北方。"

吴邑问:"你的代号?"

开北方说:"我没代号!"

吴邑喊一声:"带王富团!"

抓住开北方的第一时刻,吴邑就想到了二三七和王富团。开北方弄炸弹,王富团也弄炸弹,他们可能是一伙。这两个人都和廖响有配合。审讯他们,对抓捕廖响意义重大。

外边的战士一声高应:"是!"

两个战士押着王富团进来了。

开北方下意识地扭过脸去,不看王富团。

王富团坐在开北方身边。

吴邑一笑:"王富团,这个开北方你认识不认识?"

王富团瞅着开北方。

吴邑大喊一声:"开北方,掌起面来!"

开北方一扬头。

王富团大喊一声:"就是他,二三七!二三七就是他!哎呀,二三七,你可没少让我费劲啊,今天总算抓到你了!廖响呢?廖响在哪儿呢?领导,当时就是他和我一起杀的那个菜农，指挥是廖响，我们称他廖先生！"

吴邑说："王富团，你认得不错吧？"

王富团说："肯定不错！二三七，你把自行车骑哪儿了？你让我找得好苦啊你！"

吴邑说："开北方！王富团说得对吗？"

开北方说："对对，我的代号就是二三七。"

罗山说："给米继槐联络的也是你了？"

开北方再次点头："是是，我和'金钱豹'是单线联系，他分配我联络米继槐。"

吴邑冷笑一声："开北方，共产党的政策你应该知道吧？"

王富团来到的这一刻，开北方就知道已经完了。隐瞒不了了！这之前，他多次想过自己的罪行，他想杀派出所所长杨四奎，却误杀了捡垃圾的群众，这次破坏天安门也没有得逞。他想着，如果争取从宽，或许可以不死。不过，他对于活下来并没有信心。他感觉他在褚一魁救他之前就已经死过了。他感觉，他当时的灵魂已经出窍，是褚一魁给他喊了回来。只要能报答褚一魁，他就是活值了。可是，不知道为什么，他就是不想死。听见主审官的问话，他连忙回答："知道知道，坦白从宽，抗拒从严！"

吴邑厉声说："那你要好好交代！把你知道的全部说出来，要是等我们都弄明白了再来审你，你就只有死路一条了！"

开北方说："领导，我交代，我把知道的全部交代！只是，我不知道你们需要的材料都是哪些，要不，你们拣重要的问？"

"那好，你的同伙都有谁？"

"我的同伙只有两人，一个是廖响，他是留学美国的炸弹专家，他教我们如何使用炸弹，我手上的表就是他送的。一个是我的朋友郭闹闹，他的代号是四一二！"

吴邑问："廖响住在哪儿？"

开北方摇头："不知道！"

"真的不知道？"

"他好像有一个女朋友,他住在女朋友那里。"

"女朋友叫什么?"

开北方又摇头:"不知道。"

吴邑问:"什么职业?"

开北方想了想:"好像是一个老师或者啥的,因为他偶尔露一句女朋友,感觉应该是个老师。"

"在哪个学校当老师?"

"真不知道。"

"所在的方向在哪儿?"

"他从来不说。我们也不问。真的不知道!"

吴邑问:"大致在哪个方向?"

开北方想了想:"应该是东城区附近,因为他老从那个方向来。"

吴邑问:"廖响现在在哪儿?"

开北方犹豫着。

吴邑厉声再问:"现在在哪儿?还有那个四一二郭闹闹?"

罗山插话:"开北方,这可是你最后的立功机会,过了这个村儿,可就没这个店儿了!"

开北方抬头看看吴邑和罗山。

吴邑说:"是死是活,就看你的表现了!"

罗山也说:"你的生命,就握在你自己的手上!"

"我说!"开北方终于下了决心,"他们正在长安大街上布雷!"

13 天空如锦。人流如织。

郭闹闹背着提包,像一个游客一样在西长安大街上走着。

养花工正给花木洒水。

郭闹闹看到了个大花盆,水已经浇过,盆沿上都是水珠儿。

郭闹闹停下来,往四周看着。

郭闹闹的酒显然喝高了，但他还算清醒。

两个花工走过来，把帽子放在花盆边。远处，还有花工习惯地戴着帽子。

郭闹闹偷偷地抓起帽子戴在自己头上。

戴着花工帽子的郭闹闹把一个炸弹放在花盆下，花盆一下子高了起来。

郭闹闹怕暴露了，他站着观察了一下，发现有的花盆个子小，郭闹闹搬来矮花盆压在炸弹上。压着炸弹的花盆和别的花盆就站得整齐起来了。

郭闹闹仗着酒意，努力地搬运着花盆。

一花工走过来，大声提醒他："师傅，这是我们摆好的，你就不用再动了！"

花工把郭闹闹当成同事了。

"啥球？"郭闹闹吓了一跳。

花工又重复一遍。

郭闹闹听明白了："好好！"

花工走了，郭闹闹掂起包又往前走。

花工瞅了瞅他。

他瞅了瞅花工。

天渐渐地暗下来。郭闹闹已经把炸弹布完，他扔下帽子，正要离开。忽然看见开北方正对着他跑过来。

郭闹闹揉揉眼睛：

真是开北方！

郭闹闹以为是他来喊他喝酒。他们和廖响说好的，晚上一起喝酒呢！现在已经是晚上了，正好是喝酒的时间。他怕开北方没看见他，正要伸直胳膊喊，忽然发现了开北方身后的解放军战士。

郭闹闹连忙又抓起帽子戴在了头上。

开北方看见他了，看见了他伸出的胳膊。他们太熟悉了！开北方没有喊他。郭闹闹想着，他怕喊他暴露球了，就故意低下头不看开北方。没想到，开北方一直跑到他身边，忽然高喊了一声："就是他！他就是四一二郭闹闹！"

于兵等几个战士扑了上来。

郭闹闹傻了："哎哎，老板，你球……"

于兵等上前把郭闹闹按倒在地。

开北方似乎是笑了一下，大声问："廖响呢？"

郭闹闹立即明白是怎么回事了，他怨恨地看了开北方一眼。

"闹闹，兄弟，我们不行了，都说了吧！廖响呢？"开北方又问一声。

郭闹闹仍然不吭。

"坦白从宽，抗拒从严。你的生命就掌握在你自己的手中。现在说，还不晚！"于兵说过，忽然一声高喊：

"说，廖响在哪儿？"

郭闹闹一指："在长安街东头呢！"

"他在干什么？"于兵又问。

郭闹闹说："布雷！"

于兵喊一声："快！"

众战士风一样向东长安街刮去。

14 　　廖响可没在东长安大街。他和郭闹闹分别后就去了火车站，买好了晚上去天津的火车票。他知道，二三七把炸弹送上了天安门，四一二把炸弹藏在了西长安大街。有这些就够了！他不能再去冒险了。再说，多他这几颗少他这几颗都没有意义了。三十六计，走为上计。他决定马上离开北平。他不能等到明天。他不能和褚一魁一起逃走。人多，目标大。他要自己走。买好了火车票，他又到一个公用电话间，打通了他在天津轮渡公司的女友的电话：

"……嗨乖，你的廖……去香港的船票，一张，最晚的……夜里十一点，好的！吻你乖……给你带的好礼物啊！"

走出电话间，廖响骑上自行车轻快地驶往苗蓝的住处。

苗蓝做好了晚饭，四个菜，一个汤，还有酒、馒头和包子。她把最后一个菜端上，擦了擦手，站在桌边，等着恋人。

廖响在门外下了车，故意弄响了车铃。

屋里的苗蓝一阵惊喜，连忙在围裙上又擦了擦手。

廖响推着车子进了院子，把车子扎住。

苗蓝迎出去，笑看着他。

"蓝！"廖响喊着，在苗蓝的脖子上亲了一口。

苗蓝幸福地笑着，说："快洗洗吃饭吧！"

廖响说："不行了，时间来不及了！你看看车票！"

苗蓝接住车票看了一眼："时间真紧了！那我给你带上。"苗蓝说着，从兜里掏出自己的白色绣花手帕给廖响包了俩馒头。

廖响把东西扔下，只掂了一个小包，衣裳也没有拿，匆匆就往外走！

苗蓝把馒头递到廖响手里："响，我去送你！"

"好的！辛苦你了！"廖响在苗蓝的脸颊上亲了一下。

苗蓝推起车子。

两人出了院门。

北平的路灯亮成一排，拉扯着长长短短的影子。苗蓝怕廖响累，自己骑自行车驮着廖响。两人来到前门火车站，苗蓝刹住自行车。

廖响背着皮包，从后座上跳下来。

苗蓝擦了擦汗："不耽误吧？"

廖响看一下手表，说："不耽误！谢谢你！"

"真会客气！"苗蓝向廖响伸出手。

廖响大胆地在苗蓝脸上亲了一口，然后，一转身大步走向检票处。

"一路平安！"苗蓝喊着，看着他走进检票口。

苗蓝正要走，忽然发现，她送廖响的那兜馒头还在车把上挂着，她摘下来，喊着追了上去。

廖响不见了。

苗蓝站在检票口，她多么希望此时"她的响"能和她有着共同的发现啊！她定定地站着，望断了匆忙的进站人。

廖响上了火车，找到了自己的座位。

火车吼了一声,缓缓启动。

再见了,北平!

再见了前门火车站!

再见了,等了我十年的蓝!

廖响忽然感到内疚。不过,只是片刻,危险感猛地向他袭来。他连忙站起来,去了厕所。

第三十四回　杜津卫拒不认罪　梅东岭故意泄密

> 夫人走娘家
> 头戴两朵花
> 住了一月整
> 无力难还家
> ——打一字

1　晚饭后，刘三刀师傅总喜欢散步。他不说散步，他说的是"走走"。"我出去走走！"他开了门，说，"杜兄，走几步去？"

杜津卫笑了，说："刘兄你走吧，我想看两页书。"

"好的！"刘三刀走出屋子，迎头碰上梅东岭。

"刘师傅，散步啊！杜师傅咋没一块儿出来啊？"喊口令的嗓子，梅东岭的声音很大。

刘师傅说："杜师傅在屋里钻研业务呢！"

"我有个事正想去请教他。"

"客气了科长！您随时可以去。"

"好的，您继续散步吧！"梅东岭说着，敲响了杜津卫的屋门。

杜津卫正刷牙，他把牙取下来，洗过了，对着灯光细看，牙齿闪着光，没有破损的痕迹。他听见了梅东岭的话，连忙把牙装进牙盒，走出洗手间："谁？"他故意装作不知道。

"我。老梅！"

杜津卫开了门："啊，梅科长！快请进！"

梅东岭走进屋，坐在椅子上。

杜津卫连忙倒茶。

梅东岭说："杜师傅，我有个事想请教你！"

"客气了，只要我知道的！"

梅东岭扒一下自己的嘴："我的牙掉了一颗，一直说镶，前几天还专门去了小荷家的诊所。听说您在那儿镶了牙，我想看看镶的啥样，可以的话，我也去镶一个。"

杜津卫想说"没镶"，但他看梅东岭一脸笑意，自己也笑了，说："我有俩牙，是在别处镶的。金口做的那一颗还没有戴上去呢！"

"啊！"梅东岭说，"别处镶的，我就不看了。因为小荷请她妈专给我做了一个。"

杜津卫放松了警惕："人体上的东西，在人身上长着，都是好看的，一取下来，没有好看的。牙这东西，尤其难看。"

梅东岭站起来："那我走了杜师傅！有什么事情需要我做的吗？"

杜津卫笑着说："没有没有。谢谢科长了！"

梅东岭走到门口，忽然又踅了回来："哎，我还是想看看，万一要是不满意，我就去给你镶牙的那个地方镶不行吗？"

杜津卫一愣。

梅东岭说："我还是想看看你的那两颗牙！"

"啊，啊啊！好的好的。"杜津卫扭头回去，梅东岭又跟进了屋里。

杜津卫拿来牙盒，小心地打开，把那两个连着的假牙捏在手里。

梅东岭伸手欲接。

杜津卫说:"对不起梅科长,我有点儿洁癖。你得垫张纸?"

梅东岭笑起来:"行,行!"

梅东岭从兜里掏出小本,从小本上撕了一张,垫在手上。

杜津卫把牙齿递给梅东岭。

梅东岭捏了,扭过身子,逆光看着。

杜津卫轻轻掩上门。

梅东岭看得很仔细。

杜津卫忽然感到了恐惧,下意识做了一个叉脖子的动作。

梅东岭忽然转过脸来。

杜津卫说:"这两只镶了很久了,材质还不错。"

梅东岭说:"好好,以后我不满意了就去你这个医院镶。"

"你去不成了科长,这个医院在昆明呢!我是几年前去昆明时镶上去的。"

"看上去材质真的不错!"

杜津卫说:"老板没骗我,说是美国货。现在看来,还真的是呢!"

"谢谢,那我走了!"梅东岭说着,走出屋子。

杜津卫送出来。

梅东岭说:"有事你就说啊!"

"好的,谢谢!"

梅东岭回到保卫科,立即和梁书记、孙觅商量下一步的行动。

梁生泉书记分析:"毒药放牙里,这个可能性不是很大。你想想,这很危险不是!他自己不想活了?"

孙觅说:"'金钱豹'的毒就是在牙里呢!"

梁书记说:"可他那是为了防身,自杀。这个杜津卫,他是要投毒的。"

孙觅说:"要不,就直接把他抓起来……"

电话铃声骤然响起。梅东岭伸手抓起听筒:"……我是吴邑!我命令,立即抓捕杜津卫!"

"是!"梅东岭很兴奋。

"出人意料啊,不是说明天才抓吗?"孙觅一方面兴奋着,一方面表达着她的意外。

2

郭闹闹的审讯正在进行。罗山主审,于兵记录。

罗山问:"郭闹闹,廖响现在在哪里?"

郭闹闹说:"我也不知道廖响在球哪里。上午我们约好,晚上十点他要请我们一起喝酒呢!"

罗山看一下手表:已经过了九点。

罗山又问:"在哪儿喝酒?"

郭闹闹说:"在球冥衣铺里!开北方先回去,他负责买菜、买酒,因为他的事情办完得早。我和廖响放好炸弹回去,我们球一起喝。"

于兵闻言,立即带了一队战士前去冥衣铺抓捕。冥衣铺黑灯瞎火,一个人影儿也没有。

郭闹闹说:"我们说好的呀,廖响没有回来,那球他会去哪儿呢?一定是在他的女朋友那儿。"

于兵问:"他的女朋友住在哪儿?"

郭闹闹使劲摇头。他不知道,廖响并没有如他所约去东长安街上放置炸弹,此时的他正坐在开往天津的夜车上飞驶。

3

杜津卫没有睡着,他躺在床上,翻了个身。

刘三刀也没有睡着。他躺在床上,一动不动。

杜津卫坐了起来,靠在床头。

刘三刀故意打呼噜,鼾声时断时续。

杜津卫坐了一会儿,轻轻起来,走进洗手间。

刘三刀睁开一只眼,观察着他的动静。

杜津卫出来了。

刘三刀的呼噜改变了节奏。

梅东岭和孙觅全副武装来到门外。

梅东岭抬手敲响了屋门。

杜津卫一惊。

刘三刀警惕地侧起耳朵。

梅东岭平静的语调："刘师傅，杜师傅，对不起啊，麻烦你们起来一下做个夜宵。"

刘三刀睡意很深的样子，一边应着"好的好的"，一边咳嗽着起床。

杜津卫也"醒"了，靠在床头打哈欠。

门外，除了梅、孙，梁书记，还有两位年轻的战士。

刘三刀拉亮电灯，打开了屋门。

梅东岭和孙觅跨进屋里。

梅东岭一声断喝："杜津卫，你被捕了！"

两个战士猛地上前，给杜津卫戴上了手铐。

4

褚一魁走进厨房，正忙着的"哑巴"连忙停住手。

"老杜，我们的两件事，一是杜津卫的药，一是廖响的弹。按照约定，药，明天的午宴使用。弹，今天晚上就要'下'出来的。要不，你出去走走，听一听都有些啥消息，啥动静？"

"哑巴"点头："好！"

"还有，"褚一魁说，"大夫一病，小荷也不见梅东岭了，亚洲饭店的事情也不知道了。能不能让小荷再约见一次梅东岭，从他那儿了解些情况？"

"哑巴"看着褚一魁。

褚一魁说："你去喊她一下。"

"哑巴"说："要不，我们直接去她娘儿俩屋里说，感觉会好些！"

"她不会骂我吧？"褚一魁说，"她现在成见大得很！"

"这是工作啊，组长！大夫的组织观念还是很强的！"

"好吧！"

杜雅在前，褚一魁在后，两个人一起走进正房的当间。褚一魁停在了门外。杜雅轻轻地走进金葵花的卧室。

杜雅小声问："大夫咋样？"

小荷说："睡着了。"

杜雅在小荷耳边低声说："所长想给你派个事。"

小荷厌恶地说："不去！"

"你先听听嘛，小荷！"

"你得陪着我！"小荷有些紧张。准确说，她是厌恶与害怕。

杜雅点头。

小荷跟着杜雅走出屋子，到了会客室。

褚一魁说："小荷啊，我想让你去见一见梅东岭。"

小荷的眼睛一亮。

褚一魁说："明天是最后的日子，胜败在此一举啊！我想让你尽量多听听外边的消息，以利于我们最后的行动。这也是你为党国立功的时候，我会专为你请求嘉奖的！"

小荷仍不说话。

"这是工作，不是个人恩怨知道吗？"褚一魁努力地一笑，"再说，也说不上恩怨的。"

杜雅看着小荷。

小荷说："我妈妈醒了谁照顾？"

褚一魁看一眼杜雅。

"我照顾她行吗？"杜雅说。

小荷想了想，说："好吧！"

褚一魁笑了，说："姑娘，现在就去啊，没有时间了！"

小荷说："我要先给他打个电话！"

褚一魁点头。

金小荷抓起话筒，拨通了梅东岭的电话。此时的吴邑处长刚从政治保卫处赶到亚洲饭店保卫科，准备连夜突审杜津卫。

梅东岭犹豫了一下，这才抓起电话："喂？……我是小荷！"

梅东岭的血一下子充到了头上，他瞅一眼吴邑。

吴邑很镇静，轻轻点一下头。梅东岭明白，处长是让他继续说下去。他努力地使自己保持镇定："啊，小荷，有事吗？"

"我妈妈病重了！"小荷哭了。

梅东岭看看吴邑。

吴邑再次点头示意，让他接下去。

"啥病啊？看了吗？"梅东岭大声问。

"看了。"

"住医院了吗？"

"没有！" 小荷说过，抽泣起来了。

梅东岭说："我说你两天没电话，还以为你在排练节目呢！"

小荷停止抽泣，说："我想见你！"

"啥时候？"

"现在！"

"现在？"梅东岭沉默着。

褚一魁给小荷做了一个哭泣的样子。

小荷很厌恶地瞪他一眼。

这边的处长又点了头。

梅东岭说："好吧，一会儿我到门口接你！"

"好！"小荷真的又流泪了。她放下电话，急忙回屋去换衣服。

褚一魁嫉妒地骂了一句："她娘的！"

杜雅面无表情。

褚一魁说："老杜，你等小荷回来了再出去吧，今夜北平不会睡！"

"好。" 杜雅点头。

梅东岭放下电话，说："处长，小荷一会儿要来。"

孙觅用鼻子哼了一声："这个白骨精！"

吴邑说:"你要好好跟她周旋。她想套咱的情报,咱也可以套她的情报嘛!"

孙觅说:"不会有啥危险吧?"

梁书记说:"应该不会。要有早就有了!"

孙觅说:"老梅,你可不要再吃她的东西了,冰糕啊啥的,太危险了!"

"谢谢!"梅东岭给大家敬了个礼,转身走了出去。

5 廖响在厕所里待了一阵子,没有发现异常,又走回到他的座位上。列车员来验票了:"先生,先生,您的票?"

廖响装作睡着了,列车员喊了几声,他才缓缓地睁开眼,慢吞吞地掏出票来。

列车员走了。

廖响真想睡一会儿,但他怎么也闭不上眼睛。他的眼皮一直在跳。"左眼跳福,右眼跳祸。"他听郭闹闹说过,可留学美国的炸弹专家一点儿也不相信。因为此时正跳的是右眼,而刚刚跳动的却是左眼。他使劲揉了揉,两只眼睛竟然一齐跳动起来。"球!"他大声地骂了一句。

是啊,这可该怎么信!

廖响不再想睡觉。不想"睡觉"想啥呢?对,想吃饭。早饭是不饿,没吃下去;午饭只顾紧盯着郭闹闹喝酒了,他真怕那个"球"喝高了误事,自己又没有好好吃;晚饭是实在没有时间。他是从厕所里出来时才想起来苗蓝为他准备的馒头。肚子咕噜了几声。好在,北平到天津也就一个多小时,他决定忍耐。心一定,眼皮就有了重量,竟然涩涩地闭上了。

夜九点四十分,廖响走出天津火车站,立即雇一辆人力车跑往轮渡码头。他拿到了船票:S1598,二十三时启航。他给"他的乖"一块儿瑞士手表,和开北方、郭闹闹的同一个牌子。

一切都对!

尚有时间,更惬意的是电话局就在旁边。

廖响大步走了进去。

政治保卫处的办公室内，黑色的电话机忽然响起来，正在值班的鲁战凯连忙抓起听筒。

"所长您好！所有的事情都完成了。您静听佳音吧！"是廖响很有磁性的声音。

褚一魁兴奋地说："很好！我会犒劳你的！"

"谢谢所长！期待相会！"

"明天下午，天津老地方。"

"明白！明天下午老地方！"

电话断了。

鲁战凯摇响电话："请问，刚才的电话是从哪儿打给金口牙科诊所的……什么？天津长途？"

鲁战凯立即往天津公安局打电话，请求查询刚才的电话位置，帮助捉拿特务廖响。

6

吴邑突审杜津卫。

杜津卫一概否认，既否认毒药，更否认投毒。

吴邑亲自带队全面搜查了杜津卫的所有物品，也没有发现任何作案的罪证。

"无论如何，这条毒蛇已被捉住，他不会对建国大业造成直接的破坏了。押起来！"这是吴邑的最后决定。

今晚是建国的前夜，参加典礼的各路英杰已陆续来到。时间太紧，事情太多。虽然设置炸弹的特务被抓了，宴会投毒的特务被抓了，但那个准备炮轰天安门的中情局特务村田成一还没有消息，受训美国的炸弹专家廖响还在逃跑的路上，吴邑处长决定结束审讯，专事对付村田成一。

7 梅东岭走出饭店，迎着小荷的方向走去。

小荷看见了，喊人力车夫："停，停，师傅！"

人力车夫停下来："不是说亚洲饭店吗？还没到呢！"

小荷付了钱，迎着梅东岭跑过来，情不自禁地喊了一声："梅哥哥！"

梅东岭大步上前："小荷，你瘦了！"

小荷真的瘦了，看上去小了一圈似的，下巴也尖了，上穿一件浅黄色上衣，下穿一条天蓝色短裙，脚上是一双白色的球鞋。如果说前天她像一个大学生，今天的她就像一个高中生，当她扑到梅东岭身上哭泣的时候，更像一个初中小女生了。

梅东岭警惕着她的手。她的手软绵绵的，一点儿力气也没有。梅东岭警惕着她身上的武器，除了短衫短裙和她温热的气息，什么威胁也没有。

梅东岭的警惕一点点儿消解了："小荷，小荷！咋回事嘛！"

小荷说："梅哥哥，我、我非常非常地难受！"

"为什么？为什么呀？"梅东岭往四周看了几眼。

"我妈妈病得真的很重！"小荷说过，又哭，似乎这就是她找他的唯一理由。

梅东岭推开她，问："啥病这么厉害？快送医院嘛！"

小荷说："可是、可是我妈妈她，不愿意去！"

"为什么？"

小荷只哭不语。

北平的中秋时节，气候宜人。正值建国前夜，北平城彻底不眠。所有的人，年轻人，中年人，甚至老年人都不睡觉，他们在街上走着，游着，唱着，跳着，他们知道，随着明天的太阳升起，一个崭新的世界就要来临！这个崭新的世界究竟什么样子，他们想在第一眼看见！

"梅哥哥，我想和你走走，行吗？"小荷抬起头，软歪了脖子，看着梅东岭。

"你妈妈病着，你还是快回去吧！"梅东岭想快点结束这个约会。面对组织和同志们，他感到尴尬与内疚。

小荷不想结束。她不知道，接下来的命运会是什么样子。她只知道，她想和她的梅哥哥多待一会儿。她像一个扑火的蛾子，她只管扑，她知道要被烧死，但只是想被烧死得晚一会儿。她要和她的情人多待！"梅哥哥，明天的大会你一定很忙，我不知道，我还能不能再见到你！"小荷说着，再一次哭了。

"为什么这样说？"梅东岭警惕地，或者说是明知故问地问。

梅东岭也很矛盾，爱不爱小荷？他一直有点儿不情愿承认。其实他知道，他内心里是爱小荷的。即使是今天这样尴尬的时刻，当他走出亚洲饭店的时候，他发现自己竟然有些高兴。他想和小荷多待，又感觉耻辱与羞愧。想起吴邑处长的话，"咱也可以套她的情报嘛！"就点头答应下来了。

小荷说："因为，我妈妈，我害怕！"

梅东岭问："不是还有你爸爸吗？"

小荷哭得更凶："我爸爸，是假的。"

"假的？爸爸还有假的？"

小荷发现这很难说清，连忙改口，说："是义父。"

梅东岭故作不知："啊，我说你长得不像你爸！你亲爸爸是？"

"死了。"

"啊啊！"梅东岭装作忘了的样子，"听你说过。他——"

小荷看了梅东岭一眼："我爸爸叫徐莫烈，听妈妈说，他是共产党的特工，奉命杀掉一个叛徒，结果被叛徒知道了，反被叛徒毒死了。"

梅东岭一惊："这么说，你是烈士的女儿了？"

"嗯！"小荷使劲点头。

梅东岭站下来："那你为什么不早说？你爸爸叫徐莫烈，我要请求组织上给你落实情况！"

小荷拭了拭眼睛，说："谢谢梅哥哥！明天的大会是几点开始？"

梅东岭犹豫了一下："下午三点！"

"啊！为什么不放在上午呢？"

梅东岭说："这是党中央的安排。"

两人又走了一段，小荷说："我走了梅哥哥，我会想你的！"

梅东岭说："我去送你！"

两人在路上走着。

梅东岭说："饭店里的大师傅杜津卫，说去你家的诊所看过病，他说他镶的牙是你妈妈做的，镶得挺好。"

"啊！"小荷抬起头，"是他说的？"

梅东岭点头："对啊，我想看一看，如果可以，我也想按照他的牙的样子做一个。"

小荷说："他的牙是进口材料，应该挺好的。"

8

金葵花醒了。她睁开眼，茫然地看着屋顶。

"哑巴"正坐在她的旁边。

"小荷！"金葵花少气无力地喊。

"大夫！""哑巴"接上了。

"小荷呢？"金葵花扭过脸来，她一定感觉到了什么，忽然大声问，"小荷呢？"

"哑巴"说："大夫，小荷出去了，一会儿就回来。"

金葵花想了想，又问："小荷去哪儿了？"

"哑巴"不接她的话，问："大夫，您想吃点儿什么？我去给您做。"

金葵花轻轻摇头。

褚一魁站在房间门口，听着里边的对话。

金葵花说："小荷呢？我要见小荷！"

"我去给你喊她。""哑巴"站了起来。

"哑巴"不是胡说，因为他听见了小荷和梅东岭说"再见"的声音。他大步走到门口，拉开了金口牙科诊所的院门，此时正痴痴地看着梅东岭背影的小荷猛地转过身来。

"干爹！"

从小荷甜甜的喊声中,"哑巴"知道小荷谈得不错。他说:"你妈妈醒了,你快进去吧!"

小荷应一声,走进屋里。

褚一魁在屋门里挡住了她:"有新情况吗?"

小荷站住脚:"明天下午三点,建国大典开始。"

"什么?下午三点?"褚一魁有些吃惊。

"嗯!"小荷点头。

"亏共产党想得出来。这么大的庆典应该放在上午才对,哪有放在下午的!不是骗你吧?"

"梅东岭亲口说的。"小荷说过,从褚一魁身边挤了过去。

"妈妈!"小荷趴到妈妈脸上。

金葵花睁开眼睛:"回来了?"

小荷说:"您知道?"

金葵花极轻地点点头:"梅东岭,送你了吗?"

"送我到门口。"小荷也点头。

金葵花一笑,随后又摇了摇头。

小荷说:"我告诉他,我爸爸叫徐莫烈,是共产党的特工……"

金葵花说:"他知道吗?"

小荷摇头。

金葵花神情一黯。

小荷倒了水让妈喝:"妈妈,您喝点儿水。"

金葵花说:"我恨杜津卫!我恨褚一魁!我恨……他们欺骗了我们……"

金葵花喝了几调羹水。

小荷给她擦净了嘴。

金葵花右手在床上摸着。

小荷问:"要啥?"

金葵花说:"枪。"

小荷站起来,探过身子把手枪拿过来,递给妈。

金葵花说:"举起来!"

"我?"

"嗯。"

小荷伸胳膊举起枪来,对着门口做了个姿势。

金葵花说:"会用吗?"

小荷点头。

金葵花又点头,说:"给你了!抽屉里……有子弹。"

小荷拉开床头的抽屉,取出一夹子弹。

金葵花:"压上。"

小荷拉开枪。

"这是你爸爸的枪。柯尔特转轮手枪,装六发子弹……"

小荷把子弹压上。

"本来,这六发子弹是我给杜津卫留着的。现在,我把它交给你!"金葵花喘着。

小荷激动地轻喊一声:"妈!"

金葵花停了片刻,说:"你是金葵花的女儿,也是徐莫烈的女儿。你是我们共同的女儿!"

小荷忽然抱住妈妈的头,亲了起来。

9

褚一魁一时不能判定"下午三时"的准确性,更没有弄明白共产党"下午三时"的真实意图。有一刻,他甚至怀疑小荷是不是听错了。犹豫了一会儿,他感觉还是要向毛人凤局长汇报。他不是共产党的决策者,他应该保持着应有的谦虚。褚一魁很快拟好了电文:

十月一日下午三时　天安门广场开始庆典

褚一魁想了想,站起身,走出正屋,来到"哑巴"的门房外。"哑巴"正在房间里收拾,做着逃跑的准备。

褚一魁走进来。

"哑巴"停住手。

"嗯！"褚一魁把电报稿递过去，"立即发！"

"是！""哑巴"站起身，接了。

"顺便看一看，听听消息。"

"哑巴"点头："嗯！"

褚一魁说："我想，马斯利他们一定是完蛋了。那个日本人村田成一应该是他们的队伍。你重点听这个。"

"好的！""哑巴"又点头。

褚一魁一笑："外国佬还是不行，他们的目标太大！"

"哑巴"一笑。

"廖、杜，都是为明天布的局。今天安静就好！"

"哑巴"再次点头。

"去吧！"

"哑巴"应着，大步走了出去。

"哑巴"上了街，走了不远，就到了东安市场旁边的夜市，许多人都在吃饭。

"哑巴"找个位置坐下来。

服务生忙不过来。"哑巴"不急，侧耳倾听着大家的议论。

一个工人模样的小平头："我们厂里抓住个特务，都这个时候了，他还来策动破坏呢！"

另一个青年头小伙子："无法无天了。抓住了没有？"

小平头："当然抓住了！"

"哑巴"不吭声地坐着。

服务生走过来："先生！"

"哑巴"说："来瓶二锅头！"

青年头声音很大："咱北平有一百六十万人，听说光特务就潜伏下来二万八千多人……"

小平头说："快抓光了！要不，你咋知道是二万八千多人？一个头一个头数出来的嘛！"

"说得好，来来，大家喝一杯！"

几个年轻人举起了酒杯。

四个菜，一瓶酒，"哑巴"一人独斟独酌。

旁边又有人议论起来。

"听说老蒋要派飞机来轰炸呢！"是个年长的男人。

另一人："有可能。打败了，不甘心，就剩几架飞机了，还不再来试试！"

"来了也占不了便宜。你没看这边都准备好了吗？"

"啥都是天意。要是你该败了，怎么着也不行！"

"民心就是天意。老百姓不拥护你，谁也不行！"

"哑巴"是个合格的特务，他不像"云中飞"，一听就急。他不急，他喝着，听着，半瓶酒就没有了。

10 在豆腐巷七十八号院里，小董还在捣墙壁。夜已经深了，他睡不着，一棍一棍地捣着，捣得认真而仔细。

小策过来了，说："小董，看你那个认真劲儿，好像墙上真有地洞似的。"

"我们又没事儿，我总感觉，村田这货跑得蹊跷！"小董对这件事一直耿耿于怀。

"既然跑了，你也不会一捣他就出来了！"

小董不理，从墙上又捣向地上。

小策说："来来，让我捣吧。我心里让你捣得直发虚，好像真有个洞口，随时都会有人冒出来似的。"

小董把棍给小策。

小策接了，一棍一棍地捣着。他捣得有力，捣得调皮，嘴里振振有词："你出来村田！你出来成一！你出来吧村田成一！"

小董笑起来："你都编成歌了！"

小策说："你说，村田成一会回来吗？"

"有可能。"

"为什么?"

小董说:"这是他的家,他虽然逃跑了,但他还会想起来。说不定,一犯糊涂,他就又回来了。"

"还有吗?"

小董说:"再有就不好了。比方他想袭击我们,于是就在夜里回来了。我们正睡着……"

"好好好,你也想到这儿了。告诉你吧,这就是我为什么睡不踏实的原因。你想想,这是他家,他熟悉我们不熟悉,他要是突然回来了,我们正睡着……"

"别说了,知道我为什么要找地洞的原因了吧?他从外边回来,我们容易发现,如果他突然从地下钻了出来,而我们还在他床上睡觉,你想想该有多危险!"

小策说:"那你说还得找?"

小董说:"当然得找了。"

"要是没有呢?"

"没有更好啊!不怕没有,就怕有我们不知道!"

小策说:"听你一说,就更睡不踏实了!"

虽然两个战士的警惕有道理,但村田成一是不会回来的。这是他做特务的逻辑。既然不安全了,他就一定会逃离危险。他不会拿着自己的性命去冒险。

此时的村田成一已经醒了,只不过,他不在这个豆腐巷七十八号,而是在他的罪恶之地矮石狮门墩的院落里。村田成一看了腕上的夜光手表,已近子时。他从睡觉的台子上走下来,揉了揉眼睛,打了俩呵欠。这个下水道太他娘恶心,不但空气不好,还憋闷至极。若不是只有一天一夜,他是怎么样也难以忍受的。既然是子夜,那就是安全的。村田成一打亮手电,开了地洞门上的锁,轻轻顶起盖板,支起耳朵听。

哗啦一声,在他身边响起。

村田吓了一跳，正要往下缩，忽然听见老鼠的叫声。

村田顶着盖板不动了。

屋子里安静下来。秋虫的鸣叫声忽然繁密，像是往庄稼地里撒沙土，开始是几粒，之后就多了起来，像一把一把地往下撒。

村田从洞口钻出来，大口地呼吸着屋里的新鲜空气。他是从床下钻出来的，床下的空气凝滞而混浊，但比起下水道里的空气，不知道要新鲜几千倍。

老鼠们发现没什么危险，在他脚边放肆地窜起来。

村田成一走到屋门口，轻轻拉了一下门，门开了一道宽宽的缝，因为被锁挂着，门不能洞开。他在屋里走了几步，用手电筒照着找东西。

村田成一找到了一把旧菜刀，逆着微弱的夜光，他把旧菜刀的刀尖插进铁铸的门搭缝儿。

村田成一使劲撬动门搭缝儿。

门搭的对口处错开了。

村田成一轻轻摘下门搭，欲将屋门拉开。

门枢很钝，吱嘎响了一声。

村田成一停住手，想了一会儿，对着门枢撒了一泡尿。

屋门无声地打开了。

11

罗山和于兵决定连夜审讯东口夷人。这是对东口夷人的第二次审讯。

孙觅过来了，送来了一兜吃的。

孙觅看于兵饿得直流口水，说："于兵，你先吃，我帮你记。"

"不用。"于兵坚持记录。

东口夷人被两个战士押着过来，坐在了被审的位子上。

罗山说："让他再认认照片！"

于兵把他们的放大照片送到东口夷人面前。

于兵说："你认认这上边的人都叫什么名字。"

东口夷人指认着:"马斯利、洛德、颜成坤、我、五步川新彦。"

于兵说:"还是五步川新彦?不是村田成一?"

东口夷人点头:"对的。"

罗山说:"既然你不承认,我们也就不逼你承认。洛德、颜成坤,你都认识吧,可他们都说这个是村田成一,你为什么要坚决地不认识村田成一呢?为什么要坚决地把村田成一改成五步川新彦呢?说说你的心思。"

东口夷人一脸顽固:"我,说的是实话。"

罗山忽然问:"你的任务是什么?"

东口夷人说:"我是炮手。我的任务是炮打天安门!"

"迫击炮的射程是多少?"

"四千米有效射程。"

"马斯利的住处离天安门的直线距离是多远?"

"五千八百米。"

罗山冷笑一声:"你们准备怎么样把那么大的一门迫击炮从五千八百米的距离运到四千米以内?"

"我们想用洛德的汽车拉。"

"拉到哪里?"

东口脱口而出:"前门。"

罗山紧逼着:"前门的哪个地方?"

东口夷人的汗水忽然出来了,他下意识地抹了一把。

"前门的哪个地方?"罗山厉声问。

东口夷人支吾着:"我也不知道。"

"你是炮手,你都不知道?"

"是。因为这是机密。"东口夷人终于缓过神来。

罗山问:"谁知道?"

东口夷人不语。

"是不是马斯利知道?"

东口夷人下意识地点头。

"是不是只有马斯利知道？"

东口夷人使劲点了点头。

"再给你一次机会。"罗山一挥手，"再让他认一次照片！"

于兵再次上前，拿着照片让他认。

东口夷人看了一眼，小声说："是村田成一。"

罗山说："不是五步川新彦了？"

东口夷人说："我认罪！真是村田成一。"

"你为什么要掩护村田成一？"

"这是我们的要求。"

"为什么这样要求？"

"不知道。"

罗山盯住东口夷人："是不是村田成一才是轰炸天安门的主炮手？"

东口夷人抬起头，说："我真的不知道！"

罗山问："谁知道？"

东口夷人再次擦汗。

12 褚一魁来到了金葵花的房间。

小荷警惕地看着他。

褚一魁说："小荷，帮你妈准备一下，天明我们离开这儿！"

小荷问："我们到哪儿去？"

褚一魁说："真是个孩子！到台湾啊！这不是家，这是战场。我们打完了仗，就要回家的！台湾才是我们的家！"

小荷看着妈妈。

金葵花说："褚一魁，你真能害人！我这样，还能回去吗？"

褚一魁说："我的'拼命太太'，你拼了命，我也拼了命。我们一定要拼着命回到台湾去。蒋委员长还要给你颁发奖章呢！"

金葵花无力地骂了一句："你个畜生！"

褚一魁没恼，他轻轻地笑了笑，说："我再说一遍，我一定要娶小荷！我爱她！"

小荷一声高喊："你出去！"

金口牙科诊所的院门响了，"哑巴"走了进来。

褚一魁听见了，他冷笑了一下，扭脸走出屋子。

"哑巴"走过院子。

褚一魁开了屋门。

"哑巴"轻喊："所长！"

"怎么样？"

"有情报！"

两个人走进了里间。

"哑巴"坐下来，褚一魁给他倒了杯茶水。他边喝边学说了见到的情况。

褚一魁问："没有与廖先生有关的消息吗？比如炸弹？会不会被发现？"

"哑巴"摇了摇头。

褚一魁轻叹："廖先生不知道现在在哪里。"

"哑巴"问："他打电话了吗？"

"打了。他说，所有的事情都完成了。让我们静听佳音。"

"哑巴"喝完了茶水，把杯子放在桌上："这很好啊！那我们就静听佳音呗！"

褚一魁沉闷地站着。

"哑巴"说："真是不眠之夜，男人，女人，街上人多得很！"

"肯定。你没看，都跟吃了老鼠药似的。"

"下边我们怎么办？"

褚一魁说："整理东西去吧，只要是带不走的，一律烧掉。"

"好的。"

"哑巴"走出客厅，褚一魁又喊住他："慢！"

"哑巴"又回来了。

"你给她娘儿俩说说，大家要一块儿走呢！"褚一魁看着"哑巴"。

"大夫能走吗？"

褚一魁眨眨眼："能走不能走，话都要说到啊！"

"好！""哑巴"走到门口，又踅了回来。

褚一魁问："怎么回事？"

"哑巴"说："我想，最好还是您说！"

"为什么？"

"您是组长啊，代表的是党国！"

褚一魁深深地点头："好吧！既然是组织，就得有组织观念！"

13 夜已经很深，这些日子，他们一直忙碌着，很少有休息的时间。审完了东口夷人，罗山看了一下手表，时间已近凌晨三点，也就是说，现在已是十月一日了。

罗山打了个哈欠，说："我发现，这几个外国佬虽然被我们抓了，但他们并不沮丧，似乎也不怎么害怕。你们感觉到了吗？"

于兵和孙觅也都点头，表示着同感。

"这是为什么？"罗山提出了问题。

于兵说："他们会不会感觉他们是外国人，我们对他们会有些客气？"

孙觅摇头："不可能。今天的中国已经不是外国人为所欲为的中国了，这一点他们应该知道。'治外法权'没有了！"

罗山点头："对！一定别有原因。"

于兵说："隐藏着阴谋？"

罗山说："是巨大的阴谋！"

孙觅问："多么巨大？炮轰天安门？"

罗山再次点头："他们为什么要隐藏村田成一？他们为什么宁愿承担巨大的罪恶，承认是自己要炮轰天安门，也不愿意承认是村田成一？"

"对呀！"孙觅说。

"这恰恰说明，村田成一是炮轰天安门的罪魁祸首。隐藏他，是为了麻痹我们，以便实现他们最大的阴谋。"罗山分析着，"东口夷人刚才说，他不知道村田成一是不是炮轰天安门的炮手，是真的不知道，还是假装不知道？如果他不知道，谁知道？马斯利知道吗？"

于兵接上："还审马斯利吗？"

"当然要审！"罗山又看一下手表，说，"现在是凌晨三点。审完了休息！带马斯利！"

马斯利带过来了。

马斯利哈欠连连："你们真会折磨人，凌晨三点多把人揪起来。我一个快七十岁的人了，太不人道了你们！"

"放肆！"罗山一声断喝，"不人道？你们在中国作威作福了几十年，把大炮架到中国人民的头上，就人道了！你准备了那么多炮弹，准备在中国人民建立自己的新中国时搞轰炸就人道了！马斯利，我们把你们想得太好了！我们对你们太人道，太客气了！现在我问你，村田成一到哪儿去了？"

马斯利揉了揉眼睛："我再声明一遍，我不认识村田成一！"

罗山说："拿过来照片，让讲人道的马斯利辨认一下都是谁。"

于兵拿来照片。

马斯利眯着眼睛："这个是在下，东口夷人、洛德、颜成坤……"

"这个呢？"于兵指着村田成一的像。

马斯利说："他是东口夷人的朋友。"

罗山问："叫啥名字？"

"我不知道。不知道我不能乱说！"马斯利说过，咕哝了一句意大利语。

罗山说："马斯利，你净做徒劳无益的事情。你感觉你欺骗我们，你的同伙也一定会配合你一起来欺骗我们是不是？我告诉你，洛德已经告诉我们，他如何给村田成一送的炸弹。东口夷人告诉我们，你是他们的组长，他们愿意努力配合，颜成坤虽然知道得少，但也积极地给我们提供情报，我们今天审你，只想看一看你的态度，如果你供出了罪行，虽然我们知道了，但是你自己也供出来了。你这条命或许还会留下。如果你这样顽抗到底，哼哼，恐怕你的意大利，你的佛罗伦萨并不一定欢迎你回去了！"

马斯利说:"小同志,我来贵国四十多年,一直想干一件伟大的事情,可历史从没有给过我机会。今天我终于有了机会,我想,我会用我那几发破旧的炮弹创造一个让全世界注目的奇迹,天不佑我,让我落到了一个中国小军人的手里。上帝啊,马斯利活了六十八岁,就等到了这样一个伟大的机会。您就不能帮助您的小小子民实现一个小小的愿望吗?"

罗山说:"你的上帝在我的眼里虽然虚伪,但还没有虚伪到你理想的地步。如果你的上帝真的给你机会,让你用罪恶的炮弹实现你更加罪恶的血腥杀戮,那么,你的上帝,你的人道,就真的被脱掉了裤子,一点儿羞也遮不住了!"

马斯利说:"既然上帝不站在我这一边,那我就全说了吧!村田成一,我当然认识。他也是我的部下之一。因为他另有任务,上帝保佑了他!"

"他的任务是什么?"罗山大声问。

马斯利做一个无可奈何的表情:"破坏你们的建国大典。"

"怎么破坏?"

"本来他打炮是再合适不过的了,但他因有更为可靠的关系,临时被编进'刺天'行动小组,改为刺杀共产党及民主党派的领袖了。炮虽然厉害,但不一定能打住毛泽东和共产党的其他领袖,而'刺天'行动,就容易得多了!因为我们买通了一个共产党高官,他愿意提供给我们秘密通行证。"

罗山问:"这个共产党的高官是谁?"

马斯利说:"我也不知道。只知道他的代号是〇七。"

"谁跟你联系的?"

"中情局的密电。"

"密电在哪儿?"

"阅后烧了。"

"村田成一现在在哪儿?"

马斯利一耸双肩:"无可奉告!因为,在下也不知道。"

罗山大声问:"真的不知道?"

"真的不知道。"马斯利又一耸肩,"你枪毙了在下,在下也不知道。"

罗山冷笑一声："哼哼，我们已经在前门找到了他。一会儿让村田成一亲自来向你汇报一下，如何？"

"你们……"马斯利的汗水一下子出来了。

罗山紧盯着他的脸，马斯利额头上的汗水像浸了水的卫生纸突然遭到了挤压。马斯利的话语突然也不流畅了："你们、你们……这不可能！因为他、他不在前门……"

"哼哼！'不在前门'，你等着吧！"罗山轻蔑地说。

"带村田成一吗？"于兵真会演戏。

罗山犹豫了一下，说："再给马斯利个机会吧！马斯利先生，我们虽然对反动派从不手软，但我们也相信人的善心。我期盼你的上帝能帮助你，再给你一次争取宽大处理的机会。"

"谢谢！"马斯利小声说。

"带下去！"罗山大声喊。

"马斯利，听明白了吗？最后一次机会了，你要好好反省！想通了随时报告我们！"于兵说。

马斯利神情沮丧："好，好！我一直很想得通。"

第三十五回　贼人贼智用奇策
　　　　　　奇人奇智搜贼情

　　　　　　　　天高曰广
　　　　　　　　地厚曰大
　　　　　　　　天地一歌
　　　　　　　　万象更新
　　　　　　　　——打一字

1　　"哑巴"整理好了东西。他只有一个皮包，其他东西、衣物、书、报，零乱地扔在地上。

　　褚一魁也在自己的屋里整理着，看一个文件，撕了，扔在纸篓里，又看一份文件，撕了，再扔进纸篓里。该撕的都已经撕完了，不是夜太深了，而是天快亮了。褚一魁看一看表，坐在了椅子上。他要再想一想，看还有哪些地方没有考虑到。他太累了，一坐上椅子，立即睡着了。

　　小荷还在守护着妈妈，她坐着，既没有整理东西，也没有睡觉。

金葵花正睡着，忽然睁开了眼睛，伸手在床上摸。一下子摸住了小荷的腿。

小荷一惊："妈！你醒了？"

金葵花看着小荷，叹气似的说："要撤退了！"

小荷很惊讶："你听见了？"

金葵花不理女儿，自言自语地说："人家都走了，只有我们走不了。我追着他们喊，帮帮我们……可是、可是没有人理我们……"

"妈妈，你做梦了！"小荷握住妈妈的手。

金葵花说："不是做梦，是真的。他们都不管咱，你爸爸过来了。你爸爸帮咱，他提起咱的东西……"

小荷看着妈："走了吗？"

金葵花似乎是想点头："你爸爸提起咱的东西，带我们去了那边。"

小荷问："哪边？"

金葵花似乎又一摆头："那边！"

小荷明白了，轻声问："你害怕吗？"

"跟着你爸爸呢，我害怕什么？"金葵花惨然一笑。

"哑巴"过来了："大夫醒了？"

小荷说："妈妈，干爹来看你了。"

"哑巴"说："小荷，你准备了吗？"

小荷摇头。

"哑巴"说："要说，也没啥准备。只要你妈妈能走，到了台湾，一切都好了！"

金葵花忽然大了声音："我不走，我要和徐莫烈在一起！"

"哑巴"对着金葵花轻轻摆摆手，又指了指褚一魁的屋子。

褚一魁过来了："小荷，快点儿收拾吧！离天亮还有一个多小时。"

小荷问："我妈妈咋办？"

褚一魁说："一块儿走！我已经联系好车了。老杜，你现在就去取电报，看毛局长是怎样给我们安排的。"

"哑巴"也看看表："好的！"

"稍等，我再拟个电文！"褚一魁说过，扭脸走了。

"哑巴"点头，跟到客厅里等着。

褚一魁拟好了电文：

　　一切正常　成功在即　刺天万岁

褚一魁喊："老杜！"

"哑巴"应一声，走了进来。

褚一魁把电文交给他："越快越好！"

"哑巴"很郑重地应了一声："是！"

2

吴邑处长坐在椅子上，两条腿高高地跷上桌子。两部电话一黑一红被挪到了桌子一端。他睡着了，一边打着呼噜，一边流着口水。梅东岭并不是无意间说出的"下午三点"，处长是想用这个情报试探褚一魁接下来的行动。只不过，褚一魁没有更多的行动，他只发了一封"十月一日下午三时天安门广场开始庆典"的电文。吴邑知道，褚一魁的特务队伍没有更多的人了！为了麻痹敌人，吴邑还是做了修改，把"下午三时"改成了"上午十时"。

罗山和于兵、孙觅轻轻走进来。

于兵掂起热水瓶倒了杯水。

孙觅小心地提醒他注意声音："嘘！"

吴邑还是醒了，他揉了一下眼睛，收回双腿。

罗山有些歉疚地说："处长，您醒了？"

吴邑说："我都没睡着。"

孙觅笑起来。

吴邑强调说："我真没睡着！怎么样？有进展吗？"

罗山说："这群中情局的特务个个狡猾，他们一定隐藏着更大的阴谋，因为他们宁愿承认是自己在炮轰天安门，也不愿供出村田成一。"

吴邑说："这也就是我睡不着的原因。不是说一个特务就那么重要，那么多特务都没有让我睡不着觉，为什么这个村田成一就让我睡不着觉呢？"

"是啊，为什么呢？"孙觅接上。

吴邑说："我们研究了马斯利屋里的炮，已经到这个时候，连保养都没做。这不是马斯利疏忽了，这说明，这门炮根本就没有轰炸天安门的任务。还有，那十三颗炮弹，也没有进行保养。还有一点，就是离天安门太远。他们不可能在那儿使用。他们要打炮，放在哪儿？我们全民皆兵，还没等他把地方找好，他就完蛋了。分析告诉我，他们还有炮，只是这个炮我们现在还没掌握。直觉告诉我，这门炮和这个打炮的人极有可能就是村田成一。"

罗山说："我们可不可以提议，在十点钟前，再对天安门周围四公里范围内进行一次搜查？"

吴邑说："提议当然可以。估计时间不允许了。因为八点钟就开始往天安门集结了。三十万群众啊，队伍太大了！再说，我们昨天刚刚进行了一次搜查。"

罗山说："马斯利说村田成一被调走参加了'刺天'行动，因为一名共产党的高官被他们策反成功，可以给他们发放通行证。"

"哎？这是个新消息！"吴邑警觉起来。

罗山说："但我感觉他是在胡说。"

吴邑问："他为什么要这样胡说呢？"

"转移我们的注意力呀！"

吴邑想了想，点点头。

罗山说："我们在审东口夷人的时候，他无意间说漏了嘴，说是要把炮布置在前门。马斯利一听我们在前门抓到了村田成一，立即就脸上出汗，不再神气了。我分析，村田成一很有可能隐藏在前门一带。我提议，立即对前门再做搜查！"

吴邑说："小范围的搜查，应该可以！我给局里打个招呼，请求立即行动！"

"太好了！"罗山说，"我小时候，常听我娘说一句话，'小心没小心过的！'"

3

　　"哑巴"一出门，就发现下雨了。他不想再回去拿伞了，于是就骑上自行车上了大街。他知道，今天的电台又转到了东城区。他飞快地骑着，这是中秋时节的雨，虽然凉，湿，但他忽然感觉舒服，甚至有些刺激。几天没有好好休息了，他直想睡，经这风雨的刺激，他的睡意全然消退。他知道，再有四个小时，他就可以离开北平，再经四个小时，他就到达了天津，再经……一想到今天过去就再也不用担惊受怕了，他忽然感觉鼻子有点儿酸。他想起了老婆，儿子，想起了盼他回家的遥远的娘。

　　"哑巴"来到地方，看见正房里已亮起灯。"哑巴"感觉一阵温暖。他对"扁嘴"他们的敬业表示感动。

　　笃笃笃笃笃，笃笃笃笃笃……

　　屋里的小战士马上隐藏。

　　"扁嘴"走出来，轻轻开了门："快进来！"

　　"哑巴"问："有电文吗？"

　　"你跟我来！"

　　两个人走上二楼。

　　"扁嘴"说："你进来吗？"

　　"哑巴"往身后瞅了一眼，说："不。"

　　"我给你拿！""扁嘴"走进屋里，很快就出来，把一份电文递给"哑巴"。"哑巴"说声"谢谢"，扭脸就往楼下走。

　　雨越下越紧了。"哑巴"怕电文湿了，就把它装在内衣的贴胸小兜里，低了头拼命骑。他不知道，在离他不远的地方，正有两个年轻的战士在"保护"着他。

　　回到诊所的时候，"哑巴"的衣服已经湿透，但那封电文还在他的胸兜里。他把电文呈给褚一魁。

　　褚一魁努力保持着镇定，但他的手还是发抖了，他打开电文，颤抖着嘴唇默念了一遍。

"哑巴"禁不住轻声问他："组长，啥指示？"

"你真的没看？"褚一魁看着他。

"真的没看！""哑巴"点头。

褚一魁禁不住高声念了一遍：

迅即离平　十一下午　天津老地方　蓝鼻子接应

"哑巴"的泪水夺眶而出："太好了！我们终于可以走了！组长啊，我们怎么走？"

褚一魁也很激动："我昨天已托老翟头儿和他的儿子联系好了，今天一早，我们用车。"

"几点过来？"

"我要求他八点来。晚不了的！"褚一魁渐渐地镇静下来，问，"她娘儿俩情况咋样？"

"哑巴"说："我去看看！"

4

鲁战凯跑进了办公室："报告处长，又有消息了。"

鲁战凯掏出电文，举着。

吴邑说："念！"

鲁战凯大声朗读："迅即离平。十一下午。天津老地方。蓝鼻子接应。"

吴邑说："知道他们要跑，终于有了指令。下午到天津，他们上午必须离开。褚一魁的汇报呢？有吗？"

"在这儿。"鲁战凯又掏出一份抄件。

"念！"

鲁战凯再次高声朗读："一切正常。成功在即。刺天万岁！"

罗山笑了："美梦还在做啊！"

吴邑说："这是向主子邀功啊！进攻，不容易；撤退，也不容易啊！"

鲁战凯问："处长，发吗？"

吴邑接过来，又看了一遍，在上面签了个"吴"字，说："发！'一切正常。成功在即。刺天万岁！'这封电文太好了！"

大家笑了。

"你们猜蒋光头看了会做何行动？"吴邑看着大家。

"鼓掌大笑！"孙觅学着蒋介石鼓掌的样子。

于兵说："开心至极！"

罗山小声咕哝一句："可能会救下很多飞行员！"

吴邑对着罗山一竖拇指："对！"

孙觅不解："为什么？"

"罗山同志，你给孙觅同志好好讲讲！"吴邑笑着走了出去。

罗山也笑了，说："蒋介石正在为轰炸不轰炸犯难。轰炸吧，飞机长途奔袭，我们又有准备，很可能回去不了几架飞机。不轰炸吧，他对全世界都夸下了海口，一定要轰炸共产党的建国大典。这封电报就帮他下了决心：不轰炸了！"

孙觅想了想，说："罗山，你的分析好像有道理！"

"不是好像，是真的。既然不轰炸也能'刺天'成功，取得预期的成绩，他为什么还要轰炸呢？"罗山也学着蒋介石走路的动作。

大家都笑了。

吴邑回来了："再说，人家建国，他去轰炸，也嫌小气了不是。他会在全世界面前丢脸的。蒋介石有时候厚脸皮，有时候，脸面又很薄呢！"

大家再笑。

吴邑说："罗山，抓捕褚一魁的事准备好了吗？"

罗山挺胸："早准备好了！就等着首长命令呢！"

吴邑看了看手表，说："同志们忙了一夜，现在，我命令——"

众人一听，立即挺胸昂首，做好了接受命令的准备。

吴邑大声说："集体休息半小时！"

"是！"孙觅笑起来。

"鲁战凯！"吴邑又喊。

鲁战凯:"到!"

"你把电台挪过来吧。今天的电台不要关了,我要随时发报!"吴邑一脸的嘲弄相。

鲁战凯一挺胸:"是!"

就像扳动了开关,罗山、于兵和孙觅都趴在了桌子上。

罗山一动不动。

于兵流着口水。

孙觅扭一下头,又扭一下头,抬腕看一下手表。

吴邑小声问:"你咋不睡?"

"半个小时,我睡不着!"孙觅说着,索性站起来,走到门口,说,"我猜谜吧?"

"啊?兴趣真高啊!"处长乐了。

孙觅小声读一遍:"'潇洒漂亮一夫人,出门衣袂抻三抻。平时也不多言语,偶尔言语吓死人。'这个我一直没有猜到。"

吴邑说:"这是个'诊'字。诊所的'诊'。"

"啊,金口牙科诊所!"孙觅叹了一声,"这么漂亮的词句,你迷惑我了!"

吴邑无声地笑了,说:"都让你们猜着了,不是也没意思嘛!第三十四谜好猜!"吴邑的声音有些沙哑。

"这是个'勝'字。'勝利'的'勝'!"孙觅说过,拿起粉笔在黑板上添上了这两个字。"处长,你快休息吧!三天了,你才睡了两个十分钟!"

"没事,急行军的时候,我们边走边睡……"

"现在不是急行军,您还是睡吧,我看着电话!"

"好的,我睡十分钟!"

孙觅打了个哈欠,坐在了椅子上。

吴邑站在黑板前,用右拳抵住额头想了一下,又写出一则谜语:

　　第三十五谜
　　天高日广

地厚日大
天地一歌
万象更新
　　——打一字

5　　战士们接到命令，立即在前门一带开始了再一次的搜查活动。这是公元一九四九年十月一日的早晨八点。一条小巷一条小巷，一座院落一座院落，宾馆、店铺、厕所……甚至树和草丛都没有放过。

前门派出所的郭天举着雨伞，领着战士们再次来到矮石狮门墩的院门外，掏出钥匙开了门。

持枪的小战士问："这是你住的？"

"哪呀？这家人搬走了，上次来搜查的时候把门上的锁撬了，派出所给换了把新的。一会儿你看屋门上，也是新锁。"郭天抬头看一眼天，感慨着，"建国呢，你下啥雨嘛！"

院门开了。战士们随着郭天走进院子。

被雨水打湿的草虽然黄了，但还是挺挺地立着，一看就没有进来过人。屋门上果真是一把新锁。

郭天收了伞，哗啦着一串钥匙寻找钥匙。

小战士趴在门缝上看了一眼，说："走吧，不会有人的！"

郭天正找钥匙的手停了下来。

鸽子咕咕着，在院墙头上走来走去。

郭天也趴在门缝儿上看了屋里，和战士们一起走出院子，把院门的新锁挂上，锁住。

此时的村田成一正要出洞，他顶着盖板一动不动地听着。郭天找钥匙的声音他听得真切，正要退回地下，猛听见小战士的声音，他又停了下来。直到郭天和战士们走出了院子，一切又都复归于安静，他仍然没有动弹。

村田成一为自己的细心庆幸着，也为自己的细心感动着。用刀撬过的门搭儿，在他使用过后，又用刀撬了过去。他当时也想偷懒，可是，他的谨慎与严密，帮他战胜了懒惰的念头。不然，今天就可能酿成大错！

两只老鼠走过来，看见了顶着盖板的村田成一，老鼠停下来，好奇地观察着他。

村田成一小声吓它："咮！"

"吱吱……"老鼠不满地反抗着。

"唪——"村田成一学着猫示威的样子。

两只老鼠再次瞅瞅他，才不情愿地慢慢跑走。

6 上午八点整，在亚洲饭店的小礼堂里，开始了国宴前整个饭店全体员工的动员大会。济济一堂，厨师和工作人员坐满了会场。

梁生泉书记、梅东岭科长、孙觅等管理人员坐在台上。

梁书记率先动员：

"同志们，这是建国大典前我们亚洲饭店炊事服务工作的最后一次会议了，算是典型的战前动员。代表和候补代表，六百多位啊同志们！毛主席，朱老总，周副主席，政治局五大常委，中央政府的负责人，各民主党派的主要领导，社会贤达，中国人民解放军高级将领，国民党军队的起义将领，工人，农民，解放军战士……全中国的重要人物都到这儿来了。我们的任务呢，是做好饭，服好务，从饭店的全体人员到每一个具体的个人，从每一桌宴席到每一道饭菜，都要严肃认真，一丝不苟，决不允许出半点儿纰漏。首长指示我们，建国大典从下午三点开始，持续三个小时，最迟晚上七点钟就可以开宴了。养兵千日，用兵一时。这是我们实现荣誉的时刻，若干年后，我们的新中国越来越强大，我们的国宴越办越好，大家就会一次又一次地想起来我们的这一次国宴。我们是开国之宴的参与者和奉献者，我们是国宴历史的创造者，大家光荣不光荣啊？"

"光荣！"激昂的手臂举起来，像是突然长出来一片树林。

梁书记接着说："这是我们的荣誉，也是我们的荣幸！我为自己感到幸运，也为在座的同志们感到幸运！"

大家又鼓掌。

梁书记说："下边请安全科长梅东岭同志讲一讲安全保卫工作。"

梅东岭讲话干净利落：

"安全工作有两个重点。一是饭菜。一定要绝对安全，保证不出丁点儿差错！二是人身安全。因为越是在这个时候，阶级敌人和隐藏下来的敌特分子才越猖狂，所以我们一定提高警惕，不放过蛛丝马迹，不放过我们身边的一点点儿隐患！我高兴地告诉大家，就在今天夜里，在首长的英明指挥下，我们英勇的战士抓捕了潜伏在我们饭店的国民党特务杜津卫！"

会场静了片刻，忽然响起了掌声和欢呼声。

"敌人一天天烂下去，我们一天天好起来。敌人一刻刻烂下去，我们一刻刻好起来！"

会场再次爆发掌声。

"下边，请我们勤劳、智慧的师傅们表态发言！"梅东岭一扭头大声说，"胡一能先生，您老先讲！"

胡一能站起来："我是个最没用的人，又不管，又不干。但是，我这个吃货向大家保证，一定把好味道关，欠味儿的饭菜一律不让上桌！"

大家鼓掌。

梅东岭又喊："刘师傅！"

刘三刀站起来。

师傅们一个个发言表态，决心做好本职工作，为中国人民的解放事业做出应有的贡献。

梅东岭最后要求："会议结束后，大家一起洗个澡，师傅们都要理个发，然后，统一换衣服。我们要保证干干净净、整整洁洁地做好我们的工作！谁有意见，欢迎提出！"

台下的观众好奇地看着四周。

梅东岭扭脸看着梁书记。

梁书记宣布："分小组行动吧！散会！"

在掌声和同志们的歌声中，会议结束。

人们陆续往外走。天上的小雨降下来，软软的，凉凉的，清醒了人们的头脑。

胡一能走到梅东岭身边："科长，我的表态行不行？我只是个吃货！"

梅东岭说："很好胡先生，你只要感觉吃得好，全国人民就会感觉好！这很重要！"

胡一能一走，刘三刀走近梅东岭，小声问："杜津卫招了吗？"

7 "哑巴"把简单的饭菜端上来：馒头，咸菜，粥。这是他们在北平的最后一餐。时间紧急，他有点儿应付。饭摆在桌上，但是没人来吃。"所长，吃饭了！"杜雅走过来，轻声喊他。

褚一魁不接话，抬腕看一下手表，问："你看看车来了没有。"

"哑巴"点头："出租车有没有电话？"

褚一魁说："说好的八点，你快去门口看看，我怕出租车来了等不及走了。"

"哑巴"说："不是老翟头儿的儿子翟亮吗？"

"嗯嗯。"褚一魁又看手表。

"哑巴"说："他知道地方，有一次，老翟头儿来，就是他开车送来的。"

"你去看看呗！"

"好的！""哑巴"应着，就往门外走。

褚一魁和"哑巴"的对话，小荷都听见了，她趴在金葵花的耳朵上问："妈妈，我们走不走？"

金葵花的病明显厉害了，她瞪大眼睛看着天花板。

"妈妈？"小荷又问。

金葵花喘着。

"我们走不走？"

"走！"金葵花挣扎着就要起来。

小荷连忙去扶她。

雨仍在下，但街上的人们都不打伞，似乎他们喜欢这雨，喜欢这凉爽的秋意。所有的人都唱着歌，所有的人都跳着舞，所有的人都在为期盼一个伟大时刻的到来而欢天喜地。

"哑巴"走到门外，看着这奇妙而兴奋的街道。

没有出租车。

"哑巴"回到院子里。

褚一魁掂着皮包走出屋子，一脸的焦急："来没有？"

"哑巴"摇头。

"来没有？"褚一魁不喜欢"哑巴"老用动作做回答，他高声又问一句。

"哑巴"也大了声音，说："没有。"

褚一魁厌恶地看一眼"哑巴"，低头又看看表，嘴里咕哝着："过八点了！"

"哑巴"本来想告诉他街上人多，车可能走不快，但他不想说，他对他的轻蔑表示轻蔑，低下头不语。

褚一魁在院子里转了个圈子："老杜，你问一下她娘儿俩咋办？"

"哑巴"说："不是说一起走吗？"

"那让她们快点儿出来，你去帮帮她们。"

"哑巴"应了一声，大步走进屋子。

褚一魁掂着包走到门口，一辆出租车飞快地开过来，停在了院门外。年轻的司机大声问："请问先生，您叫的车？"

褚一魁感觉这个司机有点儿眼生，问："你是不是翟大伯的儿子翟亮？"

年轻的司机一笑，说："今天不是庆典吗？翟亮班长临时有变，他让我来接你。你是毕所长吧？你叫我小海就行了。"

"好的，小海。我要去天津接人，现在就走。"

小海问："上车吧！就您自己吗？"

褚一魁扭脸看一眼诊所。

院子里，"哑巴"和小荷搀着金葵花，正从屋里慢慢地走过来。

褚一魁钻进车子。

街头，一队士兵列队跑过。

褚一魁一惊。

小海问："走吗，所长？"

褚一魁说："走！"

出租车启动了。

院子里，"哑巴"搀着金葵花走出屋门，金葵花忽然一口鲜血吐在了地上。

"大夫！"杜雅喊。

金葵花喘了两口："我，被他暗算了！"

"大夫，我背你！""哑巴"弯下腰。

金葵花摆了摆手："你，快走吧！"

"哑巴"说："那小荷？"

小荷说："我不走！"

"哑巴"说："车已经来了，我们能走到哪儿就走到哪儿吧！总比留下来强！"

"哑巴"弯腰背起金葵花。

小荷掂着一个小包，跟在旁边。

三个人走到门口，只看见出租车消失在街头的尾巴。

"哑巴"禁不住骂了一句："他娘的！这是东西吗？"

金葵花又吐一口血："老杜，我不行了……"

"妈妈！"小荷哭了。

金葵花睁开眼睛，声音极其微弱："小荷，记住，你爸爸徐莫烈是共产党的特工……妈，对不起他……"

"妈妈——"小荷哭出声来。

8 细雨霏霏。

游行的队伍正在集结。

大街上到处都是排队行走的人。

小策从外边跑进来，满头是雨，他一直跑进屋子："小董，街上都在集结呢！"

小董正在床上躺着："我听见声音了。"

"你说，村田成一这家伙还敢回来不敢？"

小董摇摇头。

"你是为他敢摇头，还是为他不敢摇头？"

小董坐起身说："一般来讲，他是不敢回来了。但是——"

小策抢着说："我最怕'但是'了。不管啥事，正好着呢，一说'但是'，非出事不可！你说说'但是'会咋着。"

小董说："但是，如果有特殊情况，村田这家伙说不定还会回来！"

"哪些情况算特殊情况？"

"比方说，这屋里有地洞……"

"你真是有病了！找两天了都没找到，还说地洞！"

小董接着说："如果有地洞，我们就会有危险。比方，你正睡着……"

"这个最吓人！我看还是说别的吧，没有地洞的情况。"

小董说："没有地洞？一般来说，他就只有在夜深人静的时候回来，因为其他时间他容易被发现，被抓捕。"

"我知道了。越是在夜里，我们越是要小心，不是吗？"

小董再一次拿起木棍子。

小策笑着说："地洞地洞你在哪儿，我们的小董又要找你了！"

小董不理，拿起棍子捣起来。

村田成一又出来了，只是他仍然出现在了矮石狮门墩的院落而不是豆腐巷的七十八号。他顶起盖板，听着外边的动静。

两只老鼠又出来散步了，这次还带着两只小老鼠。

村田成一把盖板挪开，慢慢地爬了出来。他使劲伸了个长长的懒腰，又左右前后地扭着腰。这自由的空间太让他享受了！扭了一会儿，村田成一便趴在了门缝儿上往外看。

外边的雨还在下着，细小的雨丝雾一样降下来，院里的草尖一齐举起珠玉般的小手。

村田成一轻轻拉门，门响了一声，裂开更大的门隙。

村田往左边看看，左边是街道。有人从街上走过，可以听见践泥的声音。

村田往右边看看，右边是养鸽男孩儿的家，鸽子们不知疲倦地咕咕着。

村田又打个哈欠，这才走回洞口，把堵洞的木床放肆地移开：

大大的洞口敞亮地露了出来。

9

细雨扑满了车窗。

褚一魁坐在副驾位置，他本来想坐后排，但他怕错失了对前方的判断。他看小海安静地开着车，就用包作掩护，悄悄地掏出了手枪。

出租车拐过街角，迎面一个临时检查站。这让褚一魁吃了一惊。他实在没有想到这儿会有检查站。

罗山和于兵持枪站在路边。

于兵伸手示意，让出租车停下。

小海把出租车靠着路边停下来。

褚一魁连忙把手枪用包盖住。

于兵走上前。

罗山用枪对着褚一魁。

于兵大声说："请出示你的证件！"

褚一魁把手枪放在腿下边，欲去包里找证件，被"出租车司机"小海一把按倒。

于兵伸手把褚一魁拉了下来。

褚一魁被戴上了手铐。

罗山大声喊："快，金口诊所！"

出租车跑了。金葵花倒了。"哑巴"不敢停下，连忙背着金葵花回到了院子里。

金葵花又吐一口血，已经只有出的气儿没有回的气儿了。小荷紧紧地抓住妈的手，好像这样她就不会死了。

金葵花喘了几口气，又吐出一口黑血，说："小荷，妈护不住你了……"

"妈——"小荷放声哭起来。

走不了了，"哑巴"反而镇静下来，说："小荷，闺女，你不要哭了。我们都是共产党的老对头，死也就死了，你不要再跟共产党作对了。将功折罪，快给梅科长报告，说杜津卫的假牙里有毒药！"

小荷说："哪里有毒药？"

"哑巴"说："假牙。"

小荷感激地喊了一声："干爹！"

"哑巴"应一声："哎！孩子，只能这样了。你快去报告吧！"

弥留之际的金葵花再次对女儿说："小荷，记住，你爸爸……"

小荷喊一声："妈——我忘不了！"

金小荷跌跌撞撞地跑进屋里，抢过电话，使劲摇了起来。

电话通了。

小荷大喊："我要亚洲饭店！"

会刚开完，梅东岭正和梁书记商量再审杜津卫，电话铃声响了。

梅东岭抓起电话，听见了金小荷焦急的声音："我是金小荷，我要找梅东岭！"

与此同时，吴邑处长也抓起了桌上的黑色电话。

"我是梅东岭！请你快说！"

小荷哭着："梅哥哥，快抓杜津卫，他是特务！他的毒药就在他的两个假牙里！"

梅东岭大声问："你在哪里？"

"我在家里。我妈妈不行了……"小荷放声地哭起来，"梅哥哥，快抓杜津卫吧！"

梅东岭激动地喊了一声："祝贺你小荷！"

"梅哥哥——"小荷哭着喊，"我想你！"

梅东岭放下电话，转脸对梁书记大声说："金小荷的电话！毒药在杜津卫的两颗假牙里！"

罗山和于兵带着一队战士冲进来。

"不许动！"

"举起手来！"

战士们喊着。

金葵花还在喘气。

"哑巴"乖乖地把手举起，被小战士上前绑了。

罗山和于兵冲进屋里，正听见小荷高喊"快抓杜津卫！"，两人举枪对准小荷。

小荷放下电话，安静地举起双手。

小荷说："我知道，你是罗山，你是于兵！我已经向梅东岭报告了，杜津卫的毒药在他的两颗假牙里！我愿意揭发他们，把所有我知道的都告诉你们！"

于兵上前缴了小荷的枪。

罗山说："把你的手放下来吧！坦白交代是你唯一的出路！"

小荷的泪水忽然流了下来。

三个人走到院子里。

小荷猛地扑到妈妈身上："妈！妈妈！"

金葵花张大眼睛，但已经不会说话。

小荷说："妈妈呀，我是共产党特工徐莫烈的女儿。我会好好交代的！"

金葵花的眼睛忽然闭上了。

"妈妈——"小荷一声长号。

10

雨越下越小，现在变成了毛毛细雨，针尖似的，麦芒似的，把大街上朦胧成一片薄薄的轻霭。

一队队的群众往天安门广场集结着。

每有军车从群众身边走过，人们就兴奋地指点着，为自己的军车高兴，为军车上先进的枪炮高兴。

在政治保卫处的办公室里，吴邑正给全处的同志开会。虽然大家的眼睛里都是血丝，虽然大家的面容上都有些疲惫，但大家的眼睛却一个个明亮如烛。

吴邑说："同志们，我们已经取得了阶段性的胜利。大特务褚一魁落网了，大特务杜津卫落网了，特务杜雅也落网了。曾经留学日本的制毒专家金葵花被褚一魁毒死了。还有那个可教子女金小荷，主动报告了杜津卫的毒药！我们是不是应该喘口气了？我的回答是，不！我们的任务还没有完成！我们还有两个人没有抓到。"

大家的目光全看着吴邑。

"这两个人，一个是炸弹专家廖响，这个人一日不抓，我们就一日不安。他的炸弹都是烈性的，我们在天安门城楼上破获的'牙膏'炸弹，别看它只有牙膏那么大，如果它真在天安门城楼上爆炸，又值领袖们登上天安门城楼，不知道会给我们中华民族造成多么巨大的危害！还有在西长安街上破获的饼子式定时炸弹，如果不是破获及时，让它漏网了，在今天上午爆炸了，同志们，十几颗炸弹，不知道要给我们的庆典造成多少人的牺牲。褚一魁的爆炸小组的三个人，我们抓住了两个，开北方，就是往北郊派出所放炸弹的家伙，就是和米继槐联络情报的家伙，还有郭闹闹，这个执迷不悟、积极追随的家伙。漏网的，就是那个留学于美国的炸弹专家廖响！从现在起，我们的重要任务就是抓廖响！决不使一人漏网！"

"他不是跑到天津了吗？有他的消息吗？"孙觅问。

吴邑轻轻摇头。

罗山说："我建议，立审褚一魁，追查廖响的准确去向。"

"很好！会后立即审讯。"吴邑喝了一口水，继续往下说：

"再一个就是日本人村田成一。这是我们的又一个心腹大患。从我们审讯的情况看，马斯利和东口夷人都积极地把轰炸天安门的任务揽在自己头上，这不是罪犯的心理。罪犯一般都是推，能推的都推到别人头上，自己的罪行越少越好。村田成一又没有抓到，按照一般罪犯的心理，往村田成一身上推是再恰当不过了，既减轻了罪行，又让你无从查证。可是不，他们争着揽！这说明什么呢？这说明他们在麻痹我们，力图让我们放松警惕，以便村田成一的阴谋得逞。"

大家纷纷点头。

"所以，根据罗山的建议，黎明时分，我们又对前门一带进行了拉网式搜查，虽然没有收获，但至少说明了一点，眼下还没有发现问题。没发现问题，是不是就可以说明没有问题了呢？"

孙觅小声接上："不能。"

"真的不能！但是，是不是能说明敌人就一定能够成功呢？"

孙觅又说："也不能！"

"对，也不能。唯一的办法就是，我们要好好监视，好好工作，好好保卫我们新中国的建国大典！"

第三十六回　五路特务落网天网恢恢　建国礼炮齐鸣万众欢腾

> 天将黄昏星星稀
> 晚宴初摆酒水未
> 草木切切人不寐
> 一支长笛歌一曲
> ——打一字

1 这是十月一日的上午十点，在保卫处的审讯室里，吴邑处长和罗山、于兵开始了对大特务褚一魁的审讯。

吴邑问："你叫什么名字？"

褚一魁应："毕应冬。"

吴邑问："职业？"

褚一魁答："牙医。"

"会看牙病吗？"

"本人曾在日本留学，学的就是牙医，当然会看牙病。"

吴邑一声冷笑："一个人有多少颗牙齿？"

褚一魁犹豫了一下："三十六颗！"

吴邑又是一声冷笑："为什么要长三十六颗？"

褚一魁说："因为、因为，这是自然的，科学的……"

吴邑问："你长了几颗牙齿？"

褚一魁一时回答不上来了，下意识地用舌头搜索着嘴里。

吴邑说："是不是三十六颗啊？"

"是！"

吴邑说："给他数数！"

于兵走上前："张嘴！"

褚一魁张开嘴巴。

于兵一二三四地数着。

吴邑问："多少？"

于兵大声喊："报告首长，一共二十八颗。"

"你叫什么名字？"吴邑猛然一声。

褚一魁又是一愣："毕、毕应冬！"

"职业？"

"牙医。"

吴邑冷笑一声："一个牙科医生，连起码的牙科知识都没有，还说是从日本留学而回！你骗鬼吗？你说你有三十六颗牙，那八颗去哪儿了？"

吴邑猛地吼一嗓子："叫什么名字？"

褚一魁："褚……"

"哼！"吴邑说，"拿来照片让他看看！"

于兵拿来了褚一魁早年的照片，这是一张英俊的脸。

吴邑喊："褚一魁！"

褚一魁不理。

吴邑提高声音又喊一声："褚一魁！"

褚一魁抬起头："我不明白你的意思！"

"哼哼！"吴邑说，"你是褚一魁，整容后，改名换姓成了毕应冬，是国民党军统在北平的上校级特务组长。我说的可对？"

褚一魁说："我真的不明白。"

"还不明白？那就让他再明白明白！带二三七号特务！"吴邑一挥手。

"是！"于兵走到门口，对着外边一声高喊：

"带开北方！"

开北方被带了过来，被安排在褚一魁的身边。

吴邑喊："开北方！"

开北方应："到！"

吴邑说："你也是一个穷人，受到反动统治的欺压，几次险些死掉。可你为什么不跟着共产党，却死心塌地追随着欺压穷人的国民党反动派，这是为什么？"

开北方瞅一眼身边的这个人："我好像说过，以前，我是一个坐狗的流浪汉。我看上了一条大狗，像牛犊子一样高大。我想，如果我能把这只狗坐死，肯定会发个小财。那时候天冷，我还没有棉裤，我就想坐死这条狗换条棉裤穿。结果，当我把这条狗坐死的时候，却被狗的主人北郊派出所所长杨四奎发现了。这条狗是他的心爱之物，他要一命抵一命，把我打死抵它的狗命。那时候正是十一月，滴水成冰，他把我扒光了衣服打。在我奄奄一息的时候，恩人褚一魁出现了。他说'把他交给我吧！'。"

吴邑问："褚一魁当时是干什么的？"

开北方抬起头："褚一魁是当时在北平的大官，他可怜我，就把我救下了。当时，我就下定了决心，原先的开北方已经死了，现在活着的，不是开北方，而是褚北方。我不姓开，我姓褚了。是褚一魁给我的命，我下定决心，只为褚一魁一个人活着。不讲理由，不讲条件，不讲情面。只要是褚一魁说的，我就坚决照办。褚一魁后来潜回北平，成了北平的特务组长，我就死心塌地跟着他了。虽然我是个穷人，共产党不会亏待我，但念起他对我的恩，念起他给我的命，念起我发过的誓，我还是选择了跟着他。"

吴邑说："如果褚一魁现在回来，给共产党作对，你还会不会跟着他干？"

开北方想了想："说实话说瞎话？哎，干我们这行的，说瞎话多了，有时候真不清楚说的是瞎话还是实话！"

吴邑说："当然说实话。"

开北方说："只要是褚一魁说的，那我很可能还会跟着他干，因为他是我的救命恩人！"

"嗯，好样的！"吴邑指着褚一魁，"你看看这个人你认识不认识。"

开北方扭过脸来，认真地看着对方。

开北方摇摇头，摇过头了又点点头。他真的认不清是不是褚一魁，但他仔细看了一会儿，发现这可能是褚一魁，只是他变得太厉害了。只是在褚一魁给他丢眼色的时候，他才最后地判定：这是褚一魁！

开北方忽然想掉眼泪。他不为自己，他为的是自己的恩人褚一魁。

吴邑问："你认识吗？"

开北方坚定地摇头："不认识。"

吴邑说："不认识为什么要点头？"

开北方说："我感觉他有点儿像我的恩人褚一魁，哪儿像呢？眼睛有点儿像。但是我仔细一看，又不像了。"

吴邑说："哪儿像？哪儿不像？"

"褚一魁虽然是特务队长，可他善良，眼睛里是羊的目光。而这个人的眼睛里，流露出来的却是狼的目光。所以，我感觉，这个人不会是我的恩人。"

吴邑说："那你为什么能想到他？是不是因为他也在北平？"

开北方说："是的。他到铺子里看过我。我想他。想见到他。但是，这个真的不是！"

"啥时候看的你？"

开北方翻起眼睛，做出回想的神情，说："去年，去年清明节的时候，因为、因为有的人都在准备柳条了。清明节戴柳不是！"

吴邑说："再看一遍，你再回答！"

开北方果然又装模作样地看了几眼，最后坚定地说："真的不是！"

吴邑说："开北方，你真是不想活了！带下去吧！"

"我想活,我不想死!"开北方大声说,"天安门的彩灯里,我还绑上过一颗炸弹呢!"

吴邑故作吃惊:"真的?"

"真的!"

"你为什么昨天不说?现在,新中国的礼炮都要点响了!"

"我是怕爆炸了,你们枪毙我!"

"算你坦白了!"吴邑说,"开北方,你身边的这个人真不是褚一魁?"

开北方再一次扭过脸来,仔细地看着,摇了摇头。

"押下去!"吴邑大声喊。

开北方走了,吴邑接着审:"褚一魁!"

褚一魁不应:"我是毕应冬。"

吴邑一笑:"大丈夫行不更名,坐不改姓。既然你想改成毕应冬你就当毕应冬吧!廖响现在在哪里?"

褚一魁摇头:"不知道。"

吴邑问:"他最后一次给你打电话是什么时候?"

褚一魁想了一会儿:"好几天了吧!"

吴邑说:"就像你谎称褚一魁为毕应冬一样,你也不想告诉我们实话。我告诉你吧,他是昨天傍晚在天津给你打的电话,'所长,所有的事情都完成了。您静听佳音吧!'我说的对吗?"

褚一魁一惊:"天津?"褚一魁真的不知道廖响在天津。

吴邑提高声音:"'明天下午,天津老地方。'你们的'老地方'是哪里?"

褚一魁抬头望天。

吴邑说:"你真的不想回答?"

褚一魁挑战似的说:"是的。我知道了难道就必须回答吗?"

吴邑说:"你可以不回答。你可以改名换姓,把褚一魁变成毕应冬!但我告诉你,你的真实身份在几个月前我们就知道了,你作为北平的特务组组长,曾经破坏了我们五个城市的电台,逮捕和杀害了我们一百多个共产党员。你把我们电台的教训变成你们电台的经验,你让电台在一个地方,而指挥电台的你在另一个地方。你以为你的电台一直在为你传递情报，可我告诉你，你的电台早已被我们抓获，你的一切早就在我们的掌握之中。告诉你，你的一切情报都是我签发的！我们坚信，即使你整了容，换了名，再次回到你熟悉的北平和我们较量，我们还是会抓到你！这笔血债早晚是要还的！"

褚一魁说："既然回来了，就没有想活着回去。虽然你说得好，可我也有你不知道的东西！我还没有全输。"

吴邑说："那么自信？"

褚一魁点头："那就走着瞧！"

吴邑说："不用走着瞧。一会儿就让你知道，你已经输光了所有，连裤子都被扒掉了！"

褚一魁不服地挺起头颅。

吴邑说："褚一魁！"

褚一魁："啊！"

吴邑说："你承认了？"

褚一魁说："我承认什么了？"

吴邑说："你承认你是褚一魁了！"

褚一魁说："我再声明一次，请你尊重我，我叫毕应冬！"

吴邑说："看来，画皮还真的需要戳穿！"

吴邑和罗山交换了一下眼色。

2

村田成一再一次钻出地洞。他来到门口，从门缝里往外窥视。

雨停了，浓云渐淡。

兴儿家的鸽子兴奋地咕咕着。

村田成一回到地洞边，用绳子往外拉迫击炮的零件。

炮管出来了。村田成一把炮管卸下，放在屋当央。新炮，明亮的炮管被门缝透过来的光映得刺眼。

村田成一回到地洞边，又拉出来两个炮轮。

炮管和炮轮子并排放在屋当央。

村田成一解下绳子。可以看出来，他用了两条绳子。也就是说，他每一次下到洞里，都是捆了两个部件。这样，他既可以省力，也可以节省时间。

在豆腐巷七十八号院蹲守的小董和小策，此时又开始在院里捣起来。小董一直怀疑，甚至坚信院子里有地洞。他不相信村田成一发现了他，他认为是村田成一从地洞里跑了。可是他捣了好几遍，也没有发现。小策开他的玩笑："小董，你这是第几遍捣啊？"

小董说："第一遍捣得太急，我想再细捣一遍。真的没有，就不再捣了！"

小策跟在身边："屋子里本来没洞，捣的回多了，就可能捣出洞来！"

小董停下手，问："你上了几年学？"

小策说："一年也没上过，但我认识字。我认识的字比认识我们连的人还多！哎？其实字也没啥难认的，只要天天认，我肯定能认到一个营！"

小董笑了，说："那你可要坚持啊！争取认到一个团。"

小策说："你知道咱俩在一起我学到了什么吗？"

"嗯。"

"死心眼子！"

小董停下手："咋讲？"

小策哈哈地笑起来："就是认准了一件事，不撞南墙不回头！"

小董停下手，两个人哈哈地笑起来。

而此时的村田成一，已经在矮石狮门墩院的屋子里把炮装好，正要去地洞里去绑炮弹。

3

审讯仍在进行。

褚一魁坐在凳子上，神情并不沮丧。

吴邑说："带厨师！"

"是！"于兵一声高应，大步走了出去。

褚一魁忽然一惊。

杜津卫戴着手铐被押了进来。

梅东岭和孙觅也跟着进来了。梅东岭坐在了吴邑左边，孙觅则坐到了于兵旁边。

吴邑说："请坐！"

褚一魁看一眼杜津卫，腰不知觉地弯了下去。

吴邑喊："报上姓名！"

"杜津卫。"

"职业？"

"做饭的。"

"罪行？"

杜津卫不说话了。

梅东岭大声说："问你的罪行是什么！"

杜津卫抬起头："投毒未遂吧？"

吴邑用鼻子哼了一声："为什么投毒未遂？"

杜津卫说："主要是我感觉国民党大势已去，我没有必要再为他拼命效力！"

吴邑说："这么说，你愿意立功了？"

杜津卫说："首长，我非常愿意，我想明白了，我愿意把我知道的全都说出来！"

吴邑说："那好！就从你身边说起吧！你看看你身边的这个人是谁。"

杜津卫侧脸看一眼褚一魁。

褚一魁此时也正好侧过脸看他。

杜津卫说："他是金口牙科诊所的所长，名叫毕应冬。可他的真实名字叫褚一魁，早年是国民党北平特务站的站长，我的上级！"

吴邑说："杜津卫，你要好好看看，不会认错吧？"

杜津卫说："不会认错。褚站长虽然做了整容，但他的眼神是整不了的，他的声音也是整不了的。我们是老同事，一下子就认出来了。更何况他并不隐瞒我呢！"

吴邑说:"他为什么不隐瞒你?"

杜津卫说:"因为隐瞒不了。"

吴邑说:"褚一魁,还有话说吗?"

褚一魁不服:"当然有话说。"

吴邑说:"好,那就说吧!"

褚一魁说:"我是毕应冬。我不是什么褚、褚什么魁。老杜,虽然你说得你我像老朋友似的,但我还是要警告你,知道就是知道,不知道就是不知道。不能因为害怕惩罚就乱说乱讲,也不能因为要立功就胡连八扯。毕应冬不是褚什么魁,褚什么魁也不是毕应冬。"

吴邑说:"杜津卫,你敢对你的话负责吗?"

杜津卫说:"我当然敢对我的话负责。他,就是褚一魁,化名毕应冬。他告诉我,为什么要取这个名字呢?因为这次的'刺天'行动,要刺的就是毛泽东等共产党中央高层。'毕应冬'谐音'必赢东'。他要必赢'毛泽东'呢!"

吴邑说:"你的毒从哪儿来的?"

杜津卫说:"从金口牙科诊所。先前我和褚一魁见过两次,还专门去诊所商量过,特务金葵花负责制造超级毒药,然后放在假牙里,让我戴上,等到国宴时,偷偷放进给领袖们做的饭菜里,造成惊天大案。"

吴邑点头。

褚一魁急了:"胡说!"

杜津卫看一眼褚一魁。

吴邑说:"你接着说!"

杜津卫说:"'刺天'行动共有四个方面,'云中飞'一路,主要刺杀中南海的中央高层。'金钱豹'一路,主要扰乱北平社会治安,搞暗杀、绑架等。廖响一路,主要实施对共产党高层进行定点爆炸,包括轰炸车队。杜津卫一路,主要在亚洲饭店实施毒害。而我们的最高指挥,就是化名毕应冬的褚一魁组长。他是上校级组长!"

褚一魁狂躁起来:"我不是褚一魁!我再说一遍,我不是褚一魁!"

吴邑说:"你可以不是褚一魁。你可以自认是毕应冬。但有一条,你认为你还有打赢的可能吗?"

褚一魁气呼呼地不吭声。

吴邑故意激怒他:"你彻底地输了!我再说一遍,你赢不了!你的主子蒋介石赢不了!你们整个国民党反动派都赢不了!因为你面对的是全体中国人民!"

褚一魁大声说:"我抗议,我不是褚一魁!"

吴邑一声断喝:"把褚一魁押下去!"

两个士兵走上前,把褚一魁押走了。

4

二十发锃亮的炮弹全部拉出了地洞。

村田成一把迫击炮摆在屋子当间的正中位置。左边摆十发,右边摆十发。

村田成一像一个强迫症患者,把二十发炮弹摆得整整齐齐,还逆光进行着校准。

整齐。每一排炮弹亮起的尖刺都在一条明亮的线上,像十个被无形的细线串起来的光球。

对称。左右两排不偏不倚,像是两只静待展开的翅膀。

炮弹整齐了,他又校准迫击炮,对着前边的门缝儿,一遍又一遍地瞄着。

而此时,守在豆腐巷七十八号院的小董捣到了床下,准确说是,捣到了床下靠墙的一个角上。他忽然感到了异样:"嗯?"

小董又使劲捣了几下,空洞的声音清晰地响着。"快过来!"小董大声喊。

小策飞跑而至:"真有地洞了?"

小董说:"帮我把这张床搬走。"

两人抬了床挪往旁边。

小董又敲几声:"听见了吗?"

小策说:"听见了。真有地洞?"

小董逆光看着，发现了一道细细的缝儿。"你准备！"小董低声说。

小策闻言，立即端起枪，打开保险，对准了地洞口。

小董拿刺刀插进缝隙。

"注意！"小策轻喊。

小董停下来。

"看看有没有地雷？"

小董一挥手，说："你后退，我来撬！"

小策后退几步，端枪瞄准。

小董轻轻一剜，盖板动了："是块盖着方砖的木板！"

盖板被撬开，一股腐臭的味道从里边浮出来。

小策过来了，用手电筒对着洞口照下去。

可以看出来，里边有着不小的空间。"出来！"小策大声喊。

地洞里一点儿声音没有。

小董说："我下去看看！"

小策伸手抓住了他，说："不行！我们快打电话报告！"

5 政治保卫处的办公室里，正进行着建国前的最后一次会议。处长吴邑要对安全保卫工作做全面而具体的安排。

吴邑先问了鲁战凯："廖响的情况有进展吗？"

鲁战凯大声报告："在截获了廖响最后一次电话后，我立即请求天津市公安局的帮助……"

"这我知道，现在的进展？"

吴邑的话音没落，电话响了。吴处抓起电话："我是吴邑……"

对方的声音很大，很激昂："……报告首长，蓝鼻子已经抓获，市公安局正在'老地方'设伏！"

吴邑猛地站起来："同志们辛苦了，谢谢你们！"

"首长辛苦！"

吴邑放下电话，笑着对大家说："抓捕廖响，指时可待啊！"

同志们禁不住一起鼓掌。

"战凯呀，我们应该再给蒋介石发一份电报了！"吴邑处长坐下来，用双手环住后脑勺。

鲁战凯问："拟好了吗？"

"还没有。"吴邑想了想，拿起笔拟了电文：

参加庆典的队伍正在集结。准备工作都已做好。一切正常。静候佳音。

鲁战凯接过来，小声地念了一遍："我感觉口气上好像不对啊？"

吴邑笑了："本来就不对嘛！你就这样发吧！"

"是！"

"立即发！"

鲁战凯又应一声，转身出了屋子。

"梅东岭！"吴邑喊。

"到！"

"虽然杜津卫被抓了，亚洲饭店的危险解除了，但是不是一定就没有了问题呢！我们决不可掉以轻心，必须用百分之百的努力，保证千分之千地完成！"吴邑语重心长地说。

梅东岭挺起胸："是！保证千分之千地完成任务！"

吴邑转头向着众人，说："参加庆典的队伍正在集结，保卫工作十分繁重。我知道，大家连续几天都没有好好休息了。但是，我们现在仍然没有休息的理由。东岭，你快过去吧！"

梅东岭应了一声，站起身离开办公室。

"罗山！"吴邑又喊。

"到！"

"你知道，我的内心里一直感觉不踏实，但，是不是和那个村田成一有关系我不知道，可我总不踏实，甚至很不踏实！"

罗山说："处长，我和你的感觉是一样的。我想再走一走！"

吴邑说:"往哪儿走?"

"看我的直觉吧!"罗山皱起眉头,"我最不踏实的地方仍是前门一带,因为那个地方离天安门太近。"

吴邑点头:"好!"

孙觅要求:"处长,我也想去,跟罗山一块儿!"

吴邑看看她,看看罗山:"罗山?"

孙觅殷切地看着罗山。

罗山点头:"好吧!"

孙觅高兴了:"谢谢您处长!谢谢你,罗山同志!"

"于兵,你?"吴邑看着于兵。

于兵说:"我只想抓住廖响。这个家伙太狡猾,他是在布置了天安门广场和天安门城楼两处的炸弹后,悄然离开的。我想亲手抓捕他!"

桌上的电话铃声急促地响起来。吴邑伸手抓起来:"……什么?发现了地洞?"

"怎么回事?"于兵禁不住问了一声。

吴邑说:"在七十八号院蹲守的小董报告,他们在村田成一的房子里发现了地洞!"

"啊!这个发现太重要了。说不定,村田成一就藏在地洞里呢!"于兵兴奋起来。

"于兵,走,你跟我马上去看!狐狸的尾巴终于露出来了!"

6 雨停了。

集结的队伍在街上走着。不时有载着战士的卡车从人们身边走过,人们欢呼着跑上前,往车上投掷鲜花。

此时的亚洲饭店里,厨师和员工们繁忙而有秩序地工作着,择菜的,洗涮的,烧火的……人人兴奋。

刘三刀师傅是组长,他细心地检查着。因为典礼是下午三点举行,午饭相对简单一些。

胖鹿哥过来了:"刘师傅,太吓人了!你说咱咋就不知道杜津卫是个特务呢?"

刘三刀说:"其实早就对他有防范,只是没有弄明白,怕冤枉了好人!"

"共产党就是英明!"胖鹿哥走了两步,又蹵回来,小声问刘三刀,"组长,你说,咱亚洲饭店还有坏人没有?"

刘三刀笑了,说:"你看看咱们的新中国,就是有个把坏人,熏也给他熏好了!"

胖鹿哥哈哈地笑起来:"您说得真对!"

梅东岭、梁书记和胡一能走了过来,他们在做最后的检查。

7 吴邑和于兵骑着自行车迅速赶到了豆腐巷的七十八号院。

根据判断,村田成一可能不在洞里,因为他们蹲守了两天,他要是始终在这里,是不可能不出来的。于兵和小董先后跳进地洞。

他们发现了村田成一睡觉的木板,于兵一拉板上的被子,两只老鼠跑了出来。

他们发现了村田成一吃剩的罐头盒子和火腿的包装,但蚂蚁已经把里边的东西吃得精光。

他们还发现村田成一的脏衣裳,上边的脏物已经风干。

种种迹象表明,村田成一昨天已经不在这儿住了。

村田成一去了哪里?吴邑决定,派战士们下洞寻找。生要见人,死要见尸。

战士们进入了地下道,拿着手电筒,蹚着地下的臭水,在地下道里艰难寻找。

于兵发现了画在壁上的粉笔箭头,他用手电筒照着,判断:"这应该是特务画的路线图。"

"瞧,那边还有一个呢!"小董也发现了。

于兵说:"大家注意,按着箭头走!"

于兵在地下道里走迷了。他找到了一个出口,使劲一顶,是一个窨井盖。

于兵钻出下水道,大口大口地呼吸着。后边的战士也都从地下钻出来,一身脏臭地坐在马路边。

8

村田成一走到门后,再次用菜刀撬开门搭,小心地拉宽了门缝儿。

外边的声音隐约地传过来,那是广场上喇叭的声音和人们喧哗的声音,很像他家乡的海潮,分不清有多少种声音,只知道每一个声音都在响。

屋山的东墙外是一个小巷,小巷里静悄悄的。

西邻是那家喂鸽子的孩子家。鸽子在天空飞着,扯着悦耳的鸽哨。

村田成一退到屋里,禁不住看一下腕上的手表。时针正指向十点四十。他准备在十一点半开炮。他计算了时间,这么宏大的建国庆典,没有三个小时完不成队伍的集结。如果从七点钟算起,完成的时间是十点。如果从八点钟算,则是十一点。而十一点半,不管是早集结、晚集结,此时,共产党的领袖们一定都正在天安门城楼上检阅。他感觉,这个时候开炮,造成的杀伤力和影响肯定最大。

村田成一拉动迫击炮的标尺,一切都对,一切都在掌控之中。村田成一很惬意,虽然紧张,虽然面对着生与死,但他有胜算。他掏出面包啃了一口。他要吃饱。他要保证力气!

鸽子的哨声再次传来。

村田成一隔着门缝儿观察着。

一只鸽子落在院子里,咕咕着觅食。

"鸽子!"村田成一禁不住用日语说了一句,他忽然感觉委屈,好几年了,他很少说自己的母语。现在,他忽然感觉到母语的亲切和美好。"银色的鸽子!"他又说了一句,把手里的面包屑撒了出去。

那只鸽子走过来,在地上啄着吃。

村田成一把手隐蔽在门后。

鸽子灵巧地啄着，宝石般的眼睛里放射出觅食的惊喜。

村田成一的手猛地抓上去。

鸽子挣扎了一下，就被他捉到了屋里。

鸽子使劲地扑棱着翅膀。村田成一狞笑了一下，猛地折断了鸽子的脖子。

村田成一把鸽子的头猛地拔下，涌流的鲜血顺着羽毛往下滴，村田成一舍不得让鲜血掉在地上，连忙把鸽子放上炮管。鲜血顺着银色的炮管小蛇一样游走着。那些被涂上血的闪亮的炮管和炮弹显得更加恐怖。

村田成一对着迫击炮跪下去，"保佑成功！"他说了一长串祈祷的话语。他用的仍然是母语。

鸽子血毕竟太少，村田成一想把二十发炮弹都涂上鲜血。他再一次拉开门缝，把面包揉碎了撒出去。

又有几只鸽子落下来，咕咕着到门口抢食吃。

鸽子们越啄越近了。

村田成一再一次把手藏在门后。

鸽子们兴奋地咕咕着，神经质地抢啄着地上的美食。

村田成一又撒一把。

十来岁的喂鸽子男孩儿兴儿忽然出现在院墙边。

兴儿看见了村田成一撒面包的手一晃而逝，也看见了落在地上的面包屑，他更看见了他的鸽子们兴奋地降落下来，抢食门外边新鲜的面包屑。

兴儿像鸽子一样兴奋起来，一越，跳过了院墙。

村田成一听见了孩子跳墙的声音，内心一惊，连忙就要关门。

兴儿在院子里站了一下，一脸欣喜地看着屋门的方向。

鸽子们毫不介意地争抢着。

兴儿走到门边，好奇地伸了头往屋里望去。

村田成一看他是个孩子，慢慢上前，也隔着门缝往外望。

院子里，确实只有一个孩子。

兴儿笑了，露出一排雪白的牙齿。

村田成一也连忙跟着笑。

兴儿是个爱说话的孩子，他忍不住先说话了："叔叔，你怎么没去天安门广场啊！今日建国大典，热闹得很啊！"

村田成一隔着门缝儿再笑，整齐的牙齿露出来。

兴儿说："我要不是感冒了，肯定也能参加，我爸爸、我妈妈，还有我爷爷，他们都去了！"兴儿的声音太响亮，在静寂的院落里，像舞动着一条细细的红绸。"叔叔，你也感冒了吗？"

村田成一打开门，笑着，给孩子招手。

兴儿走了过去："啊，我知道了。你这是……"

村田成一猛地卡住孩子的脖子。

兴儿"啊"了一声，几只鸽子拍打着翅膀，叭叭叭地飞上了天空，溅起了一片零乱的鸽哨声。

9 罗山和孙觅各骑了自行车在小巷里走着，他们骑得很慢，很随意，像是练习着用自行车散步。三天三夜没有睡觉，两个人都有些疲劳，但疲劳的身体却把他们的警惕性打造得纤细而敏感。

一群鸽子在天上飞着。它们一圈儿一圈儿盘旋，嘹亮的鸽哨十分悦耳。

"老师，我们去哪儿？"孙觅打了个哈欠。

罗山说："我给处长建议，在前门各家都住一个战士，空房子租下来，住上我们的队伍。处长没有同意。"

"那样动静太大，新政府不想扰民！"

罗山说："走，我带你去看一处房子，也算跟着感觉走吧！"

"是跟着你的感觉走，还是跟着我的感觉走呢？"

"当然是跟老师的感觉走啊！"

孙觅嫣然一笑："好，那我就不操心了！"

两人来到了前门的小巷里。他们骑得很慢，走走停停。两个人都不说话，只听见自行车链子的轧轧声。

群众的歌声和欢呼声，不时从远处传来。

罗山很享受这种喧闹的欢乐声和天安门广场上的喇叭声。虽然他没有身临其境，但他仍能强烈地感受到。他知道，这是千百年来受苦受难受压迫的老百姓翻身解放，真心地欢庆自己的胜利。想起死去的爹娘和弟弟，他的心里忽然升起一种莫名的惆怅。直到这时候他才明白，近段的心情不仅仅是因为恋爱了，还尤其是因为革命胜利带来了对亲人的怀念和遗憾。罗山思想着，观察着，警惕着，一声不响地走进了胡同。他看见了鸽子的飞翔，听见了兴儿的说话声。这个院落他来过。这个院落没人住。当他听见兴儿说话却没有回话的时候就有了警惕。是兴儿半声"啊"和几只鸽子的惊飞，让他的直感得到了应验。"有情况！"罗山一刹车闸，支住车子，翻身越过了院墙。

孙觅也连忙刹车掏枪。

村田成一卡住兴儿的脖子，猛地按在地上。他要用兴儿的生命来祝福和祭典这次罪恶的炮击。

罗山拔出手枪，破门而入。

村田成一惊"啊"一声。

叭！

枪声响了！

村田成一胳膊上的血流了出来，他一声惊叫，松开孩子，跳起来就要搏斗。

罗山又是一枪。

这一枪打在了村田成一的小腿上。

村田成一一屁股坐在了地上。

罗山用枪指着："村田成一，你老实点！"

孙觅翻墙过来，冲进屋里。

罗山喊："快救孩子！"

孙觅上前，抱起兴儿，大声地喊着："孩子，孩子……"

村田成一哆嗦着，在那门迫击炮和二十颗锃亮的炮弹前被罗山绑了个结实。

10 抓获特务村田成一的消息让保卫处一片兴奋,吴邑处长抱住罗山,禁不住在他的额头上亲了一下:"罗山,你让我想起了我初次见到你的情形,十年,你成了一个真正的英雄!"

罗山也很激动,眼睛一下子红了:"处长,你是我终身的老师,也是我终身的恩人!"

十年前,十五岁的罗山还没有长个,又矮又瘦,虽然他已经得到了师父的真传,学得了很多本事,师父、师母甚至还动过收他为义子的念头。毕竟才是个念头,师父却突然死了。升为掌门人的大师兄嫉妒他,非要砍他一个指头以作为对他的惩罚。师父的死,已让这个瘦小而敏感的少年悲恐至极,现在又要被砍掉一个指头。懦弱的师母示意他跑。罗山成年后才明白,师母知道大师兄的阴谋,她是在救他。罗山在逃跑的黑夜里迷路了,天正下着大雪,先是出了汗,后是受了寒,又紧张又饥饿,他病倒在荒野中的二郎神庙里,一连高烧了三天。是路过的吴邑救了他。担任八路军侦察连长的吴邑背着他走了三十里山路。之后,他就成了吴邑的学生和卫兵,跟着他学习识字、参加战斗,练习各种搏击的本领。虽然吴邑只比他年长十一岁,但罗山却是把他作为师父对待的。吴邑给了他第二次生命。

孙觅听罗山说过,他是在怎样的状况下被吴邑救起的。看见两个男人都这样动情,想起自己的成长之路,孙觅的眼泪不知不觉地流了下来。

鲁战凯跑进办公室:"处长,村田成一抓住了?"

吴邑镇静地点了点头:"任何特务分子都逃不出人民的手心!"

"真是太好了!"鲁战凯激动着。

吴邑把一份电文交给鲁战凯,说:"我们要继续向蒋委员长报告'好消息'!"

鲁战凯接过来,禁不住读起来:

炮口正对天安门,距离二千零五十米,仰角40度。

"这么具体?"鲁战凯问。

吴邑一笑:"蒋介石喜欢!"

"发吗?"

"发！"

吴邑的电文发走半个小时，蒋方的回电就到了。

"念！"吴邑说。

鲁战凯大声念：

　　着令嘉奖　已改第二方案

吴邑开心地笑起来。他靠在椅子上想了想，又写了一封电文。

鲁战凯接过来，禁不住又读：

　　晚上七点　开国大宴将有好戏

吴邑笑着点了点头。

鲁战凯问："这封电文几点发？"

"三小时后。"

"是！"鲁战凯猛地一个敬礼，转身就跑。

11

开国的盛宴准时举行。六百二十位代表全部出席。华灯齐放。一片欢腾。

检查完亚洲饭店的工作，吴邑处长回到办公室，往桌上一趴，竟然睡着了。他没有感觉累。他从来没说过累。他不说累，好像累就不会找他。

罗山、于兵和孙觅走进来，看见处长睡着了，都轻轻地放软了脚步。

孙觅更小心，转身关上了套间的屋门。

鲁战凯跑过来，猛地一推屋门，门哐当了一声："都在呢！处长不在？"

"在！"吴邑应着，开了屋门，下意识地抹一下嘴巴上的口水。

鲁战凯报告："处长，电文都发完了，这是蒋方的回电。"

吴邑小声说："念！"

鲁战凯大声朗读：

　　详情速报

吴邑无声地笑了一下，询问似的瞅了瞅大家。

"就报他们已经完蛋了！"于兵说。

大家哄地笑了。

孙觅从兜里掏出一包水果糖，打开分发着："同志们，让我们用甜美的心情庆祝我们的胜利！庆祝我们新中国的诞生！"

于兵大喊："谢谢孙觅！"

鲁战凯也喊："我好久没吃糖果了！"

孙觅分着，每个人手里都有了糖果。

吴邑接过糖块儿，看一眼罗山："哎，我提个建议，现在我们都把糖握在手里，让我亲自试一试罗山同志的技艺有没有进步？"

孙觅娇声说："让他一猜，我们每个人都要少一块儿的啊！"

鲁战凯喊："那就更要猜了！"

罗山笑着，说："同志们，请报一下你们手中的糖数！"

鲁战凯喊："三块儿！"

于兵说："三块儿！"

吴邑轻声说："四块儿！"

孙觅有些兴奋："五块儿！"

罗山问："都看好了？"

大家齐应："看好了！"

罗山又问："都看对了？"

大家又应："看对了！"

"好！"罗山大声说，"现在，请你们伸开手，看一看究竟有什么变化！"

鲁战凯喊："我怎么多了一块儿？"

"我也多一块儿！"于兵伸出手掌。

吴邑笑了："丰收了！"

孙觅一看，禁不住跳了起来："我的也多一块儿！"

于兵拉住罗山："师父，你的呢？"

罗山伸开手掌，他手里的糖一块儿也没有了。

孙觅说："处长，罗山把自己的都送给我们了！"

吴邑说："他暗着给我们，我们明着给他！来，每人给他一块儿！"

大家笑着，纷纷要给罗山糖。

"谢谢同志们，我已经有了！"罗山一伸手，说，"刚好四块儿，啊！"

大家禁不住鼓起掌来。

"师父，你可得教我！"于兵喊着。

吴邑剥下糖纸，含了一颗，说："战凯呀，既然蒋委员长让我们'详情速报'，我感觉还是要汇报一下好。"

"好啊！"鲁战凯笑了。

"我要亲自去发！"吴邑说着，走出办公室。自抓获褚一魁，叶生和"扁嘴"的电台就搬进了保卫处旁边的两间屋子。

罗山、于兵、孙觅，听见处长要亲自发报，也悄悄地跟了过去。

吴邑大声喊着：

中华人民共和国中央人民政府成立了。

中国人民从此站起来了……

"扁嘴"飞快地敲着。

吴邑、罗山、孙觅、于兵、鲁战凯都站在旁边，看着他敲。

对方的接收忽然停止了。

"扁嘴"再敲也没有了回音。

"扁嘴"抬头看着处长，说："停了！"

孙觅问："怎么就停了？"

"扁嘴"说："一定是蒋介石他们知道了。"

吴邑一脸诡谲："这些笨蛋，他们早就该知道了！"

满屋的人忽然笑起来。

12

火树银花。华灯齐明。

吴邑处长回到办公室，看着窗外欢腾不已的游行队伍，禁不住一声感慨：

"北平今夜无眠！"

"我们今夜也不睡！"同志们齐声回应着他。

孙觅说："处长，您的这个'天高曰广，地厚曰大'我猜出来了！"

"是吗？让孙觅讲讲！"吴邑很高兴，使劲在胸上揉着。

大家知道，处长累了，他是在放松自己。

孙觅说："第一句取个'广'，第二句取个'大'，后边的'天地一歌，万象更新'，取的是意和境。这个字是——"

"庆！"大家都听明白了，一齐说了出来。

吴邑无声地笑了。

"处长，您再出一则！"孙觅要求。

"对对，处长，您出个难的，让孙觅猜不到！"鲁战凯笑着。

"好，那就出个难的？"吴邑说。

"出个难的！"

"那是要指导工作的！"孙觅对鲁战凯说。

吴邑拿起粉笔，想了一会儿，在黑板上又写了一则：

　　　第三十六谜
　　天将黄昏星星稀
　　晚宴初摆酒水未
　　草木切切人不寐
　　一支长笛歌一曲
　　　　——打一字

孙觅小声地念了一遍，蹙眉思索。

电话铃响了。吴邑处长快步走进里间："我是吴邑……"

听完电话，吴处走出来对大家说："天津公安局的同志报告，今天下午，未能在'老地方'抓到廖响。他们判断，廖响可能还在天津，等待着和特务组长褚一魁一起逃走！"

"处长，我有一个请求！"于兵走上前。

"讲！"

"我请求，去天津抓捕廖响！"

吴邑一笑："好！这是我们最后的一个对手了！"

于兵挺胸站着。

吴邑正了颜色，轻喊一声："罗山！"

"到！"

"于兵！"

"到！"

"立即出发，抓捕廖响！"

"是！"罗山和于兵兴奋地向处长敬礼。

"新中国的建国之夜，北平无眠！举国无眠！乘胜追击，光荣啊同志们！"吴邑走上前，跟罗山、于兵一一握手。

"保证完成任务！"罗山和于兵再次敬礼。

吴邑点了头，目送着两个战友走出屋门转身离去。

火树银花光耀着，载歌载舞陪伴着，年轻的建国之夜，鲜嫩的建国之夜，向着无边的深广处分分秒秒地迈进着。大家知道，明天的太阳一定更加鲜艳，明天的中国一定更加美好。

北平无眠。

星光无眠。

乘着无边歌声的秋风欢畅无眠。

一处的电话再次响起，吴邑伸手抓起听筒。

"报告处长，一切正常！"这是梅东岭。

听见电话铃响，孙觅走进来，大声报告："处长，您的这个谜语我猜到了！"

"啊？"吴邑应了一声，从里间走出来，"讲！"

"是个'醒'字。"孙觅指着黑板，高兴地解释着，"保卫新中国，要长醒不睡！对不对，处长？"

"孙觅，你可以做一个出色的侦察员，你很敏锐！"

"谢谢处长！"孙觅说，"您休息一会儿吧？我看着电话。"

吴邑实在太累了，他苦笑了一下："好吧，我睡十分钟！"说过，转身走进了里间。

礼花在天空开放。

歌声在城市飞扬。

舞蹈欢腾在北平的大街小巷。

孙觅是内勤。她从窗外收回来兴奋而贪婪的目光，下意识地看一下左腕上的表：

十分钟过去了。

孙觅轻轻地关住了套间的屋门。村田成一被抓捕，廖响被追逃，两个最大的威胁解除了，难道作为前线指挥的处长不能多睡个"十分钟"吗？她已经做好了准备，只要处长不醒，她就一直让他睡下去。四天三夜，处长欠的觉太多了。

一个小时过去了，孙觅暗暗地高兴。

套间里的电话铃声再次响起，孙觅再一次看了看腕上的表，时间正指向深夜的十一点五十。

电话铃仍在响。

孙觅犹豫了一下，轻轻推开了套间的门。

处长还在睡。以前的"十分钟"处长都是脚跷在桌子上的，这次的"十分钟"却是趴在桌子上的。他睡得很安详。

孙觅实在不忍心喊醒他。她走上前，轻轻地抓起电话："……我是孙觅……吴处休息一会儿……廖响坐船逃跑了？……好的，我会告诉吴处的！"

电话挂断。

孙觅犹豫了一会儿，还是决定报告处长。她轻声喊："处长，处长！"

吴邑没有回应。

"处长！处长！"孙觅提高了声音。

处长仍然没动。

"处长！处长——"孙觅尖起嗓子。

吴邑处长再也没有回答战友的呼唤，永远地睡着了。

一九四九年十月一日深夜。

是年,吴邑三十六岁。

此时,梅东岭胜利完成了亚洲饭店的保卫工作;

鲁战凯整理完了近日的电文;

而罗山和于兵正在驶往天津的火车上……

2017/06/17 初稿

2020/09/20 二稿

2021/06/25 三稿

2021/07/28 四稿

2021/08/07 五稿

于豫州混沌斋

是日立秋

一小时前阵雨,天仍不凉快

附录　谜语集锦

| 第一谜
（打一字） | ※ | 上不在上　下不在下
天没它大　人有它大 | 谜底 |

| 第二谜
（打一字） | ※ | 一二三　四五六　七九十 | 谜底 |

| 第三谜
（打一字） | ※ | 说人并非人　确与人有关
说粮不是粮　离它人呼天 | 谜底 |

| 第四谜
（打一字） | ※ | 一点一横一大甩　拐个弯，甩两甩
拐个弯，甩两甩　左一甩，右一甩
一甩一甩又一甩 | 谜底 |

| 第五谜
（打一字） | ※ | 从小袅袅纤纤　终日纠结田边
都劝宽大为怀　它却缜密眼尖 | 谜底 |

| 第六谜
（打一字） | ※ | 老人挥起手　漫山遍野走
白天寻秘密　夜晚问北斗 | 谜底 |

第七谜
（打一字）

草莽莽一处角落　有大臣中央稳坐
左边是两个城垛　右边竖一杆铁戈
（我）如之奈何！

谜底＿＿＿＿

第八谜
（打一人）

衣冠楚楚者　怯懦多虚伪
东邻借一胆　却夸敢斗鬼

谜底＿＿＿＿

第九谜
（打一字）

有时像高山　有时像梦幻
虽云听不见　但却常见面

谜底＿＿＿＿

第十谜
（打一字）

君子貌，豺当道
一勺舀尽不用瓢

谜底＿＿＿＿

第十一谜
（打一物）

行为百代光　影响三千里
有缘常相伴　风雨做夫妻

谜底＿＿＿＿

第十二谜
（打一字）

说拉不拉　说抓不抓
乙位死穴　拉抓掐挖

谜底＿＿＿＿

第十三谜
（打一字）

一方爱文化　一方反文化
一方有文化　一方否认没文化

谜底＿＿＿＿

第十四谜
（打一字）

立在两个太阳旁　反而一点没有光

谜底＿＿＿＿

第十五谜
（打一字）

兵戎一支毒枪　直指大海中央
虽云只贪钱贝　其实面露凶光

谜底＿＿＿＿

第十六谜
（打一字）

晚风长吹暮色起　高空万古星辰稀
黉夜人不睡　期盼好消息

谜底＿＿＿＿

第十七谜 (打一字)	人才一十有一　要求全部出席 哪人胆敢不去　试看大王能依	谜底
第十八谜 (打一字 嵌字格)	宜将剩勇穷寇　萧何月下韩信 往者不可谏　来者犹可	谜底
第十九谜 (打一字 嵌字格)	二八月看云　无不成书 花言语，立名目　无米之炊难为妇	谜底
第二十谜 (打一字)	目不识丁　目要识丁 一丁不识　岂可集中	谜底
第二十一谜 (打一字)	卜一卦，夕阳下　不在圈内徒挣扎	谜底
第二十二谜 (打一字)	一颗一颗　毒果很多 黑白红黄　穷凶极恶	谜底
第二十三谜 (打一字)	不是烟，不是茶，不是酒 你一口，我一口，他一口 滋味人人心里有	谜底
第二十四谜 (打一字)	一边熊熊燃烧　一边杂面肉包 一边惊天动地　一边云散烟消	谜底
第二十五谜 (打一字)	天下无人　目空四野 平生争做第一　终了难逃第二	谜底
第二十六谜 (打一物)	乌云如盖雷声起　长天万里无消息 魔鬼岂走青云道　不用窃窃尽私语	谜底

第二十七谜 (打一字)	后羿有巨矢　张弓射九日 口诵降妖诀　英雄也念兹	谜底
第二十八谜 (打一字)	夫子养条狗　蹲在家门口 谁要进孟宅　咬着不让走	谜底
第二十九谜 (打一字)	林中一木非新苗　个子未超一寸高 只应拿锄砍　无须用水浇	谜底
第三十谜 (打一字)	人生有八直　皆与善有缘 若求美与好　八直当为先	谜底
第三十一谜 (打一字)	主宰三界非为主　酷学母仪不是母 皇帝忌惮费口舌　宰相也怕入了腹	谜底
第三十二谜 (打一字)	后羿一张弓　单挑十日凶 你敢定时间　随时可应战	谜底
第三十三谜 (打一字)	潇洒漂亮一夫人　出门衣袂抻三抻 平时也不多言语　偶尔言语吓死人	谜底
第三十四谜 (打一字)	夫人走娘家　头戴两朵花 住了一月整　无力难还家	谜底
第三十五谜 (打一字)	天高曰广　地厚曰大 天地一歌　万象更新	谜底
第三十六谜 (打一字)	天将黄昏星星稀　晚宴初摆酒水未 草木切切人不寐　一支长笛歌一曲	谜底